GRANDES OBRAS DA CULTURA UNIVERSAL
(Clássicos de Sempre)

1. DIVINA COMÉDIA — Dante Alighieri — Ilustrações de Gustave Doré — Tradução,   nota e um estudo biográfico, por Cristiano Martins.
2. OS LUSÍADAS — Luís de Camões — Introdução de Antônio Soares Amora — Modernização e Revisão do Texto de Flora Amora Sales Campos — Notas de Antônio Soares Amora, Massaud Moisés, Naief Sáfady, Rolando Morel Pinto e Segismundo Spina.
3. FAUSTO — Goethe — Tradução de Eugênio Amado.
4. LÍRICA — Luís de Camões — Introdução e notas de Aires da Mata Machado Filho.
5. O ENGENHOSO FIDALGO DOM QUIXOTE DE LA MANCHA — Miguel de Cervantes Saavedra Com 370 ilustrações de Gustave Doré — Tradução e notas de Eugênio Amado — Introdução de Júlio G. Garcia Morejón.
6. GUERRA E PAZ — Leon Tolstói — Em 2 volumes — Com índice de personagens históricos, 272 ilustrações originais do artista russo S. Shamarinov. Tradução, introdução e notas de Oscar Mendes.
7. ORIGEM DAS ESPÉCIES — Charles Darwin — Com esboço autobiográfico e esboço histórico do progresso da opinião acerca do problema da origem das espécies, até publicação da primeira edição deste trabalho. Tradução de Eugênio Amado.
8. CONTOS DE PERRAULT — Charles Perrault — Com 42 ilustrações de Gustave Doré — Tradução de Regina Régis Junqueira. Introdução de P. J. Stahl e como apêndice uma biografia de Perrault e comentários sobre seus contos.
9. CIRANO DE BERGERAC — Edmond Rostand — Com uma "Nota dos Editores" ilustrada por Mario Murtas. Tradução em versos por Carlos Porto Carreiro.
10. TESTAMENTO — François Villon — Edição bilingüe — Tradução, cronologia, prefácio e notas de Afonso Félix de Souza.
11. FÁBULAS — Jean de La Fontaine — Em 2 volumes com um esboço biográfico, tradução e notas de Milton Amado e Eugênio Amado. Com 360 ilustrações de Gustave Doré.
12. O LIVRO APÓCRIFO DE DOM QUIXOTE DE LA MANCHA — Afonso Fernández de Avelaneda — Tradução, prefácio e notas de Eugênio Amado — Ilustrações de Poty.
13. NOVOS CONTOS — Jacob e Wilhelm Grimm — Tradução de Eugênio Amado
14. GARGÂNTUA E PANTAGRUEL — Rabelais — Tradução de David Jardim Júnior.
15. AVENTURAS DO BARÃO DE MÜNCHHAUSEN — G.A. Burger — Tradução de Moacir Werneck de Castro — Ilustração de Gustave Doré.
16. CONTOS DE GRIMM — Jacob e Wilhelm Grimm — Obra Completa — Ilustrações de artista da época — Tradução de David Jardim Júnior.
17. HISTÓRIAS E CONTOS DE FADAS — OBRA COMPLETA — Hans Christian Andersen —Ilustrações de artistas da época — Tradução de Eugênio Amado.
18. PARAÍSO PERDIDO — John Milton — Ilustrações de Gustave Doré — Tradução de Antônio José Lima Leitão.
19. LEWIS CARROLL OBRAS ESCOLHIDAS — Em 2 volumes. Ilustrações de artistas da época — Tradução Eugênio Amado — Capa Cláudio Martins.
20. GIL BLAS DE SANTILLANA — Lesage — Em 2 volumes. Tradução de Bocage — Ilustrações de Barbant — Vinheta de Sabatacha.
21. O DECAMERÃO — Giovanni Boccaccio — Tradução de Raul de Polillo — Introdução de Eldoardo Bizzarri.
22. QUO VADIS — Henrik Sienkiewicz — Tradução de J. K. Albergaria — Ilustrações Dietricht, Alfredo de Moraes e Sousa e Silva — Gravuras de Carlos Traver.
23. MEMÓRIAS DE UM MÉDICO — Alexandre Dumas (1. José Bálsamo — 2. O Colar da Rainha — 3. A Condessa de Charny — 4. Angelo Pitou — 5. O Cavalheiro da Casa Vermelha).
24. A ORIGEM DO HOMEM (e a seleção sexual) — Charles Darwin — Tradução Eugênio Amado.
25. CONVERSAÇÕES COM GOETHE — Johann Peter Eckermann — Tradução do alemão e notas de Marina Leivas Bastian Pinto.
26. PERFIS DE MULHERES — José de Alencar
27. ÚLTIMOS CONTOS — Hans Christian Andersen

NOVOS CONTOS

GRANDES OBRAS DA CULTURA UNIVERSAL

VOL. 13

Capa de
Cláudio Martins

Tradução
Eugênio Amado

Introdução
Lucílio Mariano Jr.

EDITORA ITATIAIA
BELO HORIZONTE
Rua São Geraldo, 53 — Floresta — Cep. 30150-070
Tel.: 3212-4600 — Fax: 3224-5151
e-mail: vilaricaeditora@uol.com.br
www.villarica.com.br

JACOB E WILHELM GRIMM

NOVOS CONTOS

EDITORA ITATIAIA
Belo Horizonte

2006

Direitos de Propriedade Literária adquiridos pela
EDITORA ITATIAIA
Belo Horizonte

Impresso no Brasil
Printed in Brazil

ÍNDICE

Introdução	9
1. A fada Fala-a-verdade	13
2. As três serpentes brancas	18
3. A Linguagem dos animais	22
4. A palha, o carvão e o feijão	27
5. A joaninha e a mosca	29
6. A donzela sem mãos	32
7. Os três filhos do alfaiate	38
8. O casamento da raposa viúva	49
9. Os visitantes importunos	51
10. O copo maravilhoso	53
11. O velho sultão e seus amigos	55
12. O pastor e a flor	58
13. Os irmãos gêmeos	62
14. A Abelha rainha	85
15. Uma troca de noivas	88
16. O lobo fanfarrão	91
17. O filho perdido	93
18. O espírito da água	98
19. Os meninos dourados	99
20. O castelo do leão	104
21. O rei da montanha dourada	112
22. O castelo dourado de Stromberg	120
23. Gente muito esperta	126
24. O caçador inteligente	130
25. As verduras maravilhosas	136
26. A árvore encantada	142
27. A raposa e o cavalo	144
28. O tocador de tambor	146
29. A branca e a preta	155
30. Hans de ferro	160
31. A montanha Símeli	169
32. O Lobo e a raposa	172
33. A ovelhinha e o peixinho	175
34. Pele de asno	177
35. A água da vida	180
36. O alfaiate e o urso	187
37. A pardaloca e seus filhotes	192
38. O esquife de vidro	195
39. Ociosidade e diligência	201
40. O fuso, a agulha e a lançadeira	202
41. O túmulo do rico fazendeiro	205
42. O pastorzinho e o rei	209
43. O rei das aves	211
44. A caverna do ladrão	214
45. Uma casa na floresta	220
46. A princesa Malena	226
47. A bola de cristal	231
48. As doze janelas	234
49. Hans, o sabichão	239
50. A madrinha morte	244
51. O pássaro emplumado	247
52. Os seis cisnes	250
53. A noiva do coelho	255
54. O casamento de Hans	257

55. Os anões 259
56. O velho Hilderbrand 264
57. Os três pássaros 267
58. Os animais fiéis 272
59.Os três cirurgiões militares 276
60. Três historinhas de sapos 279
61. Hans porco-espinho 281
62. O túmulo do garotinho 287
63. Os três artesãos 288
64. A luz do sol há de espantar a escuridão 292
65. A fiandeira preguiçosa 294
66. As três princesas pretas 296
67. A bela Katrine e Pif-Paf Poltrie 299
68. Saindo de viagem 301
69. A donzela de Brakel 303
70. Knoist e seus três filhos 304
71. O filho egoísta 305
72. Heinz, o indolente 306
73. Os empregados da família 309
74. O velho grifo 310
75. A velha mendiga 317
76. Os três preguiçosos 318
77. O poleiro 319
78. Compartilhando alegrias e tristezas 320
79. Liese, a magricela 322
80. A escolha da noiva 324
81. As moedinhas roubadas 325
82. O linguado 326
83. O alcaravão e a poupa 327
84. Azar 328
85. A coruja 329
86. O cravo da ferradura 332
87. Os mensageiros da morte 333
88. Mestre remendão 335
89.História ou charada? 339
90. O menino pobre no túmulo 340
91. O gigante e o alfaiate 343
92. O ladrão e seus filhos 345
93. Hans, o bom menino 352
94. O camponês e o diabo 353
95. As espigas de trigo 355
96. O velho Rink-Rank 356
97. As botas de couro de búfalo 359
98. A chave dourada 363
99. O diabo e seu irmão cor de fuligem 364
100. A criança teimosa 368
101. O velho que voltou a ser jovem 369
102. Os animais de Deus e os do diabo 371
103. O camponês no céu 373
104. Os diferentes filhos de Eva 374
105. As migalhas sobre a mesa 377
106. A lua 378
107. Uma porção de mentiras juntas 380

INTRODUÇÃO

Se você acha, prezado leitor/prezada leitora, que, pelo fato de ter assistido ao filme *"Os Irmãos Grimm"* sabe muita coisa acerca desses dois autores de histórias infantis, sinto desapontá-lo/la, mas o que você realmente sabe sobre eles é pouco, muito pouco, quase nada. Sem abordar a questão do mérito cinematográfico, pois se trata, segundo os entendidos, de uma película de alta qualidade, sou obrigado a dizer-lhe que, em termos biográficos, *"Os Irmãos Grimm"* deixa muito a desejar. Na realidade, as únicas informações biográficas que dessa película se podem tirar, são, quando muito, quatro, a saber: 1) que Jacob e Wilhelm Grimm eram irmãos; 2) que eram alemães: 3) que viveram no século XIX; 4) que tinham alguma coisa a ver com contos de fadas. Todo o restante é pura invenção de moda.

Mas, afinal de contas, quem foram esses tais de "irmãos Grimm"? Para início de conversa, é bom saber que eles não eram apenas dois irmãos, mas nove, todos filhos de Dorothea e Phillipp Grimm, advogado e alto funcionário da Corte de Hannover. Destes nove, apenas dois se tornaram famosos: *Jacob Ludwig Carl Grimm,* nascido em Hanau, perto de Frankfurt, em 1785, e *Wilhelm Carl Grimm*, nascido no ano seguinte, naquela mesma cidade. Na seqüência ordinal da filharada, eles foram, respectivamente, o 2º e o 3º daquela prole.

Embora com a diferença de um ano, Jacob e Wilhelm cresceram e viveram praticamente como se fossem irmãos gêmeos, estudando nas mesmas escolas, seguindo os mesmos ofícios e escrevendo trabalhos e livros em parceria.

Os Grimm compunham uma numerosa família alemã de classe média, na qual se cultivavam os valores e princípios da cultura germânica. Tinham por hábito reunir a família à noite em torno da lareira, enquanto ora a mãe, ora alguma tia ou amiga, entretinha os mais novos, narrando contos de fadas ou lendas heróicas pertencentes à tradição popular, transmitidas oralmente desde tempos imemoriais.

Às vezes, quem assumia o papel de narrador era o pai, e nesses casos, em lugar de buscar nos arquivos da memória os contos e lendas tradicionais, ele preferia ler as histórias populares compiladas e editadas quase cem anos antes por Charles Pérrault, para alegria e encantamento da garotada.

Tal qual seu pai, os dois Grimm também se formaram em Direito, pela Universidade de Marburg, em cuja biblioteca passaram a trabalhar pouco depois de concluído o curso.

Na realidade, Jacob e Wilhelm não chegaram a praticar a Advocacia, preferindo dedicar-se não só ao Magistério, como também aos estudos lingüísticos, folclóricos e históricos, bem como à Literatura.

Ao se avizinhar o término de seu curso universitário, passaram a acalentar o sonho de realizar, na Alemanha, uma pesquisa idêntica à que fora empreendida por Pérrault na vizinha França, entrevistando pessoas do povo, amigos e parentes, a fim de elaborarem um compêndio contendo os contos populares alemães. Essas histórias começaram a ser publicadas em 1812, alcançando enorme sucesso.

Além da pesquisa oral, também consultaram antigos alfarrábios medievais, resgatando algumas histórias antiqüíssimas, muitas das quais já tinham sido varridas da memória popular.

O primeiro livro desse gênero que publicaram foi "*Histórias das Crianças e do Lar*", contendo 51 contos. Em razão do sucesso alcançado, à medida que os anos passavam, novas edições refeitas e aumentadas iam sendo publicadas, e, ao final, o número de contos já passava de duzentos.

Dentre os livros escritos originalmente em língua alemã, "*Histórias das Crianças e do Lar*" é seguramente o mais conhecido e traduzido em todo o mundo.

Além do gênero "contos de fadas", os Grimm também compilaram e publicaram lendas de fundo religioso e centenas de cantigas folclóricas e de sagas germânicas. Citam-se ainda, entre suas obras, escritas ora em parceria, ora individualmente, ensaios e estudos sobre Mitologia germânica, História, Direito, Lingüística e Filologia, além de dicionários de alemão e de folclore.

Portanto, eram antes dois estudiosos e eruditos, do que os dois simpáticos farsantes mostrados no filme que leva seu nome.

Quanto à vida profissional de Jacob e Wilhelm Grimm, cabe mencionar que, em 1830, ingressaram como professores na renomada Universidade de Göttingen, da qual, em razão de suas posições políticas liberais, foram demitidos sete anos mais tarde.

A demissão não lhes causou problemas financeiros, pois, devido à fama que tinham adquirido como literatos e eruditos, não lhes faltaram novas propostas de emprego, provenientes de diversas escolas alemãs. Por fim, decidiram-se por aceitar o convite da Universidade de Berlim, na qual Jacob entrou em 1848, e Wilhelm em 1852.

Na então capital da Prússia, passaram a residir definitivamente, aí permanecendo até sua morte.

Jacob Grimm morreu em 16/12/1859, aos 73 anos, e Wilhelm em 20/9/1863, aos 78.

Dentre os contos compilados e publicados pelos irmãos Grimm, sua preferência recaiu sobre aqueles que apresentam mensagens positivas, nas quais o Bem quase sempre é premiado, e o Mal quase sempre castigado. É inegável a intenção moralista e educativa desses contos, nos quais as feiticeiras, os ogros, grifos, lobos e dragões serviam como um alerta às crianças para que evitassem o contato com estranhos, e nunca deixassem de obedecer aos pais.

Nota-se neles a permanência da esperança, motivando as personagens a lutar por seus ideais, geralmente de cunho humanitário.

Nos "contos de fada" dos Grimm nem sempre aparece a figura tradicional da fada jovem, linda e benfazeja, a qual é muita vezes substituída por algum outro elemento fantástico. Quase todas as suas histórias, porém, pertencem à categoria dos "contos fantásticos", nos quais o mágico e o maravilhoso costumam aparecer de maneira freqüente e natural, do início ao fim da narrativa, sendo utilizado muita vezes como o único recurso para tirar o herói das dificuldades e agruras com as quais ele repentinamente se deparou. Diante de um obstáculo intransponível ou de uma dificuldade insuperável, eis que surge, dotado de poderes fantásticos, ora um anel, ora um porrete, ora um chapéu teletransportador, um animal falante, uma fonte miraculosa, um repolho que transforma gente em jumento, e por aí afora.

Parte dos contos de fadas de Grimm — cerca de metade — já foi dada a público pela Editora Villa Rica, que, em 1994, publicou uma seleção composta de 99 contos de fadas. Os 107 contos restantes são agora publicados, completando o conjunto dos contos de fada e histórias maravilhosas de autoria dos Irmãos Grimm, os quais totalizaram 206, na última edição de sua obra.

Desta vez a tradução ficou a cargo de Eugênio Amado, profissional especializado em trabalhos dessa natureza, o qual anteriormente já se tinha desincumbido com extrema competência da tradução de obras como as *"Fábulas"* de La Fontaine, os *"Contos"* de Andersen, e várias outras obras literárias de cunho infanto-juvenil.

Lucílio Mariano Jr.

1. A FADA FALA-A-VERDADE

Junto à borda de uma extensa floresta viviam um lenhador, sua mulher e sua filhinha de três anos. Os três levavam uma vida miserável, e muitas vezes passavam um dia inteiro sem ter coisa alguma para comer, nem mesmo um pedaço de pão.

Num dia em que se levantou tomado de preocupações quanto ao futuro de sua pequena família, o lenhador, depois de pegar seu machado, entrou na floresta, e já se preparava para abater uma árvore, quando avistou uma bela senhora, bem diante de onde se encontrava, mirando-o com olhos bondosos. Era uma mulher jovem e bonita, dona de uma cabeleira longa e sedosa, em meio à qual coruscavam pequenos diamantes. Em torno de sua cabeça se via uma coroa de estrelas resplandecentes. Voltando-se para o lenhador, que a encarava boquiaberto, sem saber o que pensar ou dizer, ela assim falou:

— Eu sou a fada Fala-a-Verdade, a protetora de todas as criancinhas boas. Tu vives em meio à pobreza e à falta de recursos. Por isso, proponho que me entregues tua filhinha, para que eu possa criá-la. Hei de cuidar dela com todo o carinho, como se eu fosse sua mãe.

O lenhador aceitou a proposta com satisfação, tratando de buscar a criança e entregá-la para a boa fada, que no mesmo instante a levou para o seu belíssimo palácio construído nas nuvens.

A menininha passou a desfrutar de uma vida maravilhosa, em que não faltavam deliciosos pães doces e copos de leite fresco e cremoso. Passou a usar roupas de seda e ouro, e tinha como companheiras de folguedos outras crianças que ali também eram criadas pela fada.

Ela permaneceu nessa vida tranqüila até completar quatorze anos. Foi então que a boa fada, chamando-a para perto de si, lhe disse:

— Querida criança, estou para fazer uma longa viagem. Enquanto estiver ausente, quero deixar a teu cuidado as treze chaves que abrem as treze portas dos treze quartos deste meu palácio. Tu terás inteira liberdade de abrir doze dessas portas, e examinar as coisas maravilhosas que doze desses quartos contêm; porém, no décimo terceiro quarto, cuja porta só pode ser aberta com a menor das treze chaves, nesse não tens permissão de entrar. Se desobedeceres, isso irá acarretar-te dor e infortúnio.

A menininha, que então já se tinha transformado em mocinha, prometeu solenemente lembrar-se desse aviso, e quando a fada se foi, começou nesse mesmo dia a examinar os quartos, um a um. Cada dia examinava um deles. Por fim, no décimo segundo dia, já havia examinado todos os que lhe eram permitidos. Em cada um deles, ela e suas acompanhantes encontravam uma bela fada, envolta numa clara e brilhante luminosidade, e em sua companhia todas elas desfrutavam de momentos alegres e maravilhosos.

Entretanto, a porta proibida continuava trancada. Foi então que começou a crescer dentro de seu coração uma enorme curiosidade, um desejo cada vez mais incontrolável de ver o que haveria naquele quarto. Tanto cresceu esse sentimento, que ela um dia não se conteve e falou para suas companheiras:

— Que tal se déssemos apenas uma espiada aí dentro? Não é para entrar, é apenas para entreabrir a porta, espiar rapidamente e fechar de novo. Ninguém vai saber que fizemos isso.

— De modo algum! — protestou uma delas. — A fada nos proibiu de fazer isso, e seria muito errado desobedecê-la. Se o fizermos, algo terrível poderá nos acontecer!

A jovem nada respondeu, mas o desejo foi-se tornando cada vez mais ardente em seu coração. Dia após dia sua curiosidade aumentava, a ponto de não lhe dar descanso.

Finalmente, num dia em que se viu sozinha e longe de todas as companheiras, ela disse para si própria: "Se eu for agora e der apenas uma rápida espiadela, ninguém irá saber."

Então, pegando o molho de chaves, separou a menorzinha, enfiou-a na fechadura e girou-a bem devagar. Súbito, a porta se escancarou, deixando que ela visse dentro do quarto três fadas sentadas num trono de fogo e iluminadas por um brilhante feixe de luz. Ela ficou ali parada durante um instante, tomada de assombro diante daquele fortíssimo foco luminoso. Aí, deixando-se levar pela curiosidade, pôs o dedo indicador dentro daquele brilhante feixe de luz, e, quando o retirou, viu que estava revestido por uma camada de ouro. Assaltou-a um medo terrível, e então, fechando a porta intempestivamente, ela deitou a correr, indo refugiar-se num canto do palácio. Mesmo ali, tão longe do quarto proibido, ela não conseguia livrar-se da sensação de medo, e seu coração batia descompassadamente, ainda mais quando descobriu que aquela camada de ouro não saía do dedo, mesmo que ela o lavasse e esfregasse com toda a força.

Passados alguns dias, a boa fada regressou, chamou a jovem e pediu a ela que lhe devolvesse as chaves. Ao recebê-las, olhou bem dentro de seus olhos e perguntou:

— Abriste ou não a décima terceira porta?

— Não — respondeu ela.

Mas a boa fada notou que seu coração batia aceleradamente, adivinhando então que ela estava mentindo, que lhe tinha desobedecido e aberto a porta. Franzindo o cenho, perguntou de novo:

— Acaso abriste a décima terceira porta?

— Não — respondeu ela de novo.

A fada também notou que o dedo da jovem estava coberto por uma camada de ouro, prova incontestável de sua culpa. Pela terceira vez, perguntou se ela teria aberto a porta do quarto proibido, recebendo mais uma vez a mesma resposta. Diante disso, falou-lhe assim:

14

— Porque desobedeceste a minhas ordens e não falaste a verdade, claramente revelaste que não mereces viver com suas companheiras neste palácio.

À medida que a fada falava, a jovem ia caindo num profundo sono. Quando deu por si, tinha retornado à Terra, encontrando-se sozinha num extenso descampado. Quis prorromper em prantos, mas a voz não lhe saía da garganta, pois ela havia ficado muda. De um salto, levantou-se e tentou sair dali, mas inutilmente: atrás de si havia um paredão rochoso, e à frente, para onde quer que tentasse seguir, acabava deparando com uma espessa barreira de arbustos espinhosos que lhe impedia a passagem. Notando que havia várias cavernas no paredão rochoso, decidiu abrigar-se numa delas. Assim, quando a noite chegou, estendeu-se no duro chão e dormiu até de manhã.

Dia após dia, especialmente durante as noites frias ou tempestuosas, aquele foi seu único abrigo. Sua vida, agora, era de fato miserável, e sempre que ela se recordava dos maravilhosos dias que havia passado no belo palácio, juntamente com suas boas companheiras, chorava amargamente.

Sua comida consistia de raízes e frutos silvestres, nem sempre fáceis de encontrar. Quando chegou o outono, apanhou do chão uma grande quantidade de folhas secas, levando-as para a caverna, a fim de lhe servirem de leito. Durante o inverno, alimentou-se de nozes. Nas noites de neve e de gelo, deitava-se toda encolhida, como se fosse um animal selvagem, envolvendo o corpo com sua longa cabeleira, já que suas roupas estavam todas em frangalhos.

Assim, foram passando os anos, um atrás do outro, tendo ela de suportar fome, privação, miséria.

Num dia de primavera, quando as árvores já se tinham revestido de folhas verdes, o Rei ao qual pertencia aquela região estava caçando na floresta vizinha, e, ao perseguir um veado, viu-o desaparecer por entre os espessos arbustos espinhosos que impediam o acesso às antigas cavernas que fazia tempo ninguém visitava. Na tentativa de encontrar o animal fugitivo, desceu do cavalo e, tomando da espada, abriu caminho por entre o espinhal.

Depois de abrir uma picada e alcançar o descampado, avistou uma bela jovem sentada sob uma árvore, coberta da cabeça aos pés por sua linda cabeleira dourada. Tomado de assombro, estacou, e só depois de algum tempo dirigiu-se a ela, indagando:

— Quem sois vós, bela jovem, e que fazeis aqui nesta solidão?

Ela nada respondeu, pois seus lábios estavam trancados.

Então o Rei voltou a perguntar:

— Quereis seguir comigo para meu palácio?

Ela fez que sim com a cabeça, e o Rei, tomando-a nos braços, colocou-a no cavalo e seguiu com ela para casa.

Logo que chegou ao castelo, ordenou que lhe dessem belas roupas e tudo o mais que ela demonstrasse querer. E embora ela não pudesse falar, sua beleza e graça fizeram com que o soberano se apaixonasse perdidamente por ela; tanto assim que, pouco tempo depois, decidiu tomá-la como esposa.

Passado um ano, a jovem Rainha teve um filho. Numa noite, quando se preparava para pô-lo no berço, apareceu-lhe a fada Fala-a-Verdade e disse:

— Vais agora contar-me o que fizeste quando estive ausente? Abriste ou não a porta proibida? Se disseres a verdade, hei de restaurar tua capacidade de falar, mas se ainda teimares em negar que me desobedeceste, levarei comigo teu filho recém-nascido.

Para ouvir a resposta, devolveu-lhe temporariamente a capacidade de falar, mas ela permaneceu em sua obstinação anterior, afirmando:

— Não! Eu não abri a porta proibida.

Ouvindo isso, a fada tomou o recém-nascido nos braços e desapareceu com ele.

Pela manhã, quando a criança não foi encontrada, logo se espalhou um murmúrio entre os criados, chegando alguns a afirmar que a Rainha teria dado cabo do filho e sumido com o corpo. Ela ouviu tudo, mas não tinha como responder e se explicar; não obstante, o Rei a amava tanto, que não podia acreditar em coisa alguma que se afirmasse contra ela.

No ano seguinte, nasceu o segundo filho do casal real, e de novo a boa fada apareceu e disse:

— Se agora confessares que abriste a porta proibida, devolver-te-ei teu filho e tua capacidade de falar; porém, se persistires em negar, além de permaneceres muda, perderás teu segundo filho.

Mas ela novamente afirmou com convicção:

— Não, eu não abri a porta proibida!

Ouvindo isso, a fada Fala-a-Verdade tomou a segunda criança e levou-a para seu palácio nas nuvens.

Na manhã seguinte, quando se ficou sabendo do desaparecimento da criança, os criados passaram a manifestar em voz alta sua desconfiança de que a culpada fosse a Rainha, afirmando que ela devia ser uma criatura monstruosa, uma ogra antropófaga, que teria devorado o próprio filho. Os conselheiros do Rei exigiram que ela se apresentasse perante eles, a fim de se explicar, mas o amor do Rei era tão grande que não o deixava acreditar naqueles boatos. Assim, revoltado com tais desconfianças, ameaçou com a forca os conselheiros que insistissem em interrogá-la, e eles, com receio de perder as vidas, não se atreveram a dizer mais coisa alguma contra a Rainha.

No terceiro ano, nasceu outra criança, dessa vez uma menina. De novo apareceu a fada e disse para ela:

— Segue-me.

Tomando-a pela mão, levou-a para seu palácio nas nuvens. Lá chegando, mostrou-lhe dois belos garotinhos que estavam rindo e brincando entre as estrelas, sob a esplendorosa luz do sol. Enorme foi a alegria da Rainha ao reencontrar seus filhinhos. A boa fada então lhe disse:

— Teu coração ainda não se abrandou? Mesmo agora, basta confessares ter aberto a porta proibida, para que eu te devolva teus dois filhinhos.

16

E, mais uma vez, ela lhe deu a mesma resposta:

— Não, eu não abri a porta proibida.

A fada levou-a de novo para a Terra, mas regressou ao palácio levando consigo a filhinha da Rainha.

Na manhã seguinte, quando deram pela falta da criança, todos ficaram muito zangados, comentando entre si:

— Nossa Rainha é realmente uma ogra e devorou seus três filhos. Por isso, terá de ser condenada à morte.

Dessa vez o Rei não pôde silenciar seus conselheiros. A Rainha foi trazida diante do tribunal, e, como não podia falar para se defender, acabou condenada a ser queimada viva.

Diante do palácio juntou-se uma enorme pilha de lenha ao redor de uma estaca, na qual estava presa a Rainha. O fogo foi aceso, e só quando as chamas começaram a se espalhar foi que seu orgulho começou a derreter-se, e seu coração a se abrandar, levando-a a se arrepender e dizer para si própria: "Oh, se antes de morrer eu pudesse confessar para a boa fada que, naquele dia, eu de fato abri a porta do quarto proibido..."

Nesse momento, sentindo que havia recobrado sua voz, ela gritou:

— Oh, fada Fala-a-Verdade, perdoa-me pela minha desobediência!

Bastou pronunciar essas palavras para que uma chuva começasse a cair e rapidamente apagasse as chamas. Uma luz brilhante a rodeou e diante dela apareceu a boa fada, trazendo pelas mãos seus filhinhos há tanto tempo desaparecidos, e nos braços a filhinha. Dirigindo-se a ela gentilmente, a fada disse:

— Agora que confessaste teu erro e alcançaste o perdão, posso restaurar não só tua capacidade de falar, como devolver-te teus três filhinhos, prometendo a todos vós muita felicidade e alegria pelo resto de vossas vidas.

E completou:

— Todo aquele que confessa seu erro e se arrepende de seus pecados merece sempre ser perdoado.

2. AS TRÊS SERPENTES BRANCAS

Era uma vez um pai e um filho tão pobres que muita vezes nada tinham para comer em sua casa. Vendo como aquilo deixava seu pai angustiado, disse-lhe um dia o jovem:

— Querido pai, vejo o senhor saindo por aí dia após dia, sempre cansado e com aparência preocupada; por isso, decidi sair pelo mundo e tentar ganhar meu próprio sustento.

Seu pai deu-lhe então a bênção e se despediu dele com muitas lágrimas.

Justamente nessa época, o poderoso rei de seu país estava se preparando para entrar em guerra contra o rei de um país vizinho. Assim sendo, o jovem se alistou entre os combatentes e seguiu como soldado para o campo de batalha. No primeiro conflito em que se meteu quase perdeu a vida, escapando do perigo de forma quase miraculosa, já que os dois companheiros que o ladeavam caíram mortos. Seu comandante sofreu ferimentos graves, e muitos soldados, tomados de pavor, fugiram em debandada, mas não o jovem, que permaneceu firme e resoluto, pondo-se a gritar para seus camaradas:

— Não, não fujais! Não vamos permitir que nossa terra natal seja conquistada e humilhada!

Ouvindo seus brados, os soldados em fuga estacaram, recobraram a coragem e seguiram atrás do jovem, que os guiou para a frente de batalha. Ali, em rápida manobra, colheram de surpresa o inimigo, infligindo-lhe uma fragorosa derrota.

Ao tomar conhecimento de quem era o responsável pela grande vitória, o Rei mandou que lhe trouxessem o jovem, concedendo-lhe grandes honras, além de recompensá-lo generosamente e de lhe conferir uma posição de destaque na Corte.

Esse Rei tinha uma filha muito bonita, porém muito cheia de caprichos. Há tempos tinha ela jurado que somente aceitaria casar-se com o homem que lhe prometesse ir junto com ela para o túmulo, no caso de sua morte.

— Se ele me amar — dizia ela, — não há de querer continuar vivendo sem mim.

Em contrapartida, ela também prometia fazer-lhe companhia na câmara mortuária, caso ele morresse primeiro.

Por causa dessa promessa, ninguém se atrevia a pedir-lhe a mão, apesar de sua beleza e da possibilidade de um dia vir a tornar-se rei daquela terra. Ao vê-la no palácio real, porém, o jovem soldado ficou tão encantado com tamanha beleza, que não fez da caso daquela exigência, dirigindo-se ao Rei e pedindo a mão de sua filha em casamento. Antes de responder, o soberano perguntou:

— Estás ciente do juramento que minha filha fez, e das terríveis conseqüências dessa tua pretensão?

— Sim — respondeu o rapaz. — Aceito ter de seguir com ela para o túmulo, no caso de sua morte. É tão grande meu amor por vossa filha que tal perigo não me causa medo.

Então o Rei concordou com seu pedido, e o casamento foi celebrado com grande pompa.

Depois de viverem juntos e felizes por algum tempo, a Princesa foi acometida por uma grave enfermidade, e não houve médico ou remédio capazes de impedir que ela viesse a falecer. O jovem esposo ficou inconsolável, ainda mais quando se lembrou do antigo juramento que ela fizera e que ele prometera cumprir. A idéia de seguir com ela para o túmulo encheu-o de horror, mas não havia como escapar. Além disso, o Rei mandou postar sentinelas em todos as saídas do palácio, de maneira que não lhe restava a menor possibilidade de fuga.

No dia seguinte ao de sua morte, o corpo da Princesa foi levado em cortejo para a real câmara mortuária. Ao lado do esquife seguia o jovem viúvo. Colocado o caixão sobre um estrado, saíram todos, exceto ele, sendo a porta firmemente trancada com cadeados e ferrolhos.

Perto do caixão havia uma mesa, e sobre ela quatro velas de cera, quatro pães, quatro garrafas de água e quatro de vinho. Ele sabia que, quando essas provisões acabassem, seria certa a sua morte. Cheio de angústia e pesar, sentou-se à mesa, determinado a comer e beber o mínimo necessário a sua sobrevivência, a fim de adiar o mais que pudesse a sua morte.

No dia em só lhe restavam o último pedaço de pão e o último gole de vinho, já se preparava para fazer sua derradeira refeição e depois deitar-se para esperar a morte, quando avistou, saindo de uma fresta no canto oposto da câmara, uma serpente branca, que rastejou pelo chão, seguindo em direção ao corpo. Receando que ela subisse ao tablado e picasse a Princesa morta, o Príncipe desembainhou a espada e lhe desferiu dois golpes, partindo-a em três pedaços, ao mesmo tempo em que exclamava:

— Enquanto eu viver, serpente alguma irá tocá-la!

Passados alguns minutos, uma segunda serpente passou pela fresta, rastejou pelo chão e, vendo a sua companheira dividida em três pedaços, recuou, passou pela fresta e pouco depois retornou, trazendo na boca três folhas verdes. Aproximando-se da companheira morta, juntou seus três pedaços e colocou uma folha em cima de cada um. Pouco tempo depois, a serpente estremeceu, retornou à vida, e as duas se foram embora dali, como se nada houvesse acontecido, deixando no chão as folhas miraculosas.

Vendo aquelas folhas, ainda assombrado com o que acabara de presenciar, subitamente lhe ocorreu que, se elas podiam restaurar a vida de uma serpente, quem sabe poderiam servir igualmente para os seres humanos? Com o coração esperançoso, abaixou-se, apanhou as folhas, foi até onde jazia o corpo da Princesa e colocou uma delas em sua boca e as outras em seus olhos. No mesmo instante, viu o efeito daquela providência. O sangue voltou a circular nas veias da Princesa, devolvendo as cores a suas faces e a seus lábios, que já tinham perdido inteiramente o colorido. Depois de dar um profundo suspiro, ela abriu os olhos e exclamou num sussurro:

— Onde estou?

— Estás a meu lado, querida — respondeu ele.

Em seguida, contou tudo o que tinha acontecido, especialmente o modo empregado para devolver-lhe a vida.

Depois de tomar o gole de vinho e comer o pedaço de pão que haviam sobrado, ela se sentiu mais forte, conseguindo erguer-se do ataúde e caminhar até a porta da câmara mortuária, apoiando-se em seu marido. Os dois bateram à porta com todas as forças e chamaram em voz alta durante longo tempo, até que por fim o guarda do cemitério os escutou e foi imediatamente avisar o Rei sobre o que estava acontecendo. Intrigado, o soberano acorreu pressuroso, ouviu os gritos e ordenou que se abrisse a porta da câmara. Oh! qual não foi sua surpresa e alegria ao encontrar filha e genro vivos, sem ferimentos! Não poderia haver notícia melhor para ele!

O jovem levou consigo as três folhas, encarregando um criado do palácio de sua guarda e vigilância. Ao entregar-lhe as milagrosas folhas, disse:

— Toma conta delas com o maior cuidado, verificando diariamente se estão em bom estado e condição. Quem sabe elas ainda nos serão de utilidade no futuro?

Acontece que, depois de tudo isso, ocorreu uma verdadeira reviravolta no espírito da Princesa, que, ao retornar à vida, baniu o esposo de seu coração, perdendo inteiramente o amor que nutria por ele, embora preferisse manter as aparências, fingindo continuar sendo uma boa esposa.

Não muito tempo depois, o jovem Príncipe resolveu atravessar o mar de navio para ver seu velho pai, e quis que a esposa o acompanhasse na viagem. A bordo do navio, foram-se embora os últimos resquícios do amor que ela lhe votava, desaparecendo até mesmo o sentimento de gratidão que até então lhe tinha guardado, pelo fato de ter-lhe ele um dia devolvido a vida. Sem levar em conta coisa alguma, ela acabou por tornar-se amiga íntima e confidente do capitão do navio, identificando-se com ele, que era uma pessoa de índole má e traiçoeira.

Um dia, quando o jovem Príncipe estava dormindo no convés, juntaram-se os dois e combinaram entre si que o capitão iria pegá-lo pelos ombros, e ela pelos pés, e antes que o pobre coitado desse por si, já o teriam atirado nas ondas do mar. Executado esse ato criminoso, disse ela ao capitão:

— Vamos voltar para minha terra. Lá eu direi que o Príncipe morreu durante a viagem, ao mesmo tempo em que irei elogiar e exaltar tua pessoa junto a meu pai, de modo tal que ele prontamente consentirá em nosso casamento. Assim, após sua morte, irás herdar a coroa real.

Acontece que o fiel criado a quem o Príncipe entregara as folhas maravilhosas tinha presenciado toda a cena sem ser percebido, e, quando os dois deixaram o convés, baixou um dos botes que ficam suspensos na lateral do navio, entrou nele e não demorou a encontrar o corpo do amo, flutuando nas águas. Com alguma dificuldade, conseguiu puxá-lo para o bote e tratou de remar com todas as suas forças, afastando-se o quanto pôde do casal de traidores.

Logo que se sentiu seguro e fora das vistas de quem quer que fosse, apanhou as preciosas folhas que sempre trazia consigo e pôs uma na boca e as outras duas nos olhos do morto, que rapidamente mostrou sinais de vida, até recuperar-se tanto que pôde ajudá-lo nos remos.

Dia após dia, remaram incansavelmente, fazendo com que o bote varasse as ondas com grande velocidade. Desse modo, conseguiram chegar ao reino e ao palácio do Rei bem antes do casal de traidores.

O Rei se espantou enormemente quando viu seu genro e o criado se apresentarem diante dele, perguntando-lhes o que havia acontecido. Depois de ouvir toda a história, disse:

— Dificilmente poderia imaginar que minha filha agisse de modo tão vil. Entretanto, a verdade acabou vindo à luz. No momento, aconselho-vos a ficardes escondidos neste quartinho aí em frente, permanecendo nele até que chegue o navio.

O Príncipe e o criado seguiram o conselho. Poucos dias depois, o navio ancorou e a Princesa se apresentou diante de seu pai, revelando um tal sofrimento no semblante que chegava a causar dó.

— Por que voltaste, filha? E onde está teu marido?

— Ah, meu pai — respondeu ela, — voltei para casa cheia de dor, porque, durante a viagem, meu marido adoeceu de repente e morreu! Se este bom capitão não tivesse me acudido e me trazido para casa, nem sei o que teria sido de mim! Ele acompanhou meu marido em seu leito de morte e poderá contar-vos tudo o que ocorreu.

— Oh! — exclamou o Rei. — Pois fica sabendo, filha, que a vida de teu marido já foi restituída; assim, não precisarás afligir-te por mais tempo.

Dito isso, abriu a porta do quartinho e chamou o genro e o criado.

A visão do marido vivo deixou a Princesa estarrecida e tomada de pavor. Logo se prostrou de joelhos defronte ao pai, implorando misericórdia.

— Não posso ter misericórdia para contigo — disse o Rei. — Teu marido não somente aceitou acompanhar-te ao túmulo e ali ficar até morrer, como foi responsável pelo fato de teres retornado à vida. Já tu não hesitaste em assassiná-lo enquanto dormia. Por isso, receberás o prêmio ao qual fizeste jus.

E ordenou que a embarcassem, juntamente com seu cúmplice, num bote cheio de furos, e que os dois fossem deixados em alto-mar, onde logo pereceram, engolidos pelas ondas.

3. A LINGUAGEM DOS ANIMAIS

Vivia há muitos séculos um rei possuidor de domínios tão extensos que toda a terra estava sujeita a seu julgamento. Nada lhe ficava ignorado durante muito tempo, pois ele logo aparecia, como se a informação da maioria dos eventos cuidadosamente escondidos lhe fosse trazida através do ar. Era costume desse Rei, diariamente, ao meio-dia, quando os pratos do almoço estavam sendo tirados e ninguém estava presente, chamar um criado de toda confiança e mandar que ele recolhesse e levasse de volta para a câmara real, de onde fora trazida, uma tigela que era mantida sempre coberta. Nem o criado nem ninguém sabia o que ela continha, pois o Rei nunca descobria a tigela para revelar o seu conteúdo, somente o fazendo quando se encontrava a sós em seu quarto. Isso veio acontecendo durante longo tempo.

Certo dia, porém, a curiosidade do criado cresceu tanto que venceu sua fidelidade e derrotou sua resistência. Assim, depois de tirar os pratos da mesa do Rei, tomou da tigela, como sempre o fazia, e, em vez de levá-la para a câmara real, seguiu com ela para seu próprio quarto, onde pretendia ver que iguaria seria aquela que o Rei preferia degustar sozinho em seus aposentos.

Após trancar a porta com todo o cuidado, levantou o pano e viu, para sua surpresa, que a iguaria era uma serpente branca colocada de comprido na tigela. Apesar da repulsa inicial, acabou não resistindo ao desejo de provar ao menos uma isca, e então, cortou um pedacinho e levou-o à língua. Logo passou a escutar do lado de fora da janela estranhos murmúrios e vozes suaves. Prestou atenção e viu dois pardais conversando e contando um para o outro tudo o que tinham visto na floresta e nos campos. O pedacinho da serpente que ele tinha provado lhe tinha dado o poder de compreender a linguagem dos animais!

Nesse mesmo dia, por falta de sorte, a Rainha tinha dado pelo desaparecimento de um de seus belos anéis, suspeitando de que ele tivesse sido furtado pelo tal criado, já que era ele o único que tinha acesso livre ao quarto no qual a preciosa jóia tinha sido deixada. Em vista disso, o Rei mandou que o trouxessem a sua presença e, com palavras ásperas e zangadas, disse que ele seria enviado à justiça e punido por um feito do qual, até aquele momento, o infeliz sequer tinha ouvido falar. De nada valeu protestar inocência — o Rei foi inflexível. Com o coração aflito e cheio de angústia, o moço saiu para espairecer, indo até o parque existente nos fundos do castelo, tentando imaginar algum meio que lhe permitisse livrar-se daquela acusação.

Na lisa superfície de água do lago, dois patos nadavam lado a lado, conversando entre si enquanto alisavam as penas brilhantes com seus bicos lisos. O criado se pôs a escutá-los e ouviu um deles contar que, no dia anterior, quando saíra pelos arredores em busca de alimento, havia encontrado um lugar cheio de coisas boas, debaixo da janela da Rainha.

— Ah, sim, conheço esse lugar — respondeu o outro pato, — mas alguns dos alimentos dali são um tanto indigestos. Ontem, por exemplo, acabei engolindo um anel que tinha caído logo ali, e que me deixou com um terrível peso no estômago.

Mal ouviu isso, o criado agarrou o pato pelo pescoço, levou-o até a cozinha e disse para o cozinheiro:

— Prepara esse pato para o jantar, porque ele está muito gordo.

— Está mesmo! — concordou o cozinheiro, segurando o pato pelos pés. — Nem teremos o trabalho de engordá-lo.

Dito isso, deu cabo do pobre pato e, quando o abriu para prepará-lo, encontrou o anel da Rainha no bucho do pato..

O criado exultou ao ver o anel, porque agora poderia provar que era inocente, como de fato o fez. Ao ouvir o relato do cozinheiro, o Rei se arrependeu do modo como agira e decidiu compensar o fiel criado, que fora por ele acusado de maneira tão injusta. Assim, não só lhe reafirmou sua confiança e amizade, como também prometeu promovê-lo de posto. Como tinha grande desejo de conhecer o mundo e visitar as diversas cidades das quais tanto ouvira falar, o criado pediu para ser promovido a mensageiro, pois assim poderia ter seu próprio cavalo e dispor de dinheiro para as despesas de viagem.

Todas as suas exigências foram atendidas e ele logo saiu pelo mundo.

Passados uns poucos dias, chegou a uma lagoa rodeada de juncos, entre cujas hastes viu três peixes que se debatiam, sem saber como se desvencilhar daquela prisão. Os pobres peixes estavam arquejantes, prestes a morrer. Embora muita gente afirme que os peixes são mudos, ele escutou e entendeu perfeitamente seus aflitos pedidos de ajuda, e, penalizado com o sofrimento dos pobres animais, apeou, pegou-os, tirou-os de entre os juncos e os devolveu à lagoa. Eles se foram dando pinotes de alegria, mas antes de desaparecerem, um deles, esticando a cabeça fora da água, gritou:

— Nunca nos esqueceremos disso! Um dia iremos recompensar-te por ter-nos salvo.

O jovem mensageiro seguiu em frente, até que, num dado momento, bem embaixo de seus pés, escutou uma vozinha, logo percebendo que se tratava de uma formiga. Era a Rainha de um formigueiro, queixando-se dos perigos que suas súditas tinham de enfrentar dia após dia.

— Esses seres humanos — dizia ela — viajam montados em animais displicentes, sem qualquer cuidado ou atenção para conosco. Agora, por exemplo: eis aqui um que se aproxima, e que, com suas patas pesadas, com certeza irá esmagar vários de meus súditos, sem dó nem piedade.

Para sua surpresa, o cavaleiro desviou o cavalo para um lado, evitando esmagar as formigas. Vendo isso, a formiga-rainha gritou:

— Nunca nos esqueceremos disso! Um dia iremos recompensar-te por ter-nos poupado.

Seguiu viagem o mensageiro e penetrou num bosque, onde notou que seu cavalo estava mancando e não poderia prosseguir. Apeando junto a uma árvore, olhou para cima e, num de seus galhos, avistou um ninho de corvos, dentro do qual estavam um casal e três filhotes. Prestando atenção ao que diziam, o moço escutou o corvo-pai dizer:

— De hoje em diante, tratem de se arranjar sozinhos, pois não mais iremos alimentá-los. Vocês já estão crescidos e podem muito bem providenciar o seu sustento.

E, dizendo isso, expulsou do ninho os três filhotes, que ainda estavam aprendendo a voar.

Por mais que batessem as asas, as pobres avezinhas acabaram caindo no chão, onde se puseram a esgoelar, gritando:

— Ai, ai, ai! Somos três pobres filhotes desamparados, tendo de arranjar comida, sem saber voar! Não vamos demorar a morrer de fome!

Como seu cavalo estava imprestável, o bom rapaz deu cabo dele com sua adaga, deixando ali a carcaça para alimentar os pobres corvos. As aves pularam sobre ela e começaram a banquetear-se, gritando:

— Nunca nos esqueceremos disso! Um dia iremos recompensar-te por ter-nos alimentado.

Obrigado a prosseguir a pé, caminhou por uma longa distância, até que chegou a uma grande cidade. Numa praça, avistou uma grande aglomeração de pessoas rodeando um homem montado num belo cavalo. Era o arauto do Rei, que, em voz alta, estava lendo um aviso real, informando que a filha única do Rei estava em idade de casar, e que o soberano aguardava a apresentação dos candidatos a sua mão. Todavia, atendendo a um pedido da Princesa, os pretendentes teriam primeiramente de realizar uma tarefa escolhida por ela, pagando com a própria vida caso não conseguissem concluí-la.

Sem qualquer intenção de se apresentar como pretendente à mão da Princesa, o jovem seguiu até o palácio, onde deveria entregar as correspondências que trouxera consigo, e foi admitido à presença do Rei. Todavia, no momento em que avistou a Princesa, apaixonou-se perdidamente por ela, fascinado por sua beleza, e, aproveitando que já se encontrava diante do Rei, apresentou-se como candidato à mão de sua filha. O Rei aceitou seu pedido e pouco depois ordenou que ele o acompanhasse numa viagem de navio, durante a qual lhe seria revelada a tarefa a ser cumprida. Num dia, em que ele estava repousando no convés, alguém atirou diante dele um anel de ouro, que ele tratou de apanhar e entregar ao Rei. Este então lhe ordenou que atirasse o anel ao mar e mergulhasse atrás dele, dizendo:

— É essa a tua tarefa: trata de trazê-lo de volta, pois, enquanto não conseguires encontrá-lo, não poderás voltar ao navio, e acabarás sendo engolido pelas ondas.

Todo mundo se condoeu do belo jovem, considerando que seria virtualmente impossível executar tal tarefa. Quanto a ele, foi descido até a superfície do mar e ficou nadando por ali, tentando alcançar o local onde tinha sido jogado o anel. Num dado momento, avistou três peixes, e logo reconheceu serem aqueles mesmos cujas vidas tinha salvo poucos dias antes. Um deles trazia uma ostra na boca, entregando-a ao rapaz, que logo a abriu, encontrando em seu interior o anel de ouro. Cheio de alegria, retornou ao navio e o entregou ao Rei, imaginando que bastava isso para lhe ser concedida a mão da Princesa.

Mas a caprichosa moça, alegando que ele não era de origem nobre, disse que, por essa razão, teria de enfrentar outra tarefa difícil, pois só assim alcançaria mérito suficiente para casar-se com ela. Dito isso, seguiu com ele até o jardim do palácio real, e espargiu sobre a relva todas as sementes que estavam contidas em dez grandes sacos. Em seguida, voltando-se para o rapaz, disse:

— Recolhe todas essas sementes antes do nascer do sol, repondo-as nos dez sacos de onde foram tiradas. Se eu amanhã encontrar perdida na relva uma única sementinha que seja, irei considerar que não realizaste a tarefa.

Dito isso, voltou para o palácio, deixando ali no jardim o pobre moço, que, tomado de desalento, sentou-se no chão, na certeza de que jamais iria conseguir desincumbir-se de tal tarefa. Ali ficou, com o rosto entre as mãos, certo de ser condenado à morte logo após o nascer do sol. Nessa angustiosa expectativa, passou toda a madrugada, sem se mexer dali. Mas quando o primeiro raio de sol clareou a cena, ele viu com surpresa que os dez sacos de sementes estavam empilhados num canto, um ao lado do outro, repletos de sementes, sem que uma única tivesse ficado esquecida na relva. Aconteceu que a formiga-rainha, tendo tomado conhecimento de sua aflição, fora até ali com milhares de seus súditos, e as agradecidas criaturas, trabalhando incansavelmente, tinham colhido e reposto nos sacos todas as sementes que a Princesa havia espalhado no jardim.

Já de manhãzinha veio a filha do Rei examinar pessoalmente o jardim, espantando-se ao constatar que o jovem, surpreendentemente, tinha executado com perfeição a tarefa que lhe fora imposta.

Mas nem assim se abrandou seu orgulhoso coração, e, ao prestar contas a seu pai, falou:

— Tenho de reconhecer que ele conseguiu desincumbir-se bem dessas duas difíceis tarefas, mas acho pouco para que mereça a minha mão. Assim, só aceitarei tornar-me sua esposa depois que ele me trouxer um fruto da Árvore da Vida.

O jovem sequer sabia da existência dessa árvore; mesmo assim, decidiu sair pelo mundo na intenção de encontrá-la, imaginando que essa procura iria consumir todos os anos de vida que lhe restavam. Assim, parando apenas para descansar, viajou dias e dias seguidos, atravessando três reinos, sem que alguém lhe soubesse dizer onde estaria a tal Árvore da Vida. Foi então que numa noite, ao atravessar uma densa floresta, sentindo-se cansado, ele se deitou sob uma árvore para repousar, sem prestar atenção na conversa das aves pousadas em seus galhos. De repente, escutou um farfalhar de folhas, e em seguida uma maçã de ouro caiu-lhe nas mãos. Ouviu depois um bater de asas, e viu três jovens corvos que pousaram a seu lado e lhe disseram:

— Estás lembrado de nós? Somos aqueles três corvos que um dia acudiste, impedindo-nos de morrer de fome. Depois que crescemos e ficamos fortes, aprendemos a voar e migramos para países distantes, onde escutamos dizer que estavas à procura do fruto da Árvore da Vida, que cresce do outro lado do mar, perto do fim do mundo. Movidos pela gratidão, fomos até lá, colhemos o fruto e o trouxemos para ti.

Tomado de alegria, o rapaz se esqueceu de seu cansaço e tratou de voltar ao palácio do Rei, onde depositou diante da bela Princesa a maçã dourada. Dessa vez ela não inventou outra tarefa, aceitando casar-se com ele.

A primeira coisa que fizeram foi dividir entre ambos a maçã dourada, comendo-a juntos. Bastou isso para que o coração da Princesa se abrandasse e se enchesse de amor pelo bravo moço, e o casal viveu numa ininterrupta felicidade por muitos e muitos anos.

4. A PALHA, O CARVÃO E O FEIJÃO

Um belo dia, uma velha que vivia numa certa aldeia foi até sua horta e colheu feijões para cozinhar. O fogão já estava aceso, mas, para avivar o fogo, ela apanhou um punhado de palha e atirou dentro dele. Quando a água começou a ferver e ela despejou os feijões na panela, um deles, sem que a velha o visse, caiu no chão, perto de uma palhinha que ali também tinha caído. Súbito, um carvão em brasa saltou do fogão e caiu junto da palha e do feijão. Ambos trataram de afastar-se dele, exclamando:

— Ei, amigo, não chegues perto de nós enquanto tua brasa não apagar. Como foi que chegaste aqui?

— Oh — respondeu o carvão, — o calor me tornou tão forte que consegui pular para fora do braseiro. Se eu não tivesse feito isso, minha morte seria certa e nesta altura eu já estaria reduzido a cinzas.

— Pode-se dizer — falou o feijão, — que eu também escapei com casca e tudo, pois se a velhota me tivesse posto na panela junto com meus irmãozinhos, eu já teria derretido e virado caldo.

— Também eu escapei de um fim semelhante — disse a palha, — pois todos os meus irmãos foram atirados no fogo pela velhota, e neste momento já devem ter sido queimados Ela juntou sessenta de nós num feixe e ali nos atirou, mas tive sorte e consegui me esgueirar e deslizar entre seus dedos.

— Bem, e agora? Que será feito de nós? — perguntou o carvão.

— Penso — respondeu o feijão — que, como todos três conseguimos escapar da morte, devemos tornar-nos bons companheiros e viajarmos juntos para algum lugar menos perigoso, pois aqui não podemos esperar outra coisa que não seja um triste fim.

Essa proposta foi aceita alegremente pelos dois outros, e no mesmo instante partiram os três para sua viagem. Depois de percorrerem pequena distância, alcançaram um regato sobre o qual não havia ponte de qualquer espécie, nem mesmo uma pinguela. Ali os três se detiveram, sem saber como alcançar a margem oposta do regato.

Nessa altura, a palha tomou coragem e disse:

— Vou me estender em meio ao leito, formando uma ponte, de maneira que vocês possam atravessar o regato passando por cima de mim.

Assim, esticou-se toda, de um lado ao outro do regato, convidando-os a tentar a travessia. O carvão, que tem cabeça quente por natureza, quis ser o primeiro a atravessar o regato, e corajosamente iniciou a travessia, mas quando chegou à metade do percurso e escutou o murmúrio das águas logo abaixo, ficou tão apavorado que estacou, sem se atrever a dar mais um passo à frente. Sua hesitação teve uma grave conseqüência, pois a palha, devido ao calor que ele ainda retinha, começou a chamuscar, acabando por partir-se ao meio e ser arrastada pelas águas, enquanto que o carvão, depois de silvar e chiar, acabou indo para o fundo.

Já o feijão, que tinha cautelosamente permanecido na margem, não se conteve ao ver o que acontecera, e deu uma gargalhada tão estentórea, que estourou. Com isso, seu fim teria sido mais trágico que o de seus companheiros, não tivesse ele a sorte de estar passando por ali um alfaiate que resolveu descansar à margem do regato. Ele o viu e, como tinha um coração bondoso, tirou agulha e linha do bolso e costurou o feijão. Infelizmente, a linha que ele trazia era preta, e é por isso que todos os feijões têm aquela marquinha preta em sua parte de baixo.

5. A JOANINHA E A MOSCA

Uma joaninha e uma mosca resolveram morar juntas. Como gostavam de cerveja, resolveram ferver a cevada numa casca de ovo. Um dia a joaninha caiu dentro da casca e se queimou. Vendo isso, a mosca prorrompeu num tal berreiro, que a porta da casinha perguntou:

— Por que estás gritando tanto, mosquinha?

— Porque a joaninha se queimou!

A porta, então, começou a ranger.

— Por que estás rangendo, portinha? — perguntou a vassoura guardada num canto.

— E não é o caso de ranger? — respondeu ela. — Afinal de contas,

*a joaninha se queimou
e a mosquinha até chorou!*

Ouvindo isso, a vassoura se pôs a varrer com toda a força. Estranhando aquilo, um riachinho que passava ali perto perguntou:

— Por que estás aí a varrer com tanta força, vassourinha?

— E não é o caso de varrer? — respondeu ela. — Afinal de contas,

*se a joaninha se queimou,
se a mosquinha até chorou,
e se a porta então rangeu,
com força, aqui, varro eu.*

— Ah, é? Então eu vou agitar minhas águas — e o riachinho passou a rugir como se fosse um caudaloso ribeirão.

— Por que estás tão agitado? — perguntou o fogo que ardia no fogão.

— E não é o caso de me agitar? Afinal de contas,

*se a joaninha se queimou,
se a mosquinha até chorou,*

se a portinha então rangeu,
e a vassourinha varreu,
as águas agito eu.

Disse então o fogo:
— Ah, é? Então eu vou crescer e me transformar numa fogueira.
E cumpriu o prometido.
Vendo-o tão inflamado, uma árvore que crescia ao lado da janela perguntou:
— Por que estás tão alto, foguinho?
— E não é o caso de arder e crescer? Afinal de contas,

se a joaninha se queimou,
se a mosquinha até chorou,
se a portinha então rangeu,
se a vassourinha varreu
e o riacho se agitou,
fogaréu agora eu sou!

— Ah, é? Então, vou farfalhar!
E começou a agitar-se com tanta violência, que suas folhas caíram ao chão.
Seguindo em direção ao poço, passou por ali uma jovem com um pote na cabeça, e perguntou:
— Por que estás tão agitada, arvorezinha?
— E não é o caso de estar? Afinal de contas,

se a joaninha se queimou,
se a mosquinha até chorou,
se a portinha então rangeu,
se a vassourinha varreu,
se o riacho se agitou
e o fogo ao teto se ergueu,
farfalhar agora eu vou.

— Ah, é? Então, vou quebrar meu pote!
E fez o que disse. Vendo isso, o poço perguntou:
— Por que quebraste teu cântaro, ó mocinha?
— E não é o caso de quebrá-lo? Afinal de contas,

se a joaninha se queimou,
se a mosquinha até chorou,
se a portinha então rangeu,

se a vassourinha varreu,
se o riacho se agitou
se o fogo ao teto se ergueu,
e esta árvore farfalhou,
o pote, então, quebro eu!

— Ah, sei. Já que é assim — disse o poço, — vou me encher até transbordar. E o poço se encheu tanto, que suas águas transbordaram e tudo inundaram; a moça, a árvore, o fogão, o riacho, a vassoura, a porta, a mosca e a joaninha.

6. A DONZELA SEM MÃOS

Um moleiro foi aos poucos ficando pobre, até que um dia nada mais lhe restava senão seu moinho e, atrás dele, uma frondosa macieira. Certo dia, indo catar lenha na floresta, encontrou um velho que ele até então jamais tinha visto. O velho aproximou-se dele e disse:

— Por que tanto trabalho para conseguir lenha? Dar-te-ei uma enorme fortuna se em troca me deres aquilo que agora está na parte de trás de teu moinho.

"A única coisa que está lá é a minha macieira", pensou o moleiro, que logo respondeu:

— Trato feito, bom homem. Dar-te-ei o que me pediste.

Então o estranho sorriu maliciosamente e disse:

— Voltarei daqui a três anos para reclamar o que me pertence.

Dito isso, foi-se embora.

Tão logo o moleiro voltou para casa, sua mulher chegou-se a ele e disse:

— Marido, de onde vieram tantas riquezas para nós? Sem mais nem menos, todas as nossas gavetas e arcas se encheram de ouro! Ninguém veio aqui, e não posso imaginar de onde teria saído tal tesouro!

— Ah — respondeu o moleiro, — já te explico: encontrei um estranho na floresta, e combinamos que ele me daria enormes riquezas, se em troca passasse a ser dele o que se encontrava atrás do moinho. Como sei que a única coisa que se encontra ali é minha macieira, concordei.

— Oh, meu marido — disse a mulher, demonstrando apreensão. — Imagino que se trate de algum feiticeiro, e que não se estivesse referindo à macieira, mas sim a nossa filha, que até minutos atrás estava varrendo o chão do terreiro!...

E foi isso, de fato, o que tinha acontecido. Ora, a filha do moleiro era uma jovem bonita e obediente, que nada disse ao tomar conhecimento do ocorrido, mas que ali continuou vivendo inocente e alegremente durante os três anos seguintes, quando por fim o malvado feiticeiro veio se apossar do que lhe pertencia. Prevendo sua chegada, ela se lavou demoradamente, até ficar pura e imaculada como a neve, e aí tomou de um giz branco e desenhou um círculo no chão, postando-se dentro dele.

O feiticeiro chegou bem cedo, mas, vendo o círculo branco no chão, manteve-se a uma respeitosa distância, sem dele se aproximar. Furioso com a inesperada atitude da moça, dirigiu-se ao moleiro e falou:

— Tira de perto dela qualquer vasilha que contenha água, a fim de que ela não se possa lavar, pois a limpeza do corpo anula meu poder.

Tomado de medo, o moleiro fez o que ele mandou, mas na manhã seguinte, quando o feiticeiro voltou, as mãos da jovem estavam tão limpas como antes, pois ela as tinha lavado com suas lágrimas. Assim, continuava ele sem poder aproximar-se dela, o que mais recrudesceu sua fúria, levando-o a dizer:

— Por causa da limpeza de suas mãos, continuo sem poder aproximar-me dela. Portanto, moleiro, toma de um cutelo e decepa suas mãos.

Horrorizado, o moleiro exclamou:

— Como poderia eu decepar as mãos de minha própria filha?

Mas o malvado feiticeiro ameaçou:

— Se não fizeres agora mesmo o que estou mandando, deixarei aqui tua filha e levar-te-ei em lugar dela!

O pobre homem escutou-o apavorado e, morto de medo, prometeu obedecer. Então, aproximando-se da filha, disse:

— Oh, minha querida, a não ser que eu corte tuas duas mãos, o feiticeiro irá levar-me com ele, e, em meu desespero, eu me comprometi a fazê-lo. Ajuda-me neste impasse, e perdoa-me pelo mal que estou prestes a fazer.

— Oh, querido pai, fazei comigo o que tiver de ser feito. Sou vossa filha.

Dito isso, estendeu-lhe as duas mãos, pondo-as sobre a mesa, e ele as decepou.

No dia seguinte, retornou o feiticeiro, mas a pobre jovem tinha chorado tão copiosamente sobre seus braços mutilados, que os deixara limpos e alvos como nunca. Vendo que não conseguiria de maneira alguma aproximar-se dela, ele, cheio de rancor, se viu obrigado a ir embora.

Tão logo o feiticeiro partiu, disse o moleiro:

— Oh, minha querida, não sabes como me tocou essa tua conduta obediente e generosa! Ao longo de toda a tua vida, hei de te proporcionar tudo o que eu puder, por mais caro e precioso que seja.

— Agradeço-vos, meu pai, mas não poderei permanecer nesta casa — respondeu a filha, — pois aqui não me sinto segura. Dai-me licença de ir para bem longe, onde certamente encontrarei pessoas que me haverão de dispensar a consideração e simpatia de que tanto necessito.

— Receio que seja muito difícil encontrar tais pessoas neste mundo, minha filha — disse o pai.

Mesmo assim, permitiu que ela se fosse, e ela, depois de envolver com um pano as extremidades de seus braços mutilados, partiu ao alvorecer.

Durante um dia inteiro, viajou sem comer coisa alguma. Ao cair a noite, viu que se encontrava nas proximidades de um pomar, sem saber que se tratava dos fundos do palácio real. À luz do luar, viu que ali havia muitas árvores cheias de frutos, mas que o lugar era rodeado por um fosso cheio de água. Sem ter comido coisa alguma durante todo aquele dia, sua fome era tanta que ela não se conteve e exclamou:

33

— Ai, se eu ao menos pudesse apanhar um desses frutos deliciosos! Se não encontrar alguma coisa de comer, não demoro a morrer!

Então, postando-se de joelhos, clamou aos céus por ajuda. Enquanto rezava, uma fada protetora apareceu e abriu uma passagem no meio do fosso, de maneira que ela o pôde atravessar a pé enxuto.

Depois de passar para o outro lado do fosso, ela entrou no pomar, sempre com a fada a seu lado, embora não a pudesse ver, e caminhou até uma pereira carregada de frutos. Porém, ela ignorava que aquelas pêras eram as favoritas do Rei, e que ele acompanhava com todo o interesse seu amadurecimento, examinando-as quase diariamente.

Como não tinha mãos, ela não conseguiu apanhar uma pêra, vendo-se obrigada a mordê-la diretamente no pé. Assim, de mordida em mordida, acabou por comê-la inteirinha, achando que bastava uma para saciar-lhe a fome.

Perto dali, protegido pela sombra de uma árvore, o vigia do pomar acompanhou toda a cena, e, embora fosse sua obrigação impedir que intrusos entrassem no pomar e colhessem os frutos pertencentes ao Rei, não se atreveu a se mostrar, pois havia enxergado a fada que acompanhava a jovem, imaginando que se tratasse de algum espírito. Assim, amedrontado, ficou ali parado, sem saber como agir ou o que dizer.

Depois de comer a pêra, a jovem atravessou o fosso e se abrigou entre uns arbustos, logo adormecendo.

Na manhã seguinte, o Rei, como de costume, foi até o pomar, a fim de examinar sua pereira predileta. Lá chegando, pôs-se a contar as frutas, dando falta de uma. Imaginou a princípio que ela teria caído, e procurou por ela sob a árvore, Como a não encontrou, chamou o vigia e lhe pediu uma explicação.

— Oh, Majestade — disse o vigia, — um fantasma sem mãos veio aqui a noite passada, e comeu a pêra sem a colhêr!

— Como foi que esse fantasma conseguiu atravessar o fosso? E que fez ele depois de comer a pêra?

O vigia respondeu:

— Foi assim: primeiro, desceu do céu um espírito, vestindo uma túnica alva como a neve, e abriu uma passagem no meio da água, que parou de correr, deixando que o fantasma sem mãos pudesse atravessar o fosso pisando em chão seco. Achei que era um anjo, e fiquei com medo de perguntar alguma coisa ou de expulsá-lo do pomar. Depois de comer uma pêra, o fantasma foi embora.

Disse-lhe então o Rei:

— Não reveles a ninguém o que me disseste, porque hoje à noite eu mesmo me encarregarei da vigilância do pomar.

Logo que escureceu, o Rei dirigiu-se até lá, levando consigo um sacerdote entendido em fantasmas, e os três se sentaram sob uma árvore, esperando em silêncio. Por volta da meia-noite, a moça deixou os arbustos e seguiu até a pereira, onde voltou a comer outra pêra, do mesmo modo como o fizera na véspera. Os três vigilantes viram-na postar-se sob a árvore, tendo ao lado um anjo que trajava uma túnica alvíssima. Nesse instante, o padre caminhou em sua direção e perguntou:

— Viestes do céu ou da terra? Sois um espírito, ou um ser humano?

Ao que a moça respondeu:

— Espírito, eu? Que nada! Não passo de uma pobre criatura que, a não ser Deus, todos relegaram ao mais completo abandono.

Disse então o Rei:

— Podes ter sido abandonada por todo o mundo, mas se me deixares ser teu amigo, nunca serás abandonada por mim.

Depois de dizer isso, levou-a consigo para o castelo, onde sua modéstia e distinção tanto encantaram o monarca, que ele se apaixonou por ela de todo o coração. Mandou confeccionar para a jovem duas mãos de prata, e não demorou a se casar com ela, em meio a grande pompa.

Um ano mais tarde, o Rei teve de partir para a guerra, deixando a jovem esposa aos cuidados da Rainha-Mãe, que prometeu tratá-la com todo o desvelo, escrevendo ao filho sempre que pudesse, a fim de deixá-lo a par de tudo o que acontecesse com ela.

Passados poucos meses, a jovem Rainha teve um filho, e a mãe do Rei escreveu-lhe uma carta imediatamente, enviando-a por um mensageiro veloz, a fim de que lhe chegasse às mãos com a maior brevidade.

Esse mensageiro, porém, depois de viajar durante todo o dia, sentindo-se cansado, sentou-se para repousar à margem de um regato, onde acabou adormecendo. Então o feiticeiro, que estava sempre tentando prejudicar a boa e jovem Rainha, tirou a carta que ele trazia, trocando-a por outra, na qual se dizia que sua esposa dera a luz a uma criança, mas que ela era disforme.

Ignorando a troca das cartas, o rapaz prosseguiu sua viagem e entregou a falsa mensagem ao Rei, que, ao lê-la, ficou terrivelmente angustiado e perturbado. Entretanto, respondeu que a Rainha e a criança deveriam continuar recebendo toda atenção e carinho enquanto ele não regressasse.

O feiticeiro malvado novamente espreitou o mensageiro, e, quando este dormiu, trocou a gentil resposta do Rei por uma carta cheia de rancor, na qual ele recomendava a sua mãe que mandasse matar tanto sua esposa quanto o filho recém-nascido.

A Rainha-Mãe ficou aterrorizada ao ler essa resposta, por não acreditar que o Rei a incumbisse de assim agir, já que seria bem mais razoável que ele expressasse não rancor, mas antes satisfação pelo nascimento do filho. Para tirar a limpo a história, escreveu outra carta, recebendo uma resposta idêntica, pois o feiticeiro malvado tinha de novo interceptado o mensageiro, substituindo as cartas verdadeiras por falsas. A última que o Rei mandou foi a pior de todas, pois alterava a ordem inicial, ordenando-lhe que, em vez de matar a mãe e a criança, cortasse a língua do bebê e arrancasse os olhos da esposa.

Mas a Rainha-Mãe tinha bons sentimentos, e, em lugar de cumprir essas ordens terríveis, revelou à nora o que diziam as cartas, dizendo-lhe, com os olhos cheios de lágrimas:

— Não posso matar a ti e a meu neto, conforme me ordena o Rei meu filho, mas também não posso permitir que permaneças aqui entre nós. Sai pelo mundo com esta criança e nunca mais voltes.

Dito isso, prendeu a criança nas costas da mãe, e se despediu da pobre mulher, chorando ambas copiosamente.

Depois de caminhar por algum tempo, a jovem Rainha chegou a uma floresta densa e ficou sem saber que estrada seguir. Então ajoelhou-se e rogou por ajuda. Quando voltou a ficar de pé, viu uma luz brilhando na janela de uma casinha da qual pendia uma pequena tabuleta com essas palavras: *"Quem vive aqui não corre perigo"*.

Do lado de fora da casinha estava uma senhora vestida de trajes alvos como a neve, que lhe disse:

— Bem-vinda, Rainha!

E levou-a para dentro. Em seguida, tirou-lhe a criança das costas e acalentou-a no colo até que ela dormiu tranqüilamente, levando-a para um quarto e deitando-a num berço. Feito isso, voltou para conversar com a mãe.

A pobre mulher olhou para ela com ar intrigado e perguntou:

— Como soubestes que eu era rainha?

Respondeu a dama de branco:

— Sou a fada encarregada de zelar por ti e por teu filho.

Naquela casa passou a viver a Rainha, e ali permaneceu durante muitos anos, desfrutando de grande felicidade. Um dia, como recompensa por sua bondade e gentileza, suas mãos voltaram a crescer. Nesse meio tempo, o filho cresceu, só lhe dando alegrias, satisfação e conforto.

Não muito tempo depois que ela tinha sido mandada embora do castelo, regressou o Rei da guerra, ansioso por encontrar a esposa e conhecer o filho. Ao encontrar-se com sua mãe e pedir notícias dela e dele, a Rainha-Mãe prorrompeu em sentido pranto, dizendo-lhe:

— Oh, filho malvado, como podes pretender ver tua esposa e teu filho, quando me escreveste aquelas cartas terríveis, ordenando-me que matasse aqueles dois seres inocentes?

Sem entender, o Rei quis maiores explicações, e ela lhe mostrou as cartas que recebera, e que tinham sido trocadas no caminho pelo maligno feiticeiro. Então foi o Rei que desatou a chorar amargamente, lamentando o triste fim da esposa e do filho, assassinados injusta e impiedosamente. Vendo seu desespero, disse-lhe a mãe:

— Não te angusties tanto, pois não fiz o que imaginei ser uma ordem tua. Eles estão vivos! Sim, em vez de matá-los, bani-os do reino e mandei que saíssem pelo vasto mundo, recomendando que jamais regressassem, receosa de tua fúria.

Disse então o Rei:

— Irei até o fim do mundo atrás deles, e não comerei nem beberei enquanto não encontrar minha querida esposa, ainda que venha com isso a morrer de fome.

Ditas essas palavras, partiu o Rei para sua expedição, transpondo rochedos e vales, lagos e montanhas, ao longo de sete anos. Por fim, não os encontrando, desistiu de prosseguir, imaginando que os dois tivessem morrido de fome, e que ele jamais iria saber de seu paradeiro.

Durante todo esse tempo, o Rei não comeu nem bebeu alimento terreno, mas tão-somente aquilo que do céu lhe chegava. Na viagem de volta, chegou a uma grande floresta, e avistou a casinha com a tabuleta e as palavras: *"Quem vive aqui não corre perigo"*.

Enquanto se detinha a ler as palavras inscritas, a dama de branco saiu da casinha, tomou-o pelas mãos e o levou para dentro, dizendo-lhe:

— Sede bem-vindo, Majestade. Que fazeis por aqui?

— Estou viajando pelo mundo faz sete anos — respondeu ele, — na esperança de encontrar minha esposa e meu filho, mas foi em vão. Será que tu me poderias ajudar?

— Sentai-vos à mesa — disse o anjo. — Antes de tudo, comei e bebei alguma coisa, para depois descansardes.

O Rei aceitou alegremente o oferecimento, pois de fato estava cansado e com fome, carecendo de alimento e repouso. Depois de uma refeição ligeira, deitou-se e adormeceu. Vendo-o a sono solto, a dama de branco cobriu seu rosto com o lençol; depois, entrou no quarto onde estavam a Rainha e seu filho, a quem ela tinha dado o nome de "João das Dores", e disse para ela:

— Vai até o quarto vizinho, pois teu marido lá está.

A pobre Rainha obedeceu, levando o menino com ela, mas seguiu cheia de angústia, pois se lembrava das cartas cruéis que a Rainha-Mãe tinha recebido, e ignorava que ele jamais a tinha deixado de amar.

Quando ela entrou no quarto, a coberta caiu do rosto do Rei, e ela mandou que o menino a repusesse no lugar, o que ele fez com toda a delicadeza. Ouvindo sussurros, embora continuasse dormindo, o Rei se voltou no leito, fazendo com que o pano caísse de novo.

— Vai, meu filho; cobre de novo o rosto de teu pai.

Olhando intrigado para ela, o menino disse:

— Cobrir o rosto de meu pai? Como assim, minha mãe, se meu pai não vive neste mundo? Não me ensinastes a rezar "Pai nosso que estais no céu"? Sempre pensei que meu pai fosse Deus, e não este estranho, que sequer conheço.

Ouvindo isso, o Rei ergueu-se do leito e perguntou quem estava ali, ao que a Rainha respondeu:

— Aqui estamos tua esposa e teu filho.

O Rei encarou-a com surpresa, dizendo:

— De fato, teu semblante e tua voz são os de minha esposa, mas não podes ser ela, que tinha mãos de prata, enquanto que as tuas são naturais.

— Minhas mãos foram misericordiosamente restauradas — respondeu ela.

Porém, vendo que ele ainda duvidava, a dama de branco, que ficara esperando do lado de fora, entrou no quarto trazendo as mãos de prata, e mostrou-as ao Rei.

Com isso, pôde ele constatar que aquela mulher era de fato sua querida esposa desaparecida, e aquele menino seu filho. Então, abraçando-os cheio de alegria, exclamou:

— Agora, sim, tirei um peso enorme de meu coração!

A dama de branco preparou-lhes uma boa refeição, da qual todos participaram, e depois de uma comovente despedida, o Rei retornou com a mulher e o filho para seu castelo, onde sua mãe e toda a criadagem os receberam em meio a grandes alegrias.

Preparou-se uma segunda festa de casamento e a felicidade de seus últimos dias compensou todas as dores e aflições que o maligno feiticeiro lhes tinha causado.

7. OS TRÊS FILHOS DO ALFAIATE

Era uma vez um alfaiate que tinha três filhos e criava uma cabra para lhes fornecer leite. Naturalmente, um animal tão valioso tinha de ser bem alimentado, e os meninos se alternavam em levá-la todo dia para pastar, onde quer que houvesse relva verde e tenra. Um dia, o mais velho seguiu com ela até o cemitério da igreja, onde a cabra não só pôde desfrutar de boa pastagem, como também brincar e saltar por ali na maior alegria. À noite, na hora de retornar para casa, o menino lhe perguntou:

— A cabrinha já comeu o bastante?

Ao que ela respondeu:

> *— A cabrinha, satisfeita,*
> *não quer mais comer sequer*
> *uma folhinha de grama!*
> *Méééé! Méééé!*

— Então vamos para casa.

E, pegando a corda, levou-a para o redil e amarrou-a.

— Muito bem — disse o pai, ao vê-lo de volta. — Cuidaste bem da cabra?

— Sim, meu pai, ela comeu até não querer mais.

Para se certificar, o pai foi até o redil, e ali, enquanto afagava sua favorita, disse:

— Cabritinha, estás bem alimentada?

E a cabra respondeu, com ar matreiro:

> *A cabra, no cemitério,*
> *pulou e brincou até!*
> *Só o que não fez foi comer...*
> *Méééé! Méééé!*

— Que foi que escutei? — explodiu o alfaiate, saindo dali apressadamente. Chamou o filho mais velho, falou-lhe com ar severo:

— Tu mentiste para mim, dizendo que a cabra tinha comido tanto quanto quis, e que estava bem alimentada, mas verifiquei que ela está é morta de fome!

Espumando de raiva, tomou da régua de medir pano, deu-lhe umas boas reguadas e o expulsou de casa.

No dia seguinte chegou a vez do segundo filho, que preferiu levar a cabra para outro lugar, perto de uma sebe, onde havia relva tenra e fresca em abundância. A cabra comeu tudo o que havia ali, até não deixar uma folhinha.

Próximo do anoitecer, chegando a hora de ir para casa, o menino perguntou se ela tinha comido bastante.

> *— Tanto a cabrinha comeu,*
> *que mais comida não quer.*
> *Mééé! Mééé!*

Depois de ouvir essa resposta, o menino levou a cabra para casa e prendeu-a no redil.

— Bem — disse o pai, quando ele entrou em casa, — como foi o dia da nossa cabra?

— Ah! — respondeu o garoto. — Ela comeu tanto que nem quis comer mais.

Porém, lembrando-se do que tinha ocorrido na noite anterior, o alfaiate foi até o redil e fez à cabra a mesma pergunta da véspera, tendo ela respondido:

> *— Pastar relva bem verdinha*
> *é tudo o que a cabra quer,*
> *pois está morta de fome!*
> *Mééé! Mééé!*

— Ah, menino desaforado! — esbravejou o alfaiate. — Como pudeste deixar um animal tão útil como este passando fome?

Correu para casa enfurecido e, depois de aplicar severa surra de régua no menino, também o expulsou de casa.

No dia seguinte, chegou a vez do filho caçula, que saiu com a cabra decidido a lhe proporcionar um dia de muita fartura. Assim, levou-a para a margem de um regato, onde havia flores silvestres e folhinhas tenras, deixando-a pastar à vontade. Ao voltar, depois de prendê-la no redil, perguntou:

— E então, cabrinha, hoje comeste bastante, não foi?

Ao que ela respondeu:

> *— A cabrinha, satisfeita,*
> *não quer mais comer sequer*
> *uma folhinha de grama!*
> *Mééé! Mééé!*

Ao entrar em casa, contou ao pai onde foi que a levara e como ela tinha comido à farta, mas o alfaiate não acreditou e fez questão de ir em pessoa ao redil perguntar à cabra se ela tinha comido bastante. Ela respondeu:

> *— A cabrinha não comeu,*
> *pois não encontrou sequer*
> *uma folhinha de grama!*
> *Mééé! Mééé!*

— Oh, cabritinha querida! — exclamou o alfaiate. — Como são terríveis esses meus filhos! Cada um é pior que o outro! Eles vão acabar me deixando louco!

A régua voltou a funcionar, dessa vez no lombo do caçula, e tão severamente, que o menino tratou de sair correndo e fugiu de casa. Com isso, o alfaiate passou a viver sozinho, tendo de ir ele próprio levar a cabra para comer. Assim, no dia seguinte, pegou da corda e levou-a consigo, dizendo:

— Vamos, minha preciosa, hoje serei eu mesmo quem irá levar-te para pastar.

Não precisou de ir muito longe, porque perto dali, junto de um cercado, havia um tipo de relva muito apreciada pelas cabras. Soltando-a naquele lugar, disse-lhe:

— Desta vez vais poder comer à vontade!

Ao entardecer, ele lhe perguntou:

— E então, cabrinha, comeste bem?

Ao que ela respondeu:

> *— A cabrinha comeu tanto,*
> *que mais comida não quer!*
> *Que relva mais saborosa!*
> *Mééé! Mééé!*

Ele então levou-a de volta, prendeu-a no redil e foi para casa. Lá chegando, lembrou-se de que havia esquecido o chapéu sobre a cerca do redil, voltando lá para pegá-lo. Ao ver a cabra, perguntou, só por perguntar:

— Desta vez pudeste comer bem, não foi, cabritinha?

Mas, para sua surpresa, ela respondeu:

> *— A cabrinha está com fome,*
> *pois não encontrou sequer*
> *uma folhinha de grama!*
> *Mééé! Mééé!*

Ouvindo essa resposta, ele caiu em si e viu como tinha agido errado com seus três filhos, castigando-os injustamente.

— Ah, animal ingrato! — exclamou cheio de ira. — Em vez de expulsar meus filhos de casa, era a ti que eu deveria ter expulso! Mas deixa estar! Vou deixar-te marcada de tal maneira, que nunca mais te atreverás a passar a perna em alfaiates honestos!

Dizendo isso, pegou uma navalha, ensaboou a cabeça da cabra e raspou-a, deixando-a lisa como a palma de sua mão, e então, considerando que golpes aplicados com a régua de medir pano iriam constituir demasiada honra para ela, tomou de um chicote e lhe aplicou três chicotadas tão fortes, que o animal saltou a cerca do redil e saiu correndo a toda a velocidade.

Vendo-se sem qualquer companhia em sua casa, o alfaiate sentiu-se profundamente triste. Como ficaria feliz se seus três filhos voltassem para lá, mas que fazer, se não sabia onde eles estariam naquele momento?

E assim foram-se passando os anos, sem que ele recebesse qualquer notícia dos três desaparecidos.

Deixemos o irascível alfaiate por sua conta e risco, e vamos ver o que teria acontecido nesse meio tempo a seus três filhos.

O mais velho se havia empregado numa oficina de marcenaria como ajudante, onde aprendeu o ofício com extrema rapidez, deixando seu mestre bastante satisfeito. Vendo que ele já poderia estabelecer-se por conta própria, mandou-o sair pelo mundo a fim de conhecer as novidades do ofício e aprender novas técnicas, como o fazem os jovens artífices que querem aperfeiçoar seus conhecimentos. Ao se despedir do jovem, confiou-lhe uma pequena mesa de aparência modesta, confeccionada em madeira muito comum, mas dotada da notável propriedade de se arrumar sozinha. Com efeito, se alguém se dirigisse a ela e ordenasse: "Arruma-te para o jantar, minha mesinha!", ela imediatamente obedecia, estendendo sobre si uma toalha branca como a neve, e colocando em seus devidos lugares pratos e talheres, além de travessas e terrinas cheias de saborosas iguarias, sem que faltassem belas taças cheias de um delicioso vinho espumante que trazia satisfação e alegria aos corações.

O jovem marceneiro imaginou que, com tal mesa, de nada mais precisaria, e partiu para a viagem sem se preocupar em encontrar alojamento, bom ou mau que fosse, nem algum lugar onde pudesse fazer refeições. E assim foi que, onde quer que estivesse, fosse na floresta, fosse no campo, ele não encontrava qualquer problema para se alimentar, bastando tirar a mesa das costas, armá-la no chão e dizer: "Arruma-te para o jantar, minha mesinha!", e ela imediatamente estava pronta e coberta com tudo o que ele poderia desejar.

Depois de viajar durante algum tempo, achou que estava na hora de voltar para a casa do pai, imaginando que, a essa altura dos acontecimentos, sua raiva devia ter arrefecido. Além do mais, o simples fato de ser dono daquela mesa maravilhosa lhe dava a certeza de ser bem recebido. Com tais pensamentos, dirigiu seus passos para casa e, próximo do anoitecer, chegou a uma hospedaria junto à estrada, que parecia estar cheia de hóspedes. O proprietário chamou-o e convidou-o para sentar e comer com ele em seu quarto, pois a mesa grande já estava com todos os lugares ocupados.

O jovem marceneiro olhou para a escassa refeição que o homem lhe serviu e disse:

— Acha que posso ficar satisfeito com esse jantar? Ora, com duas ou três garfadas eu dou cabo de tudo isso aí! Espera aí, senhor hospedeiro: agora sou eu que faço questão de convidar-te para que comas comigo.

41

O homem riu, imaginando que seu visitante estaria dizendo alguma piada, mas qual não foi sua surpresa quando o viu soltar a mesinha de suas costas, estendê-la no chão do quarto e ouvi-lo dizer: "Arruma-te para o jantar, minha mesinha!", e ela em poucos segundos estar pronta, tendo ele diante de si uma esplêndida ceia, bem melhor do que a que fora servida a seus hóspedes. Às narinas destes, reunidos na sala de refeições, chegou o aroma inebriante das iguarias, atraindo-os para o quarto do hospedeiro, a fim de participarem daquele banquete.

Ao vê-los parados à porta, disse-lhes o jovem marceneiro:

— Entrai, caros amigos, e sentai-vos, pois sois todos bem-vindos.

Vendo que ele falava sério, não se fizeram de rogados, tomando seus lugares à mesa e esvaziando as travessas e terrinas, que logo se enchiam de novo, para surpresa geral.

O hospedeiro ficou num canto observando tudo aquilo em silêncio, enquanto pensava consigo: "Se essa mesinha mágica fosse minha, em breve eu estaria rico!".

O marceneiro e seus convivas passaram grande parte da noite divertindo-se, até que se cansaram e subiram para seus quartos. O jovem marceneiro também se recolheu, levando consigo a mesa e deixando-a encostada na parede. Enquanto isso, a cobiça e a inveja mantinham aceso no hospedeiro o desejo de possuir aquela preciosidade, especialmente quando ele se lembrou da existência de uma velha mesa bem parecida com aquela, que ele há tempos havia deixado jogada num canto de seu quarto de despejo. Então, levantando-se, buscou-a e, entrando sorrateiramente no quarto do rapaz, trocou as mesas e carregou a encantada para fora, aproveitando que seu dono estava dormindo a sono solto.

Na manhã seguinte, o rapaz, depois de pagar pelo pernoite, pôs a mesa nas costas e foi embora, sem sequer imaginar que ela fora trocada durante a madrugada pelo desonesto hospedeiro.

Por volta do meio-dia, chegou a sua antiga casa, sendo recebido com grande alegria por seu pai.

— Bem, meu filho — disse ele, — que fizeste durante todo este tempo?

— Pai — respondeu ele, — aprendi a arte da marcenaria, e me tornei um excelente profissional nesse ofício.

— É um bom ramo de negócio — disse o alfaiate, — mas será que te proporcionou bons ganhos?

— A melhor coisa que ganhei foi esta mesinha — respondeu ele, mostrando a pequena mesa para o pai.

O pai examinou-a de todos os lados, e depois disse:

— Esta mesa não me parece ter grande valor. Está velha e muito usada.

—Ah — respondeu o filho, — seu aspecto não revela seu valor. Ela possui um poder maravilhoso. Quando a armo no chão e ordeno que ela se arrume sozinha, ela no mesmo instante se apronta toda e me serve uma esplêndida e completa refeição, com terrinas, travessas, pratos, talheres, copos, além de um vinho excelente que enche os corações de alegria. Quereis ver? Pois saí por aí e convidai todos os vossos amigos e parentes para jantar, e logo podereis testemunhar os poderes mágicos dos quais minha mesinha é dotada.

O alfaiate fez como o filho havia sugerido, e, quando todos os convidados estavam reunidos em sua casa, à espera do prometido banquete, o jovem armou a mesa no centro da sala e ordenou: "Arruma-te para o jantar, minha mesinha!". Quanto à mesa, nada: continuou vazia e imóvel como até então estivera, já que era desprovida de qualquer encantamento ou poder.

Quando o pobre rapaz descobriu que tinha sido enganado, constatando que sua mesa fora trocada por outra, ficou ali parado e cabisbaixo, morto de vergonha e certo de que todos o iriam considerar um grande embusteiro. Seus parentes, porém, apenas riram dele, embora resmungassem, por não lhes ter sequer sido servida uma bebida. Depois desse episódio constrangedor, o pai retomou sua rotina de agulha, linha e dedal, e o filho foi obrigado a procurar serviço numa oficina local de marcenaria.

Vamos agora ao segundo filho. Este tinha conseguido arranjar emprego num moinho, e depois de aprender seu ofício, o patrão lhe disse:

— Nada mais tenho para te ensinar. É hora de te estabeleceres por conta própria. Como foste trabalhador e eficiente durante todos estes anos, resolvi dar-te de presente um burro maravilhoso, embora não sirva para puxar carroça ou carregar fardos.

— Sendo assim — replicou o moço, — não vejo que utilidade poderá ter esse animal, nem por que razão dizeis que ele seria maravilhoso.

— Olha aqui — retrucou o patrão, — eu não iria dá-lo de presente para ti se ele não fosse de fato útil.

— E que utilidade pode ter um burro que não serve como animal de tiro ou de carga?

— Mas é que ele fabrica ouro! — segredou o moleiro. — Tens apenas de estender um pano no chão, pôr o burro sobre ele, dizer "Brict-Brict", e imediatamente sua boca começará a despejar moedas de ouro.

— Quê?! Isso, sim, é que é utilidade! — exclamou o jovem, aceitando imediatamente o presente.

Depois de expressar ao patrão todo o seu agradecimento, despediu-se e partiu pelo mundo.

Logo descobriu o valor de seu burro, pois bastava precisar de dinheiro para pô-lo sobre um lençol estendido no chão, dizer "Brict-Brict", e logo uma chuva de moedas de ouro se despejava sobre o pano, restando a ele apenas o trabalho de apanhá-las. Assim, onde quer que estivesse, tinha a seu dispor tudo o que o dinheiro podia comprar, e sua bolsa estava sempre cheia.

Depois de viajar durante algum tempo por diferentes países, lembrou-se de sua casa e pensou: "Se eu regressar cheio de dinheiro, meu pai há de esquecer sua raiva e receber-me gentilmente." Assim pensando, dirigiu seus passos para a aldeia natal, e, depois de uma longa viagem, chegou à mesma hospedaria onde fora surripiada a mesa do irmão. Foi recebido pelo hospedeiro, que fez menção de levar o burro para o estábulo, mas ele recusou o oferecimento, dizendo:

— Não é preciso que o leves, bom homem. Faço questão de ir pessoalmente alojar o velho Cinzentinho, pois gosto de saber onde e como ele está.

O homem estranhou aquela recusa, imaginando que um hóspede com tais hábitos não devia dispor de muito dinheiro; entretanto, quando o moço enfiou a mão no bolso e tirou duas moedas de ouro, dizendo-lhe para providenciar uma boa ceia, ele arregalou os olhos e tratou de fazer bem depressa o que lhe fora ordenado.

Depois de jantar, o jovem pediu a conta e o hospedeiro cobiçoso lhe cobrou um preço tão absurdo, que todo o dinheiro contido em seu bolso — e que não era pouco — não daria para pagar. O jovem então disse:

— Espera um pouco, que vou ali buscar mais dinheiro.

E saiu apressadamente, levando consigo a toalha da mesa.

Sem compreender o porquê daquela atitude, e curioso para saber onde ele guardaria o dinheiro, o hospedeiro seguiu-o sorrateiramente, indo espreitá-lo através de um buraco que havia na madeira do estábulo. Viu então que ele estendia a toalha no chão e punha o burro sobre ela, escutando-o dizer "Brict-Brict". No mesmo instante, o animal começar a despejar pela boca reluzentes moedas de ouro, que caíam no chão como chuva.

— Que estou vendo? — murmurou espantado. — Moedas de puro ouro! Esse burro é uma verdadeira mina! Tenho de achar um meio de ficar com ele!

Saindo dali, voltou para dentro de casa e esperou o moço, que logo veio pagar pela refeição, recolhendo-se em seguida a seu quarto. Mais tarde, altas horas da noite, o hospedeiro foi ao estábulo, levou o burro para um lugar distante e trouxe para substituí-lo um outro de aspecto bem parecido.

Na manhã seguinte, o moço levantou, foi até o estábulo, pegou o burro e o levou consigo, sem desconfiar da troca. Por volta de meio-dia, chegou a sua antiga casa, onde foi recebido com muita alegria pelo pai, que, depois de abraçá-lo, perguntou:

— Que ofício aprendeste neste meio tempo, filho?

— Tornei-me um moleiro, meu pai — respondeu ele.

— E conseguiste ganhar alguma coisa com isso?

— Sim. Trouxe comigo um burro.

— Por aqui temos burros de sobra. Eu teria preferido que tivesses trazido uma cabra. Seria mais útil.

— Ah, meu pai, nenhuma cabra poderia ser tão valiosa quanto meu burro. Ele não é do tipo comum, é do tipo que fabrica dinheiro! Basta que eu o ponha sobre um pano estendido no chão diga "Brict-Brict", e sua boca passa a despejar uma chuva de moedas de ouro! Quereis ver essa maravilha? Pois trazei aqui todos os nossos parentes e conhecidos, e darei a cada um deles uma quantia tal que os tornará ricos.

— Isso é incrível! — exclamou o pai. — Com um burro desses, poderei até parar de costurar e aposentar agulha e linha para sempre!

E saiu depressa para convidar os vizinhos, parentes e amigos, que não demoraram a chegar. Então, o jovem separou um espaço no chão, estendeu ali uma toalha, trouxe

44

o burro para dentro de casa e o conduziu até em cima da toalha, dizendo a todos os presentes:

— Agora, prestai atenção.

E, voltando-se para o burro, pronunciou as palavras mágicas:

— Brict-Brict!

Como nada aconteceu, repetiu a palavra duas ou três vezes, mas o animal permaneceu parado, sem compreender coisa alguma de tudo aquilo. O rosto do pobre moço enrubesceu de vergonha, e ele logo percebeu que aquele animal não era seu velho Cinzentinho, caindo em si quanto ao logro de que fora vítima. Só lhe restou pedir desculpas pelo ocorrido, enquanto que seus convidados voltaram para casa tão pobres como antes. Seu pai foi obrigado a continuar costurando, e ele teve de ir procurar emprego num dos moinhos da região.

O terceiro filho empregou-se na oficina de um torneiro como aprendiz, e como esse ofício é difícil de se aprender, ele ali permaneceu por mais tempo que seus irmãos. Porém, como os outros dois sabiam onde ele estava e costumavam escrever-lhe de tempos em tempos, ambos lhe relataram o que lhes tinha acontecido naquela hospedaria cujo dono lhes tinha roubado seus bens tão preciosos.

Logo que o irmão caçula se viu livre para viajar, e antes que iniciasse sua jornada, seu patrão lhe ofereceu, como presente de despedida, um saco de viagem, dizendo-lhe:

— Dou-te isso em recompensa por teres sido honesto e trabalhador. Dentro desse saco pus um belo porrete.

— Posso carregar o saco nas costas — respondeu o rapaz, — e creio que ele será de grande utilidade para mim. Quanto ao porrete, porém, não vejo que outra serventia poderia ter senão a de fazer peso.

— Pois então fica sabendo — replicou o patrão — que se alguém agir mal para contigo, basta dizer-lhe: "Pula fora do saco, porrete!", e ele imediatamente se porá a bater com vontade em suas costas, dando-lhe uma tal surra que o deixará sem se mover por dias a fio. E só irá parar de surrá-lo se ordenares: "Volta para o saco, porrete!".

Ouvindo isso, o moço agradeceu pelo presente e partiu. No caminho, o porrete muitas vezes se mostrou útil, pois sempre que alguém se atrevia a molestar o jovem ou passar-lhe a perna, bastava-lhe dizer "Pula fora do saco, porrete!", que ele imediatamente passava a aplicar uma boa surra no outro, sem que pessoa alguma o empunhasse. E como doíam aquelas porretadas!

Certa noite, o jovem chegou à hospedaria cujo dono tinha procedido de maneira tão desonesta para com seus dois irmãos. Ele entrou e, pondo sobre a mesa seu saco de viagem, começou a conversar com o dono, falando das coisas maravilhosas que tinha visto e ouvido nas terras por onde havia passado.

— Ouvi falar — comentou, — que existem por aí certas mesas capazes de se arrumarem sozinhas e servirem um delicioso banquete, bastando que recebam ordem nesse sentido! E que dizer de certos burros que têm o poder de despejar pela boca reluzentes moedas de puro ouro? Ah, quanta coisa maravilhosa existe por aí! Nem dá para descrever todas! Porém, nenhuma delas se compara a esta que trago aqui comigo neste saco. Isto, sim, é que é a maravilha das maravilhas!

O hospedeiro encheu-se de curiosidade. "Que estará contido nesse saco, algo tão maravilhoso que nada neste mundo se lhe pode comparar?", pensou. "Imagino que seja uma coleção de pedras preciosíssimas, e tudo farei para juntá-la a minhas outras duas maravilhas. Se ter duas já é bom, ter três é bem melhor."

Na hora de deitar, o jovem estendeu-se num banco e pôs o saco sob a cabeça, como se fosse um travesseiro. O hospedeiro esperou em outro quarto, até imaginar que ele estaria ferrado no sono, e então se aproximou sorrateiramente e tentou da maneira mais gentil tirar o saco de onde estava e substituí-lo por um outro semelhante. Acontece que o viajante não estava dormindo, mas sim vigiando atentamente seus movimentos; assim, quando o homem já imaginava estar de posse do saco, ele gritou:

— É agora! Pula para fora do saco, porrete!

Não precisou repetir a ordem para que o obediente porrete, no mesmo instante, passasse a descer com vontade nas costas do ladrão, golpeando seu lombo sem dó nem piedade, a ponto de se abrirem de cima abaixo as costuras de seu casaco. Em vão ele gritava pedindo misericórdia: quanto mais altos seus berros, mais fortes as porretadas, até que ele caiu semimorto no chão.

Nesse momento, o moço ordenou que as porretadas fossem interrompidas, e disse ao hospedeiro:

— É inútil pedir misericórdia. Dize-me: onde estão a mesa encantada e o asno mágico que roubaste de meus irmãos? O melhor que tens a fazer é ir buscá-los o mais rapidamente que puderes, ou o porrete voltará a entrar em cena.

— Oh, não! — balbuciou o hospedeiro. — Irei buscá-los amanhã bem cedinho e entregá-los a ti, mas ordena agora mesmo que esse bordão dos diabos volte para o saco e não saia mais!

— Ele voltará — disse o moço, — mas trata de manter a palavra, ou farei com que tornes a escutar a doce melodia das porretadas.

Em seguida, ordenou:

— Volta para o saco, porrete!

O porrete obedeceu, e só assim pôde o hospedeiro se acalmar, enquanto o jovem adormeceu satisfeito.

No dia seguinte, o homem entregou ao dono do saco os bens que havia roubado, e este seguiu viagem.

Por volta de meio-dia, chegou a sua antiga casa, levando consigo o saco com o porrete mágico, a mesa maravilhosa e o burro encantado, e foi recebido pelo pai com demonstrações de grande alegria. O velho indagou dele o que tinha feito e se havia trazido consigo alguma coisa de valor.

— Trouxe um saco de viagem e um porrete, meu pai.

— Quanto ao saco, vá lá; já o porrete me parece ser coisa dispensável, pois nos matos aqui perto poderás sem dificuldade colhêr boa madeira para fabricar excelentes porretes.

— Mas não um porrete como este que eu trouxe, meu pai! Vede: basta eu ordenar que ele saia do saco, para que ele logo trate de dar uma boa coça em quem tentou me prejudicar, só parando de bater quando lhe ordeno que volte para o saco. Foi com sua ajuda que pude recuperar a mesa maravilhosa e o burro encantado que o hospedeiro ladrão tinha surripiado de meus irmãos. Por falar neles, fazei o favor de chamá-los, e aproveitai para convidar todos os nossos parentes e conhecidos para virem aqui hoje à noite, pois iremos proporcionar-lhes um esplêndido banquete, além de lhes encher os bolsos com reluzentes moedas de ouro.

O alfaiate ficou receoso de acreditar nessas promessas, depois das decepções que já havia experimentado; mesmo assim, fez o que o filho pedira. Então, ao anoitecer, embora um tanto desconfiados, os parentes e amigos foram chegando, até que a casa ficou cheia. Então, o jovem torneiro estendeu uma toalha no chão, trouxe o burro até ela, e disse ao seu irmão:

— Agora, irmão, dize alguma coisa para este burro.

E o jovem moleiro falou:

— Brict-Brict!

Imediatamente, reluzentes moedas de ouro passaram a chover sobre a toalha, enquanto os convidados as recolhiam e enchiam os bolsos com elas.

(Por falar nisso, será que meu prezado leitor também não gostaria de estar ali no meio deles?)

Terminada a colheita, o burro foi levado para o estábulo, e o irmão mais novo montou a mesa no meio da sala, pedindo ao irmão mais velho:

— Agora, irmão, chegou a tua vez de falar.

E o jovem marceneiro disse:

— Arruma-te para o jantar, minha mesinha!

No mesmo instante, os mais esplêndidos pratos surgiram sobre ela, acompanhados de preciosos vinhos e tudo o mais que é necessário a um banquete. Pode-se imaginar como foi que eles desfrutaram de tudo aquilo! Jamais tinha havido festa tão alegre na casa do alfaiate, e ninguém arredou o pé dali enquanto não amanheceu.

Depois disso, o alfaiate trancou numa gaveta as agulhas, as linhas, a tesoura, a régua de medir pano e o velho ferro de passar, e viveu o resto de seus dias entre seus filhos.

Mas, durante todo esse tempo, onde teria estado a cabra cujas mentiras foram responsáveis por ter o alfaiate expulso os filhos de casa? Vou contar já, já. Ela ficou tão envergonhada de ter sido tosada e rapada, que se foi esconder na toca de uma raposa até que seu pêlo crescesse de novo.

À noite, quando a raposa voltou para a toca, viu lá no fundo um par de olhos rebrilhando na escuridão, como se fossem duas brasas. Assustada e cheia de medo, disparou em fuga desabalada, até que encontrou seu amigo urso, que, vendo o terror estampado em sua cara, perguntou:

— Que aconteceu, irmã? Quem foi que te causou tal susto?

— Oh! — respondeu ela. — Um pavoroso e medonho animal se instalou no fundo de minha toca, e me fuzilou com um olhar ardente!

— Então, vou tirá-lo de lá — disse o urso corajoso, seguindo em direção à toca de sua amiga.

Chegando diante dela, olhou para dentro; porém, quando divisou um lampejo daqueles olhos flamejantes, também ficou tão apavorado que recuou e tratou de fugir dali, como o fizera a raposa, desistindo definitivamente de enfrentar tão pavorosa fera.

No caminho, encontrou uma abelha, que, notando seu pêlo todo arrepiado, perguntou:

— Ué, seu Ursulino, que aconteceu? Que cara assustada é essa? Que foi feito de tua alegria?

— É muito bom falar de alegria — replicou o urso, — mas se tu tivesses visto o monstro horrível que está lá no fundo da toca da dona Raposilda, lançando chispas dos olhos, tu também irias perder toda tua alegria. E o pior de tudo é que não há como fazê-lo sair de lá!

— Ora, meu caro — retrucou a abelha, — sinto pena de ti! Sei que não passo de uma débil criaturinha cuja presença nem é notada pelos animais maiores; no entanto, quando se trata de expulsar feras de seus covis, mais valem meus recursos do que os teus.

E partiu voando para a toca da raposa. Lá chegando, entrou, pousou sobre a cabeça da cabra e lhe aplicou uma tal ferroada, que a pobre infeliz saiu dali em disparada, entrando pelo mato adentro, enquanto berrava freneticamente "Mééé! Mééé!".

E desde então nunca mais se ouviu falar dela.

8. O CASAMENTO DA RAPOSA VIÚVA

Era uma vez um raposo que, por mais estranho que possa parecer, tinha nove caudas, coisa que em nada contribuía para torná-lo mais sábio ou melhor. Ele morava numa casinha aconchegante, próximo de um bosque, mas não era feliz, porque tinha muito ciúme de sua esposa, acreditando que ela não lhe fosse fiel. Um dia, chegou à conclusão de que não mais poderia conviver com aquele sentimento, e resolveu tirar a limpo suas suspeitas, empregando um plano bem astuto (já que, como se sabe, astúcia é coisa que não falta às raposas).

Tomada essa decisão, deitou-se bem espichado num banco comprido, e conteve a respiração, procurando manter-se tão imóvel quanto um rato morto. Quando dona Raposa chegou e entrou no quarto, imaginou que ele houvesse morrido de verdade, indo trancar-se num quarto, em companhia de sua criada, uma gatinha jovem e sestrosa, e durante algum tempo chorou copiosamente. Aos poucos, porém, sentiu fome e mandou que a gatinha descesse e cozinhasse algo para o jantar.

Não demorou a se espalhar pela vizinhança a notícia da morte de dom Raposão, e, antes mesmo do funeral, diversos pretendentes vieram pedir a mão da jovem viúva em casamento.

A gatinha estava atarefada fritando umas salsichas, quando escutou uma batida na porta. Foi ver quem poderia ser, e deparou com um jovem raposo, que a saudou:

— Bom dia, minha felina. Estavas dormindo, ou fazendo outra coisa?

— Eu estava preparando o jantar para minha patroa. O cavalheiro é servido?

— Não, muito obrigado. Neste momento, que está fazendo tua patroa, a dona Raposa?

— Ih, senhor, a única coisa que ela fez hoje foi ficar chorando no quarto, lamentando a morte de dom Raposão.

— Pois então vai até lá e dize para ela que aqui se encontra um jovem raposo pedindo permissão para ser seu pretendente.

— Aguarde um instante, senhor — disse a gatinha, seguindo até o quarto para levar o recado.

Abrindo a porta do quarto, perguntou:

— A senhora está aí dentro, dona Raposa?

— Estou aqui, gatinha. Que queres?

— Chegou aí fora um raposo jovem que quer desposá-la.

— E quem disse que eu quero casar-me de novo? E como ele é?

— Ele é novo, bonito, tem uma cauda grande e repolhuda, além de um belo bigode.

— Ah — disse a viúva, — mas disseste que ele tem somente uma cauda? Não tem nove, como meu finado marido?

— Não senhora — respondeu a gatinha; — tem uma só.

— Então dize-lhe que vá passear! — gritou a viúva.

A gatinha despachou o pretendente. Pouco depois, outra batida na porta. Era outro raposo, dessa vez dotado de duas caudas, mas também ele recebeu resposta idêntica à anterior.

Assim, um após outro, foram-se sucedendo os pretendentes à mão da viúva, cada um com uma cauda a mais, sendo todos recusados sumariamente pela exigente raposa. Finalmente, bateu à porta um que tinha nove caudas, a mesma quantidade das caudas do falecido dom Raposão. Ao tomar conhecimento disso, a viúva perguntou:

— Acaso tem ele patas ruivas e focinho pontudo?

— Não — respondeu a gata.

— Ah, então não serve... — disse a viúva.

E foram aparecendo novos pretendentes. Primeiro, um lobo; depois, um cão; em seguida, um gamo; e ainda um urso, e até mesmo um leão, sendo todos recusados pela viúva.

Nessa altura dos acontecimentos, dom Raposão começou a achar que tinha cometido um grande erro com relação à esposa; além disso, estava com tanta fome que já não agüentava mais ficar ali esticado como morto. Assim, abriu os olhos, ergueu-se do banco e já se preparava para ir até o quarto ao lado informar à esposa que não estava morto, quando, chegando junto à porta do quarto, ouviu a gatinha dizer:

— Oh, dona Raposa, está lá fora um jovem raposo de muito bela aparência. Ele tem nove caudas, língua rubra, patas ruivas e focinho pontudo, e diz que seu maior desejo é se casar com a senhora!

— Pois desse aí eu gostei, gatinha. Vamos ter um casamento esplêndido. Agora, vamos respirar ar puro: abre as portas e janelas, e trata de dar sumiço ao velho Raposão, enterrando-o onde puder, desde que seja bem longe daqui.

Ouvindo essas palavras, dom Raposão não se conteve: entrou no quarto e aplicou uma boa surra nas duas, botou para fora de casa dona Raposa, a criada, o pretendente e quem mais encontrou por ali, e ficou com a casa toda para si, decidindo-se daí por diante a nunca mais se fingir de morto, e muito menos a morrer de verdade, se fosse possível...

9. OS VISITANTES IMPORTUNOS

Um galo e uma galinha resolveram um dia partir para uma viagem pelo país para visitar seu antigo dono, o Dr. Korbes. Assim, construíram uma linda carruagem dotada de quatro rodinhas vermelhas, atrelando a ela quatro camundongos. Feito isso, embarcaram nela e tocaram para a frente.

Não tinham percorrido grande distância, quando encontraram um gato, que perguntou:
— Para onde os amigos estão indo?
A galinha respondeu:
— Vamos visitar o Dr. Korbes, nosso antigo dono.
— Posso ir junto?
— Com prazer — respondeu a galinha. — Podes ir lá em cima, na parte de trás, porque, se fores na parte da frente, correrás o risco de cair. Aprende a cantar conosco:

Para oito, tem lugar;
podem oito viajar;
os ratinhos vão puxar,
as rodinhas vão girar,
e à casa do Dr. Korbes
amanhã vamos chegar.

Passaram então por uma pedra de moinho, depois, por um ovo; mais à frente, toparam com um pato; em seguida, com uma agulha de costura; por fim, com um alfinete, e a todos eles foi dada a permissão de sentarem na carruagem, seguindo viagem junto com o casal e o gato.

Quando chegaram à casa do Dr. Korbes, ele ali não se encontrava, mas mesmo assim todos entraram e ficaram bem à vontade. Os camundongos levaram a carruagem para a cocheira, o galo e a galinha subiram no poleiro, o gato se deitou junto à lareira, o pato foi nadar na bica , o ovo se enrolou numa toalha, a agulha de costura se espetou numa almofada da poltrona, e o alfinete se enfiou no travesseiro, enquanto que a pedra de moinho se instalou acima do marco da porta de entrada.

Pouco tempo depois, chegou o Dr. Korbes, e como tinha concedido férias para sua empregada, teria ele mesmo de acender o fogão, e por isso decidiu entrar pela porta dos fundos, que dava na cozinha. Enquanto se abaixou para soprar as brasas, o gato atirou-lhe um punhado de cinza no rosto. Ele correu depressa para a bica, a fim de se lavar, mas o pato que lá estava espirrou água nele, obrigando-o a correr para casa, em busca da toalha para se enxugar. Quando a encontrou, esfregou-a no rosto, mas com isso quebrou o ovo que nela se tinha enrolado, melando a cara toda e ficando com os olhos grudados e sem enxergar. Inteiramente atônito e sem entender coisa alguma, sentou-se na poltrona, espetando-se na agulha. Dando um pulo, foi-se refugiar na cama, mas aí é que aconteceu o pior, pois o alfinete picou seu rosto e o arranhou. Esse último ataque fez com que o pobre Dr. Korbes gritasse assustadíssimo, imaginando que as coisas todas deviam estar enfeitiçadas. Antes que outras surpresas ocorressem, preparou-se para fugir daquela casa mal-assombrada, mas quando abriu a porta da frente para escapar, a pedra de moinho se desprendeu de onde se havia instalado e caiu sobre sua cabeça, matando-o ali mesmo, no ato.

Pelo visto, esse Dr. Korbes era um sujeito bem azarado...

10. O COPO MARAVILHOSO

Certo homem tinha tantos filhos que já havia convidado todos os seus amigos para ser padrinhos das crianças. Assim, quando nasceu mais um, ficou sem saber como fazer para arranjar um padrinho.

Certa noite, depois que se tinha recolhido para dormir, preocupado com aquele problema, teve um sonho estranho. Sonhou que uma voz lhe tinha dito: "Saia de manhã bem cedinho, e, ao primeiro sujeito que encontrar, peça que seja padrinho de seu filho".

Ao despertar, resolveu seguir o conselho recebido durante o sono. Então, vestindo-se rapidamente, saiu de casa. A poucos passos de sua casa encontrou um desconhecido, convidando-o para ser padrinho de seu último filho.

Antes de aceitar, o estranho lhe deu de presente um copo e disse:

— Eis aqui um copo maravilhoso. A água que for posta dentro dele adquirirá o poder de curar pessoas doentes, desde que a Morte esteja postada junto à cabeceira de sua cama. Se ela ali estiver, faze com que o doente tome da água, e ele logo irá sentir-se bem. Entretanto, se ela estiver junto aos pés da cama, então todo o teu trabalho será inútil, pois a pessoa doente com certeza morrerá.

Dada essa explicação, o estranho aceitou tornar-se padrinho da criança, e entregou ao pai o copo maravilhoso, que conferia à água aquela fantástica propriedade medicinal.

De posse daquele copo, ele passou a visitar pessoas enfermas, curando as que podia, ou então avisando aos parentes que se tratava de um caso perdido. Com isso, passou a ganhar muito dinheiro, e sua fama se espalhava cada vez mais, a ponto de ter sido chamado pelo próprio Rei quando um de seus filhos adoeceu. Logo que entrou no quarto desse Príncipe, ao ver a Morte na cabeceira da cama, disse ao jovem para beber da água do copo, na certeza de que ele logo ficaria curado, o que de fato aconteceu.

Tempos depois, outro filho do Rei ficou doente, e tudo se repetiu como da vez anterior.

Da terceira vez, porém, ele viu a Morte sentada nos pés da cama, e avisou ao casal real que nada poderia fazer, pois havia chegado a hora derradeira do Príncipe, que, de fato, não demorou a morrer.

Passado algum tempo, ele se lembrou do compadre que lhe dera o copo maravilhoso de presente, e resolveu visitá-lo, para lhe contar as novidades. Quando chegou a sua casa, as coisas que ali viu o deixaram assombrado. Já no primeiro andar, deparou com um esfregão e uma vassoura que estavam discutindo e brigando furiosamente.

— Onde é que encontro o dono desta casa? — perguntou.

— No andar de cima — respondeu a vassoura.

Mas quando ele chegou ao segundo andar, viu uma porção de dedos cortados arrumados um ao lado do outro, e voltou a perguntar:

— Onde encontro o dono da casa?

— No andar de cima — respondeu um dedo.

No terceiro andar jazia uma pilha de cabeças humanas, e uma delas também lhe disse ser no andar de cima que morava o dono da casa.

No quarto andar, viu um peixe chiando na frigideira, fritando-se a si próprio. Interrompendo a fritura, também o peixe lhe disse que o dono morava no andar de cima.

Por fim, chegando ao quinto andar, ele seguiu até a porta de um quarto, mas, antes de entrar, resolveu espiar pelo buraco da fechadura. Viu lá dentro seu compadre, o padrinho do caçula, notando, para seu espanto, que ele tinha um par de longos chifres na testa. Sem bater, ele abriu a porta e entrou no quarto. Ao vê-lo, seu compadre deitou-se na cama de um pulo e puxou a coberta sobre a cabeça, a fim de esconder os chifres.

O visitante então falou:

— Como se explicam tantas esquisitices em tua casa, meu compadre? À medida que subi, vim encontrando todo tipo de coisas estranhas, cada qual me dizendo para subir mais um andar, pois tu moravas um andar acima. De andar em andar, cheguei aqui, e, ao espiar através do buraco da fechadura, notei o par de chifres que tens na cabeça!

— Chifres? De onde foi que tiraste isso, se nunca tive chifres? — protestou o compadre num tão terrível tom de voz, que o visitante, apavorado, deu meia-volta e se preparou para fugir — e é tudo o que se sabe a seu respeito, porque, depois disso, nunca mais ele foi visto, nem dele se ouviu falar.

11. O VELHO SULTÃO
E SEUS AMIGOS

Era uma vez um fazendeiro que tinha um cão chamado Sultão. O fiel cachorro tinha envelhecido a seu serviço, e acabara perdendo todos os dentes, de forma que já não conseguia mastigar qualquer alimento mais duro. Certo dia, estando o fazendeiro e sua esposa conversando junto à porta, disse ele:

— O velho Sultão já não está servindo para coisa alguma. Pretendo dar cabo dele amanhã mesmo.

A mulher, sentindo pena do antigo e fiel companheiro, protestou:

— Como podes matar esse bom animal que há tantos anos tem vivido conosco, e que já tantos serviços nos prestou? Ele fez por merecer, como recompensa, viver tranqüilamente pelo resto de seus anos.

— Não, não — retrucou o marido. — Temos de ser racionais. Ele não tem um dente na boca, e nenhum ladrão tem medo dele. Sua hora chegou. De fato, ele nos serviu, mas em compensação sempre foi muito bem alimentado.

O pobre animal, que naquele momento estava tomando sol, deitado do lado de fora da casa, escutou toda a conversa, ficando muito acabrunhado ao saber que aquele devia ser seu penúltimo dia de vida.

Perto da fazenda vivia um lobo que era muito amigo do velho Sultão. Tendo resolvido visitá-lo, o cão esperou que anoitecesse, e então entrou na floresta, reclamando com o amigo do triste destino que o esperava.

— Escuta, amigo velho, — disse o lobo, — não te apoquentes, que vou ajudar-te a sair dessa enrascada. Já pensei em algo. Nestes últimos dias, teu dono tem saído bem de manhãzinha, a fim de preparar o feno, e costuma levar com ele a esposa e o filhinho, não é?. Pois bem: enquanto trabalham, eles costumam deixar a criança debaixo da cerca viva, na sombra. Tu sempre ficas por perto, para vigiá-lo, certo? Pois bem: quando tudo estiver calmo, eu sairei do bosque, pegarei a criança e a levarei comigo. Nisto, irás disparar atrás de mim, do modo como fazias nos bons tempos, quando saías para caçar. Fingindo estar com medo de teus latidos, deixarei a criança cair, e tu a levarás de volta para os pais. Vendo isso, eles irão pensar que tu a salvaste, arrependendo-se de ter planejado tua morte. Então, em vez de matar-te, vão querer demonstrar gratidão, e desse modo estarás a salvo pelo resto de teus dias.

55

O plano agradou ao cachorro, e foi executado exatamente conforme imaginado. O pai gritou de pavor ao ver o lobo escapando pelo campo afora com a criança, mas quando o velho Sultão o trouxe de volta, sua alegria não teve limites, e marido e mulher cumularam o cão de afagos e carícias. Dirigindo-se a ele, disse o fazendeiro:

— Oh, cão fiel, amigo velho, como pude pensar em dar cabo de ti? De hoje em diante, terás comida farta e boa vida em nossa casa, e ai de quem pensar em tocar num único fio de teu pêlo!

E, voltando-se para a esposa, disse-lhe:

— Volta agora mesmo para casa, corta o pão, molha as fatias no leite para amolecê-las, e entrega-as para o nosso bom Sultão, já que o coitado não tem dentes para mastigar coisas duras. Depois, tira a almofada da minha cadeira de balanço e estende-a no chão, pois ela agora vai passar a servir-lhe de cama.

Desse dia em diante, o velho cão passou a desfrutar de todo o conforto que poderia desejar. Não tardou a se encontrar com seu amigo lobo, agradecendo-lhe por tudo de bom que lhe estava acontecendo.

— Fico feliz em saber — disse o lobo, — e espero que, em paga por esse favor, deixes de ser tão zeloso como tens sido, deixando-me, de vez em quando, pegar uma ovelhinha dentre as tantas que teu dono cria. Hoje em dia anda tão difícil arranjar comida por aí...

— Nem penses nisso! — protestou o cão. — Meu dono confia em mim, e não pretendo trair sua confiança, permitindo que te alimentes às suas custas.

Não acreditando que ele estivesse falando sério, o lobo se preparou para furtar uma ovelha, e, quando a noite caiu, esgueirou-se por baixo da cerca e entrou no redil. Mas ali já o esperava o fazendeiro, que tinha sido alertado pelo fiel cão quanto a suas más intenções. Escondido na sombra com uma forte correia na mão, viu quando o lobo ali entrou, e então, indo para cima dele, desceu-lhe a correia sem dó nem piedade, deixando-o cheio de marcas e de lanhos em todo o corpo.

Enquanto fugia, o lobo gritou de longe para o cão:

— Espera aí, cachorro ingrato! Vais pagar-me caro por isto!

Na manhã seguinte, o javali foi procurar o cão, em nome do lobo, a fim de desafiá-lo para um duelo, combinando que o encontro teria lugar numa clareira da floresta bem conhecida de ambos. Enquanto o javali seria o padrinho do desafiante, o velho Sultão não conseguiu encontrar senão um bisonho candidato a padrinho: um gato que tinha perdido uma das pernas. Embora o simples ato de caminhar manquitolando sobre três pernas lhe fosse um tanto doloroso, o bichano era orgulhoso e mantinha sua cauda ereta e espetada no ar, como se não lhe importasse coisa alguma neste mundo.

O lobo e o javali já se encontravam na clareira, mas quando viram que seu adversário se aproximava, pensaram que o rabo do gato fosse um sabre. Além disso, a cada vez que a falta de uma perna obrigava o gato a falsear o passo, imaginavam que ele estava apanhando no chão uma pedra para que Sultão a arremessasse contra eles. Isso deixou os dois tão amedrontados, que o javali tratou de se enfiar sob um monte de folhas secas, e o lobo de subir o mais rápido que pôde numa árvore.

Cão e gato ficaram muito surpresos ao encontrarem a clareira inteiramente vazia. Foi então que o gato avistou no chão algo que lhe pareceu ser um camundongo. Acontece que o javali, ao se enfiar sob as folhas secas, tinha deixado descoberta uma de suas orelhas, a qual, devido a sua cor acinzentada, deu ao gato a impressão de se tratar de um camundongo. Ao notar que sua orelha estava à vista, o javali tentou enfiar-se melhor sob as folhas, mas o gato, entendendo que o camundongo — isto é, a orelha — queria se esconder, pulou sobre ele e lhe aplicou uma valente mordida, fazendo com que o javali desse um pulo, urrando de dor, ao mesmo tempo em que berrava:

— O desafiante não sou eu! É aquele que está ali encarapitado na árvore!

Cachorro e gato olharam para cima e viram o lobo, que estava tão envergonhado de sua covardia e tão furioso com seu amigo fujão, que desceu da árvore, cabisbaixo, mas acabou se juntando às risadas dos outros dois. E foi assim que, entre gargalhadas, os três fizeram as pazes e voltaram a ser bons amigos.

12. O PASTOR E A FLOR

Era uma vez uma mulher (na realidade, era uma bruxa) que tinha duas filhas: uma, de sangue; outra, sua enteada. A que era de fato sua filha, e à qual ela dedicava todo o seu amor, era uma jovem feiosa e malvada, enquanto que a enteada, à qual a bruxa devotava ódio mortal, era uma jovem bonita e bondosa.

Certa vez, ao ver um belo avental que sua meia-irmã tinha costurado, a filha da bruxa se encheu de inveja e ciúme, vindo-lhe um enorme desejo de possuir aquela peça. Assim, disse a sua mãe:

— Esse avental ainda haverá de ser meu.

— Então, espera, filhinha, que ele em breve será teu. De longa data planejei matar tua meia-irmã, e hoje à noite executarei meu plano. Quando fordes as duas para a cama, esperarei que ela durma, e então entrarei no quarto e lhe cortarei a cabeça. Tem somente o cuidado de te deitares no lado da parede, e de a empurrares bem para a frente, pondo-a no lado mais próximo da porta, a fim de que eu não vos confunda.

O plano diabólico teria dado certo, se a enteada não estivesse casualmente passando ali perto naquele momento, tendo podido escutar toda a conversa.

As duas passaram todo aquele dia sem sair de casa, e quando chegou a hora de dormir, a filha da bruxa dirigiu-se primeiro para a cama, fazendo questão de se deitar no canto junto à parede, e não demorou a adormecer. Ao notar que ela ressonava, a outra puxou-a delicadamente para seu lado e trocou de lugar com ela, deixando-a mais perto da porta, e ficando ela perto da parede, sem conseguir dormir, cheia de angústia e trêmula de medo.

Tarde da noite, a bruxa entrou no quarto pé ante pé, trazendo nas mãos um machado. Embora tomada de pavor, a enteada se manteve imóvel, fingindo estar dormindo, enquanto pressentia que a madrasta se ia aproximando da cama. Chegando bem perto, tateou o corpo de quem ali estava dormindo, e, imaginando ser a enteada, agarrou o machado com ambas as mãos e desceu-o com força, cortando a cabeça de sua própria filha. Feito isso, saiu dali e voltou para seu quarto, onde se deitou e adormeceu.

Depois que o silêncio absoluto voltou a reinar, a jovem desceu da cama, vestiu-se e foi até a casa do seu namorado, que se chamava Roland, batendo em sua porta. Quando ele atendeu, ela lhe disse:

— Escuta, querido Roland, temos de fugir daqui, e depressa! Minha madrasta tinha a intenção de me matar, mas, por engano, acabou dando cabo de sua própria filha. Quando o dia clarear e ela vir o que fez, estaremos perdidos!

— Mas antes de fugirmos, querida — ponderou Roland, — aconselho-te que voltes até a casa de tua madrasta e tires de lá sua varinha mágica, pois, se o não fizeres, ela com facilidade conseguirá apanhar-nos.

Tremendo de medo, a jovem voltou, apanhou a varinha mágica e, antes de sair, resolveu subir a escada para examinar como estaria seu quarto. Ao avistar a cabeça decepada, tomou-a consigo, intencionada a enterrá-la. Enquanto a levava para fora, deixou que três gotas de sangue caíssem: uma na cama, uma na escada e uma na cozinha. Depois de enterrada a cabeça, seguiu depressa para a casa de Roland.

Pela manhã, quando a bruxa velha se levantou, chamou a filha para entregar-lhe o avental da enteada, estranhando quando ela não atendeu. Chamou-a de novo, e nada. Intrigada com aquele silêncio, gritou:

— Onde estás, minha filha?

— Estou aqui, na escada, subindo e descendo — respondeu uma das três gotas do sangue.

A bruxa foi até a escada, mas ninguém estava à vista. Ela então gritou outra vez:

— Onde estás, minha filha?

— Aqui na cozinha, aquecendo-me — respondeu outra gota de sangue.

A bruxa entrou na cozinha, onde também não encontrou vivalma.

Então gritou pela terceira vez:

— Onde estás, minha filha?

— Estou na cama dormindo — respondeu a terceira gota de sangue.

Ela subiu a escada e entrou no quarto, mas o que viu sobre a cama foi o corpo decapitado da filha, todo ensangüentado. Tomada de fúria, ela foi até a janela, de onde se avistava ao longe, e dali conseguiu enxergar a enteada e Roland, que fugiam apressadamente.

— É inútil tentarem escapar de mim! — grunhiu enfurecida. — Por mais distantes que estejam, hei de apanhá-los.

Dito isso, calçou seus sapatos de légua, que lhe permitiam percorrer a distância de uma hora de caminhada com um só passo, e não demorou a alcançá-los. Mas logo que a viu aproximar-se, a jovem tocou Roland com a varinha mágica, transformando-o num lago, enquanto ela própria se transformou num pato e se pôs a nadar no meio dele.

Chegando à beirada do lago, a bruxa se pôs a jogar migalhas de pão na água, na tentativa de atrair o pato, que por sua vez não se deixou enganar, evitando aproximar-se dela. Depois de tentar inutilmente atrair o pato, vendo que já começava a anoitecer, a bruxa desistiu de seu intento e voltou para casa, mordida de raiva.

Depois que ela se foi, a jovem e seu namorado retomaram seu estado natural e continuaram a caminhar durante toda a noite, até o alvorecer. Ela então voltou a empunhar a varinha mágica, transformando-se numa linda flor que crescia no meio de um espinheiro, e transformando o rapaz num violinista. Daí a pouco, chegou a bruxa e lhe disse:

— Ó meu caro músico, posso colher essa linda flor para mim?

— Oh, claro que sim, — respondeu ele. — Enquanto a senhora colhe a flor, eu tocarei uma música.

Quando a bruxa começou a rastejar por entre os espinhos para chegar até onde estava a flor, pois sabia muito bem que se tratava de sua enteada, ele começou a tocar violino. Daquele instrumento criado pela varinha encantada somente poderia sair um tipo de música mágica, e a bruxa, ao escutá-la, sentiu uma vontade irrefreável de dançar. Ele então começou a acelerar o andamento da música, e quanto mais rapidamente tocava, mais ela se via forçada a dançar e a se remexer toda, sem conseguir parar, apesar dos espinhos que lhe dilaceravam as roupas e as carnes. Desse modo, ela se foi esvaindo em sangue, até que não mais resistiu e caiu morta em meio ao espinheiro.

Ao se verem livres da bruxa e de terem retomado suas formas naturais, respiraram aliviados, e então Roland disse:

— Agora irei conversar com meu pai, acerca dos preparativos para o nosso casamento.

— Enquanto fazes isso — disse-lhe a jovem, — permanecerei aqui esperando por ti. E para que ninguém me possa reconhecer, vou me transformar num marco de limites.

Roland partiu, e a jovem ficou ali postada como um marco de pedra vermelha no meio do campo, à espera de seu namorado. Mas quando ele chegou a sua casa, encontrou-se com outra moça, e sua visão deixou-o como que enfeitiçado, a ponto de esquecer completamente aquela com quem pretendia se casar. Por sua vez, a pobre moça permaneceu por longo tempo esperando pela volta do namorado, transformada em marco de limite, até que, vendo que ele não voltava e que deveria ter-se esquecido dela, foi invadida por uma tão profunda melancolia, que se transformou numa flor, dizendo de si para si: "Quem sabe ele um dia passe por aqui e me esmague sob a sola de seus sapatos?..."

Aconteceu então que um pastor, ao levar suas ovelhas para pastar naqueles arredores, viu a flor, achou-a muito bonita, colheu-a e a levou para casa, guardando-a numa gaveta. Desse dia em diante, coisas espantosas passaram a acontecer em sua cabana. Pela manhã, quando ele se levantou, todo o trabalho matinal já tinha sido feito: o quarto estava varrido, a mesa e as cadeiras tinham sido espanadas e arrumadas, o fogão já estava aceso, numa das trempes a água estava fervendo, e o coador já estava com pó de café, pronto para ser passado. Ele acabou de preparar o café, tomou-o e saiu para pastorear suas ovelhas. Ao meio-dia, quando voltou para casa, a mesa estava arrumada e um belo almoço o aguardava. Ele ficou atônito, sem saber como explicar aquilo tudo, já que morava sozinho naquela pobre cabana, onde não havia lugar no qual alguém se pudesse esconder.

Durante alguns dias conviveu com aquela situação confortável, mas por fim passou a estranhar aquilo, e resolveu consultar uma velha que tinha reputação de ser sábia, pedindo-lhe seu conselho. Depois de ouvir seu relato, ela lhe disse:

— Parece ser coisa de encantamento. Para tirares a limpo, faze o seguinte: tenta acordar amanhã bem cedinho, mas não te levantes — fica na cama bem quieto, como se ainda estivesses dormindo, e presta atenção a tudo que acontecer, a qualquer movimento que puderes perceber. Se notares algo que se mova, não importa o que for, joga um lençol branco sobre ele, e desse modo quebrarás o encanto.

O pastor voltou para casa decidido a seguir o conselho da sábia mulher. Assim, na manhã seguinte, acordou antes do alvorecer, ficou imóvel na cama, e, logo que começou a clarear, viu a gaveta se abrir e dela sair a flor que ele tinha colhido e guardado ali dentro. Rapidamente, saltou da cama e atirou sobre ela o lençol da cama. No mesmo instante, ocorreu a transformação, e uma bela jovem apareceu no lugar da flor, e, antes que ele lhe fizesse alguma pergunta, ela mesma lhe revelou ser a responsável pela arrumação da casa e preparo de suas refeições. Em seguida, contou-lhe toda a sua história, até o ponto em que se havia transformado em flor. O pastor ficou tão encantado com o relato e com a beleza da moça, que lhe perguntou se ela não gostaria de se casar com ele, ao que ela respondeu:

— Não, meu caro pastor. Embora Roland se tenha esquecido de mim, prefiro manter-me fiel a ele. Por enquanto, porém, prometo ficar aqui em tua casa e continuar cuidando dela para ti.

O tempo passou, ela se tornou amiga de outras moças que residiam ou trabalhavam nas proximidades da cabana do pastor, e por fim chegou a época em que se deveria realizar o casamento de Roland. De acordo com um antigo costume local, todas as donzelas que fossem assistir à cerimônia deveriam cantar em coro, homenageando o casal de noivos. Quando chegou ao conhecimento da jovem que seu antigo namorado estava prestes a casar, foi tal a sua tristeza, que ela até pensou que seu coração iria partir-se, decidindo-se a não comparecer à solenidade do casamento. Suas amigas, porém, tanto insistiram com ela para que fosse, que ela por fim mudou de idéia e decidiu participar das festas e do coral de moças.

No dia do casamento, as donzelas puseram-se em fila, prontas para cantar, mas ela se deixou ficar para trás, sem que as outras o notassem, Quando a canção começou a ser entoada, sua voz se destacou entre as demais, chegando isoladamente aos ouvidos de Roland, que a reconheceu e se levantou, exclamando:

— Oh, meu Deus, como pude me esquecer desta voz? Conheço-a muito bem: é a voz da minha verdadeira noiva, aquela a quem prometi desposar, e a única a quem de fato entreguei meu coração!

Tudo que se tinha varrido de sua mente retornou naquele momento, enchendo de alegria seu coração. Com isso, a cerimônia do casamento teve prosseguimento, mas tendo no lugar da noiva a jovem a quem Roland tempos atrás prometera desposar. E desse modo, toda a sua tristeza se transformou numa esfuziante alegria.

13. OS IRMÃOS GÊMEOS

Era uma vez dois irmãos: um muito rico; outro muito pobre. O rico, que era ourives, tinha o coração cheio de maldade, enquanto que o pobre, que ganhava a vida fabricando e vendendo vassouras, era um sujeito bondoso e honesto. Este último tinha dois filhos gêmeos, tão parecidos entre si quanto o são duas gotas da água. Quando escasseava a comida em sua casa, o que acontecia com certa freqüência, os dois meninos costumavam ir até a mansão do tio rico, a fim de comer as sobras de sua farta mesa.

Certa vez, num dia em que o irmão pobre tinha ido à floresta colher madeira e junco para fabricar suas vassouras, ele avistou um pássaro cujas penas brilhavam como ouro, diferente de todas as aves que até então tinha visto. Tomando de uma pedra, arremessou-a contra o pássaro, na esperança de tonteá-lo, mas apenas conseguiu que uma pena dourada se desprendesse de seu corpo, afugentando a ave, que voou para longe.

O homem apanhou a pena, levou-a consigo e foi mostrá-la ao irmão, que exclamou ao vê-la:

— Quê?! Isto aqui é ouro puro!

E comprou-a do irmão, pagando por ela uma quantia razoável.

No dia seguinte, voltando à floresta, o irmão pobre subiu na árvore em que havia visto o pássaro, na esperança de encontrar seu ninho, e dentro dele, quem sabe, uma outra pena dourada. Logo avistou de novo aquela ave, que voou assustada ao vê-lo aproximar-se. Examinando os galhos mais altos, acabou descobrindo o ninho, dentro do qual havia dois ovos de ouro. Do mesmo modo que fizera com a pena, levou os ovos consigo e os mostrou ao irmão, que novamente exclamou:

— Quê?! Estes ovinhos são de ouro maciço!

E comprou-os, pagando por eles uma bela soma.

Feito isso, voltou-se para o irmão, que já não estava tão pobre, e lhe disse:

— Vê se consegues trazer-me o tal pássaro dourado, que te pagarei por ele um bom dinheiro!

Esperando que a sorte continuasse a bafejá-lo, o vassoureiro voltou à floresta, e acabou avistando o pássaro de ouro pousado no galho de uma árvore. Caprichando na pontaria, acertou-lhe uma pedrada, derrubando-o ao solo. Depois de apanhá-lo, levou-o para o irmão, que lhe pagou por ele uma pequena fortuna. "Com isso", pensou o vassoureiro, "não precisarei mais preocupar-me com o futuro". E voltou para casa sorrindo de satisfação.

O esperto e astuto ourives sabia muito bem que um pássaro daqueles valia bem mais do que a quantia que ele havia pago. Assim, chamou sua esposa e lhe disse:

— Hoje quero comer este pássaro no almoço. Cuida que ele fique bem grelhadinho, mas toma cuidado para que ninguém venha a sabê-lo, pois quero comê-lo sozinho.

Ele estava certo: aquele não era um pássaro comum, mas sim uma ave que, mesmo depois de morta, conservava poderes fantásticos, devido aos quais, quem quer que comesse seu coração e seu fígado iria encontrar toda manhã uma moeda de ouro sob o travesseiro — e ele sabia disso.

A mulher do ourives limpou e preparou a ave, enfiou-a num espeto, colocou no braseiro para grelhar. E ali a deixou, pois tinha outros serviços domésticos para fazer. E aconteceu que, enquanto a ave grelhava no braseiro sem que alguém a vigiasse, quem é que aparece por ali? Os dois filhos do vassoureiro, que, vendo a ave no espeto, pegaram-no pela extremidade e o giraram duas vezes, a fim de que ela tostasse por igual. Quando giraram o espeto pela segunda vez, dois pedacinhos da ave se desprenderam dela e caíram na bandeja que ficava logo acima das brasas. Vendo isso, um deles disse:

— Como estamos com muita fome, vamos comer esses dois pedacinhos, que ninguém irá dar por sua falta.

O outro concordou, e os dois no mesmo instante comeram os pedacinhos que tinham caído na bandeja. Nesse instante chegou ali a mulher do ourives, e, vendo-os a mastigar, perguntou:

— Que foi que comestes?

— Duas iscas desta ave que caíram na bandeja — respondeu um deles.

— Oh! — exclamou ela. — Vai ver que comestes logo o fígado e o coração, os dois pedaços que vosso tio mais aprecia!

Com medo da reação do marido ao dar pela falta de seus dois pedaços preferidos, saiu da cozinha, matou um frango, tirou dele o coração e o fígado, e os enfiou no corpo da ave que estava grelhando, recolocando-a sobre o braseiro.

Quando a ave terminou de grelhar, ela a levou para o marido, que a devorou inteirinha, sem deixar para ela nem mesmo um ossinho.

Na manhã seguinte, ao acordar, a primeira coisa que o ourives fez foi apalpar embaixo de seu travesseiro, a fim de ver se ali estaria a moeda de ouro que ele esperava encontrar, mas nada achou.

Por sua vez, os dois meninos, ignorando o quanto lhes tinha sido propícia a fortuna, nada procuraram debaixo do travesseiro ao acordarem. Contudo, quando se levantaram, notaram que algo caiu e tilintou no chão, e quando um deles foi ver o que era, encontrou duas moedas de ouro. Foram correndo mostrá-la ao pai, que muito se espantou com o achado, perguntando-lhes como poderia ter acontecido aquilo, sem que eles soubessem a resposta.

Na manhã seguinte, encontraram de novo duas outras moedas de ouro, e o fato se foi repetindo diariamente. Em vista disso, o vassoureiro procurou seu irmão e lhe relatou o que estava acontecendo em sua casa. O ourives entendeu logo que seus sobrinhos deviam ter comido, sem que ele o soubesse, o coração e o fígado do pássaro dourado. Para castigar severamente os dois pirralhos, mas sem querer dar ciência ao irmão da verdade dos fatos, disse-lhe o seguinte:

— Teus filhos têm parte com o demo. Não toques nessas moedas, e não permitas que os gêmeos permaneçam em tua casa, porque o demônio os tem em seu poder e pode trazer a completa ruína para ti e tua esposa.

O pai tinha verdadeiro pavor do diabo, e por isso, embora cheio de pesar, levou os dois gêmeos para um ponto remoto da floresta e lá os deixou, com o coração cheio de dor.

Quando se viram ali sozinhos, os dois meninos se puseram a perambular pela floresta, tentando encontrar o caminho para sua casa, mas em vão, pois andavam, andavam, e acabavam retornando ao lugar de onde tinham saído. Finalmente, depois de algum tempo, encontraram um caçador, que lhes perguntou:

Puseram-se a perambular pela floresta, tentando encontrar o caminho para sua casa.

— Quem sois vós?

— Somos filhos de um pobre vassoureiro — responderam, — mas nosso pai não quer que permaneçamos em nossa casa, porque todo dia, ao acordarmos, encontramos duas moedas de ouro sob nossos travesseiros.

— Ah, é? E desde quando isso seria motivo para expulsar alguém de casa? — estranhou o caçador. — Contudo, já que ele teve essa atitude, vinde morar comigo. Vejo que sois dois garotos honestos, pois não me ocultastes a verdade, Como não tenho filhos, criar-vos-ei como se tais o fôsseis.

Vendo que se tratava de um bom sujeito, os meninos lhe agradeceram pela oferta, aceitando alegremente a idéia de irem morar com ele, e passando a tratá-lo como se fosse seu pai de verdade. Com ele aprenderam a arte da caça, e, em reconhecimento por sua bondade, entregavam-lhe as moedas de ouro que encontravam diariamente sob o travesseiro, para que o bom homem não tivesse de, no futuro, enfrentar qualquer tipo de privação.

Quando os julgou aptos a caçarem sozinhos, o padrasto os levou um dia para o meio da floresta e lhes disse:

— Hoje quero testar se aprendestes de fato o que vos ensinei. Quero ver se já poderíeis caçar sozinhos e, quando assim quiserdes, sair pelo mundo e viver por conta própria.

Dito isso, levou-os até um trecho da mata, e os três ali ficaram, à espreita do surgimento de alguma caça. O tempo foi passando, e nada de aparecer por ali algum animal, até que o caçador avistou no céu algo em forma de triângulo: era um bando de gansos selvagens voando em formação. O caçador então disse:

— Mirai nas aves das extremidades do triângulo e disparai.

Os gêmeos seguiram seu conselho, e foram muito bem sucedidos em seu primeiro teste de caça.

Logo depois, outro bando de aves surgiu no céu, dessa vez numa formação que lembrava a forma de um 2, e o caçador repetiu o conselho anterior. Eles o fizeram, e de novo foram muito bem sucedidos.

— Acabo de ver — disse o padrasto — que aprendestes bem meus ensinamentos. Assim sendo, dou por encerrado vosso período de aprendizagem. Já podeis ser considerados caçadores completos.

Depois disso, os dois irmãos prosseguiram sozinhos sua caçada, aproveitando para trocar idéias sobre seu futuro, até que chegaram a um consenso. À noite, quando os três se sentaram à mesa para jantar, um deles disse ao padrasto:

— Combinamos que não iríamos tocar em qualquer tipo de alimento, antes que o senhor atenda um pedido que lhe queremos fazer.

— Dizei-me do que se trata.

— Agora que já sabemos caçar e podemos prover nosso sustento — respondeu o outro irmão, — queremos sair pelo mundo e viver nossa própria vida, mas só o faremos se nos der sua permissão.

Ouvindo isso, o velho caçador sorriu e respondeu:

— Falais como bravos caçadores que já sois. Isso que desejais é também o que desejo para vós. Podeis ir embora na hora que quiserdes, e tenho certeza de que sereis muito bem sucedidos.

Concedida a permissão, os três se puseram a jantar, comendo e bebendo num clima de grande alegria.

Na véspera do dia em que tinham decidido partir, o padrasto presenteou cada um deles com uma carabina nova e muita munição, deixando que apanhassem em seus guardados quantas moedas de ouro quisessem. No dia seguinte, acompanhou-os durante um bom pedaço, e, ao se despedir dos dois, entregou-lhes uma faca de lâmina reluzente, ao mesmo tempo em que dizia:

— Se porventura vos separardes um do outro, no local da separação cravai esta faca numa árvore, com uma face da lâmina voltada para leste, e outra para oeste, indicando a estrada que cada um irá tomar. Se algum de vós morrer, a lâmina que lhe corresponde irá enferrujar, mas irá manter-se polida e reluzente enquanto ele estiver vivo.

Dito isso, despediu-se dos dois, que partiram juntos. Após caminharem bastante, alcançaram a borda de uma floresta tão vasta, que seria impossível atravessá-la num único dia. Assim, tiveram que pernoitar em seu interior, comendo o que tinham levado em suas mochilas. Durante os dois dias seguintes, continuaram a travessia, sem contudo conseguirem sair da floresta. Com isso, suas provisões acabaram, e os dois resolveram caçar algum animal para matar a fome. Para tanto, carregaram as carabinas e se puseram a observar se alguma caça apareceria por ali. Súbito, uma lebre adulta saiu de uma moita. Um deles levou a carabina ao ombro, fazendo pontaria, mas, antes que puxasse o gatilho e disparasse a arma, a lebre gritou:

Se minha vida o caçador poupar,
meus dois filhotes hei de lhe entregar.

Dito isso, enfiou-se imediatamente numa moita e saiu de lá trazendo consigo duas lebrezinhas e deixando-as ali diante dos irmãos gêmeos. Os filhotes de lebre eram tão bonitinhos e brincavam entre si tão graciosamente, que eles não tiveram coragem de matá-los, deixando-os vivos. Porém, quando se afastaram dali, os dois animaizinhos seguiram atrás deles, acompanhando-os como se fossem dois cães.

Depois de caminharem mais um pouco, depararam com uma raposa, e um deles já estava prestes a disparar contra ela, quando o animal disse:

Se minha vida o caçador poupar,
meus dois filhotes hei de lhe entregar.

Dizendo isso, enfiou-se numa moita e saiu de lá trazendo consigo duas raposinhas, que deixou diante dos caçadores. Sem coragem de matar dois animaizinhos tão graciosos, os irmãos deixaram-nos vivos e se foram, mas também as raposinhas passaram a segui-los, do mesmo modo que as lebres.

Pouco depois, avistaram um lobo, que, ao ver um deles empunhar a carabina, gritou:

*Se minha vida o caçador poupar,
meus dois filhotes hei de lhe entregar.*

Os lobinhos passaram a fazer companhia aos outros quatro filhotes, passando a seguir atrás dos caçadores. Foi então que um urso surgiu diante deles, mas antes que um tiro fosse disparado, o animal gritou:

*Se minha vida o caçador poupar,
meus dois filhotes hei de lhe entregar.*

E, quando dois ursinhos foram trazidos diante deles, juntaram-se aos outros seis filhotes.
Foi então que avistaram um leão, rugindo e sacudindo a juba. Começando a se acostumar com aquela situação, um deles apenas ergueu a arma, sem carregá-la, e escutou o apelo do leão:

*Os dois irmãos passaram a ser seguidos por dois leõezinhos, dois ursinhos,
dois lobinhos, duas raposinhas e dois filhotes de lebre*

67

Se minha vida o caçador poupar,
meus dois filhotes hei de lhe entregar.

E logo em seguida trouxe dois leõezinhos para se juntar aos demais filhotes. Agora os dois irmãos passaram a ser seguidos por dois leõezinhos, dois ursinhos, dois lobinhos, duas raposinhas e dois filhotes de lebre, e, como não tiveram coragem de matar sequer um desses animaizinhos, continuavam com muita fome.

Um deles, então, teve uma idéia e, dirigindo-se a uma das raposinhas, falou:

— Escuta aqui, raposinha marota, já que és tão astuta e esperta, sai por aí e vê se nos encontra algo que possamos comer.

E a raposinha respondeu:

— Há uma cidade não distante daqui onde minha mãe costuma ir quando está com vontade de comer frango.

Os dois seguiram a raposinha, chegaram à cidade, e ali compraram alimentos e provisões, tanto para eles como para os filhotes, e prosseguiram seu caminho.

Desse dia em diante, passaram a recorrer às raposas sempre que precisavam encontrar alimento, e elas sempre os guiavam até o galinheiro mais próximo.

Depois de viajarem juntos durante alguns dias, chegaram à conclusão de que seria mais prático se separarem. Assim, após repartirem entre si os animais, ficando cada irmão com um exemplar de cada dupla de filhotes, despediram-se, prometendo manter vivo seu amor fraternal Desse modo, cada qual passou a ser seguido por um leão, um urso, um lobo, uma raposa, e uma lebre. Em seguida, cravaram numa árvore a faca que seu padrasto lhes tinha dado, seguindo um dele para leste, e o outro para oeste.

Embora fossem gêmeos, um deles era tratado como sendo o irmão caçula, pois tinha nascido alguns minutos depois do mais velho. São os passos deste irmão mais novo que iremos seguir primeiramente.

Após uma longa caminhada, ele chegou a uma cidade grande, onde notou que todas as casas tinham na fachada uma fita preta, em sinal de luto. Seguiu até uma estalagem, e indagou do proprietário se poderia encontrar ali pousada para ele e abrigo para seus animais. O homem indicou-lhe o estábulo, e para lá o jovem os levou, trancando a porta atrás de si. Porém, por um buraco que havia na parede do estábulo, a lebre escapou e foi buscar um repolho para si. Vendo isso, a raposa também escapuliu, voltando com uma galinha. Depois de comê-la, como não se satisfez, resolveu sair de novo para buscar o galo, Os outros animais, porém, devido a seu tamanho, não conseguiram escapar pelo buraco, e teriam passado fome, não fosse ter o estalajadeiro trazido para os três a carcaça de uma vaca que ele tinha abatido naquela tarde para fornecer carne aos seus hóspedes.

Vendo que não precisava preocupar-se com seus animais, o jovem caçador pôsse a conversar com o hospedeiro, perguntando-lhe o porquê daquele sinal de luto em todas as casas da cidade.

— Oh, meu caro hóspede — respondeu o homem, — isso é porque amanhã de manhã a filha do Rei deverá morrer.

— E qual é a doença grave que a atacou e que está prestes a levá-la para o túmulo? — perguntou o moço.

— O caso dela não é de doença, pois a Princesa goza de ótima saúde. Acontece que amanhã é o dia marcado para que ela morra.

— Poderia explicar-me por quê?

— É que nos arredores desta cidade — explicou o hospedeiro — existe um morro no qual vive um dragão. Todo ano temos de entregar-lhe uma de nossas donzelas para ser devorada por ele, ou do contrário o monstro irá destruir todo o nosso país. Por isso, a cada ano que passa é selecionada uma donzela para ser destinada ao dragão. E a próxima deverá ser a filha do Rei, pois é a única donzela que nos sobrou. Por mais que tenhamos suplicado por sua vida, nada conseguimos, e amanhã ela será entregue ao dragão.

O caçador então perguntou:

— E por que alguém já não matou esse dragão?

— Oh, muitos cavaleiros já tentaram matá-lo, mas todos perderam a vida na tentativa. O Rei até prometeu não somente que daria a mão de sua filha a quem quer que matasse o dragão, como que o tornaria herdeiro do trono.

Dessa vez o jovem caçador nada replicou; porém, na manhã seguinte, levantou-se, chamou seus animais e começou a subir a encosta do morro onde vivia o dragão.

Chegando perto do topo, deparou com uma capela, e nela entrou. Dentro havia três cálices cheios de água, contendo esta inscrição: *"Quem destes cálices beber tornar-se-á a pessoa mais forte do mundo, e conseguirá arrancar do solo a espada que está cravada ao lado da soleira da porta."* O caçador não quis beber do que havia nos cálices, saindo da capela e procurando a tal espada, que logo encontrou. Todavia, não conseguiu arrancá-la do chão, entendendo que seria necessário uma força sobre-humana para desprendê-la. Então, voltando ao altar, esvaziou os cálices, e no mesmo instante se sentiu dotado de uma força descomunal, que lhe permitiu arrancar do chão, sem qualquer dificuldade, a espada que estava ali cravada. Feito isso, voltou com ela para o interior da capela.

Entrementes, avizinhava-se a hora em que a filha do Rei deveria ser entregue ao dragão. No momento estabelecido, ela saiu do palácio, acompanhada de seu pai, do Marechal e de diversos cortesãos.

Lá de baixo ela avistou a presença de alguém no cume do morro, imaginando que fosse o dragão, ali postado a sua espera. Embora com o coração amargurado, mas sabendo que todo o país seria destruído caso ela se recusasse a se sacrificar, começou a galgar a encosta, enquanto o Rei e os cortesãos regressavam ao palácio cheios de tristeza e angústia. Obedecendo à ordem do soberano, o Marechal acompanhou a Princesa, porém mantendo-se sempre alguns passos atrás, por uma questão de prudência e medo.

Ao chegar ao topo, a filha do Rei, surpresa, constatou que quem ali estava não era o dragão, mas sim um caçador jovem e bem-apessoado, que lhe dirigiu palavras de conforto, dizendo-lhe que ali estava para resgatá-la do dragão. Dito isso, levou-a até o interior da capela, trancando-a lá dentro.

Pouco depois, ouviu-se um bater de asas e o medonho rugido do dragão de sete cabeças que se aproximava. Estranhando o fato de encontrar ali não a Princesa, mas sim um jovem desconhecido, perguntou:

— Quem és tu? E que fazes aqui?

— Vim travar combate contigo — respondeu o moço.

— Pois fica sabendo que muitos outros cavaleiros aqui estiveram com essa mesma intenção, tendo todos perdido a vida devido a sua temeridade. Contigo não será diferente.

E, dizendo isso, expeliu fogo por suas sete mandíbulas. As chamas logo se alastraram pela grama seca, e teriam incendiado a floresta vizinha e matado por sufocamento o caçador, se seus fiéis animais não tivessem corrido e apagado com as próprias patas o princípio de incêndio. Tomado de fúria, o dragão avançou para o rapaz, cuja espada logo sibilou no ar, descendo com força sobre seus pescoços e lhe cortando três cabeças de um só golpe. A fúria do monstro recrudesceu, e ele, erguendo-se sobre as patas traseiras, expeliu terríveis labaredas de fogo sobre o caçador, arremessando-se contra ele com as bocarras abertas. Mas o caçador novamente ergueu a espada no ar, descendo-a violentamente contra o dragão e cortando-lhe de novo três de suas cabeças restantes. Isso fez o monstro prostrar-se no chão quase sem forças, juntando as últimas que tinha para desferir-lhe potente golpe com a cauda, aproveitando-se do cansaço que começava a tomar conta do jovem. Este, porém, vendo-se em risco de perder a vida, pediu ajuda a seus animais, que imediatamente se atiraram sobre o dragão, fazendo-o em pedaços.

Logo que deu por encerrado o combate, o caçador tratou de abrir a porta da capela, vendo a Princesa estendida no chão, pois havia desfalecido devido à angústia e ao terror que a assaltaram.

Ele a carregou para fora, e, quando ela voltou a si e abriu os olhos, mostrou-lhe o dragão todo despedaçado, dizendo-lhe que ela poderia respirar aliviada, pois estava livre de perigo.

Ah, que alegria a dela ao saber de tudo o que tinha acontecido! Abraçando seu salvador, disse-lhe:

— Agora tu te tornarás meu marido, pois meu pai prometeu casar-me com aquele que matasse o dragão.

Dito isso, tirou seu colar de coral, que tinha cinco voltas, e dividiu-o entre os animais, como recompensa por seu heroísmo. Coube ao leão a parte que continha o fecho de ouro. Ao caçador ela entregou um lenço que tinha seu nome bordado em letras douradas. Tomando-o com carinho, o jovem voltou para onde estavam as cabeças do dragão, cortou suas línguas e as envolveu naquele lenço.

Depois de todo esforço em apagar o incêndio e combater o monstro de sete cabeças, o caçador sentiu-se extenuado, e então disse à Princesa:

— Estamos ambos necessitados de um pequeno repouso, antes de descermos o morro para que eu possa devolver-te sã e salva aos braços de teu pai, não achas?

— Acho, sim! Sinto-me tão aliviada, que não me importaria de deitar e dormir aqui mesmo sobre a relva.

E os dois se estenderam no chão. Antes de fechar os olhos, porém, o caçador disse ao leão:

— Fica aqui por perto vigiando, para que ninguém venha causar-nos algum mal.

E os dois não demoraram a cair no sono.

O leão postou-se ali perto, disposto a cumprir a ordem, mas viu que não iria consegui-lo, pois também estava cansado e com os olhos pesados. Então, voltando-se para o urso, disse-lhe:

— Fica tu encarregado da vigilância, pois vou tirar um cochilo. Se acontecer alguma coisa, trata de acordar-me.

O urso obedeceu e sentou-se ali perto, mas como também estava cansado e com os olhos pesados, chamou o lobo e disse:

— Fica aqui perto vigiando, pois vou tirar um cochilo. Se algo acontecer, desperta-me.

O lobo fez o que o urso mandou, mas estava igualmente cansado e de olhos pesados, e por isso chamou a raposa e lhe disse:

— Fica de vigia aqui perto, enquanto tiro um cochilo. Se algo acontecer, chama-me depressa.

A raposa postou-se ali perto, mas também ela estava cansada e de olhos pesados; assim, dirigindo-se à lebre, falou:

— Fica vigiando aqui perto, enquanto tiro um cochilo. Se vires qualquer coisa estranha, avisa-me.

A lebre ficou ali perto, disposta a cumprir a ordem, mas ela também estava cansada e com os olhos pesados. Todavia, não tendo a quem repassar sua incumbência, acabou caindo no sono.

Assim, ficaram ali dormindo a sono solto a filha do Rei, o jovem caçador, o leão, o urso, o lobo, a raposa e a lebre, sem saberem que o perigo rondava ali bem perto.

A uma certa distância, o Marechal, que tinha avistado a chegada do dragão, mas não vira o monstro saindo dali levando consigo a Princesa, depois de notar que tudo estava calmo, encheu-se de coragem e subiu até o topo, onde viu a criatura morta e desfeita em pedaços, e, perto dali, a Princesa, o caçador e os animais, todos dormindo tranqüilamente. Como se tratava de um indivíduo covarde e invejoso, tomou da espada e cortou a cabeça do caçador. Em seguida, pegou a moça adormecida e levou-a nos braços pela encosta abaixo. Num certo momento, ela acordou e gritou assustada, mas o Marechal ameaçou:

— Agora estás em meu poder e terás de dizer a todos que fui eu quem matou o dragão.

— Isso eu não posso fazer — protestou a jovem, — pois sei muito bem que quem o matou foi aquele caçador, com a ajuda de seus animais.

Mas o Marechal, sacando a espada, ameaçou matá-la caso ela não lhe desse o crédito pela morte do monstro. Com medo de morrer, ela concordou. Ele então levou-a até o Rei, que quase desmaiou de tanta alegria ao ver sua filha viva e livre do poder do monstruoso dragão. Então, o Marechal avançou um passo e disse:

— Fui eu quem matei o dragão e livrei de suas garras a filha de Vossa Majestade. Assim, cabe-me o direito de desposá-la, conforme o prometido.

— É verdade o que ele diz, minha filha? — perguntou o Rei, estranhando que o Marechal tivesse demonstrado tamanha coragem.

— Creio que sim, meu pai, se bem que eu nada vi, pois estava desmaiada na hora. Todavia, peço-vos que não marqueis esse casamento para antes de um ano e um dia.

"Nesse meio tempo", pensou ela, "talvez eu volte a ter notícia do herói que efetivamente matou o dragão".

Enquanto isso, no cume da montanha, os animais ainda dormiam, ao lado do corpo decapitado do caçador. Num dado momento, uma vespa pousou no focinho da lebre, que a espantou com a pata dianteira, sem acordar. A vespa voou, mas retornou, pousando de novo no mesmo lugar. A lebre espantou-a de novo. Quando o inseto voltou pela terceira vez, aí ela despertou, acordando também a raposa, que acordou o lobo, que acordou o urso, que acordou o leão. Quando este, ao despertar, viu que a donzela tinha desaparecido e que seu amo estava morto, soltou um terrível rugido e indagou:

— Quem será que fez isto? Oh, urso, por que não me acordaste?

O mesmo disse o urso para o lobo, e o lobo para a raposa, e a raposa para a lebre, que não teve a quem repassar a pergunta. Assustada, olhou para os outros, que pareciam estar prestes a fazê-la em pedaços, só não dando cabo da pobrezinha porque ela gritou:

— Não me mateis! Sei como restaurar a vida do nosso amo! Conheço uma raiz que cresce na encosta de certa montanha, e que é poderosa o bastante para curar qualquer ferida e qualquer doença, desde que seja colocada na boca da pessoa ferida ou enferma. O problema é que essa montanha fica muito longe, a umas duzentas milhas daqui!...

— Pois tens vinte e quatro horas para ir e voltar com essa raiz — disse-lhe o leão.

A lebre partiu imediatamente, e em vinte e quatro horas já estava de volta, trazendo consigo a raiz. Logo que a avistou, o leão encaixou a cabeça decepada no pescoço do caçador, enquanto a lebre punha a raiz na boca do moço, cujo coração, daí a pouco, começou a bater, ao mesmo tempo em que a vida lhe era restituída.

Ao despertar, ele se alarmou ao ver que a donzela não mais estava a seu lado, comentando com seus animais:

— Receio que ela tenha ido embora enquanto eu dormia, e que a tenha perdido para todo o sempre!...

Esse mau pressentimento atordoou-o tanto, que ele nem notou haver alguma coisa estranha com sua cabeça, que, na pressa, o leão tinha encaixado com o rosto voltado para trás. Só foi notá-lo quando se abaixou para pegar alguma coisa, e, em vez de ver o peito do pé, viu seu calcanhar. Isso o deixou perplexo, sem saber como explicar tal coisa. Envergonhado, o leão confessou que todos tinham adormecido, devido ao cansaço, e que, quando acordaram, viram que a Princesa tinha ido embora e que ele jazia no chão, decapitado e morto. Contou-lhe ainda que a lebre tinha buscado a raiz medicinal, mas que, na pressa de curá-lo, ele tinha encaixado a cabeça voltada para o lado errado.

— Mas esse erro pode ser facilmente corrigido — acrescentou o leão.

Dito e feito: com uma patada, arrancou de novo a cabeça do caçador, encaixando-a logo em seguida no lado certo, e utilizando a raiz mágica para devolver-lhe a vida. Depois disso, o caçador retomou sua viagem pelo mundo, mas com o coração amargurado, devido ao que considerava ser uma tremenda ingratidão por parte da Princesa. Para ganhar a vida, levava seus animais para as feiras, e ali os punha para dançar, recolhendo as moedas que os assistentes atiravam em seu chapéu.

Passado um ano desses acontecimentos, ele retornou àquela mesma cidade onde havia resgatado a vida da Princesa, vendo que, dessa vez, suas casas não ostentavam sinais de luto, mas sim de regozijo, com fitas coloridas pendentes de todas as janelas. Voltando à estalagem onde havia pernoitado um ano atrás, perguntou ao hospedeiro:

— Que diferença! No ano passado, havia fitas de crepe negro em todas as casas, e hoje vejo apenas fitas e faixas de cores alegres e festivas! Que está acontecendo?

— Ah! — respondeu o hospedeiro. — É que, no ano passado, chegaste aqui na véspera do dia em que a filha do Rei seria levada para morrer nas garras do dragão, e agora chegas na véspera do dia em que ela vai se casar com seu libertador! É tempo de festa e alegria, e não de dor e amargura.

No dia seguinte, que seria o do casamento da Princesa, ao amanhecer, o caçador disse ao hospedeiro:

— Amigo, acreditas que, daqui a pouco e em tua companhia, eu esteja comendo do pão que está sendo servido na mesa do Rei?

— É claro que não vou acreditar numa coisa dessas! — respondeu o homem. — Aposto cem moedas de ouro como isso será impossível de acontecer.

O caçador aceitou a aposta, tirou de sua bolsa cem moedas de ouro e deixou-as separadas, para o caso de não cumprir o prometido. Feito isso, chamou a lebre e ordenou:

— Vai depressa até o castelo real, Ligeirinha, e traze de lá um pedaço do pão que o Rei está agora comendo.

Como a lebre era a menor e mais fraca dentre as criaturas que o acompanhavam, não teve a quem pedir ajuda ou repassar a ordem, de modo que foi obrigada a ir sozinha até o castelo. "Oh", pensou, "quando eu estiver correndo através das ruas, que farei se algum cão feroz me atacar?" Estava justamente pensando nisso, já nas proximidades do castelo, quando, olhando para trás, avistou um canzarrão prestes a atacá-la. Porém, ao ver ali perto a guarita da sentinela, de um pulo entrou lá dentro, sem que o guarda a visse. O cão também quis fazer o mesmo, mas a sentinela, postada na porta, enxotou-o dali a pontapés. Ao ver que o caminho estava livre, ela saiu

73

depressa da guarita, entrou no castelo e, ao ver pela fresta da porta de um aposento que a Princesa estava ali dentro, entrou ali velozmente, escondendo-se debaixo de sua cadeira. A Princesa notou que alguma coisa estava arranhando seu pé, e, pensando que era o seu cãozinho de estimação, disse:

— Sai daqui, Sultão!

Mas a lebre arranhou-a de novo com a patinha, e ela mais uma vez ordenou:

— Já não te mandei sair daqui, Sultão?

Mas como a lebre não era o Sultão, continuou arranhando o pé da Princesa, que só então olhou para baixo, reconhecendo-a imediatamente, pois ela estava usando a parte de seu colar que lhe coubera como presente. Com alegria, a Princesa a pôs em seu regaço e perguntou:

— Então és tu, lebrezinha querida? Que queres?

— Lembras-te de meu amo, aquele que matou o dragão? Pois bem: ele está na cidade, e me mandou aqui para buscar um pedaço do pão que o Rei come.

Aquela notícia deixou a Princesa muito alegre. Imediatamente, chamou o camareiro e ordenou que ele trouxesse para ela uma fatia do pão que acabara de ser servido ao Rei. Depois que o camareiro cumpriu a ordem, a lebre pediu:

— Mande o camareiro seguir comigo, pois, do contrário, aquele cão feroz vai me fazer em pedaços!

A Princesa disse que sim, e o camareiro seguiu com ela até a porta da estalagem. Ali chegando, a lebre agradeceu, tomou o pão com as patas dianteiras e, saltando sobre as patas traseiras, levou-o até seu amo, que disse ao dono da estalagem:

— Não te disse, hospedeiro? Vamos comer do pão do Rei, e passa para cá minhas cem moedas.

E, diante do hospedeiro atônito, provou uma fatia do pão, mas logo voltou a falar, dizendo:

— Para acompanhar este pão, está fazendo falta um pouco da carne assada que o Rei come.

— Vá lá que tenhas conseguido o pão, mas duvido que consigas qualquer iguaria da mesa real

O caçador chamou a raposa e ordenou:

— Vai, Espertinha, até o palácio, e traze-me de lá uma fatia do assado servido na mesa do Rei.

A raposa era mais astuta que a lebre; assim, esgueirou-se através de becos e vielas, e chegou ao palácio sem ser incomodada pelos cães, entrando ali sem ser vista. Logo avistou a cadeira da filha do Rei, enfiando-se debaixo dela e roçando com o corpo no pé da jovem. Ela olhou para ver do que se tratava, e imediatamente reconheceu a raposa, pois ela trazia no pescoço o colar que ela lhe havia dado. Assim, chamou-a para seu quarto e lhe perguntou:

— E então, raposa querida, que queres de mim?

— Meu amo, o que matou o dragão, está aqui perto, e me mandou vir ao palácio para levar-lhe um pedaço da carne que foi assada para o Rei.

Ouvindo isso, ela chamou o cozinheiro e ordenou-lhe que tirasse uma fatia do assado do Rei e acompanhasse a raposa até a porta da estalagem. Ao chegar ali, ela tomou a travessa das mãos do cozinheiro, espantou com a cauda as moscas que nela queriam pousar, e levou-a para o amo, que disse ao hospedeiro:

— Estás vendo, amigo? Eis aqui o pão e a carne que o Rei comeu hoje. Só faltam os legumes, para completar a refeição.

Então, chamando o lobo, ordenou:

— Vai ao castelo, meu bom Uivante, e traze de lá uma porção dos legumes que o Rei está comendo.

Por não ter medo dos cães, o lobo seguiu em linha reta até o castelo, lá entrando e seguindo até o quarto da Princesa, que logo o reconheceu, ao ver o colar que ele trazia no pescoço. Assim, disse-lhe:

— Que queres de mim, querido lobinho?

— Meu amo, o que matou o dragão, está na cidade e me mandou aqui buscar uma porção dos legumes que o Rei está comendo.

De novo foi chamado o cozinheiro e incumbido de acompanhar o lobo até a porta da estalagem, levando para lá um prato com os mesmos legumes que o Rei acabara de comer. Ali chegando, ele entregou a travessa ao lobo, que a tomou e levou ao amo. Este, chamando o hospedeiro, disse-lhe:

— Aqui está, meu amigo, o prato com os legumes que foram servidos para o Rei. Minha refeição está quase completa. Só falta a sobremesa.

E, chamando o urso, ordenou:

— Sei muito bem, meu caro Grandalhão, que és um grande apreciador de doces. Pois segue até o palácio e traze-me de lá um pratinho com a sobremesa que foi servida ao Rei.

O urso seguiu em frente, e todos lhe davam passagem, amedrontados. Junto à porta, a sentinela apontou-lhe o fuzil, proibindo-o de entrar no castelo. Mas o animal não se amedrontou: erguendo-se sobre as patas traseiras, aplicou-lhe um terrível golpe nas orelhas com ambas as patas dianteiras, e atirou-o desacordado dentro da guarita, entrando depois no castelo. Ao ver a filha do Rei distraída num canto, emitiu um ronco cavernoso, fazendo-a voltar-se. Tendo-o reconhecido, ela perguntou:

— Que queres de mim, querido ursinho?

— Vim a mando de meu amo, buscar um pratinho da mesma sobremesa que foi servida ao Rei.

A Princesa mandou chamar o confeiteiro, pediu que ele separasse uma parte da sobremesa que iria ser servida ao Rei, e que acompanhasse o urso até a porta da hospedaria. Ele o fez e, ali chegando, entregou a sobremesa ao urso, que primeiramente lambeu as bordas do pratinho, onde tinha caído açúcar, e só depois disso o levou até seu amo, que o mostrou ao hospedeiro, dizendo:

— Que me dizes agora, senhor hospedeiro? Temos aqui o pão, a carne, os acompanhamentos e a sobremesa, mas ainda falta o vinho, não é? E só aceito aquele que o Rei costuma tomar.

Então, chamando o leão, ordenou:

— Vai, meu prezado Leo, tu que tanto aprecias um bom vinho, até o castelo real, e traze-me de lá uma porção do vinho que é servido ao Rei.

À medida que o leão ia atravessando as ruas da cidade, todos fugiam espavoridos. A sentinela, ao avistá-lo, tentou impedir-lhe o acesso, mas bastou um rugido da fera para que o pobre soldado se pusesse a correr. Assim, o leão entrou no castelo, passou pelos aposentos do Rei e foi bater à porta do quarto da Princesa, usando a cauda para não arranhá-la. Ao abrir para ver quem era, a Princesa a princípio se assustou, mas logo viu no pescoço dele o colar com o fecho de ouro que ela lhe tinha presenteado, reconhecendo-o imediatamente. Com um sorriso, perguntou-lhe:

— Dize-me, querido leãozinho, que queres de mim?

— Meu amo, aquele que matou o dragão — respondeu ele, — mandou-me vir aqui buscar do vinho que o Rei bebe.

A Princesa chamou o escanção, que era o criado encarregado de servir vinho ao Rei, e ordenou que ele entregasse ao leão um jarro cheio do mesmo vinho que Sua Majestade tomava.

— Irei com ele até a adega — retrucou o leão, — pois quero provar do vinho para ver se é realmente de primeira qualidade.

Chegando à adega, o escanção dirigiu-se a um enorme tonel, abriu a torneirinha e encheu uma jarra com vinho, preparando-se para seguir com o leão até a porta da estalagem, mas este protestou:

— Alto lá! Antes de levar esse vinho, quero prová-lo.

E, servindo-se de uma taça, provou do vinho, recusando-se a aceitá-lo, pois viu que se tratava daquele que era servido aos criados do castelo, e não do que se servia ao Rei.

O escanção foi até um barril menor, onde se guardava o vinho servido aos ministros do Rei, e encheu uma jarra, mas novamente o leão pediu para prová-lo, dizendo em seguida:

— Ah, este é bom! É bem melhor que aquele outro. Mas não é de primeiríssima. Não é o que se serve ao Rei. É desse que eu quero.

Zangado com a arrogância do leão, o escanção retrucou:

— Quem és tu, animal estúpido, para entenderes de vinho?

— Mais respeito comigo, criado atrevido! Esqueceste de que também sou rei? Sim, que sou o rei dos animais?

E, dizendo isso, deu-lhe uma rabanada na orelha e, depois de arrombar uma portinha que viu nos fundos da adega, entrou num cômodo onde estavam guardados diversos barriletes de vinho, destinados exclusivamente ao consumo do Rei. Em seguida, chamando o escanção, ordenou-lhe que lhe enchesse uma jarra de vinho, esvaziando-a rapidamente, e vendo logo que se tratava do vinho que era servido ao Rei.

Ao sair dali, enquanto caminhava pelas ruas até a estalagem, a cabeça do leão estava zoando, e ele se sentindo meio tonto. A seu lado seguia o escanção, carregando nas mãos a jarra de vinho. Chegando à porta da estalagem, ele entregou o vinho ao leão, que o levou até seu amo.

*O leão seguiu pelas ruas meio tonto, e a seu lado seguia
o escanção, carregando nas mãos a jarra de vinho.*

— Pronto, meu caro hospedeiro — disse o caçador. — Aqui temos o pão, a carne, os acompanhamentos, a sobremesa e o vinho do Rei. Eu e meus fiéis animais vamos desfrutar agora desta deliciosa refeição. Queres acompanhar-nos?

O que mais alegrava o rapaz era a certeza que passou a ter de que a Princesa não o tinha esquecido, e que continuava a amá-lo.

Terminada a refeição, disse o rapaz ao hospedeiro:

— Agora que comi do que foi servido ao Rei e bebi do seu vinho, a próxima coisa que farei será ir ao castelo casar-me com a Princesa.

— Isso será impossível — contestou o homem, — pois a filha do Rei já está comprometida, e seu casamento será hoje mesmo!

Sem dizer uma palavra, o caçador apanhou o lenço que a Princesa lhe tinha dado no morro do dragão, abriu-o sobre a mesa e exibiu as sete línguas do monstro, que nele estavam embrulhadas.

— Faz um ano que venho guardando isto aqui com todo o cuidado. Está na hora de fazer uso dele.

Sem entender o que seria aquilo embrulhado no lenço, o hospedeiro falou:

— Estou surpreso com tudo o que fizeste até agora, mas desta vez tua ousadia está passando dos limites. Como podes pretender que a filha do Rei se case contigo? Impossível! Aposto esta casa e tudo o que ela contém como não o conseguirás.

— Aceito tua aposta, hospedeiro, e deixo aqui reservadas mil moedas de ouro, para o caso de perder.

Neste mesmo dia, no castelo, o Rei chamou sua filha, sentou-se com ela à mesa e perguntou:

— Soube que diversos animais selvagens vieram ao castelo à tua procura. Que queriam eles?

— Não posso revelar-vos agora, meu pai — respondeu ela, — mas somente depois que chamardes aqui o dono deles.

Intrigado com aquilo, o Rei ordenou que um criado fosse à estalagem e convidasse o forasteiro que ali se hospedava a vir estar com ele no castelo. O criado ali chegou justamente no instante em que o caçador e o hospedeiro terminavam de fazer sua aposta.

— Estás vendo, hospedeiro? — disse o caçador. — Este criado trouxe-me um convite do Rei. Pois dize a Sua Majestade, rapaz — disse, dirigindo-se ao criado, — que, para aceitar seu convite, preciso de que ele me mande roupas de gala, pois não as possuo, além de uma carruagem puxada por seis cavalos, com cocheiro, palafreneiro e serviçais.

Depois que criado lhe deu o recado, o Rei perguntou à Princesa como deveria agir.

— Deveis mandar para a estalagem aquilo que ele pediu — respondeu ela.

O Rei ordenou que levassem até o caçador um traje de gala completo, uma carruagem puxada por seis cavalos, além de cocheiro e criados de libré.

Ao vê-los chegar, disse o caçador:

— Estás vendo, prezado hospedeiro? O Rei mandou-me tudo o que exigi.

Depois de vestir-se e pegar o lenço que continha as línguas do dragão, entrou na carruagem e seguiu para o castelo real.

Quando avisaram o Rei de sua chegada, o soberano perguntou à filha:

— Como devo receber esse moço?

— Devemos ir recebê-lo pessoalmente — respondeu ela.

O Rei chamou o Marechal e foram ambos recebê-lo, juntamente com a Princesa. Em seguida, levou-o para os aposentos reais, onde ele entrou, seguido pelos seus animais. Ali, o monarca mostrou-lhe uma poltrona e mandou que ali se sentassem ele e o Marechal, com a Princesa entre os dois. Como o Marechal mal o tinha visto no dia em que lhe decepou a cabeça, não pôde reconhecê-lo, estranhando toda aquela deferência para com um jovem desconhecido. Depois de estarem todos sentados, o Rei ordenou que se trouxessem as sete cabeças do dragão, e disse ao convidado:

— Essas cabeças pertenciam ao dragão que durante tantos anos aterrorizou todo o nosso povo. Este aqui — e indicou-lhe o Marechal — foi o herói que deu cabo da criatura, salvando a vida de minha filha. Por isso, cumprindo minha promessa, concedi-lhe sua mão em casamento, e eles vão se casar hoje à noite.

Depois de escutá-lo, o caçador levantou-se, foi até onde estavam as cabeças dos dragões, abriu a boca de uma por uma e perguntou ao Marechal:

— Que foi feito das línguas desse bicho?

O Marechal empalideceu, pois não sabia o que responder. Por fim, saiu-se com esta:

— As línguas?... Que línguas?... Dragão não tem língua!

— Os mentirosos é que não deviam ter língua — retrucou o caçador. — Trago comigo as sete línguas do monstro. Por elas se poderá saber quem de fato matou o dragão.

Dizendo isso, desembrulhou o lenço, tirou as sete línguas e as encaixou perfeitamente nas sete bocas do dragão. Em seguida, exibiu o lenço e perguntou à Princesa se o reconhecia.

— Claro que sim! — exclamou ela. — Esse lenço era meu, e tem nele meu nome bordado em letras de ouro! Dei-o a ti de presente, no dia em que mataste o dragão!

Ante o espanto geral, ele tirou dos pescoços de seus animais as cinco partes do colar da Princesa, perguntando se ela o reconhecia.

— Claro que sim! — disse ela de novo. — É meu colar de coral, que dividi em cinco partes e entreguei aos seus animais, em recompensa pela ajuda que te deram quando mataste o dragão. Depois disso, fomos dormir para nos retemperarmos do susto e do cansaço, e, quando dei por mim, estava nos braços do Marechal, já no sopé do morro. Como foi isso, não sei explicar.

— O que sei dizer — falou o caçador — foi que, depois de ter matado o dragão e tirado Vossa Alteza da capela, nós nos deitamos para repousar e adormecemos logo. Nesse momento, chegou o Marechal e me cortou a cabeça.

— Agora é que começo a entender tudo! — exclamou o Rei. — Depois de cortar-te a cabeça, supondo que estavas morto, o Marechal fugiu com minha filha nos braços e nos fez acreditar ter sido ele o matador do dragão. Se não tivesses chegado aqui com as línguas cortadas, o lenço e o colar, ainda estaríamos acreditando nessa lorota. Só não entendi ainda como foi que recobraste a vida!

Ele então contou como fora que um de seus animais o tinha medicado e restaurado a vida através da aplicação de uma raiz maravilhosa, e como ele tinha estado vagando durante cerca de um ano, e que tinha regressado àquela cidade justamente naquele dia, quando escutou da boca do proprietário da estalagem o relato do embuste praticado pelo Marechal.

Voltou-se o Rei para a filha e perguntou:

— Então foi este rapaz quem matou o dragão?

— Sim — respondeu ela, — esta é a pura verdade, e só agora me atrevo a revelar a maldade do Marechal, que naquele dia, contra minha vontade, me carregou nos braços pela encosta do morro abaixo e me obrigou a manter silêncio sobre tudo, à custa de ameaças. Eu não sabia que ele tinha assassinado o matador do dragão, imaginando que ele um dia voltaria, e foi por essa razão que adiei meu casamento por um ano e um dia.

Ouvindo isso, o Rei nomeou doze juízes, ordenando-lhes que, naquele mesmo dia, procedessem ao julgamento do Marechal. A sentença foi a de que o réu deveria ser feito em pedaços por touros selvagens.

Executada a sentença e morto o Marechal, casaram-se a Princesa e o caçador, que o Rei nomeou regente do reino e herdeiro do trono.

O casamento foi realizado em meio a grandes festas, e o caçador, agora promovido a Príncipe, mandou buscar seu pai e seu padrasto, cumulando-os de muitas riquezas.

Ele também não se esqueceu do hospedeiro. Chamando-o ao castelo, disse-lhe:

— Eu não falei, meu caro hospedeiro, que iria casar-me com a filha do Rei? Perdeste a aposta, e agora tudo o que te pertence passou a ser meu, inclusive tua casa...

— É verdade... fiz mal em ter duvidado de ti...

— Mas acontece que eu não quero ficar com coisa alguma que era tua. Devolvo-te tudo, e ainda te presenteio com aquelas mil moedas de ouro que apostei!

E assim, o antigo caçador tornou-se Príncipe regente daquele reino, casou-se com a Princesa, e os dois passaram a desfrutar de uma vida de extrema felicidade. Mas seu maior passatempo continuou sendo a caça, e de vez em quando ele saía a caçar com seus fiéis animais, que permaneceram com ele, tendo como lar uma floresta próxima do castelo, que era onde ele ia sempre que decidia realizar suas caçadas. Essa floresta era muito vasta, e de certa vez ele se perdeu nela, levando muito tempo para encontrar a saída, o que deixou o Rei bastante preocupado.

Pouco tempo depois, quando ele manifestou desejo de proceder a outra caçada, o Rei, a princípio, recusou-se a conceder-lhe a permissão; por fim admitiu que ele fosse à caça, mas desde que levasse consigo numerosa escolta. Seguido por seus acompanhantes, ele penetrou numa parte densa da mata, quando sua atenção foi atraída por um belíssimo gamo de pele muito alva. Voltando-se para os acompanhantes, ordenou:

— Esperai-me aqui até que eu volte. Quero caçar aquele gamo, e se vierdes todos comigo, ele se assustará e irá refugiar-se em algum lugar inacessível. Levarei comigo apenas meus fiéis animais. Não devemos demorar-nos.

Seus acompanhantes ficaram ali esperando por ele até altas horas da noite. Vendo que ele não voltava, retornaram ao castelo e contaram à Princesa o que havia acontecido. Isso deixou-a muito ansiosa, e sua angústia aumentou quando, ao amanhecer, ele ainda não tinha regressado.

Enquanto isso, o Príncipe regente continuava perseguindo o gamo, sem nunca poder alcançá-lo, pois o animal parecia encantado, desaparecendo de suas vistas sempre que se colocava dentro do alcance de sua espingarda, até que por fim desapareceu inteiramente, sem deixar qualquer rastro.

Só então ele notou quanto se havia internado na floresta. Tomando da buzina, soprou-a com força, para indicar a seus acompanhantes onde estaria, pois começava a anoitecer e ele não tinha como encontrar o caminho de volta. Como não obteve resposta, resolveu permanecer por ali, até que os primeiros raios de sol lhe permitissem ver o caminho. Assim, apeou, acendeu uma fogueira e se instalou ao pé de uma árvore, determinado a pernoitar ali mesmo com algum conforto.

Enquanto estava sentado junto à fogueira com seus inseparáveis animais, escutou o que lhe pareceu ser o som de uma voz humana. Olhou ao redor, mas nada viu. Escutou então um gemido que vinha de cima, e viu uma velha encarapitada num galho da árvore, a lamentar-se:

— Oh, que frio! Estou enregelando!

— Sentes frio, vovó? — perguntou o moço. — Pois desce daí e vem aquecer-te aqui junto à fogueira.

— Oh, não — retrucou a velha. — Tenho de medo de que teus animais me mordam.

— Não deixarei que te façam mal, vovó — disse ele gentilmente. — Podes descer sem medo.

Sem saber que aquela velha era na realidade uma bruxa malvada, ele não estranhou quando ela disse:

— Para ter certeza de que eles não são ferozes, vou jogar aí embaixo um raminho. Bata com ele nas costas desses animais, para que eu veja se eles não ficam bravos e rosnam.

Ele fez o que ela pediu, e os animais imediatamente se transformaram em estátuas de pedra. Antes que o moço entendesse o que havia ocorrido, ela desceu da árvore, tomou do raminho e encostou-o nele, transformando-o igualmente em estátua de pedra. Feito isso, soltou uma gargalhada escarninha e arrastou o Príncipe e seus animais para uma caverna onde havia diversas outras estátuas de pedra semelhantes.

Quando a Princesa viu que seu marido não retornava, sua ansiedade e cuidado aumentaram dolorosamente, e a infelicidade tomou conta de seu semblante.

Durante todo esse tempo, o irmão gêmeo que seguira para leste estivera perambulando pelo mundo, sem saber que era cunhado de uma Princesa, e que seu irmão se tornara Príncipe herdeiro de um reino. Nesse meio tempo, a única coisa que tinha feito era exibir pelas feiras seus animais, mandando-os dançar e recebendo por isso alguns trocados. Desse modo, não conseguira ajuntar um pé-de-meia, tendo ganho apenas o suficiente para a sua sobrevivência e a de seus animais. Foi então que resolveu parar com aquela andança e procurar o irmão. Para tanto, voltou ao local da separação, intencionado a verificar o estado da faca que eles tinham cravado na árvore. Ali chegando, notou que a lâmina referente ao irmão começava a se oxidar, enquanto que a sua estava limpa e brilhante. Isso lhe mostrou que alguma desgraça deveria estar acontecendo com o mano, e por isso resolveu ir atrás dele, seguindo na direção oposta à que tinha tomado quando se separaram algum tempo atrás.

Pouco tempo depois, alcançou a capital do reino cujo soberano era o sogro de seu irmão, e quando transpôs o portão da cidade, a sentinela, imaginando que ele fosse o próprio Príncipe regente acompanhado de seus inseparáveis animais, lhe fez continência, chamou um soldado que estava por perto e mandou-o seguir a galope até o castelo, para avisar a Princesa que o jovem Príncipe havia regressado de sua excursão à floresta. Ouvindo isso, o irmão gêmeo pensou: "Ele me está tomando por meu irmão. Acho melhor fingir que sou ele, pois assim saberei o que devo fazer para salvá-lo". Desse modo, continuou até o castelo, saudado alegremente pelos moradores que o viram passar, e sendo ali recebido calorosamente por todos, inclusive pela Princesa, que lhe perguntou por que se demorara tanto na floresta. Ele respondeu:

— Eu me perdi, e custei muito a encontrar o caminho de volta.

Suas palavras e seu modo de agir deixaram-na preocupada, achando que ele estava muito frio e distante. Por sua vez, ele continuou a conversar com ela e com outros nobres, até que por fim se inteirou de tudo o que havia acontecido ao irmão desde que ele ali chegara. Feito isso, foi deitar-se, dizendo que, devido ao seu extremo cansaço, preferia ir dormir sozinho, e não no quarto do casal. Aquilo deixou a Princesa intrigada, e sua surpresa mais aumentou no dia seguinte, quando, para assombro geral, ele avisou:

— Preciso voltar àquela floresta para terminar a caçada que comecei dias atrás.

O Rei, a Princesa e todos os demais tudo fizeram para dissuadi-lo; porém, vendo sua obstinação, acabaram concordando, e já no dia seguinte ele partiu para lá, levando consigo um enorme séquito de acompanhantes.

Ali chegando, tudo o que havia acontecido com seu irmão tornou a acontecer com ele, que primeiramente avistou um gamo branco, saindo em seu encalço, mas nunca conseguindo alcançá-lo, até que, num certo ponto, ordenou que seus acompanhantes o esperassem, pois ele iria seguir sozinho atrás do animal. E foi o que fez, internando-se no mais recôndito da floresta, até ser surpreendido pela escuridão da noite. Ele então se acomodou junto a uma árvore, acendeu uma fogueira, e pouco tempo depois escutou os gemidos da velha, tudo igual ao que havia acontecido com seu irmão. Ao avistar a velha, disse-lhe em tom de voz gentil:

— Estás sentindo frio, vovó? Então desce daí e vem aquecer-te junto a esta fogueira.

— Eu não! Tenho medo de que teus animais me mordam!

— Pode vir, vovó! Eles são ensinados e mansos.

— Só acredito que sejam mansos se bateres neles com este ramo que te vou atirar, sem que eles reajam ou rosnem.

Como ele já estava desconfiado daquela velha, estranhando o fato de ter ela conseguido subir numa árvore tão alta, e antes que ele ali chegasse, recusou-se a atendê-la dizendo:

— Nada disso, vovó. Não costumo bater em meus animais. Trata de descer daí, e já, pois do contrário irei buscar-te aí em cima.

A bruxa parou de fingir e deu uma risada, dizendo em tom de desafio:

— Por mais ágil que sejas, não conseguirás alcançar-me.

— Desce daí, velha, ou te acerto um tiro!

— Atira à vontade, moço — retrucou ela, dando outra risada. — Tuas balas de chumbo não me podem ferir.

Irritado com o deboche da velha, ele mirou e atirou, mas constatou que de fato suas balas de chumbo não lhe causavam mal algum. Ao contrário, suas risadas se tornaram ainda mais escarninhas do que antes.

Vendo que as balas de chumbo não tinham efeito contra a bruxa, e sem que ela visse, ele arrancou de seu casaco três botões de prata, carregando a arma com eles, e disparou contra ela, que deu um guincho agudo e desabou pesadamente no chão. Então, pondo-lhe o pé sobre o pescoço, disse ele em tom ameaçador:

— Escuta aqui, velha bruxa, se não me revelares onde está meu irmão, atiro-te agora mesmo naquela fogueira. E ali arderás até morrer.

Aquela ameaça deixou a velha apavorada. Pedindo perdão ao moço, indicou-lhe a direção da caverna onde estavam as estátuas de pedra de seu irmão, dos animais que estavam com ele, e de diversas pessoas. Segurando-a com força pelo braço, ele lhe disse:

— Leva-me até lá, feiticeira maldita, e trata de devolver as formas primitivas e as vidas de todos os que ali estão, ou arderás sem clemência na fogueira.

Chegando à caverna, ela apanhou uma varinha que estava encostada num canto e tocou nas estátuas, que, uma a uma, foram recobrando suas vidas e formas, tornando a ser o que antes eram: caçadores, viajantes, mercadores, pastores e animais. Todos lhe agradeceram de modo efusivo, especialmente seu irmão, que o abraçou e beijou cheio de gratidão e afeto. Vendo ali perto a velha bruxa que os tinha enfeitiçado, os desencantados agarraram-na e a atiraram na fogueira. À medida que a bruxa ia sendo queimada, a floresta se abria e iluminava, deixando ver ao longe a silhueta do castelo, para onde decidiram dirigir-se os dois irmãos

Nesse momento, todos se despediram e rumaram para suas casas, seguindo os dois irmãos rumo ao castelo real. Enquanto caminhavam, o irmão recém-chegado foi contando para o outro tudo o que lhe acontecera desde que se separaram. Terminado seu relato, quando o mais novo ia começar a contar a sua vida, o mais velho falou:

— Não precisas contar-me coisa alguma, pois sei de tudo que te aconteceu. Fui confundido contigo ao chegar à cidade por todas as pessoas, inclusive por tua esposa.

Aquela revelação encheu de ciúme o coração do Príncipe regente, que começou a imaginar o que poderia ter acontecido entre seu irmão gêmeo e sua jovem esposa enquanto estiveram juntos, e, num assomo de raiva, ele desembainhou a espada e, de um só golpe, decapitou o irmão, que desabou morto a seus pés. No mesmo instante, sua fúria se desvaneceu, e ele começou a chorar amargamente e a se lamentar por seu ato impensado, dizendo:

— Oh, meu querido irmão, depois de tudo o que fizeste por mim, deixei-me levar pelo ciúme e te matei com minhas próprias mãos!

E, prostrado de joelhos junto ao irmão morto, não parava de soluçar e de derramar sobre ele as mais sentidas e copiosas lágrimas.

Foi nesse momento que as duas lebres deixaram o grupo dos animais e partiram em disparada, para buscar a raiz mágica, pois somente ela poderia curá-lo e devolver-lhe a vida. Os demais ficaram por ali, esperando seu regresso, que não demorou, assim como o irmão decapitado também não demorou a recobrar a vida, levantando-se sem apresentar sinal algum de corte ou ferimento.

Tendo um se desculpado, e o outro prestado esclarecimentos, voltaram os dois a caminhar rumo ao castelo em cordial e fraterna palestra. Nesse instante, passou uma idéia pela cabeça do Príncipe, que disse a seu irmão:

— Vamos pregar uma peça no meu sogro, o velho e bom soberano desta terra. Segue com teus animais por um lado, que eu seguirei pelo outro, e entraremos no castelo por duas portas diferentes.

Fizeram conforme o combinado, e, num momento em que o Rei estava na sala do trono, sentado ao lado da Princesa, entraram ali dois mordomos, vindos de lados diferentes, dizendo ambos que, terminada a caçada, o Príncipe e seus animais estavam vindo pelo corredor — e cada qual apontou para um lado.

— Afinal de contas — estranhou o Rei, — eles estão vindo por esse lado, ou por aquele? Entraram pelo portão norte ou pelo portão sul? Como pode ser isso?

Foi então que os dois entraram no salão, cada qual por uma porta, e caminharam até diante do Rei, estacando e fazendo uma curvatura. Boquiaberto, o Rei olhou para aqueles dois jovens absolutamente idênticos, voltando-se para a filha com ar de assombro e perguntando:

— Nunca vi dois seres tão absolutamente iguais! Qual deles é teu marido, filha?

Ela própria, a princípio, ficou sem saber responder, até que se lembrou do colar que dera aos animais no dia da morte do dragão, e então, mirando-os atentamente, notou alguma coisa que reluzia no pescoço de um dos leões. Era o fecho de ouro do colar! Sorrindo, ela apontou para o dono daquele animal e disse:

— Não tenho como me enganar. Meu marido é aquele ali!

O Príncipe regente deu uma gostosa risada e disse:

— Estás mais do que certa, minha querida. Sou eu mesmo! Este aqui é meu irmão gêmeo.

Havendo vários motivos para alegria e festejos, foram dali para a sala de refeições, sentando-se todos à mesa, onde os irmãos relataram todas as aventuras que lhes tinham sucedido.

Depois de se deitarem, a Princesa disse ao marido:

— Ontem, pensei que tinhas deixado de me amar, porque, ao voltares da caçada, não quiseste deitar comigo, e nem sequer um beijo me quiseste dar...

Não faltava mais coisa alguma para mostrar ao Príncipe o quanto ele estivera errado em duvidar, ainda que tivesse sido por um fugaz momento, da hombridade e honestidade de seu querido irmão.

14. A ABELHA RAINHA

Era uma vez um Rei que tinha três filhos. Destes, os dois mais velhos eram considerados inteligentes, embora tivessem o mau hábito de dissipar seu tempo e dinheiro em farras e bebedeiras, estando fora de casa na maior parte das vezes. Já o irmão caçula era tido por idiota, pelo fato de ser tranqüilo e simples. Os dois mais velhos costumavam zombar dele, afirmando que, com sua maneira simplória de agir, ele jamais conseguiria sair pelo mundo e romper na vida, coisa que eles próprios, ainda que tão espertos e inteligentes, achavam ser bem difícil.

Uma noite, os dois mais velhos resolveram sair a passeio com o irmão mais novo, e no caminho toparam com um formigueiro construído num pequeno monte de terra. Aqueles dois logo decidiram revirá-lo, para verem as formigas em polvorosa, tentando carregar seus ovinhos para algum lugar seguro. Ao revelarem sua intenção, disse o mais novo:

— Oh, não! Não façam isso! Deixem as pobres criaturinhas em paz, pois não gosto de perturbá-las.

Os dois concordaram e prosseguiram sua caminhada, chegando junto a um lago no qual avistaram grande número de patos a nadar. Um deles logo propôs apanhar uma daquelas aves e assá-la ali mesmo, mas novamente o caçula se opôs, dizendo:

— Oh, não! Deixem os pobres patinhos em paz! Não posso permitir que matem nenhuma dessas aves.

Com isso, deixaram os patos em paz, prosseguindo a caminhada até que chegaram a um ninho de abelhas numa árvore, onde se produzia tanto mel que chegava a escorrer pela casca. Um deles propôs que acendessem uma fogueira sob o tronco, a fim de afugentar as abelhas e roubar seu mel, mas novamente o mais novo se opôs, dizendo:

— Não admito sequer que se pense em perturbar esses pobres insetos!

Mais uma vez aceitaram a sugestão do idiota, pois assim o consideravam, e continuaram a caminhar, chegando a um castelo, e estranhando o silêncio que reinava por lá. No estábulo, em vez de animais de carne e osso, somente encontraram cavalos de pedra. Após atravessá-lo em toda a extensão, entrando no castelo, passando por uma sucessão de salões e quartos vazios, até que depararam com uma porta fechada com três trancas, conforme puderam ver através de um vidro transparente que havia na sua parte central. No interior do cômodo, viram um ancião sentado a uma mesa. Bateram na porta para chamar-lhe a atenção, mas ele só demonstrou escutar as batidas da terceira vez que chamaram, quando se levantou, retirou as três trancas e veio atendê-los. Então, sem dizer-lhes uma palavra, fez sinal para que o seguissem e levou-os até a mesa, que estava ricamente servida. Ali puderam comer e beber à vontade. Depois de notar que estavam satisfeitos, o ancião indicou-lhes por sinais que poderiam passar a noite no castelo, levando cada irmão para um quarto de dormir.

Na manhã seguinte, o ancião foi ao quarto do irmão mais velho e, sempre por meio de sinais, levou-o até uma grande lousa, na qual estavam inscritas três frases, sendo a primeira a seguinte:

"Na floresta, sob o musgo, estão espargidas as pérolas da filha do Rei, em número de mil. Quem quer que as encontre todas, no espaço de tempo de um dia, terminando a busca antes do pôr-do-sol, livrará o castelo de seu encantamento. Todavia, se o não conseguir, será transformado em estátua de pedra."

O irmão mais velho leu essas palavras e decidiu tentar encontrar as mil pérolas. Procurou durante todo o dia, mas quando o sol se pôs, não conseguira reunir senão uma centena de pérolas. Assim, conforme rezava a inscrição, foi transformado em estátua de pedra.

Sem levar aquilo em conta, o segundo irmão partiu para a sua tentativa, começando a tarefa ainda pela madrugada, mas com pouco mais sucesso que o outro. Depois de um dia inteiro de busca, à hora do entardecer, não conseguira reunir senão duzentas pérolas, e por isso também foi transformado em estátua de pedra.

Chegou então a vez do caçula, o que era considerado bobo. Vendo o fracasso dos irmãos, e reconhecendo suas próprias limitações, ele foi para a floresta sem qualquer confiança no resultado de sua busca, seguindo em passos lentos e desanimados até o local indicado. Ali chegando sentou-se numa pedra, escondeu o rosto entre as mãos e desatou a chorar. Num momento em que olhou para a frente, viu diante de si a rainha do formigueiro cuja destruição ele havia impedido, e atrás dela cerca de cinco mil formigas-súditas, que imediatamente se puseram a procurar por entre o musgo, não demorando a empilhar num grande monte as mil pérolas espalhadas pelo chão. Feito isso, foram-se embora, sem esperar que ele lhes agradecesse, já que tinham apenas retribuído o favor que lhes tinha sido prestado no dia anterior.

O irmão simplório ficou fora de si de tanta alegria. Voltando ao castelo viu que a segunda tarefa estava aguardando por ele: era buscar no fundo do lago a chave do quarto de dormir das três Princesas que ali viviam. Como não sabia nadar, considerou impossível a realização daquela tarefa, e então, seguindo até a margem do lago, ficou olhando para suas águas plácidas, perguntando-se se haveria algo que pudesse fazer. Fora naquele lago que ele avistara os patos a nadar e impedira os irmãos de matar e assar um deles. Os patos ali se encontravam, e logo o reconheceram, nadando para perto de onde ele estava e perguntando se poderiam fazer algo a seu favor, em retribuição pelo seu gesto. Ele lhes contou o que fora fazer ali, e as aves imediatamente mergulharam até o fundo do lago, trazendo de lá a chave do quarto das Princesas e entregando-a a ele.

Mas ainda faltava a última tarefa, a mais difícil de todas. Depois de abrir o quarto de dormir das três Princesas, ele teria de indicar qual delas era a mais nova e a predileta do soberano, e acordá-la, sem perturbar o sono das outras. As três irmãs eram extremamente parecidas entre si, somente podendo ser distinguidas pelo fato de que, antes de dormir, a mais velha tinha tomado uma colher de calda de açúcar; a segunda, uma colher de melado, e a mais nova, uma colher de mel. Como poderia ele, apenas cheirando a boca das jovens, distinguir o alimento que tinham ingerido, se todas tinham comido coisas doces? Nesse instante apareceu a abelha-rainha daquela colméia que ele havia impedido de ser queimada, e pousou nos lábios das três donzelas, logo reconhecendo qual das três cheirava a mel, e indicando-a ao irmão mais novo, que logo a acordou. No mesmo instante, o castelo ficou desencantado e tudo o que tinha sido transformado em pedra recuperou sua forma primitiva.

O irmão que era considerado tolo casou-se com a filha mais nova do Rei, herdando a coroa do país após a morte de seu sogro. Já seus dois irmãos também foram beneficiados, pois se casaram com as outras filhas do Rei.

Isso mostra que mais vale passar por tolo e simplório, mas sendo dono de um bom coração, que ser esperto e inteligente, porém de índole má.

15. UMA TROCA DE NOIVAS

Certa vez, o filho de um rei tornou-se noivo da filha do monarca de um país vizinho, pela qual era muito apaixonado. Num dia em que os dois noivos estavam juntos e radiantes de felicidade, chegou a informação de que o pai do Príncipe estava à morte, e que desejava vê-lo antes de morrer.

— Tenho de ir embora para ver meu pai — disse ele, — e sem perda de tempo, pois são muitos dias de viagem até lá. Como prova de meu amor, deixo contigo este anel. Depois que eu for coroado rei, voltarei aqui para buscá-la.

Dito isso, partiu, e quando chegou ao castelo do pai, constatou que ele de fato estava em seu leito de morte. Ao vê-lo, o velho Rei juntou suas últimas forças e lhe disse:

— Escuta, filho, mandei buscar-te para que me prometas cumprir meu último desejo, e que tem a ver com teu casamento.

E logo em seguida revelou-lhe que preferia vê-lo casado com a filha do rei de um outro país vizinho, bem mais poderoso e rico que o pai da sua noiva, pois assim ele herdaria também aquele trono. Desse modo, pedia ao filho que rompesse seu noivado e pedisse a mão dessa outra Princesa em casamento.

O pedido do Rei deixou o Príncipe amargurado, sem saber o que dizer. Porém, não podendo recusar-se a atender o pedido de um pai moribundo, respondeu:

— Seja o que for que me pedirdes, ficai certo de que vos obedecerei.

O Rei sorriu, fechou os olhos e morreu.

Tão logo o Príncipe foi coroado rei e terminou o período de luto, lembrou-se de que devia manter a palavra empenhada ao pai no leito de morte. Assim, mandou um emissário ao reino vizinho, pedindo em casamento a mão da filha única do Rei. O pedido foi aceito, e desse modo o monarca recém-coroado trocou de noiva, ficando comprometido com uma outra Princesa.

A antiga noiva logo ficou sabendo daquilo, sentindo-se tão amargurada com a infidelidade de seu amado, que imaginou iria morrer. Notando a melancolia da filha, o Rei seu pai perguntou-lhe:

— Por que estás tão triste, querida filha? Dize-me o que posso fazer para dar cabo de tua aflição, e, seja o que for, eu o farei.

Diante dessa promessa, ela se ergueu e disse:

— Querido pai, gostaria de que me providenciásseis onze donzelas que me sirvam de damas de companhia, e que as onze se pareçam em tudo por tudo comigo.

— Farei o que me pedes, filha, e com a maior urgência que puder.

Então, enviou emissários por todo o reino, com ordem de encontrar onze donzelas que se parecessem com sua filha em rosto, figura e altura. Passado um certo tempo, os emissários regressaram, trazendo consigo onze donzelas extremamente parecidas com a filha do Rei.

Tendo junto de si as onze aias, ordenou a Princesa que fossem confeccionados doze trajes de caça exatamente iguais, para serem envergados por ela e pelas onze donzelas. Feito isso, despediu-se do pai e seguiu para o país agora governado por seu ex-noivo, ao qual ela ainda amava.

Ali chegando, enviou ao jovem Rei uma mensagem, informando tratar-se do chefe de um grupo de doze caçadores, todos desejosos de se colocarem a serviço do Rei.

Depois de ler a mensagem, o jovem Rei interessou-se por conhecer os tais caçadores, chamando-os a se apresentarem no palácio. Eles — ou melhor, elas — logo vieram, mas, devido aos trajes que usavam, o Rei não reconheceu que o chefe dos caçadores era sua antiga noiva. Por outro lado, agradou-se tanto da aparência daquele grupo de caçadores tão parecidos entre si, que logo os tomou a seu serviço.

O jovem Rei tinha um leão dotado da maravilhosa qualidade de não se deixar enganar por qualquer tipo de embuste ou logro, desmascarando imediatamente todo aquele que pretendesse ludibriá-lo. Assim, numa noite em que estava conversando com o Rei, disse-lhe:

— Achais que são realmente caçadores essas doze pessoas que empregastes a vosso serviço?

— Não tenho qualquer dúvida a esse respeito — respondeu o Rei.

— Pois estais enganado — replicou o leão. — Seriam, quando muito, caçadoras, pois não são homens, são mulheres.

— Não acredito nisso. Podes provar o que dizes?

— Facilmente — respondeu o leão. — Espalhai um punhado de ervilhas no corredor de acesso à sala do trono, e havereis de ver. Os homens pisam firme, não se importando em pisotear e esmagar as ervilhas no chão, ao passo que as mulheres são mais caprichosas e delicadas, pisando leve e erguendo pouco os pés. Sendo assim, vereis que os falsos caçadores preferirão empurrar as ervilhas com os bicos das botas a esmagá-las sob as solas.

A sugestão do leão agradou ao jovem Rei, que logo ordenou aos serviçais que espalhassem um punhado de ervilhas no chão daquele corredor.

Mas um dos criados do palácio tinha bom coração, e, como havia escutado o leão conversando com o Rei, correu até onde estavam as donzelas e lhes contou tudo o que acabara de ouvir.

Depois que ele se foi, a Princesa se dirigiu a suas aias e ordenou:

— Lembrai-vos de pisar duro, esmagando as ervilhas sem medo.

Na manhã seguinte, o Rei mandou chamar os doze caçadores à sala do trono. Ao passarem pelo corredor, elas vieram pisando firme, esmagando as ervilhas com tanta força e disposição, que não deixaram sequer uma inteira no chão.

Mais tarde, a sós com o leão, o jovem Rei lhe disse:

— Desta vez te enganaste. Não resta dúvida de que meus caçadores são homens.

— Resta dúvida, sim. Elas sabiam que as ervilhas tinham sido postas ali para servir de teste, e por isso pisaram-nas sem medo. Submetei-as a uma nova prova. Colocai doze rocas de fiar naquele corredor. Se forem mulheres, elas logo se interessarão por examiná-las cuidadosamente; se forem homens, nem mesmo irão notar que as rocas estão ali.

Também essa sugestão agradou ao Rei, que logo chamou seus criados e lhes ordenou que pusessem ali doze rocas.

Mas novamente o criado bisbilhoteiro escutou a conversa e foi atrás do chefe dos caçadores para lhe contar tudo. Por sua vez, a Princesa chamou as donzelas e lhes recomendou que passassem pelas rocas olhando para a frente e fingindo que elas sequer existiam.

No dia seguinte, o Rei mandou chamar de novo os doze caçadores, que passaram pelo corredor pisando firme, sem darem sequer uma espiadela nas rocas.

— Estás agora convencido de que meus caçadores são homens? Eles passaram pela prova das rocas.

— Alguém deve ter-lhes contado que se tratava de um teste.

Depois disso, porém, o Rei perdeu toda a confiança que tinha no leão.

Os doze caçadores geralmente acompanhavam o soberano em suas caçadas, e quanto mais ele convivia com os "moços", mais apreciava a sua companhia.

Durante uma dessas caçadas, o Rei recebeu a notícia de que sua atual noiva já estava viajando, devendo chegar em breve à capital de seu reino. Tão logo ficou sabendo disso, o chefe dos caçadores (que, não custa lembrar, era a ex-noiva do Rei), que seguia ao lado dele, sentiu um tal peso no coração, que desfaleceu e caiu do cavalo. Imaginando que seu caçador perdera os sentidos ao bater com a cabeça no chão, o Rei procurou ajudá-lo, apeando e carregando-o nos braços. Nisso, a luva do caçador desfalecido caiu, deixando que o Rei visse, e não sem surpresa, que no dedo anular daquela mão estava o anel que ele havia dado outrora a sua primeira noiva. Mirando atentamente o rosto daquela pessoa, reconheceu-o como sendo o do seu antigo amor. No mesmo instante, reacendeu em seu coração a esquecida paixão, e ele beijou ternamente os lábios daquela a quem um dia entregara seu coração. Nisso, a Princesa abriu os olhos, e ele então exclamou:

— Tu és minha, e eu sou teu! Ninguém irá separar-nos outra vez!

No mesmo instante, declarou rompido seu noivado oficial e enviou à outra Princesa uma mensagem, pedindo-lhe desculpas e informando-lhe que decidira tomar como esposa sua antiga noiva, escolhida antes de sua coroação; assim, rogava-lhe que retornasse a seu país e que o esquecesse.

Pouco depois, celebrou-se o casamento. Quanto ao leão, recuperou seu prestígio, porque, depois de esclarecida toda a história do grupo de caçadores, pôde o Rei constatar que, no final das contas, seu fiel animal sempre lhe havia dito a verdade.

16. O LOBO FANFARRÃO

Certa vez, em conversa com seu amigo lobo, uma raposa discorria sobre a grande força dos seres humanos, especialmente dos que eram chamados de "homens adultos".

— Nenhum animal pode enfrentá-los — disse ela, — a não ser que seja dotado de extrema engenhosidade e astúcia.

— Nunca vi esse tal de "homem adulto" — comentou o lobo, — mas gostaria de defrontar-me com um, pois sei que ser humano algum conseguiria escapar de minhas garras.

— Posso ajudar-te a realizar esse desejo — disse a raposa. — Vem comigo amanhã de manhã, que irei mostrar-te um homem adulto.

Logo que amanheceu, o lobo encontrou-se com a raposa, e ela o levou até uma cerca viva, através da qual ele poderia ver a estrada na qual ela sabia que costumavam passar caçadores durante o dia.

Primeiro, passou por ali um veterano aposentado.

— Isso aí é um homem adulto?

— Já foi, mas hoje não é mais.

Pouco depois passou um menino que se dirigia à escola.

— Isso aí é um homem adulto? — perguntou o lobo.

— Ainda não é, mas um dia será.

Por fim, surgiu na estrada um caçador, levando ao ombro sua espingarda de dois canos, e na bainha uma faca de caça.

— Enfim, eis aí um homem adulto! — exclamou a raposa. — Se queres enfrentá-lo, está na hora. Quanto a mim, prefiro voltar para minha toca.

Imediatamente o lobo transpôs a sebe e partiu para cima do caçador, que, ao vê-lo, resmungou entre dentes:

— Um lobo! Pode vir, lobão. É uma pena que eu tenha posto pólvora na minha espingarda, mas não a carreguei com balas!...

Quando o lobo chegou bem perto, ele ergueu a espingarda e disparou contra sua bocarra aberta. Apesar do susto e da dor, o lobo não desistiu de atacá-lo, investindo novamente contra ele. O homem disparou de novo; dessa vez, contra o focinho da fera, que mesmo assim voltou a atacá-lo, e ainda mais furiosamente. Vendo que os disparos da arma não foram suficientes para afugentar o animal, o homem desembainhou a faca e lhe desferiu dois ou três poderosos golpes. Dessa vez o lobo recuou, desistiu de atacá-lo, e se pôs a correr, banhado em sangue, só se detendo ao chegar diante da toca da raposa. Esta, ao vê-lo, disse com ar zombeteiro:

— E aí, irmão lobo, derrotar o homem adulto foi tão fácil como imaginaste?

— Oh, não! — gemeu o lobo. — Eu não fazia a menor idéia de como o homem era poderoso! Quando o ataquei, ele pegou um porrete que trazia consigo, apontou-o para minha boca e soprou dentro dela um vento barulhento que até me fez engasgar. Aí, ataquei-o de boca fechada, e dessa vez o porrete produziu um relâmpago, e uma espécie de granizo ardente me acertou o focinho. Mesmo assim não desisti, voltando a atacá-lo, e foi então que ele arrancou do corpo um osso achatado e brilhante, e me acertou com ele, rasgando e furando meu corpo, de tal maneira que nem sei como consegui escapar e chegar até aqui...

— Todo fanfarrão não passa de um insensato — sentenciou a raposa. — Mais vale ser discreto que falastrão, conforme acabas de aprender, e de maneira dolorosa...

17. O FILHO PERDIDO

Era uma vez uma Rainha sem filhos, que passava os dias a rezar para que os céus lhe permitissem tornar-se mãe. Certa vez em que estava caminhando pelo jardim, apareceu-lhe um anjo que lhe disse:

— Alegra-te, porque terás um filho dotado do maravilhoso poder de conseguir para si tudo aquilo que quiser.

Ela logo foi contar ao Rei o que lhe dissera o anjo, e tempos depois nasceu o menino prometido, para regozijo de seus pais.

Depois que o menino aprendeu a andar, toda manhã a sua mãe o levava a um parque onde havia um pequeno zoológico e uma fonte de águas límpidas, na qual ela gostava de banhá-lo.

Num desses passeios, ela, depois de banhá-lo, sentou-se à sombra de uma árvore, deitando-o em seu colo, e ele pouco depois estava ressonando. Como o tempo estava quente, e o ar parado, ela também adormeceu ali.

Vivia no castelo um cozinheiro ambicioso e mau, que estava ciente do poder maravilhoso de que o menino era dotado. Passando pelo parque, viu a Rainha dormindo e roubou a criança sem que ela notasse. Em seguida, matou uma galinha, cortou-lhe a cabeça e espargiu seu sangue pela relva, manchando ainda o avental e as roupas da Rainha, e fugindo em seguida com o menino, que foi deixado num esconderijo, para onde ele já tinha levado uma ama-de-leite encarregada de criá-lo. Feito isso, o cozinheiro voltou correndo ao palácio real e contou ao Rei que, enquanto a Rainha dormia, as feras do zoológico tinham arrebatado e matado seu filho.

O Rei seguiu imediatamente até o parque, onde a Rainha ainda dormia placidamente. Vendo o sangue em seu avental, deu pleno crédito à história inventada pelo cozinheiro, e então, tomado de fúria, mandou que encerrassem a Rainha no alto de uma alta torre, numa cela até a qual jamais chegava a luz do sol ou o luar.

A pobre Rainha ali ficou aprisionada durante sete anos, sem nunca receber comida ou água, pois era intenção do Rei que ela morresse de sede ou de inanição. Aconteceu, porém, que duas fadas iam ali diariamente, sob a forma de pombas, levando-lhe sempre coisas de comer e de beber.

Passado algum tempo, o cozinheiro, que nada sabia a respeito daquelas pombas, deixou o castelo e o serviço do Rei, tendo na cabeça o seguinte pensamento: "Quero estar perto do menino para usufruir de tudo aquilo que ele vier a desejar". Assim,

93

resolveu passar a viver no esconderijo onde havia deixado o menino, que, nessa ocasião, já estava crescido e tinha aprendido a falar. O cozinheiro passou a conversar com ele, e um dia lhe perguntou:

— Por que não experimentas desejar que surja aqui um imponente castelo ricamente mobiliado e dotado de todas as comodidades, tendo ao fundo do terreno um belo parque?

O menino apreciou a sugestão e repetiu tudo aquilo com suas próprias palavras. À medida que ia falando, tudo o que dizia se ia concretizando.

Algum tempo depois, numa nova conversa com o menino, o cozinheiro perguntou:

— Não gostarias de ter uma menininha linda como companheira, para brincares e trocares idéias com ela?

Bastou que o desejo fosse expresso pelo menino, e logo apareceu diante dele uma garotinha tão linda, que nem o melhor pintor do mundo conseguiria representá-la com perfeição numa tela.

Enquanto o menino e a menina passavam o dia brincando na maior alegria, o cozinheiro saía para caçar, levando vida de nobre e se comprazendo com o luxo e a ociosidade.

Mas um dia passou-lhe pela mente um receio, o de que o menino quisesse que seu pai aparecesse por ali, pois isso poderia acarretar para ele enormes problemas. Com efeito, como conseguiria explicar que um simples cozinheiro tivesse enriquecido tão rapidamente e construído para si um tão imponente castelo? Preocupado com isso, resolveu despachar o menino para o outro mundo.

Assim, no dia seguinte, chamou a menina para dar um passeio, e, quando se viu a sós com ela, disse-lhe:

— Hoje à noite, depois que teu amiguinho dormir, crava-lhe uma faca bem no coração, pois fiquei sabendo que, se ele continuar vivendo, vai causar enormes transtornos em nossas vidas.

A pobre menina implorou clemência para o amigo, suplicando ao cozinheiro que não lhe pedisse para praticar um tão nefando ato, mas ele ameaçou:

— Se não me obedeceres, isso irá custar-te a vida!

Ela concordou em silêncio. Chegando a noite, porém, não teve coragem de praticar aquele crime, e adormeceu. Pela manhã, chamada a se explicar pelo cozinheiro, balbuciou, com os olhos marejados de lágrimas:

— Não tive coragem. Como poderia tirar a vida de alguém tão inocente, e que nunca nos fez mal algum?

— Tua alma, tua palma. Se não o matares esta noite, prepara-te para morrer amanhã mesmo!

Apavorada com a ameaça, mas sem querer cumprir a ordem do malvado cozinheiro, logo que entardeceu ela foi ao bosque existente nos fundos do castelo, matou uma corça e arrancou seu coração e sua língua, na intenção de mostrá-los pela manhã ao cozinheiro, fazendo-o crer que fossem do menino que ele tanto queria ver morto.

Para azar dele, naquela manhã, o menino se escondera sob a cama da amiguinha, na intenção de pregar-lhe um susto quando ela acordasse, e desse modo pôde escutar tudo o que aquele homem cruel lhe tinha dito, ficando a par de seus abomináveis planos. Enquanto escutava a conversa, pensou consigo mesmo: "Oh, criatura indigna! Não hesita em mandar matar-me, apesar de tudo de bom que lhe tenho feito durante todos estes anos! Mas deixa estar! Vou pronunciar em voz alta o que desejo que lhe aconteça no futuro!"

E, quando se viu a sós, enunciou em voz alta uma maldição, desejando que o cozinheiro fosse transformado num canzarrão preto, preso a uma corrente de ouro, e tendo apenas cinzas para comer. E tudo aquilo se concretizou tão logo ele terminou de falar.

Depois disso, as duas crianças permaneceram sozinhas naquele castelo durante algum tempo. Um dia, o menino se pôs a pensar em sua mãe, perguntando-se quem seria ela e se ainda estaria viva. Num dado momento, disse à companheira:

— Quero voltar para o lugar onde nasci, e do qual guardo uma vaga lembrança. Sei que não é longe daqui. Gostarias de ir comigo?

— Ah — replicou a menina, — tenho medo de sair daqui, que é o único lugar que conheço. Como irei sentir-me lá fora, onde todos irão considerar-me uma estranha?

Vendo que de certo modo ela tinha razão, mas não querendo separar-se de sua amiga, expressou o desejo de que ela se transformasse num belo cravo vermelho. Depois disso, espetou a flor na lapela do casaco e se foi dali, levando consigo o cravo na lapela e o cão preso à corrente.

Depois de caminhar por algum tempo, avistou ao longe a torre do castelo na qual estava encerrada sua mãe. Sentiu que alguma coisa o atraía para o topo daquela torre, e então desejou em voz alta que aparecesse ali uma escada tão comprida que lhe permitisse subir até lá. Chegando ao topo da torre, espiou por uma seteira e gritou:

— Ó esposa do Rei deste reino. Sei que sois minha mãe e que fostes encerrada nesta cela. Estais viva?

Dentro da cela, a Rainha ouviu a voz, mas não entendeu as palavras. Imaginando que fossem as fadas querendo saber se ela estava querendo mais alimento, respondeu:

— Por enquanto, não é preciso. Estou satisfeita. O que me trouxestes até está sobrando.

Estranhando a resposta, ele voltou a gritar:

— Sou teu filho, aquele que disseram ter sido dilacerado pelas feras do parque! Era mentira! Estou vivo e vim aqui para libertar-te desta prisão!

Dito isso, desceu pela escada e entrou no castelo, apresentando-se diante do Rei e dizendo que era um caçador recém-chegado de uma terra distante, e que se oferecia para entrar a seu serviço. O monarca disse que aceitaria sua oferta, se naquela terra houvesse o que caçar, mas ele já a tinha percorrido em todas as direções, e jamais encontrara algum animal silvestre em suas matas. O jovem caçador replicou que gostaria de verificar aquilo com os próprios olhos, pois acreditava que, em breve, voltaria ao castelo e poria sobre a mesa as caças que abatera, cobrindo-a de uma extremidade à outra.

Tendo o Rei aceitado sua oferta, ele saiu dali e convocou todos os nobres aficionados das caçadas, convidando-os para acompanhá-lo numa expedição de caça. Assim, seguido por extenso séquito, chegou junto à borda de uma floresta e pediu a seus acompanhantes que se dispusessem em círculo, deixando em certo ponto uma passagem. Ele então postou-se no meio do círculo e formulou um desejo. Num instante, cerca de duzentos animais invadiram o círculo, sendo logo abatidos e guardados em cerca de sessenta sacos pelos caçadores, e levados para o castelo, onde o Rei pôde então degustar durante dias seguidos uma grande diversidade de carnes de caça, uma iguaria que ele tanto apreciava, mas que havia tempos não tivera o prazer de vê-la servida em sua mesa.

O Rei ficou extremamente satisfeito com o resultado da atuação do jovem caçador, convidando toda a corte para uma festa a ser realizada no dia seguinte, tendo como ponto alto um suntuoso banquete.

No dia seguinte, estando toda a corte reunida, o Rei voltou-se para o caçador e disse:

— Pela competência e eficiência que demonstraste, quero que te sentes aqui a meu lado.

Ouvindo isso, o jovem respondeu:

— Vossa Majestade me concede uma excelsa honra, esquecendo-se de que não passo de um mero caçador.

— Pois ordeno que te sentes a meu lado — insistiu o soberano, — e que aqui permaneças até o final do banquete.

O jovem obedeceu; porém, mesmo diante daquela deferência, não podia deixar de pensar na mãe, e desejou firmemente que um dos nobres da mesa se levantasse e perguntasse ao Rei o que era feito da Rainha sua esposa, que fora há tempos presa na torre: será que ainda estaria viva?

Bastou murmurar esse desejo, para que o Marechal do reino se erguesse, pedisse a palavra e dissesse:

— Enquanto estamos aqui comendo e bebendo na maior alegria, como estará passando nossa Rainha aprisionada na torre? Vive ainda, ou terá morrido de fome?

Com ar de desprezo e aborrecimento, o Rei respondeu:

— Por culpa dela, as feras fizeram meu pobre filhinho em pedaços. Não posso nem ouvir falar nessa mulher!

Foi então que o jovem caçador ergueu-se e falou:

— Sois meu senhor, sois meu rei e sois meu pai. A Rainha minha mãe ainda vive. Jamais alguma fera me atacou ou dilacerou. Foi um indivíduo miserável, que trabalhava neste castelo como cozinheiro, que me tirou do regaço dela, enquanto ela dormia, espalhando pela relva e sobre suas roupas sangue de galinha, para enganar-vos.

Tendo dito isso, trouxe o cão negro pela corrente e disse:

— Como punição por seu ato infame, transformei aquela criatura abominável neste cão feroz. Quereis, ó meu pai, que o faça retornar a sua forma primitiva?

Espantado diante daquela revelação, o Rei nem conseguiu falar, apenas meneando a cabeça, num gesto de consentimento. Bastou que o jovem formulasse aquele desejo, para que o antigo cozinheiro reaparecesse ali, com seu avental branco e uma faca de cozinha nas mãos. O Rei logo o reconheceu, e foi tomado por tão furiosa cólera, que no mesmo instante ordenou que o traidor fosse aprisionado e posto a ferros na mais profunda masmorra existente no castelo. Depois disso, o jovem contou ao Rei tudo o que lhe tinha ocorrido desde que fora raptado, e ao fim de seu relato, concluiu:

— Quereis conhecer, ó meu pai, a gentil donzela que salvou minha vida, com isso correndo o risco de perder a sua?

— Claro que sim! — exclamou o Rei. — Terei imenso prazer em conhecê-la.

— Mas vede-a primeiro sob a sua forma atual de flor — disse, tirando da lapela o lindo cravo vermelho que ele ali tinha deixado.

Colocou delicadamente o cravo sobre a mesa, enquanto todos comentavam que aquela era, de fato, uma belíssima flor. Mas bastou que ele murmurasse o desejo de que o cravo recuperasse sua forma primitiva, para que, em seu lugar, surgisse ali, diante de todos os cortesãos, uma donzela de extrema beleza, tão linda que nem o melhor pintor do mundo seria capaz de retratá-la de modo a evidenciar toda a sua beleza.

Depois disso, o Rei enviou duas aias e dois camareiros até a torre, com ordens de trazer de lá a Rainha. Ela pouco depois chegou, sendo respeitosamente saudada por todos, e o Rei convidou-a a sentar-se a seu lado. Ela o fez, mas recusou consumir qualquer tipo de alimento ou de bebida. E assim continuou procedendo durante três dias, até que faleceu serenamente, com um sorriso nos lábios.

Depois que foi enterrada, as duas fadas que, sob a forma de pombas, a tinham alimentado durante todo o tempo em que ela estivera presa na torre, vinham diariamente pousar em seu túmulo, prestando-lhe desse modo uma singela homenagem.

O antigo cozinheiro foi mantido na masmorra, onde não tardou a morrer.

Mais tarde, o jovem casou-se com sua antiga companheira, que o tempo havia transformado em belíssima donzela, tão linda quanto o cravo que ele trouxera consigo espetado na lapela, e que era ela mesma, transformada em flor.

Após a morte do pai, ele foi coroado rei e governou o país durante um longo tempo, com sabedoria e justiça.

18. O ESPÍRITO DA ÁGUA

Um menininho e sua irmã foram um dia brincar nas proximidades de um poço, mas, por descuido, acabaram caindo nele. Ao afundarem, encontraram no fundo do poço uma fada má que lhes disse:

— Agora que os agarrei, vou fazê-los trabalhar para mim.

Dito isso, levou-os para bem longe dali. Ao chegarem à casa da fada má, ela ordenou que a menina se pusesse a costurar, entregando-lhe um novelo de linha dura e muito emaranhada. Depois mostrou-lhe um tonel todo esburacado, mandando que ela o enchesse com água. Quanto ao menino, ordenou que fosse à floresta com um machado sem corte, ordenando que ele cortasse lenha para fazer fogo.

As duas crianças ficaram tão revoltadas com esse tratamento que resolveram fugir. Assim, no domingo, quando a fada se dirigiu à igreja, saíram de casa e saíram em disparada, procurando afastar-se o mais que podiam daquela casa. Acontece que a igreja não ficava distante, e enquanto eles fugiam como dois passarinhos que encontram a gaiola aberta, a fada má os avistou e correu atrás deles, dando largas passadas. Vendo que logo seriam alcançadas, a menina atirou para trás uma escova de cabelo, e ela no mesmo instante se transformou num morro revestido de duros espinhos, através dos quais a fada má encontrou grande dificuldade de passar. Mas, por fim, transpôs aquele obstáculo, e as crianças viram que ela voltava a se aproximar delas.

Então, foi a vez do menino, que atirou para trás um pente, e este logo se transformou num morro cheio de dentes, retardando a perseguição movida pela fada má. Com o tempo, porém, ela conseguiu transpor também esse obstáculo, e pouco depois voltava a se aproximar dos dois.

A menina então atirou-lhe um espelho, que se transformou numa montanha de vidro, tão escorregadia que era impossível transpô-la.

Vendo que não conseguiria galgar aquela encosta deslizante, a fada má resolveu voltar até sua casa para pegar um martelo e quebrar toda aquela superfície de vidro.

Mas até que ela foi a sua casa, retornou à montanha de vidro, reduziu-a a cacos e conseguiu transpô-la, os meninos já tinham conseguido escapar, e não lhe restou outra alternativa senão voltar para seu poço, mergulhar nele, ficar no fundo e esperar o dia em que algum desavisado voltasse a cair ali dentro.

19. OS MENINOS DOURADOS

Faz muito tempo, vivia numa pequena cabana um pobre pescador e sua mulher. O único sustento do casal eram os peixes que o homem pescava. Certo dia, após recolher a rede, ele notou que tinha apanhado um peixe cor de ouro. Examinou-o, maravilhado, e sua surpresa ainda aumentou ao notar que o peixe sabia falar, e que lhe disse:

— Ouve, pescador: se me devolveres à água, transformarei tua cabana num esplêndido castelo.

O pescador replicou:

— De que me serviria um castelo, se nada tenho para comer?

— Já que é assim — tornou o peixe dourado, — cuidarei para que haja no castelo um armário encantado, dentro do qual encontrarás vasilhas repletas de iguarias, em quantidade suficiente para satisfazer tua fome e a de tua mulher.

— Sendo assim — disse o pescador, — farei o que me pedes.

— Mas há uma condição — continuou o peixe. — Não deverás mencionar a qualquer criatura viva no mundo, seja quem for, a fonte de tua boa fortuna. Se o revelares a quem quer que seja, todas essas maravilhas desaparecerão no mesmo instante.

Depois disso, o homem devolveu o peixe à água e retornou para casa, encantando-se ao ver que, no lugar onde ela se encontrava até momentos atrás, agora se viam os muros de um imponente castelo.

Ali ele entrou, encontrando sua esposa trajando riquíssimas vestimentas, reclinada num confortável divã, num quarto no qual só havia móveis finíssimos e artisticamente trabalhados. Ela parecia deslumbrada com tudo o que tinha acontecido, e então, dirigindo-se ao marido, falou:

— Oh, querido, como foi que tudo isto aconteceu? Estou numa alegria só!

— Também estou contente, mulher. Contente, porém faminto. Que há de comer neste nosso rico palácio?

— Oh, marido — lamentou-se ela, — nada temos aqui! Se não conseguiste pescar alguma coisa, não sei como faremos para matar a fome...

— Pois nossos problemas se acabaram — replicou o pescador. — Estás vendo aquele armário ali? Pois abre-o.

Quando ela abriu o armário, viu surpresa que ali dentro havia tudo que era necessário para uma lauta refeição: pão, carne, legumes, bolo, vinho e frutas.

— Marido! — exclamou a mulher, tomada de espanto. — Que mais poderíamos desejar? .

Sentados à mesa, comeram e beberam com enorme satisfação. Depois que terminaram a refeição, a mulher falou:

— Marido, de onde vêm todas essas maravilhas e riquezas?

— Ah! — respondeu ele, — nem me perguntes, pois não te posso contar. Se revelar alguma coisa, tudo isso desaparecerá.

— Está bem — retrucou ela; — se não queres contar, também não quero saber.

Mas falou isso da boca para fora, pois daquele dia em diante ela passou a não lhe dar sossego, atormentando e aborrecendo o pobre infeliz dia e noite. Por fim, sua paciência se esgotou, e num belo dia ele finalmente revelou:

— Toda essa boa fortuna me foi proporcionada por um maravilhoso peixe dourado que apanhei e depois restituí à liberdade, devolvendo-o às águas.

Bastou pronunciar essas palavras para que desaparecessem tanto o castelo como tudo o que havia dentro dele, inclusive o armário mágico, e de repente os dois estavam de novo na sua antiga e pobre cabana, tendo de sobreviver às custas do que o homem conseguisse pescar. Num dia, para sua sorte, ele apanhou de novo o peixe dourado, que lhe falou:

— Ouve, pescador, se novamente me devolveres à água, eu de novo transformarei tua cabana num esplêndido castelo, pondo dentro dele o armário que já conheces. Mas desta vez, sê firme, e de modo algum reveles a quem quer que seja de onde proveio toda a tua boa sorte, ou tudo irás perder para sempre!

— Desta vez hei de guardar comigo este segredo — murmurou o pescador, enquanto devolvia o peixe às águas.

E tudo voltou a ser como tinha sido pouco antes. A mulher não cabia em si de contentamento, mas sua curiosidade não lhe dava paz. Assim, depois de dois dias de fartura e opulência, começou a insistir com o marido para que lhe revelasse como tudo aquilo acontecera, e a quem se deviam aquelas maravilhas. Ele conseguiu guardar silêncio durante longo tempo, mas a insistência da mulher acabou por deixá-lo fora de si; então, perdendo a reserva, acabou revelando o segredo. Imediatamente, o castelo e tudo o que nele se continha desvaneceu, e os dois se viram de novo reduzidos a viver na antiga penúria.

— Vê o que fizeste! — disse ele. — Teremos de passar fome outra vez!

— Ora — replicou a mulher, — prefiro não ser dona de tais riquezas, caso não possa saber de onde elas provêm. Isso destrói minha paz.

O marido voltou a pescar, e, por incrível que pareça, pouco tempo depois conseguiu pescar o peixe dourado pela terceira vez.

— Escuta aqui — gritou o peixe. — Estou sempre caindo de novo em tua rede! Desta vez, não me devolvas às águas, mas leva-me para tua casa, corta-me em dois pedaços, enterra-os, e terás ouro suficiente para todo o resto de tua vida.

O homem levou-o para casa e fez exatamente como lhe fora ordenado. Depois de algum tempo, no lugar onde os peixes tinham sido enterrados, começaram a brotar dois lírios dourados, dos quais ele passou a cuidar com todo o desvelo.

Passado algum tempo, a mulher do pescador teve dois filhos, duas crianças todas de ouro. Também de ouro eram dois potrinhos que um dia apareceram no estábulo.

Os meninos cresceram, tornando-se dois rapazes robustos e bonitos, enquanto que os lírios continuaram a florescer, e os potrinhos se transformaram em belos corcéis dourados.

Um dia, os dois jovens pediram ao casal:

— Gostaríamos de sair pelo mundo montados em nossos cavalos dourados. Temos vossa permissão?

Com tristeza, seus pais responderam:

— Como poderíamos enfrentar a angústia de não saber se um de vós caiu doente, ou se estaria correndo perigo?

— Oh — replicou um deles, — os dois lírios de ouro estão convosco, e por meio deles podereis saber como estamos passando. Se estiverem viçosos, estaremos saudáveis; se murcharem, estamos doentes; se morrerem, foi porque também morremos.

Dito isso, os pais lhes concederam permissão para sair, e eles se foram. Depois de cavalgarem por muito tempo, chegaram a uma estalagem onde havia grande número de hóspedes. Mas quando eles viram aqueles rapazes dourados da cabeça aos pés, começaram a rir e a debochar deles.

Tão logo escutou aqueles risos e palavras de deboche, um deles deu meia-volta e regressou para a casa dos pais. O outro, porém, preferiu seguir em frente, e pouco depois chegou a uma floresta. Quando estava a ponto de penetrar em seu interior, algumas pessoas que passavam por ali deram-lhe um aviso:

— É melhor não entrares aí, pois esta floresta é um covil de ladrões que não hesitarão em assaltar-te, ainda mais vendo que tu e teu cavalo sois de ouro!

Mas ele não se assustou, e respondeu:

— Não há de ser por isso que não entrarei aí.

Depois de pôr sobre si e sobre seu cavalo uma pele de urso, de modo a impedir que seus corpos dourados ficassem à vista, ele entrou confiantemente na floresta. Não tinha cavalgado muito, quando escutou um farfalhar de folhas e algumas vozes, entendendo que diziam o seguinte:

— É um indivíduo sozinho! Não terá como resistir!

— Mas não vale a pena assaltá-lo. A única coisa que tem é uma pele de urso. Afora isso, nada mais possui. Pelo que vejo, trata-se de um sujeito tão pobre quanto um rato de igreja. Neste caso, para quê assaltá-lo?

Assim, o rapaz de ouro atravessou a floresta são e salvo.

Dias depois chegou a uma cidade na qual viu uma moça belíssima, dando-lhe a impressão de não haver outra no mundo que fosse assim tão bela. Foi paixão à primeira vista. Então, dirigindo-se a ela, disse:

— Eu te amo de todo o meu coração. Queres ser minha esposa?

A proposta agradou tanto à moça, que ela sem hesitar respondeu:

— Quero, sim! Serei tua esposa, e te serei fiel enquanto viver.

Em curto espaço de tempo, celebrou-se o casamento. Durante a comemoração, o pai da noiva, que havia algum tempo se encontrava ausente, voltou para casa, e, ao ver sua filha casada, espantou-se, indagando aos convidados:

— Onde está o noivo?

Mostraram-lhe o rapaz, que durante toda a comemoração não tinha tirado a pele de urso. Ao vê-lo com aquele traje, o homem se enfureceu e exclamou:

— Não admito que minha filha venha a se casar com um homem que veste pele de urso num dia quente como este! Hei de matá-lo!

Sabendo disso, porém, a filha intercedeu por ele, dizendo:

— Como podeis dizer isso, meu pai, se o casamento até já foi realizado? Amo meu marido e hei de amá-lo por toda a vida, de todo o meu coração.

Vendo que o fato estava consumado, o pai se acalmou momentaneamente, mas, chegada a noite, não conseguiu dormir, imaginando por que razão aquele moço jamais tirava de cima de si aquela pele de urso. Pela manhã, quando o noivo se estava vestindo, ele espiou pelo buraco da fechadura, vendo então que o rapaz era todo de ouro, e que a pele de urso jazia no chão. Ele então voltou para seu quarto e murmurou para si próprio: "Agora entendo por que razão ele nunca tira a pele de urso! Que sorte a minha por me ter acalmado, pois do contrário teria cometido um grande crime."

Nessa mesma manhã, o jovem recém-casado contou para sua esposa um sonho que tivera: durante uma expedição à floresta, ele tinha caçado um belo veado. Por isso, estava disposto a sair para a caça naquele mesmo dia.

A idéia não agradou a jovem esposa, que lhe pediu:

— Oh, não, querido! Não vás. Pode acontecer-te uma grande desgraça.

Mas ele replicou:

— Fica tranqüila, que hei de voltar.

Dito isso, aprontou-se e se dirigiu à floresta, onde, pouco tempo depois, avistou um veado idêntico àquele com o qual tinha sonhado. Preparou-se para disparar contra o animal, mas nesse instante o veado fugiu, obrigando-o a persegui-lo. Sempre com o rapaz dourado na sua cola, o veado transpôs sebes, fossos e valas, e a perseguição durou o dia inteiro, sem que ambos parecessem sentir cansaço, até que anoiteceu, e então o veado desapareceu de suas vistas.

Em meio à escuridão, o rapaz enxergou ali perto uma casinha. Ali vivia uma velha feiticeira, mas ele não sabia disso. Bateu à porta e a velha veio atendê-lo, perguntando-lhe o que desejava, ainda mais àquela hora, em plena floresta. O rapaz respondeu:

— A senhora acaso viu um veado passar por aqui?

— Vi, sim — respondeu ela. — Esse animal costuma sempre passar por aqui.

Nesse momento, um cãozinho que estava junto dela começou a latir freneticamente.

— Fica quieto, vira-latas vagabundo! — exclamou ele, — Queres que te meta uma bala?

— Quê?! — protestou a velha. — Estás querendo matar meu bichinho? Já sei que devo fazer contigo!

E no mesmo instante transformou-o em pedra e o deixou ali no chão.

Em sua casa, a jovem esposa ficou esperando em vão pelo seu regresso, pensando: "Meu coração está ansioso e perturbado, dizendo-me que deve ter acontecido alguma coisa com ele".

Nessa mesma noite, seu irmão, que tinha voltado para casa, estava parado perto do lírio dourado, quando o caule da flor subitamente se dobrou, e ela ficou pendente e sem viço.

— Ai, ai, ai! — disse ele. — Alguma desgraça deve estar acontecendo com meu irmão. Vou atrás dele, pois talvez possa salvá-lo.

Ao contar ao pai sua intenção, este falou:

— Não, não! Fique aqui. Se ambos os meus filhos morrerem, que será de mim?

— Mas sinto que devo ir, meu pai. Hei de encontrar e salvar meu irmão.

Dito isso, montou em seu cavalo dourado e partiu velozmente rumo à floresta onde seu irmão jazia transformado em pedra.

A feiticeira avistou-o à distância, viu sua semelhança com o jovem que há pouco estivera ali, e então saiu de casa para recebê-lo, decidida a nada lhe dizer acerca do outro. Antes que ele chegasse diante de sua porta, ela já o estava chamando com sinais, convidando-o a entrar na casa. Desconfiado de tamanha solicitude por parte de uma desconhecida, ele não quis se aproximar. Em vez disso, erguendo a arma, gritou:

— Se neste exato momento não devolveres a vida a meu irmão, mato-te aqui e agora sem piedade!

Vendo que a ameaça era para valer, ela se dirigiu de má vontade até uma pedra que estava perto da porta, tocou-a com o dedo, e imediatamente o rapaz de ouro surgiu diante do irmão em sua forma primitiva. Qual não foi a alegria de ambos ao se reencontrarem! Depois de trocarem beijos e abraços fraternais, saíram dali juntos, seguindo até a borda da floresta, onde se separaram, prosseguindo um para os braços da noiva, outro para a companhia dos pais.

— Ah! — respirou aliviado o pai ao vê-lo. — Ficamos sabendo que seu irmão se tinha livrado do problema porque o lírio dourado voltou a ficar ereto e viçoso como antes!

Depois disso, viveram todos eles felizes e contentes até o restante de seus dias.

20. O CASTELO DO LEÃO

Era uma vez um mercador que tinha três filhas. Um dia ele se viu obrigado a deixá-las, pois teria de empreender uma longa viagem. Antes de partir, perguntou o que cada uma queria que ele trouxesse de presente. A mais velha pediu diamantes; a segunda, pérolas; quanto à terceira, assim lhe respondeu:

— Ah, paizinho querido, o que eu mais apreciaria ganhar seria uma cotovia!

— Pois farei tudo para trazer uma cotovia para ti — respondeu o pai.

Depois disso, beijou as três filhas, despediu-se e partiu.

Tempos depois, ei-lo de volta, trazendo diamantes para a mais velha, pérolas para a segunda filha, e nada para a terceira, pois não conseguira encontrar a cotovia que ela pedira, por mais que indagasse e por maiores recompensas que oferecesse a quem lhe trouxesse uma. Isso deixou-o muito infeliz, pois a filha caçula era a sua predileta.

Em seu caminho de volta, ele teve de atravessar uma floresta, no meio da qual se erguia um magnífico castelo, acima do qual viu que pairava uma cotovia, gorjeando e cantando ao sol da manhã. De repente, a cotovia voou para baixo e desapareceu por entre a alta relva que recobria o chão.

"É exatamente isso que eu estava querendo encontrar", pensou, cheio de contentamento. Chamando o criado, mandou que ele seguisse pé ante pé para o local onde vira a cotovia pousar, e procurasse apanhá-la. O criado seguiu para onde ele tinha ordenado; porém, antes de lá chegar, eis que um leão saiu detrás de uma moita espessa, sacudiu a juba e soltou um rugido tão alto que fez tremer até as folhas das árvores. Em seguida, o leão disse:

— Quem quer que se atreva a roubar minha cotovia cantadora não sairá vivo deste lugar!

— Eu não sabia — replicou o mercador — que aquele pássaro pertencia a vós, mas pretendo corrigir meu engano e vos pagar uma vultosa soma, se poupardes minha vida.

O leão replicou:

— Não quero dinheiro. Somente poderás salvar tua vida se me prometeres destinar a mim seja o que for que encontrares quando entrares em tua casa. Se me deres tua palavra, pouparei tua vida e te darei a ave que gostarias de dar de presente a tua filha.

A exigência do leão entristeceu profundamente o mercador, pois sua filha caçula, que o amava ternamente, geralmente corria a seu encontro sempre que ele regressava para casa. Foi isso o que ele disse ao seu criado, quando este lhe indagou sobre o porquê de sua melancolia. Mas o criado, que estava morrendo de medo de servir de repasto ao leão, implorou ao mercador que concordasse com a exigência, dizendo-lhe:

— Pode ser que depareis não com vossa filha, mas sim, quem sabe, com um cão ou um gato...

O fato foi que ele concordou com a exigência do leão, que lhe entregou a cotovia, lembrando-lhe do compromisso de lhe destinar a pessoa ou o animal que primeiro encontrasse ao chegar em casa. Depois disso, o mercador prosseguiu sua viagem.

Finalmente, ao se aproximar de sua casa, quem é que veio correndo recebê-lo? Como ele receava, foi a filha caçula, que, sorridente e feliz, se atirou em seus braços, beijando-o carinhosamente. Sua alegria mais aumentou quando ela viu nas mãos do pai a cotovia que tanto desejava possuir.

O pai, porém, não conseguiu esconder sua aflição ao deparar com a filha querida, e começou a chorar copiosamente, dizendo entre soluços:

— Oh, minha amada filhinha, nem imaginas quanto te irá custar esta cotovia!... Prometi enviar-te a um feroz leão, que receio vá te fazer em pedaços tão logo te veja!...

Depois disso, contou-lhe o que lhe tinha acontecido na floresta, a promessa que se vira obrigado a fazer, pedindo-lhe que se recusasse a ir, fossem quais fossem as conseqüências dessa recusa. Mas ela o consolou, dizendo:

— Oh, paizinho querido, o que prometestes há de ser cumprido. Seguirei até onde mora o leão, e hei de amansá-lo tão completamente que logo poderei voltar para casa sã e salva.

— *Seguirei até onde mora o leão, e hei de amansá-lo completamente.*

Na manhã seguinte, ela logo se aprontou para deixar a casa. Depois de um triste adeus, seguiu rumo à floresta cheia de confiança.

O leão era, na realidade, um belo Príncipe, que um dia fora encantado por uma feiticeira malvada. Durante o dia, ele e toda a criadagem assumiam a forma de leões, mas durante toda a noite, até o alvorecer, tinham a permissão de reassumir sua forma original.

Quando a jovem se apresentou diante dele, o leão contou-lhe toda a sua história, concluindo-a assim:

— Para quebrar meu encantamento, será preciso que a donzela que receber de presente a minha cotovia consinta em ser minha esposa.

Mas ainda havia algumas dificuldades a serem superadas para que fosse inteiramente desfeito aquele encantamento. Independente disso, a donzela consentiu em se casar com ele imediatamente. Assim, naquela mesma noite (pois, durante o dia, todos os leões dormiam), realizou-se no castelo uma pomposa cerimônia de casamento.

Durante longo tempo, o casal desfrutou de uma vida de plena felicidade, até que, certo dia, o Príncipe lhe contou que chegara a seu conhecimento a informação de que a irmã mais velha de sua esposa iria casar-se em breve. Ele não se opunha a que ela fosse assistir às bodas, desde que levasse consigo um de seus leões como acompanhante. A notícia deixou-a muito alegre, pois enfim teria a oportunidade de voltar a sua casa e rever o pai. Assim, daí a alguns dias, partiram ela e seu acompanhante rumo a seu antigo lar.

Quando ali chegaram, foi grande a alegria de seus familiares, pois todos supunham que ela de longa data tivesse sido reduzida a postas pelo leão. Mas quando ela lhes revelou que o leão só ostentava essa figura durante o dia, transformando-se durante a noite num belo Príncipe, com o qual ela se tinha casado. Mesmo quando se apresentava sob a forma de leão, ele sempre a tratava de modo extremamente gentil, tanto que lhe permitira visitar a família, trazendo consigo apenas um acompanhante. Disse ainda que eram ambos muito felizes, e que, por isso, não via a hora de retornar à floresta e aos braços do marido, como realmente o fez alguns dias depois.

Passado algum tempo, seu marido lhe disse que, daí a poucos dias, seria realizado o casamento da segunda irmã, e que ele consentia em deixá-la assistir às comemorações, mas desde que levasse consigo um acompanhante. Ela concordou com a exigência, mas impôs que o acompanhante fosse o próprio marido.

— Oh — disse ele, — não pode ser! Se eu o fizesse, iria correr um grande risco, pois se acontecer de que eu esteja num lugar sombreado e que um raio de sol ardente incida sobre mim, serei imediatamente transformado num pombo, tendo de juntar-me ao primeiro bando de pombas que passar, permanecendo em sua companhia durante sete longos anos.

— Quanto a isso, não há problema — replicou ela. — Segue comigo, e cuidarei de evitar que qualquer raio de sol incida sobre ti.

Desse modo, ele concordou, e os dois partiram juntos, levando consigo seu filhinho, chegando à casa da noiva à noite, quando o Príncipe podia ostentar sua forma humana original. Destinaram-lhe um quarto contíguo a uma grande sala de paredes tão grossas que nenhum raio de luz poderia ali penetrar, tendo ele prometido lá permanecer até que terminassem as cerimônias do casamento. Acontece, porém, que ninguém havia notado a existência de uma rachadura na porta daquele quarto, formando uma pequena fenda. Ignorando esse fato, o Príncipe sentou-se ali dentro na mais completa escuridão, esperando que terminasse a cerimônia que se estava realizando numa igreja próxima.

Quando os convidados voltaram, trouxeram consigo muitas velas e lampiões, entrando com eles na sala contígua ao quarto onde o Príncipe se encontrava. Desse modo, um raiozinho de luz, diminuto como um fio de cabelo, passou pela porta através daquela pequena fenda, incidindo justamente sobre o local onde o Príncipe se encontrava. Embora não passasse de um fio de luz, foi suficiente para transformá-lo em pombo.

Terminada a festa, quando por fim os convidados se foram embora, a jovem entrou no quarto para conversar com o marido, encontrando ali não um leão, mas um meigo e alvo pombinho.

— Ai de mim! — lamentou-se o pombo. — Agora terei de sair pelo mundo em revoada, junto com um bando de pombos, durante sete anos. Terás de seguir-me por onde eu for, e a cada sete passos que deres, verás a teus pés uma pena branca e uma gota de sangue que deixarei cair para mostrar-te o caminho. Se me seguires sempre, conseguirás por fim libertar-me de meu encantamento.

Dito isso, bateu asas, saiu do quarto, transpôs a porta da casa e ganhou os céus, seguido por sua aflita esposa, e sempre deixando cair, para orientá-la, uma pena branca e uma gota de sangue.

Desse modo, ela se foi pelo mundo, jamais perdendo de vista o bando de pombos, seguindo sempre em frente e nunca se desviando de sua rota.

O tempo passou, até que se completaram os sete anos previstos pelo Príncipe, deixando-a cheia de alegria com a perspectiva de ver finalmente quebrado o encantamento do marido. Estava ela cheia de esperança no coração, quando notou, alarmada, que as penas brancas e as gotas de sangue cessaram de lhe indicar o caminho a seguir, e, ao erguer os olhos para o céu, não mais avistou o pombo a voar.

— Oh! — lamentou-se. — não tenho a quem recorrer!

Então, voltando-se para o Sol, pediu:

— Ó Sol, vós que iluminais todos os lugares, e cujos raios penetram pelas mais exíguas frestas e alcançam os mais altos pináculos! Vistes o pombo branco que venho há anos seguindo?

— Não — respondeu o Sol, — não o vi, mas vou dar-te de presente este estojinho, recomendando-te que o abras sempre que te encontrares perdida e sem saída.

Ela agradeceu ao Sol e foi-se embora, vagando a esmo por aqui e por ali, até que caiu a noite. Então, ao ver a Lua, falou-lhe:

— Ó Lua, tu que à noite despejas tua pálida luz sobre os campos e as pradarias, acaso viste um pombo branco a voar por aqui?

— Não — respondeu a Lua, — não o vi, mas vou dar-te de presente este ovo. Quebra-o quando te defrontares com algum grande problema.

Ela agradeceu à Lua e seguiu em frente, até que a Brisa da Noite soprou em seu rosto. Dirigindo-se a ela, assim falou a caminhante:

— Ó Brisa da Noite, tu que refrescas com teu sopro as copas das mais altas árvores da floresta, que fazes farfalhar suas folhas, e que, quando te excitas, chegas a vergar ou mesmo quebrar e derrubar seus ramos e galhos, dize-me: acaso vistes por aí um pombo branco a voar?

— Não — disse a Brisa da Noite, — não o vi, mas perguntarei a três de meus irmãos ventos se o viram. Provavelmente, algum deles deverá conhecer o paradeiro desse pombo branco.

O Vento do Leste e o Vento do Oeste disseram a ela que não tinham visto aquele pombo, mas o Vento do Sul disse que o vira, acrescentando:

— Vi-o voando rumo ao mar Vermelho, mas de novo transformado em leão, por já terem transcorrido os sete anos de sua maldição. Neste instante ele está travando furioso combate contra um dragão, que antes de ser enfeitiçado era a filha de um poderoso rei.

— Sendo assim — falou a Brisa da Noite à caminhante, — vou dar-te um conselho. Vai até o mar Vermelho e, em sua margem direita, encontrarás densas moitas de juncos encarnados. Conta-os de um em um até onze, e então corta esse junco e golpeia com ele o dragão, pois desse modo ajudarás o leão a derrotá-lo, ao mesmo tempo em que devolverás a ambos suas formas humanas originais. Depois disso, examina ao redor e, se vires um grifo perto de ti, com asas semelhantes às de um pássaro, pousado à beira do mar Vermelho, monta rapidamente em seu dorso, e deixa que ele te carregue sobre o oceano até chegares a tua casa. Toma também esta noz, e, enquanto estiveres cruzando o oceano, atira-a nas águas. Quando ela atingir o fundo do mar, uma grande nogueira crescerá, e sua copa se erguerá acima das águas, permitindo ao grifo pousar em seus galhos para descansar. Sem esse descanso, ele não terá forças para te carregar durante o restante da viagem. Não te esqueças de atirar a noz nas águas do mar Vermelho, ou acabarás perecendo nas suas águas.

A caminhante pegou a noz, o ovo e o estojo, e seguiu rumo ao mar Vermelho. Lá chegando, avistou os juncos, selecionou o décimo primeiro, cortou-o e golpeou com ele o dragão, conforme o Vento da Noite lhe tinha dito. Imediatamente o combate cessou, e tanto o leão como o dragão recuperaram suas formas humanas. Entretanto, ao se ver libertada de seu encantamento, a Princesa segurou o braço do Príncipe que se desprendera do corpo do leão, saltando com ele sobre as costas do grifo, que bateu as asas e partiu, logo desaparecendo das vistas da pobre esposa abandonada.

E ali ficou ela, desolada, a olhar para a direção em que seu marido acabava de desaparecer. Sem saber como agir para recuperá-lo, sentou-se no chão e chorou. Aos poucos, porém, foi recobrando o alento e a coragem, até que por fim ergueu-se e disse para si mesma:

— Vou viajar atrás de meu marido, indo até onde chega o sopro do vento e o canto do galo, e só descansarei quando o encontrar!

E no mesmo instante partiu. Depois de viajar por longo tempo, chegou finalmente ao castelo onde tinha vivido com o leão. Ao chegar, notou os preparativos para uma grande festa, entendendo que se tratava de um casamento.

— Peço a ajuda dos céus — murmurou, abrindo o estojo que o Sol lhe tinha dado, e encontrando dentro dele uma túnica tão resplandecente quanto o próprio Sol.

Tirando as roupas que estava usando, vestiu a túnica e entrou no castelo. A beleza de seu traje deixou de queixo caído todos os convidados. A noiva ficou tão encantada com a túnica que quis usá-la como vestido de casamento, e então perguntou à forasteira quanto queria por ela.

— Estou disposta a vendê-la — respondeu a dona da túnica, — mas, por ela, não quero dinheiro, nem ouro, nem prata.

— Que queres então em troca?

— Ela será tua se me deixares a sós com o noivo durante uma hora, em seu quarto de dormir.

No primeiro instante, a noiva recusou a proposta, mas como estava ansiosa por possuir e usar a túnica, e vendo que a outra não cederia em sua pretensão, acabou concordando. Entretanto, antes que a outra entrasse no quarto do noivo, ordenou a um criado que lhe servisse uma bebida soporífera, de maneira que ele caísse num sono pesado, do qual a visitante seria incapaz de tirá-lo.

De fato, quando ela ali entrou, encontrou seu marido ferrado no sono. Vendo que não conseguiria acordá-lo, sentou-se a seu lado e sussurrou-lhe ao ouvido:

— Eu segui atrás de ti durante sete longos anos; quando te perdi, pedi ajuda ao Sol, à Lua e aos quatro ventos. Fui eu quem desferiu no dragão o golpe sem o qual não o terias derrotado, nem recobrado a forma humana. No entanto, apesar de tudo isso, como pudeste esquecer-me?

Mergulhado em sono profundo, aquelas palavras foram apenas entreouvidas pelo Príncipe, que imaginou estar escutando o som do vento soprando por entre abetos.

Ao se encerrar o tempo permitido pela noiva para o encontro, ela teve de sair do quarto, deixando lá seu marido ainda adormecido. Ao sair, a noiva cobrou-lhe o cumprimento da promessa e a entrega da túnica resplandecente.

Perdidas suas esperanças, ela saiu do castelo e seguiu para o pátio situado nos fundos, sentando-se no chão e chorando amargamente. Foi então que se lembrou do ovo que lhe fora dado pela Lua, e, tirando-o do bolso, quebrou-o. De dentro dele saiu uma galinha rodeada de doze pintinhos, tão mimosos que até pareciam doze bolinhas douradas. Eles corriam daqui para ali, piando e bicando tudo que encontravam, enfiando-se de tempos em tempos sob as asas da mãe, compondo uma cena extremamente graciosa. Ela os foi tocando para os lados do castelo, indo postar-se com eles sob uma janela onde naquele momento se encontrava a noiva, contemplando a paisagem. Vendo a beleza daquele quadro composto por uma galinha zelosa a tomar conta de seus graciosos pintainhos, quis a noiva comprá-los, perguntando à forasteira quanto queria por eles. E ela, como da vez anterior, respondeu:

— Estou disposta a vender essa galinha e seus pintinhos, mas não por dinheiro, nem por ouro, nem por prata.

— Que queres então em troca?

— Eles serão teus se me deixares a sós com o noivo durante uma hora, em seu quarto de dormir.

Dessa vez a noiva concordou imediatamente, disposta a mandar de novo que o criado deitasse uma dose de sonífero na bebida do Príncipe, pois queria evitar que ele escutasse o que a forasteira pretendia dizer-lhe quando ambos estivessem a sós. Acontece que, nesse dia, o Príncipe tinha acordado com dor de cabeça, trazendo na mente a vaga lembrança de um uivar do vento entre as árvores. Assim, chamando seu criado, perguntou-lhe qual poderia ser a causa daquele mal-estar. Temendo ser punido se o Príncipe viesse a descobrir o que acontecera, o criado revelou toda a verdade, contando que a futura Rainha lhe tinha ordenado adicionar um pozinho soporífero a sua bebida, pois não queria que ele conversasse com certa dama que exigira entrar em seu quarto e ali havia permanecido durante uma hora.

— Acredito, Majestade — completou o criado — que a tal dama deverá voltar aqui esta noite, pois ouvi a conversa que a esse respeito ela teve com a futura rainha.

— Pois se minha noiva te der de novo alguma substância para que a deites em minha bebida, não cumpras sua ordem, mas joga-a fora imediatamente.

À noite, depois que se recolheu, o Príncipe ficou à espreita e, quando ouviu os passos da tal dama que se aproximava do quarto, deitou-se na cama e ficou de olhos fechados, fingindo estar dormindo. Sua desditosa esposa entrou no quarto pé ante pé, e, imaginando que ele de novo estivesse mergulhado num sono pesado, voltou a dizer-lhe ao ouvido palavras sussurradas, lamentando sua sorte, mencionando o antigo amor que os unira, bem como seus esquecidos motivos de gratidão para com ela.

Aos poucos, o príncipe foi reconhecendo aquela voz, até o momento em que, abrindo os olhos, exclamou:

— Que estou escutando? Será a voz da minha querida esposa, que eu julgava morta depois que se havia perdido de mim?

Então, pondo-se de pé, tomou-lhe das mãos e lhe disse:

— Oh, minha querida, estou acordado! Da outra vez, não ouvi distintamente tuas palavras, pois estava mergulhado no sono, mas desta vez escutei tudo o que disseste! Acho que essa Princesa que se tornou minha noiva me deve ter enfeitiçado, fazendo-me esquecer o tanto que te amo e o quanto que te devo! Tuas palavras, porém, me devolveram a lembrança e fizeram renascer todo o meu amor!

De comum acordo, os dois saíram secretamente do castelo, pois o Príncipe receava qual seria a reação do pai da noiva, que era um poderoso feiticeiro.

Ali perto encontraram o grifo alado, e, tomando assento em seu dorso, deixaram que ele os levasse até o mar Vermelho. O grifo começou a sobrevoá-lo na intenção de atravessá-lo. Quando se encontrava na metade do caminho, porém, começou a perder altura e demonstrar cansaço. Imediatamente ela se lembrou da noz mágica, deixando-a cair nas águas do mar. Logo que tocou o fundo, ela deitou raízes, brotou e cresceu, ultrapassando o nível das águas e ostentando suas ramagens à luz do Sol. Num de seus galhos o grifo pousou, podendo ali descansar até recobrar as forças e prosseguir a travessia. Em seguida, levou-os pelos ares até a casa do sogro do Príncipe, onde o casal encontrou seu filho, que já se tornara um rapazinho belo e forte. Daí em diante eles viveram em paz e felicidade, livres de qualquer infortúnio ou encantamento, até o final de suas vidas.

21. O REI DA MONTANHA DOURADA

Um mercador tinha um filho e uma filha. Os dois eram tão novos, que ainda não tinham aprendido a andar. Nessa época, o mercador carregou dois navios com preciosas mercadorias, despachando-os para o alto mar. Para realizar tal empreendimento, teve de empregar todas as suas economias, esperando que a venda daquelas mercadorias viesse a trazer-lhe ponderáveis lucros. Por azar, os dois navios naufragaram, e toda a carga se perdeu, fazendo com que, de rico mercador que ele era, viesse da noite para o dia a tornar-se um homem pobre, possuidor apenas de uma gleba de terra tão exígua que mal dava para sua subsistência.

Um dia, na tentativa de espairecer e esquecer por algum tempo seus infortúnios, ele resolveu sair de casa e visitar o seu terreno. Enquanto caminhava, pensando com tristeza no futuro sem horizontes que o aguardava, quase não notou a presença de um homenzinho escuro, que o tirou de seus devaneios, perguntando-lhe qual a causa daquela melancolia que ele não conseguia esconder. Mirando com olhos tristes aquele desconhecido, ele respondeu:

— Se eu soubesse que me poderias prestar alguma ajuda, contar-te-ia meus dissabores.

— Talvez eu tenha como te ajudar, mas só o poderei saber, caso me contes o que se passa contigo.

Então o mercador lhe contou a grande perda que acabara de sofrer, concluindo seu relato com estas palavras:

— Tudo o que eu possuía jaz agora no fundo do vasto mar.

— Então, não te apoquentes — retrucou o homem. — Basta que prometas entregar-me a primeira pessoa que se abraçar a teus joelhos quando regressares para casa, trazendo-a até este lugar daqui a doze anos, e prometo dar-te ouro aos montões.

"Bem", pensou o mercador, "sempre que volto para casa, meu cãozinho costuma vir receber-me, trançando as patas em meus joelhos. Em doze anos, ele talvez nem viva mais. Quanto a meus filhos, é fora de cogitação que venham abraçar-me, já que eles ainda nem aprenderam a andar. Portanto, nada tenho a perder, e tudo a ganhar."

E ali mesmo aceitou a proposta do homenzinho, firmando por escrito o compromisso de entregar-lhe o que fora pedido, no prazo estabelecido, jurando solenemente que não se iria esquecer da palavra empenhada, nem de cumpri-la fielmente. E regressou para casa satisfeito.

Ao se aproximar de seu destino, seu filhinho o viu chegando e, tomado de alegria por ver o papai, largou a cadeira na qual se estava apoiando e, dando seus primeiros passos sem ajuda de outrem, seguiu cambaleando em sua direção, tendo de abraçá-lo pelos joelhos para não cair. Num misto de alegria e terror, o pai viu a criança aproximar-se e enlaçá-lo, lembrando-se de sua promessa e antevendo a dor que iria sentir daí a doze anos, quando teria de cumprir a palavra dada.

Mas ao descobrir que suas arcas e seus cofres continuavam vazios como antes, imaginou que toda aquela conversa do homenzinho não passara de uma piada de mau gosto, consolando-se com a alegria de saber que seu filho já estava dando os primeiros passinhos.

Um mês depois, num dia em que ele de novo saiu para espairecer e dissipar seus pensamentos tristonhos acerca da falta de dinheiro, ao passar pelo celeiro, viu sobre a palha uma pilha de barras de ouro, o suficiente para permitir que ele voltasse a ser o rico mercador do passado, comprando e vendendo gêneros e artigos diversos.

Nos anos que se seguiram, os filhos foram crescendo e se desenvolvendo, demonstrando inteligência e bom caráter. Ao se aproximar o décimo segundo aniversário de seu encontro com o homenzinho escuro, as feições do mercador voltaram a tornar-se indisfarçavelmente melancólicas.

Um dia, o filho perguntou qual a causa daquela sua crescente tristeza. Ele a princípio nada respondeu, mas o garoto continuou a insistir na pergunta, até que ele por fim resolveu contar-lhe tudo o que lhe tinha acontecido doze anos atrás.

— Eu firmei por escrito esse compromisso, meu filho. Assim sendo, quando se completarem doze anos daquele malfadado encontro, terei de perder-te para sempre!...

— Oh, meu pai — consolou-o o menino, — não se preocupe, que, no final, tudo dará certo. O tal homenzinho escuro não terá poder sobre mim.

Apesar dessas palavras aparentemente confiantes, o garoto procurou um padre e pediu que ele o benzesse.

Quando chegou a hora marcada, pai e filho foram para o campo e seguiram até o local onde fora firmado o compromisso. Ali chegando, o menino traçou no solo uma cruz e pediu ao pai que lhe desse a mão, postando-se ambos sobre ela, e ali ficaram à espera dos acontecimentos.

Por fim, apareceu o homenzinho escuro, e, dirigindo-se ao pai, assim lhe falou:

— Trouxeste-me o que me tinhas prometido?

Quem respondeu foi o filho:

— Que vieste fazer aqui?

Ao que o homem escuro respondeu:

— Não vim falar contigo, mas sim com teu pai.

Mas sua voz e seu aspecto não intimidaram o garoto, que replicou:

— Tu traíste e enganaste meu pai. Quero que o liberes de seu compromisso.

— Nada disso! Trato é trato, e quero que ele cumpra o que combinamos.

A discussão continuou durante longo tempo, até que por fim se acertou que, como o garoto não mais pertencia a seu pai, mas também não aceitava pertencer ao homenzinho escuro, teria de ser posto num barquinho, e este virado de borco por seu pai, com o uso dos próprios pés, de modo que o menino se afogasse, vindo a morrer. Pai e filho se despediram um do outro e seguiram até um caudaloso ribeirão que ficava não longe dali, em cuja margem se via um barco ancorado. Corajosamente, o garoto embarcou, e seu pai, empurrando-o com o, pé, virou a pequena embarcação de borco, fazendo-a ir ao fundo e desaparecer sob as águas. Então, acreditando que seu pobre filho estivesse morto, o infeliz mercador regressou para casa, ali derramando lágrimas amargas de remorso e pesar.

O barco, porém, não afundou de todo, mas foi descendo o ribeirão semi-imerso, até que, de repente, desvirou, retomando sua posição normal. E como o garoto tinha prendido a respiração e se agarrado a seu casco com firmeza, conseguiu voltar para dentro dele, sentando-se no banco e deixando-se levar pelas águas para bem distante.

Por fim, o barco embicou contra uma praia arenosa, e ali encalhou. O garoto desceu, ganhou a terra firme e, tendo avistado não longe dali um castelo, caminhou em sua direção. No momento em que entrou, caiu sob o poder de um bruxo. Mesmo assim, foi de quarto em quarto, encontrando todos vazios, exceto o último, no qual havia uma serpente toda enrodilhada no chão. Aquela serpente era uma donzela enfeitiçada, que muito se alegrou ao vê-lo, dizendo-lhe:

— Oh meu libertador, como demoraste a chegar até aqui! Faz doze anos que espero por ti, e já estava perdendo a esperança de ver entrar por essa porta a pessoa destinada a me proporcionar a tão sonhada libertação!

"Como demoraste a chegar até aqui!"

— Que devo fazer para livrar-te do encantamento? — perguntou o garoto.

— Depois que anoitecer, virão aqui doze homenzinhos escuros trazendo consigo cadeias e grilhões. Ao ver-te, perguntarão que vieste fazer neste quarto. Fica em silêncio e nada respondas, e também não reajas se te baterem e torturarem. Mantém total silêncio e aguarda que chegue a meia-noite, hora em que eles serão obrigados a ir embora. No dia seguinte, novamente ao anoitecer, outros doze homens virão, e tudo se repetirá de maneira idêntica. Na terceira noite, virão não doze, mas vinte e quatro homenzinhos, e dessa vez teu silêncio irá deixá-los tão enfurecidos, que acabarão por cortar-te a cabeça; porém, à meia-noite, e desde que não tenhas dito uma só palavra durante as três noites, seu poder se extinguirá e eu estarei livre e com a capacidade de te devolver a vida, por meio da água curativa que tenho aqui nesta garrafa. Basta borrifar-te com esta água, que tua saúde voltará a ser a mesma de antes.

Ouvindo isso, disse o garoto:

— Lembrar-me-ei de tudo quanto me disseste, pois quero libertar-te desse encantamento.

E tudo aconteceu exatamente como ela havia previsto. Os homenzinhos escuros vieram, e ele nada lhes respondeu. No dia seguinte, a mesma coisa. No terceiro dia, depois que eles se foram, a serpente transformou-se numa bela Princesa, que logo abriu a garrafa da água maravilhosa e, depois de borrifá-la sobre o jovem, devolveu-lhe a vida, deixando-o tão saudável e forte como antes. O castelo foi tomado por grande regozijo com a quebra do encantamento que afetava todos os que ali viviam, tanto os nobres como os criados, voltando todos a levar uma vida normal, aptos a executar seus afazeres diários.

Quanto à Princesa, foi tal sua gratidão para com seu libertador, que ela de boa vontade concordou em se casar com ele daí a alguns anos, o que realmente veio a acontecer. Devido ao casamento, o marido tornou-se o Rei da Montanha Dourada.

Oito anos se passaram de grande felicidade, e a jovem Rainha deu à luz um filho. Nessa ocasião, seu marido começou a sentir uma saudade imensa de seu pai, não vendo a hora em que pudesse visitar a casa paterna e reencontrá-lo.

A Rainha não gostou da idéia, argumentando:

— Estou certa de que algum infortúnio haverá de acontecer-me caso tu me deixes.

Mesmo assim, ele continuou insistindo naquela idéia, até que ela cedeu e consentiu em sua partida.

Ao se despedirem, ela lhe deu um anel e disse:

— Põe-no no dedo, e sempre que desejares mudar de lugar, toca nele, expressa teu desejo, e imediatamente lá te encontrarás, mas promete-me não desejar que eu deixe este meu lar e vá para junto de ti, na casa de teu pai.

Ele prometeu, pôs o anel no dedo e resolveu experimentá-lo, dizendo que desejava estar na cidade onde seu pai residia. Foi só manifestar o desejo enquanto tocava o anel, para que se transportasse imediatamente para junto das portas de sua cidade natal. Porém, quando seguiu em frente e já ia transpor a porta da cidade, a sentinela impediu-lhe a passagem, estranhando suas vestes, pois ele ainda envergava seu esplêndido traje real. Por isso, ele subiu a encosta de uma colina próxima, onde tinha visto um pastor a cuidar de suas ovelhas, e propôs-lhe trocar de roupas com ele, que concordou alegremente com aquela troca tão lucrativa. Assim, vestido de pastor, ele entrou na cidade sem ser detido ou notado.

Quando se apresentou diante dos pais, estes o não reconheceram, recusando-se a acreditar fosse ele seu filho, já que eram um casal sem filhos. Era bem verdade que, tempos atrás, vivera um filho com eles, mas o infeliz tinha morrido afogado. Todavia, notando que o pastor demonstrava cansaço e fome, o pai chamou um criado e mandou que ele trouxesse algo de comer para aquele pobre pastor.

Enquanto mata a fome, o pastor lhes disse:

— Sou verdadeiramente vosso filho. Talvez haja em meu corpo alguma marca que vos permita tirar a limpo esta verdade.

— Sim — gritou a mãe, — nosso filho tinha uma curiosa mancha em forma de framboesa sob seu braço direito.

Imediatamente ele arregaçou a manga da camisa e exibiu a marca, que tinha exatamente a forma que ela dissera, tirando de vez a dúvida quanto a ser ele o filho que ambos até então consideravam morto.

Logo após, contou-lhes tudo o que lhe tinha acontecido naqueles longos anos de ausência, explicando ao pai como conseguira salvar-se de morrer afogado quando seu barco virou. O que os deixou mais admirados foi a revelação de que, agora, ele era o Rei da Montanha Dourada e que se tinha casado com a Princesa que libertara do encantamento. Disse-lhes ainda que eles já eram avós, pois ele tinha um filhinho que em breve iria completar sete anos.

Mas um pormenor ainda deixava intrigado seu pai, levando-o a ficar em dúvida quanto às palavras do rapaz. Assim, ao final de sua exposição, disse-lhe:

— Explica-me como é que um rei tão poderoso quanto dizes ser anda por aí envergando trajes puídos e pobres, tais quais o que usa um pastor.

A dúvida do pai deixou tão aborrecido o jovem Rei, que ele se esqueceu da promessa feita a sua esposa, e, tocando o anel, murmurou que desejava que ela e o filho aparecessem ali imediatamente.

No mesmo instante, realizou-se o desejo. Ao se ver transportada para lá, a Rainha prorrompeu em lágrimas, dizendo:

— Por que quebraste a promessa? Não te disse que iríamos sofrer grandes infortúnios se não mantivesses teu juramento?

— Foi um ato impensado — justificou-se ele. — Esqueci-me completamente do voto que fiz. Perdoa-me, por favor!

Ela fez que sim com a cabeça e enxugou as lágrimas, mas o temor e a mágoa ficaram retidos no fundo do seu coração.

Dali ele saiu a passeio com ela, mostrando-lhe sua cidadezinha natal; depois saiu com ela pelo campo, indo até o local onde seu barco tinha virado, fazendo com que ele quase morresse afogado. Ali chegando, comentou:

— Estou cansado. Senta-te aqui na relva e deixa que eu cochile com a cabeça apoiada em teu regaço.

Ela fez o que seu marido pediu, e ele não demorou a adormecer. Vendo-o a ressonar, ela tirou-lhe o anel e o pôs no seu próprio dedo. Em seguida, com toda a delicadeza, tirou-lhe a cabeça do regaço, apoiou-a no chão, e logo depois, tomando o filho pela mão, tocou no anel e expressou seu desejo de retornar ao seu reino.

Quando despertou, o jovem viu que fora abandonado pela esposa e pelo filho, e que já não trazia no dedo o anel, o que o levou a murmurar:

— Não posso sequer voltar para a casa dos meus pais, pois não consegui convencê-los que sou seu filho. Creio que eles julgam ser eu um farsante, ou então um feiticeiro. O que tenho de fazer é tentar retornar ao meu reino.

Dito isso, pôs-se a caminhar e chegou a uma montanha, diante da qual estavam três gigantes discutindo sobre a partilha dos bens de seu pai. Ao vê-lo, chamaram-no e lhe disseram que, como os baixinhos (assim chamavam as pessoas de estatura normal) costumavam ser muito inteligentes, tinham os três decidido que ele seria o árbitro de sua pendência, pedindo-lhe que decidisse como deveriam dividir os bens que seu pai lhes deixara como herança.

Esses bens consistiam numa espada, que um deles lhe apresentou, dizendo:

— Quando empunho esta arma, todas as cabeças presentes se curvam até tocar o chão, exceto a minha.

O segundo gigante adiantou-se e exibiu uma capa, dizendo que ela tornava invisível quem a usasse.

Veio depois o terceiro e mostrou um par de botas, dizendo que quem as calçasse poderia transportar-se imediatamente para o lugar que bem desejasse.

Diante disso, disse-lhes o Rei da Montanha Dourada:

— Para que eu possa estimar o real valor de cada um destes objetos maravilhosos, a fim de saber como organizar a partilha, tenho primeiramente de experimentá-los.

Os três gigantes concordaram. Ele então pegou a capa e vestiu-a, transformando-se numa mosca e se tornando invisível para eles. Logo em seguida reassumiu sua forma original, dizendo-lhes:

— Entendi como é que a capa funciona. Agora dai-me a espada.

— Isso não pode ser — disseram os três, — porque basta ordenares que todas as cabeças se encostem no chão, exceto a tua, para que isso aconteça, deixando-nos à tua mercê, pois serás o único que permanecerás de cabeça ereta.

Mas ele insistiu, e eles por fim a entregaram, mas com a condição de que ele testasse seu poder com uma árvore.

Ele concordou, e, ao experimentar a espada diante de uma árvore, ela se dobrou toda, como se fosse um talo de capim seco.

Feito isso, pediu para experimentar as botas, mas eles novamente recusaram entregá-las, dizendo:

— Se as calçares, poderás desaparecer daqui para sempre, deixando-nos com dificuldade ainda maior de dividirmos nossa herança.

Mas ele tanto insistiu, que os três gigantes concordaram e lhe entregaram o par de botas. Enquanto as calçava, seu pensamento voou até onde deveriam estar a esposa e o filho, e, sem pensar no que fazia, ele murmurou:

— Oh! Como seria bom estar na montanha dourada neste momento, ao lado de meus dois entes queridos!...

Foi só acabar de calçar as botas, e no mesmo instante ele desapareceu das vistas dos gigantes, levando consigo a capa e a espada.

Tão logo chegou ao castelo, escutou barulho de festa, e som de flauta e violino tocando músicas animadas. Perguntando a um criado o que estava acontecendo, ele lhe respondeu que se tratava da celebração do casamento da Princesa. Tomado de raiva, ele murmurou entre dentes:

— Ah, mulher falsa e infiel! Não demorou a me esquecer, nem hesitou em me trair! Aproveitou-se de meu sono, foi-se embora sorrateiramente, e já está se casando com outro homem!

Em seguida, vestiu a capa e, depois de se tornar invisível, entrou no castelo, dirigindo-se ao salão de festas. Viu ali uma mesa preparada para um suntuoso banquete. Os convidados já tinham ocupado seus lugares, e ali estavam comendo e bebendo, erguendo brindes e dando risadas. Num trono colocado na parte central da mesa viu

Sem que alguém o visse, comeu o bolo, depois segurou a taça e a virou de um só gole.

118

sua esposa esplendidamente vestida, tendo na cabeça uma coroa de ouro. Nesse instante, um criado serviu-lhe uma fatia de bolo, enquanto outro enchia sua taça de vinho. Estendendo a mão invisível, ele pegou e comeu o bolo, depois segurou a taça e a virou de um só gole. Depois, outros criados vieram, servindo à Rainha novas iguarias e mais vinho, mas quando ela ia comer ou beber, via sempre o prato e a taça vazios.

Aquilo começou a deixá-la alarmada. Ela então ergueu-se da mesa e recolheu-se a seu quarto, seguida pelo marido invisível. Ali dentro, ela sentou-se na cama, pôs o rosto entre as mãos e lamentou-se, dizendo:

— Que estará acontecendo? Será que voltei a estar enfeitiçada, como outrora estive?

Ele então desferiu-lhe um tapa no rosto e, em voz cavernosa, disse:

— Voltaste a ficar enfeitiçada no momento em que cometeste aquela traição!

Em seguida, tirou a capa, reassumiu sua figura normal e caminhou até o salão, dizendo em voz alta aos convidados que ali ainda se encontravam:

— Acabou-se a farsa deste casamento! O verdadeiro marido e Rei desta terra aqui está: sou eu!

Em vez de se assustarem, os convidados, que eram reis e Príncipes de nações vizinhas, além de representantes da nobreza local, prorromperam em risadas, debochando de suas palavras. Ele então voltou a falar:

— Sou o Rei desta nação, e ordeno a todos vós que saiais deste castelo e volteis para vossas casas!

Irritados com aquelas palavras desaforadas, os convidados se ergueram e caminharam em sua direção, rodeando-o e ameaçando-o com suas espadas. Ele então desembainhou a sua e exclamou:

— Cabeças ao chão, exceto a minha!

Imediatamente, todas as cabeças se inclinaram até o chão, e ele as decepou uma por uma, ficando ali sozinho, único morador daquele castelo, dono de tudo o que ali havia: o Rei da Montanha Dourada.

22. O CASTELO DOURADO DE STROMBERG

Era uma vez uma Rainha que pouco tempo atrás tivera uma filhinha, um bebê de colo que ainda não sabia andar. A criança um dia sentiu-se incomodada, e não conseguia parar quieta nos braços da mãe, por mais que esta tentasse acalmá-la. Num dado momento, cheia de impaciência, a Rainha abriu a janela e, sem saber que havia uma gralha voando por cima do castelo, disse:

— Ai, minha filha, assim tu não me dás sossego, nem me deixas descansar! Quem me dera que te transformasses numa gralha e voasses para bem longe daqui!

Bastou pronunciar tais palavras para que aquilo se realizasse, e sua filha saísse pela janela, voando em direção a uma mata escura, em meio à qual desapareceu, deixando seus pais sem notícia dela durante muito tempo.

Um dia, porém, um viajante que atravessou aquela mata escutou uma voz a chamá-lo, e, dirigindo-se ao local de onde o som tinha partido, viu uma gralha pousada num galho de árvore, escutando-a dizer:

— Sou a filha legítima do Rei desta nação, mas fui transformada em gralha por artes de encantamento, o qual poderá ser quebrado por ti, ó viajante!

— Que devo fazer para quebrar teu encantamento? — indagou ele.

— Entra nas profundezas desta mata — respondeu a ave — e tenta encontrar uma casinhola na qual vive uma anciã. Lá chegando, ela te oferecerá algo para comer e beber, mas não te atrevas a tocar em coisa alguma. Se o fizeres, cairás num sono profundo e serás incapaz de me libertar. No quintal que fica atrás dessa casinha existe um descampado que a dona costuma usar para estender e secar suas roupas. Fica ali e me espera, pois durante três dias seguidos, às duas da tarde, irei até lá, cada dia numa carruagem diferente. A do primeiro dia será puxada por três cavalos brancos; a do segundo dia, por quatro cavalos alazães, e a terceira, por quatro cavalos pretos. Todavia, se não estiveres acordado quando eu lá chegar, meu encantamento não será quebrado.

O homem prometeu fazer o que lhe foi pedido. Antes de ir embora, a gralha ainda lhe disse:

— Já antevejo que não me libertarás, porque não resistirás aos oferecimentos da velha, e acabarás aceitando alguma coisa de comer...

O homem disse que não, que iria recusar fosse o que fosse, ficasse a ave tranqüila a esse respeito. Dito isso, separaram-se, partindo cada qual para um lado.

O viajante seguiu para o recesso da mata, e quando se aproximou da casinha, a velha caminhou em sua direção, saudou-o e disse:

— Oh, coitadinho, como pareces cansado! Vem cá para dentro descansar. Vou providenciar alguma coisa de comer e de beber.

— Não é preciso, dona. Não estou com fome nem com sede.

Mas como não havia qualquer proibição quanto a entrar e descansar, aceitou o convite da velha.

Depois que o viu sentado, ela falou:

— Está bem que não estejas com fome, mas não irás recusar este refresco. Dá só uma goladinha.

"Uma goladinha só não deve fazer mal", pensou ele, sorvendo uma pequena porção da bebida.

No dia seguinte, ao meio-dia, foi o viajante até o local indicado pela gralha, e ali ficou esperando por ela. Sentou-se no chão, e então foi tomado por uma tal sensação de cansaço, que não resistiu e acabou se deitando ali mesmo, pensando: "Vou só descansar o corpo, sem me deixar tomar pelo sono".

Mas poucos minutos depois seus olhos se fecharam involuntariamente, e ele caiu num sono tão profundo que nada neste mundo seria capaz de despertá-lo.

Às duas da tarde chegou a gralha em sua carruagem puxada por quatro cavalos brancos. Ao vê-lo a sono solto, a ave exclamou:

Enquanto ele dormia a sono solto, chegou ali a carruagem puxada por quatro cavalos brancos.

— Eu sabia que não irias resistir, e que acabarias caindo no sono!

Mesmo assim, desceu da carruagem, sacudiu-o bastante e fez tudo o que estava a seu alcance para despertá-lo, mas foi em vão.

No dia seguinte, ao meio-dia, a velha lhe trouxe comida e bebida, que ele a princípio recusou. Ela, porém, tanto insistiu para que ele ao menos provasse alguma coisa, que o moço acabou não resistindo e provando da bebida que ela lhe oferecia. Às duas da tarde, repetiu-se a cena do dia anterior: ao chegar ali a carruagem puxada por quatro cavalos alazães, a gralha encontrou o viajante dormindo a sono solto.

No terceiro dia, a velha veio até ele e disse:

— Se não comeres e beberes, nem que seja um pouquinho, vais morrer.

— Não tenho fome nem sede, minha senhora. Desta vez não provarei desses alimentos.

Porém, ao ver o prato contendo deliciosas iguarias que exalavam um tentador aroma, e o copo cheio de um vinho de excelente aspecto, não resistiu e consumiu tudo aquilo que estava a sua frente. Assim, ao chegar a hora de seguir para o local indicado pela gralha, ele estava tão cansado como no dia anterior, e ali chegando, como das outras vezes, estendeu-se no chão para descansar, caindo num sono profundo e dormindo pesadamente. Na hora marcada, chegou a gralha, dessa vez numa carruagem puxada por quatro cavalos negros, aderecados com arreios igualmente pretos. Ao avistar de longe o viajante estendido no chão, foi assaltada por uma profunda melancolia, lamentando consigo própria: "Já sei que ele está dormindo e que não vai poder livrar-me do encantamento..."

Descendo da carruagem, chamou-o em altos brados e o sacudiu com força, sem que ele despertasse. Ela então colocou ao lado dele uma fatia de pão e uma de carne assada, além de uma garrafa de vinho, e pôs em seu dedo um anel no qual seu nome estava gravado. Por fim, deixou ali um bilhete, dizendo que ele podia comer e beber de tudo o que ali estava, e que, se de fato quisesse libertá-la, saísse logo dali e seguisse até o castelo dourado de Stromberg. Ela confiava em que ele seguisse até lá, pois ficara sabendo por sonhos que somente ele seria capaz de libertá-la de seu encantamento. Feito isso, entrou na carruagem e seguiu rumo ao castelo dourado de Stromberg.

Quando o viajante acordou e constatou que estivera dormindo, encheu-se de vergonha e arrependimento, e murmurou:

— Oh, devo ter estragado tudo e perdido a última oportunidade de quebrar o encantamento da Princesa!...

Olhando para baixo, viu o prato, a garrafa, o copo e o bilhete, que tomou nas mãos e leu, decidindo executar tudo aquilo que nele se pedia, embora não fizesse a mínima idéia de onde ficaria o tal castelo dourado. Assim, deixando aquele lugar, procurou sair da mata, mas sem conseguir outra coisa que não fosse perambular de um lado para outro durante quatorze dias, sem encontrar a saída. Um dia, deitou-se sob uma árvore para descansar e dormir, mas não o conseguiu, devido ao barulho que faziam os lobos, uivando ali por perto sem parar. Olhando para o local de onde saíam os uivos, avistou um reflexo de luz, e resolveu seguir naquela direção. Depois de muito caminhar, chegou diante de uma casa que parecia pequena, porque diante dela se postava um enorme gigante. A princípio, ele se perguntou se deveria ou não apresentar-se diante do gigante, temendo por sua vida. Por fim, avançou e parou à frente dele, que, ao vê-lo, falou:

— Fizeste muito mal em vir até aqui, pois há dias nada como, e tu me servirias muito bem para matar minha fome!

— Não vim aqui para ser comido — disse o viajante, — mas apenas para pedir uma informação. Trago comigo muita coisa de comer, e creio que elas poderão satisfazer teu apetite.

— Se for verdade o que estás dizendo — replicou o gigante, — deixar-te-ei seguir teu caminho em paz, pois na realidade não acho carne humana muito apetitosa...

Dito isso, entraram na casa e sentaram-se à mesa, tendo o viajante tirado de sua mochila o pão, a carne e o vinho que a gralha tinha deixado para ele, e que ainda não fora consumido.

— Ah! — exclamou o gigante. — Isto aqui é bem melhor que carne humana!

E deu cabo de tudo aquilo, sentindo-se satisfeito ao final da refeição. Vendo sua boa disposição, o viajante perguntou:

— Poderias dizer-me para que lado fica o castelo dourado de Stromberg?

— Vou apanhar meu mapa — respondeu o gigante. — Nele está indicada a localização das cidades, das vilas, dos vilarejos e dos castelos existentes nestes arredores.

Sem perda de tempo, buscou o mapa, abriu-o sobre a mesa e se pôs a procurar o castelo, mas em vão.

— É... não encontrei o castelo que queres... Mas tenho um mapa maior lá no armário. Espera aí que vou buscá-lo.

Trouxe-o, realmente, mas também esse outro não indicava a existência do tal castelo.

Com isso, o viajante fez menção de seguir seu caminho, mas o gigante insistiu com ele para que ficasse até que seu irmão chegasse ali, pois ele tinha saído para buscar provisões. Talvez ele soubesse onde ficava o castelo de Stromberg.

Quando o irmão do gigante chegou, o viajante perguntou-lhe que direção deveria tomar para chegar ao castelo dourado de Stromberg.

— Depois de comer, consultarei meu velho mapa — respondeu o outro gigante.

E fez conforme dissera, trazendo para a sala um mapa muito antigo, no qual, finalmente, conseguiram localizar o castelo dourado de Stromberg, vendo que ele ficava a mais de mil milhas de distância.

— É muito distante — comentou o viajante. — Terei de despender muito tempo para chegar lá...

— Bem — disse o gigante, — estou sem ter o que fazer nas próximas duas horas. Se quiseres, posso levar-te até as vizinhanças do castelo, mas terás de percorrer por conta própria o restante do caminho.

O viajante agradeceu a oferta e aceitou a ajuda. Com passadas enormes, o gigante caminhou durante uma hora, deixando-o num local situado a cerca de cem léguas do castelo, voltando para casa logo em seguida, sem esperar qualquer tipo de agradecimento por parte do viajante, que prosseguiu sozinho durante dias e noites, até que por fim alcançou o topo de uma colina, de onde avistou o castelo dourado de Stromberg. Dali enxergou a carruagem da filha encantada do Rei, que naquele momento estava atravessando o portal do castelo e para nele entrar. Aquela visão alegrou-o, e ele tratou de seguir naquele rumo. Para chegar ao castelo, porém, era preciso transpor uma montanha de vidro, e ele bem que tentou galgá-la, mas ela era extremamente escorregadia, impedindo-o de chegar ao topo. Aborrecido com isso, disse para si mesmo:

— O jeito é ficar no sopé da montanha, esperando que algum dia ela passe por aqui.

Com essa intenção, ergueu uma cabana e ficou morando ali durante um ano, avistando dia após dia a Princesa encantada seguindo com sua carruagem do outro lado da montanha de vidro, mas nunca chegando até onde ele se encontrava.

Como sua cabana ficava um tanto escondida, ninguém conseguia avistá-la da estrada. Um dia, três ladrões que passavam por ali, chegando perto de sua cabana, começaram a brigar entre si. Preocupado com o desfecho da contenda, ele exclamou:

— Que os céus me protejam!

Ouvindo isso, os ladrões pararam de brigar e olharam para todos os lados, sem verem vivalma. Então, dando de ombros, recomeçaram a briga, dessa vez com fúria ainda maior. De novo ele exclamou:

— Que os céus me protejam!

De novo eles pararam de brigar e olharam para todo lado; porém, não tendo visto quem poderia ter dito aquilo, recomeçaram a luta.

O viajante acabou se acostumando com o fragor da batalha, mas sem saber qual a razão de tamanha hostilidade. A curiosidade fê-lo sair de casa, ir até onde os três ladrões brigavam e perguntar-lhes o porquê de tudo aquilo. Um deles respondeu:

— Furtei um porrete mágico que, ao bater numa porta, faz com que ela se abra imediatamente.

Disse então um outro:

— Acabo de surripiar uma capa que torna invisível todo aquele que a veste.

Disse então o terceiro ladrão:

— Roubei um cavalo que galopa sobre qualquer tipo de chão sem tropeçar ou escorregar.

— E por que estão brigando?

Um deles respondeu:

— É porque, já que estamos de posse dessas maravilhas, este aqui acha que devemos nos separar, indo cada qual para um lado; já eu acho que devemos permanecer juntos, e este outro quer tomar-nos as nossas maravilhas, ficando com as três só para si.

— Para que cessem essa briga — disse o viajante, — proponho dar-vos, em troca dessas três maravilhas, não dinheiro, que não possuo, mas algo que de fato mereceis por elas. Só imponho como condição que me deixem experimentá-las, para ver se realmente são tão maravilhosas quanto dizeis.

Intrigados com o que o viajante lhes propunha, os três concordaram e lhe entregaram as três maravilhas. Ele então pegou o bastão, envergou a capa e montou no cavalo. Aí, dando uma porretada na cabeça de cada um, disse-lhes:

— Eis o que de fato mereceis por serdes ladrões e descarados!

Em seguida, cavalgou montanha acima, sem que as patas do cavalo resvalassem ou escorregassem no vidro, transpôs a montanha e prosseguiu pela baixada, até chegar ao castelo. O portão estava trancado, mas o viajante bateu nele com o porrete, fazendo-o abrir de par em par instantaneamente.

Entrando no castelo, subiu os degraus que levavam ao salão de refeições, encontrando ali a Princesa sentada à mesa, tendo diante de si uma taça de ouro cheia de vinho. Como estava usando a capa, ela não podia vê-lo. Ele chegou perto dela, tirou do dedo o anel que ela lhe tinha dado e deixou-o cair dentro da taça, O tilintar do anel fez a Princesa olhar para a taça e avistar o que estava lá dentro.

— Oh! Meu anel! — exclamou. — Se ele está aqui, por perto deverá estar a única pessoa capaz de quebrar meu encantamento!

No mesmo instante, saiu a procurar por todas as dependências do castelo, mas em vão, porque o viajante saiu e montou no cavalo, esperando por ela do lado de fora. Quando ela, depois de rodar por todo o castelo, saiu para o pátio, ele tirou a capa, voltando a tornar-se visível. Ao avistá-lo, ela deu um grito de alegria. Ele então apeou, tomou-a nos braços, beijou-a e sorriu quando a escutou dizer:

— Quebrou-se finalmente o meu encantamento! Estou livre! Amanhã mesmo, sem perda de tempo, vamos celebrar nosso casamento!

23. GENTE MUITO ESPERTA

Um dia, um camponês pegou seu bordão de madeira-de-lei e disse para sua mulher:

— Katrina, vou partir para uma viagem, devendo voltar dentro de três dias. Se neste meio tempo o comprador de gado vier aqui e propuser a compra de nossas três vacas, deixa que ele as examine, mas não aceites por elas menos de duzentas moedas — nem um vintém a menos, entendeste?

— Podes ir tranqüilo — respondeu a mulher, — que farei conforme disseste.

— Faço votos que sim — replicou ele, — embora eu ache que tua inteligência é pouco maior que a de uma criança. Por isso, faço-te saber que, se cometeres alguma asneira, hei de te aplicar tantas bordoadas, que tuas costas ficarão cheias de manchas vermelhas e roxas, e garanto que elas não irão sumir antes de transcorrer um ano. Olha aqui o bordão que espero não ter de usar, mas tudo irá depender do modo como irás agir. Toma cuidado e presta atenção!

Dito isso, seguiu para seu destino.

No dia seguinte, veio o comprador de gado, conversou rapidamente com a mulher e, depois de examinar as vacas e tomar conhecimento do preço que se pedia por elas, disse-lhe:

— O preço está bom. Vou levar as vacas.

Dito isso, abriu a porta do estábulo e guiou-as para fora, seguindo com elas até a porteira da fazenda. Ali chegando, a mulher o deteve, segurando-o pela manga da camisa, e exigiu:

— Antes de levares minhas vacas, deixa comigo as duzentas moedas que me deves.

— Oh, sim — respondeu o homem, — podes ficar sem receio que te irei pagar, mas acontece que me esqueci de trazer a bolsa na qual guardo dinheiro. Vamos fazer a seguinte combinação: eu levo comigo apenas duas vacas, e deixo aqui a terceira, como penhor e garantia de que hei de voltar aqui mais tarde para te pagar.

Sem desconfiar de que estava sendo passada para trás, a mulher concordou, e o comprador se foi dali com as duas vacas, dizendo de si para si:

— Quando o Hans voltar e souber como foi que passei a perna em sua mulher, vai espumar de raiva!

Daí a dois dias, conforme tinha dito, o fazendeiro retornou de sua viagem, e a primeira coisa que perguntou foi se as vacas tinham sido vendidas.

— Sim, querido, vendi-as pelo preço que estabeleceste: duzentas moedas de cobre. Na verdade, não acho que elas valiam tanto, mas o comprador nem titubeou: aceitou o preço que pedi e as levou daqui.

— E onde guardaste o dinheiro? — perguntou ele.

— Ainda não recebi. O homem falou que tinha esquecido a bolsa em casa, e que voltaria aqui para fazer o pagamento. Mas não te preocupes: ele deixou algo bem valioso como penhor.

— Ah, sim? E que foi que ele deixou?

— Uma das três vacas. Não permiti que ele levasse as três, mas apenas duas, e disse a ele que só iria liberar a terceira depois que ele me pagasse as duzentas moedas. E para que vejas como sou esperta, fica sabendo que conservei comigo a menorzinha das três, porque é a que come menos!...

Estupor e fúria tomaram conta do marido, que ergueu o bordão, disposto a aplicar-lhe a prometida surra, mas não o fez, contendo-se e dizendo-lhe:

— Quero crer que és a maior das idiotas que o sol cobre, e que fizeste por merecer a surra que estou para te aplicar. Todavia, é possível que exista neste mundo alguém que seja tão ou mais idiota do que tu. Ora, como amanhã terei de viajar de novo, somente regressando passados três dias, escaparás de apanhar, caso, nesse intervalo de tempo, eu encontrar alguém cuja estupidez iguale ou supere a tua. Mas se eu não encontrar esse alguém, então prepara o lombo, pois vou descer-te o bordão sem dó nem piedade!

No dia seguinte, lá se foi ele, e, enquanto caminhava, conversava com as pessoas que ia encontrando, a fim de ver se encontrava alguém mais idiota que sua mulher. Num certo ponto, apontou na estrada um carro de boi carregado com palha. Em cima da carga vinha uma mulher, que, por estar instalada num assento tão alto, encontrava alguma dificuldade em controlar e conduzir os pachorrentos animais. "Ah!", pensou o homem, "eis ali uma boa candidata. Vou submetê-la a um teste de inteligência."

Então, postando-se à frente do carro, começou a guinar o corpo à direita e à esquerda, como se estivesse hesitando entre seguir para um ou para outro lado.

— Para onde estás querendo ir, meu bom homem? — perguntou a mulher. — Vou tentar ajudar-te. Dize-me: de onde vieste?

— Acabo de cair do céu — respondeu ele, — e não sei como fazer para voltar. Poderias levar-me até lá?

— Não, porque não sei como é que se chega lá. Mas já que vieste do céu, dize-me: como está passando o meu marido? Faz três anos que ele foi para lá, e até hoje não mandou notícias. Quem sabe o viste lá em cima?

— Oh, vejo-o sempre — respondeu o homem. — Ele costuma reclamar do passadio. Sua tarefa é pastorear ovelhas, e os animais não lhe dão boa vida. Vivem a correr pelas montanhas e a entrar pelo mato adentro, obrigando-o a correr atrás deles, numa azáfama sem fim. Resultado: suas roupas estão em frangalhos, e ele nada pode fazer, pois, como a senhora bem sabe, lá no céu não tem alfaiate...

— Quem poderia imaginar uma coisa dessas? — espantou-se a mulher. — Pois vou pedir-te um favor. Se eu deixar contigo um casaco que ele costumava usar aos domingos, seria possível que o passes a suas mãos, se acaso te encontrares com ele? Se ele o vestir, vai ficar com uma aparência mais respeitável, e isso certamente o irá deixar mais satisfeito.

— Nem penses nisso, mulher! — repreendeu o homem. — Ninguém leva roupas para o céu. Elas são deixadas na porta logo que ali se chega!

— Mas, dinheiro, isso se pode levar, não é? É que ontem vendi uma gleba de nossa fazenda, e consegui por ela uma boa soma, que gostaria de mandar para ele. Esconde o dinheiro em teu bolso, pois não creio que as pessoas sejam revistadas quando voltam para o céu.

— Sim, creio que me deixarão passar sem me revistar. É... posso fazer-te esse pequeno favor...

— Oh, bom homem, muito obrigada! Fica esperando aqui, enquanto vou até minha casa buscar o dinheiro. Para não demorar, em vez de ir sentada sobre a palha, desta vez irei em pé, e num minutinho estarei de volta!

Enquanto o carro de boi dava meia-volta, o homem pensou: "Essa aí parece ser mais pateta que minha mulher! Se ela me trouxer o dinheiro, suspenderei a surra e a deixarei em paz."

Pouco depois, a mulher retornou, esbaforida, entregando-lhe um maço de dinheiro, que ele tratou de enfiar no bolso, enquanto ela lhe agradecia pela gentileza e se despedia, tomando o rumo de casa, onde chegou junto com o filho, que até então estivera trabalhando no campo. Ao encontrá-lo, falou-lhe do encontro maravilhoso que tivera havia pouco, concluindo alegremente:

— Não é uma verdadeira maravilha ter encontrado alguém que conhece meu finado marido, e que pode levar para ele um dinheirinho, com o qual ele vai poder comprar roupas novas e jogar fora as velhas, que estão em farrapos?

Ao escutar aquilo, o rapaz encheu-se de admiração e exclamou:

— Oh, minha mãe, não é todo dia que se encontra alguém que tenha caído do céu! Vou sair agora mesmo à procura desse sujeito, e não descansarei enquanto o não encontrar! Quero perguntar-lhe como que é esse lugar, e o que fazem as pessoas que foram para lá.

E, realmente, montou a cavalo e saiu no mesmo instante em busca do forasteiro. Não tinha cavalgado muito, quando deparou com um homem sentado à sombra de um salgueiro, empenhado em contar o dinheiro que havia num maço de notas.

— Ei, senhor! — disse o rapaz. — Acaso viste passar por aqui um homem que acabou de cair do céu?

— Vi, sim — respondeu o fazendeiro. — Indiquei-lhe o caminho de volta, que é essa estrada que leva àquela alta montanha (do topo dela até o céu, basta um pulo), e ele se foi por aí. Se galopares bem depressa, pode ser que ainda o alcances.

— É mesmo? Só que há um problema: trabalhei hoje durante o dia inteiro, e estou moído de cansaço. Não agüento mais! Será que me poderias fazer um favor? Eu te empresto o meu cavalo, e tu, que conheces o sujeito, bem que poderias seguir atrás dele e trazê-lo de volta, para que eu lhe pergunte uma coisa — pode ser? Eu ficaria muito agradecido se me fizesses esse obséquio.

"Ora, ora", pensou o fazendeiro, "aqui temos outro alguém que não bate bem da bola! Já que ele tanto quer, não me custa dar-lhe esse prazer..."

E, voltando-se para o rapaz, disse-lhe:

— Não terei problema algum em te prestar tal favor, meu jovem. Passa-me os arreios e fica aqui esperando.

E partiu dali a galope. O jovem sentou-se numa pedra e ficou à espera do estranho até que anoiteceu, quando ele então pensou: "Já sei: o forasteiro encontrou o homem que caiu do céu, e, vendo que ele estava com pressa de lá chegar, deve ter-lhe cedido o cavalo, recomendando que ele o deixasse com meu pai, quando o encontrasse."

Satisfeito, voltou para casa e contou para a mãe o que lhe tinha acontecido, rematando o relato com essas palavras:

— Tomara que o homem entregue logo o cavalo ao meu pai, para que ele não tenha que ir a pé atrás daquelas ovelhas que tanta canseira lhe dão!...

— Com isso, ficarás um pouco prejudicado, mas não faz mal: tens boas pernas e podes ir a pé para o trabalho.

Com isso, ficaram ambos resignados ante as perdas que acabavam de sofrer.

Quanto ao fazendeiro, tão logo chegou a casa, prendeu no estábulo o cavalo que o jovem lhe tinha cedido por empréstimo, deixando-o em companhia da vaca que a mulher não tinha deixado o comprador levar, e, ao entrar em casa, disse a ela:

— Tens muita sorte, Irene. Encontrei duas pessoas mais rematadamente idiotas do que tu; portanto, acabas de escapar de uma bela surra. Mas não fiques triste, que qualquer dia destes me darás motivo de sobra para apanhares outra...

Depois disso, pegou o cachimbo, acendeu-o, sentou-se na velha cadeira de balanço e disse para a esposa:

— É... acabo de fazer um bom negócio: troquei duas vaquinhas magras por um cavalo nédio, e ainda recebi de volta um belo maço de notas! E pensar que tudo isso começou com aquela tua idiotice! Acho até que deveria agradecer-te por tua estupidez, minha querida!

E completou entre dentes, só para si próprio:

— Querida, sim, mas como é idiota!...

24. O CAÇADOR INTELIGENTE

Era uma vez um rapaz que, tendo aprendido o ofício de serralheiro, disse ao pai que gostaria de sair de casa, a fim de se estabelecer por conta própria. A idéia não desagradou ao pai, que lhe forneceu uma certa soma para cobrir seus gastos de viagem, sugerindo-lhe procurar no estrangeiro um bom lugar onde se estabelecer. Passado algum tempo, porém, ele se cansou daquele ofício, e decidiu mudar o rumo de sua vida, tornando-se um caçador, uma vez que sempre havia demonstrado grande habilidade com as armas de fogo.

Numa de suas excursões de caça, encontrou-se com um outro caçador, vestido de verde da cabeça aos pés, o qual lhe perguntou de onde ele vinha e para onde estava seguindo. Ele respondeu que tinha aprendendo o ofício de serralheiro, mas que se cansara dele, sobrevindo-lhe o desejo de se tornar um caçador.

— Se quiseres aprender essa arte — disse o outro, — vem comigo, que irei ensinar-te a caçar.

O jovem aceitou a oferta, tornando-se aprendiz de caçador, e nessa condição permaneceu durante alguns anos, passando a dominar os segredos daquela arte. Encerrado seu período de aprendizagem, decidiu sair pelo mundo, mas a única recompensa que seu mestre lhe deu foi uma velha espingardinha de ar comprimido, porém dotada da qualidade de jamais errar o alvo.

Depois de despedir-se do mestre, saiu pelo mundo e foi dar numa floresta muito extensa, em cujo interior, depois de vaguear durante um dia inteiro, acabou se perdendo, sem saber como encontrar a saída. Quando a noite caiu, ele subiu numa árvore e se instalou num galho, a fim de ficar fora do alcance das feras. Por volta de meia-noite, avistou por entre a folhagem o que lhe pareceu ser uma luzinha distante, decidindo seguir até lá. Para saber em que rumo seguir depois que descesse da árvore, ele atirou seu chapéu na direção daquela luz. Assim, retornando ao chão, tomou o chapéu e dirigiu seus passos para o lado indicado pelo chapéu.

À medida que caminhava, a luz foi-se tornando mais forte, até que ele viu de onde ela provinha: de uma imensa fogueira, em torno da qual estavam sentados três gigantes, empenhados em assar um boi inteiro, enfiado num espeto. Chegando mais perto, escutou um dos gigantes dizer:

— Acho que o boizinho já está no ponto.

Dito isso, o gigante cortou um naco da carne e já se dispunha a levá-lo à boca, quando o caçador disparou a espingarda, arrancando-lhe a carne da mão.

— Ora, ora! — exclamou o gigante. — Uma rajada de vento me tirou da mão o pedaço de carne que eu ia comer! Deixa estar, que vou pegar outro.

Cortou outra fatia, aspirou-lhe o aroma, fechou os olhos e já se preparava para levá-la à boca, quando o rapaz disparou, e novamente uma rajada de vento arrancou o naco de carne da mão do gigante. Imaginando que se tratava de uma brincadeira de mau gosto, e que o responsável fora o companheiro sentado a seu lado, ele lhe aplicou sonora bofetada na orelha, dizendo enfurecido:

— Quem te deu o direito de me tirar da mão o pedaço de carne que eu já ia comer?

— Não fui eu! Pelo barulho que ouvi, imagino que tenha sido disparo de espingarda de ar comprimido, e que o atirador seja algum caçador postado lá na estrada.

Sem replicar, o gigante cortou um terceiro pedaço de carne, mas antes de poder levá-lo à boca, outro disparo o arrancou de sua mão.

— Se for mesmo disparo de espingarda de ar comprimido — comentou ele, — que pontaria certeira tem esse atirador! Um indivíduo desses seria de grande utilidade para nós!

Os outros dois concordaram, e então puseram-se a chamar em voz alta:

— Vem cá, atirador de pontaria certeira! Senta-te aqui conosco e vem participar deste churrasco! Não te faremos mal algum. Mas é melhor que venhas de bom grado, pois, do contrário, iremos atrás de ti dispostos a tratar-te com todo o rigor!

Ouvindo isso, o jovem se adiantou e disse:

— Eis-me aqui. Sou um exímio caçador que jamais erra um tiro.

— Pois senta-te aqui e participa de nossa refeição.

Ele aceitou a oferta, sentando-se entre eles e comendo e bebendo regaladamente.

Enquanto conversavam, eles lhe contaram que, não distante dali, havia uma enorme lago, e, na margem oposta, um castelo, no qual vivia uma bela Princesa que eles desejavam raptar.

— O problema — prosseguiu um deles — é que ela tem um cãozinho muito esperto, que se põe a latir alto quando alguém se aproxima da torre na qual ela dorme. Seu latido é tão forte que acorda todos do castelo, o que nos impede de entrar ali. Mas se fôssemos contigo, poderias dar cabo dele e deixar o caminho livre para nós.

— Acertar um cãozinho? Não vejo problema algum nisso... — respondeu ele.

Dali mesmo seguiram para o lago e embarcaram numa canoa, atravessando-o até alcançar a margem oposta. Logo que desceram e começaram a caminhar pela praia, o cãozinho saiu do castelo, mas, antes que se pusesse a latir, o caçador disparou contra ele e o matou. Ao ver isso, os gigantes se alegraram, imaginando que em breve teriam a Princesa em seu poder, mas o rapaz propôs que deixassem a seu cargo a tarefa de entrar no castelo, enquanto eles ficariam esperando do lado de fora.

E assim se fez. Sozinho, ele entrou no castelo sem ser perturbado, pois todos estavam dormindo. No primeiro quarto em que entrou, viu pendente da parede uma espada toda de prata, encimada por uma estrela de ouro, na qual estava inscrito o nome do Rei. Na mesa, viu uma carta fechada com lacre. Tomando-a, rompeu o lacre e leu o que estava escrito: era a informação de que quem empunhasse aquela espada não teria dificuldade em tirar a vida de quem quer que se atravessasse em seu caminho.

Ele retirou da parede a espada com sua bainha, prendendo-a na cintura, e seguiu em frente, entrando num quarto que era justamente aquele no qual a Princesa estava dormindo. Contemplou-a embevecido, quase perdendo o fôlego diante de tamanha beleza. "Ah", pensou, "não posso permitir que esta inocente donzela caia nas garras daqueles gigantes cheios de cobiça e maldade em seus corações".

Olhando ao redor, viu um par de chinelos. No pé direito de um deles estava gravada uma estrela tendo inscrito o nome do Rei; no esquerdo, outra estrela, mas esta com o nome da Princesa. Viu também um lenço de seda contendo os nomes do Rei e da Princesa caprichosamente bordados em ouro. Tomando de uma tesoura que encontrou numa gaveta, cortou um pedaço do lenço e o guardou em seu bornal. Também guardou ali o chinelo que tinha o nome do Rei. Durante todo esse tempo, a Princesa continuou a dormir tranqüilamente, não acordando nem mesmo quando ele cortou um pedaço da manga de sua camisola de dormir, que também guardou no bornal, saindo dali sem acordar quem quer que fosse.

Do lado de fora esperavam por ele, impacientes, os três gigantes, estranhando o fato de vê-lo sair de lá sem trazer consigo a Princesa. Ele então os chamou para dentro do castelo, acrescentando:

— Como não consigo abrir o portão, de maneira que possais entrar todos três de uma vez, peço que entreis de um em um, através desta fenda que abri.

O primeiro gigante enfiou a cabeça na fenda, e o caçador o puxou para dentro pelos cabelos, mas, antes que ele se levantasse, com um só golpe da espada de prata decapitou-o, deixando-o ali morto.

Em seguida, chamou o segundo gigante, agindo com ele do mesmo modo, e logo após o terceiro, que teve idêntico fim. Feito isso, satisfeito por ter livrado a Princesa de tão terríveis inimigos, saiu dali sem ser visto.

"Vou regressar para minha casa e contar a meu pai tudo o que me aconteceu desde que o deixei. Depois disso, pretendo sair de novo pelo mundo, para ver o que me reserva a fortuna."

Pela manhã, ao despertar, o Rei foi até a porta do castelo, e lá se surpreendeu ao ver os três gigantes decapitados. No mesmo instante, correu até o quarto de sua filha e perguntou-lhe o que sabia ela acerca de tudo aquilo.

— Não faço a mínima idéia do que tenha acontecido, meu pai — respondeu ela, — pois dormi durante toda a noite.

Depois de levantar-se, ao se vestir, ela estranhou o fato de não encontrar o pé direito de seu chinelo. Depois, ao pôr o lenço no pescoço, notou que lhe faltava uma ponta, do mesmo modo que faltava um pedaço na manga de sua camisola. Deu parte de sua estranheza ao pai, que chamou os nobres, os soldados e os criados, indagando de um por um quem saberia esclarecer aquele mistério, especialmente o da morte dos gigantes que há tempos ameaçavam raptar sua filha. Aproveitando o ensejo, o capitão da guarda, que era um sujeito caolho e de mau caráter, adiantou-se e se apresentou como o responsável por ter enfrentado sozinho e heroicamente os três gigantes, tendo-os matado a todos.

— Já que procedeste heroicamente — disse o Rei — e livraste minha filha da sanha dos três gigantes, concedo-te sua mão em casamento.

Demonstrando seu desagrado ante aquela decisão, a jovem replicou:

— Oh, meu pai, ainda é cedo para que eu pense em casamento. Deixai-me primeiro sair pelo mundo e viajar a pé até me cansar de tanto andar, e aí, sim, estarei pronta para me casar com quem assim decidirdes.

A recusa da moça aborreceu o Rei, que retrucou:

— Já que não queres casar-te, em obediência à minha decisão, tira agora mesmo teus trajes principescos, enverga roupas simples de camponesa, e vai aprender a arte da cerâmica numa olaria, a fim de ganhares a vida vendendo vasilhas de barro.

Ela fez o que o pai ordenou, apresentando-se ante o oleiro, que lhe alugou uma cesta de artigos de barro, tendo ela prometido que, depois de vender os artigos, retornaria no final do dia para pagar o aluguel. Seu pai mandou que ela se postasse num canto da praça do mercado, junto à estrada, a fim de aproveitar a passagem dos carros. Na realidade, o que ele pretendia era prejudicá-la, pois sabia que alguns carros costumavam passar por ali em alta velocidade, bastando que um deles tocasse na cesta de raspão, para revirá-la e reduzir a cacos todas as vasilhas.

A pobre donzela seguiu à risca o mau conselho do pai, deixando sua cesta junto à estrada. Não demorou e uma carroça veloz passou em cima da cesta, esmagando-a juntamente com todos os artigos que ela continha. Em prantos, ela se lamentou:

— E agora, como irei quitar minha dívida com o oleiro?

Mas o Rei, que ainda tinha intenção de fazê-la desposar o capitão, recomendou ao oleiro que não lhe cedesse outra cesta. Assim, quando ela o procurou na manhã seguinte, pedindo-lhe que lhe desse uma segunda oportunidade, ele se recusou a fazê-lo, sem lhe dar maiores explicações. Sem saber como agir, ela procurou o pai e, debulhada em lágrimas, disse-lhe que preferia sair pelo mundo sem dinheiro e sem rumo, a casar-se com o capitão, por quem sentia verdadeira ojeriza. O Rei permitiu que ela saísse e fosse viver por conta própria, mas com uma condição: que fosse morar numa cabana que ele iria mandar construir na floresta, cozinhando para quem passasse por ali, mas sem receber sequer um vintém pelo que fosse servido.

Logo que a cabana ficou pronta, o Rei mandou que pusessem na fachada uma tabuleta com esses dizeres:

"Aviso a quem passa:
comida de graça".

Ela ali viveu durante um longo tempo, e logo se espalhou pelos arredores a notícia de que a dona de uma cabana na floresta fornecia comida de graça para os passantes.

Certo dia, aquele caçador que tinha dado cabo dos gigantes estava caçando perto dali, e, escutando a notícia, planejou seguir até a tal cabana, pois estava com muita fome, mas sem um vintém no bolso. Assim, com sua espingarda de ar comprimido, a espada de prata e o bornal onde guardava seus pertences, seguiu através da floresta e logo encontrou a cabana com a convidativa tabuleta, batendo à porta e perguntando se havia o que comer.

Ao ser recebido pela dona da cabana, espantou-se diante de sua beleza, tendo a impressão de já ter encontrado aquele rosto em algum lugar — mas onde? A moça perguntou-lhe de onde ele vinha e para onde estava seguindo, tendo ele respondido que andava errante pelo mundo. Depois de convidá-lo a entrar, ela serviu-lhe a refeição, e, enquanto ele comia e bebia, sentou-se a seu lado e os dois se puseram a conversar. Ela então lhe contou quem era, esclarecendo que estava ali como punição, já que recusara a ordem de se casar com o matador de três gigantes que a perseguiam. Ele então reconheceu ser ela a Princesa que ele havia salvo, mas não lhe revelou ter sido ele quem havia decapitado os gigantes, limitando-se a perguntar:

— No dia em que os gigantes foram mortos, alguma coisa teria desaparecido do castelo?

— Oh, sim. Entre outras coisas, a espada de prata de meu pai.

— Seria esta aqui, por acaso? — perguntou o caçador, desembainhando a espada.

— É essa, sim! — exclamou a Princesa. — Vê: tem o nome dele inscrito no cabo!

— Pois foi com ela que decapitei os três gigantes — disse ele. — E olha o que trago na mochila: este pé de chinelo e estes pedaços de um lenço de seda e da manga de uma camisola. E como prova de que fui eu quem matou os gigantes, trago comigo suas línguas, que arranquei logo depois de matá-los.

A Princesa demonstrou grande satisfação em saber que seu salvador não fora o capitão, por quem sentia repulsa, mas sim aquele caçador jovem, bem apessoado e simpático. Ela então convidou-o a acompanhá-la até o castelo de seu pai. Ali chegando, ela contou ao Rei que tinha descoberto quem verdadeiramente havia matado os gigantes, exibindo-lhe as provas inequívocas daquele feito.

Ante tais evidências, o Rei acreditou em suas palavras, e, depois de pedir que o caçador lhe contasse os pormenores de sua rápida passagem pelo castelo, disse-lhe que continuava firme em sua disposição de casar a filha com o matador dos gigantes, perguntando a ambos se concordavam com esse casamento.

Dessa vez a filha não se recusou a obedecer a sua ordem, e o Rei ordenou que se dessem ao moço trajes de gala, convidando-o a comparecer a uma cerimônia que ele pretendia mandar realizar aquela noite no salão de festas.

À noite, durante a cerimônia, sem explicar quem era aquele convidado, o Rei ordenou que ele se sentasse à direita da Princesa, e o capitão a sua esquerda.

Embora estranhando tamanha deferência para com um desconhecido, o capitão se sentou no lugar indicado. Após o jantar, o Rei voltou-se para ele e lhe perguntou:

— Desde que aqueles três gigantes apareceram mortos, meu prezado capitão, guardo comigo uma dúvida que somente tu poderás esclarecer. É que, quando examinei as cabeças dos gigantes que tu mataste, notei que todas estavam sem língua. Que pode ter acontecido?

Sem se perturbar, o capitão respondeu:

— Talvez eles não tivessem língua...

— Isso me parece impossível — replicou o Rei, — pois toda criatura tem língua...

Após uma pequena pausa, o Rei voltou a dirigir-se ao capitão, dizendo:

— Dize-me agora: que castigo merece quem tenta se passar por autor de um feito heróico que não realizou, e ainda por cima exige ser recompensado por isso?

— Um mentiroso dessa laia não merece senão ser esquartejado e morto — respondeu o capitão.

— Pois acabaste de pronunciar tua sentença — replicou o Rei. — Aqui está o herói que matou os gigantes e cortou suas línguas, tendo ainda em seu poder diversas provas de seu heroísmo.

Imediatamente ordenou que os guardas pusessem o capitão a ferros e providenciassem a execução de sua pena de morte.

Quanto ao caçador, veio a casar-se com a Princesa, convidando seu pai e sua mãe para virem morar com eles no castelo, onde viveram todos em grande felicidade. E quando o velho Rei morreu, foi ele quem o sucedeu, tornando-se o soberano daquele país.

25. AS VERDURAS MARAVILHOSAS

Um jovem caçador entrou certa vez, sem qualquer hesitação, numa floresta que, segundo a voz geral, era habitada por bruxas. Como se tratava de um jovem audaz e que estava sempre de bom humor, ele seguia por entre as árvores cantarolando e assobiando, colhendo aqui e ali uma bela flor, sem demonstrar qualquer tipo de preocupação ou receio.

De repente, ele avistou uma mulherzinha velha e feia, que lhe disse:

— Bom dia, caçador. Vejo que és um rapaz saudável e alegre, bem diferente de mim, que sou uma velha doente e triste. Para piorar a situação, estou quase morrendo de fome e de sede. Será que me poderias dar algum dinheiro para que eu possa comprar algo de comer e de beber?

O caçador condoeu-se da pobre velha, e, enfiando a mão no bolso, tirou todo o dinheiro que trazia e o entregou a ela, preparando-se para seguir em frente. Mas a velha não o deixou prosseguir, segurando-o pela aba do casaco e dizendo:

— Não te vás, caçador. Escuta primeiro o que te tenho a dizer. Como és um moço gentil e generoso, vou recompensar-te com uma preciosa informação. Continua por este caminho, que logo irás encontrar uma árvore na qual estão pousadas nove aves, empenhadas em disputar a posse de uma capa. Mira na ave que esteja com a capa e dispara um tiro, fazendo com que ela a solte e caia morta no chão. Então, pega a capa, veste-a e verás que ela tem a maravilhosa propriedade de te transportar para onde quer que queiras ir. Quanto à ave que mataste, abre-a e tira-lhe o coração, guardando-o no bolso cuidadosamente, pois todas as manhãs, enquanto ele estiver contigo, encontrarás uma moeda de ouro sob o travesseiro, quando te levantares.

O caçador agradeceu e se despediu da velha, seguindo em frente satisfeito com a boa sorte que o aguardava. E não foi em vão sua alegria, porque, nem bem tinha dado cem passos, quando escutou pios e guinchos de aves pousadas numa árvore a sua frente. Olhando para cima, avistou cerca de nove aves a trocar bicadas e a se arranhar furiosamente, disputando a posse de um pano que, àquela altura, já estava todo esfarrapado.

"Bem", pensou o caçador, "está tudo acontecendo do modo como a velha previu. Vou agir conforme ela me sugeriu". Então, erguendo a espingarda, atirou na ave que segurava a peça de roupa, acertando-a e pondo em debandada as demais aves, que se foram embora dali em meio a um grande alarido. A ave morta caiu no chão, e o pano foi descendo devagar, caindo sobre ela e cobrindo seu corpo. Ali mesmo o caçador abriu a ave e retirou seu coração, guardando-o no bolso, em seguida, apanhou o pano, vendo que se tratava de uma capa, e o levou para casa.

Na manhã seguinte, ao se levantar, tateou embaixo do travesseiro e, de fato, ali encontrou uma reluzente moeda de ouro. Aquilo se repetiu no dia seguinte, e no outro, e daí em diante todas as manhãs. Quando as moedas já formavam uma pilha bem alta, ele pensou: "De que me serve todo este dinheiro, se não tiro proveito dele? Vou sair daqui e conhecer o vasto mundo."

Assim, tomou de sua sacola de caça e da espingarda, e, depois de se despedir de seus pais, pôs-se a caminho. Aconteceu que, num dia em que atravessava uma densa floresta que parecia não ter fim, ele avistou, à distância, um belíssimo castelo. Numa das janelas, estavam duas mulheres a contemplar a paisagem: uma, muito velha; a outra, uma linda jovem. A velha, que na realidade era uma bruxa, disse para a jovem:

— Vejo lá longe, atravessando a floresta e vindo em nossa direção, um homem que traz consigo algo que é extremamente precioso. Portanto, ó tesouro do meu coração, vamos armar-lhe uma cilada e tomar dele o coração de ave que ele tem, devido ao qual ele encontra sob o travesseiro uma moeda de ouro todas as manhãs.

Em seguida, combinou com a jovem como as duas deveriam agir, qual o tipo de ardil ao qual pretendia recorrer, e por fim, encarando-a com ar severo, ameaçou:

— Se não me obedeceres, uma grande desgraça irá acompanhar-te por toda a tua vida.

Ao chegar mais perto, o caçador viu a jovem e, dirigindo-se a ela, lhe disse:

— Depois de vaguear muito tempo por aí, finalmente consegui chegar a este castelo, e peço licença para descansar aqui. Posso pagar por isso um bom dinheiro.

Na realidade, o que ele queria não era descansar, mas sim entabular conversa com a bela jovem, por quem sentira enorme atração.

As duas o receberam no castelo de maneira muito amistosa, e tanto o entretiveram, que ele acabou inteiramente apaixonado pela jovem, a tal ponto que não podia deixá-la longe de suas vistas, sempre pronto e disposto a satisfazer qualquer desejo seu.

Foi então que a velha bruxa segredou à jovem:

— Está na hora de roubarmos o coração de ave que ele traz consigo, sem deixar que ele dê falta, ou que saiba quem foi que o furtou.

Assim, ela preparou uma poção sonífera, despejou-a numa taça e disse à moça que lhe desse aquilo para beber. A jovem, que na realidade não era sua filha, mas apenas sua enteada, levou a taça ao caçador e lhe falou com ar sedutor:

— Oh, querido, preparei para nós esta bebida refrescante. Vamos tomá-la?

Sorrindo, ele segurou a taça, virou-a de um só gole, e, poucos minutos depois, caiu num sono profundo.

Ela então revirou seus bolsos, mas nada encontrou. Examinando-o mais atentamente, verificou que ele trazia um saquinho pendurado no pescoço. Mais que depressa tirou-o dele, levou-o para a velha, e esta lhe ordenou que o colocasse em seu próprio pescoço.

Na manhã seguinte, ao procurar sob seu travesseiro a moeda matinal, o caçador nada encontrou, e de fato nada poderia encontrar, porque a moeda, a partir daquele dia, teria de ser recolhida sob o travesseiro da jovem. Completamente enfeitiçado por ela, o caçador só se interessava em ficar a seu lado, pouco se importando com a enorme perda que acabara de sofrer.

No dia seguinte, em conversa com a enteada, a velha falou:

— Já temos o coração da ave. Vamos agora tomar posse da capa mágica.

— Não basta termos tomado dele a fonte de sua riqueza?

— Claro que não! — exclamou a velha, com voz irada. — A capa mágica é uma das maiores preciosidades do mundo! Faço questão de possuí-la!

À medida que falava, sua fúria ia aumentando, até que, num dado momento, ela desferiu uma forte bofetada na jovem, ameaçando-a:

— E ai de ti se te recusares a me obedecer!

Ressentida com aquele tratamento, a moça foi postar-se na janela, e ficou olhando para longe, com o coração amargurado. Ali foi encontrá-la o caçador, que lhe perguntou:

— Oh, meu tesouro, que fazes aqui com esse ar tão tristonho?

— Estou olhando para aquela montanha de granito lá longe. Sabias que nela se encontram belíssimas gemas preciosas? Como eu gostaria de ir até lá, mas fica tão longe!... Além disso, as pedras preciosas ocorrem num trecho tão elevado da montanha, que nenhum ser humano conseguiria chegar até lá, num trecho inacessível que só as aves conseguem alcançar...

— Se é isso que te entristece, querida, alegra-te, então, pois tenho como realizar teu desejo.

Sem mais dizer, tomou a capa, abriu-a de comprido sobre os ombros de ambos, e expressou o desejo de se transportar até perto do topo da montanha de granito, onde, no mesmo instante, lá se encontrou o casal, em meio a um verdadeiro tapete de pedras preciosas de brilho intenso e cores variadas, a se estender até onde a vista podia alcançar. O caçador e a jovem, tomados de júbilo e fascínio, recolheram do chão as pedras mais belas, e em seguida prepararam-se para voltar ao castelo.

Por meio de seus poderes, capazes de funcionar mesmo à distância, a bruxa infundiu no caçador uma terrível sonolência, que o obrigou a dizer a sua companheira:

— Antes de voltarmos, vamos sentar e descansar. Sinto um tal cansaço que não conseguiria dar mais um só passo!...

Sentaram-se os dois, e bastou que ele repousasse a cabeça em seu regaço, para logo mergulhar num sono profundo.

Vendo que ele dormia, a jovem pegou a capa, pô-la sobre os ombros, recolheu as pedras preciosas que eles tinham escolhido, e expressou seu desejo de voltar para o castelo.

Quando o caçador despertou e se viu sozinho naquela solidão, compreendeu que fora traído pela moça, e então, sentado no chão, triste e acabrunhado, murmurou entre dentes:

— Por esta eu não esperava! Como posso ter-me deixado enganar deste jeito?

O que ele não sabia era que aquela montanha servia de morada e abrigo a um grupo de monstruosos gigantes, que não demoraram a pressentir a presença de um estranho, seguindo três deles até perto do topo, a fim de punir aquele atrevido intruso que, sabe-se lá como, conseguira chegar até lá. Vendo-os aproximar, e sem saber como agir, ele voltou a deitar-se, fingindo estar mergulhado em sono profundo. Chegando diante dele, um dos gigantes deu-lhe um empurrão com o pé. Vendo isso, o segundo gigante comentou:

— Por que empurrá-lo, apenas? Esmaga-o logo sob teu pé!

Mas o terceiro gigante discordou:

— Ora! Para quê perder tempo com esse estafermo? Deixemo-lo aí, neste trecho da montanha desprovido de água e de recursos. Ele há de querer alcançar o cume, e ali os ventos e as nuvens se encarregarão de arrebatá-lo e levá-lo para longe.

A sugestão do terceiro gigante foi aceita, e os três se foram embora, deixando-o a sua própria sorte. Vendo que eles já se tinham ido, o caçador se levantou e começou a galgar o trecho final da montanha. Chegando ao topo, sentou-se, e, quando uma nuvem passou flutuando, saltou sobre ela e se deixou levar pelos ares, até que ela começou a descer e pousou numa enorme horta rodeada por altos muros. Depois de descer da nuvem, ele olhou para todos os lados, procurando encontrar algo para matar a fome, e pensou: "Bem que eu gostaria de estar num pomar repleto de frutas, mas fui cair logo numa horta! A única coisa que vejo por aí com a qual eu possa matar a fome são repolhos e alfaces... Mas, pensando bem, antes comer uma salada, mesmo sem tempero, mas com verduras frescas, do que passar fome..."

Assim pensando, colheu num dos canteiros um belo pé de alface e se pôs a devorar uma de suas folhas. Já se preparava para comer a segunda folha, quando sentiu que seu corpo começava a sofrer uma estranha modificação: os braços foram se transformando em pernas, as mãos em cascos, a cabeça se alongou, as orelhas começaram a crescer, até que, por fim, aterrorizado, ele viu que se tinha transformado num jumento. Independente disso, sua fome não tinha sido saciada, e ele se pôs a devorar os repolhos e alfaces daquele canteiro, os quais, devido a sua nova natureza, lhe pareciam extremamente saborosos. Depois de comer algumas daquelas verduras, resolveu mudar de canteiro e partir para outro, atacando as alfaces do canteiro ao lado. Depois disso, notou que estava sofrendo uma nova modificação corporal, ao fim da qual verificou que tinha retomado sua figura humana.

Estando já sem fome, mas sentindo-se exausto, ele se deitou e adormeceu, só acordando quando o dia amanheceu. Depois de se levantar, colheu dois pés de alface, um de cada canteiro, escondeu-os sob o casaco, escalou o muro e se foi embora dali, imaginando como fazer para aplicar o merecido castigo na jovem e na velha que o tinham enganado.

Depois de caminhar durante alguns dias, avistou o castelo que estava procurando. Antes de se dirigir para lá, tingiu o rosto, o pescoço e as mãos com resina, a fim de ficar com uma cor pardacenta, e desse modo não ser reconhecido pelas duas, e só então seguiu até a porta do castelo, batendo e pedindo para ali pernoitar, pois estava muito cansado para prosseguir a sua caminhada.

Ao escutar as batidas e o pedido, a bruxa saiu para atendê-lo e perguntou:

— Boa tarde, bom homem. Quem és e o que fazes na vida?

— Fui enviado pelo Rei para procurar as melhores verduras para salada que houvesse no mundo. Custei, mas finalmente as encontrei, e agora as estou levando para Sua Majestade. Acontece que este sol intenso está esturricando minhas verduras, e acho que eu deveria deixá-las refrescando dentro de água, antes de continuar minha viagem.

Depois de escutar essa explicação, a velha bruxa ficou ávida por provar de uma salada feita com as tais verduras, e então lhe disse:

— Oh, bom homem, será que eu poderia ter ao menos uma prova dessas deliciosas verduras de salada?

— Claro que sim — respondeu o moço. — Trouxe comigo duas cabeças, e poderia ceder-vos uma delas sem problema.

Dito isso, tirou do casaco um dos pés de alface, escolhendo o que transformava ser humano em jumento, e entregou-o à velha, que não desconfiou de coisa alguma, ficando com a boca cheia de água só de pensar na salada que em breve iria consumir, e assim saiu dali direto para a cozinha, a fim de prepará-la.

Depois que a salada estava pronta, a bruxa ficou tão ansiosa por comê-la, que nem quis levá-la para a mesa, devorando ali mesmo duas ou três folhas. Quando deu por si, estava transformada em jumento. Então, saindo dali, seguiu em trote firme para o quintal do castelo.

Pouco depois, uma criada foi até a cozinha e, ao ver uma bela salada pronta para ser servida, não resistiu à tentação de prová-la, e levou uma folha de alface à boca, também se transformando em jumento e seguindo para o quintal, ao passar pela mesa, um golpe involuntário de sua cauda fez a travessa cair no chão.

Nesse meio tempo, o falso mensageiro do Rei sentou-se à mesa em companhia da bela enteada da bruxa, esperando que a salada fosse trazida. A moça estranhou a demora em servir o prato, mas ele não, imaginando: "Nesta altura dos acontecimentos, a alface já deve ter produzido seu efeito". Querendo tirar a prova, dirigiu-se à moça e disse:

— Vou até a cozinha ver o que está acontecendo.

Lá chegando, olhou para fora de casa e viu no quintal dois jumentos trotando, e a travessa de salada caída no chão. "A velha e a criada já experimentaram os maravilhosos efeitos da salada", pensou. "Vamos em frente".

Então apanhou as folhas caídas no chão, arranjou-as de novo na travessa e a levou para a sala de refeições, colocando-a à frente da moça e dizendo:

— Para que não fiques esperando, eu mesmo te trouxe a salada.

Sem esperar que a madrasta chegasse, ela comeu algumas folhas, e num instante suas delicadas formas femininas se transformaram na grosseira figura de um jumento, e também ela foi para o quintal, a fim de completar o trio de asnos.

Depois disso, o caçador tomou um banho, tirou toda a tintura que o cobria, saiu para o pátio e falou:

— Por vossa traiçoeira conduta, fizestes por merecer este castigo.

Depois, prendeu os três animais numa corda e os levou até um moinho. O moleiro veio atendê-lo e perguntou-lhe o que desejava.

— Estou com um problema, meu caro moleiro, e tu talvez me possas ajudar. No momento, não tenho como cuidar destes três jumentos. Será que eu poderia deixá-los contigo durante algum tempo? Estou disposto a pagar por isso.

— Bem — respondeu o moleiro, — posso ficar com eles durante algum tempo, mas não tenho prática de criar jumentos, de maneira que preciso de algumas instruções.

— Pois não — respondeu o caçador. — Este aqui — e apontou para o jumento mais velho — precisa de muito chicote e pouca comida. Já este jumento mais escuro requer muita comida e pouco chicote. A este mais delicado, podes dar quanta comida ele quiser, sem precisar de chicote.

Como se vê, ele ainda mantinha no coração um resto do antigo amor que sentia pela jovem, razão pela qual não quis que o moleiro lhe batesse.

Depois disso, voltou para o castelo, agora sem dono, e se apossou dele, ali passando a viver confortavelmente.

Daí a dois dias, o moleiro veio a sua procura e lhe contou que o jumento velho parecia não se ter dado bem com as chicotadas, pois acabara morrendo.

— Já os outros dois — continuou, — embora estejam recebendo um melhor tratamento, não parecem estar muito felizes, e creio que não irão resistir vivos por muito tempo.

A essa altura, sua raiva já tinha arrefecido, e ele sentiu pena das duas moças, tanto da infeliz criada que nada fizera para merecer aquele castigo, como da jovem por quem havia nutrido tão intensa paixão. Assim, disse ao moleiro que trouxesse os dois jumentos para o castelo, pois doravante ele iria cuidar de ambos.

Quando eles lá chegaram, deu-lhes de comer a alface que desfazia a transformação sofrida, e logo as duas moças apareceram diante dele. Sua antiga paixão prostrou-se de joelhos a seus pés, implorando:

— Perdoa-me, querido! Fui obrigada por minha madrasta a fazer todas aquelas maldades, inteiramente contra a minha vontade, pois, na realidade do fato, sempre te amei de todo o coração. Tua capa mágica está no guarda-roupa, e não sei onde foi que ela escondeu aquele coração de ave, mas irei procurá-lo, e o entregarei para ti tão logo o encontre.

Vendo que não fora ela a responsável pelos padecimentos que ele tinha enfrentado, o caçador a perdoou e não mais pensou em se vingar.

— Deixemos para lá o que aconteceu, e vamos pensar apenas no que o futuro nos reserva. Quero ser teu e quero que sejas minha.

Pouco depois realizou-se o casamento, e os dois viveram juntos e felizes até o fim de seus dias.

26. A ÁRVORE ENCANTADA

Uma pobre criada estava certa vez viajando através de uma floresta em companhia de seu casal de patrões, quando os três foram atacados por ladrões, que costumavam esconder-se atrás das moitas e assassinar todos que passavam por ali. Ao atacarem os três, com a intenção de matá-los, deram cabo dos patrões, mas não da criada, que conseguiu escapar e se esconder atrás de uma árvore.

Terminada a pilhagem, os ladrões se foram embora, e ela então se aventurou a sair do esconderijo, indo contemplar a lamentável cena. Ao ver os patrões mortos, pôs-se a chorar e a se lamentar, dizendo:

— Que será de mim, uma pobre criada, sozinha neste mundo? Não sei como fazer para sair daqui, nem como sobreviver nesta floresta na qual não creio que viva sequer um único ser humano! Vou acabar morrendo de fome...

Bem que ela tentou encontrar um caminho para sair da mata, mas sem sucesso. Por fim, cansada, sentou-se sob uma árvore, decidida a ali permanecer acontecesse o que acontecesse, e implorou aos céus que lhe dessem ajuda e proteção.

Pouco depois, um pombo branco pairou sobre ela e pousou a seu lado, trazendo no bico uma pequena chave dourada, que depositou em sua mão, dizendo-lhe em seguida:

— Estás vendo aquela grande árvore que se destaca no horizonte? Ela é oca internamente, porém fechada e trancada com um cadeado que só pode ser aberto com esta chave. Vai até ela, abre-a e dentro dela encontrarás coisas de comer e de beber que te farão esquecer a fome que tanto te atormenta.

Ela foi até a árvore, abriu o cadeado e, para sua surpresa, encontrou uma cestinha com pão e uma vasilha com leite, em quantidade suficiente para deixá-la satisfeita. Ao terminar de se alimentar, pensou: "Nesta hora, as galinhas se recolhem aos seus poleiros para dormir... Ah, como eu gostaria de ter aqui uma boa cama para deitar e descansar..."

De novo apareceu por ali o pombo, trazendo no bico outra chave, e lhe disse:

— Abre o cadeado que está nesta outra árvore aqui ao lado, e dentro dela encontrarás uma cama.

Ela fez o que o pombo mandou, e puxou de dentro da árvore uma caminha limpa e confortável. Depois de pedir ao céu que lhe dispensasse sua proteção durante aquela noite, deitou-se e dormiu.

Pela manhã, de novo apareceu o pombo com uma nova chave no bico, e lhe disse:

— Dentro daquela outra árvore encontrarás roupas.

E, de fato, ela ali encontrou lindos trajes bordados a ouro e recamados de pedras preciosas, dignos de ser usados pela filha de um rei.

Durante longo tempo ela permaneceu na floresta, e todo dia o pombo aparecia para cuidar dela e não deixar que lhe faltasse coisa alguma. Sua vida passou a ser simples, mas deleitosa e feliz.

Um dia, o pombo lhe disse:

— Farias algo por mim apenas por amor?

— Claro que sim, e de todo o coração — respondeu ela.

— Então vou levar-te até uma pequena cabana bem longe daqui, onde vive uma velhinha. Quando lá entrares e ela te saudar, não respondas uma palavra sequer, apenas segue à direita, abre a porta que ali está, entra no quarto e caminha até uma mesa sobre a qual encontrarás uma pilha de anéis de todo tipo, tendo alguns deles lindas pedras preciosas engastadas. Não te importes com eles. Tira da pilha apenas um anel de ouro liso e simples, e traze-o para mim o mais rapidamente que puderes.

A moça apressou-se a fazer tudo o que o pombo lhe pedira, seguindo até a cabana, entrando nela, não respondendo à saudação da velha que ali morava, e se dirigindo para a porta situada do lado direito da casinha. Ao abri-la, a velha gritou:

— Aonde pensas que vais? Esta casa é minha, e ninguém pode ir entrando sem que eu conceda a devida permissão!

Enquanto dizia isso, segurou-a pelo vestido e tentou impedi-la de seguir em frente. Com um repelão, ela se livrou das garras da velha e entrou no quarto, logo avistando a mesa, e sobre ela a pilha de anéis rebrilhantes. Ela desprezou os mais preciosos, procurando encontrar um anel de ouro liso e simples, mas não o conseguiu. Num momento em que olhou para o lado, viu a velha tentando escapulir, levando uma gaiola nas mãos. Saiu correndo atrás dela, tomou-lhe a gaiola e viu que dentro dela estava uma ave com um anel de ouro no bico. Com jeito, conseguiu tirá-lo, e se foi embora cheia de alegria, correndo até o local onde estava vivendo, e ali ficou à espera de que o pombo branco viesse encontrá-la. Enquanto esperava, apoiou-se na árvore alta, notando que sua madeira começou a se tornar branda e flexível, e seus galhos moles e pendentes. De repente, se viu envolvida por dois daqueles galhos, como se fossem os braços de alguém, e quando deu por si viu que a árvore se tinha transformado num ser humano, um belo rapaz, que a estreitou contra o peito e beijou, enquanto lhe dizia:

— Acabas de quebrar meu encantamento e livrar-me do poder daquela bruxa malvada, que me transformou em árvore, embora me deixasse assumir diariamente, durante duas horas, a figura de um pombo. Para recobrar minha figura verdadeira, foi preciso que lhe tomasses aquele anel.

Nisso, as outras árvores dali, que também tinham sofrido transformação por artes da velha bruxa, foram readquirindo seus formatos originais, transformando-se em cavalos e criados, à disposição de seu amo, que era o filho de um poderoso rei.

Dali seguiram para a capital do reino daquele Príncipe, e nem é preciso dizer que ele se casou com a jovem que o tinha libertado, e que eles viveram felizes por muitos e muitos anos.

27. A RAPOSA E O CAVALO

Era uma vez um camponês dono de um cavalo muito fiel. Aos poucos, o animal foi ficando velho e perdendo a antiga utilidade, até que ficou inteiramente sem serventia. Por isso, o homem começou a se descuidar de alimentá-lo, até que um dia foi até a cocheira e lhe disse:

— Não preciso mais de ti, pois perdeste toda a utilidade que antes tinhas. Todavia, se puderes provar que ainda tens força, trazendo até aqui um leão, prometo cuidar de ti pelo resto de teus dias. Até que o faças, estás despedido: trata de ir para o campo e de buscar ali teu sustento.

Cheio de tristeza, o cavalo foi-se embora, caminhando sem rumo certo, até que chegou a uma floresta e decidiu procurar uma árvore que lhe servisse de abrigo, especialmente nos dias chuvosos. Ao vê-lo por ali, estranhando sua presença, uma raposa se dirigiu a ele, dizendo:

— Ei, amigo, por que estás tão cabisbaixo, triste e solitário?

— Ah! — suspirou o cavalo. — Avareza e fidelidade não podem conviver na mesma casa... Meu dono se esqueceu dos muitos anos que lhe servi, transportando-o são e salvo daqui para ali e de lá para cá. Agora que não sirvo sequer para puxar o arado, resolveu não mais me alimentar, e me mandou embora de suas terras.

— Sem qualquer recompensa por teus serviços? — perguntou a raposa.

— Isso mesmo — respondeu o cavalo, — a não ser que se considere recompensa a promessa que me fez de cuidar de mim pelo resto de minha vida, caso eu demonstre possuir força bastante para levar até sua casa um leão!... Ora, ele sabe muito bem que isso seria impossível...

— Ora, meu amigo, se o problema é esse, não te aflijas, que te vou ajudar. Faze o seguinte: deita-te aqui, espicha o corpo e fica inteiramente imóvel, como se estivesses morto.

Ele fez o que a raposa sugeriu, enquanto que ela seguiu até o covil de um leão e lhe disse:

— Acabo de ver um cavalo morto, não muito distante daqui. Se estiveres com fome e quiseres tirar a barriga da miséria, vem comigo que te vou mostrar onde ele está.

O leão se interessou pela informação e seguiu atrás da raposa. Ao chegarem perto do local, a raposa comentou:

— Este lugar não é o mais confortável para se desfrutar de um banquete. Para proporcionar-te um local mais adequado, vou amarrar o cavalo morto a tua cauda, e tu irás arrastá-lo até tua toca, onde o poderás devorar com todo o conforto.

O leão aprovou a sugestão. Então, deitando-se junto ao cavalo, deixou que a raposa o amarrasse firmemente a sua cauda. Esta, porém, prendeu-lhe também as patas, de maneira a não deixá-lo mover-se, por mais força que fizesse. Terminada a amarração, ela deu um tapa nas ancas do cavalo e gritou:

— Eia, cavalo! Levanta!

O cavalo ergueu-se e partiu dali a galope, arrastando atrás de si o leão. Ao ver que a situação se tinha invertido, e que era ele quem estava sendo puxado, o leão soltou um rugido terrível, assustando as aves da floresta, que deixaram em revoada os galhos onde estavam aninhadas, tratando de fugir para longe dali. Seus urros, porém, não detiveram o cavalo; ao contrário, incitaram-no a galopar mais depressa. Assim, deixando a floresta, ele prosseguiu velozmente através dos descampados, até chegar diante da porta da fazenda de seu antigo dono. Este, saindo de casa para saber que tropel seria aquele, viu seu cavalo chegar a galope arrastando o leão, e então lhe disse:

— É, meu velho! Fizeste o que exigi de ti, e só me resta cumprir a palavra que te dei. De hoje em diante, irei fornecer-te abrigo e alimento, e poderás ficar comigo até o fim de teus dias!

28. O TOCADOR DE TAMBOR

Um tamborileiro — isso é, um tocador de tambor — estava certa noite atravessando um campo, quando deparou com um lago, em cuja margem avistou três retalhos de um belo linho branco. "Que linho fino!", pensou, apanhando um daqueles retalhos e guardando-o no bolso. Feito isso, foi-se embora para casa, sem se lembrar do ocorrido, e, ali chegando, foi-se deitar. Quando estava prestes a pegar no sono, escutou alguém que o chamava pelo nome com uma vozinha suave. Prestando atenção, escutou aquela voz a dizer-lhe:

— Levanta-te já, tamborileiro!

A princípio, devido à escuridão, ele nada enxergou, mas aos poucos começou a divisar uma figurinha minúscula e tênue que flutuava sobre sua cama.

— Quem és? Que desejas de mim? — perguntou em voz alta.

— Devolve meu vestido de linho — respondeu a vozinha, — aquele que recolheste junto ao lago.

— Devolverei logo, logo — respondeu ele, — mas dize-me primeiro quem és.

— Sou a filha de um rei poderoso, mas caí em poder de uma bruxa e fui encerrada numa montanha de vidro. Todo dia sou obrigada a ir tomar banho no lago juntamente com minhas duas irmãs. Despida como estou, não posso voar de volta para a montanha. Minhas irmãs já voltaram para lá, deixando-me aqui sozinha. Por isto, imploro que me devolvas minhas roupas.

— Então fica tranqüila, criança — respondeu o rapaz. — Devolver-te-ei agora mesmo teu vestido.

Tirou do bolso o pedaço de linho fino e o entregou. Sem que visse o que acontecia, por causa da escuridão, entendeu, pelo ruído que se seguiu, que a figurinha já tinha posto o vestido e se preparava para ir embora. Antes que o fizesse, ele lhe pediu:

— Espera um pouquinho. Não há mais nada que eu possa fazer por ti?

— Creio que não — respondeu a voz, — a não ser que queiras subir na montanha de vidro e me libertar do poder da bruxa. Mas se já é difícil encontrar a montanha, imagina quão mais difícil não seria escalar sua vertente escorregadia.

— Quando decido fazer uma coisa, nada me detém — respondeu ele. — Fiquei penalizado ao saber de tua situação, e gostaria de te ajudar, mas, de fato, não faço a menor idéia de onde fica essa tal montanha de vidro, e como eu teria de fazer para chegar até ela.

— O caminho para lá atravessa uma extensa floresta, e o que não falta ao longo dele são estalagens — respondeu a voz. — É tudo o que te posso informar.

Após isso, ele escutou um rufar de asas, e a figura se foi

Pela manhã, o tamborileiro despertou e se arrumou. Pôs no ombro a correia que prendia o tambor e seguiu destemidamente para a floresta mais próxima, na qual se acreditava que moravam vários gigantes. Depois de caminhar durante longo tempo sem encontrar qualquer gigante, pensou: "Esses preguiçosos devem estar dormindo. Vou acordá-los". Então, tomando das baquetas, pôs-se a rufar tão alto, que as aves fugiram das árvores em revoada, piando assustadas. Não demorou a aparecer diante dele um gigante, com cara de quem acabara de ser despertado pelo barulho. Era da altura das árvores mais altas, e se dirigiu com aspereza ao rapaz, dizendo-lhe:

— Ó criaturinha atrevida! Por que resolveste tocar esse tambor dos diabos, logo agora que eu estava no melhor dos sonos?

— Toquei meu tambor porque não sabia que caminho deveria seguir.

— E o que estás fazendo em minha floresta? — perguntou o gigante.

— Vim libertá-la dos gigantes.

— Que estás dizendo? Não vês que te posso esmagar sob meu pé como se estivesse esmagando uma formiga?

— Não acredito que o faças — replicou o moço. — Até que te abaixes para me pegar, eu trataria de correr e me esconder, e depois esperaria a hora em que fosses dormir para, pé ante pé, chegar até a altura de tua cabeça e arrancar-te os miolos com uma boa e certeira machadada!

"Esse verme atrevido é bem capaz de pôr em prática tal ameaça", pensou o gigante. "Lobos e ursos são fáceis de matar, mas não sei como enfrentar a astúcia dos seres humanos..."

Depois de matutar durante algum tempo, o gigante falou:

— Escuta, homenzinho, estou disposto a, de hoje em diante, viver em paz com todos os da tua espécie. E para inaugurar este tempo de paz, dize-me o que desejas, que verei se te posso ajudar.

— Quero que me leves com essas tuas pernas compridas até a montanha de vidro. Se o fizeres, saberei que de fato tens a intenção de viver em paz conosco, e recomendarei aos meus companheiros que também te deixem em paz.

— Então monta nos meus ombros, que te levarei para onde desejas ir.

Encarapitado nos ombros do gigante, ele se pôs a tocar o tambor, marcando um ritmo animado que alegrou a enorme criatura, mostrando-lhe que a convivência pacífica com os pequeninos até que parecia ser interessante...

Depois de algum tempo, apareceu um segundo gigante, a quem o primeiro entregou o tamborileiro, pedindo-lhe que o levasse até a montanha de vidro. Seu companheiro tirou o tocador de tambor dos ombros do outro, espetando-o na lapela de seu casaco, como se fosse um cravo. O rapaz ali se instalou o mais confortavelmente que pôde, e foi sendo levado através da floresta, até que apareceu um terceiro gigante, a quem o segundo o entregou. Esse novo companheiro instalou o tamborileiro na aba do seu chapéu, deixando-o num posto de observação mais alto que as copas das árvores. Dali ele podia avistar a paisagem que se estendia até uma longa distância. Foi assim que ele avistou ao longe uma elevação eminente, adivinhando que deveria tratar-se da famosa montanha de vidro.

Com mais alguns passos, o gigante chegou ao sopé da montanha, e então tirou o rapaz da aba do chapéu, depositando-o no chão. Ele bem que pediu ao gigante que o levasse até o topo da montanha, mas ele fez que não com a cabeça, murmurando uma frase incompreensível, e retornou no mesmo instante para a floresta.

Ficou ali desolado o pobre moço, olhando para aquela montanha, que tinha o triplo da altura das outras situadas nas proximidades, e que possuía vertentes tão escorregadias como a superfície de um espelho, sem atinar com algum meio de atingir seu topo. Suas tentativas para escalar a montanha foram vãs, pois o tanto que ele conseguia subir era o mesmo tanto que descia deslizando pela superfície lisa logo em seguida. "Ah, se eu fosse um passarinho", pensou, mas nem mesmo a força de seu desejo fez com que lhe nascessem asas.

Parado no sopé da montanha, sem saber como fazer, olhou para os lados e avistou, não muito distante dali, dois sujeitos discutindo e brigando. Aproximando-se dos dois viu que o motivo da discórdia era uma sela que estava no chão, ao lado de ambos, e que cada qual alegava pertencer-lhe.

— Ei, amigos — disse ele, — que tolice é essa de ficardes brigando pela posse de uma sela, quando não vejo por perto nenhum cavalo que a possa usar?

— Estás dizendo isso porque não sabes que esta sela dispensa cavalo — replicou um deles. — Basta que alguém se sente nela e expresse o desejo de ir a algum lugar, nem que seja o fim do mundo, e imediatamente será transportado até lá.

— Acabamos de adquirir esta sela em sociedade, e, portanto, ela pertence a nós dois — completou o outro. — Acontece que cada qual quer ser o primeiro a usá-la, e não conseguimos chegar a uma acordo a este respeito.

— Pois vou terminar agora com essa briga — disse o tamborileiro. — Fincai no chão esta vara e recuai até ficardes a uma boa distância dela. Quando eu der um sinal, vinde correndo. Quem chegar primeiro terá o direito de usar a sela.

Fizeram ambos como ele sugeriu, afastando-se da vara uma boa distância; porém, quando se preparavam para iniciar a corrida, o rapaz, mais que depressa, instalou-se ele próprio na sela e expressou seu desejo de visitar o cume da montanha de vidro, e num piscar de olhos já se encontrava ali.

O topo da montanha era extenso e plano, vendo-se a pequena distância uma velha casa de pedra, tendo à frente uma lagoa, e nos fundos uma densa e lúgubre floresta. Não se viam ali nem homens nem animais, e não se escutava o menor som a perturbar aquela pacífica calmaria, a não ser o barulho do vento sibilando entre os ramos das árvores, sobre cujas copas as nuvens flutuavam silenciosamente.

Ele caminhou para a porta da casa e bateu. Como ninguém veio atender, bateu de novo, depois mais uma vez, e só então a porta se abriu e uma velhinha de pele

*"Procuro a filha de um rei que vive por aqui,
mas ainda não consegui encontrá-la."*

pardacenta e olhos vermelhos apareceu. Seu nariz comprido equilibrava um par de óculos redondos. Com voz agressiva, perguntou ao visitante:

— Que vieste fazer aqui?

— Estou procurando um lugar para descansar, e no qual possa conseguir uma boa refeição, e pernoitar confortavelmente.

— Esse lugar poderia ser aqui — respondeu ela, — com a condição de que executes três tarefas para mim.

— Dizei que tarefas são essas — respondeu o moço. — No que se refere a tarefas, enfrento qualquer uma, por mais árdua ou dificultosa que seja.

Sem mais responder, a velha chamou-o para dentro, serviu-lhe uma refeição, depois lhe mostrou um quarto onde havia uma cama limpa e arrumada, deixando-o ali a sós.

Na manhã seguinte, ao se levantar, ele encontrou a mesa posta e o café da manhã servido. Depois de comer, disse à velha que estava pronto para executar as tarefas que ela tinha mencionado. Ela então tirou do dedo um dedal, entregou-o a ele e falou:

— Vai cumprir a primeira tarefa, que é a de esvaziar o tanque de peixes usando apenas este dedal, e coloca os peixes que encontrares em montes separados, de acordo com seu tamanho e sua espécie. A tarefa deverá estar terminada antes do anoitecer.

— Que tarefa mais estranha! — disse ele, saindo em seguida para tentar executá-la.

Durante todo o restante daquela manhã ele se empenhou em esvaziar o tanque, verificando, depois de algum tempo, que uma tarefa daquelas exigiria não um dia, mas meses e meses de trabalho, até se completar.

Por volta do meio-dia, murmurou de si para si: "Já que não conseguirei mesmo terminar esta tarefa em tempo tão curto, o melhor a fazer é parar por aqui". Assim, interrompeu o trabalho e se sentou à beira do tanque.

Pouco depois, avistou uma menina saindo da casa e caminhando em sua direção, trazendo uma cesta com seu almoço. Ao chegar junto dele, perguntou:

— Que fazes sentado aí com essa cara tão triste? Qual é o problema?

Ele se levantou, observou-a de cima abaixo, vendo que ela era muito bonita, e respondeu:

— Se não consigo executar sequer a primeira tarefa, que se dirá das outras duas? Procuro a filha de um rei que vive por aqui, mas ainda não consegui encontrá-la. Sendo assim, acho melhor ir embora.

— Não te vás, fica aqui — disse-lhe a jovem. — Vou ajudar-te. Deita a cabeça em meu regaço e dorme. Quando acordares, a tarefa estará cumprida.

O tamborileiro fez como ela dissera, e tão logo seus olhos se cerraram, a mocinha girou um anel que trazia no dedo e falou:

— Para fora, água e peixes.

No mesmo instante a água se evaporou, transformando-se em névoa, e foi juntar-se às nuvens que pairavam no céu, enquanto que os peixes se foram arrastando pelas margens, procurando reunir-se em pilhas, conforme seus tamanhos e suas espécies.

Quando despertou e viu que a tarefa estava concluída, o rapaz ficou espantadíssimo. A mocinha então falou:

— Estou vendo que um dos peixes ficou fora da pilha de sua espécie. Quando a velha vier verificar a execução da tarefa, vai estranhar esse fato e perguntar por que aquele peixe está fora do lugar. Ouvindo isso, vai até onde o peixe se encontra, apanha-o do chão, atira-o com força na cara da velha e dize para ela: "Reservei este peixe para ti, sua bruxa velha!"

Quando começou a anoitecer, a velha apareceu ali, perguntou por que o peixe não estava na pilha que lhe correspondia, e ele fez exatamente como a moça lhe tinha dito, exclamando:

— Reservei este peixe para ti, sua bruxa velha!

A velha nada respondeu, limitando-se a fitá-lo com olhos cheios de malícia.

Na manhã seguinte, após o café da manhã, ela lhe entregou um machado, uma marreta e uma cunha, dizendo em seguida:

— A tarefa de ontem foi fácil demais. A de hoje será mais difícil. Terás de cortar todas as árvores da floresta que se estende atrás desta casa, reduzindo-as a achas de lenha, e quero que tudo esteja pronto antes do pôr-do-sol.

Iniciada a tarefa, pouco depois já estava sem fio o machado, a marreta sem cabo, e a cunha rachada de cima até embaixo, tornando-se inúteis os três instrumentos. O moço ficou sem saber como agir, mas por volta do meio-dia apareceu por ali a mocinha da véspera trazendo seu almoço, e, ao tomar conhecimento de tudo o que estava acontecendo, mandou que ele reclinasse a cabeça em seu colo e dormisse, o que ele fez. Ela então girou o anel, murmurou um pedido e, no mesmo instante, com um formidável estrondo, todas as árvores daquela floresta vieram ao chão, rachando-se sozinhas em toras e achas, e formando enormes pilhas de lenha ali ao lado, como se fosse obra de algum gigante invisível. Quando o tocador de tambor acordou, a donzela lhe disse:

— Vê como todas as árvores foram abatidas e reduzidas a achas de lenha, exceto aquele galho que ali ficou fora das pilhas. Quando a velha vier aqui e perguntar por que não o reduziste a gravetos, apanha o galho, dá-lhe com ele uma pancada bem forte, dizendo em seguida: "Reservei este galho para ti, sua bruxa velha!"

Tudo aconteceu como ela previu e ordenou, e de novo a velha nada disse após tomar um forte golpe aplicado com o galho, parecendo nem ter sentido coisa alguma. O que ela fez foi dar uma risada escarninha, dizendo em seguida:

— Amanhã juntarás toda essa lenha numa única e enorme pilha, e depois farás uma fogueira.

Pela manhã, ele se dirigiu à floresta devastada e iniciou seu trabalho de recolher as achas de lenha e reuni-las todas numa única pilha, mas logo viu que, para concluir aquela tarefa num só dia, seriam necessários muitos homens. Quando já se encontrava extenuado, chegou a donzela com seu almoço. Depois de comer, ela o fez dormir em seu colo, e, quando ele acordou, viu que a pilha de lenha já estava em chamas, e as labaredas subiam tão alto que chegavam a alcançar as nuvens. A mocinha disse-lhe então:

— Dentro em pouco aqui estará a velha bruxa, e vai começar a te dar diversas ordens. Se fores corajoso e conseguires realizar tudo o que ela te ordenar, ela não poderá causar-te dano algum. Mas se demonstrares receio, ela o jogará na fogueira, e o fogo te consumirá. Mas se, em vez disso, conseguires fazer tudo o que ela ordenar, ao terminar pega-a com as duas mãos e arremessa-a dentro da fogueira.

No que a moça se foi, a velha apareceu ali, dizendo:

— Ah! Estou morrendo de frio, e eis aqui uma bela fogueira para me aquecer os ossos. Oh! Que estou vendo ali no meio da fogueira? Uma acha de lenha que ainda não pegou fogo! Apanha-a e traze-a para mim. Se o fizeres, estarás livre para ires onde quiseres. Vai lá depressa e faze o que te mandei.

Sem hesitar, o tamborileiro penetrou por entre as chamas, que não lhe causaram mal algum, não chegando sequer a chamuscar-lhe um fio de cabelo, e ele em seguida voltou de lá e depositou diante dela a acha de lenha que ainda não tinha sido queimada. Esta, mal tocou o chão, transformou-se na bela jovem que o tinha ajudado, e que se postou diante dele trajando vestes de seda bordadas em ouro, prova evidente de que se tratava da filha de um rei. Ao vê-la, a velha bruxa deu uma risada desdenhosa e falou:

— Se achas que já libertaste a Princesa, estás muito enganado. Ela ainda está sob meu poder.

Dizendo isso, avançou para ela, na intenção de se apoderar dela, mas o tamborileiro deu um passo à frente, agarrou-a com ambas as mãos e a arremessou no meio das chamas, que logo a envolveram, reduzindo-a num instante a cinzas.

A filha do Rei fitou o tamborileiro com um terno olhar, notando sua boa aparência e lembrando-se de que ele a tinha libertado do poder da bruxa e salvo sua vida. Então, segurando-lhe as mãos, disse-lhe:

— Como arriscaste tudo por mim, tenho agora de fazer alguma coisa por ti. Promete que me serás fiel, e serei tua esposa. Sou dona de muitos bens e riquezas, dos quais a bruxa se tinha apoderado, mas que agora voltaram a me pertencer.

Então levou-o até a casa e lhe mostrou baús e arcas cheios de fabulosos tesouros. Dali saíram, deixando lá tudo que era de ouro e de prata, e levando consigo apenas as pedras preciosas, preparando-se para deixar a montanha de vidro. Nessa altura, o moço falou:

— Senta-te comigo nesta sela e seguiremos pelos ares, como se fôssemos pássaros.

— Esta sela não me é necessária, pois basta-me girar o anel encantado para ir onde quiser.

— Peço-te então que nos leve para diante da porta de minha cidade natal.

No mesmo instante já se encontravam ali. Disse-lhe então o moço:

— Vou procurar meus pais e contar-lhes tudo o que aconteceu. Fica aqui a minha espera, que logo estarei de volta.

— Está certo — disse ela, — mas toma todo o cuidado. Dou-te uma recomendação: somente beijes teus pais no lado esquerdo do rosto. Se assim não fizeres, irás esquecer-me logo, e serei abandonada aqui neste lugar ermo.

— Como poderia eu esquecer-me de ti? — perguntou ele, ao mesmo tempo em que erguia a mão direita e jurava solenemente que haveria de voltar com a maior brevidade.

Ao chegar à casa de seu pai, ninguém o reconheceu, de tanto que ele havia mudado, pois o que lhe pareceram ser três dias foram, na realidade, três longos anos. Aos poucos, porém, viram que ele de fato era o rapazinho que tinha saído dali três anos antes, para alegria do casal, que o estreitou carinhosamente nos braços. Também para ele a alegria foi tamanha, que, sem se lembrar da recomendação recebida, beijou-os nos dois lados do rosto. No mesmo instante, apagou-se-lhe da memória a imagem da moça, bem como todos os favores que ele lhe devia e tudo o que lhe havia acontecido nos últimos três anos. Ao tirar a roupa e revirar os bolsos para ver o que neles havia, encontrou diversas pedras preciosas, pondo-as sobre a mesa para assombro dos pais, especialmente quando ele não soube explicar como foi que as tinha obtido, embora tivesse certeza de que não fora por meios desonestos.

Depois de vendidas as pedras, a primeira providência tomada pelo pai foi construir para si um castelo circundado por belíssimos jardins, relvados e bosques, um palácio deslumbrante, digno de receber qualquer príncipe que por ali passasse.

Terminada a construção, disse a mãe ao rapaz:

— Já escolhi uma bela jovem para ser tua esposa. O casamento será realizado daqui a três dias.

Aquela notícia deixou o rapaz contente.

Quanto à Princesa, tinha ficado fora da cidade à espera do seu amado, até que a noite caiu, e ela então murmurou para si:

— Já sei: ele beijou os pais no lado direito do rosto, e no mesmo instante se esqueceu inteiramente de mim...

Com o coração cheio de dor, ela desejou ir viver sozinha numa casinha situada no interior da floresta que se via ali perto.

Toda noite ela ia à cidade, e ali ficava a vagar pelos arredores do castelo construído pelo pai do rapaz, a quem viu muita vezes, sem que ele a notasse. Um dia ela escutou rumores sobre o casamento que se iria realizar nos próximos dias. Resolveu então fazer a última tentativa de fazê-lo recuperar a memória e o amor que lhe havia jurado pouco tempo atrás.

Assim, no primeiro dia do noivado, ela expressou o desejo de ter um belo traje refulgente como o Sol, e ele logo apareceu a sua frente. Os convidados estavam todos reunidos, quando ela entrou no salão de festas, deixando todos embasbacados ante sua beleza e o esplendor de seu traje. Mesmo assim, o antigo tamborileiro não a reconheceu em meio à multidão, e ela não se apresentou diante dele. À noite, porém, quando tudo estava calmo, ela se postou diante de sua janela e cantou:

Meu herói tamborileiro, como foste me olvidar?
E esquecer que te ajudei a três tarefas realizar?
Esquecer que prometeste teu amor me dedicar?
Que das garras de uma bruxa pudeste me libertar?
E que tudo que hoje tens, este castelo, tantos bens,
com as jóias que te dei foi que conseguiste comprar?
Pois até sendo esquecida, nunca deixei de te amar...

Mas de nada valeram essas palavras, pois naquele momento ele dormia a sono solto e não a escutou.

Na segunda noite, tudo se repetiu de maneira idêntica, e ele novamente nada escutou.

Pela manhã, porém, um criado de sua confiança lhe contou que havia escutado uma cantiga tristonha vinda do jardim, entoada por uma voz de extrema suavidade. Aquilo deixou-o curioso, e ele decidiu manter-se acordado aquela noite, a fim de escutar o triste e mavioso canto.

Assim, depois da terceira noite de festividades, ele, em vez de se deitar, postou-se junto à janela, e, tão logo escutou as primeiras palavras da canção, voltou a recordar-se de tudo o que lhe acontecera dias antes na montanha de vidro, o que o levou a exclamar:

— Oh, meu Deus! Como foi que pude me esquecer de tudo isso, deixando que se evolasse de minha mente a lembrança do meu verdadeiro e único amor? Já sei como aconteceu: na alegria de reencontrar meus pais, acabei beijando-os nos dois lados do rosto, esquecendo-me do que me tinha sido recomendado pouco antes! Mas hei de reparar meu erro.

Então, enquanto a delicada voz ainda entoava a melancólica cantiga, ele subiu ao peitoril da janela, saltou ao jardim, abraçou ternamente a cantora e exclamou:

— Perdoa-me, querida!

Sentindo o coração de seu amado bater forte junto ao seu, ela esqueceu toda a mágoa que trazia no peito e perdoou sua atitude, entendendo que ele não tivera culpa de tê-la esquecido.

No mesmo instante ele fez questão de apresentá-la aos pais, dizendo-lhes:

— Esta aqui é minha verdadeira noiva.

E, vendo que aquilo os deixara intrigados, contou-lhes tudo o que havia acontecido desde que ele partira para a montanha de vidro, especialmente a parte em que ela o havia ajudado e o porquê de seu esquecimento. Ao tomarem conhecimento de toda a história, eles muito se alegraram de tê-la como nora. Quanto à moça com quem ele acabava de romper o noivado, deram-lhe, como compensação pelos inconvenientes que ela havia sofrido, o belo traje resplandecente que a filha do Rei tinha usado na festa de noivado.

E sabem de uma coisa? Ela não se importou de romper o noivado, e ficou satisfeitíssima com o presente que recebeu...

29. A BRANCA E A PRETA

Certa vez, uma mulher dirigiu-se ao campo, levando consigo sua filha e sua enteada, com o propósito de colher trevos, alimento muito apreciado pelo gado. Disfarçada de mendiga, uma fada benfazeja apareceu diante delas e pediu:

— Será que poderíeis indicar-me o caminho que leva à cidade?

— Se queres ir até lá, descobre tu mesmo o caminho — respondeu a mulher com maus modos.

— Se não sabes chegar lá — resmungou a filha, — trata de contratar um guia.

Já a enteada dirigiu-se a ela de modo diferente, dizendo:

— Oh, pobre mulher, segue-me, que vou te mostrar o caminho que leva até a cidade.

Aborrecida com a maneira grosseira com que fora tratada pela mãe e pela filha, a fada seguiu a jovem, mas, sem que esta o notasse, voltou-se para as outras duas e lhes deitou um encantamento, tornando ambas negras como a noite e feias como o pecado.

A jovem levou-a até um ponto de onde se avistava a cidade, e ali se despediu dela, que então lhe disse:

— Pede três coisas, que todas elas te darei.

A outra respondeu:

— Eu gostaria de ser tão pura e bela como o Sol.

No mesmo instante, ela se tornou tão maravilhosa quanto a luz do dia.

— Eu queria ser dona de uma bolsa sempre cheia de dinheiro — continuou a moça.

E logo sentiu que estava carregando uma pesada bolsa nas mãos.

— E a terceira coisa que quero — concluiu ela — é ir para o Céu quando morrer.

A esse pedido, a fada fez apenas que sim com a cabeça, desaparecendo logo em seguida.

Só ao voltarem para casa e se olharem no espelho foi que as duas viram o que lhes tinha acontecido, ao mesmo tempo em que repararam na extrema beleza da outra jovem, o que encheu seu coração dos mais tenebrosos pensamentos, pondo-se ambas a maquinar um modo terrível de se desforrarem dela.

A enteada tinha um irmão muito querido, chamado Rudy, a quem contou o resultado de seu encontro com a fada benfazeja. Esse irmão lhe disse um dia:

— Ó querida irmã, gosto tanto de ti que queria ter no meu quarto o teu retrato, para poder contemplar teu rosto mesmo quando estiveres longe de mim.

— Tudo bem — disse ela, — mas com a condição de que não deixes ninguém mais ver esse retrato.

Seu irmão era cocheiro do Rei, e por isso morava num quarto do palácio real. Foi lá que ele pendurou o retrato da irmã. Como gostava dela de verdade, ficou extremamente feliz ao tomar conhecimento dos benefícios que a fada lhe tinha proporcionado, tanto por aumentar-lhe a beleza, como por lhe dar uma bolsa sempre cheia de dinheiro, tudo isso como recompensa por sua bondade.

Pouco antes de acontecerem esses fatos, o Rei tinha ficado viúvo, e desde então vivia triste a imaginar que jamais iria encontrar outra mulher tão bela quanto a falecida Rainha.

Um dia, uma criada entrou no quarto do cocheiro para fazer arrumação, e viu o retrato que ali estava pendurado na parede. Saindo do quarto, contou a uma outra criada que o cocheiro guardava o retrato de uma moça de excepcional beleza. Essa criada, por sua vez, passou a história para outra, e a coisa foi sendo contada de pessoa para pessoa, até que por fim chegou aos ouvidos do Rei, que no mesmo instante se interessou em conhecer o tal retrato, ordenando que o tirassem do quarto do cocheiro e o trouxessem para que ele o examinasse.

Ao ver o retrato da irmã de Rudy, o Rei constatou, com surpresa, que a donzela ali retratada era extremamente parecida com a falecida Rainha, senão mesmo mais bela, apaixonando-se imediatamente por aquele lindo rosto. Chamou então o cocheiro a sua presença e lhe perguntou quem era a moça retratada naquele quadro. Ele disse que era a sua irmã. Ouvindo isso, o Rei, que até então não tinha pensado em voltar a se casar, decidiu tomar aquela jovem como sua esposa, ordenando a Rudy que preparasse uma carruagem luxuosa, puxada por um magnífico corcel, e fosse até a casa de sua irmã, levando para ela um vestido de gala, e que a trouxesse a sua presença, a fim de se tornar sua noiva.

A chegada daquela carruagem ricamente adereçada à casa da madrasta da irmã causou alvoroço entre os vizinhos. Quanto à jovem, ficou desvanecida e honrada com o pedido de casamento do Rei, preparando-se para embarcar na carruagem e seguindo para o palácio com o coração cheio de alegria.

Mas quem não ficou nada alegre com aquela notícia foi sua irmã negra, que se encheu de ciúme e rancor contra a meia-irmã, levando-a a procurar a mãe e dizer, com ódio no coração:

— De que vale seres tão esperta e sagaz, se não me podes fazer desfrutar de sorte idêntica à dela?

— Pois deixa comigo — disse a mãe, — que irei reverter essa situação a teu favor.

E como entendia de bruxaria, preparou um feitiço que fez turvar-se a vista do irmão, deixando-o quase cego, ao mesmo tempo em que trancou o ouvido da enteada, deixando-a virtualmente surda.

Feito isso, entraram todas as três na carruagem, enquanto Rudy assumia a direção do veículo.

156

Depois de percorrerem pequena distância, Rudy disse à irmã:

— Cuidado, irmãzinha, para não amassares esse teu belo vestido. Quero que estejas bem arrumada quando te apresentares diante do Rei.

Como ela não conseguia escutar direito o que ele dizia, perguntou à madrasta:

— Que foi que meu irmão falou?

— Ele disse para tirares esse vestido e o entregares a tua irmã;

Ela obedeceu, e pouco depois estava a irmã negra trajando a roupa de gala, e ela usando o vestidinho esgarçado e descorado da meia-irmã.

Mais à frente, Rudy reiterou o conselho de que ela tratasse de se apresentar bem bonita perante o Rei, mas de novo sua irmã não escutou o que ele falou, pedindo à madrasta que lhe repetisse as palavras ditas pelo irmão. A madrasta então falou:

— Ele disse para entregares tua tiara de ouro para tua irmã.

Ela fez o que a madrasta disse, e deixou seus cabelos caírem sobre os ombros, sem qualquer enfeite.

A viagem prosseguiu, até que chegaram próximo de um riacho, num trecho de águas profundas. De novo o irmão recomendou-lhe alguma coisa, que ela teve de pedir à madrasta para repetir.

— Ele falou — disse a malvada mulher — para descermos aqui, pois os cavalos precisam descansar.

Pensando que a carruagem iria parar, ela se levantou, mas como os cavalos não se detiveram, acabou perdendo o equilíbrio. Aproveitando-se disso, a madrasta a empurrou, jogando-a dentro do riacho de águas profundas. Como ela não sabia nadar, foi no mesmo instante para o fundo. Logo depois disso, uma pata de penas alvíssimas apareceu por ali e nadou até a margem do rio.

Sem notar o que tinha acontecido, Rudy prosseguiu até chegarem ao castelo, onde desceram. Como estava enxergando mal, nem reparou no rosto cor de fuligem da jovem bem vestida e adereçada que desceu da carruagem, imaginando que se tratasse de fato de sua irmã. Assim, levou-a pela mão até o Rei. Este, ao reparar na feiúra da moça que lhe estava sendo apresentada, ficou extremamente enfurecido, dando ordens para que o cocheiro fosse atirado num calabouço cheio de serpentes e víboras. Nesse instante, a velha feiticeira, usando de seus poderes, deitou um feitiço sobre o Rei, turvando seus olhos e sua mente, e desse modo conseguindo que ele permitisse que ela e a filha permanecessem no palácio, e que o rosto da jovem fuliginosa não lhe parecesse feio e desagradável, levando-o mesmo a cogitar de tomá-la como esposa.

Certa noite em que o Rei estava sentado ao lado de sua horrorosa noiva, uma bela pata de penas alvas apareceu junto à porta da cozinha, e disse para a cozinheira:

— Acende o fogo, por favor, pois preciso aquecer minhas penas.

A cozinheira acendeu o fogão, e a ave então se aproximou, agachou-se ali perto e se pôs a alisar suas penas com o bico, até que por fim disse:

— Que estará fazendo agora meu irmão Rudy?

"Acende o fogo, por favor, pois preciso aquecer minhas penas."

— O Rudy? Que eu saiba, nada, pois ele foi atirado num calabouço cheio de cobras e de víboras.
— E o que estarão fazendo a bruxa negra e sua horrenda filha?
— Devem estar com o Rei, pois ele pretende casar-se com a moça.
— Os céus não irão permitir que isso aconteça — disse a pata, indo embora.
Na manhã seguinte, a pata voltou e toda a cena se repetiu. Mas quando ela reapareceu mais uma vez, a cozinheira achou que devia relatar aquilo ao Rei, o que fez logo em seguida. Ao ouvir seu relato, o Rei disse que queria verificar pessoalmente aquele fato. Assim, quando a pata enfiou a cabeça pela porta da cozinha, ele, que ali se tinha postado a sua espera, puxou da espada e cortou-lhe o pescoço. No mesmo instante apareceu diante dele uma jovem belíssima, idêntica à que estava retratada no quadro guardado no quarto do cocheiro, levando-o a compreender ser aquela a sua verdadeira noiva. Logo mandou buscar para ela belíssimos trajes, mandando que ela os vestisse, e levando-a em seguida para conhecer o restante do palácio. Ela então lhe relatou toda a maldade de que fora vítima, não escondendo o empurrão que a madrasta lhe dera com o intuito de afogá-la no riacho. Foi então que o Rei compreendeu como estava sendo enganado pela malvada bruxa, e imaginou como iria castigá-la, mas antes disso a jovem lhe pediu que mandasse libertar seu irmão e o reconduzisse a seu antigo cargo.

O soberano atendeu prontamente a seu pedido, não se esquecendo de pedir desculpas a Rudy pela injustiça cometida contra ele, e em seguida, chamando a bruxa e sua filha a sua presença, recriminou-lhes o procedimento e lhes disse para irem embora imediatamente de seus domínios, pois, se ali as encontrasse no dia seguinte, ordenaria que fossem ambas encerradas num barril cheio de pregos e arrastadas por cavalos até que morressem.

Alguns dias mais tarde, o Rei desposou a bela jovem, a mesma do quadro que ele tanto havia apreciado, e compensou regiamente seu irmão pelas injustiças cometidas contra ele, conferindo-lhe um título de nobreza e transformando-o num homem rico.

30. HANS DE FERRO

Próximo ao castelo de um rei havia uma vasta floresta que continha em seu interior grande diversidade de animais selvagens. Um dia, desejando comer carne de cervo, o Rei mandou um caçador ir até lá buscar um desses animais, mas desde então nunca mais se ouviu falar do infeliz. "O pobre diabo deve ter sofrido um acidente", pensou o Rei, enviando a sua procura dois caçadores, os quais também jamais foram vistos de novo.

Em vista disso, ele convocou todos os seus caçadores e ordenou:

— Ide à floresta e procurai em todas as direções os três homens que por lá se perderam, e não retorneis enquanto os não encontrardes.

Mas, embora fossem muitos os caçadores, e tivessem levado com eles uma numerosa matilha de cães de caça, nunca mais se ouviu falar deles.

Depois disso, ninguém mais quis se aventurar naquela floresta, nem mesmo dela se aproximar. Aquele lugar tranqüilo parecia estar inteiramente desabitado, e quando eventualmente uma águia ou um falcão sobrevoava as copas das árvores, nada avistava lá embaixo.

Passados muitos anos, um caçador proveniente de terras distantes apresentou-se diante do Rei e declarou seu desejo de entrar naquela perigosa floresta. Pedia a Sua Majestade apenas que lhe fornecesse os víveres necessários a sua sobrevivência ali durante alguns dias. O soberano não demonstrou desejo de lhe conceder tal permissão, argumentando:

— Essa floresta é mal-assombrada, e receio que tenhas a mesma sorte de todos que nela se aventuraram. Fica sabendo que ninguém que ali entrou voltou a aparecer entre nós.

— Majestade — retrucou o caçador, — estou disposto a me aventurar, pois o medo é um sentimento inteiramente desconhecido para mim.

Por fim, o Rei lhe concedeu a permissão, e ele, atrevida e resolutamente, iniciou sua expedição levando consigo apenas um cão de caça.

Pouco depois que entraram na floresta, o cão ficou todo arrepiado e recuou, dando meia-volta e tentando retornar à boca da mata. Mal dera alguns passos, porém, quando de novo estacou, dessa vez diante de um poço escuro que pareceu ter surgido ali de repente, e de cujas águas emergiu uma enorme mão peluda, que arrebatou o cão e o arrastou para o fundo.

Vendo isso, o caçador saiu dali em fuga desabalada, indo contar o que tinha acontecido a três homens que encontrou, e que logo foram buscar tinas e baldes, oferecendo-se para ajudá-lo a esvaziar o poço. Eles logo se puseram a trabalhar com afinco, e, quando acabaram de tirar a água, viram, deitado no fundo do poço, um homem de aspecto selvagem, corpo cor de ferrugem, cabelos compridos e emaranhados caídos sobre o rosto e que desciam até a altura dos joelhos.

Depois de amarrá-lo com cordas, puxaram-no para cima e o levaram para o castelo.

Todos se espantavam ao ver aquela estranha criatura. O Rei ordenou que o encerrassem numa jaula de ferro e o deixassem no pátio do castelo. Além disso, proibiu que se abrisse a jaula, estabelecendo pena de morte para quem o desobedecesse. Para assegurar-se disso, recomendou à Rainha que guardasse consigo a chave da jaula.

Depois dessas providências, a floresta tornou-se um lugar aprazível, onde se podia passear à vontade sem qualquer problema.

O Rei tinha um filho de oito anos de idade. Um dia, indo brincar no pátio do castelo, como costumava fazer, o menino levou para lá um de seus brinquedos preferidos, uma bola dourada, mas por azar deixou-a cair dentro da jaula do homem selvagem. Chegando junto dele sem demonstrar qualquer medo, o menino pediu:

— Peço por favor que me devolvas a bola.

— Não — respondeu ele. — Só devolvo se abrires a jaula.

— Isso eu não posso fazer — respondeu o menino, — porque meu pai o proibiu.

E foi embora dali sem a bola.

No dia seguinte ele repetiu o pedido, mas o selvagem disse de novo:

— Se abrires a jaula, terás a bola de volta.

E novamente o menino entrou no castelo sem levar a bola.

No terceiro dia, aproveitando-se do fato de seu pai ter saído para uma caçada na floresta, o menino pediu mais uma vez que o selvagem lhe devolvesse a bola, dizendo:

— Podes muito bem devolver-me a bola, mas eu não posso abrir a jaula, mesmo que quisesse, pois não tenho a chave.

— Pois eu sei onde ela está — replicou o selvagem. — Está no sofá, sob a almofada. Num minuto podes ir lá, pegar a chave e voltar aqui com ela.

Como estava ansioso por reaver a bola, o menino, sem se preocupar com o risco que corria, entrou no castelo, apanhou a chave, voltou ao pátio e destrancou a porta da jaula.

Ao notar que a porta já não estava trancada, o selvagem empurrou-a com tal ímpeto que até machucou o dedo do menino. Num piscar de olhos, ele saltou fora da jaula, entregou a bola ao menino e fugiu dali o mais depressa que pôde.

Só então o garoto caiu em si quanto ao erro em que incorrera. Assustado, pôs-se a correr atrás do selvagem, gritando:

— Volta, homem selvagem! Volta para a jaula! Se não voltares, vão me dar uma surra e tanto!

Ouvindo isso, a criatura voltou, mas, em vez de retornar para a jaula, agarrou o menino, encarapitou-o nos ombros e fugiu com ele para a floresta.

161

Ao regressar ao castelo, o Rei logo notou que a jaula estava vazia, perguntando à Rainha o porquê daquilo.

— Não sei como ele terá conseguido escapar — disse ela, — se a chave está bem guardada, escondida sob a almofada do sofá...

Mas, ao procurá-la ali, não a encontrou.

Preocupados, puseram-se os dois a chamar o menino em altos brados, depois o procuraram por todo o castelo, sem que o pudessem encontrar. O Rei então ordenou a seus criados que saíssem pelos arredores, a fim de procurá-lo. Como ninguém o tinha visto, nem sabia de seu paradeiro, os pais concluíram que seu filho teria sido raptado pelo homem selvagem. A notícia deixou todo o castelo profundamente consternado.

Ao chegar no interior da floresta, o selvagem desceu o menino dos ombros e o depositou no chão, dizendo-lhe:

— Não mais verás teu pai e tua mãe; porém, já que me libertaste, e sendo eu uma criatura grata e generosa, de agora em diante serei eu quem irá cuidar de ti. Vou te fazer muito feliz, pois possuo mais riquezas que qualquer outra pessoa neste mundo.

Dito isso, preparou um macio leito de musgos para o menino, que ali se deitou e dormiu tranqüilamente durante toda a noite.

Na manhã seguinte, o homem levou-o até um poço e lhe disse:

— Vê como a água deste poço tem uma cor brilhante e dourada. Trata-se de uma água limpíssima, pura e cristalina. Senta-te aqui e toma particular cuidado para que nada caia dentro dele e polua sua água. Voltarei aqui à noite e verei se seguiste à risca minhas instruções.

O garoto sentou-se na borda do poço, vendo muitos peixes e serpentes de cor dourada que ali dentro nadavam, tomando todo cuidado para não deixar que algo caísse na água. Enquanto estava ali sentado, seu dedo começou a latejar e doer tão terrivelmente, que ele não conseguiu reprimir a vontade de enfiar na água ao menos a ponta da unha, a fim de refrescá-la. Embora não a deixasse ali mergulhada senão durante um segundo, ao tirar o dedo da água notou com surpresa que ele tinha adquirido uma coloração dourada. Preocupado com isso, esfregou-o na roupa com toda a força, mas a cor dourada não desapareceu.

Á noite, chegou Hans de Ferro, que era como ele próprio se chamava, e, ao ver o menino, perguntou:

— Que aconteceu enquanto estiveste vigiando o poço?

— Nada, nada — respondeu o menino, pondo as mãos nas costas, para que ele não visse seu dedo.

Mas ele não se deixou enganar, e prosseguiu:

— Sei que enfiaste o dedo na água. Desta vez, passa, mas que isso não se repita. Nada pode cair ou tocar nesta água.

Na manhã seguinte, o garoto voltou para a beira do poço, e de novo seu dedo começou a latejar. Para evitar mergulhá-lo na água, enfiou-o nos cabelos, e por azar deixou que um fio caísse no poço. Vendo-o flutuar na água, ele o retirou de lá rapidamente, mas viu que o fio de cabelo já havia adquirido uma coloração dourada.

Quando Hans de Ferro chegou ali à noite, já sabia o que tinha acontecido, pois disse:

— Deixaste um fio de cabelo cair no poço. Vou perdoar-te mais uma vez, mas será a última. Se acontecer de novo, isso irá deixar o poço poluído, e não poderás permanecer comigo por mais tempo.

No terceiro dia, o garoto sentou-se novamente junto ao poço, e quando o dedo começou a latejar, fez tudo o que podia para nem mesmo mexê-lo. Mas como o tempo parecia não passar, ele quis se divertir observando os diferentes objetos refletidos na superfície da água. Ao fazer isso, viu sua própria imagem, e, inclinando o corpo para se enxergar melhor, seu cabelo comprido descaiu sobre seu rosto e tocou na água. Ele ergueu a cabeça imediatamente, mas não deu tempo: os cabelos se tornaram dourados, rebrilhando tanto quanto o Sol.

Só vendo como o pobre garoto ficou apavorado ao ver aquilo! Ele tirou o lenço do bolso e o enrolou na cabeça, a fim de esconder os cabelos. Mas quando Hans de Ferro chegou, já sabia de tudo o que tinha acontecido, e ordenou:

— Tira esse lenço da cabeça.

Quando o menino o tirou, sua cabeleira dourada lhe caiu sobre os ombros. Por mais que o menino tentasse justificar-se, foram inúteis suas desculpas.

— Não passaste no teste, e por isso não podes mais permanecer aqui. Terás de sair pelo mundo e aprender por experiência própria a viver na pobreza. Mas enquanto conseguires manter teu coração livre da maldade, e conservar para com a minha pessoa um sentimento de profunda amizade, permitirei que me chames sempre que estiver em apuros. Nesse caso, vem até a borda da floresta e grita: "Hans de Ferro!", que imediatamente virei em teu socorro. Meu poder é grande — maior do que podes imaginar! — e possuo ouro e prata em abundância..

Dito isso, o filho do Rei saiu da floresta e caminhou longamente por trilhas estreitas e estradas pouco freqüentadas, até que um dia chegou a uma grande cidade. Procurou emprego, mas como não tinha aprendido um ofício, ninguém o quis contratar. Por fim, foi até o castelo e se ofereceu para trabalhar ali como criado. Embora sem saber em que poderiam empregá-lo, ficaram todos muito bem impressionados com sua aparência, e mandaram-no entrar. Por fim, o cozinheiro disse que ele poderia ser útil como auxiliar de cozinha, para cortar lenha, buscar água e varrer as cinzas do chão.

Depois de viver ali durante algum tempo, o cozinheiro mandou-o levar ao Rei a refeição matinal. Ele foi até o quarto do soberano, mas, querendo esconder seus cabelos dourados, manteve o chapéu na cabeça. Ao ver isso, o Rei o repreendeu:

— Quando estiveres na presença do Rei, deves tirar o chapéu.

— Preferi não fazê-lo, Majestade — respondeu ele, — porque tenho uma ferida feia na cabeça.

Vendo que se tratava de uma desculpa esfarrapada, o Rei mandou chamar o cozinheiro, ralhou com ele e lhe perguntou como pudera permitir que aquele rapaz atrevido trabalhasse como seu ajudante, ordenando que o despedisse imediatamente. Como sentia muita pena do moço, o cozinheiro não cumpriu à risca a ordem do Rei, mas apenas o transferiu de setor, mandando-o trabalhar como auxiliar do jardineiro.

163

No jardim, o rapaz tinha de cavar e revolver a terra, espalhar as sementes nas covas, enfrentando calor e frio, chuva e vento, sem reclamar.

Num dia de verão, o calor estava tão forte que ele se viu obrigado a tirar o chapéu para refrescar a cabeça. Quando o fez, o sol dardejou sobre seus cabelos dourados, refletindo-se em chispas brilhantes que entraram pela janela do quarto de dormir da filha do Rei. Esta logo se levantou para ver o que estaria produzindo aquele fenômeno, e, com surpresa, viu que aqueles reflexos brilhantes provinham da cabeleira dourada do jovem ajudante de jardineiro. Da janela, ela se dirigiu a ele, dizendo:

— Ei, jardineiro! Quero que me tragas um belo buquê.

Imediatamente ele voltou a pôr o chapéu na cabeça e começou a escolher algumas flores silvestres para formar um buquê bem caprichado, e ofertá-lo à Princesa. Quando já estava subindo os degraus com o buquê nas mãos, cruzou com o jardineiro, que lhe falou em tom de repreensão:

— Como te atreves a levar para a Princesa um buquê de flores tão comuns e sem graça? Volta ao jardim e escolhe flores mais belas, mais raras, mais requintadas!

— Oh, não — retrucou o jovem. — As flores silvestres têm um perfume marcante, e ela certamente irá apreciá-las mais.

Quando entrou no quarto da Princesa, esta olhou para ele e disse:

— Tira já o chapéu. Pareces não saber como os criados devem se comportar em minha presença.

— Não posso tirá-lo, e tenho minhas razões para agir assim.

Arrancou-lhe o chapéu, fazendo com que sua cabeleira dourada se despejasse sobre seus ombros.

Sem dizer coisa alguma, a Princesa se levantou, caminhou em sua direção e arrancou-lhe o chapéu da cabeça, fazendo com que sua cabeleira dourada se despejasse sobre seus ombros. Era a cabeleira mais maravilhosa que ela jamais tinha visto. Assustado, ele quis fugir, mas ela o segurou pelo braço, enfiando em seu bolso um punhado de moedas de ouro. Ele não se importou em conferir o que ela lhe teria dado, e saiu do quarto, indo até o pátio. Ao encontrar o jardineiro, disse-lhe:

— Olha as moedas que ela me deu. Não as quero. Toma e entrega-as a teus filhos, para que eles possam brincar com elas.

No dia seguinte, a Princesa voltou a chamá-lo pedindo que lhe preparasse outro buquê de flores silvestres. Quando ele entrou em seu quarto, ela de novo tentou puxar seu chapéu, mas dessa vez ele o segurou com ambas as mãos, não deixando que ela o tirasse. Mesmo assim, ela novamente encheu seu bolso de moedas, que ele outra vez entregou ao jardineiro, para que as desse aos filhos para brincar.

No terceiro dia, tudo se repetiu. Ele levou-lhe o buquê, e ela tentou tirar-lhe o chapéu, mas novamente sem sucesso. Mesmo assim, deu-lhe as moedas, que ele mais uma vez repassou ao jardineiro, recomendando-lhe que as desse para seus filhos.

Não muito tempo depois, aquele país entrou em guerra contra uma nação vizinha. O Rei convocou seu exército, mas estava ciente de que não conseguiria resistir aos ataques do inimigo, cujas tropas eram muito mais numerosas e bem equipadas que as suas.

Ao saber do que estava acontecendo, o ajudante de jardineiro se apresentou no quartel e disse:

— Já estou bastante crescido para lutar, e até poderia entrar nesta guerra, se tivesse um cavalo.

Os soldados deram boas gargalhadas e lhe disseram:

— Depois que partirmos, vai até o estábulo, que iremos deixar lá um cavalo só para ti!

Ele esperou que eles se fossem, e foi ver o animal que lhe tinham deixado no estábulo. E ali havia de fato um cavalo, porém manco de uma pata, o que o fazia marchar coxeando. Mesmo assim, ele montou o bisonho corcel e se dirigiu para a borda da floresta. Ali chegando, chamou em voz alta:

— Hans de Ferro! Hans de Ferro! Hans de Ferro!

Seu grito ecoou através da floresta.

No mesmo instante, o homem selvagem apareceu e disse:

— Que queres de mim?

— Quero um cavalo possante para seguir com ele para a guerra.

— Dar-te-ei não somente o cavalo, como ainda mais que isso!

Então, juntando ação às palavras, o homem selvagem entrou na floresta e pouco depois surgiu de lá de dentro um palafreneiro vindo em direção do moço, trazendo pela rédea um belo corcel, arisco, resfolegante e difícil de ser contido. Atrás do corcel, vinha uma tropa de guerreiros, todos envergando armaduras de aço polido e empunhando espadas tão brunidas que até rebrilhavam à luz do Sol. O jovem entre-

165

gou ao palafreneiro seu cavalo manco, montou o corcel vigoroso e seguiu em frente, seguido pela luzidia tropa.

Ao chegarem ao campo de batalha, viu que boa parte das tropas do Rei já fora dizimada, e que os remanescentes não possuíam força suficiente para resistir ao inimigo. À frente de seus guerreiros, ele então investiu como um furacão contra as forças rivais, desbaratando-as completamente. Os sobreviventes recuaram e tentaram reorganizar-se, mas ele os atacou com denodo, acabando por destroçá-los completamente. Entretanto, em vez de regressar em triunfo e se apresentar perante o Rei, reivindicando as glórias do triunfo, ele voltou para a floresta, invocou a presença de Hans de Ferro e lhe devolveu o que tinha recebido.

— Que queres de mim agora?

— Estou devolvendo o corcel e os soldados, e pedindo-lhe que me devolvas meu cavalo manco.

Hans de Ferro atendeu seu desejo, e ele regressou à capital do reino.

Nesse ínterim, o Rei já estava de volta ao castelo, sendo recebido pela filha, que se congratulou com ele por seu sucesso na batalha.

— Não fui eu quem derrotou o inimigo — disse-lhe o pai. — Devo a vitória a um estranho cavaleiro que veio em socorro de nossas tropas, chefiando um grupo de guerreiros que envergavam armaduras de aço.

A Princesa pediu para conhecer o tal guerreiro, mas o Rei disse ser impossível, pois seu misterioso aliado tinha saído com sua tropa em perseguição dos inimigos, e desde então não voltara a ser visto.

Mais tarde a Princesa chamou o jardineiro-chefe e perguntou o que fora feito de seu ajudante. O homem riu e contou que o moço tinha seguido para o campo de batalha com um cavalo manco, mas que acabava de regressar, pois parecia ter lá chegado depois que o combate já tinha sido encerrado. À sua chegada, contou o jardineiro, os demais criados tinham debochado dele e o recepcionado aos gritos de "Lá vem o guerreiro manquitola!". Depois brincaram com o rapaz, dizendo que ele provavelmente se teria escondido atrás de uma moita bem densa, enquanto a batalha estava sendo travada, rindo à socapa da resposta que ele deu.

— E que foi que ele respondeu? — perguntou a Princesa.

— Ele teve a audácia de dizer que nossas tropas não teriam alcançado a vitória se não fosse ele ter ali chegado a tempo! É claro que, ao ouvir isso, suas risadas ainda mais recrudesceram!

Alguns dias mais tarde, o Rei disse à filha que estava com a intenção de comemorar a vitória alcançada, promovendo um festival que iria durar três dias.

— Vou entregar-te uma maçã de ouro — disse-lhe o Rei, — para que a atires aos vitoriosos. Quem sabe o cavaleiro misterioso estará no meio deles?

Logo que o arauto real anunciou a realização do festival, o jovem dirigiu-se à floresta e chamou Hans de Ferro.

— Que queres de mim desta vez? — perguntou o selvagem.

— Quero estar presente no festival e ser o felizardo que irá apanhar a maçã atirada pela Princesa.

— Podes ficar tranqüilo, que irei atender teu pedido — respondeu Hans de Ferro. — Irás ao festival envergando uma armadura encarnada e montando um fogoso cavalo alazão.

Chegado o dia, o rapaz seguiu até o pátio do castelo, misturando-se aos demais cavaleiros, sem ser reconhecido. No auge das festividades, a Princesa deu um passo à frente e atirou para os cavaleiros uma maçã de ouro, que foi imediatamente recolhida pelo desconhecido. Feito isso, ele se esgueirou por entre os demais cavaleiros e desapareceu.

Para o segundo dia do festival, Hans de Ferro providenciou para ele uma armadura branca e um possante cavalo de cor cinzenta. Em plena festa, outra maçã de ouro foi atirada aos cavaleiros pela Princesa, e ele novamente conseguiu apanhá-la, desaparecendo logo em seguida. Isso deixou o Rei muito aborrecido, pois era de praxe que quem pegasse a maçã se mostrasse diante dele, erguesse a viseira e declinasse seu nome. Assim, disse o soberano, se no terceiro dia o tal cavaleiro conseguisse novamente apanhar a maçã e tentasse esgueirar-se por entre a multidão, deveria ser perseguido e trazido a sua presença, nem que fosse à força.

Chegou o terceiro dia do festival, e novamente ali se apresentou o cavaleiro, dessa vez envergando uma armadura preta e montando um cavalo negro como azeviche. Quando a maçã foi atirada, ele novamente a apanhou e tentou ir embora, sendo seguido pelos demais cavaleiros, porém inutilmente, pois seu cavalo parecia voar. Apenas um dos cavaleiros conseguiu aproximar-se dele, ordenando-lhe que parasse. Como ele se recusou, o cavaleiro desembainhou a espada e conseguiu ferir tanto ele como o animal na perna com a ponta da espada. O cavalo corcoveou com tal violência, que, embora não derrubasse o cavaleiro, fez com que ele perdesse o elmo, exibindo à vista de todos sua cabeleira dourada agitada pelo vento. Ao regressarem ao castelo, contaram o que tinha acontecido ao Rei, não se esquecendo de mencionar o pormenor da cabeleira dourada.

No dia seguinte, a Princesa perguntou ao jardineiro pelo seu ajudante, tendo ele respondido que o moço estava trabalhando no jardim, lidando com as plantas.

— Ainda bem que esse rapaz voltou a trabalhar — disse ele, — pois ninguém sabe onde ele esteve metido durante os três dias do festival. Ontem à noite, porém, ele foi à minha casa reapresentar-se para o serviço, e mostrou aos meus filhos três maçãs pintadas de dourado que disse ter ganho de presente.

A Princesa contou tudo aquilo ao seu pai, que mandou chamar o rapaz. Ele ali foi, puxando um pouco da perna, e de novo se apresentou de chapéu na cabeça. Dessa vez, porém, a Princesa agiu depressa e conseguiu arrancá-lo, fazendo com que seus cabelos dourados caíssem sobre seus ombros, deixando todos atônitos diante da extrema beleza daquele jovem.

O Rei então perguntou:

— Serias acaso aquele cavaleiro que esteve no festival, cada dia envergando uma armadura de cor diferente, mas sempre conseguindo apanhar a maçã dourada arremessada por minha filha?

— Sim, sou eu, e aqui estão as maçãs — disse, tirando-as do bolso e exibindo-as. — Cheguei aqui mancando, por causa do ferimento que um dos meus perseguidores me infligiu na perna.

— Tenho impressão de já o ter visto antes — disse o Rei.

— Sim. Estive aqui diante de Vossa Majestade, faz algum tempo, e depois disso tive a oportunidade de ajudá-lo a sair vitorioso no campo de batalha.

— Como pode um simples jardineiro realizar tais feitos? — estranhou o Rei. — Quem são teus pais?

— Meu pai é o rei de um país distante — respondeu ele. — Quanto a mim, tenho todo o ouro e os bens de que necessito.

— Estou vendo — prosseguiu o Rei — que te devo bem mais que um simples muito obrigado. Que mais posso fazer para demonstrar minha gratidão?

— Vossa Majestade pode muito bem demonstrar sua gratidão concedendo-me a mão de sua filha em casamento.

Ouvindo isso, a Princesa sorriu e comentou:

— De minha parte, concordo plenamente, pois desde que vi tua cabeleira dourada logo percebi que tu não eras um mero jardineiro.

E, a fim de demonstrar sua concordância, deu-lhe um beijo.

Para o casamento, foram expedidos convites ao pai e à mãe do rapaz, os quais muito se alegraram ao saberem que ele estava vivo, pois fazia anos que tinham perdido qualquer esperança de virem um dia a encontrá-lo, dando-o como morto.

Durante a festa que se seguiu à cerimônia do casamento, quando todos se divertiam no salão de festas do castelo, eis que subitamente a porta se abriu, e ali entrou um nobre que, por seu aspecto majestoso, todos logo viram tratar-se de um rei, ainda mais porque ele vinha seguido por magnífico séquito. Ao chegar diante do Príncipe recém-casado, estreitou-o num terno abraço e disse:

— Enquanto estive sob o poder maligno de uma feiticeira, fui aquele homem selvagem que todos chamavam de Hans de Ferro. Tua amizade e confiança em mim me libertaram, e voltei a assumir minha figura original e minha condição de Rei. Estou aqui para te oferecer minha amizade irrestrita e todos os tesouros que possuo!

31. A MONTANHA SÍMELI

Era uma vez dois irmãos: um pobre e outro rico. O irmão rico nunca dividiu seus bens com o pobre, que tinha de trabalhar duro para sobreviver. As coisas às vezes corriam tão mal, que em certos dias sua mulher e seus filhos não tinham sequer um pedaço de pão para comer.

Certa vez, o irmão pobre estava atravessando uma floresta conduzindo uma carroça, quando avistou, destacando-se da estrada principal, uma estreita trilha semiencoberta pelas árvores, deixando entrever ao longe uma alta montanha desnuda que ele jamais vira até então. Intrigado com a inusitada presença daquela elevação, ele ficou parado diante dela, contemplando-a com curiosidade.

Foi então que viu, vindo pela trilha em sua direção, cerca de doze homens de aspecto rude. Receando que se tratasse de ladrões, levou a carroça para trás de uma densa moita e subiu numa árvore para ver o que iria acontecer. Os doze homens pararam diante da montanha e gritaram:

— Abre-te já, montanha Símeli!

Imediatamente se abriu uma fenda na encosta da montanha, através da qual entraram os doze sujeitos. Logo em seguida, a fenda se fechou.

Pouco tempo depois, a fenda voltou a se abrir e os doze homens saíram, carregando pesados sacos nas costas. Tão logo se viram ao ar livre, voltaram-se para a elevação e ordenaram:

— Fecha-te já, montanha Símeli!

A fenda imediatamente se fechou, não deixando qualquer indício de sua existência, e pouco depois os doze homens tinham ido embora e desaparecido.

Não mais os avistando, o pobre homem desceu da árvore, ávido por saber o que haveria no interior daquela montanha. Assim, imitando o que os homens fizeram, postou-se diante do paredão rochoso e ordenou:

— Abre-te já, montanha Símeli!

Imediatamente surgiu a fenda na encosta da montanha. Ele ali entrou, descobrindo que, do lado de dentro, havia grandes pilhas de barras de prata e pepitas de ouro, além de enormes montões de pérolas e de pedras preciosas reluzentes, como se fossem montes de trigo e centeio armazenados num silo.

Ele ficou estático diante daquelas riquezas, sem saber se deveria ou não apanhar para si alguma parte daquele tesouro, até que por fim decidiu-se e encheu os bolsos de pepitas de ouro, deixando intactas as pilhas de pérolas e pedras preciosas.

Ao sair pela fenda aberta da montanha, lembrou-se de ordenar "Fecha-te já, montanha Símeli!", e logo depois já estava guiando a carroça em direção a sua casa.

A partir de então sua vida mudou: em sua mesa não mais faltou pão nem vinho, e a mulher e os filhos passaram a ter tudo aquilo que desejassem. A felicidade reinou naquele lar durante muito tempo, pois ali nada faltava, e ainda sobrava para distribuir para os pobres e necessitados.

Antes de visitar a montanha pela segunda vez, ele pediu emprestado ao irmão um carrinho de mão para transportar o ouro e a prata que ali pudesse recolher, e mais uma vez não tocou nas pérolas e pedras preciosas.

Da terceira vez, quando de novo pediu emprestado ao irmão o carrinho de mão, este começou a desconfiar daquilo, supondo que tivesse a ver com o súbito enriquecimento do irmão, sem imaginar de onde provinham suas riquezas e o que ele iria fazer com o carrinho de mão. Veio-lhe à cabeça então uma idéia astuta, e ele besuntou o fundo do carro com piche. Quando este lhe foi devolvido, viu que uma pepita de ouro ficara retida sob a camada de piche.

Dirigiu-se imediatamente à casa do irmão e perguntou:

— Onde é que vais sempre com meu carrinho de mão, e o que trazes desse lugar?

— Vou buscar trigo e cevada para revender — respondeu ele.

— E que me diz disso aqui? — perguntou o irmão, mostrando-lhe a pepita de ouro e ameaçando acusá-lo de roubo se não lhe dissesse de onde viera aquilo.

Receoso de ir para a cadeia, ele acabou contando tudo a seu irmão.

Nesse mesmo dia, o irmão atrelou um par de cavalos a um carroção e seguiu para o lugar indicado, decidido a realizar uma boa pilhagem naquelas riquezas, especialmente no tocante aos montões de pérolas e pedras preciosas, que o irmão lhe dissera ter deixado intactos.

Chegando diante da montanha, lembrou-se das instruções recebidas do irmão e ordenou: "Abre-te já, montanha Símeli!", entrando na caverna tão logo se abriu a fenda. Depois que lá entrou, a fenda se fechou sozinha.

Diante dele se ostentavam os tesouros, exatamente como o irmão havia descrito. Hesitando entre tantas riquezas, demorou algum tempo a se decidir por começar pelas pedras preciosas, resolvendo apanhar a maior quantidade que pudesse. Depois de encher as cestas que tinha levado para lá, resolveu sair, mas fez uma certa confusão quanto ao nome da montanha, ordenando:

— Abre-te já, montanha Símila!

Não sendo esse o nome correto da montanha, sua ordem não teve efeito, e a fenda não se abriu.

Aquilo deixou-o terrivelmente assustado, e ele deu tratos à bola para se lembrar do nome correto da montanha, mas sem sucesso. De que lhe iriam valer aqueles tesouros, se ele não tinha como sair daquela prisão?

Muitas horas mais tarde, quando a noite já havia caído, a fenda se abriu de repente, e os doze homens rudes entraram por ela. Ao verem lá dentro aquele intruso, um deles exclamou:

— Finalmente conseguimos prender o passarinho esperto que estava furtando nosso ouro! Nem imaginas como estávamos aguardando esta oportunidade!

Tomado de pavor, ele tentou justificar-se, dizendo:

— Não fui eu quem roubou vosso ouro! Foi meu irmão! É a primeira vez que venho aqui!

Mas eles não acreditaram em suas palavras, nem lhe deram a menor atenção, e, sem mais discussões, com um só golpe o decapitaram e ali mesmo o enterraram.

32. O LOBO E A RAPOSA

Certa vez, um lobo ficou amigo de uma raposa, e passou a ficar sempre a seu lado, mandando que ela fizesse para ele tudo o que lhe fosse ordenado, já que, por ser o mais forte, a ele competia ser o chefe da dupla. Num dia em que ambos estavam atravessando uma floresta, o lobo falou:

— Ó Raposa Ruiva, traze-me alguma coisa de comer, ou então serás tu a minha refeição.

— Bem — respondeu a raposa, — conheço uma fazenda aqui perto onde estão sendo criados dois cordeirinhos. Se te apetecerem, irei lá e te trarei um deles.

O lobo aprovou a sugestão, e assim a raposa foi até onde estavam os cordeirinhos, apanhou um e o trouxe para ele, indo depois disso providenciar sua própria refeição.

Depois de devorar o cordeiro, o lobo não se sentiu satisfeito, e assim resolveu ir pessoalmente buscar o outro. Porém, não sabendo agir com a manha e astúcia da raposa, acabou se deixando avistar pela mãe do animalzinho, que, ao vê-lo, se pôs a balir e berrar escandalosamente, chamando a atenção do fazendeiro. Este logo acudiu em seu socorro, e, ao ver o lobo, aplicou-lhe violentas bordoadas, infligindo-lhe uma tal surra, que o coitado teve de fugir ganindo e mancando, indo à procura da raposa. Ao encontrá-la, falou:

— Oh, minha amiga, acabo de sair de uma boa enrascada. Fui pegar o outro cordeiro, e quase que o fazendeiro me mata!

— Quem te mandou ser tão comilão? — replicou a raposa.

No dia seguinte, quando estavam no campo, o lobo, sempre esfomeado, repetiu a ameaça da véspera:

— Ó Raposa Ruiva, traze-me alguma coisa de comer, ou então serás tu a minha refeição.

— Posso te arranjar algumas panquecas, se te apetecerem — respondeu a raposa. — Conheço uma fazenda aqui perto, na qual a mulher do fazendeiro costuma preparar panquecas pela manhã.

Seguiram os dois juntos em direção à tal fazenda, e, lá chegando, a raposa se esgueirou pela porta dos fundos, ficou farejando durante algum tempo, descobriu onde estava a travessa com panquecas, apanhou meia dúzia e levou-as para o lobo.

— Toma isso aí, e bom apetite — disse ela ao lobo, indo em seguida providenciar sua própria refeição.

Num piscar de olhos, o lobo já tinha dado cabo das seis panquecas. Então, lambendo os beiços, pensou: "Essas tais de panquecas até que são bem gostosas! Pena que eram poucas... Vou arranjar mais algumas."

Então, voltando à fazenda, entrou pé ante pé na cozinha, encontrou a travessa de panquecas e tentou tirar algumas, mas foi tão desastrado, que acabou deixando a travessa virar, cair no chão e desfazer-se em cacos.

Ouvindo o ruído, a dona da casa veio correndo à cozinha, e, ao ver ali o lobo, pôs-se a berrar chamando os empregados. Estes logo acorreram e, pegando porretes, correias e utensílios de cozinha, aplicaram severo corretivo no ladrão, que tratou de fugir o mais rápido que pôde, uivando, ganindo e mancando de duas pernas.

— Como pudeste fazer isso comigo? — queixou-se à raposa. — O pessoal da fazenda me aplicou a maior surra!

— Quem te mandou ser tão guloso?

No dia seguinte, quando os dois se encontraram, o lobo, mesmo machucado e mancando, disse à raposa:

— Ó Raposa Ruiva, traze-me alguma coisa de comer, ou então serás tu a minha refeição.

— Conheço um sujeito que acabou de abater umas reses, e que guardou em seu celeiro um barril cheio de carne salgada. Irei lá buscar-te algumas postas.

— Irei contigo te ajudar. Se a busca não der certo, ajuda-me a escapar de lá.

— Então vem comigo, que te irei ensinar alguns truques enquanto estivermos a caminho.

E foi mostrando ao lobo como ele deveria agir para não ser descoberto.

Pouco depois, chegaram ao celeiro e entraram sem ser vistos. Lá dentro, diante de tanta carne estocada, o lobo se sentiu à vontade, dizendo:

— Não sairei daqui tão cedo! Só saio se escutar algum ruído.

Também a raposa se pôs a devorar as carnes, mas em momento algum deixou de se manter atenta e vigilante. De vez em quando, experimentava passar pelo buraco por onde ambos tinham entrado, a fim de ver se não teria engordado tanto que não conseguiria sair por ali, em caso de necessidade.

— Que diabo é isso que ficas fazendo, ó Raposa Ruiva— perguntou o lobo, — indo e vindo através desse buraco, em vez de fazer como eu, que só me preocupo em encher a pança?

— Estou vigiando, para ver se vem alguém — respondeu a raposa. — E vou te dar um conselho: não comas demais.

— Agora que comecei, não irei parar tão cedo — replicou o lobo. — Só saio daqui depois que o barril estiver vazio!

Desconfiado de que havia alguma coisa estranha no celeiro, pois tivera a impressão de ter visto um animal entrando e saindo de lá, o fazendeiro foi ver o que estaria acontecendo. Ao notar sua aproximação, a raposa tratou de escapulir pelo buraco. Vendo isso, o lobo tentou segui-la, mas, como tinha comido demais, não conseguiu passar pelo buraco, ficando ali entalado. Ao vê-lo, o fazendeiro pegou um porrete, e tanto bateu no lobo que acabou dando cabo dele.

Quanto à raposa, fugiu depressa, escondeu-se em sua toca e abriu um sorriso de satisfação; primeiro, por estar de barriga cheia; segundo, por ter-se livrado de um amigo incômodo, impertinente e guloso a mais não poder.

33. A OVELHINHA E O PEIXINHO

Era uma vez um irmãozinho e uma irmãzinha que se amavam muito. Sua mãe tinha morrido, e os dois viviam com a madrasta que não gostava deles, fazendo todo o possível para prejudicá-los, ainda que secretamente. Certo dia, os dois irmãozinhos estavam brincando à beira de um regato que passava ao lado de sua casa, juntamente com várias outras crianças, e o bando se pôs a cantar:

> *Enqué, benqué, são as palavras mágicas*
> *Que foram ditas por uma avezinha.*
> *Ela me deu um pirulito doce*
> *Que eu entreguei ao chefe da cozinha;*
> *Ele me deu um bom copo de leite*
> *Que eu misturei com mel e com farinha*
> *E fiz um bolo, que logo levei*
> *Para o terreiro e dei para a gatinha.*
> *Ela provou e então deu um pedaço*
> *de bom tamanho para uma galinha;*
> *O que sobrou eu levei para casa,*
> *E a casa agora passou a ser minha!*

Enquanto cantavam, as crianças se davam as mãos e dançavam em roda. Uma delas, parada no meio da roda, ia indicando as outras com o dedo, à medida que o canto prosseguia, e quando se cantava a palavra *minha*, a criança que tinha sido apontada naquele momento corria para fora da roda, saindo as outras todas em sua perseguição, esforçando-se por agarrá-la.

Enquanto todas as crianças se divertiam cantando, brincando e correndo, a madrasta, que também era feiticeira, ficou observando a cena através da janela. Pouco a pouco seu coração se foi enchendo de despeito e de raiva, até que ela não suportou ver tanta inocência e alegria juntas e então, fazendo uso de seus poderes, lançou um feitiço sobre seus dois enteados, transformando o menino num peixinho, e a menina numa ovelhinha.

175

Daí em diante, todos passaram a ver, nadando no regato, um peixinho tristonho, enquanto que, na margem, uma linda e solitária ovelhinha ficava a contemplar as águas, sem comer sequer um talinho da viçosa relva que ali nascia.

Passado algum tempo, a madrasta recebeu visitas em sua casa, e achou que aquela seria uma boa oportunidade de se livrar definitivamente de seus dois enteados. Assim, chamando a cozinheira, mandou que ela pegasse a ovelhinha e pescasse aquele peixe que sempre era visto no regato, e os preparasse com capricho, para serem servidos no jantar que ela pretendia oferecer. Sem saber que o peixe e a ovelha eram, na realidade, os dois enteados da feiticeira, a cozinheira disse que sim. Então, indo até a beira do regato, apanhou facilmente tanto o peixe como a ovelha e os trouxe para a cozinha. Quando ergueu a faca para matá-los, a cordeirinha se pôs a cantar:

Ah, meu irmãozinho peixe,
Estou triste e tão sentida,
Vendo a boa cozinheira
Preparando a frigideira
para tirar tua vida.

E o peixinho completou a cantiga:

Ah, irmãzinha cordeira,
Eu também sinto pesar
Por saber que ela, em seguida,
Depois de tirar-me a vida
Tua vida irá tirar!

Quando a cozinheira escutou essas palavras tão sentidas da ovelha e do peixe, ficou muito assustada, pois entendeu que eles não deviam ser animais de verdade, mas seres humanos que teriam sido encantados, provavelmente por artes de sua patroa, que ela sabia muito bem tratar-se de uma feiticeira malvada. Ela então falou para eles:

— Não precisais ter medo, porque não irei machucar-vos.

Ela então saiu dali e buscou uma outra ovelha e um outro peixe, preparando-os para servir às visitas. Feito isso, levou a ovelhinha encantada para a mulher de um camponês, dizendo-lhe que desconfiava tratar-se da enteada de sua patroa. Ora, essa mulher tinha sido ama de leite da menina, e sentia tanto carinho por ela, que a acolheu ternamente, levando-a depois até a casa de uma sábia, pedindo-lhe que a aconselhasse a como agir.

Sem hesitar, a sábia pronunciou algumas palavras mágicas dirigidas à ovelhinha e ao peixe, quebrando seu encantamento e devolvendo às crianças sua forma original. Em seguida, levou as duas crianças para uma floresta onde ela possuía uma casinha pequena, mas muito arrumadinha. E ali eles passaram a viver, sozinhos, mas contentes e sem medo, até o final de suas vidas.

176

34. PELE DE ASNO

Era uma vez um Rei e uma Rainha donos de muitas riquezas, tendo tudo o que podiam desejar, exceto uma criança. Um dia, porém, nasceu-lhes um filho, um principezinho que veio completar sua alegria.

Acontece que, algum tempo antes, a Rainha tinha banido do castelo uma feiticeira malvada, e esta, por vingança, usando de seu poder maligno, transformou e enfeou o rosto da criança, conferindo-lhe a aparência de um asno tão feio, que, quando a mãe o viu, até ficou assustada, chegando a pensar em mandar afogá-lo, achando que ele não serviria senão como comida de peixe.

Ao perguntar ao Rei se ele concordava com aquela idéia, o soberano prontamente respondeu:

— Nem pensar! Por mais feio que seja, ele é meu filho, e há de herdar minha coroa e todo este reino após a minha morte.

Assim, o menino feio foi tratado com todo o cuidado e cresceu saudável e forte. Aos poucos, todos se foram acostumando ao seu aspecto, deixando de se horrorizar diante de sua aparência, e nem mesmo reparando em suas orelhas, que eram enormes. Ele era um menino vivaz, prestativo e de boa índole, que vivia saltando e correndo por todo lado, como um esquilo. Uma de suas qualidades mais notáveis era seu pendor para a música. Assim, quando alcançou a idade de estudar, contrataram um famoso professor de música, recomendando-lhe que ensinasse o menino a tocar alaúde.

Infelizmente, um dos defeitos de conformação do jovem príncipe era o formato de seus dedos. Ao examiná-los, o professor comentou:

— Oh, Alteza, creio que não poderei ensinar-vos a dedilhar o alaúde, pois tendes os dedos muito grossos e desajeitados.

Acontece que o menino não se deixava desencorajar facilmente, e continuou a estudar e treinar com tal empenho e determinação que em pouco tempo estava tocando tão bem quanto seu mestre.

Quando se tornou rapaz, começou a se preocupar com a sua aparência pessoal, e num certo dia em que reparou melhor em sua imagem refletida no espelho, ficou muito triste e desolado, ao constatar a extensão de sua feiúra. Resolveu então sair de casa e ir pelo mundo afora, acompanhado apenas de um fiel criado.

177

Depois de viajarem durante um longo tempo, chegaram finalmente a um país governado por um monarca poderoso que só tinha uma filha, uma donzela de excepcional formosura.

— Vamos ficar aqui durante algum tempo — disse o príncipe feio.

Então, seguindo até o palácio real, postou-se diante do portão de entrada e falou em voz alta:

— Abri e deixai que entre neste palácio um visitante que acaba de chegar de um país distante.

Como os guardas não lhe deram atenção e o portão não foi aberto, ele se sentou nos degraus da escadaria, pegou seu alaúde e se pôs a tocar, exibindo uma técnica excepcional.

Ao escutar a música, um dos guardas olhou para fora, e, vendo que o executante tinha cara de asno, foi até onde estava o Rei e lhe contou que vira junto à porta um estranho animal vestido de gente, que sabia tocar alaúde melhor que qualquer outro executante.

— Pois traze-o até aqui — ordenou o Rei.

O soldado cumpriu a ordem, e tão logo viram o rapaz, todos da corte caíram na gargalhada. Um deles ordenou-lhe que fosse sentar-se entre os criados, ao que ele replicou:

— Lá não é meu lugar. Posso ser feio, mas tenho sangue nobre.

— Então vai sentar-te entre os soldados — disse outro.

— Também não é ali meu lugar. Pelo que sou, devo sentar-me ao lado do Rei.

Ouvindo isso, o Rei também caiu na risada, e disse de bom humor:

— Já que fazes tanta questão, está bem: senta-te aqui a meu lado.

Ele não se fez de rogado. Ainda com ar brincalhão, o Rei perguntou:

— E que achas de minha filha?

O príncipe feio virou-se para o lado, mirou-a atentamente, meneou a cabeça num gesto de aprovação e falou:

— Ela é a donzela mais linda que já vi em toda a minha vida.

— Já que pensas assim — prosseguiu o Rei, — podes sentar-te a seu lado, se assim o quiseres.

— Pois esse é realmente o lugar que mais me agrada — disse ele, mudando de lugar e sentando-se ao lado da Princesa.

Os dois passaram a conversar, e ele usou de palavras tão gentis, demonstrando uma tal polidez, que ela deixou de notar sua feiúra e passou a apreciar sua companhia.

Ele permaneceu no castelo durante um certo tempo, até que um, dia, estando a sós, pensou: "Afinal de contas, que estou fazendo aqui? Acho que já é hora de voltar para casa."

Porém, quando se preparava para ir até o Rei apresentar suas despedidas, a idéia de se afastar da Princesa deixou-o numa tristeza sem tamanho. Nesse meio tempo, também o Rei se tinha afeiçoado a ele, e tanto, que um dia lhe disse:

— Sabes de uma coisa, meu amigo? Estou te achando muito triste, mais azedo que vinagre! Que está acontecendo? Por que queres ir embora? Fica aqui comigo, e te darei tudo aquilo que quiseres. Que poderia ser? Dinheiro?

— Não — disse ele, sacudindo a cabeça.

— Quem sabe, jóias? Enfeites? Roupas?

— Também não.

— E se eu te der a metade do meu reino, com a condição de que permaneças aqui?

— Isso, nem pensar! — exclamou ele, de testa franzida.

— Pois dize-me então o que poderia deixar-te satisfeito. Quem sabe gostarias de te casares com minha filha?

Ao escutar isso, o feio e sisudo rosto do Príncipe sofreu uma radical modificação, mas só quanto à sisudez, e ele então falou:

— Oh, Majestade, nada me daria maior prazer, mas desde que ela também me amasse...

Todavia, parecia não haver qualquer dúvida a esse respeito, pois sua música maravilhosa, seus modos gentis e sua condição de príncipe herdeiro tinham-na feito esquecer-se inteiramente de sua feiúra. Assim, o casamento não tardou a se realizar, e com grande pompa e esplendor. Na hora da cerimonia, porém, em vez de aparecer ali, conforme todos esperavam, um noivo com cara de asno e orelhas compridas, o que se viu no altar foi um jovem príncipe simpático e de boa aparência.

É que na noite anterior uma fada boa, que fazia tempos esperava o momento certo para desfazer o feitiço que o tinha desfigurado ao nascer, apareceu no castelo e o tocou com sua varinha de condão. No mesmo instante, caiu por terra sua pele de asno e ele recobrou o aspecto normal que sempre mantivera por baixo dela, e que só aquela fada podia enxergar.

Se a Princesa já se havia apaixonado por ele devido a suas excelsas qualidades de homem e de artista, vendo-o agora com a figura de um belo rapaz, mais apaixonada ainda se tornou. Já o Rei ficou muito desconfiado com aquela mudança, sem acreditar que aquela transformação se devesse à ação de uma fada benfazeja e ao toque de uma varinha de condão. Notando isso, ele o levou aonde estava a pele de asno que até a véspera o havia recoberto, e, ao vê-la, o soberano por fim, se convenceu dos fatos.

Para evitar qualquer possibilidade de recaída, o Rei ordenou que se fizesse uma enorme fogueira, e atirou dentro dela a pele de asno, não saindo diante do fogo enquanto não a viu reduzida a cinzas.

Todo o mundo se regozijou ao tomar conhecimento daquela história, especialmente o Rei, que destinou ao genro a administração de metade de seu reino, designando-o seu sucessor, no caso de sua morte.

Pouco depois, chegou-lhe a notícia da morte de seu próprio pai, e ele desse modo se tornou rei de sua terra natal e príncipe herdeiro da terra de sua esposa, e os dois viveram por longos anos em meio à riqueza, ao poder e à felicidade.

Portanto, vê-se que mais vale ter boa índole do que ser dono de uma bela aparência.

35. A ÁGUA DA VIDA

Houve uma vez um Rei que ficou tão gravemente enfermo, que se esperava para qualquer momento a hora do desenlace fatal. Sabendo disso, seus três filhos ficaram muito tristes, refugiando-se no jardim do castelo para que ninguém os visse a chorar. Ali estavam os três, quando diante deles surgiu um velho, que se aproximou e perguntou qual era a causa de tamanha dor. Eles lhe disseram que seu pai estava às portas da morte, e que eles gostariam de ajudá-lo, mas não sabiam como fazer. O velho então falou:

— Existe um modo de curar vosso pai, mas é um tanto trabalhoso: tereis de lhe ministrar um bom gole da água da vida. Basta isso para que ele se cure. O difícil será encontrar essa água...

— Mas eu tentarei encontrá-la — disse o mais velho resolutamente.

No mesmo instante foi até o leito do pai e lhe pediu permissão para sair pelo mundo à procura daquela água miraculosa, o único remédio capaz de curá-lo.

— Não te concedo tal permissão — respondeu o Rei. — O risco é muito grande. Prefiro morrer a permitir-te correr tal risco.

Mas o Príncipe insistiu tanto naquele pedido, que o Rei, malgrado seu, por fim lhe deu a solicitada permissão.

Porém, acima do amor pelo pai, o que mais movia o rapaz a se meter naquela empresa era o seguinte pensamento: "Se eu trouxer essa água para meu pai, certamente irei tornar-me seu filho predileto, e ele acabará por designar-me como herdeiro único da coroa real".

Pouco tempo depois, ele dava início a sua jornada. Cavalgou dias e dias, até que encontrou um anão que o deteve e perguntou:

— Onde estás indo com tamanha pressa?

— Sai da frente, seu pigmeu idiota — respondeu ele de maus modos. — Não é de tua conta saber para onde estou indo.

E seguiu em frente.

Sua atitude deixou o homenzinho irado, e ele pronunciou entre dentes uma praga contra o filho do Rei, que prosseguiu sua viagem, sem se preocupar com o que acabara de acontecer.

Mais à frente, ele chegou a um desfiladeiro situado entre duas vertentes escarpadas, e se preparou para atravessá-lo. Quando estava no meio da travessia, teve a impressão de que as duas vertentes começaram a se fechar de encontro a ele, e em pouco o desfiladeiro se tornou tão estreito, que seu cavalo ficou sem poder dar mais um passo, fosse para a frente, fosse para trás. Ele, por sua vez, não conseguiu desmontar, ficando aprisionado e espremido entre os dois paredões rochosos.

Enquanto isso, o Rei, sempre acamado, esperava com ansiedade o retorno do filho, estranhando sua demora.

Passados alguns dias, seu segundo filho veio a sua presença e lhe pediu permissão para ir à procura da água miraculosa. Em seu coração, porém, guardava o seguinte pensamento: "Creio que meu irmão morreu procurando a tal água. Se eu conseguir encontrá-la serei certamente designado como herdeiro único do trono do meu pai".

Como da vez anterior, o Rei relutou em conceder a permissão, mas por fim se deixou convencer, e o segundo filho partiu do castelo, seguindo a mesma estrada trilhada por seu irmão mais velho.

Depois de cavalgar durante algum tempo, também ele se encontrou com o mesmo anão, que lhe impediu a passagem, perguntando aonde ele pretendia chegar, cavalgando com tamanha pressa. Também ele encarou desdenhosamente o anão e respondeu com maus modos:

— Que te importa, projeto de homem, saber de onde vim e para onde vou? Espera sentado a resposta, pois não vou te contar!

E seguiu em frente. Cheio de raiva e despeito, o anão murmurou contra ele uma praga, enquanto o jovem prosseguia pelo mesmo caminho seguido tempos atrás pelo irmão. Assim, pouco depois, chegou ele também ao desfiladeiro estreito, entrando por ele e notando que o caminho se ia estreitando pouco a pouco, como se as duas vertentes laterais se estivessem aproximando uma da outra, até que, por fim, lhe foi impossível prosseguir ou recuar, e mesmo apear, conforme tinha acontecido com seu irmão.

Como o segundo filho também não regressou, o mais novo entendeu ser a sua vez de tentar buscar a água da vida. Então, pediu ao pai permissão, e este, embora contra a vontade, se viu obrigado a concedê-la.

O caçula partiu e, do mesmo modo que tinha acontecido com seus dois outros irmãos, foi detido no caminho pelo anão, que lhe perguntou aonde estava indo com tanta pressa.

Diferentemente dos outros, porém, ele tratou o anão com respeito e consideração, respondendo:

— Estou à procura da água da vida, único remédio capaz de curar meu pai, que está às portas da morte.

— E sabes onde encontrá-la? — perguntou o anão.

— Nem faço idéia — respondeu o jovem.

— Neste caso — tornou o anão, — e já que me trataste com a devida consideração, e não com a grosseria que me dispensaram teus presunçosos irmãos, vou prestar-te a informação de que necessitas, indicando-te o local onde brota essa água maravilhosa. Sua nascente fica num poço situado no pátio de certo castelo encantado, dentro do qual não poderás entrar, a não ser que eu te dê uma varinha mágica e três pãezinhos de trigo incorruptíveis. Com a varinha deverás bater três vezes no portão do castelo, que imediatamente se abrirá de par em par. Lá dentro verás três leões de bocarras arreganhadas. Tenta atirar um pão dentro de cada goela, pois isso os deixará quietos durante algum tempo, e assim, com a possível rapidez, corre até a fonte, recolhe um pouco de água e retorna ao portão. Quando estiveres do lado de fora, toca nele com a varinha mágica, para que ele se feche. Se assim agires, estarás a salvo e livre de qualquer encantamento.

O Príncipe agradeceu, pegou a varinha e os pães, e retomou a viagem, agora cheio de esperança. E, de fato, tudo aconteceu conforme o anão tinha avisado. Depois de bater três vezes no portão com a varinha de condão, este se abriu, deixando ver, do lado de dentro, os leões de aparência feroz, mas que, enquanto mastigavam os pães, se acalmaram. Assim, o jovem Príncipe entrou tranqüilamente no castelo e o atravessou em toda a extensão até chegar a um esplêndido salão onde estava sentada uma Princesa encantada. Ele então tirou um anel de seu dedo e, vendo ao lado dela uma espada e outro pão incorruptível, apanhou-os também.

Em seguida, entrou num quarto onde encontrou uma linda donzela. Ela se alegrou muito ao vê-lo, e, depois de beijá-lo, disse-lhe que ele acabara de livrá-la de seu encantamento, e que, a partir de então, seu reino lhe seria devolvido, e se ele ali voltasse dentro do prazo de um ano, ela iria tornar-se sua esposa.

Ela contou-lhe em seguida onde estava a fonte de onde manava a água maravilhosa, alertando-o a não se demorar, pois aquela água devia ser apanhada antes que soassem as doze badaladas da meia-noite.

Ele prosseguiu em sua exploração, e entrou numa câmara onde havia um belo leito, coberto com magnífico dossel. Cansado como se encontrava, aquele leito representava uma verdadeira tentação, e ele não resistiu à vontade de deitar-se um pouquinho, a fim de repousar.

Ele ali permaneceu até o momento em que, pelas badaladas do relógio, entendeu que faltavam quinze para a meia-noite. Àquelas badaladas, ele se levantou apavorado e saiu para o pátio em busca da fonte. Achou-a logo e, mais que depressa, mergulhou nela um balde que encontrou, recolheu a água e saiu dali o mais depressa que pôde.

Quando chegou ao portão de ferro do castelo, soaram as doze badaladas da meia-noite, e o portão se escancarou tão repentinamente, que lhe arranhou o calcanhar, arrancando-lhe um pedaço de pele. Mas ele pouco se importou com isso, tão alegre se encontrava só de pensar que tinha conseguido apanhar a água da vida para seu pai, e a toda pressa retornou rumo a sua casa.

No caminho de volta, encontrou de novo o anão. Este, quando o viu trazendo a espada e o pão, disse-lhe:

— Conseguiste de fato uma presa valiosíssima. Com essa espada estarás capacitado a realizar grandes feitos.

Mas o Príncipe achou que não devia se apresentar diante do pai sem levar consigo seus irmãos. Assim, disse ao anão:

— Senhor anão, peço-te que me informes onde se encontram meus irmãos. Eles saíram de casa antes de mim com a mesma finalidade que me trouxe até aqui, mas não retornaram.

— Aqueles dois me trataram de maneira arrogante e desdenhosa, e por isso lhes roguei uma praga, deixando-os presos e espremidos entre dois rochedos, de onde não poderão sair.

Ouvindo isso, o irmão intercedeu por eles com tanta insistência, que o anão acabou cedendo a suas súplicas, prometendo livrá-los do castigo, mas completou:

— Vais te arrepender por teres libertado teus irmãos. Eles vão invejar teu sucesso e tudo farão para te prejudicar. Toma cuidado, pois ambos são muito maus.

Depois disso, ensinou-lhe como libertar os irmãos. Ele seguiu suas instruções e, quando se viu com eles, abraçou-os ternamente e lhes contou tudo o que lhe sucedera, e como foi que tinha conseguido trazer um balde cheio de água da vida. Falou também sobre a bela Princesa que ele havia desencantado e que lhe prometera ser sua esposa dentro de um ano, tornando-o, com isso, herdeiro de seu reino.

Em seguida, seguiram todos para casa. No caminho passaram por um certo reino no qual os moradores estavam sofrendo os terríveis efeitos da guerra, especialmente a fome, da qual nem mesmo o Rei pudera escapar, estando prestes a morrer de inanição.

Ao tomar conhecimento disso, o jovem foi ao castelo real e deu ao Rei o pão que trouxera consigo, o qual, além de incorruptível, tinha a propriedade de se multiplicar. Com esse pão, tanto o soberano como toda a população poderiam se sustentar até que conseguissem plantar e colher seus próprios alimentos. O jovem também lhe emprestou a espada, com a qual ele foi até o campo de batalha, colocou-se à frente das tropas e comandou o contra-ataque, destroçando seus inimigos e restaurando a paz e a ordem em seu reino.

Depois de retomar seu pão multiplicador e sua espada invencível, ele juntou-se de novo aos irmãos e continuou a viagem de volta ao lar. No caminho, chegou-lhes a notícia de dois outros países que também estavam sofrendo as agruras da guerra, e ele resolveu a também visitar cada um deles, procedendo de maneira idêntica com seu povo e seu soberano, cedendo-lhes seu pão e sua espada dotados de poderes mágicos.

Ao retomarem seu caminho, como tinham dado uma volta muito grande para alcançar esses outros países, tiveram de embarcar num navio e atravessar o mar.

Num dia em que o irmão mais novo dormia no camarote, os dois outros se reuniram secretamente para decidir o que deviam fazer, e o mais velho falou:

— Agora que nosso irmão conseguiu trazer a água da vida que não conseguimos encontrar, nosso pai certamente irá designá-lo como herdeiro do trono, da direção do país e de todos os seus tesouros, tirando de nós aquilo que, por direito, deveria pertencer-nos.

Com o coração cheio de ciúme e inveja, planejaram prejudicar o irmão de vários modos, inclusive destruindo suas esperanças. Assim, num dia em que ele estava dormindo no convés do navio, um deles apanhou o balde no qual ele guardava a água da vida e despejou parte de seu conteúdo num pequeno frasco. Depois, encheram a vasilha do irmão com água do mar e devolveram-na ao lugar de onde a tinham tirado, sem nada lhe dizer.

Assim, quando chegaram a sua casa, o jovem logo procurou o pai e lhe serviu um gole daquela água salgada, imaginando que ela iria curá-lo. Bastou que o pai tomasse um pequeno gole, para que sua doença parecesse agravar-se. Enquanto o velho se queixava do efeito da tal água, os dois irmãos lhe disseram que o mais novo tinha envenenado a água, pois estava ansioso para herdar o trono, mas que, prevendo isso, eles tinham guardado uma porção da água pura num pequeno frasco, e que agora iriam dá-la ao pai. O velho sorveu um gole, ainda desconfiado, e de repente sua doença desapareceu, e ele recuperou a mesma força que tinha antes de cair de cama. Depois disso, os dois mais velhos procuraram o irmão mais novo e lhe disseram em tom de zombaria:

— Sem dúvida, tiveste todo o trabalho de descobrir e recolher a água da vida, mas quem vai receber a recompensa seremos nós. Foste muito inteligente, mas cometeste o erro de não manter teus olhos abertos. Resultado: tiramos a água que estava no balde e a trocamos por água do mar enquanto dormias. Agora, passado um ano, um de nós voltará até lá de onde vieste, a fim de reclamar seu direito a se casar com a linda princesa. Quanto a ti, o melhor que tens a fazer é ficares de bico calado. Nosso pai não acredita mais em ti, e se disseres uma palavra contra nós, corres o risco de perder a vida. Portanto, se queres continuar vivo, fica em silêncio.

Tudo aquilo deixara o Rei muito zangado com seu filho caçula, na firme crença de que ele tentara envenená-lo ao lhe dar água salgada para beber. Com essa certeza na mente, mandou convocar seus conselheiros e lhes recomendou que deveriam sentenciá-lo à morte, mas em segredo. Para tanto, quando ele saísse para caçar, sem suspeitar de coisa alguma, o caçador real deveria acompanhá-lo e aproveitar a ocasião para disparar contra ele, matando-o.

No dia marcado para a caçada, o Príncipe e o caçador saíram do castelo e cavalgaram juntos em direção à floresta. Notando que seu companheiro de caçada parecia um tanto nervoso e constrangido, o Príncipe perguntou:

— Por que pareces tão pouco à vontade? Que aconteceu?

— De fato, aconteceu-me uma coisa, mas não te posso dizer o que foi.

— Ora, e por que não? Não confias em mim? Se estás em alguma enrascada, conta-me do que se trata, que tudo farei para te ajudar.

— É, acho melhor contar-te: o Rei me ordenou que, durante a caçada, atirasse em ti para te matar.

O Príncipe pareceu não se surpreender ante aquela revelação, porque lhe respondeu:

— Vejo que não pretendes cumprir a ordem real; por isso, vamos fazer o seguinte: entrega-me tuas roupas de caçador e fica com meus trajes de príncipe.

A proposta agradou ao caçador, já que o liberava de cumprir a nefanda tarefa de que fora incumbido. Assim, ali mesmo trocaram de roupas. Em seguida, o caçador voltou para sua casa, deixando o Príncipe na floresta.

Depois de algum tempo, chegaram ao castelo do Rei três carroças carregadas de ricos presentes: muitas barras de ouro e finíssimas pedras preciosas. Os presentes eram destinados ao filho mais jovem do Rei, e tinham sido enviados pelos três reis aos quais ele tinha ajudado algum tempo atrás, quando encontrou seus países saqueados e sua população às portas da morte. Junto com os presentes, os três lhe mandaram mensagens expressando sua profunda gratidão pela ajuda que o jovem e generoso príncipe lhes tinha prestado. Ao relatarem ao Rei a atuação de seu filho caçula, encarecendo sua bravura, seu valor e sua generosidade, os mensageiros deixaram o Rei muito desconcertado e triste. Quem sabe ele não teria averiguado bem o que acontecera quando de seu regresso, e acabara cometendo contra ele uma enorme injustiça? Lamentando-se com seus conselheiros, ele confessou:

— Quisera que ele estivesse vivo para me explicar sua versão dos acontecimentos. Por que tive a infeliz idéia de mandar matá-lo?

O caçador, que fazia parte do seu grupo de confidentes, disse-lhe então:

— Pois ficai sabendo que ele vive, Majestade. Apesar de vossas ordens, não tive coragem de matá-lo, e deixei-o ir-se embora vivo.

E então contou ao Rei como foi que tudo acontecera no dia em que eles tinham ido caçar. Ao ouvir essa revelação, o Rei sentiu como se lhe tivessem tirado um peso do coração, e logo em seguida ordenou que se lesse em todas as cidades do reino uma proclamação avisando que seu filho tinha recebido o perdão real, devendo comparecer diante de seu pai, o Rei, o mais rápido que pudesse.

Nesse meio tempo, a bela Princesa começou a preparar-se para o retorno do Príncipe, ordenando que, diante do castelo, fosse construído um caminho revestido de pedras douradas e brilhantes, avisando ao povo que o cavaleiro que viesse a sua procura seguindo por aquele caminho seria o Príncipe que ela estava esperando, devendo ser saudado com efusão pelos seus súditos. Por outro lado, se o cavaleiro recém-chegado evitasse seguir por aquele caminho, não era ele o esperado príncipe.

Quando estava prestes a se concluir o prazo de um ano estabelecido por ela, o irmão mais velho decidiu procurá-la, reivindicando o direito de desposá-la e de se tornar o herdeiro de seu reino, alegando ter sido ele quem a tinha libertado de seu encantamento. Nessa intenção, seguiu até o reino da Princesa, mas, ao se aproximar do castelo e ver aquela estrada revestida de ouro, pensou consigo mesmo: "Seria um despropósito seguir a cavalo sobre um piso tão bonito!". Assim, tomou um outro caminho e se apresentou diante do castelo.

Ao ser recebido pelos soldados, porém, estes lhe proibiram a entrada, dizendo que a Princesa não o reconhecia como sendo seu libertador. Assim, o melhor que tinha a fazer era regressar para seu próprio país.

Passados alguns dias, o segundo irmão resolveu tentar a sorte. Quando chegou diante do caminho dourado e seu cavalo já se preparava para seguir em frente, ele puxou as rédeas para o lado, a fim de não deixar que as ferraduras estragassem aquele piso tão novinho, e que até então não fora pisado pelas patas de animal algum.

185

Assim, ao chegar por um outro caminho e se apresentar diante do castelo como pretendente à mão da Princesa, os guardas não lhe permitiram entrar, dizendo não ser ele a pessoa esperada, e mandando-o regressar para seu país.

Quando se completou um ano exato, ou seja, o prazo estabelecido pela Princesa, estando o Príncipe em seu refúgio na floresta, planejou sair dali e procurar aquela a quem havia libertado do encantamento um ano atrás, decidido a encetar naquele outro reino uma vida nova.

Após viajar pelo caminho que havia trilhado um ano atrás, chegou diante do castelo tão distraído, com a mente voltada para seus planos e projetos de vida ao lado da bela noiva que deveria ali estar a sua espera, que nem notou que seu cavalo havia seguido pela estrada dourada, apresentando-se diante da porta do castelo sem sequer se anunciar. A sua chegada, o portão se abriu e ele ali entrou, sendo saudado efusivamente pelos cortesãos. A própria Princesa veio recebê-lo, demonstrando alegria por reencontrar seu libertador e futuro regente de seu reino. O casamento não demorou a ser realizado, com grande pompa e esplendor, seguindo-se vários dias de animados festejos.

Mais tarde, em conversa com sua esposa, contou-lhe que seu pai fora salvo por ele, mas não ficara sabendo disso, pois fora levado a crer que ele o tinha envenenado, e que por isso o condenara à morte. Ele só conseguira escapar por ser amigo da pessoa encarregada de matá-lo.

A Princesa nada disse, mas, num dia em que ele saiu para caçar, ela encilhou um cavalo e cavalgou até a capital do reino vizinho. Encontrando o velho Rei, relatou-lhe tudo o que acontecera, contando que o filho mais novo tinha libertado não somente ela, como também os dois irmãos, que até então tinham estado presos num desfiladeiro. Já estes, em lugar de demonstrar agradecimento, tinham furtado dele a água da vida, enchendo seu balde com água do mar, e ameaçando matá-lo se ele revelasse a verdade ao pai.

O Rei, que havia tempos já estava desconfiado da história que os filhos mais velhos lhe haviam contado, mandou chamá-los para aplicar-lhes uma severa punição, mas eles, ao saberem da chegada da Princesa, receando o que lhes poderia suceder depois que ela contasse a verdade ao velho Rei, trataram de fugir dali, embarcando num navio que seguia para um país bem distante, a fim de escapar do merecido castigo. Mas este não demorou a chegar, pois, durante uma tempestade, a embarcação foi a pique, e daqueles dois príncipes traiçoeiros ninguém mais ouviu falar.

36. O ALFAIATE E O URSO

Vivia num certo reino uma Princesa tão arrogante, que, ao se apresentar diante dela algum pretendente a sua mão, ela impunha como condição que o sujeito aceitasse enfrentar o desafio de resolver um enigma proposto por ela, sendo sumariamente despachado de sua presença, e ainda por cima sob uma sonora vaia, caso não conseguisse solucioná-lo. Era de conhecimento geral que ela só admitiria casar-se com aquele que conseguisse solucionar cabalmente um desses enigmas.

Um dia, chegaram à capital do reino três alfaiates. O passatempo preferido dos dois mais velhos, hábeis profissionais de agulha e linha, era justamente o de resolver charadas. Assim, ao tomarem conhecimento do desafio da Princesa, acreditaram possuir plenas condições de passarem no teste, fosse ele qual fosse, já que se consideravam especialistas no assunto de solucionar enigmas, além de se considerarem muito espertos e inteligentes.

Já o terceiro nem se podia considerar ainda um alfaiate, pois não tinha saído da categoria de aprendiz. Como os outros dois, também ele apreciava a arte de resolver charadas, embora apenas como mero divertimento, sem pretender passar por perito no assunto.

Mesmo assim, também esse terceiro alfaiate resolveu seguir com seus dois companheiros até o palácio real, a fim de se apresentar diante da Princesa, pois, quem sabe, poderia ter a sorte de deparar com algum enigma de fácil solução...

Ao saberem de sua pretensão, os outros dois acharam graça e disseram:

— Melhor farias ficando quieto em casa, sem exibir por aí essa cabeça de minhoca que tens, incapaz de solucionar qualquer questão um pouquinho mais intrincada.

O alfaiatezinho, porém, não estava disposto a desistir de seu intento, dizendo que tinha consultado seu coração, e ele lhe teria dito que a oportunidade de se sair bem era tão boa para ele quanto o seria para qualquer outra pessoa.

Desse modo, os três alfaiates se apresentaram como candidatos a resolver qualquer enigma que a Princesa lhes propusesse, acrescentando que, dessa vez, ao menos por parte de dois deles, ela iria encontrar alguém de fato inteligente e capaz de desenrolar qualquer novelo...

A Princesa recebeu-os logo no dia seguinte, fazendo-lhes a seguinte pergunta:

— Tenho, entre meus cabelos, dois tipos diferentes de fios. De que cor eles são?

O primeiro alfaiate pensou um pouco e respondeu:

— Embora sejas jovem, talvez teus cabelos estejam encanecendo. Assim, arrisco-me a dizer que os fios de cabelo de Vossa Alteza são, uns, brancos; outros, pretos. Ou seja, eles lembrariam a cor daqueles tecidos que as pessoas chamam de "sal e pimenta-do-reino".

— Resposta errada — disse a Princesa, — pois meus cabelos estão longe de começar a embranquecer. Vamos ver o que responde o segundo alfaiate.

— Pois eu digo que os fios de cabelo de Vossa Alteza não são nem pretos, nem brancos, mas castanhos e ruivos, lembrando a cor do casaco que meu pai usa quando vai às festas da aldeia.

— Também respondeste errado — disse ela, — pois meus cabelos não são castanhos, e muito menos ruivos. Vejamos então que resposta dará o terceiro alfaiate.

Então o menor dos três deu um passo resoluto à frente e disse:

— Vossa Alteza traz, escondidos entre os cabelos, um fio de prata e um fio de ouro, os quais, evidentemente, são de cores diferentes.

Ouvindo essa resposta, a Princesa empalideceu e quase caiu desmaiada no chão. Como podia aquele alfaiatezinho ter matado a charada que ela imaginara não haver homem algum no mundo que soubesse como respondê-la?

Quando por fim se recobrou, ela disse:

— Conseguiste solucionar o enigma, mas não me considero derrotada. Para que me case contigo, terás de fazer algo mais. Nos porões do palácio vive um urso. Deverás passar a noite com ele. Se, ao amanhecer, ainda estiveres vivo, então, sim, aceitar-te-ei como meu esposo.

Depois acrescentou que nenhum atrevido que se arriscara a entrar na jaula desse urso tinha saído de lá com vida, imaginando que isso faria o alfaiatezinho desistir de vez de sua pretensão. Pois enganou-se redondamente: ele não revelou sentir qualquer espécie de medo; ao contrário, pareceu ficar contente com o desafio, respondendo impavidamente:

— Quem entra na luta sem medo, já alcançou meia vitória.

À noite, levaram-no até os porões, mostrando-lhe as grades da jaula dentro da qual estava o urso. Este, ao ver o alfaiate, preparou-se para recebê-lo com uma patada de boas-vindas.

— Fica calminho, meu amigo — murmurou o alfaiate. — Espera, que já te vou deixar bem mansinho...

E, para espanto do animal, entrou na jaula sem medo e se sentou no chão, procurando uma posição confortável, aparentando despreocupação. Em seguida, tirando do bolso algumas nozes, quebrou-lhes a casca e mastigou a parte comestível, na maior tranqüilidade, diante do olhar curioso do urso.

Ao ver o intruso saborear as nozes, o urso também quis provar daquela iguaria, pedindo ao alfaiate que lhe desse uma para experimentar. O alfaiate enfiou a mão no bolso e tirou de lá um seixo que parecia uma noz. O urso pegou-o e tentou esmagá-lo com o focinho. Vendo que não conseguia quebrar aquela casca tão dura com golpes de focinho enfiou o seixo na boca e tentou parti-lo com os dentes, igualmente em vão.

O urso tentou esmagá-lo com os dentes, igualmente em vão.

"Eu devo ser um completo idiota, pois nem mesmo sei como quebrar uma noz", pensou o urso, envergonhado, entregando ao alfaiate o seixo que parecia noz e pedindo-lhe que o quebrasse, pois não estava conseguindo fazê-lo.

— Como? Então um urso grande que parece ser tão forte, dono de um focinho desse tamanho, não consegue quebrar uma simples noz? Quem diria...

Aí, pegando o seixo que o urso lhe entregou e substituindo-o espertamente por uma noz de verdade, colocou-a entre os molares, mordeu-a e a fez em pedaços.

"É só uma questão de morder com força", pensou o urso, estendendo a pata para receber outra noz e dizendo:

— Deixa-me tentar de novo.

Enfiando a mão no bolso, o alfaiate tirou de lá dois ou três seixos e os entregou ao animal, que imediatamente os enfiou na boca, mordendo-os com vontade, mas novamente sem qualquer sucesso. Com um sorriso gentil, o alfaiate se ofereceu para quebrar as nozes entre os dentes, e o fez, como antes, substituindo os seixos por nozes de verdade, sem que ele o visse.

189

Depois de repetir a brincadeira mais uma vez, o alfaiate tirou do casaco um pequeno violino e se pôs a tocá-lo. Como os ursos são apreciadores de música, e aquele não era uma exceção, ele logo se levantou e se pôs a dançar animadamente. Ao fim de algum tempo, disse ao alfaiate:

Ouvindo o alfaiate tocar o violino, o urso se levantou e se pôs a dançar animadamente.

— É difícil aprender a tocar esse instrumento?
— Oh, não — respondeu o alfaiate, — é muito fácil. Vê como faço: com a mão esquerda eu aperto as cordas, e com a direita esfrego o arco, produzindo desse modo a nota musical que quiser.
— Eu queria aprender a tocar — tornou o urso, — pois assim poderia dançar toda vez que me desse na telha. Que achas da idéia? Poderias ensinar-me a tocar?
— Com prazer — respondeu o alfaiate, — mas desde que demonstres possuir talento para a coisa. Mostra-me tuas mãos. Hmmm... que unhas grandes! Assim não dá para tocar. Vamos ter que cortá-las.
Então, vendo ali perto um torno, mandou que o urso enfiasse a pata nele. Em seguida, torcendo o torno com vontade, prendeu fortemente as patas do urso. Sem se importar com seus rosnados, disse-lhe:

—Agüenta firme aí, até que chegue a tesoura.

Vendo que o animal não conseguiria escapar dali, deitou-se sobre um monte de palha e num instante adormeceu.

Durante a madrugada, a Princesa escutou os rosnados do urso, imaginando que fosse aquela sua maneira de expressar satisfação por estar de barriga cheia. Assim, quando amanheceu, ela se levantou satisfeita por ter-se livrado daquele pretendente desprovido de encantos. Apenas para certificar-se do que ocorrera durante a noite, desceu ao porão e espiou dentro da jaula do urso por uma fresta na parede. Para seu espanto, quem avistou ali? O alfaiatezinho, inteiro e saudável como um peixe dentro da água!

E agora, que fazer? Todos tinham escutado suas palavras da véspera quanto a aceitar casar-se com o alfaiate, caso ele sobrevivesse a uma noite em companhia do urso. E o próprio Rei seu pai mandou preparar a carruagem para levá-la à igreja a fim de se casar com ele!... Na realidade, ao constatar a esperteza e o destemor daquele moço, ela até que já estava começando a apreciar a idéia de tê-lo como esposo.

Assim, entraram ele e ela na carruagem aberta do Rei e seguiram para a igreja.

Nesse meio tempo, seus dois companheiros, com inveja do que consideravam não passar de um golpe de sorte, decidiram estragar a festa. Para tanto, foram até o porão, livraram o urso do torno, deixando-o escapar da jaula, e lhe mostraram ao longe a carruagem na qual o casal seguia para igreja. Ao ver o alfaiate, o urso, espumando de ódio, seguiu em disparada atrás da carruagem. A Princesa logo escutou seus roncos e rosnados, e, aterrorizada, gritou:

—Ai de nós! O urso está vindo aí atrás! Se ele nos alcançar, estaremos perdidos!

Seu grito não fez com que o alfaiate perdesse a calma e o autocontrole. Assim, esticando o pescoço, pôs o rosto fora da carruagem e, voltando-se para trás, gritou:

— Ei, urso! Cuidado! O torno está vindo atrás de ti, e, se te alcançar, vai te espremer de tal modo, que nunca mais conseguirás sair dele! Trata de voltar para tua jaula, se não quiseres que isso aconteça!

Lembrando-se da dor que havia sentido até pouco antes, o urso ficou com medo e, dando meia-volta, regressou ao porão, voltando a ocupar sua jaula, aliviado por ter escapado da perda da liberdade e de um atroz sofrimento.

Enquanto isso, o casal chegava à igreja, onde se realizou o casamento. Depois disso, os dois voltaram ao castelo, onde passaram a viver daí em diante tranqüilos e felizes como duas cotovias.

* * *

É melhor que acreditem nesta história, porque, se duvidarem dela, terão de me pagar uma pesada multa!

37. A PARDALOCA E SEUS FILHOTES

Uma pardaloca levou seus quatro filhotes para o ninho de uma andorinha. Quando eles já estavam emplumados, o ninho foi varrido por um pé-de-vento que o destruiu inteiramente. Por sorte, eles já tinham aprendido a voar e a cuidar de si próprios. A mãe e o pai se entristeceram ao ver os filhos soltos pelo mundo ainda tão novinhos, antes que eles os tivessem prevenido contra os perigos aos quais estariam expostos, ensinando-lhes como escapar deles.

No outono, um grande número de pardais se reuniu num campo arado, e, entre eles, o casal de pardais encontrou seus quatro filhos, agora já adultos. Cheios de alegria, levaram-nos para casa, na velha árvore onde outrora eles tinham sido criados.

— Ah, meus queridinhos — disse a pardaloca-mãe, — vocês nem imaginam a preocupação que tive com vocês durante o verão, depois que vocês quatro foram carregados pelo pé-de-vento, antes que eu e seu pai lhes tivéssemos ministrado as principais lições de vida. Agora, escutem nossos conselhos, derivados de nossa experiência, e aprendam como deverão fazer para escapar dos enormes perigos que ameaçam o dia-a-dia dos passarinhos jovens.

Perguntou-lhes então como se tinham arranjado durante o verão, e se haviam encontrado alimento com fartura.

— Oh, sim — disse o mais velho. — Eu, por exemplo, fiquei num parque onde havia abundância de vermes e lagartinhas, e a coisa ainda melhorou depois que as cerejas amadureceram!

— Ah, filho — disse o pardal-pai, — não é errado gozar dos favores da sorte, mas a permanência nos parques e jardins quando as pessoas estão passeando por eles é muito perigosa e requer cuidados extremos. Às vezes a gente encontra um galhinho comprido e verde, imaginando que se trate de um poleiro bom de se pousar, mas, se prestar atenção, verá que ele é oco por dentro, e que, na parte de baixo, costuma ter um buraquinho...

— Sim, papai — disse o segundo filho, — esses galhinhos são armadilhas terríveis, pois suas folhinhas verdes estão todas besuntadas com visgo!

— E quando foi que vocês ficaram conhecendo esse tipo de armadilha? — perguntou o pai.

— No jardim de um comerciante — respondeu o terceiro filho.

— Ah, filho! — exclamou o pai. — Comerciantes são pessoas perigosas! Se você tivesse maior experiência de vida, saberia mais acerca de suas dissimuladas e ardilosas maneiras de agir. Por isso, ouça meu conselho: não se arrisque muito, nem aja com muita confiança.

Em seguida, inquiriu o segundo filho:

— E você, onde viveu durante todo este tempo?

— Vivi na Corte — respondeu ele. — Nós, os passarinhos, não conhecemos outro lugar onde haja tanto ouro, veludo, seda, e mais: arreios, falcões de caça e todo tipo de coisas ricas e belas até mesmo nos estábulos. Nos silos da Corte se armazena aveia e se debulha o trigo, de maneira que ali é sempre certo encontrar grãos, quer para o desjejum, quer para as demais refeições do dia, e com fartura! Sim, meu pai: o senhor precisa ver quando os empregados estão pesando o trigo ou dando ração para os cavalos: nesses dias é uma verdadeira festa para nós!

— E quem é que lhes proporciona esses banquetes?

— Os criados que trabalham nos estábulos da Corte real.

— Oh, filho, muito cuidado! Esses sujeitos costumam ser brutos e maus. Todavia, tenho de reconhecer que, se você esteve na Corte, se conviveu com os cortesãos, e se saiu de lá ileso, sem perder sequer uma peninha, deve saber cuidar muito bem de si próprio. E vejo que também aprendeu muita coisa sobre os maldades do mundo, sabendo se defender delas habilmente. Mesmo assim, tome cuidado, porque, para os lobos vorazes, tanto faz devorar as presas tolas como as mais sensatas...

Em seguida, o pai perguntou ao terceiro filho:

— E você, meu filho, onde tentou a sorte?

— Nas ruas e estradas, onde passam carros levando grandes sacas de cereais amarradas com cordas, deixando vazar alguns grãos que acabam sobrando para nós.

— Entendo o que diz, mas fique de olho aberto para os lados, pois sempre pode aparecer de repente uma pedra, atirada não se sabe de onde ou por quem, e aí... adeus...

— Estou sempre atento quanto a isso — respondeu o terceiro filho, — especialmente quando passo perto de um muro, ou quando vejo alguém enfiar a mão no bolso ou no peito.

— E quando foi que você aprendeu tais cuidados?

— Quando observei os alpinistas, meu pai, que costumam esconder pedras em suas roupas.

— Alpinistas, hein? Gente ativa e notável! Então esteve entre eles? Isso quer dizer que você de fato viu e aprendeu muita coisa!

Finalmente, chamou o mais novo dos filhos e lhe disse:

— Oh, meu filhinho, você que é o mais ingênuo e fraquinho dos quatro, o melhor que faz será ficar conosco agora. O mundo está cheio de aves cruéis e impiedosas, dotadas de bicos aduncos e garras afiadas, sempre à espera dos passarinhos para se arremessarem sobre eles. Fique aqui entre seus pais, apanhando aranhas e lagartas nas árvores e nas casas, e assim não correrá perigo algum.

— Oh, meu pai — respondeu o pardalzinho mais novo — o senhor tem passado toda a sua vida em segurança, vivendo onde jamais seria ferido pelas pessoas, ou agarrado por falcões, gaviões ou outras aves de rapina, e sabe por quê? Porque o bom Deus sempre lhe proporciona o alimento matinal e vespertino, pois foi Ele quem criou e quem preserva todas as aves da floresta e da cidade. É Ele que escuta e atende o crocitar dos corvos. Sem a Sua permissão nem mesmo um mísero pardal pode cair no chão.

— Oh, filho, onde foi que você aprendeu tudo isso?

— Vou contar-lhe. Aquele pé-de-vento que me arrancou do ninho acabou por atirar-me numa igreja, onde permaneci durante todo o verão, alimentando-me de aranhas e moscas. Mais de uma vez ouvi essas palavras ditas no sermão, e assim fiquei sabendo que foi o Pai de todos os pardais quem me proporcionava o alimento e me preservava de ser atacado pelas aves de rapina.

— Pois na verdade, meu filho, já que você morou numa igreja e ajudou a limpá-la de suas moscas e aranhas, já que pipilou e chilreou para homenagear a Deus, do mesmo modo que fazem os corvos quando crocitam em Sua honra, e já que aprendeu a confiar Nele como seu protetor e criador, então você poderá viver sempre tranqüilo e seguro neste mundo, sem se preocupar com os corvos, falcões, gaviões e outras criaturas malvadas que acaso possam existir.

38. O ESQUIFE DE VIDRO

Ninguém poderia afirmar que um pobre alfaiate não tem condições de alcançar as culminâncias da glória, uma vez que, para tanto, não é necessário senão que ele, como se costuma dizer, "acerte na cabeça do prego", para que, logo em seguida seja bafejado pela sorte.

Um aprendiz de alfaiate, que era um sujeito amável e cortês, estava viajando, e, sem notar, penetrou numa extensa floresta. Como não conhecia aquele lugar, acabou se perdendo.

A noite caiu, e ele, sem saber para onde ir, decidiu procurar algum abrigo naquele lugar despovoado e assustador. Inicialmente, tentou repousar sobre um leito de musgo macio, mas o medo das feras não o deixava descansar, e ele então preferiu subir numa árvore, ajeitando-se da melhor maneira que pôde entre seus galhos. Entretanto, um vento muito forte sacudiu os ramos violentamente, impedindo-o de dormir, e ele até se sentiu agradecido por ter trazido consigo seu ferro de passar roupa, cujo peso o ajudava a se conservar firme ali nas galhas. De fato, se não fosse por isso, talvez a ventania o tivesse arrancado dali e arremessado para o chão.

Depois de ficar por cerca de uma hora na árvore envolto pela escuridão e tremendo de pavor, de repente ele avistou uma luzinha que brilhava fracamente à distância. A idéia de estar perto da morada de algum ser humano lhe imprimiu coragem, levando-o a imaginar que sem dúvida iria encontrar ali um alojamento melhor do que entre os galhos de uma árvore. Com essa esperança, desceu dali com cautela e se dirigiu para o lado daquela luz.

Caminhou até uma pequena cabana coberta de juncos e bambus. Tomando coragem, bateu. A porta se abriu sozinha e ele pôde ver, no interior da casa, um velho grisalho, envergando uma roupa de cores diversas, que antes parecia uma colcha de retalhos, e que, voltando-se para ele, perguntou, com voz mal-humorada:

— Quem és tu, e que queres?

— Sou um pobre alfaiate — respondeu ele — que foi surpreendido nestes ermos pela noite. Peço-vos encarecidamente que me forneçais abrigo até o amanhecer.

— Pois trata de ir embora — retrucou o velho rispidamente. — Não tenho coisa alguma a oferecer a vagabundos que andam por aí sem rumo ou destino. Vai procurar outro lugar.

195

Dizendo isso, levantou-se para fechar a porta, mas o moço segurou-o pelo casaco e, usando de palavras tocantes, implorou para que ele não o expulsasse dali. Com isso, o velho, cujo coração não era tão empedernido quanto parecia ser, apiedou-se dele, deixou-o entrar, serviu-lhe algo de comer e lhe cedeu uma cama confortável num canto da casa.

O estafado alfaiate nem precisou de cantiga de ninar: caiu na cama e dormiu pesadamente até de manhã, e ainda não achava que era hora de se levantar, quando se ouviu um estridor vindo do lado de fora da casa, fazendo-o acordar sobressaltado. Pelo ruído que se ouvia, tinha-se a impressão de se tratar de um feroz combate entre dois possantes animais empenhados numa luta de morte, podendo-se distinguir o barulho do entrechocar de corpos e de chifres, entremeado de roncos e bufidos, num verdadeiro escarcéu que atravessava as paredes delgadas da casinha, na qual ele viu que se encontrava sozinho.

Sentindo o peito invadido por uma súbita coragem, o alfaiate se levantou rapidamente, vestiu-se e foi ver o que estaria acontecendo. Do lado de fora, não longe dali, um feroz touro negro e um enorme gamo se enfrentavam furiosamente, num combate extremamente feroz. A terra até parecia tremer devido às batidas de suas patas contra o chão.

Durante muito tempo, pareceu incerto o resultado da batalha, mas finalmente o gamo conseguiu encaixar seus chifres sob o corpo do touro, atirando-o para cima e fazendo-o cair de costas, para em seguida arremeter-se violentamente contra seu corpo, esmagando-o contra o chão e deixando-o ali morto a seus pés.

Aterrorizado ante a brutalidade daquela cena, o alfaiate nem conseguia se mover, mesmo depois de ver que o touro já tinha parado de respirar. De olhos arregalados, permaneceu ali em completa imobilidade, como se estivesse atordoado.

Nesse instante, num salto, o gamo arremeteu-se sobre ele e, antes que ele pudesse reagir, tentando esquivar-se e fugir, atirou-o em suas costas e partiu em disparada, levando-o consigo sabe-se lá para onde! Ainda perplexo com o que estava acontecendo, o pobre alfaiate se deixou transportar a toda velocidade através da floresta, e depois ao longo de campinas, montanhas e vales, nada mais fazendo senão segurar-se firmemente com ambas as mãos nos chifres do animal, entregue à própria sorte, enquanto parecia estar voando.

Por fim, o gamo acalmou-se ao chegar perto de um rochedo, depositando-o delicadamente no chão. Ainda atordoado e se sentindo mais morto que vivo, a alfaiate se pôs a imaginar como poderia fugir dali. Nesse instante, o gamo desferiu uma violenta chifrada contra o que parecia ser uma porta escavada no rochedo, fazendo com que ela se abrisse, e deixasse escapar enormes labaredas, seguidas de uma espessa fumaça, dentro da qual o animal desapareceu.

O alfaiate ficou sem saber o que fazer e que caminho tomar para sair daquele lugar ermo e medonho, regressando ao convívio dos seres humanos.

Enquanto estava assim sem saber qual decisão tomar, uma voz pareceu sair do rochedo, chamando-o e dizendo:

196

— Podes entrar sem medo, que nada de mau te irá acontecer.

A princípio, ele hesitou, mas uma força oculta parecia empurrá-lo para a frente. Por fim, resolveu obedecer à voz e, entrando pela porta do rochedo, encontrou-se num amplo e espaçoso salão, cujo teto, bem como as paredes e o chão, eram revestidos de paralelepípedos polidos reluzentes, vendo-se aqui e ali alguns desenhos e símbolos estranhos que talvez representassem letras de algum alfabeto desconhecido.

Olhou ao redor cheio de espanto e medo, e estava a ponto de recuar e fugir, quando a voz de novo se fez ouvir, dizendo-lhe:

— Fica parado sobre a pedra situada no centro deste salão, e espera que te sobrevenha a boa fortuna.

A perdida coragem pareceu retornar tão rapidamente, que ele não mais hesitou, obedecendo imediatamente àquela ordem. Bastou tocar os pés sobre a pedra, para que ela começasse a afundar lentamente. Quando ela parou de descer, o alfaiate olhou ao redor, vendo que se encontrava em outro salão espaçoso, quase tão amplo quanto o de onde acabara de chegar, porém ainda mais maravilhoso que ele.

As paredes eram repletas de nichos que continham belíssimos jarros de vidro transparente, alguns cheios de líquidos coloridos e brilhantes, outros contendo uma espécie de vapor azulado. Viu ainda sobre o chão dois esquifes de vidro que imediatamente excitaram sua curiosidade.

Atravessando o salão, aproximou-se de um deles, vendo que continha a miniatura de um belo castelo, confeccionada com extremo esmero, pois continha tudo o que costuma existir nesse tipo de edificação: móveis luxuosos, adegas com vários tonéis, estábulos com todas as suas divisões, tudo arranjado com arte e elegância, revelando o trabalho minucioso de um habilíssimo artesão, dada a precisão e minudência de seu trabalho.

A beleza daquele trabalho absorveu inteiramente sua atenção, e ele só conseguiu desviar os olhos do esquife de vidro quando de novo escutou a voz, dessa vez sugerindo-lhe examinar o outro esquife transparente, situado no lado oposto do salão. Ele então, dirigiu-se para lá, e, com assombro, viu, através do tampo de vidro, deitada como se estivesse adormecida, uma donzela de extrema beleza. Seu longo cabelo cor de linho cobria todo o seu corpo, como se fosse um véu. Não parecia estar morta, apesar de manter os olhos fechados, pois o colorido das faces e um ligeiro arfar de seu peito mostravam que ela respirava.

O coração do alfaiate batia forte ao contemplar aquela beldade adormecida, cujos olhos subitamente se abriram, fitando-o com um misto de susto e alegria.

— Justo céu! — exclamou a jovem. — Está próxima a minha libertação! Rápido, rápido! Ajuda-me a escapar desta prisão! Basta empurrar para o lado o trinco que mantém fechada a tampa deste esquife de vidro, para que eu me veja livre!

O alfaiate obedeceu sem um segundo de hesitação, e tão logo ergueu a tampa do esquife, a bela jovem saltou para fora dele, correu até um canto do salão, onde havia um manto comprido, cobrindo-se com ele. Em seguida, sentou-se sobre um banco de pedra, chamou o alfaiate, beijou-o nos lábios e exclamou:

— Oh, libertador por cuja vinda tanto ansiei, foi o bom céu que te mandou até aqui, para dar fim a minha dor. Agora terá início tua boa fortuna. Foste escolhido pelo céu para ser meu futuro marido, e não só irei dedicar-te meu mais profundo amor, como te proporcionar riqueza e bens terrenos, permitindo-te desfrutar de plena a felicidade até o fim dos teus dias. Senta-te aqui a meu lado e escuta a minha história:

"Sou a filha de um rico conde que morreu enquanto eu ainda era muito nova. Como último desejo, ele deixou-me aos cuidados de meu irmão mais velho, que foi quem me criou.

"Nós dois nos amávamos ternamente, tendo idéias e inclinações idênticas, tanto que decidimos de comum acordo nunca nos separar, mesmo se um de nós se casasse. Vivíamos sozinhos, mas felizes, em nossa casa, sem sentir falta de companhia, embora tivéssemos muitos vizinhos e amigos com os quais trocávamos amistosas visitas.

"Certa noite, entretanto, aconteceu que um forasteiro a cavalo chegou ao nosso castelo e, sob o pretexto de que não podia alcançar seu destino senão tarde da noite, pediu para pernoitar em nosso castelo.

"Acolhemos o estranho com gentileza e hospitalidade, convidando-o para jantar conosco. Durante o repasto, sua conversa foi tão agradável, e ele nos relatou tantas aventuras curiosas e interessantes, que meu irmão lhe pediu que permanecesse conosco durante alguns dias.

"O forasteiro aceitou de bom grado o convite, e ali ficamos palestrando até altas horas. Por fim, depois de lhe mostrarmos o quarto onde ele poderia pernoitar, dirigi-me a meu próprio quarto, sentindo-me cansada e alegre por poder repousar meus membros cansados num macio colchão de plumas.

"Eu tinha acabado de conciliar o sono, quando despertei com o som de uma música suave e encantadora. Prestei atenção, sem saber de onde estaria provindo aquele som. Estava a ponto de me levantar e chamar minha aia que dormia no quarto ao lado, quando, para meu espanto, senti que estava incapacitada de me mover. Era como se uma montanha estivesse sobre meu peito, e, por alguma causa desconhecida, minha capacidade de falar também tinha desaparecido, deixando-me sem condição de pronunciar qualquer palavra que fosse.

"Ao mesmo tempo, à luz mortiça de uma lâmpada votiva que ficava acesa durante toda a noite, vi que o forasteiro tinha entrado em meu quarto, depois de passar por duas portas que eu tinha certeza de ter trancado antes de me recolher. Ele se aproximou de mim e me disse que, por meio de seus conhecimentos de magia, era capaz de produzir aquela música suave, bem como de atravessar facilmente portas trancadas, e de me deixar incapacitada de me mover ou de falar. Seu único propósito, porém, era o de me oferecer sua mão e seu coração. Senti tamanha repulsa por tudo que ele fizera e dissera, que nem me dignei de lhe dar resposta.

"Ele ali ficou imóvel durante longo tempo, à espera de minha resposta, mas, vendo minha determinação de nada dizer, passou a fitar-me com um olhar maligno que me fez encolher de medo.

"Aos poucos, o ódio tomou conta de seu coração, e ele declarou que iria vingar-se e castigar-me pelo meu desdém e orgulho. Depois de dizer isso, saiu do quarto, desaparecendo através das portas trancadas.

"Passei uma noite sem descanso, e somente consegui conciliar o sono por volta do amanhecer.

"Ao me levantar, fui correndo contar ao meu irmão as estranhas coisas que tinham acontecido, mas não o encontrei em seu quarto. Consultando os criados, eles me disseram que ele havia saído ao romper do dia com o forasteiro, tudo levando a crer que tivessem ido caçar.

"Essa informação me trouxe maus presságios. Vesti-me rapidamente, ordenei que selassem meu palafrém e saí a pleno galope, acompanhada por um criado, rumo à floresta. O cavalo do criado tropeçou e caiu, torcendo a pata, obrigando-me a seguir sozinha. Depois de percorrer uma curta distância, vi o forasteiro parado perto de um belíssimo gamo branco. Tão logo me avistou, veio em minha direção, conduzindo o animal por uma corda.

"Perguntei-lhe onde tinha deixado meu irmão, mas, ao ver lágrimas escorrendo dos olhos do gamo, exclamei: 'Será que usaste de teus poderes mágicos para transformá-lo nesse animal?'

Saquei de uma pistola e disparei contra aquele monstro.

199

"Em vez de me responder, ele prorrompeu em gargalhadas de escárnio. Foi tal o ódio que senti, que não me contive: saquei de uma pistola e disparei contra aquele monstro! Mas não consegui matá-lo, pois a bala ricocheteou em seu peito e acertou meu corcel na cabeça, matando-o instantaneamente. Com isso, caí no chão e perdi os sentidos.

"Quando recobrei a consciência, descobri-me aqui nesta tumba subterrânea, encerrada num dos esquifes de vidro. O miserável me apareceu mais uma vez, confessando que de fato tinha transformado meu irmão num gamo e reduzido a uma miniatura meu castelo, e tudo o que nele havia, encerrando-o no outro esquife de vidro. Quanto aos criados que trabalhavam no castelo, todos tinham sido reduzidos a líquido ou a vapor, e confinados em garrafas de vidro. Disse ainda que, se eu aceitasse sua oferta, ainda que tardiamente, ser-lhe-ia fácil retornar tudo a sua situação anterior. Bastaria abrir os esquifes e as garrafas, para que todos nós retornássemos à nossa forma natural.

"Ainda assim, não lhe dei resposta, permanecendo em silêncio, como antes.

"Ele então se desvaneceu no ar e me deixou nesta prisão, onde desde então tenho estado dormindo.

"Entre as imagens que desfilaram diante de minha mente, não sei se dormindo ou acordada, uma me consolou: a de um jovem que um dia chegaria aqui para me libertar. Assim, quando abri os olhos e dei contigo à minha frente, soube que meu sonho estava sendo cumprido.

"Ajuda-me agora a completar a transformação, fazendo o que eu te pedir. Em primeiro lugar, abre o esquife de vidro no qual está contido o castelo. Depois, vem para cá e fica comigo sobre esta pedra. O resto deverá acontecer sem nossa interferência."

No instante em que os dois se puseram sobre a pedra, todo o chão começou a se erguer, levando tudo o que ali havia para o salão superior, de onde eles saíram pela porta, deixando o interior do rochedo, e levando consigo o esquife de vidro, já que ali fora havia espaço suficiente para que o castelo recuperasse suas dimensões normais.

Tão logo a jovem condessa abriu a tampa do esquife, seguiu-se uma cena espantosa, pois castelo, casas e cortes se expandiram e se espalharam velozmente, até reassumir seu tamanho e formato normais.

Depois disso, voltaram ambos ao interior do rochedos e se puseram a abrir as garrafas contendo os líquidos coloridos e vapores azulados, e tão logo o faziam, seus conteúdos se evolavam, e em poucos minutos já se tinham transformado em seres vivos, nos quais ela foi reconhecendo os antigos criados do castelo.

Sua alegria ficou completa quando seu irmão, que, enquanto estava sob a forma de gamo, tinha matado o feiticeiro, aproveitando-se do momento em que ele assumira a forma de um touro, saiu da floresta em sua figura humana e veio correndo abraçá-la.

Naquele mesmo dia, cumprindo sua promessa, a jovem condessa entregou sua mão em casamento àquele que, até pouco tempo atrás, não passava de um simples e modesto alfaiate, mas que, como se pôde ver, "acertou na cabeça do prego" e alcançou as culminâncias da glória.

39. OCIOSIDADE E DILIGÊNCIA

Era uma vez uma jovem muito bela, porém preguiçosa e desleixada, e que sentia pelo trabalho um verdadeiro horror. Quando lhe mandavam fiar uma certa quantidade de linho, ela morria de preguiça só de pensar em desemaranhar o novelo, preferindo arrebentar o fio e jogar no chão enormes quantidades de material, num desperdício que até dava dó.

Tão preguiçosa era essa moça, quanto trabalhadeira era sua criada. Pacientemente, ela recolhia esses fios embolados, desemaranhando-os e os reduzindo a fios finos, com os quais costurava para si própria belas roupas.

Certo dia, um rapaz da aldeia pediu a mão da moça preguiçosa em casamento, e a data da cerimônia foi marcada. Numa noite, pouco antes do casamento, o noivo e a noiva estavam caminhando num parque local, vendo os rapazes e moças que ali se divertiam brincando e dançando, quando, ao notar a presença de alguém, a noiva riu e comentou:

— Olha ali a minha empregada! Está dançando na maior alegria, usando roupas tecidas com as sobras dos meus novelos de linha!

— Explica-me melhor isso aí que disseste — pediu o noivo.

Ela então lhe contou como a mocinha recolhia os fios que ela jogava fora por estarem muito emaranhados, utilizando-os para fazer suas próprias roupas. Ouvindo isso, o noivo se pôs a refletir, chegando à conclusão de que uma jovem econômica e diligente, ainda que de origem modesta, seria uma esposa muito melhor que uma jovem preguiçosa e relaxada, ainda que bela.

Daí em diante, seu encantamento foi diminuindo, até que ele rompeu o noivado e acabou pedindo em casamento a jovem ativa e diligente, sem se importar com o fato de se tratar de uma moça de condição mais simples.

40. O FUSO, A AGULHA E A LANÇADEIRA

Uma menina órfã vivia numa pequena cabana situada na periferia de certa aldeia, com uma velha senhora que tomava conta dela, e lhe ensinou a ser diligente e piedosa. A menina aprendeu a costurar, podendo com isso ajudar no sustento da casa. Ao completar quinze anos, a velha adoeceu, e um dia chamou-a no canto da cama e lhe disse:

— Minha querida filha: sinto que se aproxima meu fim, de maneira que lhe deixo essa casinha e tudo o mais que possuo. Aqui poderás abrigar-te contra o vento e o mau tempo, e com o fuso, a agulha e a lançadeira, poderás ganhar o pão honestamente.

Então, pondo as mãos sobre a cabeça da jovem, deitou-lhe sua bênção, dizendo-lhe:

— Conserva sempre Deus em teu coração, e Ele nunca te abandonará.

Passados alguns dias, a velha senhora fechou os olhos e morreu. A pobre menina seguiu a pé atrás do caixão, derramando amargo pranto. Depois disso, passou a viver sozinha na cabana, trabalhando diligentemente em sua fiação e tecelagem, e a bênção da velha senhora parecia se refletir em tudo quanto ela fazia.

Sua roca estava sempre a girar, pois logo que ela acabava de costurar uma roupa ou confeccionar um tapete, recebia um novo pedido, e sempre que entregava uma camisa encomendada por alguém, recebia logo o pagamento, sem que freguês algum reclamasse de seu serviço. Desse modo, a jovem tinha tudo aquilo que lhe era necessário, chegando a sobrar alguma coisa para distribuir aos pobres.

Nessa época, aconteceu que o filho do Rei daquele país saiu em viagem, intencionado a procurar uma noiva. Ele tinha preferido fazer tal escolha por conta própria, em vez de se casar com alguma princesa escolhida por seus pais. Só lhe importavam as qualidades da moça, pouco se lhe dando o fato de ser ela rica ou pobre. Em seu íntimo, ele achava que a noiva ideal deveria apresentar a dupla condição de ser, ao mesmo tempo, a mais pobre e a mais rica das mulheres, o que, convenhamos, é algo bem difícil de ser encontrado, seja em quem for.

Ao chegar à aldeia em que vivia a mocinha, perguntou primeiramente pela moradora mais rica, cuja casa logo lhe indicaram, e depois indagou dos locais quem seria a moça mais pobre que ali residia.

— A mais pobrezinha — respondeu-lhe um morador — é uma mocinha que vive sozinha numa cabana fora da aldeia. Para se chegar lá, é preciso seguir por aquele caminho sinuoso que começa depois da última casa.

Depois de ouvir essa informação, o Príncipe se pôs a percorrer a aldeia. Ao passar diante da primeira mansão que lhe tinham indicado, avistou à janela uma jovem ricamente trajada, que saiu de casa ao vê-lo aproximar-se, curvando-se diante dele de maneira graciosa e gentil. O Príncipe olhou para ela sem dizer uma palavra, prosseguindo em seu passeio até chegar diante da casinha da moça pobre. Já esta não se encontrava na janela, mas sim trabalhando diligentemente em sua roca. O Príncipe deteve o cavalo, apeou e examinou o cômodo exíguo, mas limpo e arrumado, sem que ela notasse sua presença. Nesse instante um raio de sol dardejou através da janela, iluminando tudo ali dentro, de maneira que ele pôde contemplar da cabeça aos pés aquela moça inteiramente absorta em seu trabalho.

Por fim, ela veio a notar que alguém a observava do lado de fora. Então, erguendo os olhos, viu um jovem cavalheiro de aspecto nobre que a fitava através da janela. Recatadamente, abaixou os olhos e continuou a fiar, enquanto seu rosto enrubescia de vergonha.

Se os fios de linha estavam desemaranhados naquele momento, não se pode dizer, mas o fato foi que ela continuou a girar a roca, sempre de olhos baixos, até que o Príncipe, sem dizer coisa alguma, voltou a montar e se foi embora.

Só então a jovem se ergueu e abriu a janela, murmurando de si para si:

— Que calor está fazendo hoje aqui dentro!

Mas devia ser uma simples desculpa, pois ela aproveitou e olhou demoradamente para fora, acompanhando o estranho com os olhos até que a pluma branca de seu chapéu desapareceu além de uma curva do caminho. Logo em seguida, ela voltou a sentar-se na roca e retomou seu trabalho com a mesma disposição de antes.

Seu pensamento dirigiu-se então para o forasteiro. Era tão inusual a ocorrência de um cavalheiro a espiar pelos vidros da janela de sua pequena cabana, que ela não o pôde esquecer.

Por fim, idéias estranhas começaram a bailar em sua mente, e ela começou a cantarolar uma cantiga que a velha senhora lhe tinha ensinado, e que dizia assim:

Sai por aí, meu fuso encantado,
Busca pra mim o meu namorado.

Para seu espanto, o fuso saltou-lhe das mãos e saiu de casa velozmente. Ela correu até a porta e ainda pôde vê-lo a correr e dançar através do campo, arrastando atrás de si um fio dourado brilhante, até se perder de vista.

Como ela não tinha um fuso de reserva, tomou da lançadeira, sentou-se e começou a tecer. Nesse instante, o fuso chegou ao final de seu percurso, e, no momento em que o fio se estendeu até atingir o máximo de seu comprimento, ele alcançou o Príncipe.

— Que vejo? — estranhou ele. — Imagino que, se eu seguir o fio preso a este fuso, ele irá levar-me à boa fortuna.

Então, dando meia volta, dirigiu o cavalo pelo caminho de onde viera, e ao longo do qual estava estendido o fio dourado.

Enquanto isso, a donzela continuava trabalhando, e prosseguiu a cantiga, até chegar no ponto em que ela dizia:

> *Vai, lançadeira, sai por aí*
> *Meu namorado, traze até aqui.*

No mesmo instante, a lançadeira escapou-lhe da mão e correu até a porta, mas, ali chegando, em vez de transpor o limiar, pôs-se a tecer o mais lindo tapete que jamais se viu. No centro, sobre um fundo dourado, aparecia uma planta rasteira verdejante, tendo espargidos a seu redor lírios brancos e rosas de extrema delicadeza. Havia ainda lebres e coelhos a correr, enquanto veados e corças espiavam sob as folhagens, entre as quais se viam passarinhos multicores tão perfeitos que quase se podia escutar seu canto. A lançadeira trabalhava sozinha, fazendo todos os arremates.

Não tendo mais o fuso e a lançadeira, ela se viu obrigada a pegar a agulha, sem reparar que, nesse ponto, a cantiga dizia:

> *Vai minha agulha, linda e prateada:*
> *Deixa esta casa limpa e arrumada!*

No mesmo instante, a agulha escapou-lhe dos dedos e se pôs a voar daqui para ali, com a rapidez de um raio, como se estivesse sendo manejada por mãos invisíveis. Assim, mesa e bancos logo se cobriram com toalha e panos verdes, as cadeiras foram revestidas com veludo, as janelas receberam cortinas novas de seda adamascada, e as paredes pareciam recém-pintadas.

Mal tinha a agulha terminado seu trabalho, quando a jovem viu através da janela a pluma branca do chapéu do Príncipe, que vinha em direção a sua casa, já que estava seguindo o fio dourado deixado no caminho pelo fuso.

Ali chegando, ele desmontou e caminhou sobre o belo tapete estendido junto à porta. Logo ao entrar, avistou a jovem, que, embora vestida com seus trajes domésticos, parecia encantadora e fresca como uma rosa silvestre.

— És exatamente o que ando procurando — disse ele: — ao mesmo tempo a donzela mais pobre e a mais rica do mundo. Queres tornar-te minha noiva?

Ela nada disse; apenas estendeu-lhe a mão, que ele beijou, trazendo-a para fora, montando-a na garupa de seu cavalo e seguindo com ela rumo ao castelo de seu pai.

O casamento celebrou-se pouco tempo depois, com regozijo e esplendor. E, na sala dos troféus e recordações, a agulha, o fuso e a lançadeira ganharam ali um lugar de honra.

41. O TÚMULO DO RICO FAZENDEIRO

Um rico fazendeiro estava um dia parado no pátio da fazenda, contemplando orgulhosamente sua propriedade, vendo o trigal que se estendia até bem distante, com suas espigas amarelinhas quase no ponto de colher, as árvores do pomar carregadas de frutas, os silos repletos de grãos, as latadas que sustentavam as parreiras vergadas ao peso dos cachos de uva. Nos currais, mugiam muitos bois nédios e vacas de tetas fartas, e, nos estábulos, cavalos puro-sangue relinchavam satisfeitos e bem alimentados.

Depois de ver tudo isso, ele entrou em casa, abriu a porta de uma sala e se pôs a contemplar embevecido uma arca de ferro onde guardava sua fortuna em dinheiro e jóias. Enquanto se deleitava com a visão daquelas riquezas, escutou o som de batidas, não na porta da casa ou na do quarto, mas na porta de seu coração.

Esperou algum tempo, e então escutou a voz de sua consciência, que lhe fez as seguintes perguntas:

— Os bens que te pertencem foram adquiridos honestamente? E que tens feito com o que te sobra? Tens cumprido teus deveres para com os pobres? Divides o pão com quem tem fome? Estás satisfeito com o que tens, ou anseias por possuir ainda mais?

Murmurando para si próprio, mas deixando que o coração lhe ditasse as palavras, ele então respondeu:

— Nada adquiri desonestamente, mas tenho sido duro e egoísta. Não tenho ajudado nem mesmo os meus parentes próximos. Jamais penso em Deus, mas tão-somente em como fazer para multiplicar meus bens. Mesmo que eu fosse dono de todo o mundo, creio que ainda gostaria de ter mais!

Enquanto esses pensamentos brotavam em sua mente, seus joelhos começaram a tremer, e ele sentiu no peito uma tal opressão, que foi obrigado a sentar-se.

Nesse instante, escutou outra batida, mas dessa vez foi na porta do quarto.

— Pode entrar — disse.

A porta se abriu, deixando ver ali parado, com ar tímido e envergonhado, um seu vizinho, homem pobre, que lutava com grande dificuldade para sustentar uma numerosa família.

"Nem sei como tive coragem de procurar este meu vizinho, homem riquíssimo, mas de coração de pedra", pensou o vizinho pobre, segurando o chapéu entre as mãos. "Tenho quase certeza de que ele não irá ajudar-me, mas meus filhinhos estão chorando de fome, e não vejo outra saída senão recorrer a ele".

Assim, tomando fôlego e coragem, falou:

— Sei que não gostas de dar ou emprestar dinheiro, mas, na aflição em que me encontro, achei que serias minha tábua de salvação. Meus filhinhos estão passando fome! Será que me poderias ceder por empréstimo quatro medidas de trigo? Prometo devolvê-las logo que puder...

O ricaço olhou para o vizinho sem qualquer sinal de raiva ou desdém, e, pela primeira vez em sua vida, um sopro quente de piedade derreteu o gelo da avareza que revestia seu coração.

— Não, vizinho, não vou te emprestar quatro medidas de trigo — disse ao outro, que, cabisbaixo, se preparava para ir embora. — Não, o que vou fazer é te dar oito medidas.

E, enquanto o vizinho se voltava, espantado ante aquela inesperada generosidade, prosseguiu:

— Mas há uma condição.

— E qual é?

— Terás de prometer-me que ficarás vigiando meu túmulo durante três noites seguidas, após minha morte.

A exigência deixou o vizinho um tanto intrigado, mas não o impediu de concordar com ela. Assim, comprometeu-se a fazer o que o outro dissera, e seguiu para sua casa, levando consigo as medidas de trigo que o vizinho rico lhe deu.

Foi como se o fazendeiro tivesse previsto o que lhe iria acontecer em breve, porque, daí a três dias, ele morreu de repente, sem que pessoa alguma, a não ser o vizinho agradecido, lamentasse sua morte.

Depois que foi enterrado, o camponês pobre lembrou-se de seu compromisso, um tanto arrependido de não ter recusado tal tarefa. Contudo, lembrando-se da inesperada gentileza e generosidade do vizinho, cujo trigo lhe tinha permitido preparar o alimento que matara a fome de seus pimpolhos, sentiu-se obrigado a cumprir a palavra empenhada.

Assim, ao anoitecer, lá se foi ele para o cemitério, sentando-se ao lado do túmulo. Reinava calma por todo lado. A Lua derramava sua luz suave sobre as lápides, e apenas os pios das corujas quebravam o silêncio, de tempos em tempos. Ao alvorecer, voltou para casa sem que coisa alguma lhe tivesse acontecido. Na noite seguinte, esteve ali de novo, sem ter coisa alguma de anormal a relatar. Mas na terceira noite, sentiu uma espécie de premonição de que algo estranho estava prestes a acontecer, e, ao entrar no cemitério, viu, encostado no muro, um homem que nunca tinha visto até então. Não era jovem, e tinha um rosto cheio de cicatrizes, além de olhos agudos e penetrantes.

— Que estás procurando aqui? — perguntou o camponês. — Não tens medo de ficar neste cemitério deserto?

— Não estou procurando coisa alguma, nem tenho medo do que quer que seja — respondeu o estranho. — Sou como aquele rapaz que queria aprender a sentir medo, e cujo único problema foi ter-se casado com a filha do Rei, tornando-se dono de grandes riquezas. Porém, ao contrário dele, sempre fui pobre. Sou um soldado reformado, e se vim passar a noite aqui foi por não ter um lugar melhor para me abrigar.

— Já que não sentes medo — tornou o camponês, — passa aqui a noite em minha companhia e ajuda-me a vigiar este túmulo.

— Com todo o prazer — respondeu o ex-soldado, — pois, afinal de contas, montar guarda é coisa que sei fazer bem. Mas vamos combinar o seguinte: repartiremos entre nós tudo de bom ou de mau que aqui nos acontecer, certo?

O camponês concordou, e os dois se sentaram ao lado do túmulo. Até a meia-noite, tudo permaneceu tranquilo. Nesse instante, porém, um silvo estridente rasgou o ar, e os dois vigias viram, postado diante deles, o Maligno em pessoa.

—Afastai-vos, intrusos!—ordenou ele.—Esse aí que jaz neste túmulo é meu, e aqui estou para buscá-lo. Se não fordes embora agora mesmo, irei torcer-vos o pescoço.

— Senhor cavalheiro da pena vermelha — replicou o soldado, — tu não és coronel, capitão ou tenente, e, por conseguinte, não posso receber ordens de ti, de quem, aliás, não sinto medo algum. Portanto, afasta-te tu deste túmulo, já que nós não pretendemos sair daqui tão cedo...

Notando a impávida obstinação daqueles dois, o Maligno imaginou que pudesse facilmente suborná-los; assim, passando a falar em tom gentil, perguntou-lhes se não aceitariam abandonar aquele posto em troca de uma bolsa cheia de moedas de ouro.

— Estou começando a gostar de tua conversa, companheiro — disse o soldado, — mas uma bolsa de moedas de ouro não é o bastante. Todavia, se puderes despejar tuas moedas de ouro em minha bota, enchendo-a até a boca, aí iremos embora e deixaremos o caminho livre para ti.

— Hmmm... não trouxe muito dinheiro comigo... — respondeu o Maligno, — mas posso ir buscá-lo. Nessa cidade aqui perto mora um agiota que é muito amigo meu, e que sem dúvida não se recusará a me emprestar algum dinheiro.

Quando o Maligno desapareceu, o soldado tirou a bota esquerda e disse:

— Dessa vez esse tinhoso vai se dar mal. Dá-me tua faca, meu amigo.

Tomando a faca, cortou a sola da bota e prendeu o calçado sem sola entre dois túmulos muito juntos, de maneira que ele ficou suspenso no ar, tendo abaixo de si apenas o mato que crescia no chão do cemitério.

— Pronto — falou o soldado. — Agora o bode velho pode aparecer aqui no momento que bem quiser.

E os dois se sentaram de novo, ficando à espera, mas não por muito tempo, pois logo o soturno cavalheiro voltou, trazendo nas mãos um saquinho de dinheiro.

— Pode despejar aqui — disse o soldado, abrindo o cano da bota. — Mas creio que não trouxeste o bastante.

Ele despejou ali todas as moedas de ouro que havia no saquinho, não notando que elas atravessavam a bota e caíam no chão por entre a relva, sem fazer barulho. Com isso, a bota permaneceu vazia.

— Ah, miserável! — exclamou o soldado. — Como querias encher a bota com aquela quantidade irrisória de moedas? Trata de buscar mais!

O velho enganador saiu dali balançando a cabeça e retornou uma hora depois, trazendo dessa vez um saco de dinheiro bem maior que o anterior.

— Desta vez está melhor — comentou o soldado, — mas ainda duvido que seja o bastante para encher minha bota...

Virando o saco de borco, ele despejou as moedas no cano da bota, e elas tilintavam quando caíam no chão, mas a bota permaneceu murcha. Vendo isso, o diabo começou a desconfiar de que estaria sendo logrado de alguma forma, e então, fungando iradamente, exclamou:

— Parece que o amigo tem uma perna comprida a mais não poder!...

— Tenho, sim — respondeu o outro.— Mas não tenho um pé de bode igual ao teu! Deixa de ser sovina! Trata de buscar mais dinheiro, ou então nada de tratos entre nós!

O Maligno se foi novamente, e dessa vez demorou mais tempo para voltar, até que por fim regressou, carregando um saco pesadíssimo nas costas, a ponto de deixá-lo curvado. Tirando punhados de moedas, despejou-as na boca da bota até a ultima, mas sem que ela se enchesse. Dessa vez, ele até espumou de ódio, e esteve a ponto de arrancar a bota das mãos do soldado, quando surgiu no céu o primeiro raio de sol nascente, e, com um berro, o espírito maligno se foi, deixando livre a alma daquele morto.

O camponês propôs então que os dois dividissem entre si o dinheiro, mas o soldado sugeriu:

— Não entre nós dois apenas, mas deixando a metade para os pobres, e a outra metade para nós. Vou morar contigo, e esse dinheiro dará para nos manter em paz e felicidade até o final de nossos dias.

42. O PASTORZINHO E O REI

Era uma vez um pastorzinho conhecido em toda parte pelas respostas inteligentes que sabia dar. O Rei do país ouviu falar de sua sabedoria, mas não acreditou no que escutou, de maneira que ordenou sua vinda até a capital do reino, a fim de testar seus dotes.

Ao se apresentar diante do Rei, este lhe disse:

— Se puderes responder com sabedoria três questões que te vou propor, então passarás a morar neste castelo, como se fosses meu próprio filho.

O pastorzinhgo respondeu:

— Estou pronto, Majestade. Pode dizer quais são as três perguntas.

— Primeiro — disse o Rei, — quero saber quantas gotas de água tem o oceano.

— Ora, senhor — respondeu o menino, — se Vossa Majestade pudesse deter o curso de todos os rios do mundo, de modo que nenhuma gota se somasse às já existentes no mar, e eu pudesse contá-las, então eu seria capaz de dizer-lhe quantas gotas o oceano contém.

Sem qualquer réplica, o Rei propôs a segunda questão:

— Quantas estrelas há no céu?

— Dê-me Vossa Majestade uma grande folha de papel. Se eu, com a ponta de uma pena, enchê-la de pontinhos muito próximos uns dos outros, então quem quer que firme sobre ela seus olhos ficará tonto ao tentar contá-los. Porém, mesmo que fosse possível contar todos os pontos, isso seria bem mais fácil do que contar as estrelas do céu.

Como de fato ninguém tentaria contar esses pontos, o Rei passou para a última questão:

— De quantos segundos se compõe a eternidade?

Sem titubear, o pastorzinho respondeu:

— Na Pomerânia existe um uma montanha diamantífera que alcança uma légua de altura, se estende por uma légua de comprimento e abrange uma légua de largura. Se um passarinho viesse a essa montanha a cada cem anos, e em cada visita lhe desse uma bicada e arrancasse um pedacinho, e assim fosse agindo até fazer a montanha desaparecer inteiramente, todo esse tempo não corresponderia sequer a um segundo da eternidade!

Ouvindo isso, o Rei replicou:

— Respondeste com sabedoria todas as questões que te formulei. De hoje em diante, viverás aqui neste castelo, e serás tratado por mim como se fosses meu próprio filho!

43. O REI DAS AVES

Antigamente, todos os sons da natureza tinham sentido e significado. Quando se ouviam as marteladas desferidas pelo ferreiro, era como se o malho estivesse dizendo: "Bato bem! Bato bem!". Ao alisar uma tábua, a plaina dizia: "Raspo assim! Raspo assim!" O ruído da água despenhando-se sobre a roda do moinho tinha um significado, e se o moleiro fosse desonesto, era possível ouvir, em certos dias, "Tem mistura na farinha! Tem mistura na farinha!", e, em outros, o alerta: "Verifica esta balança! Verifica esta balança!". E, se a balança não fosse verificada e a roda do moinho girasse mais depressa, o erro da balança poderia ser revelado a quem prestasse atenção, pois escutaria: "Pesa sete e diz que é dez! Pesa sete e diz que é dez!"

Nesses bons e velhos tempos, também os passarinhos tinham sua linguagem própria, que todos podiam compreender, sem que soassem como meros piados, chilros e gorjeios, ou como uma simples música sem letra. Pois foi nessa época que surgiu entre os pássaros a idéia de que eles precisavam de um chefe, e por isso decidiram escolher um deles para ser seu rei. Ouviu-se apenas uma voz contrária à proposta, e que foi a da ave conhecida como maçarico ou tarambola, dizendo que sempre vivera livre, e que, portanto, queria morrer livre. Foi com apreensão que ele notou estar aquela idéia se espalhando e ganhando novas adesões a cada dia. Na intenção de combatê-la, ele voava daqui para ali, visitando as outras aves, sempre a gritar: "Rei para quê? Rei para quê?". Mas como nenhum de seus companheiros lhe dava atenção, o maçarico exilou-se no pântano, onde passou a viver solitário, e nunca mais se associou às outras aves, mesmo que fossem de sua própria espécie.

Passado algum tempo, as aves decidiram marcar uma reunião geral, a fim de tratar daquele assunto. Assim, numa bela manhã de primavera, grande número delas se reuniu numa clareira, vindo das matas, dos campos e dos pântanos. Vieram a águia e o pisco, a coruja e a gralha, a cotovia e o pardal, e muitos, muitos mais. Até o cuco apareceu, acompanhado do abibe, que alguns consideram ser seu empregado, visto que só emite seu gorjeio depois que o cuco canta. Sim, via-se ali uma infinidade de aves de todos os tipos e cores, e, entre elas, um passarinho que ainda nem tinha nome, e que se misturou ao grupo.

Uma galinha muito distraída (aliás, uma característica normal das galinhas) e que nem tinha ouvido falar do evento, espantou-se ao ver aquele bando numeroso de aves sobrevoando o galinheiro, e, intrigada com esse fato, pediu esclarecimento ao galo, cacarejando:

— Có, có, có! Quê que é? Quê que é? Quê que é?

Com paciência, o galo a tranqüilizou, explicando-lhe o que estava acontecendo.

Enquanto isso, a assembléia das aves acabava de decidir que seu rei deveria ser aquela que voasse mais alto. Ouvindo isso, uma rã que estava escondida entre os juncos passou a coaxar sinistramente, dizendo que muitas lágrimas seriam derramadas devido àquela decisão. Já o corvo crocitou alegremente, na certeza de que, em se adotando esse critério, tudo seria resolvido de maneira pacífica. Assim, para que pudessem chegar a uma decisão final, marcaram o teste de vôo para a manhã seguinte, permitindo com isso que todos descansassem, sem poder alegar falta de preparo físico para o teste.

Na manhã seguinte, ao sinal combinado, todo o bando de aves alçou vôo, levantando uma nuvem de pó atrás de si, e produzindo um grande barulho de ruflar de asas. A impressão que se teve foi de que uma nuvem escura tivesse passado diante do Sol. Os passarinhos menores não participaram do teste, preferindo ficar como assistentes, sem se arriscar a tentar altos vôos. Já as aves maiores e mais resistentes voaram durante longo tempo, mas nenhuma pôde competir com a águia, que subiu a uma tal altura que, se alguma outra ave a seguisse, teria suas vistas queimadas pelo Sol.

Quando a águia viu que suas companheiras não conseguiam acompanhá-la, pensou: "Não preciso subir mais, pois já posso me considerar a vencedora".

Embaixo dela, as outras aves confirmaram:

— A águia será nossa rainha, pois nenhuma de nós consegue voar tão alto quanto ela!

— Nenhuma? Esqueceram-se de mim? — piou o passarinho sem nome, que se tinha escondido entre as penas da águia, e que nesse instante, ao ver que ela já estava cansada, mas ele não, prosseguiu voando sozinho.

Com esse expediente, ele acabou voando mais alto que a águia, chegando quase a enxergar o que havia além do céu azul. Ao atingir o ápice de seu vôo, ele abriu as asas e foi baixando gradualmente, enquanto entoava sem parar seu canto estridente e monótono: "O rei sou eu! O rei sou eu! O rei sou eu"

— Quê?! — protestaram as outras aves. — Tu, nosso rei? Nem pensar! Só conseguiste voar mais alto às custas de uma vergonhosa trapaça!

Sendo assim, viram-se obrigadas a estabelecer outra condição para escolher seu rei, o qual seria a ave que, depois de subir bem alto, descesse como uma seta e fizesse um vôo rasante. Ouvindo isso, o ganso grasnou de alegria, alçou vôo e depois desceu, mas acabou se chocando contra o chão. Já o galo, ao descer, voou tão baixo que suas patas tocaram e rasparam o chão, chegando a abrir um sulco, o que o desclassificou. O pato teve problemas, porque caiu dentro de uma cova e torceu a perna dolorosamente, sendo obrigado a seguir mancando até uma lagoa próxima, enquanto grasnava: "Quase, quase, quase que deu!"

O passarinho sem nome alçou vôo e, ao descer, se enfiou num buraco de rato, decidido a sair pelo outro lado, pois assim teria realizado o vôo mais rasante que se poderia imaginar. Antes de entrar no buraco, já veio cantando com sua voz estridente: "O rei sou eu! O rei sou eu!"

— Nosso rei? Desde quando? — gritaram as outras aves, irritadas. — Então achas que, por meio desses ardis poderás alcançar essa honra?

Acontece que o buraco não tinha saída, e quando ele quis voltar para a entrada, as outras aves o impediram, deixando-o preso, sem se importar se com isso ele viesse a morrer de fome. Puseram do lado de fora, como sentinela, a coruja, recomendando-lhe que não deixasse aquele velhaco escapar.

Chegada a noite, depois de um dia tão cheio, todas as aves se sentiram cansadas, retirando-se para seus ninhos. Só a coruja permaneceu diante do buraco do rato, espiando para dentro dele com seus olhos grandes e sisudos. Por fim, ela também se sentiu cansada e murmurou para si própria:

— Posso fechar um olho só e manter o outro aberto, e assim o miserável não escapará!

Assim, fechou um olho, mantendo o outro fixo sobre o buraco do rato.

O passarinho sem nome espiou uma ou duas vezes e, como a coruja parecia estar dormindo, achou que poderia tentar sair. Mas seu olho acordado o viu, e ele avançou contra ele, que imediatamente recuou para o fundo do buraco.

Passado algum tempo, a coruja achou que poderia inverter a situação, abrindo o olho que estava fechado e fechando o que estava aberto, e assim foi fazendo durante toda a noite, mantendo aberto ora um olho, ora o outro. Num dado momento, ao fechar um dos olhos, esqueceu-se de abrir o outro, e passou a dormir a sono solto.

Depois de dar outra espiadela, o passarinho achou que dessa vez poderia escapar. Assim, foi deslizando cautelosamente para fora do buraco, até que conseguiu sair, voando para longe. Desse dia em diante, nunca mais a coruja se atreveu a se mostrar à luz do dia, para que as outras aves não viessem arrancar-lhe as penas e aplicar-lhe o merecido castigo. É por isso que ela só voa à noite, caçando os ratos e camundongos que constroem buracos semelhantes àquele que lhe trouxe tanto desgosto. E o passarinho sem nome também desapareceu da vista de todos, com medo de que o pegassem pelo pescoço e dessem cabo de sua vida. Ele hoje vive junto às sebes e cercas vivas, onde constrói seu ninho, mas conservou seu canto estridente, sempre a repetir: "O rei sou eu! O rei sou eu!" As outras aves, por zombaria, costumam designá-lo pela expressão alemã de *Zaune-könig,* que significa "o rei da sebe".

Quem mais se alegrou por não ter de obedecer ao "rei da sebe" foi a cotovia, que sempre apreciou a liberdade e o fato de poder voar sem rumo ou destino à luz do Sol. É por isso que, ao se encontrar nas alturas, contemplando os raios do Sol poente, ela costuma cantar: "Bonito demais! Demais! Demais! Bonito demais!"

44. A CAVERNA DO LADRÃO

Era uma vez um homem e uma mulher que só tinham um filho, e que viviam isolados, em meio a um vale distante e aprazível. Um dia, indo à floresta para colher ramos de abeto, a mãe levou seu filho Hans. Era primavera, e o menino, que tinha uns dois anos, saiu correndo pela mata colhendo flores multicores, com aquela alegria própria da infância. Súbito, dois ladrões saíram detrás de uma moita e se atiraram sobre eles, agarrando mãe e filho e levando-os para uma parte remota da floresta, num lugar raramente visitado por outros seres humanos. Em vão ela rogou a seus raptores que lhes devolvessem a liberdade, mas eles tinham coração de pedra e nem deram ouvidos a seus pedidos e súplicas, levando-os à força para seu esconderijo.

Depois de arrastá-los por entre poeira e espinhos durante quase duas horas, chegaram a um rochedo, no qual se via uma porta. Um dos ladrões bateu e ela rapidamente se abriu. depois de passarem por um longo corredor escuro, chegaram a um amplo salão iluminado pelo fogo que ardia numa espécie de lareira. Nas paredes dessa caverna pendiam espadas, sabres e outras armas que rebrilhavam à luz do fogo, e no centro ficava uma mesa de madeira escura, junto à qual estavam sentados jogando cartas quatro outros ladrões, ficando na cabeceira o chefe do bando.

Ao ver a mulher, ele se levantou e a cumprimentou cortesmente, dizendo-lhe que não tivesse medo, pois naquela caverna nenhum deles iria machucá-la. Tudo o que ele queria era que ela cuidasse da arrumação e limpeza do lugar. Se tudo corresse bem, ela não teria coisa alguma de que reclamar. Depois, deram-lhe algo de comer e lhe indicaram uma cama, na qual ela e a criança poderiam dormir.

Ela permaneceu durante muitos anos entre aqueles ladrões. Nesse meio tempo, Hans cresceu e se tornou um rapazinho alto e forte. Ela lhe contava história e lhe ensinou a ler utilizando um antigo livro de cavalaria que encontrou jogado num canto.

Quando Hans chegou aos nove anos de idade, fabricou para si um bom e forte bordão, feito com um galho de abeto, e o escondeu atrás da cama, dizendo à mãe em segredo:

— Ó minha mãe, dizei-me: onde está meu pai? Eu queria tanto vê-lo...

Ela ficou em silêncio, sem querer contar-lhe o paradeiro do pai, para não despertar nele o desejo de voltar para casa, na certeza de que os malvados ladrões não lhe permitiriam afastar-se da caverna, mas seu coração quase partia ao imaginar que Hans jamais conheceria o pai.

Naquela noite, depois que os ladrões regressaram das pilhagens, Hans pegou seu bordão e, postando-se diante do chefe dos ladrões, disse-lhe:

— Quero saber onde está meu pai. Se não me disseres, vou dar-te uma bordoada que te deixará desacordado.

O chefe caiu na gargalhada e desferiu em Hans um tal sopapo na orelha que o fez rolar sobre a mesa como se fosse uma bola de bilhar. Hans levantou-se logo em seguida, sem dizer uma palavra, mas em seu íntimo ficou ruminando: "Vou esperar durante um ano, e aí farei de novo esta mesma pergunta, só que de maneira mais esperta."Passado um ano, Hans preparou-se para uma nova tentativa.

Então pegou o bordão, limpou a poeira que se tinha acumulado sobre ele, examinou-o atentamente e falou:

— Eis aqui um bordão digno de confiança!

À noite, os ladrões voltaram para a caverna. Estavam falantes e alegres, pois tinham tido um dia muito proveitoso. Assim, ao jantar, beberam tanto vinho, que suas cabeças começaram a pender, e seus olhos a ficar pesados.

Então Hans empunhou seu bordão e, postando-se atrevidamente diante deles, perguntou-lhes de novo onde estava seu pai. Novamente o chefe lhe desferiu um tão tremendo sopapo na orelha que ele rolou para baixo da mesa, mas logo em seguida se levantou e começou a distribuir bordoadas a torto e a direito, acertando-os com toda a sua força. Por estarem embriagados, os ladrões não tinham como se defender e resistir, e ele assim os derrubou por terra um a um, deixando-os sem poder mover as pernas e os braços. Parada num canto, a mãe observava tudo, espantada ante a coragem e força do filho.

Ao terminar o serviço, ele foi até onde ela estava e disse:

— Desta vez estou falando sério: quero saber onde está meu pai.

— Oh meu querido — disse ela, — vamos procurá-lo onde ele estiver.

Tiraram do bolso do chefe a chave do corredor que levava até a porta; depois Hans apanhou um saco vazio, enchendo-o com ouro, prata e tudo mais que julgaram ter valor, e, quando o saco ficou bem cheio, ele o pôs nas costas e os dois partiram.

Desacostumados com a claridade, quando saíram da caverna quase ficaram cegos, mas aos poucos se foram acostumando com a luz e com o verdor da floresta. As flores coloridas, o canto das aves e o glorioso brilho do sol que refulgia no céu encheram de alegria o coração do jovem, que contemplava tudo a seu redor com deslumbramento e espanto, sem compreender muita coisa que estava vendo e ouvindo pela primeira vez.

Preocupada com sua segurança, a mãe tomou-o pela mão e se foi para longe dali. Caminharam durante duas horas, até que por fim encontraram a estrada que levava à velha cabana. Então, depois de seguirem por ela, sentindo-se a cada passo mais seguros, avistaram o vale solitário e, ao longe, a antiga cabana. Parado junto à porta viram o pai de Hans, como se estivesse a sua espera.

Quando ele reconheceu a esposa e ficou sabendo que aquele rapagão era seu filho Hans, chorou de alegria, pois de longa data imaginava que ambos estivessem mortos. Hans, embora tivesse apenas doze anos de idade, estava um palmo mais alto que o pai.

Entraram na pequena cabana, mas tão logo Hans tirou dos ombros e deixou cair sobre o banco da sala o saco com as riquezas, fê-lo com tal violência, que as paredes da casa começaram a tremer. O banco rachou, deixando o pesado saco cair no chão, que também não resistiu, deixando-o afundar e só parando de cair quando chegou ao piso do porão.

— Deus seja louvado! — exclamou o pai. — Que estás fazendo, Hans? A casa está desabando toda!

— Não tem importância, pai — replicou Hans. — Não se apoquente com isso. Esse saco contém o suficiente para erguer outra casa bem melhor do que esta!

Como parecia perigoso permanecer naquela velha casa ameaçando desabar, Hans e o pai não perderam tempo, e logo começaram a construir uma nova. Em pouco tempo, além da nova morada, tinham gado no curral, já eram donos das terras vizinhas, e tinham adquirido todos os utensílios domésticos e moveis necessários a seu bem-estar, mas ainda tinham muita coisa para fazer. Hans cultivava a terra, e quando pegava o arado para preparar o terreno, quase dispensava o trabalho dos bois, tão forte ele era.

Na primavera seguinte, disse ao pai que tomasse conta do restante das riquezas que ele e a mãe tinham trazido da caverna dos ladrões, pois que tudo o que queria era um cajado bem grosso e rijo, para levar consigo em suas viagens, já que tinha intenção de visitar terras distantes.

O cajado logo ficou pronto, e Hans deixou a casa do pai e viajou até chegar a uma densa e escura floresta.

De repente, escutou barulho de galhos que se rachavam. Olhando para a direção de onde provinha o ruído, avistou um sujeito de tamanho descomunal em cima dos galhos de um pinheiro, enrolando e torcendo uma corda grossa em torno de seus ramos mais altos, e fazendo a copa da árvore curvar-se com tal facilidade, como se fosse um salgueiro.

— Ei! — gritou Hans. — Que estás fazendo aí em cima?

— Oh — respondeu o homem, — ontem vim aqui colher galhinhos e gravetos, e hoje resolvi derrubar o resto da árvore.

"Gostei disso", pensou Hans. "Esse aí é forte de fato!"

Então, em voz bem alta, disse-lhe:

— Deixa essa árvore em paz e vem comigo.

O homem desceu da árvore e ficou ao lado de Hans, que, embora fosse um homem alto, era cerca de um palmo mais baixo que ele.

— Acho que vou chamar-te de "Entorta-Pinheiro" — disse Hans, ao caminharem juntos.

Depois de viajarem por alguma distância, ouviram umas pancadas e marteladas tão violentas que a cada golpe a terra até tremia. Os dois seguiram para lá e viram um enorme rochedo, diante do qual estava um gigante golpeando com os punhos a parede rochosa, e dela arrancando enormes blocos de pedra, que deixava jogados no chão.

216

Hans perguntou por que fazia aquilo, e ele respondeu:

— Quando quero dormir à noite, os ursos, lobos e outras feras vêm fungar e ganir perto de onde estou e não me deixam pregar os olhos. Assim, resolvi escavar uma gruta neste rochedo, a fim de poder aí dentro repousar em paz.

"Esse sujeito também virá comigo", pensou Hans, "pois creio que será bem útil".

E, voltando-se para ele, disse:

— Interrompe já essa construção e vem comigo. Acho que vou chamar-te de "Racha-Rochedo".

O outro aceitou o convite, e os três prosseguiram através da floresta. Onde quer que chegassem, os animais silvestres deixavam o caminho livre e fugiam apavorados.

Uma noite, depararam com um velho castelo abandonado, que se erguia no alto de uma colina. Subiram até lá, entraram no grande salão, e ali mesmo se deitaram, logo adormecendo profundamente.

Na manhã seguinte, Hans foi ao jardim do castelo, que estava abandonado e cheio de sarças e urtigas. Súbito, um urso saiu detrás de uma moita e avançou contra ele, mas Hans ergueu seu cajado e, com um golpe, deixou-o morto a seus pés. Em seguida, pôs a carcaça do urso nos ombros, levando-a para o castelo, onde ele e seus companheiros assaram uma parte da carne e ali mesmo a devoraram, guardando o restante para outro dia.

Combinaram entre si que dois deles deveriam sair todos os dias para caçar, ficando o outro em casa encarregado de cozinhar.

No primeiro dia, quem permaneceu no castelo foi o Entorta-Pinheiro, indo à caça Hans e o Racha-Rochedo. Enquanto o gigante dava duro na cozinha, um velhinho todo enrugado ali chegou, pedindo um prato de comida.

— Cai fora, estafermo! — respondeu o Racha-Rochedo. — Não tenho coisa alguma para te dar.

Para seu espanto, porém, o velhinho, que não passava de um insignificante anão, avançou sobre ele e, antes de qualquer reação, aplicou-lhe um murro tão forte, que o derrubou no chão, deixando-o ali arquejante e sem ar. E o homenzinho só se foi embora depois de despejar sobre ele uma chuva de murros, aplacando o restante de sua fúria.

Quando os dois outros regressaram, Racha-Rochedo nada lhes disse sobre o episódio do velhinho, nem da terrível surra que ele lhe tinha aplicado, imaginando que, no dia em que um dos companheiros ficasse ali cozinhando, iria ter a oportunidade de travar conhecimento com o anão, sentindo grande prazer só de antever o susto e a surpresa que cada um deles iria ter.

No dia seguinte, foi a vez de ficar em casa do Entorta-Pinheiro. Novamente apareceu por ali o visitante, pedindo um prato de comida e recebendo uma recusa por parte do outro. Ao escutar o "não", ele avançou sobre ele, derrubando-o com um potente murro e pisoteando-o da mesma forma que fizera com o gigante.

Por fim, chegou a vez de Hans, enquanto os dois outros saíram, sorrindo ante a perspectiva da surra que seu amigo iria levar sem estar prevenido, já que nenhum

217

deles lhe tinha contado o que acontecera depois que recusaram ao anão um prato de comida. "O Hans também vai provar desse mingau", pensaram os dois, sorrindo maldosamente.

Hans estava às voltas com as panelas e caçarolas, sem esperar visitas, quando o velhinho ali chegou e lhe pediu um prato de comida. "Esta criatura miserável", pensou Hans, "parece estar realmente passando fome. Como os dois companheiros devem demorar a chegar, vou lhe dar isto aqui que já está pronto, e depois cozinho outra coisa para nós".

O anão devorou aquela porção rapidamente, e perguntou se não tinha mais. Com pena dele, Hans lhe deu a porção que acabara de preparar, dizendo:

— Aqui está teu segundo quinhão, mas depois deste, chega, pois já terás comido bastante.

Mas, ao terminar, o anão pediu um terceiro prato, que Hans recusou dar. O miserável já se preparava para avançar sobre ele e lhe aplicar uma surra igual às que tinha aplicado em seus companheiros, mas dessa vez se deu mal, porque Hans, desconfiado daquele anão que tinha fome de gigante, pegara sorrateiramente o cajado, e, ao ver o anão avançar sobre ele, desferiu-lhe duas cajadadas tão fortes, que ele, surpreso e amedrontado, bateu em retirada, descendo desembestadamente as escadas do castelo. Na pressa de correr atrás dele, Hans tropeçou e caiu pela escadaria abaixo, e, ao se levantar, viu que o anão já estava longe. Mesmo assim, seguiu-o à distância, vendo-o enfiar-se numa cova. Depois de guardar na mente a localização da cova, retornou ao castelo.

Quando os outros dois voltaram da caçada, ficaram espantados ao verem Hans sem apresentar manchas roxas e feridas pelo corpo, perguntando-lhe se havia sucedido algo em sua ausência. Ele então lhes contou tudo o que tinha acontecido. Depois disso, também eles desistiram de guardar silêncio sobre o que lhes tinha acontecido com o desaforado anão. Ouvindo seus relatos, Hans riu e comentou:

— Bem feito! Quem vos mandou serdes tão mesquinhos? E como pode ser que um anão insignificante fosse capaz de dar uma boa surra em dois marmanjos tão grandes e tão fortes?

Agora que sabiam onde encontrá-lo, os três resolveram castigar aquele anão atrevido e miserável. Assim, munidos de uma grande cesta e de uma corda bem resistente, seguiram até a borda da cova na qual o anão tinha entrado. Primeiro, prenderam a cesta na corda e desceram Hans com seu pesado cajado até o fundo. Ali chegando, ele viu uma porta, que, depois de aberta, revelou a existência de um salão, dentro do qual estava sentada a mais bela moça que Hans até então tinha visto. Perto dela estava o anão, rindo com os dentes à mostra, como um babuíno. A pobre jovem estava presa com grilhões, e Hans achou-a tão triste, que imediatamente se compadeceu dela, pensando: "Tenho de libertá-la das garras desse pigmeu!"

Saltando até onde estava o anão, desferiu-lhe uma potente cajadada na cabeça, prostrando-o morto no chão. Imediatamente os grilhões da jovem se soltaram, caindo ao chão, e deixando Hans arrebatado pela sua deslumbrante beleza.

Ela lhe contou que era filha de um rei, e que fora raptada de casa por um conde malvado, que a deixou aprisionada naquela cova, sob a vigilância do anão, que a tinha oprimido e torturado terrivelmente. Depois de ouvir sua história, Hans colocou-a na cesta e sinalizou para que os companheiros a puxassem para cima. Logo em seguida a cesta desceu de novo, mas Hans estava desconfiado de seus companheiros, pois, segundo pensava, eles já tinham cometido a falsidade de não lhe contarem acerca das visitas do anão, e, quem sabe, talvez tivessem planejado desforrar-se dele de algum modo. Assim, em vez de entrar no cesto, pôs dentro dele seu pesado cajado, e foi uma sorte que tivesse agido assim, pois, quando a cesta estava na metade do caminho ascendente, eles soltaram a corda, deixando-a cair. Se Hans estivesse dentro, ter-se-ia espatifado no chão.

Agora ele tinha de enfrentar a dificuldade de sair daquele buraco, e, depois de matutar sobre o assunto, não lhe acudiu idéia alguma sobre como escapar dali. "Se não encontrar um modo de sair", pensou, "acabarei morrendo de fome aqui embaixo..."

Caminhando a esmo por ali, acabou entrando de novo na sala de onde a jovem tinha sido libertada, e, olhando para a mão do anão que ali jazia morto, viu em seu dedo anular um anel que brilhava e emitia chispas. Tirou-o e o colocou em seu dedo, e, ao girá-lo, ouviu um barulho que vinha da parte de cima. Olhando para o alto, viu uma espécie de ser espiritual pairando sobre ele, chamando-o de "amo" e perguntando que ordens tinha para lhe dar. A princípio, aquela visão deixou Hans assustado, mas, ao supor que de fato seria obedecido, ordenou que fosse retirado daquele buraco. No mesmo instante foi atendido, saindo dali como se estivesse voando.

Ao chegar à parte de cima, não viu seus companheiros, que já se tinham ido embora. Seguindo para o castelo, encontrou-o vazio, pois Racha-Rochedo e Entorta-Pinheiro tinham levado consigo a bela dama que ele havia libertado.

Ele então lembrou-se de girar o anel no dedo, e o espírito do ar apareceu e lhe disse que seus dois companheiros tinham seguido para o mar. Hans saiu em disparada rumo ao litoral, chegando ali a tempo de avistar um bote, tendo dentro dele seus dois desleais camaradas, empenhados em remar para bem distante.

Tomado de fúria, e sem pensar no que estava fazendo, ele saltou na água, levando consigo o cajado, e tentou persegui-los a nado, mas o peso do cajado o arrastava para baixo, e ele esteve a ponto de afundar, quando então se lembrou do anel.

Foi só girá-lo no dedo, e o espírito do ar apareceu, transportando-o com a velocidade do raio até o bote. Ao se ver dentro dele, tomou do cajado e aplicou dois ou três golpes violentos e merecidos naqueles traidores, atirando-os dentro da água.

Ele então remou de volta, trazendo consigo a jovem que pela segunda vez acabava de resgatar, e, ao alcançar a praia, levou-a para casa, onde a apresentou a seus pais, que muito se alegraram ao verem que ele estava vivo e são. Depois disso, os dois se casaram e viveram felizes por muitos e muitos anos.

45. UMA CASA NA FLORESTA

Um pobre lenhador vivia com sua mulher e três filhas numa cabana junto à borda de uma floresta longínqua. Certa manhã, ao sair para o trabalho, disse à mulher:

— Por volta de meio-dia, manda nossa filha mais velha levar-me o almoço na floresta. Para que ela me encontre, vou levar comigo este saco de alpiste, e irei espalhando as sementes ao longo do caminho que eu seguir.

Chegando próximo da hora combinada, quando o sol já estava a pino, a moça saiu de casa com uma tigela de sopa e um bom pedaço de pão, indo em busca do pai. Pouco antes, porém, os pardais, pintassilgos, tentilhões e cotovias já tinham dado cabo das sementes de alpiste atiradas no caminho pelo lenhador, de maneira que ela não conseguiu encontrá-lo.

Na realidade, ela tinha caminhado na direção certa, mas como seguira devagar, começou a anoitecer antes que ela pudesse encontrar algum abrigo.

As árvores farfalhavam na escuridão. Uma coruja piou lugubremente, e a pobre mocinha já estava ficando apavorada, quando de repente avistou uma luz à distância, através das árvores. "Certamente há pessoas que vivem ali", pensou ela, "e poderei passar a noite entre elas."

Caminhando em direção à luz, chegou a uma casa, dentro da qual havia uma lamparina acesa. Bateu à porta, e, de dentro, uma voz roufenha respondeu, dizendo:

— Quem for, pode entrar!

Abrindo a porta, ela se viu diante de um corredor escuro e estreito, que terminava numa porta. Batendo nesta, ouviu de dentro de um quarto a mesma voz, que dizia:

— Quem for, pode entrar!

Ela abriu a porta e viu um velho de longas barbas que chegavam até o chão, sentado a uma mesa, com o queixo entre as mãos. O fogão estava aceso, e junto dele se viam três animais: um galo, uma galinha e uma vaca malhada. A moça contou seu problema para o velho, perguntando-lhe se ele teria como alojá-la durante aquela noite. Em vez de se dirigir a ela, o velho se voltou para os animais e disse:

— Galinha, galo e vaquinha:
Teremos algum lugar

onde esta linda mocinha
possa entre nós se abrigar?

Os animais menearam a cabeça, como se estivessem dizendo sim. Diante disso, o velho falou:

— Aqui terás tudo que é preciso para preparar uma boa refeição. Vai até a cozinha e prepara uma sopa para nós.

A moça foi até lá, encontrou os ingredientes necessários e preparou uma tigela de sopa, servindo-a ao velho e fazendo-lhe companhia durante aquela ceia, sem oferecer coisa alguma aos animais. Depois de comer e ficar satisfeita, ela disse:

— Estou cansada. Podeis fazer-me o favor de me mostrar onde há uma cama na qual eu possa dormir?

Uma voz saída de algum lugar lhe respondeu:

Tu comeste, tu bebeste,
mas não pensaste jamais
que também sentimos fome,
nós, os pobres animais!
Agora que estás bem farta,
queres deitar-te num leito.
Onde será que ele está?
nós não sabemos direito.

A jovem não deu maior atenção àquelas palavras, mas sim às do velho, que lhe disse para subir a escada, pois na parte de cima da casa havia dois quartos, cada qual com sua cama. Disse-lhe ainda para arrumar a cama na qual quisesse dormir. A jovem subiu rapidamente as escadas, arrumou apenas uma das camas, sem se importar em arrumar a outra para o velho. Em seguida, deitou-se e logo adormeceu.

Passado algum tempo, o velho subiu até o outro quarto, e, vendo a cama desarrumada, balançou a cabeça, fez um muchocho e seguiu até o quarto onde ela estava dormindo. Então, puxando uma alavanca, fez com que se abrisse um alçapão sob a cama da moça, fazendo-a desabar no porão existente na parte de baixo da casa.

Nesse meio tempo, o lenhador tinha voltado para casa, onde havia chegado tarde da noite. Ao entrar em casa, a primeira coisa que fez foi recriminar a mulher por tê-lo deixado sem comida durante todo aquele dia.

— Não foi minha culpa — disse ela. — Mandei nossa filha com teu almoço por volta de meio-dia. Creio que ela se tenha perdido no caminho, mas espero que amanhã ela volte para casa.

Antes de raiar o dia, porém, o lenhador teve de sair de novo para a floresta, recomendando à mulher que mandasse a segunda filha levar-lhe a refeição.

— Desta vez vou deixar pelo caminho sementes de linhaça, maiores que as de alpiste e mais fáceis de ser vistas.

Mas, ao meio-dia, quando a mocinha saiu para a floresta levando o almoço do pai, já não encontrou as sementes de linhaça, pois, do mesmo modo que no dia anterior, as aves da floresta tinham-nas comido, não deixando uma sequer para orientá-la. Desse modo, também ela se perdeu, ficando a vagar pela mata durante todo o dia, até chegar à casa do velhinho, onde parou para pedir pousada e comida. Também ela não cogitou de alimentar os animais, nem de arrumar a cama do velho; desse modo, à noite, enquanto dormia, ele a fez cair no porão, como o fizera na véspera com sua irmã mais velha.

Na manhã seguinte, o lenhador recomendou à mulher que dessa vez mandasse a filhinha caçula levar-lhe o almoço, na certeza de que esta outra não se perderia, pois, mesmo sendo a mais nova das três, era a filha mais obediente e dedicada. Quanto às outras duas, imaginava que estivessem vagando pela mata, mais tontas que abelhas extraviadas do enxame.

Ante essa ordem, a mãe protestou:

— Não vou querer perder nossa caçulinha, do mesmo modo que já perdemos as outras duas!...

— Não te preocupes, mulher — acalmou-a o lenhador. — As outras acabarão por aparecer. Nossa caçula é esperta e inteligente, e não vai se perder facilmente. Além do mais, em vez de deixar pelo caminho sementes de alpiste ou de linhaça, pretendo ir deixando ervilhas pelo chão, pois são mais fáceis de ser vistas e difíceis de desaparecer.

Assim, na manhã seguinte, o lenhador saiu, e, por volta do meio-dia, a mãe, embora apreensiva, mandou que a filha mais nova seguisse pela floresta até onde estava o pai, a fim de levar-lhe o almoço.

Lá se foi ela com uma cesta pendurada no braço, procurando as ervilhas deixadas no chão pelo pai para mostrar-lhe o caminho. Por mais que as procurasse, porém, não as encontrou, porque, antes dela, os pombos as tinham visto e apanhado uma por uma, deixando-a sem qualquer indicação do caminho percorrido pelo pai. O que mais a deixou apreensiva não foi o fato de se sentir perdida na mata, mas o de pensar que seu pai estaria com fome, sem ter o que comer. Pensou também na aflição da mãe, caso ela não voltasse para casa antes do anoitecer. Mas também com ela aconteceu de cair a noite enquanto se encontrava em plena floresta, e de acabar chegando à mesma casa onde tinham ido parar suas duas irmãs. Ao ser atendida pelo velho, perguntou se ele lhe poderia fornecer abrigo e alimento por aquela noite. Satisfeito por deparar com uma jovem tão educada e gentil, ele se voltou para os animais e perguntou:

— Galinha, galo e vaquinha:
Teremos algum lugar
onde esta linda mocinha
possa entre nós se abrigar?

Uma voz respondeu "*Sim!*", e então a mocinha se dirigiu para o lado do fogão, alisou as penas da galinha e do galo, e afagou a cabeça da vaca. Quando o velho disse que ela podia preparar uma sopa, a jovem não se fez de rogada, e num instante a preparou; porém, depois de deixar a travessa de sopa sobre a mesa, diante do velho, falou:

— Não vou comer enquanto não alimentar estes pobres bichinhos. Primeiro, eles, que são de casa.

Assim, foi até o armário e apanhou uma lata de cevada, pondo dois montinhos diante do galo e da galinha. Já para a vaca, trouxe do celeiro um bom feixe de feno e o deixou diante dela.

— Enquanto vocês comem, queridinhos — disse-lhes a moça, — vou ali fora buscar água, pois vocês devem estar com sede..

Saiu para o quintal da casa, e pouco depois voltou trazendo uma tina cheia de água fresca, pondo-a diante deles. O galo e a galinha chegaram junto à borda da tina, enfiaram os bicos na água e ergueram as cabeças, na maneira peculiar de beber água que as aves têm. Já a vaca malhada abaixou-se junto à tina e bebeu uma boa quantidade de água. Só depois que os viu bem alimentados e dessedentados, foi que ela se sentou à mesa, comendo da porção de sopa que o velho lhe tinha deixado. Ao olhar para ver como estavam os animais, viu que as aves tinham enfiado a cabeça embaixo da asa, e que a vaca já estava piscando os olhos. Ela então falou:

*A vaca malhada abaixou-se junto à tina e
bebeu uma boa quantidade de água.*

— Será que não está na hora de irmos descansar?

Ouvindo isso, o velho se dirigiu aos animais, dizendo:

— Galinha, galo e vaquinha:
Teremos algum lugar
onde esta linda mocinha
possa dormir e sonhar?

E os animais responderam:

Um bom lugar pra dormir
há de encontrar a donzela,
que além de boa e gentil,
é graciosa e muito bela.

Seguindo a indicação do velho, ela subiu as escadas e, ao ver as camas, arrumou as duas. Quando foi para o quarto, o velho encontrou sua cama arrumada, meneando a cabeça em sinal de aprovação.

Nessa altura, a jovem já tinha recitado suas orações e estava dormindo tranqüilamente, sem que coisa alguma acontecesse, até que deu meia-noite, quando uma série de ruídos estranhos a fizeram despertar. Os cantos da casa começaram a estalar e rachar, as portas começaram a se abrir e fechar, golpeando as paredes violentamente; os caibros começaram a vergar, como se suas juntas estivessem quebradas e desconjuntadas; os degraus das escadas se encolheram, e por fim se ouviu um estrondo, como se o teto e as paredes estivessem ruindo. Depois disso, tudo voltou à calma anterior.

Apavorada ante tudo aquilo, a jovem nem se mexeu, e aliás nem teria tido tempo de se mexer, de tão rápido que aquilo aconteceu. Vendo que tudo havia terminado, ela se apalpou, constatando não estar ferida, e aí, notando que continuava deitada em sua caminha confortável, imaginou que tudo não tinha passado de um pesadelo, voltando a dormir.

Pela manhã, quando a luz brilhante do sol a despertou, que visão se lhe deparou! Ao redor de sua cama, que não era mais a caminha modesta da véspera, mas sim um luxuoso leito coberto por finíssimo dossel, se via um cômodo requintado, com mobílias finíssimas, próprias de um palácio real. As paredes estavam enfeitadas com flores douradas, e o chão parecia revestido de seda. Seu leito era de marfim, os cobertores de veludo encarnado, e junto a uma bela cadeira se via um par de finíssimos chinelos, tendo pequenas pérolas engastadas em todo o seu redor.

Novamente imaginou estar tendo um sonho, embora bem diferente do pesadelo anterior. Nesse instante, entraram no quarto três criadas trajando belíssimas librés, perguntando-lhe que desejava que elas fizessem para ela.

— Para mim? Nada! — respondeu ela. — Eu, sim, é que preciso me levantar para preparar o café da manhã do velhinho que me hospedou, e alimentar seus animais. Quanto a vós, podeis ir embora.

Ela vestiu-se rapidamente, indo em seguida ao quarto do velho, mas, para seu espanto, ali encontrou, deitado na cama e ferrado no sono, uma pessoa desconhecida. Prestando atenção a suas feições, viu que se tratava de um moço novo e bem apessoado. Nesse momento, o estranho acordou, ergueu-se na cama e, vendo que ela se preparava para sair, disse-lhe:

— Não te vás! Sou filho de um rei, transformado por um feiticeiro malvado naquele velho de barba grisalha e comprida que te atendeu. Meu castelo foi transformado naquela casa na qual te alojaste, e minhas aias nos animais que tu alimentaste. O encantamento só seria quebrado quando uma donzela que nos estivesse visitando demonstrasse possuir bom coração, sentindo pena dos pobres animais e tratando o velho com carinho e respeito. Essa donzela custou a aparecer, até que tu bateste à porta da casa. Então, à meia-noite, enquanto todos dormíamos, tua bondade e gentileza nos libertou: a estranha casa voltou a ser o majestoso castelo, e os animais readquiriram suas figuras humanas: são as três aias que se apresentaram diante de ti. Vou enviá-las agora à casa de teus pais, pois faço questão de que eles estejam presentes à festa de nosso enlace nupcial, pois neste exato instante estou pedindo tua mão em casamento.

— Mas onde estarão minhas irmãs? — perguntou ela.

— Por enquanto, estão no porão existente embaixo do castelo — respondeu ele, — mas a partir de amanhã vou enviá-las para as minas de cobre, onde irão trabalhar até aprenderem que é preciso ter boas maneiras ao tratar com os mais velhos, e carinho para com os animais.

46. A PRINCESA MALENA

Era uma vez um rei que só tinha um filho, o qual se apaixonou pela filha de um outro rei, cujo nome era Princesa Malena. Ela era muito bela, mas seu pai não aprovava o namoro, pois desejava que ela se casasse com outro príncipe, e não com aquele a quem ela amava. Entretanto, era tão forte o amor que unia os dois enamorados, que eles não admitiam a idéia de viverem separados. Assim, a Princesa Malena tomou coragem e disse a seu pai que somente aceitaria casar-se com aquele príncipe, recusando de antemão qualquer outro pretendente.

Ouvindo tal coisa, seu pai encheu-se de raiva e ordenou que se construísse uma torre escura na qual não entrasse um raio de sol ou de luar. Quando terminou a construção da torre, chamou a filha e lhe disse:

— Ficarás encerrada nessa torre durante sete anos, e então virei e verei se terás ou não desistido de tua obstinação.

Foram armazenadas ali provisões suficientes para durar todo aquele tempo, e ali dentro foram encerradas a princesa e sua aia, que desse modo não podiam ver tanto o céu como a terra, e ali permanecerem em total escuridão, sem sequer saberem se era dia ou noite.

O príncipe ia muita vezes perto da torre, e ficava chamando a princesa pelo nome, mas nenhum som penetrava naquelas grossas paredes. E, ainda que penetrasse, que poderia ela fazer senão chorar e lamentar-se?

O tempo passou e, ao verem que as provisões se iam tornando escassas, as duas entenderam que os sete anos deviam estar chegando ao fim, e com isso se aproximando a hora de sua libertação. Contudo, nenhum golpe de marreta se ouvia, e nenhuma pedra era retirada das paredes, até parecendo que o Rei se tinha esquecido das duas pobres prisioneiras.

Não notando qualquer movimento do lado de fora da torre, e vendo que as provisões não poderiam durar muito tempo, a Princesa Malena e sua aia ficaram cheias de aflição e angústia, apavoradas ante a perspectiva de terem de padecer uma morte tenebrosa.

— Não podemos desanimar — dizia ela. — Acho que deveríamos tentar fazer um buraco nessas paredes, arrancando alguma pedra que esteja menos firme.

Assim, tomando da faca de cortar pão, começaram a retirar a argamassa que prendia as pedras ali assentadas, revezando-se à medida que uma delas ficava cansada.

Depois de muito escavar, finalmente conseguiram retirar uma pedra, depois a segunda e a terceira, até que fizeram uma abertura suficientemente larga para que pudessem enxergar o lado de fora. Só então voltaram a ver o céu azul e sentir o frescor da brisa, trazendo consigo uma suave fragrância. Mas como tudo lhes pareceu abandonado e tristonho! O castelo estava em ruínas; os vilarejos e aldeias que se podiam avistar à distância pareciam ter sido queimados; por todo lado, os campos estavam abandonados, e não se via vivalma em lugar algum.

As duas continuaram a trabalhar com afinco, até que a abertura ficou larga o suficiente para lhes dar passagem. A primeira que se arrastou e saiu foi a aia, seguida pela Princesa Malena. Agora que estavam livres, porém, não viam estrada ou caminho pelo qual pudessem seguir, pois, segundo parecia, tropas inimigas haviam devastado aquele país, e, ao que imaginaram, teriam expulso o Rei e dizimado toda a população!

Durante algum tempo, aia e princesa caminharam sem rumo ou destino, na esperança de alcançarem alguma povoação, mas não depararam sequer com uma habitação, por modesta que fosse, ou algum ser humano que lhes oferecesse um pedaço de pão. Assim, tão grande era sua fome, que muita vezes tiveram de se contentar em comer folhas de urtiga para matar a fome.

Depois de perambularem durante longo tempo, acabaram chegando a um país vizinho, aceitando qualquer tipo de trabalho, mesmo se fosse de empregada doméstica, mas sem sucesso, pois ninguém parecia sentir pena delas ou demonstrar vontade de ajudá-las.

Por fim, chegaram a uma grande cidade, dirigindo-se imediatamente à corte real. Mas mesmo ali recusaram seus serviços. Quando se preparavam para ir embora, foram vistas pelo cozinheiro, que disse haver no palácio uma vaga de ajudante de cozinha, mas apenas uma, oferecendo o lugar para a Princesa Malena, devido a sua melhor aparência.

Depois de algum tempo trabalhando naquela função subalterna, qual não foi sua surpresa ao tomar conhecimento de que o rei daquele país era o pai de seu antigo amor, e que ele tinha escolhido uma noiva para o filho, a qual, além de feia de cara, era dura e cruel de coração. A noiva acabara de chegar de viagem, recolhendo-se aos seus aposentos antes que qualquer pessoa a visse. O casamento deveria ser realizado dentro de poucos dias, visto que o noivado fora acertado entre os pais dos noivos, já se tendo tornado oficial. O curioso era que, até então, os noivos ainda não se tinham encontrado uma vez sequer!

Consciente de sua feiúra, a noiva se escondia de todos, mantendo-se trancada em seu quarto, no qual somente permitiu a entrada de uma criada, justamente a ajudante de cozinha. Foi assim que a Princesa Malena acabou por tornar-se uma espécie de escrava pessoal e confidente da horrenda noiva do homem que ela amava...

Chegou finalmente o dia em que os noivos deveriam seguir em carruagem aberta até a igreja, para ali se casarem, mas ela tinha tanta vergonha de sua feiúra, e sentia

227

tamanho pavor de que o povo nas ruas a apupasse e debochasse dela, que chamou Malena e lhe disse:

— Por cúmulo do azar, machuquei o pé, e por isso não poderei seguir em cortejo através das ruas da cidade. Por isso, peço-te que ponhas o vestido de noiva e fiques em meu lugar, desfrutando dessa grande honra, muito além de tudo o que poderias esperar de mim.

Mas a Princesa Malena replicou:

— Dispenso tal honraria, já que tudo não vai passar de uma farsa.

Vendo que ela não se deixava iludir por suas palavras, a noiva lhe ofereceu ouro, mas também em vão, pois ela continuou recusando-se a fingir que era a noiva do Príncipe.

Dessa vez, a recusa deixou a outra furiosa, levando-a a dizer:

— Se não me obedeceres, isso te irá custar a vida. Fica sabendo que basta uma palavra minha, para que tua cabeça role a meus pés!

Como ninguém sabia que Malena era uma princesa real, supondo que aquela jovem não passasse de uma ajudante de cozinha sem eira nem beira, ela viu que sua única saída seria obedecer àquela ordem. Assim sendo, pôs o vestido de noiva, além das jóias e enfeites pertencentes à outra.

Quando entrou no salão real, todos ficaram deslumbrados diante de seu porte e beleza, especialmente o Rei, que ainda não a tinha visto, e que assim disse ao filho:

— Eis a noiva que escolhi para ti, e que em breve irás levar ao altar!

Já o noivo, a quem haviam chegado notícias de que sua noiva não era lá das mais bonitas, ficou surpreendido ante tão deslumbrante beleza, dizendo de si para si: "Se eu não soubesse que, faz muitos anos, minha querida Malena foi encerrada naquela torre, e que a esta altura já deve estar morta, eu chegaria a pensar que esta moça seria ela, de tão parecida que as duas são!"

Sem dizer palavra, tomou-a pela mão e seguiu com ela para a igreja. Quando entraram na carruagem, notou que ela parecia pensativa e triste, perguntando-lhe o porquê daquela melancolia.

— Estou triste porque me lembrei da Princesa Malena — respondeu ela.

O Príncipe nada replicou, mas ficou intrigado com a inesperada resposta da jovem.

Pouco depois, porém, não resistiu à curiosidade e perguntou:

— Quer dizer que conheceste a Princesa Malena?

— Conhecê-la? Como eu poderia?

Quando se encontravam bem perto da igreja, o Príncipe pôs no pescoço da bela noiva um precioso colar de ouro, prendendo-o com um fecho também de ouro. Em seguida, entraram na igreja e caminharam até o altar, onde o sacerdote os esperava para realizar o matrimônio.

Enquanto regressavam para o castelo, a Princesa não disse uma palavra. Ao chegarem, correu para o quarto da noiva, tirou o vestido luxuoso, as jóias e os enfeites, e vestiu sua roupinha modesta e cinzenta de criada. O único adorno que conservou foi o colar de ouro que o Príncipe lhe tinha posto pessoalmente no pescoço.

Nesse ínterim, a noiva horrorosa já estava usando o vestido de noiva, embora mantivesse o rosto coberto com um espesso véu, e assim foi juntar-se aos convidados presentes à festa de casamento.

Depois que a festa terminou e os convidados se foram embora, o Príncipe lhe perguntou:

— Onde está o colar de ouro que te dei quando estávamos chegando à igreja?

— De que colar estás falando? — estranhou ela.

— Não só te dei, como fiz questão de passá-lo eu mesmo em torno de teu pescoço, prendendo-o com seu fecho de ouro. Se nada sabes a respeito, é porque não és as noiva com quem me casei.

Dizendo isso, tirou-lhe o véu do rosto. E sua feiúra realçou tanto, que ele até recuou surpreso e assustado, exclamando:

— Quem és tu? Que fazes aqui?

— Sou tua verdadeira noiva — disse ela, — aquela que teu pai, o Rei, escolheu para ser tua esposa. Como fiquei com medo de que o povo pudesse zombar de mim ao me ver desfilando pelas ruas, pedi à ajudante de cozinha que pusesse o vestido de noiva e me representasse durante a cerimônia do casamento.

— E onde está essa ajudante? — perguntou o Príncipe. — Quero vê-la, pois foi com ela que o sacerdote me casou, e não contigo. Vai buscá-la para mim.

"Isso irá custar-lhe a vida", pensou a noiva, tomada de ciúme e de fúria. Enquanto saía do salão, ordenou aos criados:

— Aquela ajudante de cozinha é uma impostora. Levai-a para o pátio e cortai-lhe a cabeça!

Os criados foram até a cozinha, seguraram-na pelos braços e já a estavam arrastando para fora, quando ela se pôs a gritar a plenos pulmões pedindo socorro. Escutando aqueles gritos, o Príncipe correu para o lado de onde provinham e ordenou que a moça fosse solta imediatamente. Quando ela entrou e ficou sob a luz das lâmpadas, ele notou em seu pescoço algo que rebrilhava, vendo que se tratava do colar de ouro que lhe tinha presenteado.

— Esta, sim, é a minha verdadeira noiva! — exclamou. — Foi com esta que segui de carruagem até a igreja, e foi com ela que me casei! Vem comigo.

Levou-a até seu quarto e, quando se viu a sós com ela, disse-lhe:

— Quando estávamos seguindo para a igreja, tu mencionaste o nome da Princesa Malena, meu amor que jamais esqueci. Se isso fosse possível, eu até diria que estou diante dela, tal a semelhança que noto entre tua pessoa e a dela!

— Eu sou a Princesa Malena — disse ela. — Fiquei trancada durante sete anos numa torre escura. Ao escapar de lá, passei fome e sede, miséria e aflição, e acabei chegando aqui, onde hoje ganho a vida trabalhando como ajudante de cozinha. Faz pouco tempo que descobri ser este o castelo de teu pai, e que tu estavas de casamento marcado com outra mulher. Eu teria permanecido em meu discreto silêncio, se tua noiva não me tivesse obrigado a substituí-la durante a ida à igreja e a cerimônia de casamento. Resultado: foi comigo que te casaste diante do altar, e não com a noiva que teu pai escolheu. Se disseres que ainda me amas, isso será para mim como se o sol raiasse após uma mui longa e tenebrosa noite.

— Nunca deixei de te amar — disse ele, tomando-a nos braços e dando-lhe um beijo.

No dia seguinte, a noiva horrorosa foi devolvida para a casa de seu pai, e daquele momento em diante a Princesa Malena e seu marido viveram contentes e felizes por todo o restante de seus dias.

A torre na qual a Princesa esteve encerrada ainda está de pé, e hoje crianças brincam a seu redor, e, quando se cansam, costumam relembrar a linda história da Princesa Malena.

47. A BOLA DE CRISTAL

Uma feiticeira tinha três filhos que se amavam com afeição fraternal. A velha mãe não confiava neles, pois desconfiava que pretendessem roubar seu poder. Antes que tal acontecesse, ela transformou o mais velho numa águia, que foi viver no cume de uma montanha rochosa, e era vista muita vezes voando em círculos ou planando suavemente nas alturas. Depois transformou o segundo filho numa baleia, que vivia nas profundezas do oceano, e que de vez em quando subia à superfície, para ali esguichar um potente jato de água no ar, como se fosse o repuxo de uma fonte.

Os dos irmãos, todavia, tinham permissão de reassumir sua figura original durante duas horas por dia.

Já o terceiro filho, com receio de ser transformado num animal selvagem, tal como um urso ou um lobo, fugiu de casa. Ele tinha ouvido falar de um certo castelo conhecido como o Castelo do Sol Dourado, no qual vivia uma linda princesa que também tinha sido encantada por sua mãe. Desde que ficara sabendo dessa história, que ele ansiava por poder libertá-la daquele encanto.

Mas ele também sabia que, se a libertasse, corria risco de perder a vida, à semelhança do que já havia ocorrido com vinte e três jovens que antes dele tinham tentado desfazer seu encantamento. Depois da morte do último, ninguém mais se tinha atrevido a passar nas proximidades daquele lugar. Porém, como no coração desse jovem não havia lugar para o medo, foi para o Castelo do Sol Dourado que ele dirigiu seus passos.

Depois de viajar durante longo tempo sem encontrar seu objetivo, chegou a uma grande floresta, acabando por perder-se dentro dela. Num dado momento, avistou à distância dois gigantes que o chamaram, acenando-lhe com as mãos. Quando se aproximou, perguntaram-lhe que estava fazendo ali. Ele lhes disse que se perdera na floresta, e que estava tentando encontrar um caminho para sair dali.

— Oh — disse-lhe um deles, — podemos mostrar-te o caminho. Conhecemos cada palmo desta floresta, mas primeiramente deverás fazer-nos um obséquio. Somos ambos igualmente fortes, e nenhum de nós consegue derrotar o outro. Há tempos estamos brigando por causa de um chapéu, que irá pertencer a quem vencer a briga. Sabendo que vós, os baixinhos, sois inteligentes, e como esta briga parece que nunca irá terminar, queremos que sejas o árbitro desta nossa disputa, decidindo com qual de nós haverá de ficar o chapéu.

— Como podeis perder tanto tempo nessa tola disputa pela posse de um chapéu velho? — perguntou ele.

— Chamas esse chapéu de velho porque não conheces o quanto ele vale! Ele é o que se pode chamar de "chapéu dos desejos". Basta pô-lo na cabeça e expressar o desejo de estar em algum lugar, que a pessoa logo será transportada para lá!

— Ah! Sendo assim, entendo por que tanto quereis possuí-lo! Fazei o seguinte: dai-me o chapéu, para que o leve até ali em frente, e, a um sinal meu, vinde ambos em disparada atrás de mim. Quem me alcançar primeiro, ficará com o chapéu.

Os gigantes concordaram; então o jovem pôs o chapéu na cabeça e começou a caminhar. Todavia, como de sua mente não saía a imagem da princesa encantada e seu desejo de encontrá-la, ele se esqueceu dos gigantes e do trato feito com eles, seguindo sempre em frente, até que, num dado momento, depois de dar um soluço profundo, ele disse para si próprio:

— Ah, se agora eu estivesse no Castelo do Sol Dourado!...

Embora as palavras tenham sido apenas sussurradas, no mesmo instante ele se viu transportado para o meio da encosta de uma alta montanha, tendo diante de si o castelo do Sol Dourado. Vendo que o portão estava aberto, entrou e foi procurando quarto por quarto, até que, num deles, avistou a princesa ali sentada. Ao vê-la, seu sangue até gelou, pois ela nada tinha da beleza que lhe atribuíam; ao contrário, sua pele era de cor cinzenta, o rosto todo enrugado, os olhos embaçados e os cabelos de uma cor vermelha embotada.

— Acaso és tu a filha de um rei que ficou famosa pela beleza? — perguntou, espantado.

— Ah — replicou a moça, — esta não é minha figura verdadeira. Aos olhos dos homens, sou vista com esta forma e esta aparência horrendas, pois estou sob encantamento. Se quiseres saber como sou na realidade, olha minha imagem refletida no espelho, pois esta não pode ser alterada, representando sempre a verdadeira figura da pessoa.

Dizendo isso, entregou-lhe um espelhinho, no qual ele viu refletida a imagem da donzela que se tornara famosa em todo o mundo pela deslumbrante beleza, notando então que lhe escorriam lágrimas pelas faces, revelando seu estado de profunda depressão.

— Dize-me que devo fazer para libertar-te — pediu ele. — Para tanto, estou disposto a enfrentar qualquer perigo.

— Quem conseguir encontrar uma bola de cristal — respondeu ela — e segurá-la diante da feiticeira, destruirá seu poder, e eu imediatamente recuperarei minha figura original e minha liberdade. O problema — prosseguiu — é que muitos já tentaram libertar-me, perdendo por isso suas vidas, e dói-me imaginar que teu sangue audaz e juvenil irá esvair-se todo, se te aventurares a enfrentar tão perigosa empresa!

— Nada me poderá deter! — exclamou ele. — Dize-me apenas o que terei de fazer.

— Já que o exiges — falou a Princesa, — vou dizer. Terás de escalar a montanha em cuja vertente se assenta este castelo, e lá no topo encontrarás um búfalo selvagem, postado diante de um poço. Enfrenta-o, e, se conseguires derrotá-lo, de seu corpo morto emergirá uma fênix. Destrói também essa criatura, abre-a e encontrarás em seu interior um ovo de casca rubra como fogo. Quebra esse ovo e verás que, em vez de gema, ele tem em seu interior uma bola de cristal. Mas toma todo cuidado para não deixá-lo cair e quebrar-se, pois, se tal acontecer, ele pegará fogo e incendiará tudo o que estiver em suas proximidades. Caso ele se queime, derreterá a bola de cristal, e então todo o teu trabalho terá sido em vão.

Ao ouvir isso, o jovem, sem perda de tempo, saiu, galgou a encosta e deparou com o búfalo parado junto à fonte, bufando e raspando o chão com as patas. Investiu contra ele, e o combate não durou muito tempo, pois com dois ou três golpes de sua espada ele deixou o animal morto a seus pés. No mesmo instante, saiu de seu corpo uma ave de aspecto feroz, que alçou vôo precipitadamente. Nesse instante, uma águia — que era o irmão mais velho do rapaz, e que estava voando por aquelas imediações — arremeteu-se contra a fênix, obrigando-a a voar em direção ao mar, e tantas bicadas lhe deu que ela, vendo-se em apuros, acabou deixando cair o ovo. Como ela ainda não estava sobre o mar, o ovo não caiu nas águas, mas sim no litoral, em cima da cabana de um pescador, a qual no mesmo instante se incendiou. Então, inesperadamente, um enorme jato de água se ergueu do oceano e se despejou sobre a cabana, extinguindo rapidamente aquele fogo. Acontece que o segundo irmão, que fora transformado numa baleia, estava nadando ali por perto, na intenção de ajudar seu irmão mais novo, e, vendo que a cabana havia pegado fogo, lançou contra ela um forte esguicho de água, como as baleias costumam fazer.

Tão logo o fogo se extinguiu, o jovem procurou entre as cinzas e encontrou o ovo, vendo que ele não se havia rompido, mas apenas rachado a casca, quando esta, aquecida, recebera o jato de água fria. Desse modo, ele pôde facilmente retirar do interior da casca a bola de cristal.

De posse dela, o rapaz seguiu imediatamente para onde estava sua mãe, a feiticeira, a quem exibiu a bola de cristal. Olhando para ela, a feiticeira falou:

— Oh! Com isso, destruíste meu poder e acabas de te tornar o Rei do Castelo do Sol Dourado, restaurando a seu estado natural não só a Princesa, como teus dois irmãos.

Ouvindo isso, o rapaz voltou correndo até o quarto da Princesa, postou-se diante dela, que então já ostentava o completo esplendor de sua beleza, e ali, com os corações repletos de felicidade, os dois trocaram de anéis e juraram entre si eterno amor.

48. AS DOZE JANELAS

A filha de certo rei morava num castelo que tinha, acima de suas ameias, um longo corredor, ao longo do qual havia doze janelas. Ela costumava subir até esse corredor, de cujas janelas se podia enxergar toda a extensão do reino. Da primeira janela, ela podia ver mais claramente que qualquer ser humano; da segunda, sua capacidade visual aumentava, tornando-se ainda maior na terceira, e assim por diante, pois cada nova janela lhe conferia o poder de enxergar mais longe do que na precedente. Por fim, quando se postava na décima segunda janela, ela podia enxergar toda a extensão da Terra, não ficando coisa alguma oculta de sua visão.

Essa princesa era muito orgulhosa e não se curvava ante pessoa alguma. Gostava de sempre ter a última palavra com respeito a qualquer assunto, e, como não admitia ser contestada por quem quer que fosse, não tinha querido casar-se até então, apesar do grande número de pretendentes, atraídos por sua extrema beleza. Para afastá-los definitivamente, ela um dia mandou divulgar em todo o reino que admitia casar-se, mas que somente aceitaria como pretendente a sua mão o homem que fosse capaz de se esconder dela de maneira absoluta, não se deixando enxergar fosse como fosse. Mas ficasse advertido o candidato que, se fracassasse em sua tentativa de se esconder de suas vistas, ela mandaria cortar sua cabeça e espetá-la na ponta de um poste!

Mesmo correndo tal risco, multiplicaram-se os candidatos, todos os quais acabaram pagando com a vida por seu atrevimento. Já tinham sido erguidos, defronte ao castelo, noventa e sete postes, cada qual com uma cabeça espetada na ponta. Depois disso, durante longo tempo ninguém se havia aventurado a pedir sua mão em casamento.

Aquilo deixava a Princesa orgulhosa e feliz, já que, em seu íntimo, ela sempre imaginava que era preferível permanecer livre e solteira por toda vida, a ter de compartilhar a existência com alguém que eventualmente divergisse de seu modo de pensar.

Foi então que três irmãos se apresentaram diante dela, declarando estar prontos a tentar a sorte naquela empresa, sendo imediatamente aceitos como candidatos a sua mão.

O mais velho foi ingênuo o bastante para imaginar que seria suficiente esconder-se no interior de uma gruta calcária para não ser descoberto. Para descobrir seu paradeiro, ela não teve senão de olhar para fora através da primeira janela, condenando-o imediatamente à morte.

Sabendo que ela tentava enxergar a pessoa por uma janela do castelo, o segundo irmão imaginou o ardil de se esconder sob o próprio castelo, dentro de sua adega subterrânea. Bastou postar-se na segunda janela para que ali o visse a Princesa, e, desse modo, pouco depois a cabeça do infeliz estava espetada na ponta do nonagésimo nono poste.

Vendo o fim que tiveram seus dois irmãos mais velhos, o caçula pediu à Princesa o prazo de um dia para planejar como agir, solicitando ainda que lhe fossem dadas três oportunidades, em vez de uma só. Se ele fracassasse na terceira, nada faria para escapar de sua sentença.

Além de ser um rapaz bonito e atraente, ele era uma pessoa gentil e persuasiva, e por isso a Princesa abriu uma exceção, permitindo-lhe tentar a sorte três vezes. Todavia, advertiu que ele não teria a menor possibilidade de se sair bem em qualquer uma das três tentativas.

O jovem gastou toda a manhã do dia seguinte estudando as maneiras como tinham agido os candidatos precedentes, não conseguindo imaginar qualquer modo novo ou diferente de se esconder. Então, desanimado, tomou de sua espingarda e saiu para espairecer. Enquanto caminhava, avistou um corvo pousado no galho de uma árvore e mirou nele para abatê-lo.

— Não atires em mim! — suplicou o corvo. — Se me poupares a vida, um dia poderei ajudar-te de algum modo.

Ele atendeu ao pedido da ave e prosseguiu seu caminho. Mais à frente, chegou a um lago, no exato momento em que um peixe enorme aparecia à superfície da água. Levando a arma ao ombro, mirou com cuidado, mas, antes de puxar o gatilho, o peixe lhe disse:

— Não atires! Poupa-me a vida, e um dia te compensarei por tua bondade.

Ele desistiu de atirar e seguiu em frente. Pouco depois deparou com uma raposa, notando que ela coxeava. Ele puxou o gatilho, mas a arma falhou. Ouvindo o estalo, a raposa voltou-se para ele e, com voz suplicante, lhe disse:

— Oh, meu amigo, não vês que estou mancando porque pisei num espinho? Em vez de atirar em mim, por que não vens aqui tirá-lo da minha pata?

O jovem foi até onde ela estava e lhe arrancou o espinho, mas, ao ver sua bela pelagem, achou que poderia vendê-la por um bom preço, e então se preparou para matá-la. Ela então suplicou:

— Agora que me ajudaste vais matar-me? Não faças isso! Poupa minha vida, que um dia ainda poderei retribuir-te esse favor.

O moço condoeu-se dela e deixou-a viver. Então, vendo que já começava a escurecer, resolveu voltar para casa.

No dia seguinte ele já deveria tentar esconder-se das vistas da Princesa, mas, depois de matutar durante longo tempo, não conseguiu descobrir como fazê-lo. Por fim, lembrou-se da promessa de ajuda feita pelo corvo, e então seguiu até a floresta. Depois de encontrá-lo, disse-lhe:

— Lembras-te de mim? Ontem poupei tua vida e prometeste me ajudar. Dize-me então como poderei esconder-me da vista penetrante da Princesa.

O corvo meneou a cabeça, ficou pensando por algum tempo, e por fim exclamou:

— Já sei como poderás fazer!

Então, foi até seu ninho, trouxe de lá um ovo, dividiu-o em duas metades iguais e mandou que o jovem se escondesse dentro de uma delas. Depois que ele ali se ajeitou, o corvo fechou as duas metades cuidadosamente, levou o ovo para seu ninho e sentou-se sobre ele, como se o estivesse chocando.

Enquanto isso, a Princesa já se dirigia à primeira janela. Ali chegando, olhou para fora e não conseguiu descobrir onde se havia escondido o rapaz. Assim, passou para a segunda janela, depois para a terceira, sempre sem sucesso. Continuou avançando, e, ao chegar à décima janela, começou a sentir uma certa angústia, pois também dali não conseguiu enxergá-lo. Só obteve resultado quando se postou junto à décima primeira janela. Então, aliviada, mas ainda com muita raiva, ordenou que se matasse o corvo e lhe trouxessem o ovo que estava em seu ninho. Ao tê-lo diante de si, quebrou-lhe a casca, e de dentro dele saiu o rapaz, demonstrando um grande desapontamento.

— Foste o candidato que mais trabalho me deu até agora, mas tua esperteza ainda foi insuficiente para me derrotar. Como prometi, vou dar-te uma segunda oportunidade: tenta melhorar teu desempenho, ou de nada te valerá teu engenho.

No dia seguinte, ele foi até o lago, esperou que o peixe aparecesse, e lhe disse:

— Anteontem poupei tua vida e me prometeste ajudar. Quero que me digas como poderei esconder-me da Princesa, evitando ser encontrado por sua vista penetrante.

O peixe ficou a refletir durante algum tempo, até que por fim exclamou:

— Já sei onde ela não poderá avistar-te: dentro do meu estômago!

Dito isso, engoliu o rapaz e foi-se refugiar na parte mais profunda daquele lago.

Pouco depois, a Princesa foi espiar pelas janelas, e, como no dia anterior, foi passando de uma em uma, não conseguindo avistar o moço nem mesmo olhando pela décima primeira janela. Isso realmente a deixou alarmada, e foi com o coração apertado que ela se postou na décima segunda, onde, para seu alívio, finalmente o avistou dentro da barriga do peixe, na parte mais profunda do lago. No mesmo instante, ela ordenou que se pescasse aquele peixe, que o trouxessem diante dela e o abrissem para ver o que haveria em seu ventre.

Pode-se imaginar qual não tenha sido a cara de desapontamento do rapaz ao se ver retirado de seu esconderijo, vendo diante de si o rosto sorridente e aliviado da Princesa...

— Desta vez quase conseguiste lograr-me — disse ela, — mas falhaste novamente. Como te prometi, terás outra oportunidade. Mas lembra-te de que é a última. Como duvido que possas ter sucesso, já mandei erguer o centésimo poste, em cuja ponta pretendo espetar tua cabeça.

No dia seguinte, com o coração tomado de angústia, ele saiu para espairecer, e acabou encontrando a raposa. Dirigindo-se a ela, disse-lhe:

— Em matéria de esconderijo, tu és perita. Trasantontem salvei tua vida e me prometeste ajudar. Dize-me agora como poderei esconder-me da vista aguda e penetrante da Princesa, que tudo vê e tudo descobre.

— Eis aí uma tarefa bem difícil... — disse ela, assumindo um ar pensativo. — Hmmm... acho que sei como fazer... Vem comigo.

Saindo dali, foi com ele até uma fonte encantada, e nela mergulhou. Ao sair de suas águas, estava ostentando a figura de um vendedor de peixes, tendo nos braços uma cesta. Mandou então que o rapaz mergulhasse na fonte, e ele o fez, saindo de lá transformado num camundongo, que o vendedor logo pôs na cesta, seguindo depois em direção da cidade.

Foi tal a curiosidade despertada pela presença daquele camundongo falante dentro da cesta, que uma verdadeira multidão se ajuntou ao redor do vendedor de peixes para espiá-lo. A fama daquela curiosa criatura chegou até os ouvidos da Princesa, que mandou trazer até sua presença o vendedor, oferecendo-lhe uma boa soma pelo camundongo.

Antes de entregá-lo à Princesa, o astuto vendedor segredou ao ouvido do camundongo:

— Esconde-te o melhor que puderes entre os cachos de cabelo da Princesa, e permanece ali enquanto ela estiver procurando avistar-te das doze janelas no alto do castelo.

Em seguida, antes de terminar os acertos da venda do camundongo, ela mandou o vendedor esperá-la ali embaixo, e subiu as escadas do castelo para chegar ao corredor das doze janelas. Ali, foi-se postando de janela em janela, até chegar à décima segunda, da qual também não conseguiu ver onde se encontrava o rapaz. Aquilo a deixou possessa de raiva e despeito, levando-a a esmurrar o vidro da janela, tão violentamente, que o espatifou todo, reduzindo-o a mil cacos e fazendo até trepidar as paredes do castelo.

Ao voltar para o andar térreo, onde a esperava o vendedor para concluir a venda do camundongo, ela, sentindo-se um tanto desnorteada com seu insucesso, e desinteressada de concluir a compra iniciada, passou a mão pela cabeça e sentiu que havia alguma coisa enfiada em seus cabelos. Arrancando-a de modo brusco, atirou aquela coisa no chão, exclamando:

— Nem quero ver o que é isso!

Imediatamente o vendedor apanhou o camundongo e foi o mais depressa que pôde para a fonte encantada, mergulhando ali juntamente com o animalzinho, e pouco depois emergindo ambos com suas figuras e formas originais.

O rapaz agradeceu e disse à raposa:

— Comparados contigo, o corvo e o peixe não passam de dois beócios. Em matéria de astúcia, ninguém se compara contigo!

Em seguida, regressou ao castelo. Nessa altura dos acontecimentos, a Princesa já se havia resignado ao seu destino, concordando em casar-se com aquele pretendente.

O casamento não demorou a ser realizado com grande pompa, e o moço, com isso, tornou-se o senhor e regente de todo aquele reino.

Ele jamais contou para ela o estratagema que havia empregado para se esconder de sua vista penetrante, nem quem o tinha ajudado, de maneira que, no entendimento da Princesa, ele teria feito tudo sozinho, lançando mão de sua própria argúcia e inteligência. Isso a levou a nutrir por ele uma profunda admiração, que não tardou a se transformar em verdadeiro amor. Em sua admiração, ela chegava a pensar: "Ainda que eu tivesse mais do que doze janelas, mesmo assim creio que ele saberia como se esconder de mim..."

49. HANS, O SABICHÃO

A mãe de Hans perguntou:
— Aonde pretendes ir, Hans?
— À casa da Grethel — respondeu ele.
— Toma cuidado, Hans.
— Não te preocupes, mamãe. Até logo.
— Até logo, Hans.
Hans chega à casa de Grethel:
— Bom dia, Grethel.
— Bom dia, Hans. Que presente trouxeste hoje para mim?
— Hoje eu nada trouxe para ti. E tu, que tens para mim?
— Tenho esta agulha. Toma-a.
Hans agradeceu pelo presente, e pouco depois se despediu. Ao sair, seguiu atrás de uma carroça carregada de fardos de feno e espetou a agulha num deles. Quando a procurou, não mais a encontrou.
Ao chegar a sua casa, saudou a mãe:
— Boa noite, mamãe.
— Boa noite, Hans. De onde estás vindo?
— Da casa de Grethel.
— E o que levaste para ela?
— Desta vez não lhe dei presente algum. Foi ela quem me deu um.
— E que foi que Grethel te deu?
— Uma agulha.
— Onde a puseste?
— Espetei-a num fardo de feno.
— Que idéia mais tola! Deverias tê-la espetado na manga de teu casaco.
"Da próxima vez, pensarei melhor antes de agir", pensou ele.
No dia seguinte, a mãe perguntou:
— Aonde pretendes ir, Hans?
— À casa da Grethel — respondeu ele.
— Toma cuidado, Hans.
— Não te preocupes, mamãe. Até logo.

—Até logo, Hans.

Hans chega à casa de Grethel:

—Bom dia, Grethel.

—Bom dia, Hans. Que presente trouxeste hoje para mim?

—Hoje eu nada trouxe para ti. E tu, que tens para mim?

—Tenho esta faca. Toma-a.

Hans agradeceu pelo presente, e pouco depois se despediu. Ao sair, cravou a faca na manga de seu paletó, deixando-a rasgada, e seguiu para casa.

Ao chegar a sua casa, saudou a mãe:

—Boa noite, mamãe.

—Boa noite, Hans. De onde estás vindo?

—Da casa de Grethel.

—E o que levaste para ela?

—Desta vez não lhe dei presente algum. Foi ela quem me deu um.

—E o que foi que Grethel te deu?

—Uma faca.

—Onde a puseste?

—Enfiei-a na manga do paletó.

—Que idéia mais insensata, Hans! Deverias tê-la posto em teu bolso!

"Da próxima vez, pensarei melhor antes de agir", pensou ele.

Terceiro dia:

—Aonde pretendes ir, Hans?

—À casa da Grethel — respondeu ele.

—Toma cuidado, Hans.

—Não te preocupes, mamãe. Até logo.

—Até logo, Hans.

Hans chega à casa de Grethel:

—Bom dia, Grethel.

—Bom dia, Hans. Que presente trouxeste hoje para mim?

—Hoje eu nada trouxe para ti. E tu, que tens para mim?

—Tenho este cabrito. Leva-o contigo.

Hans agradeceu pelo presente, e pouco depois se despediu. Ao sair, pegou o cabrito, amarrou-lhe as pernas e, força daqui, força dali, enfiou-o no bolso do casaco. Quando chegou a sua casa, o animal tinha morrido sufocado. Ao encontrar a mãe, saudou-a:

—Boa noite, mamãe.

—Boa noite, Hans. De onde estás vindo?

—Da casa de Grethel.

—E o que levaste para ela?

—Desta vez não lhe dei presente algum. Foi ela que me deu um.

—E o que foi que Grethel te deu?

— Um cabrito.

— E onde o puseste, Hans?

— Enfiei-o no bolso do meu casaco, e ele morreu...

— Mas que falta de bom senso, Hans! Deverias tê-lo amarrado a uma corda e o trazido caminhando atrás de ti até aqui.

"Da próxima vez, pensarei melhor antes de agir", pensou ele.

No dia seguinte:

— Aonde pretendes ir, Hans?

— À casa de Grethel, mamãe.

— Toma cuidado, Hans.

— Não te preocupes, mamãe. Até logo.

— Até logo, Hans.

Hans chega à casa de Grethel:

— Bom dia, Grethel.

— Bom dia, Hans. Que presente trouxeste hoje para mim?

— Hoje eu nada trouxe para ti. E tu, que tens para mim?

— Tenho esta manta de toicinho. Toma-a.

Hans agradeceu pelo presente, e pouco depois se despediu. Ao sair, amarrou o toicinho numa corda e veio pela estrada, puxando-o atrás de si. Ao chegar a sua casa, só tinha nas mãos a corda, pois o toicinho se despedaçou e foi ficando para trás, para alegria da cachorrada.

— Boa noite, mamãe.

— Boa noite, Hans. De onde estás vindo?

— Da casa de Grethel.

— E o que levaste para ela?

— Desta vez não lhe dei presente algum. Foi ela que me deu um.

— E o que foi que Grethel te deu?

— Uma manta de toicinho.

— E onde está esse toicinho?

— Ora! Estava bem aqui, na ponta desta corda! Acho que os cachorros devem ter vindo atrás de mim e comido toda a manta...

— Que maneira mais idiota de trazer toicinho para casa, Hans! Deverias tê-lo carregado sobre a cabeça...

"Da próxima vez, pensarei melhor antes de agir", pensou ele.

Passado mais um dia, a mãe perguntou:

— Aonde pretendes ir, Hans?

— À casa da Grethel — respondeu ele.

— Toma cuidado, Hans.

— Não te preocupes, mamãe. Até logo.

— Até logo, Hans.

Hans chega à casa de Grethel:

— Bom dia, Grethel.

— Bom dia, Hans. Que presente trouxeste hoje para mim?

— Hoje eu nada trouxe. E tu, que tens para mim?

— Tenho este bezerro. Leva-o para casa.

Hans agradeceu pelo presente, e pouco depois se despediu. Ao sair, pôs o bezerro sobre a cabeça e seguiu com ele para casa. Durante o caminho, as patas do bezerro lhe arranharam todo o rosto.

Ao chegar, saudou:

— Boa noite, mamãe.

— Boa noite, Hans. De onde estás vindo?

— Da casa de Grethel.

— E o que levaste para ela?

— Desta vez não lhe dei presente algum. Foi ela que me deu um.

— E o que foi que Grethel te deu?

— Um bezerrinho.

— E como foi que o trouxeste?

— Trouxe-o sobre a cabeça, e, por causa disso, estou com a cara toda lanhada.

— Também pudera, trazendo um bezerro dessa maneira idiota! Ele que viesse caminhando sobre as próprias patas! Chegando aqui, o que devias ter feito era encerrá-lo no curral.

"Da próxima vez, pensarei melhor antes de agir", pensou ele.

Mais um dia, e a mãe perguntou:

— Onde pretendes ir, Hans?

— À casa da Grethel — respondeu ele.

— Toma cuidado, Hans.

— Não te preocupes, mamãe. Até logo.

— Até logo, Hans.

Hans chega à casa de Grethel:

— Bom dia, Grethel.

— Bom dia, Hans. Que presente trouxeste hoje para mim?

— Hoje eu nada trouxe. E tu, que tens para mim?

— Também nada tenho para te dar, mas quero ir contigo até tua casa.

— Então vamos — disse Hans, passando uma corda em seu pescoço e levando-a atrás de si pela estrada

Antes de entrar em casa, levou-a até o curral, amarrou-a na cerca, saiu e fechou a porteira. Ao entrar em casa, saudou a mãe:

— Boa noite, mamãe.

— Boa noite, Hans. De onde estás vindo?

— Da casa de Grethel.

— E o que levaste para ela?

— Desta vez nem eu nem ela nos demos presente. O que ela fez foi vir comigo para conhecer nossa casa.

242

— E onde está a Grethel?

— Está amarrada na cerca do curral.

— Mas que absurdo, Hans! Uma moça boa como a Grethel não merecia ser tratada assim, mas sim com muito carinho, ternura e amor!

"Vou tentar agir com ela como se deve", pensou ele.

Então, seguindo até o curral, pôs a alisar seus cabelos com muito carinho, enquanto a fitava com olhos ternos e amorosos.

Pois não é que, depois de tudo isso, Grethel ainda quis se casar com o Hans?

50. A MADRINHA MORTE

Era uma vez um pobre homem que tinha doze filhos, e que, para alimentá-los, tinha de trabalhar noite e dia sem descanso. Foi então que nasceu seu décimo terceiro filho, e, tomado de desespero, ele seguiu até a estrada, disposto a pedir à primeira pessoa que encontrasse se aceitaria ser padrinho ou madrinha do recém-nascido.

Quem ele primeiro encontrou foi a Morte, que caminhava em passadas longas com suas pernas compridas e secas, e que, ao ouvir seu pedido, aceitou sem pestanejar ser a madrinha da criança. O homem perguntou qual era o nome daquela pessoa tão cordata e gentil, recebendo como resposta:

— Sou a Morte, aquela que torna iguais todas as pessoas.

— Então — respondeu o homem — és exatamente de quem preciso, visto que não estabeleces diferença entre ricos e pobres. Assim, é com prazer que me torno teu compadre e te agradeço por aceitares ser a madrinha de meu filho.

A Morte então replicou:

— Tornarei teu filho rico e famoso. Basta ser meu amigo para que a pessoa não tenha necessidade de coisa alguma.

O homem disse-lhe então que o batizado estava marcado para o próximo domingo.

Na data e hora marcada, a Morte estava presente, e tomou parte na cerimônia agindo com decoro e circunspeção.

Quando o menino atingiu a idade da razão, sua madrinha veio visitá-lo, saindo com ele e o levando até uma floresta, onde lhe mostrou certa erva que ali crescia.

— Vim dar-te teu presente de batismo — disse a Morte. — Usando esta erva, serás um médico famoso. Toda vez que fores chamado para atender uma pessoa doente, tu me verás no quarto do enfermo. Se eu estiver postada junto à cabeceira, podes confiar em que irás curá-lo: basta mandar que ele mastigue uma folha desta planta, para que ele logo se restabeleça. Por outro lado, se eu estiver no lado oposto, junto ao pé da cama, nesse caso estou reclamando aquele enfermo para mim, e podes dizer aos parentes que seu caso é perdido, sem qualquer probabilidade de cura. De maneira alguma lhe dês uma folhinha para mastigar, desafiando minha decisão, pois, nesse caso, levarei comigo não só o doente, como também a ti.

Em curto espaço de tempo, o jovem se tornou o mais famoso médico daquele lugar. "Basta que ele veja o doente", comentavam os vizinhos entre si, "para que saiba instantaneamente se ele tem cura ou não". Com isso, passando de boca em boca, sua fama se foi alastrando de tal modo que até de locais distantes chegavam pessoas trazendo-lhe doentes para tratar, e ele passou a receber tanto dinheiro, que não tardou a enriquecer.

Aconteceu certa vez que o Rei adoeceu, e trataram de chamar o renomado médico para saber se Sua Majestade teria cura ou não. Ao entrar na câmara real, ele avistou a Morte junto aos pés da cama do soberano, e logo pensou: "Ah, se apenas desta vez eu passasse por cima da recomendação da Morte... Sei que ela iria sentir-se ofendida, mas talvez fizesse vistas grossas e não se importasse, já que sou seu afilhado... Vou tentar..."

Que fez então? Pegou o doente e inverteu sua posição na cama, deixando-o com os pés voltados para a cabeceira. Desse modo, a Morte ficou junto da cabeça do Rei, em cuja boca ele logo enfiou uma folha da erva santa. Pouco depois, o soberano já deixava o leito, inteiramente restabelecido.

Não demorou muito, e o médico recebeu a visita da Morte, que se apresentou diante dele com aspecto zangado e carrancudo. Segurando-o pelo braço, a madrinha lhe disse:

— Tu me ludibriaste, mas desta vez passa: vou perdoar-te, já que és meu afilhado. Mas não repitas isso, pois, se o fizeres, isso te irá custar a vida, e eu virei e te levarei comigo.

Pouco tempo depois, quem adoeceu foi a filha do Rei, vítima de grave enfermidade. Como era filha única, o soberano chorava dia e noite, de tal maneira que seus olhos nem mais enxergavam direito. Tomado de desespero, ele então anunciou que quem curasse a Princesa poderia casar-se com ela e tornar-se herdeiro do trono. Chamaram o médico, que, ao entrar no quarto da doente, viu a Morte postada aos pés da cama, lembrando-se de sua advertência. Todavia, a grande beleza da Princesa, e a probabilidade de se tornar seu marido e herdeiro do trono tanto excitaram a cobiça do jovem médico, que ele abandonou todas as precauções e, sem mesmo notar o olhar irado que a Morte lhe dirigia e as ameaças que lhe fazia com o punho cerrado, carregou a enferma e inverteu sua posição na cama, deixando-a com os pés voltados para a cabeceira, como tinha feito pouco antes com seu pai, o Rei. Feito isso, deu-lhe para mastigar uma folha da erva prodigiosa, e logo suas faces recuperaram o colorido, e seu sangue voltou a fluir normalmente nas veias.

Quando a Morte viu suas ordens desobedecidas pela segunda vez, saiu de onde estava e veio postar-se ao lado do afilhado, dizendo-lhe:

— Basta! Agora é a tua vez!

E, aplicando-lhe uma bofetada com sua mão descarnada e gelada, à qual o médico não soube resistir, cambaleando para o lado, puxou-o atrás de si, levando-o para a sua morada subterrânea. Ali chegando, o médico avistou longas fileiras de velas acesas, milhares delas, umas ainda grandes, outras já bem gastas, sendo que algumas já começavam a bruxulear, estando prestes a apagar. De vez em quando, uma ou outra se apagava subitamente, enquanto que outras ameaçavam ir-se apagando, eventualmente reacendendo com brilho renovado, e havia também aquelas que de repente pareciam surgir do nada, brotando acesas do chão. Desse modo, as chamas pareciam dançar, numa contínua alternância de brilho e fulgor.

— Estás vendo? — perguntou a Morte. — Estas velas representam as vidas dos homens. As que brotam do chão são as dos recém-nascidos. As maiores são as das crianças, que ainda têm muita vida pela frente. Seguem-se as dos que estão na flor da idade, depois as dos que estão em idade madura, e por fim as menores, que são as das pessoas idosas. Mas, como podes ver, às vezes acontece de uma vela grande consumir-se rapidamente, ou mesmo apagar-se de repente — imagine o porquê de cada caso.

— Oh, Madrinha, poderias mostrar-me a vela que corresponde à minha vida?

A Morte apontou-lhe uma que estava prestes a apagar, dizendo-lhe:

— Ei-la.

— Ah, Madrinha! — exclamou o médico, tremendo de pavor. — Acende uma vela nova para mim, pelo amor que me tens, para que eu desfrute de mais alguns anos de vida e possa casar-me com a Princesa, tornando-me herdeiro do trono...

— Não posso fazer isso — respondeu a Morte. — Só se pode acender de novo uma vela depois que ela se extinguiu.

— Mas podes usar o fogo quase morto dessa vela para acender uma nova, não podes? — suplicou o moço.

— Bem... é possível...

Dizendo isso, a Morte pegou a vela quase apagada e encostou seu pavio no de uma vela nova, a fim de transferir a chama, porém fez isso com tanta má vontade, tão devagar, que não houve tempo para que a vela nova se acendesse, de modo que a chama tremeluziu e se apagou. Com isso, o corpo do médico afundou no chão, e ele foi fazer companhia a sua madrinha por toda a eternidade.

51. O PÁSSARO EMPLUMADO

Era uma vez um feiticeiro que costumava assumir a figura de um mendigo, indo de casa em casa pedir esmola, aproveitando as oportunidades que surgiam, para raptar criancinhas, levando-as para um certo lugar que ninguém conseguia descobrir onde era. Certo dia, ele bateu à porta da casa do pai de três lindas filhinhas, fingindo ser aleijado e carregando nas costas um saco para levar o que conseguisse apanhar. Ali chegando, pediu que lhe dessem algo de comer. Quando a menina mais velha veio atendê-lo e lhe trouxe um pedaço de pão, ele tocou nela com o dedo, e ela logo se sentiu compelida a pular dentro do saco. Ele se apressou a ir embora, seguindo com largas passadas, levando-a através de uma floresta escura até sua casa, na qual tudo era esplêndido. Ali lhe deu tudo o que ela desejava, dizendo-lhe:

— Aqui levarás uma boa vida, pois terás tudo que teu coração quiser.

Dois dias depois, ele lhe disse:

— Terei de viajar, e ficarás sozinha por algum tempo. Deixo contigo as chaves de todos os cômodos da casa. Podes entrar em todos eles, exceto naquele que só pode ser aberto com esta pequena chave diferente das demais. Repito: nesse quarto, estás proibida de entrar, sob pena de morreres.

Entregou-lhe também um ovo, dizendo:

— Preserva-o para mim cuidadosamente, levando-o sempre contigo, pois, caso o percas, grandes infortúnios sobrevirão!

Ela guardou as chaves e o ovo e prometeu cumprir suas exigências, mas, logo que ele se foi, a curiosidade tomou conta dela, que, depois de abrir todas as portas e examinar todos os quartos, desde o sótão até o porão, acabou parando diante do quarto proibido. Então, abrindo a porta, ali entrou, ficando terrivelmente assustada ao deparar, no centro do quarto, com uma enorme tina cheia de sangue. Apavorada, deixou o ovo escapar de suas mãos e cair dentro da tina. Embora tenha conseguido apanhá-lo e limpá-lo, esfregando e lavando cuidadosamente sua casca, o sangue que o recobria não saía, sempre reaparecendo como se fosse sangue fresco.

No dia seguinte, o feiticeiro voltou e pediu que ela lhe entregasse as chaves e o ovo. Ela o fez, tremendo, pois ele no mesmo instante percebeu que ela havia entrado no quarto proibido, dizendo-lhe com voz irada:

— Apesar de minhas recomendações, entraste no quarto proibido, não foi? Pois volta e entra lá de novo, querendo ou não, pois com essa tua desobediência perdeste o direito de continuar viva.

Dito isso, tomou-a pelo braço e levou-a até o quarto, trancando-a lá dentro.

"Agora vou buscar a segunda menina", disse consigo próprio, voltando a disfarçar-se de mendigo e retornando àquela casa. A segunda menina atendeu à porta e lhe trouxe um pedaço de pão, e, como tinha acontecido com a outra, também pulou para dentro do saco e foi levada para o meio da floresta. Com ela aconteceu a mesma coisa que tinha acontecido com sua irmã mais velha, e ela acabou sendo trancafiada no quarto proibido.

Ele então buscou a terceira menina, que agiu de maneira mais esperta e prudente que suas irmãs. Depois de ouvir suas recomendações, deixou que ele saísse, e então, cuidadosamente, depositou o ovo num lugar seguro, e só depois disso abriu a porta do quarto proibido. Ali entrando, que cena presenciou! Suas duas irmãs lá estavam, semimortas de fome. Ela ajudou-as a se levantar e lhes deu comida. Aos poucos, as duas se recuperaram, e logo depois se abraçaram e se beijaram fraternalmente.

Quando regressou, o feiticeiro pediu a devolução das chaves e do ovo, e ao ver que este não tinha o menor indício de sangue, falou:

— Posso ver que soubeste resistir à tentação, fazendo jus a te tornares minha esposa e conseguires de mim tudo aquilo que desejares.

— Já que é assim — replicou ela, — podes começar dando a meu pai e minha mãe um saco cheio de ouro, carregando-o tu mesmo em tuas costas. Enquanto fores até lá, farei os preparativos para o casamento.

Ela então correu até um quarto onde tinha deixado escondidas as irmãs e lhes disse:

— Chegou a hora de libertar-vos. Quem vos levará para casa será o próprio feiticeiro. Tão logo chegardes lá, enviai-me ajuda.

Dito isso, colocou-as dentro de um saco e cobriu-as com ouro em pó, de maneira a não deixar qualquer indício de sua presença, e depois, chamando o feiticeiro, disse-lhe:

— Leva este saco nas costas, e não pares enquanto não chegares a teu destino. Ficarei vigiando da janela para ver se paras para descansar.

O feiticeiro pôs o saco nas costas e se pôs a caminho, mas o peso era tal, que ele começou a suar copiosamente, ansiando por parar para descansar, nem que fosse por um minuto. Nesse instante, porém, escutou uma voz que dizia:

— Nada de parar! Estou vendo tudo aqui da minha janela! Trata de prosseguir!

Imaginando que a voz fosse de sua noiva, continuou a caminhar.

Pouco depois, voltou a sentir ganas de parar, mas de novo se ouviu a voz a dizer:

— Nada de parar! Estou vendo! Trata de prosseguir!

Aquilo se repetiu por mais algumas vezes, até que ele por fim chegou diante da casa dos pais das meninas, exausto e sem fôlego, entregando o saco, que imaginava conter apenas ouro, ao surpreso casal que o atendeu.

Nesse meio tempo, a noiva tinha ficado em casa preparando a festa de casamento, para a qual foram convidados todos os amigos do feiticeiro. Ela então pegou um nabo bem grande, recortou nele olhos e dentes, pôs-lhe uma touca e uma coroa de flores, e o deixou no peitoril da janela mais alta da casa, como se fosse alguém que ali estivesse olhando para baixo. Feito isso, mergulhou num barril cheio de mel, e em seguida, depois de rasgar o colchão da cama, rolou sobre as penas, fazendo com que estas se grudassem em seu corpo, conferindo-lhe a aparência de uma estranha ave desconhecida de todo o mundo. Depois disso, saiu de casa, encontrando-se no caminho com alguns convidados que chegavam para a festa. Quando estes lhe perguntavam de onde estava vindo, respondia:

— Estou vindo da casa do Rei Emplumado.

— E a noiva, como está?

— Está na janela que fica no alto da casa, vigiando o que acontece aqui embaixo.

Essas mesmas perguntas lhe foram dirigidas pelo feiticeiro, que estava voltando para casa. Ele então olhou para cima e, vendo o nabo enfeitado, pensou que seria sua noiva, cumprimentando-a e enviando-lhe de longe muitos beijos amorosos. Mas justamente quando acabava de entrar em casa para cumprimentar os convidados, chegaram os irmãos e parentes da noiva, que ali tinham vindo com o intuito de resgatá-la, e que, já a tendo encontrado, ao verem a casa entupida de amigos do odioso feiticeiro, trancaram e lacraram todas as portas, de modo que nenhum deles pudesse escapar. Em seguida, atearam fogo, fazendo com que o feiticeiro e seus convidados fossem queimados e reduzidos a cinzas.

52. OS SEIS CISNES

Certa vez, estava um rei caçando numa floresta, e num dado momento passou a perseguir um cervo com tanto empenho, que seus acompanhantes acabaram perdendo-o de vista. Ao notar que começava a anoitecer, ele parou e, olhando ao redor, percebeu que estava perdido. Foi caminhando ao longo de uma trilha estreita, até que avistou uma mulher velha, a quem se dirigiu, perguntando-lhe:

— Seria possível, boa senhora, que me indicasses um caminho para sair desta floresta?

— Claro que sim, Majestade — respondeu ela, — mas sob uma condição, que, se não preencherdes, nunca conseguireis sair desta floresta, aqui permanecendo até morrer de fome.

— E que condição é essa? — indagou o Rei.

— Tenho uma filha — respondeu a velha — tão bela quanto a moça mais bonita que há neste mundo, e que bem merece ser noiva de Vossa Majestade. Se prometerdes que vos casareis com ela, tornando-a Rainha, mostrar-vos-ei como sair desta floresta.

Sem pensar bem no compromisso que estava assumindo, mas ansioso por sair daquela floresta, o Rei concordou com a proposta, e então a velha o levou para sua cabana, onde a filha estava sentada junto ao fogo. Ela olhou para o Rei como se já o estivesse esperando, e ele logo constatou que a moça era de fato muito bonita, porém não a ponto de deixá-lo apaixonado, especialmente porque, quando a fitava, sentia o corpo estremecer. Todavia, já que assim havia acertado com a velha, tomou-a pela mão, montou-a em seu cavalo, e a velha então mostrou-lhe a saída da floresta, podendo o Rei chegar são e salvo em seu palácio, onde apresentou sua noiva e anunciou para breve seu casamento.

O Rei já fora casado outrora, e tivera sete filhos desse casamento: seis meninos e uma menina, que era a pessoa que ele mais amava neste mundo. Ele ficou receoso de que a nova madrasta não se desse bem com eles, tratando-os mal e fazendo-os sofrer, de maneira que preferiu levá-los para um castelo solitário situado no meio de uma floresta. Esse castelo era tão escondido, e o caminho que levava até lá tão difícil de ser descoberto, que ele próprio não conseguiria ali chegar, se uma mulher sábia não lhe tivesse dado uma bola de algodão dotada da maravilhosa propriedade de, quando atirada a sua frente, desenrolar-se sozinha e indicar o caminho a seguir.

Depois do casamento, o Rei ia tantas vezes visitar seus queridos filhos, que a nova Rainha passou a desconfiar de suas freqüentes ausências, indagando-o a respeito dessas saídas e querendo saber o que ia ele fazer com tanta assiduidade naquela floresta. Como ele desconversava, ela subornou os criados do palácio com uma bela soma de dinheiro, e eles não só lhe revelaram o segredo, como contaram também sobre a bola de algodão que lhe indicava o caminho a seguir. Ela não teve paz enquanto não descobriu onde ele escondia aquela bola. Intencionada a apanhá-la, costurou umas belas camisetas de seda, e, fazendo uso dos conhecimentos aprendidos com sua mãe, deitou-lhes um feitiço. Assim, num dia em que o Rei saiu para caçar, ela tomou as camisetas e entrou na floresta, levando consigo a bola de algodão que lhe indicava o caminho a seguir. Ao verem que alguém se aproximava, as crianças pensaram que era o seu querido pai, correndo alegremente em sua direção. Ela então atirou sobre cada criança uma daquelas camisetas, as quais, à medida que tocavam seus corpos, transformavam-nas em cisnes, que logo alçaram vôo, fugindo para longe. Depois de ver isso, a Rainha regressou para o palácio cheia de contentamento, imaginando estar livre dos filhos de seu marido, mas sem saber que apenas os filhos homens tinham ido ao encontro do pai, já que a filha tinha permanecido em casa.

No dia seguinte, o Rei seguiu para a floresta, a fim de visitar os filhos; porém, chegando ao castelo, somente encontrou a menina.

— Onde estão teus irmãos? — perguntou-lhe.

— Ah, querido pai — respondeu ela, — eles foram embora voando e me deixaram aqui sozinha...

Em seguida contou-lhe que tinha espiado pela janela e visto que eles se tinham transformado em cisnes e voado sobre a floresta, mostrando-lhe as penas que tinham deixado cair no pátio do castelo. e que ela tratara de apanhar.

O Rei ficou muito aflito, mas não imaginou que aquilo teria sido obra da Rainha. Como temia que também a menina desaparecesse, resolveu levá-la consigo para o palácio real. Ela, porém, com medo da madrasta, pediu-lhe que ficasse ali no castelo ao menos durante uma noite.

A pobre mocinha pensava consigo própria: "Aqui não é mais meu lugar. Vou sair e procurar meus irmãos". Assim, quando chegou a noite, ela saiu sem que a vissem e se afundou na mata. Caminhou durante toda a noite e parte do dia seguinte, até que não mais conseguiu prosseguir de tão cansada. Nesse instante, avistou uma cabana tosca, e, lá chegando, entrou e encontrou um quarto com seis caminhas. Sem saber a quem pertenciam, não se atreveu a deitar numa delas, preferindo enfiar-se debaixo da maior e se deitar no duro chão, decidida a ali passar a noite.

No instante em que o sol se pôs, ela escutou um ruflar de asas, e seis cisnes brancos ali entraram pela janela. Os seis pousaram no chão e começaram a soprar uns nos outros, tirando-se todas as penas. Então, embaixo de sua penugem de cisnes, apareceu uma camiseta semelhante às que a Rainha havia costurado e atirado sobre eles, ao encontrá-los pela primeira vez. Foi aí que ela reconheceu serem eles seus irmãos, deixando alegremente seu esconderijo sob a cama e se mostrando a eles, que não ficaram menos alegres ao vê-la. Pena que essa alegria foi de curta duração, pois pouco depois um deles lhe disse:

— Não deves permanecer nesta casa, pois aqui é um esconderijo de ladrões. Quando eles regressarem, e aqui te encontrarem, vão assassinar-te.

— E será que meus irmãos não me poderão proteger? — perguntou ela.

— Não — responderam, — pois apenas podemos despir nossas penas de cisne durante um quarto de hora a cada noite, e só nesse curto período de tempo é que readquirimos nossa forma humana, voltando em seguida à condição de cisnes.

Com lágrimas nos olhos, a irmã lhes perguntou:

— E será que não podereis mais readquirir definitivamente a condição humana?

— Oh, não — responderam eles, — as condições para tal são muito difíceis. Para que o conseguisses, durante seis anos completos deverias ficar sem falar e sem rir. E durante esse tempo terias de costurar para nós seis camisetas debruadas de flores do campo. Nesse ínterim, se uma única palavra for pronunciada por teus lábios, todo o trabalho estará perdido!

No momento em que os irmãos terminaram de falar, encerrou-se o quarto de hora de seu desencantamento, e eles readquiriram sua forma de cisnes, saindo enfileirados pela janela e voando para longe.

Entrementes, a irmãzinha tomou a solene resolução de resgatar seus irmãos, ou então morrer nessa tentativa. Com essa intenção, deixou a cabana e penetrou profundamente na floresta, passando a noite aninhada entre os galhos de uma árvore. Na manhã seguinte, saiu e colheu as flores silvestres que deveriam ser costuradas nas camisetas. Não tinha ninguém para conversar, e motivo algum para rir, de maneira que passava os dias encarapitada na árvore, interessada apenas em executar seu serviço.

Após passar ali algum tempo, um belo dia aconteceu que o rei daquele país resolveu caçar naquela floresta, e seus auxiliares passaram sob a árvore sobre a qual ela se aninhara. Ao verem aquela menina escondida entre os galhos, perguntaram-lhe:

— Quem sois vós?

Ela não deu resposta.

— Descei aqui, senhorita, que não vos faremos qualquer mal.

Ela simplesmente balançou a cabeça em sinal de negação, e quando lhe dirigiram novas perguntas, atirou para eles seu colar de ouro, esperando que aquilo fosse suficiente para fazê-los desistir de importuná-la. Mas eles não arredaram o pé dali, e ela então lhes atirou seu cinto, igualmente em vão, e depois seu rico vestido. Nada disso foi suficiente para que desistissem e se fossem dali. Por fim, um dos caçadores subiu na árvore e a trouxe para baixo, levando-a perante o Rei, que lhe perguntou:

— Quem sois vós? Que estáveis fazendo sobre a árvore?

Ela nada respondeu. Imaginando que se tratasse de uma estrangeira, ele repetiu a pergunta em várias outras línguas, mas ela permaneceu muda como um peixe. Todavia, devido a sua beleza, o coração do Rei ficou tocado, concebendo por ela uma

252

forte afeição. Ele então vestiu-a com sua capa e a colocou sobre o cavalo, levando-a dali para o seu castelo.

Ali chegando, ordenou que lhe fossem feitas lindas vestes, e embora sua beleza refulgisse como raios de sol, nenhuma palavra escapava de seus lábios. Ao sentar-se à mesa, o Rei lhe cedeu o lugar a seu lado, e ali seu porte majestoso e suas maneiras distintas tal impressão lhe causaram, que ele disse:

— Hei de casar-me com esta jovem, e com nenhuma outra no mundo!

Poucos dias depois, ele se tinha unido a ela pelo matrimônio.

Ora, esse Rei tinha uma madrasta malvada que ficou muito aborrecida com esse casamento, e falava mal da jovem Rainha, murmurando:

— Quem sabe de onde terá vindo essa criatura? Uma estranha que nem sabe falar não é digna de se casar com um rei!

Transcorrido um ano, a jovem Rainha deu à luz um filho. Enquanto ela dormia, a madrasta do Rei encontrou um modo de raptar a criança, indo em seguida até o Rei e dizendo que provavelmente o recém-nascido teria sido assassinado pela própria mãe. Mas o Rei não acreditou, não permitindo que se tomasse qualquer providência para punir a esposa, que continuava passando o dia inteiro a costurar suas camisetas floridas, sem prestar atenção a coisa alguma.

Quando nasceu o segundo filho, a madrasta agiu de maneira idêntica, mas o Rei de novo não deu atenção a suas suspeitas, comentando:

— Uma pessoa tão piedosa e boa não poderia agir assim. Se ela pudesse falar e se defender, sua inocência logo viria à luz.

Mas quando o terceiro filho nasceu, e a madrasta, depois de raptá-lo, de novo acusou a mãe, que não respondeu uma palavra em sua defesa, o Rei foi obrigado a permitir que ela fosse levada perante o Tribunal, e os juízes a consideraram culpada de assassinato, condenando-a a morrer na fogueira.

Quando chegou a ocasião de ser levada a efeito a sentença, coincidiu com o tempo em que seria possível libertar seus queridos irmãos. As seis camisetas floridas também estavam prontas, exceção feita a uma única, na qual ainda faltava a manga do braço esquerdo.

Enquanto a condenada era levada pelas ruas para ser queimada, foi carregando as seis camisetas sobre os braços. No momento em que chegou à estaca que ficava sobre a pilha de lenha, e o fogo estava prestes a ser ateado, ela viu à distância seis cisnes que vinham voando em sua direção. Seu coração se acelerou, ao perceber que eram seus irmãos e libertadores que se aproximavam. Logo, ruflando as asas, os seis cisnes chegaram tão perto da estaca, que ela conseguiu enfiar as camisetas em cada um deles. Quando terminou de vesti-los, suas penas caíram e os seis irmãos apareceram vivos e saudáveis, embora o mais novo, em vez de um braço, continuasse ostentando uma asa de cisne do lado esquerdo do corpo.

Eles se abraçaram e se beijaram, e a Rainha, dirigindo-se ao Rei, que a toda aquela cena assistia estupefato, por fim falou:

*Ruflando as asas, os seis cisnes chegaram tão perto da estaca,
que ela conseguiu enfiar as camisetas em cada um deles,*

— Agora posso falar, esposo querido, e provar que sou inocente e vítima de uma falsa acusação.

E contou-lhe como foi que a madrasta malvada tinha raptado e escondido seus três filhos. Quando terminou, o Rei estava tomado de um misto de alegria e revolta, e assim ordenou que, em lugar de sua esposa, fosse sua madrasta amarrada àquela estaca e queimada. até que seu corpo se reduzisse a cinzas.

Daí em diante, a Rainha passou a desfrutar de um tempo de plena felicidade juntamente com o Rei seu marido, seus três filhos e seus seis irmãos.

53. A NOIVA DO COELHO

Viviam numa casinha modesta uma mulher e sua filha. Nos fundos da casa havia uma horta, e elas ali cultivavam belíssimos repolhos. Veio então um coelho e os comeu todos. Revoltada com esse fato, a mulher disse para a filha:
— Vai lá fora na horta e vê se achas um modo de caçar aquele coelho.

Maria — esse era seu nome — foi até a horta e, vendo o coelho, lhe disse:
— Ora, ora, Coelhinho! Não me comas todos os repolhos!

Ao que o Coelho respondeu:
— Vem comigo, Maria. Senta-te aqui em minha cauda peluda, e vamos para minha casa, cujas paredes são revestida de folhas.

Maria não aceitou o convite, e, no dia seguinte, o Coelho voltou e comeu mais alguns repolhos. A mãe de novo ordenou que Maria fosse até a horta e achasse um modo de caçá-lo. Ela foi até lá e lhe disse:
— Ora, ora, Coelhinho! Não me comas todos os repolhos!

Ouvindo isso, ele de novo propôs carregá-la até sua toca, mas ela mais uma vez recusou.

No dia seguinte, voltou ali o Coelho e comeu mais repolhos. De novo a mãe de Maria lhe ordenou que fosse até a horta e o caçasse. Chegando lá, ela lhe disse:
— Ora, ora, Coelhinho, não me vás comer todos os nossos repolhos.
— Vem comigo, Maria, senta-te em minha cauda peluda e carregar-te-ei até minha toca, cujas paredes são revestidas de folhas.

Dessa vez Maria aceitou o convite e sentou-se na cauda do Coelho, que partiu com ela rumo a sua toca. Lá chegando, ele pediu:
— Prepara para mim uma salada de alfaces verdes e uma sopa de farelo de trigo, enquanto chamo os convidados para a nossa festa de casamento.

Não demorou e a toca estava cheia de convidados.

(E quem eram esses convidados? Isso eu não sei dizer ao certo, mas alguém me contou que todos eram parentes do Coelho. Quem ia oficiar a cerimônia era o Corvo, auxiliado pela Raposa, que desempenhava o papel de escrivã. A mesa da cerimônia fora armada sob um arco-íris.)

Maria estava triste, sentindo-se sozinha, pois não conhecia um só dos convidados. Vendo isso, o Coelho lhe disse:

— Vamos, Maria, alegra-te! Faze como os convidados, que estão felizes e contentes.

Mas ela disse "Não!", e se pôs a chorar. O Coelho saiu, e pouco depois voltou dizendo:

— Vamos, Maria, alegra-te! Serve a comida, pois os convidados estão com fome.

De novo a noiva disse "Não!" e voltou a chorar.

O Coelho saiu da cozinha, mas logo depois voltou e disse:

— Vamos, Maria, enxuga as lágrimas, que os convidados estão a tua espera!

De novo ela disse "Não!", e o Coelho a deixou.

Logo em seguida, porém, ela juntou palha e fez uma boneca, vestindo-a com suas roupas, pintando-lhe lábios vermelhos, e sentando-a sobre o caldeirão onde estava sendo feita a sopa de farelo de trigo. Feito isso, saiu dali e voltou para a casa de sua mãe.

Pouco depois, o Coelho entrou na cozinha e disse:

— Vamos, Maria, desce daí!

E deu-lhe um tapa na cabeça para apressá-la. Foi o bastante para que a boneca de palha, que ele julgava ser a Maria, caísse dentro do panelão.

Imaginando que sua noiva tivesse morrido, o Coelho desistiu do casamento e partiu para bem longe, triste e cabisbaixo.

54. O CASAMENTO DE HANS

Era uma vez um jovem camponês chamado Hans, cujo tio queria muito casá-lo com uma mulher rica. Com essa intenção, mandou que ele ficasse do lado do fogão e mantivesse o fogo aceso. Depois, entregou-lhe um jarro de leite, uma grande fatia de pão e uma moeda novinha e rebrilhante, recomendando:

— Hans, guarda esta moeda bem guardada, molha esse pão no leite, e trata de ficar aqui e não sair desse lugar até que eu volte.

— Sim, meu tio, farei exatamente como me ordenas.

Então o tio saiu, vestido com uma velha calça toda manchada, seguiu até a aldeia vizinha e pediu para falar com a filha de um rico fazendeiro. Quando ela veio atendê-lo, perguntou-lhe se ela queria casar-se com seu sobrinho Hans, assegurando-lhe que se tratava de um jovem prudente e esperto, por quem ela certamente muito se iria afeiçoar. Desconfiado, o pai da moça perguntou:

— Que me dizes de suas propriedades? O dinheiro que ele tem dá para o pão de cada dia?

— Meu prezado amigo — respondeu o tio, — meu sobrinho é um bom partido! Só anda com dinheiro na mão, e se agora mesmo fosses vê-lo, irias encontrá-lo tendo diante de si comida e bebida à farta. E se fores verificar as parcelas de terra que ele possui, seria o mesmo que olhar para as manchas que tem esta minha calça!

E, à medida que falava, ia pondo o dedo ora nessa, ora naquela mancha.

O que o tio se esqueceu de dizer foi que, no distrito onde ele morava, as parcelas insignificantes de terreno eram chamadas de "manchas".

— Se quiseres dar-te ao trabalho de vir comigo, em uma hora poderás ver com teus próprios olhos tudo isso que te estou dizendo.

Ver a filha casada com tal pretendente pareceu tão vantajoso para o cobiçoso fazendeiro, que ele não mais hesitou em aceitar o pedido do tio, dizendo:

— Já que é assim, nada tenho a opor contra esse casamento.

Assim, logo que foi possível, realizou-se a cerimônia, e em seguida a jovem esposa pediu que o marido a levasse até o campo e lhe mostrasse todas as "manchas" que lhe pertenciam.

Hans vestiu um avental todo manchado sobre sua roupa domingueira e disse à noiva:

— Não quero sujar minha melhor roupa!

Depois disso, seguiram para o campo, e onde quer que se via uma gleba cultivada com videiras, fosse junto à estrada ou no meio do campo, ele olhava para ela, depois punha o dedo sobre uma das manchas de seu avental e dizia:

— Esta mancha ali é minha. Esta outra aqui também é minha!

E assim, enquanto se referia às manchas de seu avental, que indubitavelmente pertenciam a ele e a mais ninguém, fazia com que ela acreditasse tratar-se das "manchas" de terreno que se podiam ver ao longo do caminho.

* * *

— E aí, meu amigo, pudeste comparecer à festa do casamento de Hans?

— Claro que pude e que compareci! Estive lá e fui vestido a caráter! Pena que meu chapéu era de neve — veio o sol e o derreteu; minhas calças eram de estamenha — fui andar por entre espinhos, e elas se esfarraparam; meus sapatos eram de vidro — escorreguei sobre as pedras, e eles se reduziram a cacos...

55. OS ANÕES

Era uma vez um rei muito rico que tinha três filhas. As três irmãs costumavam caminhar todo dia pelos jardins do palácio de seu pai. Esse rei era um admirador de toda espécie de árvore, mas tinha por uma determinada macieira uma afeição especial, e dizia que quem quer que colhesse dela uma fruta que fosse, seria condenado a ser enterrado numa cova com cem pés de profundidade!

Quando chegou o tempo da colheita, as maçãs daquela árvore ganharam um colorido vermelho como sangue. As três princesas passaram a visitá-la todo dia, na esperança de encontrar alguma maçã caída pelo solo. Ao que parece, porém, nem os fortes ventos conseguiam derrubar aquelas frutas, e os galhos da macieira continuavam tão carregados que quase chegavam a encostar no chão.

Depois de algum tempo, a filha mais nova começou a ficar tão obcecada pela idéia de comer uma daquelas maçãs, que um dia disse para as irmãs:

— Nosso pai nos ama tanto, que jamais permitirá que uma de nós seja enterrada numa cova de cem pés de profundidade. Essa ordem só vale para pessoas estranhas.

Nem bem disse isso, e já colhia do pé uma fruta. Então, pulando de contentamento, convidou suas duas irmãs a dar uma mordida naquela maçã tão suculenta. Assim, as três dividiram a fruta entre si, e ali mesmo a comeram. Logo em seguida, porém, todas três afundaram na terra, desaparecendo da vista de todos.

Pouco tempo depois, quando deu meio-dia, o Rei quis saber onde estariam suas filhas, sem que pessoa alguma lhe desse notícia de seu paradeiro. Preocupados com o sumiço das princesas, todos os criados foram procurá-las, vasculhando cada canto do palácio, e estendendo sua busca ao longo de todo o pomar.

Por fim, não as tendo encontrado, o Rei mandou proclamar através de todo o país que quem quer que pudesse trazer de volta as princesas poderia escolher uma delas para casar. Daí em diante, inúmeros jovens percorreram terras e mares à procura das três moças, ainda mais porque a fama que tinham de belas, prendadas e gentis motivava todos a tentar encontrá-las.

Entre os que as buscavam havia três caçadores que, após viajarem durante oito dias, chegaram a um grande e suntuoso castelo, de salões esplendidamente mobiliados, mas no qual não se via vivalma. Num dos salões depararam com uma grande mesa, repleta dos mais requintados manjares, todos parecendo recém-saídos do forno, pois ainda fumegavam. Independente disso, não se notava qualquer indício da presença de gente em todo o castelo.

Os três ficaram ali esperando durante algumas horas, sem que as iguarias parassem de fumegar. Por fim, vencidos pela fome, sentaram-se à mesa e comeram o quanto quiseram.

Feito isso, combinaram que um deles deveria permanecer no castelo, enquanto os outros dois continuariam a procurar as princesas. Para escolher quem ficaria ali, tiraram a sorte, que recaiu sobre o mais velho.

Assim, no dia seguinte, os dois irmãos mais novos saíram, enquanto que o mais velho permaneceu no castelo.

Por volta de meio-dia, um anãozinho ali entrou e recolheu o que havia sobrado da carne assada, cortando-a em pedaços. Enquanto fazia isso, viu o caçador e lhe ofereceu um pedaço, mas, antes que o outro o segurasse, deixou-o cair, dizendo-lhe para fazer o favor de apanhá-lo do chão. Quando o caçador se abaixou para pegá-lo, o anão imediatamente saltou sobre ele e o agarrou pelos cabelos, dando-lhe uma severa surra.

No dia seguinte, o segundo irmão permaneceu no castelo, e não recebeu melhor tratamento por parte do anão. Quando os dois outros retornaram, o mais velho chamou-o à parte e lhe perguntou se houvera alguma ocorrência estranha enquanto ele estava sozinho no castelo.

— Oh, se houve! — respondeu ele, contando para o irmão o que lhe tinha acontecido, e ouvindo do outro idêntico relato. Todavia, os dois não contaram para o irmão mais novo tudo aquilo, com receio de que ele se recusasse a cumprir sua parte no trato.

No terceiro dia, chegou a vez do irmão mais novo. Os outros dois saíram, e ele permaneceu no castelo sozinho. Ao meio-dia, o anão ali entrou como de costume, recolhendo a carne que havia sobrado nas terrinas, cortando-a em fatias e oferecendo uma ao caçador. Do mesmo modo que fizera com os outros, antes que o rapaz a segurasse, deixou-a cair no chão. Porém, quando lhe solicitou que se abaixasse para apanhá-la, este se recusou, respondendo:

— Quê!? Precisas de mim, que sou alto, para apanhar o pedaço de carne que propositalmente deixaste cair no chão? Por que não o apanhas tu, que és baixinho e estás mais perto dele? Se tivesses que conseguir com teu suor o pão de cada dia, em vez de vir aqui recolher as sobras da mesa, poderias alegar cansaço. Sabes de uma coisa? Tu não vales aquilo que comes!

Tal resposta deixou o anão enfurecido, e ele tentou avançar sobre o jovem. Este, porém, soube defender-se, agarrando o baixinho pelos braços e sacudindo-o com tanta força, que ele exclamou:

— Pára! Pára com isso! Solta-me e deixa-me ir embora, que te contarei onde estão as filhas do Rei!

Ouvindo isso, o jovem soltou-o, e o outro lhe disse que era um anão do tipo subterrâneo, que por ali havia mais de mil iguais a ele, e que se alguém o quisesse

260

acompanhar, ele poderia mostrar onde as princesas estavam vivendo naquele instante. Conhecia bem o local, um poço profundo e inteiramente seco. Disse-lhe ainda que seus irmãos não tinham agido honestamente para com ele, e que, por conseguinte, sugeria que ele fosse sozinho resgatar as princesas, levando consigo uma grande cesta, a fim de descer ao fundo do poço. Devia ainda ir armado com sua faca de caça.

Informou ademais que, chegando lá embaixo ele iria encontrar três quartos. Em cada um estaria sentada uma das princesas, guardada por um dragão de múltiplas cabeças, todas as quais ele deveria decepar, caso efetivamente desejasse libertá-las.

Depois de dizer isso, o anão desapareceu.

Ao anoitecer, os dois irmãos regressaram e perguntaram ao mais novo, com ar malicioso, como tinha passado aquele dia.

— Oh, otimamente! — respondeu ele.— Por volta de meio-dia, entrou aqui um anão, recolheu o resto da carne, fatiou-a e fingiu que me oferecia um pedaço, mas o que fez na realidade foi deixá-la cair no chão, pedindo-me para apanhá-lo. Achei esquisita sua atitude e me recusei a me abaixar. Em vista disso, ele se enfureceu e tentou agredir-me. Dei-lhe uns bons safanões, e ele, receando que eu não parasse de surrá-lo, me contou onde poderia encontrar as princesas.

Ao constatarem que o irmão mais novo, diferentemente deles, tinha agido com esperteza e coragem, os irmãos ficaram enciumados e constrangidos, mas reprimiram a fúria que deles tomou conta, fingindo achar graça naquela história.

Na manhã seguinte, os três subiram a colina e tiraram a sorte para ver quem iria entrar na cesta em primeiro lugar, para ser baixado até o fundo do poço. Novamente o sorteado foi o mais velho, que desceu levando consigo um sino, pedindo que o puxassem para cima quando o fizesse soar, sinal de que se encontrava em perigo. Nesse caso, recomendava que o alçassem o mais rapidamente possível.

Assim, pouco tempo depois que ele tinha sido baixado, o sino começou a soar furiosamente. Depois que o puxaram para cima, confessou que nada encontrara lá no fundo do poço, razão pela qual tinha preferido regressar à superfície. Aí, o segundo irmão tomou seu lugar na cesta e desceu, mas não demorou a pedir para ser puxado para a cima, dizendo aos irmãos o mesmo que o mais velho tinha falado.

Chegou então a vez do mais novo, que pediu para não cessarem de baixar a cesta enquanto não sentissem que ela havia tocado a parte mais profunda do poços. E eles assim o fizeram.

Chegando ao fundo, ele deixou a cesta e marchou decididamente para a primeira porta que viu, levando nas maos o facão de caça. Já do lado de fora se podia escutar o resfolegar do dragão. Abrindo a porta cuidadosamente, viu uma das princesas sentada ali dentro, com as nove cabeças do dragão em seu colo. Erguendo o facão, de um golpe cortou-as todas. Imediatamente a princesa deu um pulo, abraçou-o e beijou-o, e logo em seguida lhe pôs no pescoço seu colar, a título de agradecimento.

Em seguida, ele se dirigiu ao quarto onde estava a segunda princesa, que tinha a seu lado um dragão com sete cabeças. Do mesmo modo que da primeira vez, ele

261

também a libertou, dirigindo-se em seguida para o terceiro quarto, onde estava a princesa mais nova, guardada por um dragão de quatro cabeças. Ele também deu cabo dessa fera, e então as três princesas o abraçaram e beijaram tanto, que ele a custo decidiu fazer soar o sino com força, para que lá de cima o escutassem.

Quando a cesta desceu e chegou à altura de onde eles estavam, ele depositou nela uma das princesas, que logo em seguida subiu para a superfície. Fez o mesmo depois com a segunda e a terceira, mas, quando a cesta desceu para que ele entrasse e fosse alçado, lembrou-se das palavras do anão, ao advertir-lhe que seus irmãos não eram confiáveis, pois tinham agido de maneira solerte e traiçoeira para com ele. Assim, ele tomou de uma pedra pesada e colocou-a dentro da cesta, que começou a subir. Quando estava a meia altura, seus traiçoeiros irmãos cortaram a corda e deixaram a cesta despenhar-se, chocando-se violentamente contra o fundo e se despedaçando toda.

Assim procedendo, julgaram os dois patifes que se tinham livrado do irmão. Em seguida, por meio de ameaças de lhes tirar as vidas, obrigaram as três princesas a jurar que, quando encontrassem o pai, lhe diriam que seus libertadores tinham sido aqueles dois irmãos. Feito isso, seguiram para o castelo do Rei.

Ali chegando, reclamaram seu direito de se casarem com duas das princesas.

Enquanto isso, o irmão mais novo perambulava pelos três quartos, triste e macambúzio, na certeza de que iria morrer ali, já que não havia maneira de sair daquele poço. De repente, percebeu a existência de uma flauta pendurada numa das paredes, e então pensou: "Que estará fazendo aqui esta flauta? Este lugar não combina com música, alegria e felicidade..." Em seguida, ao ver no chão as cabeças dos dragões, empurrou-as com o pé e comentou em voz baixa:

— E isso aqui, que serventia pode ter?

E assim, indo daqui para ali e de lá para cá, ficou naquele local andando de um lado para o outro, deixando o chão marcado com suas passadas fortes..

Mas a presença daquela flauta o tinha deixado intrigado. Assim, voltou até onde ela estava, tirou-a de seu lugar e tentou soprá-la. Foi só fazer isso, e eis que, a cada nota musical produzida, surgia ali um anãozinho, sem que se soubesse de onde havia saído. Ele continuou a soprar a flauta, e o número de anãezinhos a aumentar, até que o quarto ficou lotado deles, momento em que ele decidiu parar de tocar.

Foi então que um dos anões lhe perguntou qual seria seu desejo, tendo ele respondido que queria subir até a superfície, voltando a ver a luz do dia. Imediatamente, cada anão arrancou um fio de cabelo, e de fio em fio foram enchendo o poço e formando uma escada circular que não parava de crescer, até que alcançou a borda do poço.

Tão logo se viu na superfície, ele agradeceu aos anões e seguiu para o palácio real, ali chegando pouco antes da hora marcada para o duplo casamento das princesas. Entrou depressa e seguiu até o quarto onde o Rei se encontrava conversando com as três filhas. Estas, que o imaginavam morto, ficaram tão assustadas e constrangidas ao vê-lo, que até desmaiaram. Revoltado ante aquela cena, e imaginando que o desmaio das filhas se devesse a alguma lembrança trágica e terrível que a simples visão daquele moço lhes trazia à mente, o Rei ordenou que o recém-chegado fosse posto nas masmorras. Logo que elas voltaram a si, porém, imploraram ao pai que lhe devolvesse a liberdade. Ele perguntou por que deveria fazê-lo, mas elas disseram que, devido a um juramento que tinham feito, não podiam contar-lhe a verdade. Ele então sugeriu que, em vez de se abrirem com ele, contassem para as paredes o que não lhe podiam revelar.

Dada essa sugestão, saiu do quarto, a fim de deixá-las a sós, trancando a porta atrás de si. Em vez de ir para longe, porém, colou o ouvido à porta e se pôs a escutar o que elas diziam.

Foi assim que ele veio a saber de toda a história, desde o desaparecimento das filhas, até seu retorno ao palácio, trazida pelos dois pérfidos caçadores.

Depois que ouviu tudo, ordenou que se enforcassem os dois irmãos traidores, e entregou a filha mais nova para seu verdadeiro libertador.

* * *

Eu fui convidado a assistir ao casamento dos dois. Para tanto, calcei um lindo par de sapatos de vidro, e segui para a igreja. Porém, no caminho, tropecei numa pedra, e meu lindo par de sapatos se quebrou, desfazendo-se em mil cacos.

56. O VELHO HILDEBRAND

Era uma vez um velho fazendeiro casado com uma mulher mais jovem, pela qual o ministro (de meia idade) que vivia numa aldeia vizinha sentia grande simpatia. Um dia ele se pôs a imaginar que, se pudesse ficar com ela a sós durante todo um dia, isso os deixaria a ambos bastante felizes.

De fato, a idéia não desagradou à mulher do fazendeiro, e assim, um belo dia, o ministro lhe propôs:

— Oh, minha querida amiga, tenho uma proposta a te fazer. Se quiseres passar comigo um dia inteiro, ou até mais de um dia, eis como deverás agir: lá pelo meio da semana, finge que estás doente, dize a teu esposo que estás passando muito mal, e não te esqueças de gemer e de suspirar bem alto, continuando assim pelo resto da semana. Aí, quando chegar o domingo e eu for fazer meu sermão, eu pregarei que quem quer que tenha em casa uma pessoa enferma, seja filho ou filha, marido ou mulher, pai ou mãe, irmã, irmão ou qualquer outro parente, se fizer uma peregrinação ao Monte Cuco, na Itália, alcançará rapidamente a cura de seu parente enfermo!

— Ah, isso eu bem posso fazer — concordou a mulher.

Assim, no meio da semana, ela caiu de cama e, a despeito de todos os cuidados de seu marido, ali ficou gemendo e suspirando durante todos os dias seguintes, como se estivesse sofrendo dores atrozes.

No domingo, ela disse ao marido:

— Ai, ai! Estou me sentindo miseravelmente doente! Acho até que vou morrer! Antes disso, porém, gostaria de ir à igreja da aldeia vizinha, escutar as sábias palavras do ministro em seu sermão dominical.

— Ah, minha querida — replicou o fazendeiro, — não deves fazer isso, pois teu estado iria piorar se te levantasses da cama. Mas não te preocupes: eu irei à igreja e prestarei atenção ao sermão, e depois te contarei tudo o que o ministro falar.

— Ah, assim está bem! — disse ela. — Mas fica bem atento, para me contares tudo, tudo!

No domingo, o fazendeiro seguiu para a igreja, prestando atenção aos cânticos que o ministro entoou, aos textos sagrados que leu e às orações que pronunciou. Depois disso, o ministro subiu ao púlpito e deu início ao sermão, até que, num dado momento, assim falou:

— Se algum dos presentes tiver em casa filho ou filha doente, marido ou esposa doente, pai ou mãe doente, irmão ou irmã doente, ou qualquer outro parente de cama, e for em peregrinação até o Monte Cuco, na Itália, então esse filho ou essa filha, esse marido ou essa mulher, esse pai ou essa mãe, esse irmão ou essa irmã, enfim: esse parente, ficará inteiramente curado, mormente se o peregrino levar consigo uma cruzinha e uma folha de louro bentas, que lhe darei ao terminar esta cerimônia.

Ninguém chegou mais depressa que o fazendeiro junto ao ministro em busca de sua folha de louro e sua cruzinha, e logo que as recebeu, correu para casa, gritando já antes de chegar à porta:

— Oh, minha querida, não demora, e estarás curada! O ministro pregou hoje que quem quer que, tendo em casa algum doente — filho ou filha, marido ou mulher, mãe ou pai, irmão ou irmã, etc., — se for em peregrinação ao Monte Cuco, levando uma cruzinha e uma folha de louro entregues pelo próprio ministro, terá seu parente imediatamente curado! Já peguei a folha de louro e a cruzinha, e logo, logo estarei viajando para lá, a fim de que te cures no prazo mais breve possível.

Pouco depois, lá se ia ele em peregrinação, e mal tinha saído de casa, quando a mulher deixou o leito, recebendo pouco depois a amável visita do ministro. Vamos deixá-los durante algum tempo a sós, e acompanhar o fazendeiro em sua romaria.

Como se disse, ele queria chegar bem depressa ao tal Monte Cuco, e, ao passar perto da aldeia, encontrou um primo que ganhava a vida vendendo ovos, e que naquele momento estava voltando do mercado, onde acabava de vender toda a sua mercadoria.

— Há quanto tempo! — saudou-o o primo. — Para onde estás indo?

— Para a Itália, caro primo — respondeu ele. — Minha mulher está muito doente, e o ministro de nossa igreja disse ontem, durante o sermão, que quem tivesse em casa um parente enfermo, fosse filho ou filha, marido ou mulher, pai ou mãe, irmão ou irmã, ou de qualquer outro grau de parentesco, devia fazer uma peregrinação ao Monte Cuco, levando nas mãos uma cruzinha e uma folha de louro bentas por ele, e, com isso, logo o filho ou filha, o marido ou a mulher, o pai ou a mãe, o irmão ou a irmã, ou fosse lá quem fosse, recuperaria imediatamente a saúde. Assim, tratei de conseguir minha cruzinha e minha folha de louro, e estou indo em direção ao tal lugar.

— Custo a crer nisso, caro primo! — retrucou o outro. — Custo a crer que sejas tão simplório, a ponto de acreditar numa lorota dessas! O mais provável é que esse ministro esteja querendo desfrutar de alguns momentos a sós com tua mulher, e desse modo inventou toda essa história só para te afastar de casa...

— Misericórdia! — exclamou o fazendeiro. — Se isso for verdade, ai, ai, ai!

— Ora, primo, é fácil tirar a prova. Entra aí na minha carroça que te levo até tua casa e verás a verdade com teus próprios olhos...

Foi o que ele fez, e, já nas proximidades de sua casa, pelos ruídos que ouviu, já se podia adivinhar que algum tipo de farra estaria acontecendo por lá. Aproximando-se mais, viu que sua mulher tinha feito uma boa colheita na horta e no pomar da fazenda, e preparado diversas iguarias, empenhando-se agora em consumi-las, na agradável companhia do ministro.

O primo, então, bateu na porta, e ela perguntou de lá de dentro quem era.

— É teu primo quem está aqui — respondeu ele. — Será que podias deixar-me passar a noite em tua casa? Estou chegando do mercado, onde fui vender meus ovos, e estava voltando para casa, mas começou a ficar muito escuro, e desisti de prosseguir viagem, resolvendo parar por aqui para visitar o primo...

— Oh, primo — respondeu ela, — chegaste aqui num mau momento, pois ele viajou! Porém, como está escurecendo, podes vir acomodar-te no canto do fogão.

Nessa altura dos acontecimentos, o fazendeiro se tinha escondido na cesta do primo, que entrou com ela nos braços, sentando-se no lugar que a dona da casa indicou, e ali ficou contemplando uma alegre cena: sentados à mesa, a prima e o ministro comiam, bebiam e conversavam prazerosamente. Num dado momento, o ministro pediu a ela:

— Oh, querida amiga, por que não cantas um pouco para nós? Só um pouquinho...

— Ah — respondeu ela, — antigamente até que eu costumava cantar, quando era menininha, mas, com o tempo, fui perdendo a prática e me esquecendo das letras das canções...

— Ora, ora, não é preciso cantar toda a canção, apenas um pedacinho, vamos! Então, a mulher do fazendeiro se pôs a cantar:

Para a Itália, o meu marido despachei
Quando volta, ou se ele volta, isso eu não sei...

Aí, o ministro continuou:

A viagem leva um ano, um mês e um dia!
Enquanto isso, eu te faço companhia!

O primo também quis participar do canto, e acrescentou (mas antes é preciso frisar que o nome do fazendeiro era Hildebrand):

Não notastes que esta cesta é muito grande?
Dentro dela cabe até o primo Hildebrand!

Nesse instante, o fazendeiro não se conteve e também cantou:

Tua cura o bom ministro veio ver,
Mas agora ele é quem vai adoecer!

E, dizendo isso, saltou fora da cesta. Ao vê-lo ali de pé, indo em sua direção, o ministro também tratou de saltar fora, não da cesta, mas sim da casa do velho Hildebrand, desaparecendo das vistas de todos por um bom tempo.

57. OS TRÊS PÁSSAROS

Há muitos e muitos anos, as colinas de nossa terra eram dominadas por certos régulos — isto é, reis de territórios pouco extensos, — os quais saíam todo dia para caçar, postando-se em lugares altos, de onde podiam enxergar bem longe. Num dia, um desses régulos e seu séquito de caçadores passaram através de um rebanho de vacas, que estavam sendo guardadas por três pastoras. Ao ver aquele rei seguindo por ali com seus acompanhantes, a mais velha delas, que tinha ficado do lado esquerdo do caminho, apontou para ele e disse em voz alta para suas companheiras:

— Viva ele e viva eu! Se eu pudesse ter algum, esse aí seria o meu!

Aí, as duas outras pastoras, que tinham ficado do outro lado, apontaram para os dois acompanhantes do rei que o ladeavam, e que eram seus ministros, repetindo a frase:

— Viva ele e viva eu! Se eu pudesse ter algum, esse aí seria o meu!

Depois de ouvir isso, o Rei, ao voltar da caçada, ordenou que trouxessem as três donzelas a sua presença, e lhes perguntou o que tinham querido dizer com aquelas palavras, mas elas se mantiveram em silêncio. Então o Rei disse à mais velha que, segundo o seu entendimento, suas palavras indicavam que ela queria casar-se com ele. Embora continuando em silêncio, dessa vez ela respondeu, pois fez que sim com a cabeça. O mesmo disseram os dois ministros às outras duas pastoras, que igualmente acenaram afirmativamente com a cabeça.

Antes de prosseguir, é preciso dizer que as três eram irmãs, e todas de extrema beleza, especialmente a mais velha, que queria casar-se com o Rei, e que era dona de uma linda cabeleira cor de linho.

Logo depois, foram realizados os três casamentos.

As duas irmãs mais novas não podiam ter filhos, mas a mais velha, pouco depois de se casar, engravidou. Acontece que o Rei teve de empreender uma longa viagem, e por isso convidou as duas irmãs de sua mulher a virem morar no palácio, a fim de fazer companhia à gestante. Durante sua ausência, a Rainha deu à luz um filho, criança muito bonita, que tinha como sinal particular uma mancha vermelha na testa.

Cheias de despeito e ciúme, as duas irmãs combinaram de afogar o menino num açude próximo ao castelo. Assim, depois de o tirarem do leito, sem que alguém as visse, levaram-no para lá e o jogaram dentro da água. Nesse instante, um passarinho que estava pousado numa árvore à beira do açude saiu voando e cantou:

Menino, se tu morreres
Aqui neste açude fundo,
Nunca mais contemplarás
As belezas deste mundo!

Quando as duas irmãs ouviram isso, ficaram ressabiadas e voltaram para casa a toda a pressa.

Tempos depois, quando o Rei regressou, elas lhe contaram que a Rainha tinha dado à luz uma criança morta, tendo o Rei apenas replicado:

— Devo aceitar com resignação o que for desígnio de Deus.

No dia da tentativa de afogamento, um pescador avistou ao longe uma criança a se debater em meio ao açude, e conseguira retirá-la das águas antes que morresse. Sem saber de quem se tratava, levou o menino para casa, e, como sua mulher não tinha filhos, o casal resolveu criá-lo.

Passado um ano, o Rei teve de novo de fazer uma longa viagem, e durante sua ausência nasceu outra criança, que as duas irmãs também roubaram e atiraram no açude. Como na vez anterior, um passarinho saiu voando e cantou:

Menino, se tu morreres
Aqui neste açude fundo,
Nunca mais contemplarás
As belezas deste mundo!

Quando o Rei retornou, vieram as duas contar-lhe a mesma história de antes, tendo ele respondido: "Devo aceitar com resignação o que for desígnio de Deus".

Também esse filho foi resgatado das águas pelo mesmo pescador e levado para sua casa, onde passou a ser criado junto com o irmão.

Algum tempo se passou antes que o Rei outra vez saísse em viagem, e novamente a rainha deu à luz uma criança durante sua ausência. Dessa vez era uma menina, que as tias igualmente atiraram no açude. Mais uma vez um passarinho saiu voando e cantando:

Menina, se tu morreres
Aqui neste açude fundo,
Nunca mais contemplarás
As belezas deste mundo!

Quando o Rei voltou e escutou de novo que a sua esposa tinha dado à luz uma criança morta, dessa vez a notícia o encheu de fúria, pois as cunhadas o levaram a crer que ela não teria tomado os cuidados necessários, deixando o filho morrer devido ao seu desleixo. Assim, ele ordenou que a Rainha fosse levada para a prisão, onde ela ficou esquecida, ali permanecendo durante muitos anos.

Nesse meio tempo, na casa do pescador que as recolheu, as três crianças iam crescendo e se desenvolvendo. Num dia em que tinham saído para pescar, os dois mais novos seguiram à frente, e quando o mais velho resolveu aproximar-se deles, foi repelido, escutando-os dizer:

— Fica apartado de nós, seu enjeitado!

Isso o deixou intrigado e muito triste, sem saber a que atribuir a reação dos dois irmãos, imaginando que eles soubessem de algo referente a sua origem. Assim, foi até onde estava o pescador e lhe perguntou se de fato não era seu filho. O pescador então resolveu contar-lhe a verdade, dizendo como o tinha retirado da água com sua rede, do mesmo modo que fizera com seus dois outros irmãos.

Ao tomar conhecimento disso, o mais velho tomou a decisão de sair em busca de seu pai, embora seu padrasto não concordasse de imediato com aquela idéia. Por fim, ele tanto insistiu que o pescador lhe concedeu permissão para sair pelo mundo e tentar saber de onde teria vindo e quem seriam seus pais.

Um belo dia, ele partiu, e, depois de viajar dias a fio, chegou a um enorme lago onde avistou uma mulher que ali estava pescando.

— Bom dia, minha tia — saudou-a.

— Bom dia, meu sobrinho — respondeu ela.

— Vejo que estás aqui faz um bom tempo, e que nada pescaste até agora — comentou ele.

— E tu estás procurando teu pai faz um bom tempo, e ainda não conseguiste encontrá-lo — retrucou ela.

— Creio que ele deva estar do outro lado deste lago. Poderias dizer-me como fazer para atravessá-lo?

— Só há um modo de atravessar este lago — respondeu ela, pondo-o nas costas e levando-o para a margem oposta.

Ali ele continuou a caminhar, prosseguindo em sua procura pelo pai. Porém, o tempo foi passando, e ele nada de o encontrar.

Um ano depois que ele partiu, seu irmão resolveu sair atrás dele, e acabou chegando à beira daquele mesmo lago, entabulando com a mulher a mesma conversação, e sendo transportado por ela para a margem oposta, do mesmo modo que seu irmão o fora um ano atrás.

Desse modo, a irmã caçula ficou sozinha em casa, e, devido à ausência dos irmãos, começou a sentir-se tão deprimida e inquieta, que um dia também resolveu sair à procura deles. Com ela aconteceu o mesmo que com os dois irmãos. Ao encontrar a mulher que pescava à beira do lago, saudou-a:

— Bom dia, minha tia.

— Bom dia, minha sobrinha.

— Deus abençoe tua pesca, minha tia.

Ouvindo isso, a velha senhora demonstrou satisfação, e, pondo a menina sobre os ombros, levou-a para a margem oposta. Ali chegando, em lugar de apenas despedir-se dela, como o fizera com os dois irmãos, deu-lhe de presente um cajado e lhe aconselhou:

— Segue direto por este caminho. Quando encontrares um grande cão preto, não demonstres medo, nem batas o pé no chão para afugentá-lo, mas passa por ele sem lhe dar maior atenção. Mais à frente, chegarás a um grande castelo. Diante do portão, deixa o cajado no chão, atravessa-o e segue em linha reta, até chegares diante de uma fonte situada nos fundos. Essa fonte despeja água num regato, à sombra de uma frondosa árvore, pendente da qual está uma gaiola com um pássaro dentro. Pega essa gaiola, depois colhe água na fonte com um copo que ali encontrarás, e volta pelo mesmo caminho. Chegando de novo ao portão, pega o cajado e, ao passares pelo cão, encosta sua ponta no focinho dele, e volta bem depressa para aqui, onde estarei a tua espera.

A jovem seguiu rigorosamente essas instruções, e de fato, ao chegar ao fundo do castelo, encontrou ali os dois irmãos que ela tanto queria encontrar.

Dali voltaram juntos os três. Chegando ao lugar onde estava o cão preto, a jovem tocou-lhe o focinho com o cajado, fazendo com isso que ele imediatamente se transformasse num belo príncipe. Seguiram então os quatro até o lago, e ali estava a mulher, que demonstrou alegria ao revê-los, transportando-os um a um até o outro lado. Feito isso, desapareceu, pois acabara de cumprir sua missão.

Os dois irmãos e a irmã voltaram para a casa do pescador, e todos ficaram muito felizes de se reverem.

Quanto à gaiola com o passarinho, foi pendurada na parede da casa.

Acontece que o segundo irmão não agüentava ficar parado em casa, e um dia tomou de sua besta e saiu para caçar. Depois de procurar em vão pela floresta algum animal, cansou-se da inútil busca e, tirando da mochila uma flauta, se pôs a tocar. Ora, naquele momento o Rei estava ali por perto, também atrás de algum animal para caçar, e escutou o som de uma flauta. Seguindo na direção de onde provinha aquela música melodiosa, encontrou o flautista, perguntando-lhe quem era ele, e quem lhe teria concedido licença para caçar ali naquela floresta.

— Ninguém me deu essa licença — respondeu ele. — Moro aqui perto e, sempre que me dá na telha, venho até aqui caçar.

— Moras perto daqui? Pois conheço todos os moradores desta região, e nunca soube de tua existência — retrucou o Rei.

— Moro na casa do pescador — respondeu o moço. — Ele é meu pai.

— Pai?! Como, se o pescador nunca teve filhos? — estranhou o Rei.

— Se não acreditas em mim — replicou o moço, — vamos até sua casa, que ele próprio te dirá.

O Rei foi até a casa do pescador, que lhe contou como tinha encontrado e adotado aquelas três crianças. Nesse instante, na gaiola pendurada na parede da casa, o passarinho começou a cantar:

*A mãe destes pobres jovens
está presa na enxovia;
porém, se houvesse justiça,
ela ali não estaria!
Seus filhos foram roubados,
no instante em que ela dormia,
por suas próprias irmãs!
Quem diria! Quem diria!
Elas tentaram matá-los,
atirando-os na água fria!
Deus ainda há de castigá-las
por tamanha aleivosia!*

Aquela revelação deixou todos assombrados. O Rei levou consigo o passarinho, o pescador e seus três filhos para o castelo, e imediatamente ordenou que se abrisse a prisão e se libertasse sua esposa. A pobre mulher estava doente e fraca devido ao longo confinamento. Vendo-a assim tão debilitada, sua filha lhe deu da água que tinha trazido da fonte encantada, e ela imediatamente recobrou força e saúde.

Em seguida, o Rei ordenou que suas duas cunhadas fossem postas numa fogueira, e reconheceu oficialmente seus três filhos conferindo-lhes a condição de seus herdeiros.

A filha veio a se casar com aquele belo príncipe que ela havia desencantado, e desde então todos viveram em meio a grande felicidade durante muitos e muitos anos.

58. OS ANIMAIS FIÉIS

Era uma vez um sujeito que, embora não tivesse muito dinheiro, mesmo assim conseguiu viajar e conhecer muitas terras. Um dia, ao chegar a uma aldeia, viu os meninos em grande algazarra, correndo de um lado para o outro, e rindo sem parar. Perguntou-lhes a razão de tanto alvoroço, tendo eles respondido que tinham ganho um camundongo, e que o estavam ensinando a dançar.

— Olha, senhor — disse um deles, — como é engraçado quando ele fica girando e saltitando!

O homem sentiu pena do animalzinho e lhes propôs:

— Tomai este dinheiro, meninos, e deixai-o em paz!

E lhes deu algumas moedas de pequeno valor.

Vendo-se livre, o camundongo tratou de escapulir o mais rápido que pôde, indo refugiar-se na primeira fresta que encontrou.

Depois disso, o sujeito prosseguiu sua viagem e chegou a uma outra aldeia. A meninada dali se divertia com um macaquinho, forçando-o a dançar e dar cambalhotas, rindo sem parar e não dando descanso à criaturinha.

Ali de novo o homem conseguiu que soltassem o animal, dando aos meninos uma pequena soma em dinheiro.

Dias mais tarde, tendo chegado a uma terceira aldeia, viu a meninada se divertindo com um urso preso com correntes de ferro, fazendo-o dançar e caminhar sobre duas patas. Cada vez que o pobre animal rosnava, demonstrando estar irritado e cansado, mais eles achavam graça e prorrompiam em gargalhadas.

Também o urso foi libertado pelo homem, em troca de algum dinheiro. Tão logo se viu livre, o animal se pôs a correr de maneira normal, ou seja, sobre as quatro patas, entrando numa floresta e desaparecendo.

Com esses resgates, porém, o homem acabou gastando o pouco dinheiro que lhe tinha sobrado, ficando sem um vintém. Preocupado com isso, pensou: "No palácio real estão guardados muitos tesouros, dos quais o Rei nem tem necessidade. Ora, como não quero morrer de fome, vou ver se pego emprestado ali algum dinheiro, que pretendo devolver tão logo fique rico."

Imbuído dessa idéia, tratou de achar um meio de entrar no palácio real, de esgueirar-se até a sala do tesouro e de tirar algum dinheiro das enormes pilhas que ali havia. Mas acontece que, quando já estava escapulindo, foi visto e apanhado pelos guardas do palácio, acusado de roubo, levado a julgamento e condenado a ser encerrado numa arca de ferro e atirado dentro de um lago, para morrer por afogamento. A morte não seria imediata, pois a tampa da arca era cheia de furos, permitindo-lhe respirar enquanto ela flutuasse. Quanto à alimentação para essas primeiras horas, deixaram-lhe ali dentro pão e água.

Enquanto a arca flutuava e o condenado à morte se encolhia dentro dela cheio de aflição, ele começou a escutar um ruído, como se alguma coisa estivesse roendo e raspando o ferrolho da tampa. De repente, o barulho cessou e a tampa se abriu. Do lado de fora estavam o camundongo, o macaco e o urso. Foram eles que tinham aberto a arca, em retribuição pelo bem que o viajante lhes fizera. Depois que a abriram, porém, ficaram sem saber como acabar de libertá-lo, de maneira que se reuniram e passaram a discutir a esse respeito. Nesse instante, uma pedra branca em formato de ovo desprendeu-se de uma nuvem e caiu na água. Vendo-a, o urso comentou:

— Esta pedra chegou aqui na hora exata! Sabem de que se trata? De uma pedra mágica, que transporta seu dono para onde quer que ele deseje.

Para experimentá-la, o viajante segurou-a e, enquanto a mantinha na mão, expressou o desejo de estar num castelo dotado de jardins e estábulos. Mal formulou o pedido, e se encontrou num castelo construído com extremo capricho, e contendo tudo o que tinha imaginado.

Depois de algum tempo, alguns mercadores passaram ali perto e, ao deparar com aquele castelo, um deles comentou:

— Vede, amigos, que castelo imponente surgiu aqui! Como pode ser isso, se poucos dias atrás passamos por este lugar e nada vimos senão um areal deserto?

Para esclarecer suas dúvidas, eles entraram no castelo e perguntaram ao viajante como tinha conseguido erigir aquela construção imponente em tempo tão curto.

— Não fui eu quem o construiu — respondeu ele, — mas sim uma pedra mágica.

— Como dizes? Uma pedra? — estranharam os mercadores. — Podemos vê-la?

Entrando num dos quartos, ele trouxe de lá a pedra, que eles examinaram atentamente, perguntando-lhe se não gostaria de vendê-la, e oferecendo-lhe em troca todas as mercadorias que estavam transportando. Os artigos eram de primeira qualidade, e como o viajante tinha coração volúvel e estava sempre ansiando por conhecer novidades, acabou persuadido pela oferta, imaginando que todas aquelas belas mercadorias valeriam bem mais do que uma simples pedra. Assim, entregou-a a eles.

Mal a tinha entregue, porém, quando todas aquelas maravilhas se desvaneceram, e ele se encontrou de novo flutuando dentro da arca, nada mais tendo senão uma jarra de água e um pedaço de pão. Mas seus fiéis amigos — o camundongo, o macaco e o urso, — tão logo viram sua desventura, voltaram para ajudá-lo, só que dessa vez não conseguiram abrir a tampa da arca, pois o ferrolho parecia ter sido reforçado. Vendo isso, disse o urso:

— Vamos procurar de novo a pedra maravilhosa, ou nada conseguiremos fazer.

Nessa altura dos acontecimentos, os mercadores se tinham instalado no castelo, onde passaram a residir. Foi para lá que se dirigiram os três fiéis animais. Ao chegarem nas proximidades, o urso mandou o camundongo espiar pelo buraco da fechadura o que estaria acontecendo lá dentro, pois ninguém iria notar sua minúscula presença. O camundongo obedeceu, mas pouco depois voltou e disse:

— É inútil. Olhei lá dentro e vi a pedra maravilhosa pendurada numa fita abaixo do espelho, vigiada em cima e embaixo por dois gatos de olhos ferozes.

Ouvindo isso, os outros dois animais disseram:

— Não te preocupes com eles. Volta lá e espera que o mercador se vá deitar e caia no sono, e então esgueira-te por debaixo da porta, rasteja até a cama, puxa seu nariz e arranca um fio um de seu bigode.

O camundongo fez o que lhe foi mandado. Com isso, o mercador se levantou, esfregou o nariz com força e exclamou:

— Esses gatos não valem coisa alguma! Deixaram entrar aqui um ratinho que me arrancou um fio do bigode!

Assim, expulsou dali os gatos, para alegria do camundongo, que saiu dali vitorioso.

Na noite seguinte, logo que ele adormeceu, o camundongo entrou de novo no quarto, e então mordiscou e roeu a fita que prendia a pedra, até que ela se rompeu e a deixou cair, permitindo que ele a arrastasse e passasse pela fresta da porta. Essa parte da tarefa foi muito difícil de concluir sozinho, razão pela qual ele pediu ajuda ao macaco, que conseguiu puxá-la, usando suas unhas. Feito isso, os três levaram a pedra maravilhosa para a beira do lago. Ali chegando, o macaco perguntou como fariam para chegar ao meio do lago e alcançar a arca.

— Oh — respondeu o urso, — esta será a parte fácil da tarefa. Eu irei nadando, enquanto tu, macaco, irás sentado em meu dorso, segurando-me firmemente com as mãos e levando a pedra na boca. Quanto a ti, camundongo, irás bem acomodado em minha orelha direita.

A sugestão foi aceita, e o urso, levando os dois companheiros, começou a nadar através daquele lago extenso e de águas imóveis. O silêncio reinante acabou deixando-o nervoso, e ele então resolveu puxar conversa, dizendo:

— É isso aí, meu amigo macaco, nós três somos companheiros de verdade, não é?

Como estava com a pedra na boca, o macaco nada respondeu.

— Isso são modos? — protestou o Urso, revoltado. — Então é assim que se trata um companheiro? Essa é uma tremenda falta de educação!

Não querendo que perdurasse a má impressão do urso, o macaco abriu a boca para responder, mas com isso deixou cair na água a pedra maravilhosa. Tomado de raiva, bradou:

— Não passas de um grande bronco! Como poderia responder-te, se eu estava com a pedra na boca? Agora ela se foi, e tudo por tua culpa!

— Ah, não fiques zangado — disse o urso. — Logo iremos encontrá-la.

Então, após longa deliberação, resolveram apelar para todas as rãs e demais criaturas aquáticas, dizendo-lhes:

— Cuidado, moradores do lago! Está vindo para atacar-vos um poderoso inimigo! Estamos aqui para ajudar-vos a combatê-lo, mas precisamos de que busqueis para nós todas as pedras que puderdes encontrar, a fim de podermos erguer uma barricada.

Assustados com essas palavras, os habitantes do lago vasculharam o fundo e foram trazendo para a tona todas as pedras que encontraram. Por fim, uma rã velha e gorducha chegou até onde eles estavam, trazendo na boca a pedra maravilhosa, que eles logo reconheceram, visto que ela ainda mantinha pendente um retalho de fita vermelha. Isso deixou o urso feliz, e ele, aliviando a rã de sua carga, disse-lhe polidamente que estava tudo bem, e que todos poderiam regressar para suas casas, despedindo-se deles rapidamente.

Depois disso, os três animais nadaram até alcançarem o lugar onde estava flutuando a arca com o prisioneiro dentro, e, depois de quebrar o ferrolho com ajuda das pedras que as rãs lhes deram, viram que tinham chegado no momento exato, pois ele tinha acabado de comer seu último pedaço de pão e beber a última gota de água, já começando a sofrer os efeitos da fome.

Tão logo segurou nas mãos a pedra maravilhosa, expressou o desejo de voltar ao castelo, de onde não mais quis sair, passando a viver ali feliz e satisfeito com seus três companheiros fiéis, até o final de seus dias.

59. OS TRÊS CIRURGIÕES MILITARES

Três cirurgiões militares partiram em viagem, confiantes em que tinham aprendido perfeitamente seu ofício. Depois de caminharem durante todo um dia, chegaram a uma estalagem, planejando ali passar a noite. O hospedeiro veio recebê-los, perguntando-lhes de onde vinham e para onde estavam indo. Um deles respondeu que eles estavam viajando por aí à procura de emprego, em algum lugar onde seus talentos fossem requeridos.

— E em que consistem esses talentos? — perguntou o homem.

Respondeu o primeiro cirurgião que ele podia cortar sua mão, e na manhã seguinte repô-la facilmente no lugar. O segundo disse que podia arrancar seus olhos e repô-los sem dano algum na manha seguinte. Já o terceiro disse que podia arrancar seu coração e repô-lo no lugar, funcionando perfeitamente, logo na manhã seguinte.

— Se podeis fazer tais coisas — disse o hospedeiro, — então estais mesmos bem preparados para exercer vossa profissão.

O que não lhe revelaram foi que, para executar tais prodígios, contavam com um ungüento que curava e cicatrizava todas as partes do corpo nas quais fosse esfregado. Por isso, não deixavam de levar consigo um frasco contendo esse ungüento maravilhoso.

Notando no olhar do hospedeiro um indício de descrença, resolveram comprovar suas palavras. Assim, um deles decepou a mão, o outro arrancou os olhos, e o terceiro rasgou o peito e extraiu de lá seu coração, entregando tudo isso numa travessa para o embasbacado hospedeiro. Este, logo em seguida, entregou a travessa à criada, recomendando-lhe que a guardasse num armário até a manhã do dia seguinte.

Acontece que essa criada namorava secretamente um soldado, e este, vindo vê-la tarde da noite, disse que estava com fome, perguntando-lhe se não haveria algo que ele pudesse comer. Como, àquela hora, todos na estalagem já se tinham recolhido para dormir, ela pegou a cesta de pão e uma garrafa de vinho que estavam dentro do armário, cuja porta, na pressa, se esqueceu de fechar. Em seguida, sentou-se à mesa com seu namorado e os dois se divertiram durante boa parte da noite.

Enquanto os dois ali estavam distraídos, entrou na cozinha sorrateiramente o gato, e, vendo a porta do armário aberta e uma travessa a sua disposição, surripiou a mão, os olhos e o coração que ali estavam, e se foi embora com eles.

Quando o soldado acabou de comer, e beber, a criada pegou a garrafa de vinho e a cesta, e foi guardá-las no armário. Só então percebeu que nada havia na travessa que o patrão tinha deixado a seus cuidados. Apavorada ao constatar aquilo, exclamou:

— Ai, ai, ai! Que será de mim? Foi-se a mão, foi-se o coração, foram-se os olhos! Quando a manhã chegar, que vai ser de mim?

— Fica tranqüila — acalmou-a seu namorado. — Vou tirar-te dessa enrascada. Hoje à tarde enforcamos um ladrão, e seu corpo ainda está pendente da forca. Vou lá arrancar sua mão — aliás, qual mão devo arrancar? A esquerda ou a direita?

— A direita — respondeu ela, entregando-lhe um facão bem afiado.

O soldado saiu e pouco depois voltava, trazendo embrulhada a mão direita do enforcado.

Ao chegar, viu o gato passeando por ali, e não pensou duas vezes: matou-o e lhe arrancou os olhos.

— E quanto ao coração? — perguntou a criada, ainda um tanto aflita.

— Que eu saiba, hoje mataram um porco aqui na hospedaria. Creio que sua carcaça ainda esteja no celeiro.

— Sim, está lá! — exclamou a moça, começando a sentir-se aliviada.

— Pois então vai lá, arranca o coração do porco e traze-o para cá — disse o soldado.

Ela fez o que ele mandou, e depois colocou o coração de porco na travessa, juntamente com os olhos do gato e a mão do enforcado. Feito isso, os dois se despediram, e cada qual foi tratar de dormir.

Na manhã seguinte, quando os três cirurgiões militares se levantaram, pediram à criada que lhes trouxesse a travessa com a mão, o coração e os olhos. Ela foi ao armário e a trouxe de lá. Aí, o primeiro cirurgião besuntou a mão com seu ungüento e imediatamente a encaixou no punho. Ela se adaptou a seu pulso como se ali tivesse estado desde que ele nasceu. O segundo fez o mesmo com os olhos do gato, enfiando-os em suas órbitas, enquanto que o terceiro colocou o coração do porco de onde tinha tirado o seu, esfregando o ungüento no peito até que o corte se fechou, sem deixar qualquer marca.

O hospedeiro logo desceu, examinou os três e louvou seu conhecimento médico, dizendo que nunca teria acreditado naquilo se não tivesse visto com seus próprios olhos. Quando foram pagar a conta, concedeu-lhes um bom desconto, e eles seguiram viagem.

Depois de caminharem durante algum tempo, o que estava com o coração de porco começou a correr para um lado e para outro, abaixando a cabeça e fuçando em todo canto, bem à maneira porcina. Seus amigos tentaram segurá-lo pelo casaco, mas de nada valeu, pois ele deu um repelão e se enfiou num tufo de capim existente à beira da estrada.

Enquanto isso, o segundo cirurgião ficou esfregando os olhos, sem entender o que estaria errado com eles.

277

— Que foi que eu fiz? — perguntou aos camaradas. — Estes olhos não são os meus! Não estou enxergando direito! Ajudai-me a caminhar, ou corro o risco de cair!

Assim, aos trancos e barrancos, continuaram a viajar, até que, perto do anoitecer, depararam com outra hospedaria. Na sala de recepção avistaram, sentado num canto, um rico mercador, ocupado em contar o dinheiro das vendas feitas naquele dia. Ao vê-lo, o cirurgião com a mão do ladrão chegou-se perto dele como quem nada quer, ficando ali parado a espreitá-lo, e logo que ele virou as costas, num rápido bote empolgou um saquinho contendo uma bela quantidade de moedas.

— Que vergonha, companheiro! — exclamaram os outros dois. — Desde quando começaste a roubar? Não faças isso!

— Oh, foi um impulso irresistível! Não consegui evitar! Quando dei por mim, minha mão já estava agarrando o saquinho de dinheiro... Se acontecer de novo, não sei como fazer para resistir ao tal impulso!

Pouco depois, foram deitar-se. O quarto estava numa tal escuridão, que ninguém enxergava um palmo adiante do nariz. Foi então que o cirurgião com olhos de gato ergueu-se da cama e começou a fazer um verdadeiro escândalo, acordando os outros, enquanto dizia:

— Vede, meus amigos, dois ratinhos brancos que acabaram de sair daquele buraco na parede!

Os outros dois tentaram enxergar, mas em vão.

— Não tenho dúvida alguma — disse o primeiro cirurgião — de que nossas partes foram trocadas por outras naquela hospedaria. Vamos voltar lá e pedir explicações ao hospedeiro.

Na manhã seguinte, voltaram até a hospedaria onde haviam demonstrado suas habilidades médicas, apresentando ao hospedeiro suas reclamações, já que a mão do primeiro tinha o vício de roubar, o coração reposto tinha deixado o segundo com hábitos de suíno, e os olhos do terceiro antes pareciam ser de gato que de gente. O hospedeiro imediatamente chamou a criada, mas não a encontrou, pois ela tinha fugido pela porta dos fundos tão logo avistara os cirurgiões apontando na estrada, e desde então nunca mais foi vista. Cheios de revolta, os três ameaçaram pôr fogo na hospedaria, caso não recebessem uma polpuda indenização. Com receio das conseqüências, o pobre homem ajuntou tudo o que tinha e lhes entregou, e com isso eles se foram.

Todavia, embora tivessem recebido uma boa soma, podendo se dar ao luxo de montar seus próprios negócios, cada qual teria preferido continuar pobre, mas com sua própria mão, seus próprios olhos e seu próprio coração.

60. TRÊS HISTORINHAS DE SAPOS

I

Era uma vez uma menininha que todo dia, ao meio-dia, recebia de sua mãe uma tigelinha contendo leite e pão, que ela consumia sentada no terreiro. Certa vez em que tinha começado a comer aquela merenda, um sapinho saiu de uma fenda na parede e enfiou a cabeça na tigelinha, sorvendo um bom gole de leite. Encantada com a cena, daí em diante, todos os dias, na hora em que ali se sentava com sua tigelinha de leite, ela própria chamava o sapinho para vir participar de sua refeição, cantando assim:

Vem depressa, meu sapinho,
Não demores muito, não!
Toma um bom gole de leite,
Come um pedaço de pão.

A essas palavras, o sapo logo aparecia e se acocorava junto à tigelinha, para participar da refeição. E era um sapo agradecido, pois sempre trazia para a menina alguma coisa tirada de seus tesouros secretos: pedrinhas brilhantes, pérolas, brinquedinhos folheados a ouro, etc. Mas ele só bebia do, leite, sem jamais tocar no pão. Notando isso, a menina tomou de sua colher e deu uma pancadinha carinhosa em sua cabeça, dizendo:

— Não deixes de comer pão, meu bichinho!

Da cozinha, a mãe escutou a filha conversando com alguém, e saiu para verificar o que estaria acontecendo. Ao vê-la tocando com a colher na cabeça do sapo, chegou correndo com uma acha de lenha e deu com ela na pobre criaturinha, deixando-a morta.

A partir desse dia, a menina sofreu uma transformação. Enquanto o sapo vinha participar de sua refeição, ela crescia forte e saudável. Daquele fatídico dia em diante, porém, o colorido de suas faces foi-se tornando desbotado, e ela começou a emagrecer a olhos vistos. Logo o cuco, que prevê a morte das pessoas, começou a cantar na floresta, e o tordo começou a juntar folhas e galhinhos secos para compor uma coroa mortuária. E o fato foi que, poucos dias depois, a menina jazia morta num caixão.

II

Uma menina órfã estava sentada junto aos muros da cidade, absorta no trabalho de bordar um lenço, quando viu um sapo sair de uma fresta da muralha. No mesmo instante, estendeu no chão o lenço azul de algodão que estava bordando, de maneira que o sapo tivesse de passar por cima dele em seu caminho, e, como ela esperava, parar ali um pouquinho para tomar sol e descansar.

A princípio o sapo se assustou ao ver o lenço, dando meia volta e chegando a reentrar na fresta, mas pouco depois saiu, trazendo de seu esconderijo uma pequena coroa dourada, que depositou sobre o lenço. Feito isso, deu outra meia volta e retornou à fresta.

A coroa rebrilhava ao sol. A menina pegou-a e a examinou, vendo que era tecida com delicados fios de ouro. Em seguida, escondeu-a, para que o sapo não a visse quando ali voltasse.

E, de fato, ele voltou e não mais a viu. Talvez por causa disso, o pobre animalzinho voltou para junto da muralha e começou a bater a cabeça contra ela, até perder toda a força e cair morto.

Coitado dele, e bem feito para ela, que, se tivesse deixado a coroa onde ele a tinha posto, talvez ele tivesse trazido de seu esconderijo outros lindos presentes para ela.

III

— Huhu! Huhu! — coaxava o sapo.
— Vem para cá! — chamou a menina.
Quando ele se aproximou, ela perguntou:
— Acaso viste minha irmã hoje de manhã? É aquela que usa meias vermelhas.
— Não sei quem é. Não vi, não vi! Huhu! Huhu!
E foi-se embora saltitando.

61. HANS PORCO-ESPINHO

Era uma vez um fazendeiro que tinha muito dinheiro e propriedades, mas, embora fosse rico, havia uma coisa que ele gostaria de ter, mas não tinha: filhos. Às vezes, quando se encontrava no mercado com outros fazendeiros, eles troçavam dele, perguntando-lhe quando iria arranjar um filho. Aquilo acabou por deixá-lo muito aborrecido, e assim, num dia em que voltou para casa, virou-se para a mulher e falou:

— Hei de ter um filho, nem que seja um porco-espinho!

Não demorou, e em sua casa nasceu uma criança de conformação estranhíssima: era porco-espinho na parte de cima, e menino na parte de baixo. Quando sua mulher viu a criatura que tinha dado à luz, ficou muito assustada e exclamou:

— Olha o que foi que nos arranjaste!

Mas seu marido replicou:

— Agora não tem mais jeito. Ele vai ser batizado, embora eu não creia que encontremos alguém disposto a ser seu padrinho.

— E não há nome que calhe melhor para ele do que Hans — disse a mulher, concluindo: — Hans Porco-Espinho...

Na hora do batismo, ao ver a criança que lhe era apresentada, o ministro comentou:

— Com espinhos assim, não há berço que lhe possa servir...

E, de fato, seus pais tiveram de arranjar para ele um leito de palha atrás do fogão, e sobre essa cama improvisada a criança passou a dormir. Por causa dos espinhos, porém, a mãe não teve condições de amamentá-la.

Nessa cama Hans continuou dormindo até que completou oito anos. Nessa altura, seu pai já estava arrependido de ter desejado um filho, "nem que fosse um porco-espinho", passando a desejar que aquela criatura que não se desenvolvia inteiramente, permanecendo sempre num estado semi-entorpecido, viesse finalmente a morrer.

Um dia, o fazendeiro resolveu ir a uma feira que se iria realizar na cidade vizinha, e perguntou à mulher o que ela queria que ele trouxesse de lá, recebendo como resposta:

— Uma peça de carne e dois pães sovados.

— E tu, que queres que eu traga? — perguntou à criada.

— Um jogo de panelas e um par de meias.

Por fim, perguntou a Hans o que ele queria, e o menino respondeu:

— Traze para mim uma gaita de foles.

Assim, quando o fazendeiro voltou da feira, entregou à mulher a carne e o pão; à criada, as panelas e as meias, e a Hans Porco-Espinho uma gaita de foles.

Tão logo recebeu seu presente, disse Hans:

— Pai, vai à loja do seleiro e compra para mim arreios próprios para um galo, pois quero sair daqui para nunca mais voltar.

O pai alegrou-se ao extremo com a perspectiva de se ver livre do filho, e providenciou rapidamente o arreamento do galo. Depois de tudo pronto, Hans Porco-Espinho montou e saiu de casa, levando consigo uma leitoa e uma jumenta, ambas prenhes, pois tinha a intenção de criar porcos e asnos na floresta.

Quando ali chegou, o galo voou para um galho de árvore com ele nas costas, e dali ele passou a vigiar a porca e a jumenta durante muitos anos. Os animais se foram multiplicando, e, passado algum tempo, um razoável rebanho se espalhava pela mata.

Durante todo esse tempo, seu pai não teve qualquer notícia dele.

Sentado nos galhos da árvore, Hans foi aprendendo a tocar sua gaita de foles, na qual, pouco tempo depois, já era capaz de executar belas melodias.

Certa vez, o Rei daquele país perdeu-se na floresta. Ao passar perto do posto de vigilância de Hans, escutou ao longe aquela música melodiosa, enviando seus criados à procura do executante. Eles procuraram pacientemente pelos arredores, mas a única coisa que viram foi um estranho animal pousado nos galhos de uma árvore, parecendo ser um galo arreado, tendo nas costas um porco-espinho, e este, uma gaita de foles nas mãos. Seria aquela criatura quem estaria tocando a música que o Rei escutara?

O Rei ordenou que voltassem lá, perguntassem quem era a criatura, que estaria fazendo ali, e se saberia informar como sair daquela floresta.

Ao ouvir as perguntas, Hans desceu da árvore e disse que iria mostrar o caminho ao Rei, desde que este se comprometesse por escrito a enviar para ele, Hans, a primeira coisa ou pessoa que encontrasse ao chegar ao castelo. Imaginando que Hans sequer soubesse ler, e que desse modo ele, Rei, poderia escrever o que lhe desse na telha, pediu pena e papel e se comprometeu por escrito a não lhe enviar a primeira coisa ou pessoa que encontrasse.

Hans então pegou o papel, guardou-o no bolso, e logo em seguida lhe mostrou o caminho, através do qual o Rei saiu da floresta, chegando pouco depois são e salvo a seu castelo.

Ao avistá-lo de longe, sua filha ficou tão alegre que correu ao seu encontro, abraçando-o e beijando-o ternamente. O Rei então se lembrou de Hans Porco-Espinho e relatou à filha o que lhe tinha acontecido na floresta, descrevendo seu encontro com um estranhíssimo animal parecido com um porco-espinho, que sabia tocar música muito bem, e que vivia no alto de uma árvore montado num galo, o qual lhe tinha exigido a promessa de lhe enviar o que encontrasse ao chegar ao castelo, mas que ele, ao contrário do que fora pedido, havia prometido não lhe enviar aquilo que encontrasse, já que o tal Hans certamente não iria entender o que estava escrito no papel que ele lhe entregou.

Muito se alegrou a Princesa ao saber disso, comentando que não teria qualquer satisfação em ser entregue a tal criatura.

Nesse meio tempo, Hans Porco-Espinho continuava criando seus porcos e jumentos, sentindo-se deveras feliz sempre que contemplava de seu posto de vigilância aquele crescente rebanho, enquanto tocava sua gaita de foles.

Hans porco-espinho sentia-se deveras feliz sempre que contemplava aquele seu crescente rebanho.

Aconteceu então que, ao passar por ali com um grande séquito de acompanhantes e de criados um rei de um país vizinho também se perdeu na floresta, sem saber como sair daquele trecho intrincado. Enquanto não se decidia quanto à direção a seguir, o Rei escutou ao longe o som de música, mandando que um criado fosse verificar quem a estaria tocando. O criado seguiu para o lado da árvore, e ali viu o galo pousado num galho, tendo um porco-espinho montado em suas costas. Dirigindo-se à criatura, perguntou o que estaria ela fazendo por ali.

— Moro aqui e estou tomando conta de meus rebanhos de porcos e jumentos. E tu, que fazes por aqui?

O criado explicou sua situação, pedindo-lhe que os ajudasse a sair daquele lugar.

Sem se fazer de rogado, Hans desceu da árvore com seu galo, foi até onde estava o velho Rei e disse que poderia ensinar-lhe a sair dali, desde que o soberano se comprometesse por escrito a lhe entregar o que encontrasse ao chegar ao seu palácio. O Rei concordou, e ali mesmo assinou seu compromisso. Feito isso, Hans montou no galo e seguiu à frente da comitiva, indicando-lhe o caminho a seguir.

Depois que saiu da floresta, o Rei rapidamente chegou são e salvo a seus domínios. Ao se aproximar do castelo, depois de uma longa ausência, sua filha única, uma menina de rara beleza, veio correndo abraçá-lo, perguntando-lhe por que tinha demorado tanto a voltar. Ele então contou tudo o que lhe tinha acontecido, até a parte final, quando se tinha perdido na floresta sem saber como sair, só o conseguindo por ter encontrado uma estranha criatura, meio homem, meio porco-espinho, em cima de uma árvore, montada num galo, e que sabia tocar música muito bem. Contou-lhe ainda que a criatura lhe tinha mostrado a saída da floresta, mencionando a condição estabelecida de lhe enviar o que quer que encontrasse logo ao chegar ao palácio real.

Só quando chegou nesse ponto, foi que o Rei se conscientizou de que quem primeiro o havia encontrado fora a filha, o que o deixou extremamente angustiado. Não obstante, a filha prometeu que, naquela circunstância, não via outra saída senão ir encontrar-se em breve com o tal animal.

Entrementes, Hans Porco-Espinho ia criando seu rebanho de porcos e jumentos, e tantos leitões e asnos tinham nascido, que agora já se espalhavam por quase toda a extensão da floresta. Ele então resolveu não mais permanecer ali, e enviou a seu pai um recado, dizendo-lhe que mandasse esvaziar todos os chiqueiros da aldeia, pois ele estava para chegar ali com um rebanho suíno tão numeroso, que poderia fornecer porcos a quem quer que assim o desejasse.

Aquela notícia deixou o pai aflito, pois ele pensava que seu filho estivesse morto há muitos anos.

Pouco depois disso, Hans ali chegou montado em seu galo e entrando na aldeia com seu rebanho suíno. Eram tantos porcos, que seus roncos e guinchos podiam ser ouvidos a oito milhas de distância!

Hans Porco-Espinho disse que sua permanência por ali seria breve, como de fato o foi. Um dos poucos lugares que visitou foi a selaria, tendo pedido ao seleiro que renovasse os arreios de seu galo, que estavam um tanto gastos.

Assim, dois ou três dias depois, partiu de novo, para alívio de seu pai, por imaginar que jamais iria ver outra vez aquela criatura.

Hans Porco-Espinho dirigiu-se à capital do reino, onde esperava ser recebido hospitaleiramente. Acontece, porém, que o Rei, receando sua vinda, tinha dado ordens severas para que se atirasse para matar em quem quer que aparecesse em seus domínios cavalgando um galo arreado e trazendo consigo uma gaita de foles, impedindo desse modo que ele entrasse no castelo, conforme certamente seria seu desejo.

Assim, quando Hans Porco-Espinho ali chegou cavalgando seu galo, os guardas logo o rodearam com suas baionetas armadas, mas ele prosseguiu pelos ares e, em vez de passar pela ponte levadiça, entrou por uma janela do palácio. Depois de apear, exigiu que o Rei lhe entregasse o que lhe tinha prometido, ou, do contrário, tanto ele como sua filha se preparassem para morrer. Ouvindo isso, o Rei pediu à filha, tremendo de medo, que fizesse o que a criatura estava ordenando, pois só assim salvaria sua vida e a de seu pai. Em vista das circunstâncias, ela empalideceu, mas concordou.

Seu pai então ordenou que lhe preparassem uma carruagem puxada por seis cavalos brancos, além de designar criados para servi-la, e presenteá-la com uma boa soma de dinheiro e uma riquíssima baixela de prata.

A Princesa instalou-se na carruagem, ao lado de Hans, do galo e da gaita de foles. Feito isso, despediram-se e foram embora, deixando o Rei a imaginar que nunca mais iria ver de novo sua querida filha. Mas ele estava redondamente enganado, pois, pouco depois de terem deixado a cidade, Hans Porco-Espinho afastou o xale da Princesa e estreitou-a num abraço, espetando-a com seus espinhos e deixando-a toda ferida. Depois de soltá-la, disse-lhe:

— Eis a recompensa que tua falsidade fez por merecer! Vai embora! Nada tenho a fazer contigo!

Com essas palavras, ele a mandou de volta para casa, deixando-a envergonhada por ter sido desprezada e desonrada por aquela horripilante criatura.

Deixando a carruagem, Hans Porco-Espinho continuou a cavalgar seu galo, levando consigo a gaita de foles, e seguiu para o reino vizinho, aquele cujo Rei tinha sido ajudado por ele a sair da floresta. Já este soberano tinha ordenado a seus soldados que, se alguém com aspecto de porco-espinho chegasse diante de seu castelo, os guardas deveriam apresentar armas, saudá-lo com vivas e hurras, e deixá-lo entrar ali sem qualquer impedimento.

Tão logo viu chegando ao castelo aquela criatura esquisita, a Princesa a princípio se assustou, devido a seu aspecto extravagante, mas no mesmo instante se lembrou do compromisso assumido pelo pai, conformando-se com sua má sorte.

Assim, após cumprimentar Hans Porco-Espinho, ela casou-se com ele. Durante a festa, os dois comeram e beberam lado a lado na mesa real. Quando chegou a noite, na hora de ir para a cama, a Princesa lhe confessou estar com medo de que seus espinhos a ferissem, mas ele a tranqüilizou, garantindo que não iria machucá-la. Pediu então a seu sogro que designasse quatro homens para ficarem vigiando diante da porta do quarto do casal, recomendando que mantivessem acesa uma fogueira, pois, quando ele entrasse e se preparasse para deitar, iria tirar sua pele de porco-espinho e deixá-la diante da cama. Nesse instante, os homens deveriam entrar correndo no quarto, agarrar a pele e atirá-la na fogueira, permanecendo ali de vigia até que ela estivesse reduzida a cinzas.

Mais tarde, quando soaram as doze badaladas da meia-noite, Hans Porco-Espinho entrou em seu quarto, tirou de cima de si a pele e deixou-a do lado da cama. Imediatamente os quatro criados ali entraram, apanharam-na do chão e a atiraram na

285

fogueira. Depois que ela se consumiu toda, Hans se viu livre, deitado na cama com sua figura humana, mas preto como carvão, como se tivesse sido queimado.

O Rei então convocou os melhores médicos da corte, e eles o banharam com um precioso bálsamo que branqueou sua pele, deixando-o com uma bela aparência juvenil.

Vendo isso, a Princesa deu pulos de alegria, e na manhã seguinte ambos se levantaram muito contentes, resolvendo realizar de novo a cerimônia de casamento, dessa vez em grande estilo, seguindo-se uma festa de arromba, durante a qual o Rei conferiu a Hans a condição de sucessor ao trono daquele país.

Passados alguns anos, o novo Rei foi com sua esposa visitar seu pai, apresentando-se diante dele como sendo seu filho. Todavia, o fazendeiro declarou que não tinha filhos, pois já devia ter morrido o único que tivera, tempos atrás, e que um dia se fora por este mundo afora. Com certeza, porém, não podia se tratar daquele jovem rei altivo e bem apessoado, pois o finado Hans era um monstrinho revestido de espinhos. Aos poucos, porém, as lembranças de Hans evidenciaram que ele era de fato aquele seu filho, que o amor da Princesa havia despojado de sua antiga e horrenda figura. Essa constatação deixou o pai tomado de júbilo. Então, aceitando o convite do casal real, ele embarcou em sua carruagem, seguindo os três para a capital do reino vizinho, onde passaram a viver em harmonia e felicidade.

62. O TÚMULO DO GAROTINHO

Era uma vez uma senhora cujo filhinho tinha sete anos de idade. Era um menino tão bonito e bom, que ninguém que o conhecia deixava de amá-lo. Ela, especialmente, dedicava-lhe todo o amor de seu coração.

Certo dia ele adoeceu de repente, e pouco depois o bom Deus levou-o deste mundo. A boa senhora ficou tão sentida, que passou a chorar dia e noite, não havendo como confortá-la.

Na noite seguinte à do enterro, o menino apareceu para ela, no lugar onde em vida costumava sentar-se e brincar, e, vendo seu choro incessante, pôs-se também a chorar. Ali ficaram os dois, num só pranto, até que o dia raiou, e ele então desapareceu.

Mesmo assim, durante todo o restante daquele dia, sua mãe continuou a lamentar sua morte, chorando sem cessar. À noite, ele apareceu de novo, tendo por cima do corpo a mortalha branca com a qual fora posto no caixão, e sobre a cabeça a guirlanda de flores com que fora enterrado. Sentando-se ao pé da cama da mãe, dessa vez lhe falou, dizendo:

— Oh, minha mãe, pára de chorar! Teu pranto me impede de dormir em paz, pois tuas lágrimas não cessam de cair sobre minha mortalha, deixando-a sempre molhada!

Alertada por essas palavras, a mãe secou as lágrimas.

Na noite seguinte a criança apareceu mais uma vez, segurando nas mãos uma vela acesa.

— Estás vendo, mamãe? Minha mortalha agora está seca, e já posso dormir descansado em meu caixão.

Depois disso, a mãe não mais se entregou ao pranto, decidindo enfrentar sua dor com resignação e confiança em Deus, na certeza de que, agora, seu filhinho dormia em paz em seu pequeno túmulo.

63. OS TRÊS ARTESÃOS

Era uma vez três artesãos que combinaram de viajar juntos e procurar trabalho nas mesmas cidades. Numa certa ocasião, porém, não encontraram um patrão que quisesse empregá-los, de maneira que, não tendo fonte de renda, suas roupas aos poucos se foram gastando e esfarrapando, e os três já não tinham como se sustentar. Puseram-se então a discutir sobre o que poderiam fazer, tendo um deles proposto que deixassem aquela cidade e saíssem em busca de uma praça mais promissora.

Assim, pegaram a estrada e foram caminhando sem destino certo, até que chegaram a uma outra cidade, onde também não encontraram qualquer tipo de trabalho que pudessem fazer. Resolveram então se separar, indo cada qual para um lado, a fim de encontrar seu próprio sustento.

Combinaram com o proprietário da hospedaria em que se tinham alojado que iriam endereçar para lá as cartas que escrevessem de onde quer que estivessem, uma vez que pretendiam manter-se em contato, informando uns aos outros seu paradeiro.

Esse plano lhes pareceu o melhor que poderiam adotar, e depois disso se foram embora, seguindo juntos durante o início do percurso. Quando já se preparavam para a separação, cruzaram com um cavalheiro bem vestido, que lhes perguntou quem eram eles.

— Somos artesãos — responderam, — e estamos em busca de serviço. Até pouco tempo atrás, sempre encontrávamos o que fazer, mas de uns tempos para cá a coisa ficou complicada, e decidimos nos separar.

— Oh, mas isso não será necessário — replicou o homem. — Se fizerdes o que eu vos disser, não mais tereis necessidade alguma de sairdes por aí à procura de trabalho, pois vos tornareis grãos-senhores, podendo dirigir vossas próprias carruagens.

— Se isso não for concorrer em prejuízo de nossas almas e de nossa felicidade — respondeu um deles, — faremos tudo aquilo que nos pedires.

— Não é para já, é para mais tarde, pois no momento, nada tenho a pedir — disse o homem.

Um deles, entretanto, tinha notado que aquele homem pisava de maneira estranha, e, reparando melhor, notou que seu pé direito era humano, mas que o esquerdo antes parecia um casco de cavalo, ficando com receio de fazer qualquer trato ou acordo com aquele sujeito. Observando isso, o estranho, que era o Maligno em pessoa, procurou tranqüilizá-los, dizendo nada querer com suas almas, mas sim com as de outros indivíduos. Com essa garantia, os três consentiram em firmar um pacto com ele.

Então o Maligno lhes disse o que desejava, e que era o seguinte: a qualquer questão que lhes fosse formulada, o primeiro deles sempre deveria responder "Todos nós três"; o segundo, "Não vai faltar dinheiro", e o terceiro, em voz bem alta: "É assim que está certo!".

Os três deviam dizer apenas essas frases, sem nada mais acrescentar. Em caso de desobediência, perderiam todo o dinheiro recebido, mas, enquanto obedecessem àquelas instruções, seus bolsos estariam sempre repletos de notas e de moedas.

Para início de conversa, o Maligno deixou com eles uma vultosa quantia, ordenando-lhes que seguissem para uma cidade vizinha e se alojassem numa certa hospedaria.

Eles obedeceram, sendo recebidos pelo proprietário, que lhes informou ter comida de sobra, mas apenas um quarto vago, o mais caro da hospedaria, indagando se algum deles pretendia ocupá-lo.

O primeiro artesão respondeu:

— Todos nós três.

— Sim — replicou o hospedeiro, — então vou mandar arrumá-lo e providenciar refeição para três.

— Não vai faltar dinheiro — disse o segundo.

— Com certeza não faltará — concordou o hospedeiro.

— É assim que está certo! — gritou o terceiro.

— Certíssimo! — reforçou o homem.

Logo uma lauta refeição lhes foi servida, e eles a devoraram com avidez. Quando terminaram de comer, o hospedeiro lhes trouxe a nota de despesa e a depositou sobre a mesa, perguntando qual deles iria responsabilizar-se pelo pagamento.

— Todos nós três — disse o primeiro.

— Não vai faltar dinheiro — disse o segundo.

— Assim é que está certo! — berrou o terceiro.

— Concordo inteiramente, senhores — disse o hospedeiro. — Os três ireis dividir a conta, sem que falte o dinheiro, pois, se faltasse, não me seria possível atender-vos.

Eles então puseram sobre a mesa uma quantia bem maior do que a constante na conta, o que chamou a atenção dos outros hóspedes, levando-os a comentar entre si:

— Esses três aí parecem loucos!

Chegando perto deles, o hospedeiro concordou em voz baixa:

— De fato, eles não procedem como gente normal.

Enquanto ali permaneceram, continuaram repetindo sempre as mesmas frases, fosse qual fosse a pergunta que lhes dirigissem, e mesmo que tais respostas parecessem ilógicas ou totalmente fora de propósito.

Alguns dias depois, alojou-se na hospedaria um rico mercador que trazia consigo enorme soma de dinheiro. Ao acertar sua permanência com o hospedeiro, recomendou-lhe:

— Deixo sob tua responsabilidade esta fortuna que trago comigo. Toma todo cuidado com ela, pois receio que esses três artesãos malucos queiram roubá-la.

O hospedeiro disse que sim, e tratou de levar para seu quarto os alforjes que o homem lhe entregou, notando, pelo peso, que estavam cheios de ouro. Em seguida, pediu que os três artesãos desocupassem o quarto em que estavam hospedados, e que era o melhor da casa, pondo ali o mercador e transferindo-os para um quarto mais simples, no sótão.

À meia-noite, imaginando que todos os hóspedes estariam ferrados no sono, o hospedeiro e sua mulher foram até o quarto do mercador, e ele lhe desferiu uma certeira machadada, matando-o de um só golpe. Feito isso, o casal regressou silenciosamente para seu quarto, deitando-se como se nada houvesse acontecido.

Pela manhã, a hospedaria ficou em polvorosa, quando se descobriu que o mercador jazia mergulhado numa poça de sangue. Todos os empregados e hóspedes, exceção feita aos três artesãos, foram convocados para se reunirem na sala de refeições. Então, tomando a palavra, o hospedeiro declarou que, segundo todas as evidências, o assassinato teria sido cometido pelos três hóspedes ausentes. Os outros hóspedes confirmaram tal suspeita, dizendo que ninguém mais poderia ter feito aquilo, e propondo que os três fossem trazidos para lá, a fim de ser inquiridos.

Quando eles deram entrada na sala, deu-se início ao interrogatório, tendo um hóspede perguntado qual deles teria cometido aquele crime O primeiro artesão respondeu:

— Todos nós três.

— E por que cometestes tal crime? — perguntou outro hóspede.

— Não vai faltar dinheiro — respondeu o segundo.

— Não tendes vergonha de dizer que fizestes isso apenas por dinheiro? — perguntou o hospedeiro, fingindo estar revoltado.

— É assim que está certo! — vociferou o terceiro.

Depois de escutar tais respostas, o hospedeiro voltou-se para os presentes e disse:

— Ouvistes como esses três confessaram o crime sem demonstrar o menor arrependimento, o mínimo remorso? Vamos prendê-los e entregá-los à Justiça.

Assim, os três foram algemados e levados à prisão, e só então caíram em si quanto à gravidade de sua situação. Porém, à noite, o Maligno apareceu no cárcere e lhes disse:

— Mantende-vos firmes durante um dia, sem abrigardes receio quanto a vossa sorte, e nem um fio de cabelo vosso será arrancado.

Pela manhã, os três foram levados à presença do Juiz, que assim os interrogou:

— Quem de vós assassinou o mercador?

— Todos nós três — disse o primeiro.

— E por que o matastes?

— Não vai faltar dinheiro — disse o segundo.

— Oh! — exclamou o Juiz. — Como podeis ser tão insensíveis e desalmados? Não estais arrependidos do crime que cometestes?

— É assim que está certo!.— berrou o terceiro.

Diante dessa confissão e da aparente frieza dos três, o Juiz condenou-os à pena de morte.

Os três foram levados para o cadafalso, e o hospedeiro teve de ir junto, já que fora o autor da denúncia.

No instante em que o guarda os encaminhou para a parte de cima do cadafalso, onde os esperava o carrasco com uma espada afiada nas mãos, surgiu diante deles um coche puxado por quatro raposas cor de sangue. O coche seguia tão velozmente que suas rodas até tiravam fogo das pedras. Da janela do coche alguém estava acenando com um lenço branco. Vendo isso, o carrasco comentou:

— Ao que parece, esses três criminosos vão ser beneficiados com o indulto.

E, de fato, do coche se ouviu uma voz a gritar:

— Indulto! Indulto! Suspendam a execução!

Do veículo desceu um cavalheiro distinto (era o Maligno), que se dirigiu aos três condenados, dizendo:

— Estais dispensados de responder conforme o combinado. Dizei-me: sois de fato os assassinos do mercador?

— Não! Somos inocentes! — respondeu o primeiro artesão. — O assassino é aquele ali — e apontou para o hospedeiro.

— Se quiserdes a prova — disse o segundo, — ide até o celeiro da hospedaria, e ali encontrareis escondido o dinheiro que pertencia ao mercador e que esse indivíduo aí roubou.

— E também encontrareis sua esposa, que foi cúmplice nesse crime — completou o terceiro.

O Juiz ordenou que seus guardas fossem examinar o celeiro da hospedaria, e eles ali encontraram a mulher do hospedeiro empenhada em contar o dinheiro roubado ao mercador, além de outras evidências de sua participação no hediondo crime.

Em vista disso, o Juiz ordenou que a pena de morte fosse transferida para o casal, e os dois logo foram decapitados pelo carrasco.

Depois disso, o Maligno disse para os três artesãos:

— Não vos disse que eu não tinha interesse algum em vossas almas, mas sim nas de outras pessoas? Estais livres, e fizestes por merecer o dinheiro que de mim recebestes e que continuareis recebendo, em recompensa pelo exato cumprimento de nosso trato!

64. A LUZ DO SOL HÁ DE ESPANTAR A ESCURIDÃO

Um alfaiate itinerante estava viajando pelo país em busca de serviço, sem o conseguir, e foi ficando cada vez mais pobre, até que um dia se viu sem um vintém no bolso. Seguia aflito pela estrada, desesperado com sua situação, quando cruzou, num trecho deserto, com um homem bem vestido, aparentando possuir muito dinheiro. Então, surdo à voz de sua consciência, investiu contra ele, e, depois de subjugá-lo, ameaçou:

— A bolsa ou a vida!

— Poupa-me a vida! — implorou o homem. — Tudo o que possuo são oito vinténs!

Ouvindo isso, o alfaiate replicou:

— É mentira! Dá para ver que tens bem mais do que isso! Vou arrancar-te até a última moeda!

E começou a espancar o pobre homem, deixando-o quase morto. Sentindo-se perdido, o infeliz reuniu suas últimas forças e gritou:

— A luz do sol há de espantar a escuridão!

E logo em seguida morreu.

Sem perda de tempo, o alfaiate examinou-lhe os bolsos, virando-os para fora, e de fato só encontrou oito vinténs. Antes que alguém surgisse e o pilhasse revistando o outro, atirou o corpo entre os arbustos e prosseguiu sua viagem.

Depois de ter percorrido uma longa distância, chegou a uma cidade, onde teve a sorte de ser contratado como ajudante pelo dono de uma alfaiataria. Seu patrão era pai de uma linda jovem, com quem, passado algum tempo, ele veio a se casar, passando desde então a desfrutar de uma vida tranqüila e feliz.

Alguns anos mais tarde, quando a família já tinha aumentado com a chegada de dois filhos, seu sogro morreu, deixando ao jovem casal a incumbência de tocar a alfaiataria e sustentar a casa.

Certa manhã, quando o alfaiate estava sentado à mesa defronte à janela, no momento em que sua esposa lhe servia o café, um raio de sol entrou pela janela e começou a bailar em círculos na parede oposta. Vendo isso, o alfaiate se levantou de um pulo e gritou:

— Lá vem ela para espantar a escuridão! Fecha a janela!
— Que estás dizendo, marido? — estranhou a mulher.
— Trata-se de uma história que não posso contar — replicou ele, sem acrescentar palavra.

Mas ela insistiu em querer saber que história era aquela, tratando-o de maneira afetuosa e brincalhona, e garantindo-lhe que não revelaria a quem quer que fosse coisa alguma do que ele lhe contasse. Tanto insistiu, que por fim o marido acabou lhe revelando que, muitos anos atrás, num dia em que estava desesperado por não encontrar serviço e por estar sem um vintém no bolso, ele tinha assaltado e assassinado um homem, cujas últimas palavras tinham sido *"A luz do sol há de espantar a escuridão"*. Pois bem: aquela manhã, a luz do sol tinha irrompido através da janela e dançado na parede, e isso lhe tinha trazido à lembrança as palavras daquele homem. Agora que lhe revelara aquele segredo guardado há tanto tempo, pedia-lhe encarecidamente que não o revelasse para quem quer que fosse.

Mas logo depois que ele entrou na oficina para trabalhar, sua mulher encontrou-se com um primo e deu com a língua nos dentes, revelando-lhe todo o segredo, ao mesmo tempo em que lhe pedia encarecidamente que não contasse aquilo para pessoa alguma. Mas o primo não resistiu, e, três dias depois, contou tudo para uma amiga, que repassou o segredo para sua cunhada, e assim, correndo de boca em boca, acabou que toda a cidade ficou sabendo do caso, sendo o alfaiate levado à presença do Juiz, e condenado por este a pagar com a vida por seu crime.

E assim, ainda que depois de um bom tempo, a luz do sol acabou espantando a escuridão...

65. A FIANDEIRA PREGUIÇOSA

Viviam numa certa aldeia um homem e sua esposa, uma mulher que sabia fiar, porém tão preguiçosa que quase nenhum trabalho produzia, pois o material que seu marido lhe entregava para tecer ela o largava espalhado pelo chão, não tendo disposição de enrolar o fio, e o deixando ali todo amontoado e emaranhado. Toda vez que seu marido a repreendia por causa desse desleixo, ela sempre se saía com uma desculpa, costumando dizer:

— Ora, como posso enrolar o fio, se não disponho em casa de um bom carretel? Se porventura arranjasses um para mim, feito de boa madeira...

— Bem — disse um dia o marido, — já que é assim, vou tratar de arranjar um bom carretel para ti.

Ao ouvir isso, a mulher começou a ficar com receio de que, caso o marido fosse à mata cortar um galho grosso e resistente, de boa madeira, para fazer com ele um carretel, ela não mais teria desculpa para não desemaranhar e enrolar os fios, e aí seria um trabalho sem fim. Com esse pensamento, ela ficou a matutar durante algum tempo, imaginando o que poderia ser feito, até que teve uma idéia. Então, entrando na floresta em busca do marido, foi encontrá-lo no momento em que ele se preparava para cortar um grosso galho de árvore. Assim, esgueirando-se sorrateiramente por entre as moitas e os arbustos, ela se postou num lugar em que não poderia ser vista, e se pôs a cantar:

Quem for fazer um carretel irá morrer,
E quem os fios enrolar vai perecer.

Ouvindo isso, o homem encostou o machado e ficou intrigado com o significado daquele canto. Por fim, disse consigo mesmo:

— Ora! Devo estar imaginando coisas. Que grande bobagem!

Assim, decidiu retomar o trabalho; porém, bastou erguer o machado, para de novo escutar a voz a cantar:

Quem for fazer um carretel irá morrer,
E quem os fios enrolar vai perecer.

O homem de novo interrompeu o trabalho e começou a se sentir muito incomodado e assustado, mas logo recobrou coragem e recomeçou a cortar o galho. Pouco depois, a voz se fez ouvir de novo:

Quem for fazer um carretel irá morrer,
E quem os fios enrolar vai perecer.

Dessa vez ele desistiu de prosseguir, de tão assustado que ficou, deixando depressa a árvore e regressando para casa. Antes disso, sua mulher, seguindo por um atalho e não poupando esforço, chegou em casa antes dele, que, quando ali entrou, a viu com a maior cara de inocente, como se nada tivesse acontecido. Ao vê-lo, ela ainda teve a coragem de perguntar se ele tinha trazido para ela uma boa madeira para fabricar um carretel!

— Não, não! — respondeu ele. — Cheguei à conclusão de que usar um carretel para enrolar o fio pode ser uma coisa muito perigosa... .

E então depois de lhe contar tudo o que tinha acontecido, ele parou de recriminá-la por sua preguiça.

Mas isso durou pouco, pois logo a desordem reinante em sua casa voltou a dar-lhe nos nervos, e ele um dia disse:

— Mulher, mulher! É uma vergonha que deixes aí jogado no chão esses fios todo emaranhados!

— Bem, e que devo fazer? Como não quiseste me trazer um carretel, o único recurso que temos é ficarmos, eu, aqui, e tu, no sótão, e então eu te jogarei uma porção de fios emaranhados, e tu os devolverás desenredados para mim; depois te passarei outro, e outro, e assim sucessivamente, até que tenhamos uma meada.

— Pois que seja assim — concordou ele.

Os dois procederam daquele modo, e tão logo concluíram a meada, ele falou que agora ela deveria depurar o fio, passando-o em água fervente. Isso deixou-a de novo desanimada, e ela se pôs a imaginar algum novo plano para escapar à tarefa, embora fingisse concordar com o marido quanto à necessidade daquele trabalho.

De manhã bem cedo, ela se levantou, acendeu o fogão e, em lugar da meada, deitou na caldeirão um punhado de estopa deixando-a ali de molho. Depois, foi até o quarto e disse para o marido, que ainda estava na cama:

— Tenho de sair agora. Faze o favor de deixar a cama e ficar vigiando a fiação que está fervendo no caldeirão, mas fica bem atento, pois se por acaso o galo cantar antes que tu olhes dentro dele, o fio irá transformar-se em estopa.

Com isso, o marido logo se levantou e tratou de seguir diretamente para a cozinha. Olhou para o caldeirão e ficou pálido de medo ao ver que o fio já se transformara em estopa. Depois disso, o pobre homem ficou tão quieto quanto um camundongo, pois acreditava ter sido por sua culpa que o fio se arruinara. Daí em diante, ele nunca mais se atreveu a dar palpite acerca de fios e fiações.

É pena que sua mulher não fosse tão diligente quanto era esperta e dissimulada, não passando, na realidade, de uma esposa relaxada e muito preguiçosa.

66. AS TRÊS PRINCESAS PRETAS

Ostende foi sitiada por um exército inimigo, que ameaçou não suspender o sítio enquanto não recebesse seiscentas moedas de ouro, a título de indenização. Essa exigência foi transmitida por meio de toques de tambor, e logo se divulgou por toda a cidade a informação de que quem quer que pudesse doar aquela quantia seria nomeado burgomestre de Ostende.

Nessa ocasião, um pobre pescador local estava pescando no mar com seu filho, quando foi abordado pelo inimigo, que requisitou os serviços do rapaz, entregando ao pai, como pagamento, a quantia de seiscentas moedas de ouro.

Ao regressar à cidade, tomando conhecimento da exigência dos sitiantes, o pescador doou aquela quantia aos responsáveis pela administração. Com isso, o inimigo suspendeu o sítio e se retirou, sendo o pobre pescador nomeado burgomestre.

Devido a sua nova condição social e política, passou a ser obrigatório dirigir-se a ele como "Senhor Burgomestre" e dar-lhe o tratamento de "Vossa Excelência". Quem se recusasse a dispensar-lhe esse tratamento corria o risco de ser condenado à forca.

Enquanto isso, o filho do pescador conseguiu um dia escapar das garras do inimigo, fugindo para terra e se refugiando no alto de um morro, situado no interior de uma densa floresta.

Pesquisando as vertentes do morro, ele acabou descobrindo um castelo encantado, no qual as mesas, os bancos e as cadeiras eram todos forrados de preto. De repente, surgiram diante dele três princesas negras inteiramente vestidas de preto, sendo aquele negrume quebrado apenas pela existência de uma pequena mancha branca em seus rostos.

Notando seu espanto, elas lhe disseram para não ter medo, pois nada lhe iriam fazer. Depois, perguntaram se ele estaria disposto a libertá-las de seu encantamento, ao que ele respondeu que ficaria feliz por tentar, caso elas lhe prestassem a devida orientação de como proceder. Elas então lhe disseram que, durante todo um ano, ele não poderia conversar diretamente com elas, nem mesmo olhar para elas. Se quisesse alguma coisa, bastaria pedir em voz alta, e logo em seguida seria atendido.

Depois de permanecer ali durante algum tempo, seguindo a orientação recebida, ele disse um dia em voz alta que gostaria de visitar seu pai. Elas lhe responderam:

— Tudo bem. Vamos dar-te um saquinho de ouro e roupas de viagem. Daqui a oito dias, deverás estar de volta.

Ele então foi transportado pelos ares e deixado em Ostende. Na tentativa de encontrar seu velho pai, seguiu até a antiga cabana onde havia morado, encontrando-a vazia e abandonada. Vendo algumas pessoas ali perto, dirigiu-se a elas e lhes perguntou se acaso sabiam do paradeiro do pobre pescador que ali residira no passado. Escutando-o referir-se daquele modo informal ao Senhor Burgomestre, elas lhe recomendaram que dobrasse a língua e lhe dispensasse tratamento de fidalgo, caso não quisesse ser enforcado.

Ao saber que o pai fora nomeado burgomestre, seguiu até o palácio, e, ao se encontrar com ele, falou:

— Como pôde um simples pescador alcançar tão honroso posto?

O pai advertiu:

— Não me trates com informalidade, porque, se os poderosos da cidade te escutarem, poderão condenar-te à forca.

Mas ele não aceitou tratar o pai por Vossa Excelência, e acabou sendo preso. Ao chegar à prisão, disse:

— Oh, senhores, concedei-me permissão para visitar a velha cabana de pescador onde por tantos anos vivi com meu pai!

Por se tratar do filho do Senhor Burgomestre, eles o permitiram. Então, entrando na cabana, ele encontrou e vestiu seu velho avental, voltando a apresentar-se diante das autoridades e dizendo:

— Não estais vendo que, na realidade, não passo do filho de um pobre pescador? Era com essa roupa simples que eu saía de casa para ganhar o pão de cada dia, e desse modo sustentar meu pai e minha mãe.

Essas palavras lhes mostraram o rigor de seu julgamento, e eles assim decidiram conceder-lhe o perdão, deixando que ele voltasse à presença do pai e o tratasse sem formalidade, apenas com respeito filial.

Ao reencontrar seus pais, contou-lhes tudo o que lhe tinha acontecido, como havia entrado numa floresta, subido a encosta de um morro e encontrado um castelo encantado, no qual paredes e móveis eram revestidos de preto. Disse ainda que ali viviam três princesas negras vestidas de preto dos pés à cabeça, tendo apenas uma pequena mancha branca no rosto. Elas lhe disseram para não ter medo, e que esperavam poder ele um dia libertá-las de seu encantamento, devolvendo-lhes a cor da pele original.

Então sua mãe disse:

— Sei como poderás conseguir isso. Leva contigo um caldeirão de água benta, e, depois de fervê-la, esparge algumas gotas em seus rostos.

Ele regressou, temendo que a sugestão da mãe não desse certo, mas mesmo assim ferveu a água benta e espargiu-a nos rostos das princesas negras, aproveitando-se do momento em que elas estavam dormindo. Nos pontos em que as gotas de água tocaram sua pele, ela se tornou alva como a neve. Ao contato com a água fervente, porém, as princesas pularam das camas e exclamaram:

— Oh, cão maldito, queres nos matar? Nosso sangue grita por vingança! Com tua providência, tornaste-nos ainda mais feias! Agora não há ninguém nascido neste mundo que nos possa livrar do encantamento. Pois fica sabendo que temos três irmãos tão ferozes que não podem ficar soltos, vivendo trancados a sete chaves. Vamos libertá-los, para que eles te reduzam a pedaços!

Enquanto diziam isso, o castelo começou a se rachar de cima abaixo. Vendo que as paredes estavam prestes a desmoronar, ele tratou de fugir pela janela, caindo de mau jeito e quebrando a perna. Do lado de fora, ele viu o castelo afundar-se no chão, desaparecendo pelo morro adentro sem deixar qualquer vestígio de sua presença. Depois disso, ninguém mais ficou sabendo da existência do castelo encantado, nem do lugar onde ele um dia se ergueu.

67. A BELA KATRINE E PIF-PAF POLTRIE

Bom dia, Pai Hollenthe. Como estás passando?
— Muito bem, obrigado, Pif-Paf Poltrie.
— Será que me darias licença de me casar com tua filha Katrine?
— Oh, sim, desde que minha esposa Tiroleite, meu filho Parrudo, minha filha Queijadinha e a bela Katrine estejam de acordo.
— E onde posso encontrar Mãe Tiroleite?
— No estábulo, ordenhando a vaca.

* * *

— Bom dia, Mãe Tiroleite. Como estás passando?
— Bem, obrigada, Pif-Paf Poltrie.
— Posso me casar com tua filha Katrine?
— Oh, sim, desde que meu marido Hollenthe, meu filho Parrudo, minha filha Queijadinha e a bela Katrine estejam de acordo
— E onde posso encontrar o mano Parrudo?
— No quintal, rachando lenha.

* * *

— Bom dia, mano Parrudo. Como estás passando?
— Bem, obrigado, Pif-Paf Poltrie.
— Posso me casar com tua irmã Katrine?
— Oh, sim, desde que Pai Hollenthe, Mãe Tiroleite, minha irmã Queijadinha e a bela Katrine estejam de acordo
— E onde posso encontrar a irmã Queijadinha?
— Na horta, colhendo repolhos.

* * *

— Bom dia, irmã Queijadinha. Como estás passando?
— Bem, obrigada, Pif-Paf Poltrie.
— Posso me casar com tua irmã?
— Oh, sim, desde que Pai Hollenthe, Mãe Tiroleite, o mano Parrudo e a bela Katrine estejam de acordo.
— E onde posso encontrar a bela Katrine?
— No quarto dela, contando dinheiro.

* * *

— Bom dia, bela Katrine. Como estás passando?
— Bem, obrigada, Pif-Paf Poltrie.
— Queres casar comigo?
— Oh, sim, desde que Pai Hollenthe, Mãe Tiroleite, meu mano Parrudo. e minha irmã Queijadinha estejam de acordo.
— Em quanto monta teu dote, bela Katrine?
— Tenho, em moeda sonante, quatorze moedas de cobre, além de dois e meio vinténs que me são devidos, e mais uma libra e meia de maçãs em conserva, um punhado de ameixas secas e um vidro de temperos. Que achas disso? Não é um bom dote?
— Claro que é!
— E quanto a ti, Pif-Paf Poltrie, qual é teu ofício? És alfaiate?
— Não. Sou mais que isso!
— Sapateiro?
— Mais que isso!
— Lavrador?
— Mais que isso!
— Marceneiro?
— Mais que isso!
— Ferreiro?
— Mais que isso!
— Moleiro?
— Mais que isso!
— Talvez um fabricante de vassouras?
— Sim, é o que sou. Que achas disso? Não é uma bela profissão?
— Claro que é!

68. SAINDO DE VIAGEM

Era uma vez uma pobre mulher cujo filho sonhava sair um dia pelo mundo. Com receio do que lhe poderia acontecer, a mãe costumava dizer:
— Como podes querer viajar, se não tens dinheiro?
— Sei como terei de proceder. Basta dizer a coisa certa, no momento certo. Assim, para não me comprometer, hei de sempre acrescentar, ao final de tudo o que eu disser, esta frase: "Mas não muito, não muito, não muito". Agindo desse modo, evitarei qualquer problema.

Assim pensando, ele um dia saiu de casa e viajou durante um dia inteiro, sempre repetindo para si próprio: "Mas não muito, não muito, não muito", a fim de não se esquecer da frase.

No caminho, encontrou-se com um pescador, e o cumprimentou:
— Deus te ajude, meu amigo, mas não muito, não muito, não muito!

Disse isso no momento em que o pescador acabava de puxar a rede, nela encontrando muito pouco peixe. Imaginando que seu insucesso fosse devido às palavras proferidas pelo jovem viajante, o pescador tomou de um porrete e lhe deu uma surra, dizendo-lhe:
— Da próxima vez que saudares alguém, não lhe desejes um mau sucesso!
— Então, como devo dizer?
— Dize assim: "Que haja muitos da próxima vez"!

Depois disso, o moço caminhou durante outro dia inteiro, sempre repetindo: "Que haja muitos da próxima vez", e aí chegou a um lugar onde fora erguida uma forca, vendo-se ali um pobre diabo, prestes a ser executado por um crime de furto. Vendo-o ali parado com a corda no pescoço, o rapaz saudou-o:
— Bom dia, amigo. Que haja muitos da próxima vez!
— Que estás dizendo, ó insensato? — estranhou o condenado. — Então achas que é muito pouco enforcar apenas um homem? Querias ver diversos condenados a pender da forca de uma vez?

Subindo a escada do cadafalso, ele se aproximou do condenado e perguntou:
— Então, que devo dizer?
— Deves dizer assim: "Que Deus dê paz e conforto a tua pobre e injustiçada alma".

No dia seguinte, mais uma vez, o moço viajou durante todo o dia, sempre repetindo "Que Deus dê paz e conforto a tua pobre e injustiçada alma". Num dado momento, deparou com uma cova, junto à qual estava um homem que acabava de sacrificar um cavalo velho.

— Que Deus dê paz e conforto a tua pobre e injustiçada alma — disse ele.

— Que estás dizendo, seu idiota? — perguntou o homem, saindo da cova e lhe aplicando um tabefe na orelha que até o deixou tonto. — Estás me tomando por um assassino impiedoso e cruel? Trata-se apenas de um cavalo velho e imprestável!

— Então, que deveria eu ter dito?

— Devias ter dito: "Aqui jaz uma carcaça velha e sem serventia".

Assim, durante todo o dia seguinte, o moço prosseguiu viagem, sempre repetindo: "Aqui jaz uma carcaça velha e sem serventia". Num dado momento, deparou com uma carroça cheia de gente, saudando-os:

— Boa tarde! Aqui jaz uma carcaça velha e sem serventia!

Enquanto dizia isso, a carroça acabava de cair numa vala, e o condutor, sentindo-se ofendido com aquelas palavras, foi até onde ele estava e lhe desceu o chicote, dizendo-lhe que o melhor que ele faria seria voltar para casa e ficar quieto, fazendo companhia a sua mãe.

Foi o que ele fez, e, desse dia em diante, por toda a vida, nunca mais saiu de casa, desistindo de uma vez para todas de viajar.

69. A DONZELA DE BRAKEL

Era uma vez uma garota que caminhou de Brakel até a capela de Sant'Ana, no sopé dos montes Hinne. Seu grande desejo era arranjar marido. Ali chegando, entrou na capela, e, imaginando que estivesse sozinha, sem que alguém a escutasse, contemplou a imagem da santa e sua filhinha, e se pôs a cantar:

— Oh, minha boa Santana,
vê se me arranjas marido!
Já tenho alguém na cabeça,
e acho que é teu conhecido:
serve em Suttmer, e acho que é
o mais lindo do quartel!
Tem olhinhos apertados
e cabelos cor de mel!

O que ela não sabia era que o sacristão se encontrava naquele momento atrás do altar, limpando o pedestal da imagem, e dali pôde tudo escutar. Então, afinando a voz para lhe emprestar um toque feminino, ele retrucou:

— Nada poderei fazer:
esse aí não pode ser!

Pelo timbre da voz e pela altura de onde ela provinha, a moça presumiu que quem estava falando era a criança aos pés da santa, o que a deixou zangada, levando-a a dizer:
— Cala a boca, menina! Estou falando é com tua mãe!

70. KNOIST E SEUS TRÊS FILHOS

Entre Werrol e Soist vivia um homem chamado Knoist, que era pai de três filhos: o primeiro era cego; o segundo, aleijado, e o terceiro só andava nu em pêlo.

Certa vez, foram os três passear no campo, e de repente avistaram uma lebre. O cego atirou nela, o aleijado a perseguiu e apanhou, e o pelado guardou-a no bolso.

Dali, seguiram até um lago enorme, no qual estavam ancorados três barcos: um estava flutuando, outro estava indo a pique, e o terceiro não tinha fundo. Foi neste último que os três embarcaram.

Nesse barco atravessaram o lago e desceram na margem oposta, entrando por uma densa floresta. Ali avistaram uma frondosa árvore de tronco oco, dentro do qual fora construída uma espaçosa capela. Nela havia duas pessoas a rezar: um sacristão velho e encarquilhado, e um padre velho e zangado. De repente, os dois se puseram a espargir água benta por toda a capela, mergulhando no vaso um ramo e sacudindo-o no ar. Enquanto faziam isso, ambos recitavam:

Será afortunado
quem com água benta
não sair molhado.

71. O FILHO EGOÍSTA

Certa vez, um homem e sua mulher estavam sentados à mesa diante da porta de casa, prontos para devorar um frango assado posto entre os dois. Nesse instante, o homem viu seu velho pai caminhando pela rua, vindo em direção de sua casa. Então, rapidamente, arrebatou o frango e o levou para dentro, escondendo-o bem escondido, já que detestava a idéia de ter de dividi-lo, mesmo que fosse com seu próprio pai.

O velho entrou, saudou, tomou um gole de água, despediu-se e se foi embora.

Vendo-o desaparecer à distância, o homem foi buscar o frango, mas, ao pegá-lo, viu que ele se tinha transformado num sapo, e sapo vivo, que saltou da travessa sobre sua cabeça, nela se instalando agachado, sem querer sair.

Quando alguém tentava tirá-lo de lá, o sapo esguichava veneno. Num dado momento, ameaçou dirigir o esguicho contra o rosto do mau filho. Vendo isso, ninguém se atreveu a mexer com ele.

A partir de então, o filho egoísta foi obrigado a alimentar esse sapo, dividindo com ele tudo o que comia. Na companhia do sapo, passou a ir e vir daqui para ali, e nunca mais encontrou descanso e paz em lugar algum deste mundo.

72. HEINZ, O INDOLENTE

Heinz era um sujeito indolente, e, embora a única tarefa que lhe cabia fosse levar sua cabra para o pasto, ficava suspirando e gemendo sem parar quando chegava em casa depois de um dia de serviço. Nessas ocasiões, costumava dizer:

— Ai, ai, ai! Ah, que cansaço! Que trabalho insano esse meu de todo dia, entra ano sai ano, sempre tendo de levar essa cabra para o pasto, até que chegue o outono. Seria tão melhor se eu pudesse deitar e dormir! Mas não! Tenho sempre de estar atento, para que a danada da cabra não danifique os caules tenros das árvores novas, ou atravesse a cerca para ir pastar na horta do vizinho, ou mesmo que fuja e desapareça! Será que um dia ainda poderei ficar tranqüilo em casa, desfrutando das boas coisas da vida?

Certa vez, sentou-se para pôr em ordem seus pensamentos, e ficou imaginando um modo de tirar dos ombros aquela carga tão pesada. Durante longo tempo, nada lhe ocorreu, até que de repente sentiu como se lhe tivessem tirado dos olhos uma venda, e ele então exclamou:

— Sei o que fazer: vou me casar com Katrina, a gorducha, que também tem uma cabra, e que todo dia a leva para pastar. Ora, quem leva uma, leva duas, e não lhe custará levar também a minha, tirando-me das costas essa obrigação!

Assim pensando, Heinz levantou-se e movimentou suas fatigadas pernas para cruzar a estrada (pois era do outro lado dela que moravam os pais de Katrina), a fim de se apresentar como pretendente à mão de sua industriosa e virtuosa filha.

Os pais concordaram com a idéia, com a qual também Katrina não se opôs, tornando-se logo a mulher do Heinz e levando as duas cabras para pastar, enquanto o marido passava o tempo em total ociosidade, sem se preocupar com outra coisa que não fosse em como permanecer o máximo de tempo possível sem fazer coisa alguma.

De vez em quando, porém, ele saía, porque, como costumava dizer, era assim que podia degustar melhor o doce prazer de ficar em casa em plena e total ociosidade.

Todavia, no fundo, no fundo, a gorducha Katrina tanto apreciava a indolência quanto seu marido Heinz, e um dia lhe propôs:

— Oh, querido, por que temos de estragar nossas vidas sem necessidade, desperdiçando a melhor parte de nossos dias de juventude? Não seria melhor se déssemos para o vizinho essas duas cabras que tanto perturbam nossas manhãs, quando estamos no melhor dos sonos, trocando-as por uma colméia, que poderíamos pendurar atrás da casa num lugar ensolarado, sem que tenhamos de nos preocupar com ela? As abelhas não precisam de quem cuide delas, nem que alguém as leve para o pasto, pois sabem buscar o próprio alimento e voltar para casa sozinhas, a fim de fabricar o mel. Assim, nada teremos de fazer, a não ser esperar que elas fabriquem mel para nós.

— Sábias palavras, mulher! — concordou o indolente Heinz. — Vamos concretizar tua idéia sem perda de tempo. O mel, além de gostoso, é mais nutritivo que leite de cabra, tendo sobre este a vantagem de durar muito mais!

O vizinho gostou da proposta e acertou a troca imediatamente. Também as abelhas parece que gostaram da mudança de ares, pois ficaram num entra-e-sai da colméia desde a manhãzinha até o anoitecer, abarrotando-a de excelente mel. E assim foi que, chegando o outono, Heinz já dispunha de uma jarra cheia. Para ter onde deixá-la, e ao alcance da mão, pregaram uma tábua na parede de seu quarto de dormir, e, com receio de que seu doce tesouro fosse roubado ou visitado pelos ratos, a gorducha Katrina buscou um grosso bastão de aveleira e o deixou bem perto da cama, de maneira que podia alcançá-lo sem sequer ter de se levantar. Com ele nas mãos, nenhum intruso se atreveria a provar daquele mel.

O indolente Heinz não deixava sua cama antes do meio-dia, argumentando:

— Quem se levanta cedo não sabe o que está perdendo!

Certa manhã, quando a luz do sol o encontrou na cama, tendo acabado de despertar de um longo sono, ele se voltou para a esposa e disse:

— Toda mulher aprecia doces, e como não és uma exceção, sei que costumas tirar mel escondido, pensando que não dou por isso. Mas tenho notado teu malfeito, e, antes que o comas todo, seria melhor que nós trocássemos a colméia por um ganso.

— Mas não antes de arranjarmos um menino para tomar conta dele — replicou a gorducha Katrina, — pois não quero morrer de cansaço por ter de ficar vigiando esse tal ganso.

— Achas que um menino será capaz de tomar conta dele? As crianças de hoje em dia não se preocupam com coisa alguma, e agem como se entendessem de tudo, e soubessem tanto ou mais que as pessoas mais velhas. Deves conhecer o caso daquele menino que foi encarregado de procurar uma vaca perdida, mas que, em vez disso, deixou a vaca para lá e foi caçar passarinho...

— Oh, não! Nosso menino irá vigiar o ganso com cuidado, pois, se assim não fizer, pego do porrete e lhe encho as costas de pancadas! Olha aqui, Heinz — e apanhou o bordão destinado a afugentar os ratos; — olha aqui o que tenho preparado para ele!

Para seu azar, ao brandir o bordão, acertou a jarra de mel e a derrubou embaixo da cama. A jarra era de vidro e se espatifou toda, deixando o gostoso mel escorrer e se espalhar pelo chão.

— Lá se foi nosso ganso, e atrás dele o menino! — exclamou Heinz. — Aquele não terá quem o vigie, e este não terá quem o corrija. Mas posso dizer que tive sorte, já que a jarra não me caiu sobre a cabeça, pois, isso sim, seria uma tragédia! Portanto, temos boas razões para ficarmos contentes.

Dizendo isso, examinou os cacos da jarra espalhados no chão, e descobriu um que ainda guardava um pouco de mel.

— Vamos comer deste aqui — disse para a mulher, — e depois repousar, pois este incidente todo me deu um cansaço!... Não importa que fiquemos na cama mais tempo do que de costume, pois ainda teremos muitas horas de sol pela frente!

— Sim, sim — concordou Katrina, — ainda bem que toda esta confusão aconteceu pela manhã. Conheces a história do caracol que foi convidado para um casamento, mas demorou tanto no caminho, que, quando chegou, já era hora do batizado? Ao chegar diante da casa, morto de cansaço, caiu prostrado sobre o degrau da escada, e tudo o que conseguiu dizer foi: "Andar depressa é o maior desperdício de tempo!"...

73. OS EMPREGADOS DA FAMÍLIA

Para onde estás indo?
— Para Walpe.
— Eu vou para Walpe, e tu também! Sendo assim, juntas vamos nós!
— És casada? Como se chama teu marido?
— Chama-se Cham.
— O meu é Cham, o teu também; estás indo para Walpe, e eu também! Sendo assim, juntas vamos nós.
— Tens um filho? Como se chama?
— Grild.
— Meu menino é Grild, o teu também; meu marido é Cham, o teu também; vou para Walpe, tu também! Sendo assim, juntas vamos nós.
— Teu menino dorme em berço? Acaso deste um nome a esse berço?
— Sim. Chamo-o de Papaizão.
— Meu berço é Papaizão, o teu também; meu menino é Grild, o teu também; meu marido é Cham, o teu também; estou indo para Walpe, e tu também! Sendo assim, juntas vamos nós.
— Em tua casa há algum ajudante? Como ele se chama?
— Chama-se Bom-de-Serviço.
— Nosso ajudante é Bom-de-Serviço; o de tua casa também; meu berço é o Papaizão, o teu também; meu menino é Grild, o teu também; meu marido é Cham, o teu também; estou indo para Walpe, e tu também! Sendo assim, juntas vamos nós.

74. O VELHO GRIFO

Era uma vez um rei, cujo nome se perdeu com o tempo, e cujo reino não se sabe onde ficava. Filhos, só tinha um; aliás, uma, e que invariavelmente estava doente, não havendo doutor capaz de curá-la. Um dia, alguém profetizou para o Rei que sua filha poderia curar-se, se comesse uma suculenta maçã. Assim, ele fez divulgar por todo o seu reino que quem quer que trouxesse para ela algumas maçãs bem suculentas e capazes de curá-la poderia casar-se com ela e herdar o reino.

Um camponês pai de três filhos ficou sabendo disso, e então falou para o mais velho:

— Vai até o pomar, colhe um cesto daquelas maçãs bonitas bem vermelhinhas e leva-as para a Corte. Talvez a filha do Rei possa ficar curada comendo uma delas, e assim poderás casar-te com ela e te tornares rei deste país.

O moço cumpriu a ordem à risca e seguiu para a estrada rumo à Corte real. Depois de percorrer pequena distância, encontrou-se com um homenzinho coberto por uma armadura de ferro, o qual lhe perguntou que havia dentro daquela cesta. O rapaz, cujo nome era Hele, fitou-o desdenhosamente e respondeu:

— Pernas de rã.

O homenzinho limitou-se a responder:

— Que assim seja, e assim permaneça.

E se foi.

Por fim, Hele chegou ao castelo, ali se apresentando como sendo alguém que trouxera as maçãs que iriam curar a Princesa. Alegre com a notícia, o Rei ordenou que o rapaz se apresentasse diante dele. Ah, minha gente! Quando Hele abriu a cesta, em vez de maçãs, ela estava cheia de perninhas de rã, e todas ainda se mexendo! Ao ver aquilo, o Rei ficou vermelho de raiva, e ordenou que Hele fosse imediatamente expulso do castelo a pontapés.

Voltando para casa, ele contou ao pai o que lhe tinha acontecido. Então o pai mandou que o segundo filho, cujo nome era Saeme, fosse ao pomar colher maçãs, e que as levasse logo em seguida para a Corte.

Com Saeme sucedeu o mesmo que tinha acontecido com Hele: na estrada, foi abordado pelo homenzinho, que lhe perguntou o que levava na cesta. Saeme respondeu:

— Levo aqui cerdas de porco.

Ao que o homenzinho replicou:

— Que assim seja, e assim permaneça.

Quando ele chegou ao castelo e avisou que trazia as maçãs que iriam curar a Princesa, não o deixaram entrar, alegando que havia estado ali poucos dias antes um rapaz parecido com ele, e que tentara fazer troça de Sua Majestade. Mas Saeme insistiu em entrar, dizendo que realmente trazia suculentas maçãs na cesta, e por fim deixaram-no seguir até a presença do Rei. Ao abrir a cesta, porém, em vez de maçãs, o que se viu lá dentro eram cerdas de porco sujas e malcheirosas. Dessa vez a fúria do Rei chegou ao extremo, e ele ordenou que o rapaz fosse expulso do castelo a chicotadas.

Chegando a sua casa, Saeme contou ao pai o que lhe tinha acontecido. Então, o filho mais novo, cujo nome era Hans, mas que todos preferiam chamar de Hans Patetão, pediu ao pai permissão para ir à Corte levar as maçãs para a filha do Rei.

— Por que achas que conseguirás ser bem sucedido, se teus irmãos, que têm fama de espertos, nada conseguiram?

— Não custa tentar, meu pai.

— Ora, meu filho, todos sabem que não passas de um tolo. Espera até que o tempo te torne esperto, e então te concederei a licença que me pedes.

E lhe deu as costas, mas o menino segurou-o pelo casaco e implorou:

— Deixa-me ir, meu pai!

— Bem, já que insistes tanto, está bem: podes ir. Estou certo de que, como os outros, também haverás de fracassar — disse o pai com ar desdenhoso.

O rapazinho ficou tão alegre com a permissão que se pôs a dar pulos. Vendo isso, o pai deu um muxoxo e comentou:

— Olha aí! A cada dia que passa, mais revelas o quanto mereces ser chamado de Patetão...

Essas palavras não desanimaram Hans, que só não seguiu imediatamente para o pomar porque estava escurecendo.

Aquela noite, ele custou a conciliar o sono, e, quando por fim adormeceu, sonhou com a Corte real, imaginando como deveriam ser belas as damas que ali viviam, e o tanto de ouro e de prata que deveria haver em seus magníficos salões, além de várias outras coisas deslumbrantes.

Bem cedinho, dirigiu-se ao pomar, colheu as maçãs mais bonitas que encontrou, colocou-as na cesta e iniciou sua viagem. Depois de caminhar um pouco, encontrou-se com o homenzinho de armadura cinzenta, que lhe perguntou o que estava levando na cesta.

— Levo maçãs para a filha do Rei — respondeu Hans. — Espero que, depois de comê-las, a Princesa recupere a saúde e volte a ser feliz.

— Que assim seja, e assim permaneça — disse o homenzinho.

Chegando à Corte, porém, negaram-lhe a entrada no castelo, alegando que dois outros rapazes parecidos com ele tinham ido lá poucos dias antes, dizendo que traziam maçãs para a Princesa, mas que, em vez de frutas, tinham trazido pernas de rã e cerdas de porco. Hans continuou insistindo, chegando a confundir-se e dizendo que

311

não estava trazendo pernas de porco nem cerdas de rã, mas sim as mais suculentas maçãs que havia no reino, colhidas por suas próprias mãos no pomar de seu pai.

Suas palavras acabaram convencendo o guarda de que ele não devia estar mentindo, e ele assim permitiu que o rapaz entrasse no castelo. Diante do Rei, desconcertado devido à presença de tantos cortesãos, Hans destampou a cesta um tanto atabalhoadamente, deixando que seu conteúdo se espalhasse pelo chão, Todos os presentes ajudaram-no a recolher as lindas e rubras maçãs que ali rolaram, e cuja visão deixou o Rei tão satisfeito, que ele no mesmo instante mandou levar algumas para a filha doente, aguardando ansiosamente que lhe viessem dizer qual teria sido o seu efeito.

Não demorou, e alguém veio do quarto da moça contar-lhe qual fora o efeito produzido por aquelas maçãs. E quem imaginam que veio dar a informação? A própria filha do Rei! Bastou comer uma daquelas suculentas frutas para saltar fora da cama, sentindo-se ótima.

É impossível descrever a felicidade que tomou conta do Rei!

Infelizmente, aquele soberano tinha o mau hábito de não cumprir à risca suas promessas, e assim, em vez de conceder a Hans a mão de sua filha, exigiu que ele primeiro construísse um barco que tanto navegasse em água quanto andasse em terra. Hans nada disse, voltando para casa e relatando ao pai e aos irmãos o que lhe havia acontecido. Na certeza de que ele não teria condição de construir aquela embarcação, o pai transferiu a incumbência para o filho mais velho, mandando que ele fosse para a floresta já na manhã seguinte.

No outro dia, Hele trabalhou diligentemente, assobiando enquanto cortava as árvores e montava o barco. Ao meio-dia, quando o sol estava a pino, passou por ali o homenzinho de armadura e lhe perguntou o que estava fazendo.

— Não vês do que se trata? — replicou ele, demonstrando enfado. — Estou fabricando uma gigantesca tina de lavar roupa!

— Que assim seja, e assim permaneça.

À noite, depois de muito trabalhar, Hele imaginou que podia dar por concluída a tarefa e pronta a embarcação, mas quando se preparava para entrar nela, viu que o barco se tinha transformado numa enorme tina, capaz de flutuar, mas nunca de se deslocar em terra firme.

O pai então repassou a incumbência para Saeme, que seguiu para a floresta, trabalhando com afinco durante toda a manhã. Ao meio-dia passou por ali o homenzinho e perguntou o que Saeme estava fazendo, tendo-lhe sido respondido que ele estava fabricando um caixão de defunto. À noite, a embarcação se tinha transformado num enorme caixão, no qual Saeme enterrou suas esperanças de se casar com a Princesa.

Chegou então a vez de Hans Patetão, que seguiu para a floresta e trabalhou duro, fazendo o ar reboar com o barulho de suas fortes machadadas, Enquanto trabalhava, ele ora cantava, ora assobiava. Na hora mais quente do dia, apareceu o homenzinho de armadura e lhe perguntou o que estava fazendo.

— Um barco que poderá navegar melhor em terra do que na água — respondeu ele. — Se o fizer, poderei casar-me com a Princesa.

— Bem — respondeu o homenzinho, — que assim seja, e assim permaneça.

Ao entardecer, quando o Sol parecia uma bola de ouro engastada no céu, Hans terminou o serviço, embarcou e seguiu remando para o castelo, numa rapidez estonteante.

À distância, o Rei o avistou, recebendo Hans com alegria, embora continuasse não apreciando a idéia de tê-lo como genro. Assim, em vez de lhe conceder a mão da filha, conforme o combinado, disse que ele deveria primeiro demonstrar sua esperteza, levando para pastar suas lebres de estimação, que eram em número de cem, e voltando com todas elas à noite, sem que faltasse uma só. Ele bem sabia que, como as lebres são muito ariscas, tal tarefa seria virtualmente impossível de ser cumprida por uma pessoa só.

Mas Hans não desanimou, e na manhã seguinte saiu do castelo com as cem lebres, levando-as para uma campina e vigiando-as atentamente para que nenhuma fugisse.

Não haviam transcorrido muitas horas, quando do castelo chegou uma criada enviada de caso pensado pelo Rei, dizendo a Hans que ele devia entregar-lhe uma lebre, pois ela seria servida para alguns visitantes recém-chegados. Hans logo viu que se tratava de uma cilada, e disse à criada que não lhe daria lebre alguma, pois no castelo não faltavam outras iguarias para ser servidas aos visitantes. Irritada com aquela resposta, a moça o alertou de que ele poderia ser punido severamente por se recusar a cumprir uma ordem real. Hans retrucou que não se recusaria a cumpri-la, se ela lhe fosse transmitida não por uma simples criada, mas pela filha do Rei em pessoa. A ela, sim, ele entregaria uma lebre.

A criada voltou ao castelo e contou o que ele tinha dito. Então a filha do Rei resolveu ir até onde Hans se encontrava.

Nesse meio tempo, o homenzinho de armadura tinha chegado ali e perguntado ao Hans o que ele estava fazendo.

— Estou aqui tomando conta das lebres do Rei. Vim com cem lebres, e devo voltar com cem, pois só assim o Rei me concederá a mão de sua filha.

— Que assim seja — disse o homenzinho — e assim permaneça. Toma este apito de chamar lebres. Se uma delas fugir, sopra nele, e ela logo voltará para o rebanho.

Quando a filha do Rei chegou onde Hans estava, ele lhe entregou uma lebre, que ela envolveu em seu avental, voltando para o castelo. Porém, mal tinha dado cem passos, quando Hans soprou o apito, e a lebre imediatamente saltou do avental e veio saltitando reunir-se ao rebanho.

Ao anoitecer, ele soprou o apito, reuniu as cem lebres e seguiu com todas elas para o castelo. O Rei se espantou por ter ele cuidado tão bem daquele rebanho tão arisco, sem deixar que um único animalzinho fugisse, mas mesmo assim não cumpriu sua promessa, dizendo que só o faria caso ele lhe trouxesse uma pena arrancada da cauda do Velho Grifo.

Hans aceitou o desafio e partiu imediatamente à procura do Grifo. Ao anoitecer, chegou a um castelo, solicitando permissão para passar ali a noite, pois naquele

313

tempo não havia esse negócio de hotéis e hospedarias. O senhor do castelo recebeu-o com hospitalidade, perguntando-lhe para onde se dirigia.

— Estou à procura do Velho Grifo — respondeu ele.

— Ah, o Velho Grifo! Que bom! Como ele sabe de tudo, faze-me o favor de lhe perguntar onde será que deixei a chave de meu cofre de ferro no qual guardo meu dinheiro. Pois é, rapaz, perdi a tal chave, procurei por todo canto, mas não consegui encontrá-la! Poderias fazer-me esse favor?

— Com todo o prazer — respondeu Hans.

Pela manhã, reencetou a viagem, chegando ao entardecer a outro castelo, onde pernoitou. Quando o senhor do castelo ficou sabendo que ele ia à procura do Velho Grifo, disse-lhe que sua filha, uma linda menina, estava ali acamada, acometida por uma grave doença. Os médicos não sabiam o que fazer, e já tinham tentado sem sucesso diversos remédios e tratamentos. Será que ele poderia pedir ao Grifo que a curasse? Hans disse que transmitiria o pedido com o maior prazer, e no dia seguinte seguiu viagem.

No caminho, chegou a um lago, e nessa época, em vez de ser feita a travessia por meio de balsa ou de barco, ela era feita sobre os ombros de um homenzarrão forte, que transportava as pessoas de uma em uma, de um lado para o outro. O brutamontes perguntou-lhe onde ele pretendia ir, ao que ele respondeu:

— Vou à procura do Velho Grifo

— Pois quando estiveres com ele — disse o homenzarrão, — faze o favor de perguntar-lhe como devo proceder para tirar dos ombros a obrigação de transportar as pessoas através deste lago.

— Deus seja louvado! Deixa comigo, que transmitirei teu recado.

O homem nada mais disse, limitando-se a transportá-lo rapidamente sobre os ombros.

Finalmente, Hans chegou à morada do Grifo, mas só encontrou em casa sua esposa, pois ele tinha saído. Ela lhe perguntou o que queria com seu marido, e ele lhe disse que, inicialmente, fora até lá apenas para conseguir uma pena de sua cauda, mas que, no primeiro castelo em que havia parado, tinham-lhe pedido que lhe perguntasse onde estava a chave do cofre de dinheiro que o senhor havia perdido; no segundo, como a filha do dono estava doente, tinham-lhe pedido para perguntar o que fazer para que ela se curasse, e que, no lago ali perto, o sujeito que transportava as pessoas de uma margem para a outra lhe pedira para perguntar como deveria proceder para não mais ser obrigado a exercer aquela profissão. A esposa do Grifo então lhe respondeu:

— Pois fica sabendo, meu prezado visitante, que nenhum cristão pode se dirigir pessoalmente ao Grifo, sob pena de ser imediatamente devorado por ele. A solução que te sugiro é que fiques embaixo da cama dele, e quando ele estiver ferrado no sono, saias de lá discretamente e lhe arranques uma pena da cauda. Quanto aos recados que trouxeste para ele, eu mesma lhe perguntarei.

A idéia agradou a Hans, que logo se instalou sob a cama do casal.

314

À noite, o Velho Grifo voltou para casa e, ao entrar no quarto, falou:

— Oh mulher! Estou sentindo cheiro de cristão!

— É que hoje à tarde esteve aqui um jovem cristão, mas já se foi embora.

O Velho Grifo nada mais disse. No meio da noite, quando estava roncando alto, Hans se levantou e arrancou-lhe uma pena da cauda.

O Grifo deu um pulo na cama e gritou:

— Oh mulher! O cheiro de cristão está mais forte! E acabo de sentir como se alguém me tivesse arrancado uma pena da cauda!

Ao que a mulher respondeu:

— Por certo estavas sonhando. Já te disse que um cristão esteve aqui hoje à tarde, mas ele já se foi. Ele me contou várias coisas, como, por exemplo, que, num certo castelo, o senhor tinha perdido a chave do cofre de dinheiro e não sabia que fazer para encontrá-la.

— Ah, que idiotas! A chave está no galpão, logo atrás da porta, debaixo de uma acha de lenha!

— Ele disse também que, num outro castelo, a filha do dono está doente e eles não sabem que fazer para curá-la.

— Ah, que idiotas! Sob a escada do sótão, um sapo fez seu ninho usando restos do cabelo que ela cortou. Se desfizerem o ninho e lhe devolverem os cabelos, ela estará curada.

— Ah, tem mais: ele disse que, num lago aqui perto, o homem que leva as pessoas de um lado para o outro não sabe por que é obrigado a fazer isso, e gostaria de mudar de profissão, mas não sabe como.

— Ah, que idiota! Se ele só levasse as pessoas até o meio do lago, ninguém mais lhe pediria que o atravessasse.

Na manhã seguinte bem cedo, o Velho Grifo se levantou e saiu de casa. Logo em seguida, Hans deixou seu esconderijo embaixo da cama, levando nas mãos uma bela pena, e se lembrando do que o Grifo dissera sobre a chave que estava sumida, a menina que estava doente e o homem que estava querendo abandonar o ramo de transporte individual. Para ajudá-lo a não se esquecer de coisa alguma, a mulher lhe repetiu tudo o que tinha ouvido, e ele dali iniciou seu caminho de volta.

Pouco depois, chegava ao lago, e, indagado pelo homem qual teria sido a resposta do Grifo, respondeu que só lhe diria depois que ele o atravessasse para o outro lado. Ao saber do conselho do Grifo, o homem ficou muito satisfeito, oferecendo-se a Hans para transportá-lo mais uma vez de ida e volta através do lago, mas Hans declinou da oferta, dizendo que aquele meio de transporte o deixava ligeiramente enjoado. Depois disso, despediu-se e se foi embora.

Chegando ao castelo da menina doente, carregou-a nos braços, pois ela não tinha condições de se locomover, levou-a até a escada do sótão, e procurou embaixo dela até encontrar o ninho do sapo. Feito isso, tomou-o e o entregou à enferma. Esta, tão logo pôs as mãos naquele ninho feito com seus cabelos, saltou dos braços de Hans e subiu as escadas sozinha, mostrando estar inteiramente curada. Seus pais ficaram tão contentes e agradecidos, que fizeram questão de presenteá-lo com belas jóias de ouro e prata, dispensando-lhe um tratamento digno de um príncipe.

Chegando ao outro castelo, dirigiu-se imediatamente ao galpão dos fundos, levantando a acha de lenha que estava junto à porta, descobrindo ali a chave do cofre e entregando-a ao senhor, que o presenteou com parte do dinheiro ali guardado, dando-lhe de quebra duas ou três vacas, ovelhas e cabras.

Quando Hans chegou finalmente à Corte do Rei, trazendo consigo todos aqueles presentes, o soberano lhe perguntou a quem devia tudo aquilo.

— Ao Velho Grifo — respondeu Hans. — Ele acabou me dando muito mais do que eu pedi.

Interessado em também se ver beneficiado pelo Grifo, o ganancioso Rei quis ir procurá-lo pessoalmente. Assim, viajando bem depressa, chegou à beira do lago, sem saber que era a primeira pessoa que ali chegava depois da passagem de Hans. Vendo um homem corpulento parado junto à margem, encarapitou-se em seus ombros, na esperança de que ele o atravessasse para a margem oposta. Sem nada dizer, o homem seguiu através do lago, mas, ao alcançar a metade do percurso, tirou-o dos ombros e o deixou ali mesmo, retornando ao ponto de partida Como não sabia nadar, o Rei ali ficou se debatendo, até que afundou e morreu afogado.

Nem é preciso dizer que Hans finalmente se casou com a Princesa, tornando-se o rei daquele país.

75. A VELHA MENDIGA

Era uma vez uma velha que pedia esmolas, assim como o fazem tantas velhas neste mundo, e que, também ela, sempre dizia às pessoas que lhe davam algum trocado: "Deus te pague".

Um dia, chegando a uma casa cuja porta estava aberta, ela olhou para dentro e viu, diante da lareira, um sujeito a se aquecer junto ao fogo. Ao vê-la tremendo de frio do lado de fora, o sujeito, que tinha bom coração, convidou-a a entrar e aproveitar o fogo para se aquecer.

Ela entrou e se postou tão perto do fogo, que sua roupa começou a se incendiar, sem que ela desse por isso. O moço viu e, como estava com um copo de água na mão, apagou o fogo antes que ele se alastrasse.

E se ele não estivesse tomando água, que teria feito? Pelo tanto que era bondoso, é de se presumir que ele teria vertido tantas lágrimas de dor e pesar, que certamente teria podido com elas apagar o fogo que consumia as roupas da pobre mendiga.

76. OS TRÊS PREGUIÇOSOS

Era uma vez um rei que tinha três filhos. Como amava os três igualmente, não sabia como iria fazer no momento em que tivesse de indicar seu sucessor. Um dia, pressentindo que sua morte se aproximava, chamou os três para junto do leito e lhes disse:

— Meus queridos, tenho algo em mente que preciso dizer-vos. É quanto a qual de vós deverá me suceder. Sabei, então, que meu sucessor deverá ser aquele dentre vós que se revelar ser o mais preguiçoso dos três.

— Nesse caso, meu pai — disse o mais velho, — serei eu o sucessor. Sou tão preguiçoso que, quando me deito para dormir, se acaso meus olhos ficam marejados de lágrimas, impedindo-me de fechá-los, tenho tanta preguiça de chorar que prefiro dormir de olhos abertos, a verter uma única lágrima que seja.

— Pois acho que sou eu o mais indicado — disse o segundo filho. — Sou tão preguiçoso que, quando me sento diante do fogo para me aquecer, se acaso o fogo começa a chamuscar minhas botas, é tal a preguiça que sinto de afastar os pés para trás, que prefiro deixá-los ali mesmo!

— Pois digo que a mim cabe ser o sucessor do reino — retrucou o terceiro filho. — Minha preguiça é tanta, que, se acaso me vir condenado à morte por enforcamento, e, já estando com a corda no pescoço, aparecer alguém que me entregue uma espada afiada para cortá-la, prefiro deixar que me enforquem a me dar ao trabalho de usá-la!

— É, filho, preferir morrer enforcado a ter o trabalho de cortar a corda é realmente o cúmulo da preguiça! Portanto, nomeio-te aqui e agora meu sucessor!

77. O POLEIRO

Era uma vez um mágico que reuniu a seu redor uma pequena multidão, diante da qual se pôs a executar seus truques. Num dado momento, ele pediu que lhe trouxessem uma galinha, ordenando-lhe que erguesse uma pesada barra de madeira para servir de poleiro, mas era um embuste, pois a tal barra era de palha, e leve como uma pena.

Acontece que, entre os assistentes, estava uma menina que tinha acabado de descobrir e colher um trevo de quatro folhas, o qual, como se sabe, possui a propriedade de tornar as pessoas espertas e argutas, não as deixando cair em logros e embustes. Ela logo percebeu que a pretensa haste pesada não passava de uma levíssima palha enrolada, e, assim, alertou:

— Ei, minha gente! Não vedes que essa galinha não está erguendo um pedaço de pau, mas sim uma palha?

Isso acabou com a sessão de mágica, pois os presentes, percebendo o embuste, prorromperam numa sonora vaia, enquanto o mágico batia constrangidamente em retirada.

Com o passar do tempo, a menina se tornou uma bela moça, chegando um dia à idade de se casar. Lá ia ela rumo à igreja, vestida de noiva, toda elegante, seguindo através do campo, quando, ao chegar à altura de um pequeno córrego, viu que chuvas recentes o tinham feito transbordar, não havendo qualquer ponte, ou mesmo um tronco, que lhe permitisse transpô-lo a pé enxuto. Isso deixou a jovem noiva em apuros, sem outra saída senão suspender a barra do vestido e enfrentar a correnteza. Porém, quando já se encontrava na metade da travessia, ouviu-se uma voz zombeteira — era a do mágico — dizendo:

— Ah! Quer dizer que imaginas estar atravessando um riacho? Olha bem onde estás pisando, menina esperta!

Nesse instante seus olhos se abriram e ela viu que estava suspendendo o vestido para atravessar um campo de trigo, e não um curso de água.

Dessa vez, quem a viu caiu na risada, mas quem mais riu foi o mágico, que riu por último e riu melhor.

78. COMPARTILHANDO ALEGRIAS E TRISTEZAS

Era uma vez um alfaiate muito brigão, sempre às turras com sua pobre esposa, que, no entanto, era uma mulher carinhosa, trabalhadeira e cheia de virtudes. Tudo o que ela fazia deixava o marido descontente, e ele não só resmungava e prorrompia em vitupérios, como costumava até mesmo dar-lhe uns bons safanões.

Um dia, alguém contou ao Juiz sobre sua conduta, e ele foi convocado a comparecer ao Tribunal, onde foi julgado e condenado à prisão, devendo ali permanecer até modificar seu mau gênio e seu comportamento agressivo.

Por longo tempo ele permaneceu encarcerado, tratado a pão e água, até que por fim foi solto, após ter-se comprometido solenemente a jamais voltar a bater em sua cara-metade, passando a viver com ela em clima de concórdia, compartilhando tristezas e alegrias, como sempre deve ocorrer entre as pessoas casadas.

Durante algum tempo, tudo correu às mil maravilhas, mas, aos poucos, o alfaiate foi readquirindo seus velhos hábitos, voltando a ser o sujeito mal-humorado e brigão de antes. Todavia, por estar proibido de bater na esposa, passou a se contentar em puxar-lhe o cabelo.

Um dia, ao vê-lo avançar em sua direção com ar de que queria puxar-lhe o cabelo, ela escapou de sua fúria e fugiu para o pátio da casa. O alfaiate saiu-lhe ao encalço, levando nas mãos a grossa régua de medir pano e sua pesada tesoura. Como, por mais que corresse, não conseguia alcançá-la, acabou lhe arremessando o que trazia nas mãos. A pobre mulher corria ao redor do pátio, enquanto seu marido continuava a apanhar do chão e arremessar-lhe de novo ora a régua, ora a tesoura. Quando errava o alvo, xingava a pobre coitada; quando acertava, dava boas risadas. Como aquilo não terminava nunca, os vizinhos acorreram em socorro da esposa, e ele de novo foi levado à presença do Juiz, que lhe relembrou sua promessa.

— Meritíssimo — respondeu ele, — tenho mantido minha palavra e meu compromisso. Nunca mais bati em minha mulher. E tenho partilhado com ela alegrias e tristezas.

— Ora! Como podes dizer isso — retrucou o Juiz, — se estás aqui diante de mim pela segunda vez, trazido por teus vizinhos devido a tua péssima conduta?

— Digo e repito: não tenho batido em minha mulher. Tudo o que fiz foi esticar e arrumar seus cabelos, que sempre estão despenteados. Só que ela preferiu fugir, em vez de escutar o que eu lhe dizia, e eu então a persegui e, a fim de relembrar-lhe seus deveres, atirei nela o que por acaso trazia nas mãos, compartilhando com ela das alegrias e tristezas, já que, quando a acertava, ela ficava triste, e eu alegre, e, quando errava, eu ficava triste, e ela alegre...

Mas essa resposta não satisfez o Juiz, que de novo lhe renovou merecidamente a antiga punição.

79. LIESE, A MAGRICELA

Bem diferente de Heinz, o indolente, e de Katrina, a gorducha — que tudo faziam para não saírem de seu sossego, — era Liese, a magricela. Ela se mantinha ocupada da manhã à noite, e passava tantas tarefas para seu marido Lenz Varapau, que o coitado acabava trabalhando mais que um burro de carga. No entanto, de que valia tanto trabalho, se eles não possuíam bens nem fortuna?

Uma noite, quando foram para a cama estafados, a ponto de mal poderem se mexer, mas também sem conseguir conciliar o sono, às voltas com seus problemas e preocupações, Liese Magricela tocou o marido com o cotovelo e disse:

— Ouve a idéia que me passou pela cabeça, Lenz. Supondo-se que eu encontre um florim, e que alguém me dê um outro de presente, e eu conseguisse um terceiro emprestado, e tu me arranjasses um quarto: com esses quatro florins dava para que eu comprasse uma vaquinha!

A idéia entusiasmou o marido, embora ainda o assaltasse uma pequena dúvida:

— Infelizmente, não sei onde eu poderia ganhar o florim que me caberia te dar. Não obstante, supondo-se que tudo aconteça como imaginaste, acho que tiveste uma boa idéia. Agrada-me pensar que, se essa vaquinha parisse um bezerrinho e passasse a dar leite, eu poderia refrescar-me de vez em quando tomando um gole desse leite!

— O leite não seria para ti — replicou a mulher, — mas sim para o bezerrinho. Com esse leite ele há de crescer forte e saudável, podendo ser vendido por um bom preço.

— Claro que o leite é do bezerro — retrucou ele, — mas um golezinho só, de vez em quando, não vai fazer diferença...

— Desde quando passaste a entender de vacas e bezerros? — indagou a mulher. com ar zangado, — Se faz ou não diferença, não importa, o que digo é que não tomarás nem uma gota do leite do pobre bezerrinho! Então pensas, Lenz Varapau, que, para satisfazer um capricho, podes usufruir daquilo que tanto trabalho me deu para conseguir?

— Contém tua língua, mulher — protestou o marido, — ou te planto a mão na orelha!

— Quê?! — exclamou ela. — Bater em mim, seu presunçoso? Logo tu, que não passas de um egoísta, um explorador, um ladrão de leite?

Dizendo isso, tentou puxar-lhe os cabelos, mas Lenz Varapau, erguendo-se, segurou seu braço magro com a comprida mão, e com a outra manteve sua cabeça junto ao travesseiro, deixando-a praguejar à vontade, até que ela, de tão exausta, acabou adormecendo.

Quanto ao que os dois fizeram depois que acordaram, se continuaram a brigar, ou se saíram para tentar arranjar os florins de que necessitavam, acerca disso eu nada sei.

80. A ESCOLHA DA NOIVA

Era uma vez um jovem pastor que um dia decidiu se casar. O problema estava em escolher a esposa, que seria uma entre três irmãs que ele conhecia, cada qual mais bonita que a outra. A escolha era difícil, e ele hesitava entre as três, não sabendo por qual delas se decidir. Assim, pediu ajuda à mãe, que lhe sugeriu convidar as três para jantar, recomendando-lhe que pusesse diante delas um queijo, prestando atenção à maneira como cada uma iria cortar o seu pedaço.

Ele assim fez, observando que a irmã mais velha comeu sua fatia de queijo com casca e tudo; a segunda preferiu tirar a casca, mas o fez com tanta falta de capricho, que, junto com ela, se foi um bom pedaço da parte macia do queijo; já a terceira retirou a casca com todo o cuidado, sem tirar muito nem pouco.

Mais tarde, relatando o fato para sua mãe, o jovem pastor mencionou todos esses pormenores, tendo ela proferido seu veredito:

— Sendo assim, casa-te com a terceira.

Foi o que ele fez, e os dois viveram contentes e felizes por toda a sua vida.

81. AS MOEDINHAS ROUBADAS

Certa vez, estava um pai sentado à mesa com sua mulher e filhos, em companhia de um velho amigo que tinha vindo passar uma temporada com eles. Enquanto comiam, deu doze horas, e então o amigo — e somente ele — viu a porta se abrir, e entrar na sala uma criança cujo rosto apresentava uma palidez mortal, trajando uma roupa branca como neve. A criança — era um menino — atravessou a sala sem olhar ao redor ou dizer coisa alguma, seguindo até um dos quartos da casa, no qual entrou, desaparecendo das vistas do amigo. Pouco depois ela deixou o quarto e, sempre silenciosamente, atravessou a sala e saiu pela porta da rua.

No segundo e no terceiro dias, a cena se repetiu, e então o amigo perguntou quem seria aquele menino que todo dia, por volta do meio-dia, entrava na casa e depois saía, sem que alguém parecesse se importar com aquilo.

— Mas de que menino estás falando? — estranhou o dono da casa. — Não vi criança alguma entrar aqui!

No dia seguinte, quando de novo o menino ali entrou, o amigo apontou-o para o dono da casa, que continuou sem enxergá-lo, o mesmo acontecendo com a mãe e os filhos do casal. Então o amigo se dirigiu até a porta por onde a criança tinha entrado, abriu-a e espiou o que haveria lá dentro. Viu ali o menino sentado no chão, tirando e repondo no lugar um certo taco do assoalho; porém, tão logo percebeu a presença do estranho, desapareceu.

O amigo então contou ao pai o que tinha visto e descreveu pormenorizadamente a criança. Ouvindo aquela descrição minuciosa, a mãe reconheceu de quem se tratava, dizendo:

— Ah, esse aí que descreveste só pode ser meu filhinho que morreu faz quatro semanas!

Então eles ergueram o taco indicado pelo amigo e descobriram embaixo dele duas moedinhas que ali estavam escondidas. A mãe então se lembrou de que, algum tempo atrás, na época em que seu filhinho estava vivo, ela lhe tinha dado aquelas duas moedinhas para entregar a um mendigo que estava esperando junto à porta. Ao que parece, em vez de entregá-las, ele tinha preferido escondê-las sob o taco, pensando que poderia mais tarde usá-las para comprar biscoitos. Por causa disso, talvez, seu pobre filhinho não tivesse encontrado repouso em seu túmulo, e todo dia, às doze horas, era compelido a voltar a sua casa para procurar as moedinhas escondidas.

Ao primeiro pobre que bateu naquela porta, o casal deu as moedinhas, e desse modo a criança parece que encontrou a paz, pois nunca mais alguém voltou a vê-la.

82. O LINGUADO

Numa certa ocasião, os peixes começaram a sentir-se muito incomodados, porque nenhuma lei ou norma de conduta era respeitada em seus domínios aquáticos. Ninguém cedia passagem para os outros, e cada qual seguia pelo lado que lhe desse na telha, ora para a direita, ora para a esquerda, chegando às vezes a entrar pelo meio de um cardume, desfazendo sua formação, empurrando para o lado quem quer que viesse em sentido contrário. Os peixes mais fortes davam rabanadas violentas nos mais fracos para afastá-los do caminho, quando não chegavam até mesmo a devorá-los!

"Seria tão melhor", pensavam os mais sensatos, "se tivéssemos um rei que mantivesse a ordem, as leis e a Justiça entre nós!..."

Por isso, um belo dia, eles se reuniram para escolher um chefe, deliberando que a escolha deveria recair sobre o peixe que nadasse mais rápido, podendo assim prestar ajuda aos peixes mais fracos, sempre que solicitado.

Assim, no dia seguinte, alinharam-se todos ao longo da praia para a grande corrida. A um sinal dado com a cauda pelo Lúcio, partiram todos pelo mar adentro. Veloz como uma flecha, o Lúcio seguia à frente, perseguido de perto pelo Arenque, pelo Gobião, pela Perca, pela Carpa e pelos demais peixes. Até mesmo o Linguado, apesar de sua lentidão, quis participar da corrida, na remota esperança de alcançar antes de todos o ponto de chegada.

Por fim, um grito reboou:

— O Arenque chegou em primeiro lugar! O Arenque é o mais rápido!

— Quem foi que chegou em primeiro? — perguntou em tom zangado o invejoso Linguado, que mal havia coberto a metade do percurso — Quem foi o vencedor?

— O Arenque! Foi o Arenque! — responderam.

— Aquele peixe liso e pelado? Logo aquele? — comentou o Linguado, torcendo a boca com ar desdenhoso.

Desse dia em diante, como castigo por sua inveja e presunção, a boca do Linguado ficou torta para um lado, e assim continua até hoje.

83. O ALCARAVÃO E A POUPA

Em que tipo de pasto preferes levar teu rebanho? — perguntou um cidadão a um velho e experiente vaqueiro.
— Prefiro trazer minhas vacas para este daqui — respondeu ele, — que não é muito rico, nem muito pobre. Não gosto de levá-las para outro tipo de pasto.
— Posso saber por quê? — estranhou o outro.
— Sim. Acaso já ouviste os gritos do alcaravão e da poupa que vivem nas várzeas? Enquanto um grita "Aqui! Aqui! Aqui!", a outra responde: "De pé! De pé! De pé!". Esses gritos vêm do tempo em que essas aves pastoreavam gado. Vou contar-te a história:

"Naquele tempo, o Alcaravão levava seu rebanho para um prado viçoso e verdejante, de relva alta e flores abundantes. Ali, suas vacas foram ficando fortes e ariscas. Por sua vez, a Poupa levava seu rebanho para o alto de uma colina de relva escassa, onde de vez em quando o vento levantava turbilhões de areia, fazendo-a rodopiar. Resultado: suas vacas não engordavam, e acabaram tornando-se raquíticas e desanimadas.

"Ao anoitecer, na hora de reunir o gado e levá-lo de volta para o curral, o Alcaravão encontrava grande dificuldade em fazê-lo, pois suas vacas fortes e bem alimentadas não atendiam ao seu chamado, fugindo quando ele se aproximava, e deixando para trás o pobre Alcaravão, que ali ficava a gritar: *'Aqui! Aqui! Aqui, minhas queridas!'*, mas em vão, pois elas não davam a mínima atenção a seus apelos.

"Já as vacas da Poupa, esfomeadas e debilitadas, não se agüentavam em cima das próprias pernas, não conseguindo levantar-se do chão. Em vão ela gritava: *'De pé! De pé! De pé, minhas vaquinhas!'*, sem que elas lhe dessem ouvidos, permanecendo deitadas no solo arenoso da colina.

"É isso o que sempre acontece quando se deixa de lado a moderação.

"Hoje em dia, o alcaravão e a poupa não cuidam mais de rebanhos, mas continuam gritando, como no passado, *'Aqui, aqui, aqui!'*, e : *'De pé! De pé! De pé!'*"

84. AZAR

Quando o infortúnio resolve perseguir alguém, vai encontrá-lo onde quer que ele se esconda, por mais inacessível que seja o lugar.

Era uma vez um homem que foi ficando tão pobre, que não tinha nem mesmo um simples feixe de gravetos para acender uma fogueira. Como estava sentindo frio, resolveu entrar na floresta, e ali procurou uma árvore de caule delgado fácil de derrubar, mas só deparou com árvores grossas e de troncos rijos. Sem desistir de seu intento, foi-se aprofundando na mata, até que por fim encontrou uma árvore de tronco mais delgado, preparando-se para abatê-la. Quando estava quase atingindo seu cerne, notou que um bando de lobos saiu detrás de uma moita e avançou em sua direção, uivando ameaçadoramente. Assustado, ele atirou fora o machado e fugiu em disparada, só parando ao alcançar uma ponte. Infelizmente, as madeiras tinham apodrecido, e quando ele se encontrava no meio da travessia, o piso da ponte cedeu, e ele despencou no rio!

Que deveria ter feito naquela circunstância? Se ficasse parado junto à entrada da ponte esperando a chegada dos lobos, eles certamente iriam fazê-lo em pedaços; assim, entendeu que o melhor para ele foi mesmo tentar atravessar a ponte, mesmo que com isso tivesse caído no rio.

Acontece que ele não sabia nadar, e por isso começou a afundar. Por sorte, dois pescadores que conversavam ali perto sentados à beira do rio o avistaram, e um deles nadou até onde ele estava e o trouxe são e salvo para a margem. Ali, encostaram-no num muro velho e meio arruinado, deixando-o ao sol para se secar e recobrar as forças. Por fim, quando ele recuperou os sentidos e tentou agradecer aos pescadores por sua ajuda e lhes contar o que lhe estava acontecendo, o muro desabou sobre ele e o esmagou contra o chão...

85. A CORUJA

Há mais ou menos uns duzentos anos, quando as pessoas não eram tão sabidas e espertas como o são hoje em dia, ocorreu numa cidadezinha um fato curioso. Aconteceu então que uma dessas corujas de grande porte, que o povo chama de *coruja-das-torres* ou *coruja-gritadeira,* deixou a floresta onde vivia e veio fazer seu ninho num galpão pertencente a um cidadão local. Dali, ela só saía à noite, com receio de que as outras aves aprontassem a maior gritaria caso a vissem invadindo seu território.

Certa manhã, quando o menino que trabalhava para o dono do galpão foi até lá buscar palha, levou tal susto ao deparar com a coruja, que voltou correndo, indo contar ao patrão que um monstro horrendo e nunca visto estava à espreita num canto mais escuro, girando os olhos e aparentando estar disposto a devorar o que quer que o fosse perturbar.

— Conheço-te de longa data — disse o patrão, com ar de desdém, — e sei que tens coragem bastante para caçar melros no campo, mas não para te aproximares de uma galinha morta largada no chão, a não ser que tenhas nas mãos um bom porrete. Deixa comigo, que irei lá agora mesmo. Quero ver que tipo de monstro poderia ser esse...

Dito isso, seguiu intrepidamente para o galpão, entrando nele com ar resoluto. Porém, tão logo avistou com seus próprios olhos a estranha e feia criatura, foi tomado por enorme pavor, igual tinha acontecido com seu empregado. Com um par de pulos, saiu dali às pressas e foi correndo relatar o que acabara de ver para seus vizinhos, dizendo que havia deparado com um monstro horrendo e desconhecido, e lhes pedindo que o fossem ver, já que o tal animal talvez constituísse uma ameaça para toda a cidade. "Imaginai o que nos acontecerá se ele resolver sair do galpão e vir nos atacar!".

Daí a pouco, ergueu-se uma vozearia generalizada em todas as ruas da cidade, e logo depois os cidadãos acorreram à praça principal, armados de pás, enxadas e ancinhos, dispostos a enfrentar aquele poderoso inimigo. Até o próprio Burgomestre juntou-se aos combatentes, assumindo o comando da tropa e preparado para o que desse e viesse. Da praça principal, rumaram todos para o galpão, cercando-o por todos os lados. Então um dos bravos guerreiros adiantou-se e entrou ali, armado com um bastão. Pouco depois, porém, ouviu-se o seu grito, e ele saiu de lá pálido como a morte, batendo em retirada sem dar qualquer explicação.

A seguir, dois outros indivíduos corajosos também se atreveram a entrar no galpão, mal se demorando ali dentro, tal o pavor que os assaltou.

Por fim, o valentão oficial, um homem alto e muito forte, conhecido por seus feitos valorosos, entrou no galpão, dizendo:

— Não há de ser apenas com cara feia que se conseguirá afugentar o monstro. É preciso enfrentá-lo cara a cara e de peito aberto, como homem, e não como uma mulher velha e assustada.

Assim dizendo, vestiu uma cota de malhas, brandiu a espada, empunhou a lança, e, assim equipado, entrou no galpão, enquanto todos os outros ficavam do lado de fora elogiando sua coragem, mas receando que ele de lá de dentro não voltasse.

Para que todos o acompanhassem de longe, as duas portas do galpão ficaram abertas. Enquanto isso, o guerreiro avançava a passos lentos. Súbito, ele avistou a Coruja empoleirada numa viga, no fundo do galpão. Voltando até a porta, pediu que lhe trouxessem uma escada, e quando ela foi assentada e ele se preparava para subir, todos louvaram sua indômita bravura, comparando-o ao cavaleiro São Jorge quando enfrentara o Dragão.

O valentão foi subindo um a um os degraus. Enquanto isso, assustada com a gritaria do povo, a Coruja estava sem saber o que fazer. A coisa piorou quando ela adivinhou qual era a intenção do herói. Seu desejo era bater asas e escapar dali, mas a presença da chusma lá fora impedia sua saída. Hesitante e confusa, ela começou a girar os olhos; em seguida, ficou batendo as asas e estalando o bico, até que soltou um prolongado pio, ou antes um estridente guincho.

— Avança! Ataca! — incitava a multidão.

Nesse momento, o herói interrompeu a subida e rosnou:

— Se estivésseis em meu lugar não estaríeis tão afoitos por avançar e atacar!

Aí, subiu mais um degrau, mas nessa altura suas pernas começaram a tremer, e ele, sentindo uma espécie de vertigem, não mais conseguiu se conter, desabando da escada, erguendo-se logo em seguida e batendo vergonhosamente em retirada.

Depois disso, ninguém mais se apresentou para enfrentar o perigo.

— As mordidas desse monstro — comentou um cidadão — produzem feridas terríveis, afora o fato de que seu bafo é mortal! Se nosso homem mais forte não teve coragem de enfrentá-lo, quem de nós há de querer arriscar a vida para afugentá-lo dali?

Em seguida, deliberaram entre si sobre que fazer para que a ruína não se abatesse sobre toda a cidade. Por longo tempo, nada satisfatório foi proposto, até que por fim o Burgomestre expôs seu pensamento:

— Minha idéia é esta, senhores — disse. — Juntando nossas economias, poderemos comprar esse estábulo e tudo o que nele se contém: palha, feno e trigo, bem como todas as demais benfeitorias, compensando o proprietário por sua perda, já que, logo em seguida, atearemos fogo nele, reduzindo-o a cinzas! Desse modo ninguém mais se arriscará a perder a vida. Assim, sem perda de tempo e sem regatear, vamos logo solucionar o problema..

Todos concordaram com a proposta, e pouco depois se acenderam quatro tochas, ateando-se fogo simultaneamente nos quatro cantos do galpão.

E que teria acontecido com a pobre coruja-das-torres? Não se sabe ao certo. Há quem ache que ela teria conseguido escapar, mas o mais certo é que tenha permanecido lá dentro, sem ter como escapar das chamas, e desse modo vindo a morrer miseravelmente queimada!

86. O CRAVO DA FERRADURA

Depois de fazer bons negócios numa feira, conseguindo vender todas as suas mercadorias, um comerciante encheu um malote de moedas de ouro e de prata, e se preparou para a viagem de volta. Seu plano era chegar a sua casa ao anoitecer. Assim, depois de prender o malote na sela do cavalo, partiu.

Por volta do meio-dia, ao passar por uma cidadezinha, fez uma refeição ligeira, e, quando estava pronto para retomar a viagem, o rapaz a cujos cuidados tinha deixado o cavalo lhe disse:

— Senhor, está faltando um cravo na ferradura da pata traseira esquerda do animal.

— Deixa como está — respondeu o comerciante. — Estou com muita pressa, e a ferradura não deverá se soltar nas próximas seis horas, que é o quanto falta para completar minha viagem.

Bem mais tarde, ele teve de desmontar de novo para alimentar o cavalo, e o cavalariço do lugar também lhe veio dizer que estava faltando um cravo numa das ferraduras, sugerindo-lhe levar o animal a um ferreiro.

— Não, não; deixa como está — respondeu ele. — Só faltam duas horas para chegar ao final de minha viagem, e até lá a ferradura não irá soltar-se. É que estou com muita pressa!

E se foi. Pouco depois, porém, o animal começou a falsear o passo; em breve, já estava mancando, e então, tropeça daqui, tropeça dali, acabou caindo e quebrando a perna. Por causa disso, o comerciante teve de deixá-lo ali mesmo, abandonado à beira da estrada. Então, depois de tirar o malote da sela e pô-lo nas costas, prosseguiu sua viagem a pé, chegando a sua casa altas horas da noite.

— E tudo isso por quê? — disse de si para si. — Por causa da falta de um simples cravo! Se tivesse deixado de lado a minha pressa, não acabaria chegando tão tarde a minha casa...

87. OS MENSAGEIROS DA MORTE

Certa vez, muito tempo atrás, um gigante estava caminhando ao longo de uma estrada, quando de repente um desconhecido surgiu diante dele e ordenou:
— Pára! Não dês mais um passo!
— Que estás dizendo, pigmeu? — retrucou o gigante. — Não vês que, se eu quiser, posso esmagar-te entre os dedos? Pois fica sabendo que o farei, caso continues a me impedir a passagem. Quem és para te dirigires a mim com tamanho atrevimento?
— Sou a Morte — respondeu o estranho. — Sim, a Morte, a quem ninguém pode enfrentar, e a cujas ordens todos têm de se curvar, inclusive os gigantes!

Mas suas palavras pareceram não impressionar o gigante, que investiu contra o indivíduo, atracando-se com ele numa longa e ferrenha luta, da qual o gigante acabou saindo vitorioso, depois de desferir um forte sopapo na Morte, que desabou no chão como uma pedra.

Depois disso, o gigante continuou a caminhar, deixando a Morte derrotada, sem forças para se levantar.

"E agora, como é que vai ser?", pensou a Morte. "Se eu permanecer aqui, ninguém mais irá morrer neste mundo, que em breve ficará tão repleto de gente, que as pessoas não terão lugar ou maneira de se mexerem!"

Nesse instante, um rapaz forte e saudável passou por aquela estrada. Vinha contente, assobiando uma música. Tão logo percebeu à beira da estrada um sujeito caído, com aspecto de quem tinha sido surrado, compadeceu-se dele e se apressou a erguê-lo, limpando-lhe as feridas com um lenço. Feito isso, tirou do bornal um pequeno frasco de licor, destampou-o e derramou seu conteúdo pela goela do pobre coitado, esperando até vê-lo recobrar as forças. Sentindo-se retemperado, o sujeito falou:
— Sabes quem sou? Sabes a quem ajudaste a recobrar as forças perdidas?
— Não, amigo, não faço a menor idéia de quem sejas — respondeu o moço.
— Pois fica sabendo que sou a Morte, aquela que não poupa quem quer que seja, sem aceitar pedidos ou desculpas, mesmo que me sejam dirigidas por ti. Todavia, para mostrar que não sou um ser ingrato, prometo que, ao chegar tua hora, não estarás desprevenido, pois enviar-te-ei previamente meus mensageiros para avisar-te de que estou prestes a te buscar.
— Está bem — respondeu o moço. — Quer dizer que, antes de vires, serei prevenido de tua vinda? Creio que poderei tirar bom proveito disso...

Vendo que o outro já podia caminhar sozinho, ele prosseguiu satisfeito seu caminho, e, passado algum tempo, já se tinha tornado um cidadão próspero e feliz. Mas juventude e saúde não duram para sempre, e logo vieram as doenças e os problemas atrapalhar a boa vida do cidadão, que passou a se queixar durante o dia, não tendo como descansar durante a noite. "Não vou morrer", dizia para si próprio, "pois os mensageiros da Morte ainda não vieram ver-me. Todavia, viver assim doente não vale a pena..."

Aos poucos, ele foi sarando e acabou voltando a ser forte e saudável como antes. Um dia, porém, sentiu que alguém lhe batia nas costas, e, olhando para trás, viu que se tratava da Morte, que então lhe disse:

— Vem comigo, pois tua hora chegou.

— Ah, então é assim? — protestou ele. — E teu compromisso, como é que fica? Onde estão os mensageiros que prometeste enviar, precedendo tua chegada? Ainda não os vi...

— Quem disse que eles não vieram? — retrucou a Morte. — Então não os reconheceste? Primeiro, veio a Febre, que te deixou derreado e prostrado na cama, tomado de tremores. Depois veio a Vertigem, que te deixou trôpego e de cabeça tonta. Mais tarde veio a Gota, que atacou teus membros. E que me dizes daquele zumbido em teus ouvidos, das dores em teus dentes, do lumbago em tuas costas, da catarata em teus olhos? E, acima de tudo, não viste meu meio-irmão o Sono, que vinha lembrar-te toda noite, quando caías na cama, o que te iria acontecer e como irias ficar quando eu viesse?

Ele ficou ali parado, sem saber o que responder; então, entregando-se ao inexorável destino, baixou a cabeça e seguiu atrás da Morte.

88. MESTRE REMENDÃO

Mestre Remendão era um homenzinho magro muito ativo, que parecia nunca descansar. Seu rosto, cujo aspecto mais marcante era um nariz proeminente, era enrugado e descorado, de uma palidez mortal; seu cabelo era crespo e grisalho; seus olhos miúdos ficavam o tempo todo esquadrinhando à direita e à esquerda, observando tudo de maneira atenta e crítica. Tudo ele recriminava; em tudo encontrava falhas; sabia e fazia tudo melhor que os outros, ao menos segundo seu modo de pensar. Quando caminhava pelas ruas, movia os braços como se estivesse marchando, e com tal ímpeto, que, de uma feita, até arrancou das mãos de certa mocinha o balde de água que ela trazia, fazendo com que ela e ele tomassem um banho inesperado.

— Ah, cabeça tonta! — exclamou, sacudindo-se. — Não viste que eu estava atrás de ti?

Como se pode deduzir do apelido, Mestre Remendão era sapateiro de ofício, e quando estava trabalhando, costumava puxar a linha com tal violência, que ai de quem desprecavidamente ficasse perto dele: corria o risco de ter a costela quebrada com uma de suas cotoveladas. Nenhum ajudante ficava com ele mais de um mês, pois Mestre Remendão tinha sempre uma crítica a fazer, uma falha a apontar, sabendo sempre uma maneira melhor de se executar essa ou aquela tarefa. Ora os pontos não estavam uniformes, ora um pé de sapato estava maior que o outro, ou os saltos não tinham a mesma altura, ou o couro não tinha sido esticado devidamente.

— Espera — dizia ao ajudante, — e te mostrarei como é que se faz para deixar o couro bem macio!

E, depois de dizer isso, buscava uma correia e a descia com vontade no traseiro do pobre aprendiz.

A seu ver, todo ajudante era vadio e preguiçoso; entretanto, seu próprio trabalho não rendia muito, porque ele não conseguia ficar sentado quieto durante dois quartos de hora seguidos.

Quando acontecia de sua mulher levantar-se cedo e resolver acender o fogo, ele pulava da cama e corria descalço para a cozinha, aos gritos:

— Que fogaréu é esse? Queres pôr fogo em toda a casa? Esse fogo aí dá para assar um boi inteiro! Lembra-te de que lenha custa dinheiro!

Se a criada ia lavar roupa no tanque e se punha a conversar com a patroa e rir de alguma história, ele as repreendia, dizendo:

— Olha as duas bisbilhoteiras! Parecem duas galinhas cacarejando! Enquanto perdem tempo com mexericos, o serviço está parado!

E as censuras não tinham fim:

— Para que esse desperdício de usar um sabão novo para lavar as escadas? Trata de gastar as mãos e esfregar com vontade, pois é assim que se tira a sujeira!

E quando queria que se lavasse a cozinha, ele mesmo enchia um balde de água e ali o despejava, provocando uma verdadeira inundação.

Um dia teve início a construção de uma casa ao lado da sua. Vendo isso, ele correu para a janela, a fim de inspecionar a obra, e logo começou a dar palpites:

— Ei! Estão usando aquele grés vermelho que não seca nunca! Devido às paredes úmidas, quem for morar aí vai sempre estar doente! E olha como esses pedreiros assentam os tijolos! A argamassa também não está misturada corretamente: tem pouca brita e muita areia! Ihh! Não demora, e essa casa acabará caindo em cima da cabeça dos moradores!

Dito isso, sentou-se de novo e recomeçou a trabalhar, mas foi por pouco tempo, pois logo depois se levantou, tirou o avental e falou:

— Vou falar pessoalmente com aqueles pedreiros.

Mas quem estava trabalhando naquele momento eram os carpinteiros, a quem ele se dirigiu em tom de repreensão, dizendo:

— Que estais fazendo? Assentando as vigas sem nivelar? Desse modo, elas não vão ficar planas e retilíneas, e acabarão deformando as juntas!

E, juntando ação às palavras, arrebatou a plaina das mãos de um carpinteiro e começou a passá-la sobre as toras de madeira, mostrando como se devia alisá-las corretamente.

Nesse instante, passou por ali uma carroça transportando argila. Ele logo esqueceu o que estava fazendo, e, deixando a plaina de lado, gritou para o carroceiro:

— Oh seu imbecil! Onde já se viu atrelar cavalos novos a uma carroça com carga pesada? Eles não estão habituados a esse serviço, e daqui a pouco estarão morrendo de cansaço!

O carroceiro, entretanto, nem se dignou de lhe dar resposta, o que o deixou furioso. Nesse estado de espírito, retomou seu trabalho, bufando de raiva. Sentou-se no banco e olhou para o aprendiz, que lhe estendeu o pé de sapato que trazia nas mãos.

— Que é isso aí? — perguntou, olhando de cenho franzido o sapato. — Já não te disse muitas e muitas vezes para não deixar tão distantes os pontos da costura? E esse solado fino, que logo estará gasto e furado? Quem há de querer comprar um sapato assim? Por que não segues à risca minhas instruções?

— Ah, Mestre Remendão — replicou o aprendiz, — ninguém melhor do que o senhor para dizer que esse sapato nada vale. Foi o senhor mesmo quem o costurou e quem cortou o couro para fazer a sola! O senhor estava agora mesmo trabalhando nele, quando se levantou e saiu correndo, deixando-o caído no chão, onde o apanhei. Como o senhor pode ver, quem trabalhou mal não fui eu, mas nem um anjo do céu poderia convencê-lo disso...

Uma ou duas noites depois disso, Mestre Remendão sonhou que tinha morrido e que estava a caminho do Céu. Ali chegando, bateu na porta, e logo apareceu São Pedro para ver quem era. Ao deparar com o sapateiro, disse:

— Ah, então és tu, Mestre Remendão! Vou deixar-te entrar, sem problema, mas já te aviso que não deves dar palpite algum sobre o que quer que te pareça errado, ou pagarás caro por isso.

— O senhor pode poupar o trabalho de me dizer isso — respondeu ele. — Sei muito bem como proceder; ademais, graças a Deus, nada existe aqui para ser corrigido ou censurado, como acontece lá na Terra!

Assim dizendo, ele entrou no Céu e se pôs a passear por sua vasta extensão, examinando o que havia de ambos os lados, mas mesmo ali encontrou coisas dignas de reparo, e que o faziam sacudir continuamente a cabeça desaprovadoramente, enquanto resmungava consigo próprio palavras que só ele podia entender.

A certa altura, percebeu que dois anjos carregavam uma trave, sem imaginar que poderia ser a mesma trave que havia em seu próprio olho, no dia em que percebeu o argueiro no olho de seu irmão. Notou que eles transportavam a trave não de comprido, como seria razoável, mas de través, o que o levou a murmurar baixinho:

— Será que ninguém percebe que eles estão agindo sem o menor bom senso?

Mas conteve-se e não quis se expressar em voz alta, pensando que tanto fazia se a trave estivesse sendo transportada desse ou daquele modo, já que ela não estava atrapalhando a passagem de qualquer pessoa.

Logo em seguida, viu dois anjos que retiravam água de um poço com um balde todo esburacado, de maneira que a água escapava por todos os lados. Não lhe passou pela cabeça que era desse modo que eles regavam a Terra com chuva.

— Santo Deus! — exclamou sem se conter, calando-se logo após, pois se lembrou de que devia guardar para si suas opiniões.

Depois disso, limitou-se a pensar: "Talvez o que estejam fazendo não seja senão um passatempo, uma brincadeira, já que, como na Terra, também aqui no Céu deve haver gaiatos que gostem de perder tempo com futilidades..."

Continuando a caminhar, viu uma carroça que tinha afundado numa vala existente à beira da estrada.

— Não é de se espantar que ela afundasse — comentou com o carroceiro. — Está carregadíssima! Que estás levando aí dentro?

— Boas intenções — respondeu o outro. — Não pude seguir com a carroça pelo meio da estrada, pois ela ia muito devagar. Nem sei como consegui chegar com ela até aqui! Estou esperando que venha alguém me ajudar a tirá-la dessa vala.

Nesse instante apareceu um anjo trazendo dois cavalos, e os atrelou à carroça. "Ainda bem" — aprovou Mestre Remendão em pensamento, "mas dois cavalos não serão suficientes para tirar daqui essa carroça tão pesada... Para tanto, seriam necessários pelo menos quatro..."

Chegou então um segundo anjo trazendo consigo mais dois cavalos; entretanto, em vez de atrelá-los na frente da carroça, atrelou-os na traseira. Aí foi demais para Mestre Remendão, que não se conteve e exclamou:

— Ah, tenha a santa paciência! Que estás fazendo, ó anjo insensato? Ninguém da Terra imaginaria poder tirar um carro do buraco dessa maneira! Vós, anjos do Céu, por certo achais, em vosso presunçoso orgulho, que sabeis mais do que eu! Pois estais redondamente enganados quanto a isso!

E mais ainda teria dito, se um dos guardiães do Céu não o tivesse agarrado pelo pescoço e atirado para fora dali aos trambolhões.

Do lado de fora da porta do Céu, Mestre Remendão esticou o pescoço e viu a carroça sendo retirada da vala pelos quatro cavalos, só então notando que eles eram alados...

Nesse instante, acordou e pensou: "As coisas do Céu são certamente um tanto diferentes das que acontecem aqui na Terra. Assim, muita falha terá de ser desculpada. Mas quem poderia, em sã consciência, aceitar que dois cavalos atrelados na traseira de uma carroça, e outros dois na frente poderiam retirá-la de um buraco? É bem verdade que eles tinham asas, mas, a princípio, eu não tinha notado isso... Porém, pensando bem, trata-se de um grande absurdo que um cavalo com quatro boas pernas seja dotado de asas!"

Logo em seguida, após sentar-se à beira da cama, prosseguiu com seus pensamentos: "É hora de me levantar, ou aqueles palermas irão cometer novos erros na construção dessa casa. No final das contas, é uma bênção para todos que eu não tenha morrido de verdade!"

89. HISTÓRIA OU CHARADA?

Certa vez, três mulheres que estavam passeando no campo foram transformadas em flores silvestres. Uma delas, porém, teve permissão de voltar para casa à noite. Ao amanhecer, quando estava prestes a retornar para junto de suas companheiras e retomar a condição de florzinha do campo, ela disse para o marido:

— Se vieres até onde estou e me reconheceres entre as outras flores, meu encanto será desfeito, e poderei voltar a viver contigo.

E foi isso mesmo que se deu.

Mas a questão é esta: como teria o marido reconhecido a esposa em meio a tantas flores absolutamente idênticas?

Eis a resposta:

Durante a noite, como esteve em casa com o marido, e não no relento, ela não foi molhada pelo orvalho que caiu sobre suas duas companheiras. Sabendo disso, ele logo a pôde reconhecer, pois, dentre todas as flores, era ela a única que não estava úmida devido ao orvalho.

90. O MENINO POBRE NO TÚMULO

Era uma vez um menino que, por ter perdido o pai e a mãe, foi mandado pelo Juiz para a casa de um rico fazendeiro, que a partir de então passou a ter a incumbência de lhe proporcionar alimentação e educação. Acontece que, tanto esse homem como sua mulher, tinham corações duros, e, apesar de sua riqueza, eram muito avarentos e mesquinhos, sentindo-se lesados só de pensar em ter de dividir seu pão com alguém. Assim, naquela casa, o pobre órfão era espancado com freqüência e alimentado com escassez.

Num dia em que o pobre órfão estava cuidando do galinheiro, a galinha e os pintinhos escaparam por um buraco na cerca, fugindo para o campo. Nesse instante, um falcão se arremeteu sobre ela como um raio, arrebatou-a e a levou para seu ninho. O menino se pôs a gritar: "Ladrão! Ladrão! Volta aqui, ladrão!", mas de nada valeu: o falcão levou embora sua presa, e durante alguns dias desapareceu dos arredores.

Ouvindo a gritaria que o menino aprontou, o fazendeiro saiu de casa e, ao perceber o que tinha acontecido, ficou furioso e lhe aplicou uma tal surra, que o deixou sem poder se mexer por um par de dias.

Depois disso, ele foi encarregado de vigiar os pintinhos, tarefa bem mais difícil, porque, sem a mãe, eles se tornaram ariscos e estavam sempre dispersos. Para que não pudessem fugir, e a fim de impedir que o falcão os pegasse de um em um, ele teve a idéia de amarrá-los entre si. Sabem o que foi que aconteceu? Num dia em que, de tão cansado, ele se encostou numa árvore e acabou adormecendo, o falcão voltou a sobrevoar o galinheiro, e, ao avistar aqueles pintinhos enfileirados, agarrou um deles e acabou levando todos juntos pelos ares, carregando-os para seu ninho, onde deu cabo de um por um.

O fazendeiro estava chegando a sua casa justamente naquele instante, tendo a oportunidade de presenciar toda a tragédia. Dessa vez, foi tal a fúria que dele se apossou, que ele se esmerou na surra que aplicou no menino, dando-lhe o triplo de pancadas que da vez anterior, e cada qual com o triplo da força, o que o deixou de cama durante sete dias seguidos.

Quando voltou a ficar de pé, o fazendeiro lhe disse:

— Não passas de um cabeça-dura! Como não serves sequer para vigiar o galinheiro, serás doravante meu menino de recados. Como primeira tarefa, vai levar esta cesta de uvas e esta carta para o Senhor Juiz.

A caminho, sentindo-se morto de fome e de sede, ele não resistiu e acabou comendo dois cachos daquelas uvas. Assim, quando entregou a cesta ao Juiz, e este leu a carta e contou os cachos de uva, disse:

— Estão faltando dois cachos. Por que será?

O menino confessou honestamente que os tinha comido, levado pela fome e pela sede. Imediatamente o Juiz remeteu ao fazendeiro uma resposta escrita, reclamando a falta de dois cachos. Depois de lê-la, o fazendeiro providenciou nova remessa de uvas, ordenando que o menino fosse levá-las ao Juiz, juntamente com outra carta.

Lá se foi o menino fazer a entrega, mas, a caminho, novamente impelido pela fome e pela sede, acabou comendo outros dois cachos de uva. Todavia, por precaução, antes de chegar à casa do Juiz, tirou a carta da cesta e a escondeu sob uma pedra do caminho.

Ao chegar à casa do Juiz, este destampou a cesta e, desconfiando de que o menino teria de novo furtado dois cachos, inquiriu-o com ar severo.

— Ora, Senhor Juiz, como podeis saber que estão faltando dois cachos? Se tivésseis lido a carta, vá lá; mas como a escondi embaixo de uma pedra...

O Juiz não pôde deixar de rir de tamanha simplicidade, e então escreveu outra carta ao fazendeiro, recomendando-lhe que passasse a tratar melhor o garoto, não lhe dando motivo para comer ou beber o que levasse, e ensinando-lhe a conhecer a diferença entre justiça e injustiça.

Ao ler a carta, o fazendeiro não se conteve e exclamou:

— Vou ensinar-te agora mesmo a diferença entre o que é justo e o que é injusto. É esta: quem trabalha, ganha comida; quem age errado, ganha pancada.

No dia seguinte, incumbiu o menino de uma árdua tarefa: picar dois fardos de palha para alimentar os cavalos, acrescentando em tom ameaçador:

— Estarei de volta dentro de cinco horas, e se a palha para forragem não estiver cortadinha e pronta, dessa vez conhecerás o que é uma surra de verdade, e amanhã não conseguirás mover nem o dedão do pé!

Dito isso, seguiu para a feira do distrito, acompanhado da esposa e de um criado, não deixando para o menino senão uma fatia delgada de pão.

Sentado junto à cortadeira, ele se pôs a picar a palha com todo o empenho. Como o tempo esquentou, tirou o casaco e o pôs em cima de um dos fardos de palha, continuando a trabalhar com afinco, apavorado com a possibilidade de não terminar o serviço a tempo e a hora. Por azar, não reparou que tinha deixado ali o casaco, e acabou passando-o nas lâminas da cortadeira, reduzindo-o a finas tiras de pano. Só depois foi que se deu conta do que tinha feito, não tendo como corrigi-lo. Desesperado, se pôs a gritar:

— Ai, ai, ai! Tudo de ruim acontece comigo! O patrão malvado não me ameaçou em vão: quando voltar e vir o que fiz, vai me dar uma surra de matar! Dessa vez ele não vai me deixar vivo!

Ora, o menino tinha ouvido a mulher do fazendeiro dizer que guardava embaixo da cama um frasco de veneno, sem saber que na realidade se tratava de um frasco de

341

mel que ela preferia degustar sozinha, mantendo-o ali bem escondido. Sem saber disso, e preferindo morrer a enfrentar a fera em que se iria transformar o patrão ao regressar, tirou o frasco de seu esconderijo e engoliu todo o seu conteúdo. Depois de comer todo o mel, deitou-se para esperar a morte, enquanto pensava: "Ora! Todos dizem que a morte é amarga! Pois, para mim, ela parece docinha como mel! Não é de espantar que a patroa fique por aí dizendo que bem queria estar morta..."

Com esse pensamento, estendeu-se de comprido num banco para morrer, mas, em vez de se sentir fraco, o fato de ter consumido um alimento nutritivo o deixou mais forte. Seu pensamento então mudou, passando a ser este: "Isso que tomei não deve ser veneno coisa nenhuma, mas algo bem diferente. Estou me lembrando de que o fazendeiro falou certa vez que guardava um poderoso inseticida no seu baú de roupas. Se ele é poderoso para matar insetos, deve ser também para matar gente!"

Então, abriu o baú do patrão, tirou de lá uma garrafa sem rótulo e tomou um bom gole do que havia dentro, depois outro ainda maior Mas também aquilo não era veneno, e sim *tokay,* um vinho licoroso e doce de procedência húngara, que o patrão fazia questão de bebericar sozinho, guardando-o para ocasiões especiais. Voltando a estender-se no banco, pensou de novo na morte:

"Desta vez não tenho dúvida: a morte nada tem de amarga e dolorosa! Ao contrário, é doce e inebriante!"

A bebida não demorou a fazer efeito, subindo-lhe à cabeça e deixando-o tonto, levando-o a crer que de fato estivesse morrendo. "A morte está cada vez mais próxima", pensou. "Já sei o que vou fazer: vou até o cemitério escolher o túmulo onde quero ser enterrado."

Trocando as pernas, mas caminhando na direção certa, deixou a fazenda e chegou à aldeia, entrando diretamente no cemitério. Ao ver uma cova pronta para ser usada, chegou até a borda, mas, ao olhar para baixo, perdeu os sentidos e caiu em seu interior.

Depois disso, não houve coisa alguma que o fizesse despertar. Os vapores da bebida forte, somados ao frio efeito do orvalho da noite, acabaram por tirar-lhe a vida, ficando ele ali deitado e morto no fundo da cova onde tinha caído.

Nesse ínterim, o fazendeiro tinha regressado, dando pela falta do menino, mas logo depois recebeu a notícia de sua morte. Isso o deixou morto de medo de ter de se apresentar diante do Juiz. Foi tal seu terror, que ele caiu em terra desmaiado. Sua mulher, que naquele momento estava derretendo banha numa panela, correu para assisti-lo, esquecendo-se do que estava fazendo. Resultado: a banha pegou fogo, e este se transmitiu para as vigas do teto, e depois para toda a casa, que em poucas horas ficou reduzida a cinzas.

Nos anos que se seguiram, e durante os quais o casal permaneceu vivo, foram tempos em que os dois tiveram de amargar uma vida difícil, assinalada por escassez e miséria, vivendo ambos atormentados por terríveis dores de consciência.

91. O GIGANTE E O ALFAIATE

Deu na telha de um certo alfaiate, muito bom de conversa, mas não tão bom de molde e costura, sair de casa para conhecer o mundo. Tão logo foi possível, fechou a oficina e saiu de casa, cruzando colinas e vales, lavouras e descampados, mas sempre seguindo em frente.

Depois de muito viajar, percebeu à distância uma montanha íngreme e, atrás dela, uma enorme torre, que se erguia em meio a uma densa floresta.

— Raios me partam! — exclamou. — Que será aquilo?

Atiçado pela curiosidade, seguiu rapidamente naquela direção, ficando boquiaberto e de olhos arregalados ao chegar mais perto e verificar que a tal torre possuía pernas, e que, num abrir e fechar de olhos, tinha saltado sobre a montanha e se postado diante dele. Só então viu que se tratava de um gigante, o qual, com um vozeirão tonitruante, lhe perguntou:

— Que vieste fazer aqui, seu pigmeu de perninhas de mosca?

— Estou tentando ver se encontro por aqui algum pedaço de pão — respondeu o alfaiate com voz sumida.

— Para tanto, terás de me servir como empregado — retrucou o gigante, encarando-o com olhar feroz.

— Já que é assim, por que não? — disse o alfaiate humildemente. — Que me darás em troca?

— Estás falando de salário? — perguntou o gigante com desdém. — Depois trataremos disso. Por ora, fica sabendo que trabalharás para mim durante trezentos e sessenta e cinco dias por ano, e um dia a mais quando se tratar de ano bissexto. Entendeste?

— Claro que entendi — respondeu o alfaiate.

Porém, ao mesmo tempo, pensava em seu íntimo: "Tem pano fácil e pano difícil de cortar. Este daqui não é dos mais difíceis. Vou procurar escapar das garras deste grandalhão o mais cedo que puder."

— Começa já a trabalhar, seu palerma! — ordenou o gigante. — Vai até o poço e traze para mim um jarro de água.

— Por que não me pedes para trazer todo o poço e, de quebra, seu manancial? — retrucou o alfaiate, saindo da presença do gigante com o jarro na mão.

343

— Que foi que escutei? Ele disse que podia buscar o poço e seu manancial? — murmurou o gigante fungando de raiva, mas começando a sentir um certo receio daquele alfaiate.

Com efeito, gigantes levam tudo ao pé da letra, e, por causa disso, esse aí da nossa história se pôs a pensar: "Esse sujeito parece ser dotado de poderes maiores do que imaginei. Talvez seja mais forte e mais esperto do que presumi que fosse. Tenho de tomar cuidado com ele. Creio não ter sido boa idéia tomá-lo como empregado..."

Assim, quando o alfaiate voltou trazendo a água, o gigante mandou-o ir até a floresta buscar gravetos para acender fogo.

— Gravetos? Só isso? Por que não toda a floresta, árvore por árvore, tanto as novas como as velhas, tanto as de casca grossa como as de casca fina? — retrucou o alfaiate, saindo para cumprir a ordem.

— Como assim? Seria ele capaz de trazer toda a floresta, além do poço e de seu manancial?! — murmurou o gigante assustado, cofiando a barba e de testa franzida.

Seu receio aumentou, assim como sua certeza de que aquele alfaiate era um sujeito perigoso. É... não fora uma boa idéia tomá-lo como empregado...

Não obstante, quando o alfaiate voltou trazendo dois feixes de gravetos, o gigante ordenou que ele fosse caçar dois javalis para servir-lhe no jantar.

— Com esta espingarda aqui, em vez de matar só dois javalis, por que não matar logo uns mil, ou mesmo um pouco mais?

— Hein?! Q... q... quê?! — gaguejou o gigante cada vez mais apavorado. — Ah, sabe de uma coisa? Deixa para lá. Pensando bem, não estou com fome. Por hoje, basta. Podes ir dormir.

De fato, o gigante estava assustadíssimo com aquele alfaiate fanfarrão, e, depois que se deitou, não pôde pregar os olhos durante toda a noite, rolando na cama e imaginando um modo de se livrar daquele empregado perigoso, que talvez fosse um mago dotado de terríveis poderes!

Durante a madrugada, acabou conseguindo arquitetar um plano, e, na manhã seguinte, saiu em companhia do alfaiate, seguindo para um pântano onde havia abundância de salgueiros. Quando ali chegaram, o gigante disse:

— Senta-te sobre o tronco deste salgueiro, pois quer ver se teu peso é suficiente para vergá-lo.

O alfaiate fanfarrão subiu na árvore, encarapitou-se num galho, e encheu o peito de ar, a fim de ficar mais pesado. Com isso, o salgueiro foi aos poucos se curvando, até quase tocar o solo. Se ele tivesse trazido consigo o ferro de passar roupa, talvez não precisasse lançar mão desse recurso, pois seu peso seria bastante para curvar a planta. O problema foi que ele não poderia manter a respiração presa senão por algum tempo, e assim, ao expirar, seu peso voltou ao normal, e o salgueiro retornou repentinamente à posição original, arremessando violentamente o alfaiate para o ar, para júbilo do gigante. Ele foi atirado tão alto que desapareceu das vistas!

Se veio a cair de novo, ou se ainda está voando, eis aí uma coisa, prezado leitor, sobre a qual não tenho condição de te dar uma informação satisfatória...

92. O LADRÃO E SEUS FILHOS

Era uma vez um ladrão, que vivia com seu bando numa floresta. Eles costumavam esconder-se em cavernas e fendas nos rochedos, e quando passavam por ali mercadores ricos, ou algum fidalgo, ou mesmo um príncipe, saíam de seus esconderijos e os atacavam, tomando-lhes qualquer coisa de valor que porventura trouxessem consigo.

Com o passar do tempo, o chefe do bando foi ficando velho, e acabou se envergonhando de seu ofício e se arrependendo das muitas más ações que havia cometido. Então, resolveu mudar de vida, tornando-se uma pessoa honesta e fazendo o bem a quem pudesse. Todo o mundo se espantou com aquela mudança tão radical, mas ao mesmo tempo foi grande e geral a alegria que ela causou.

Esse ladrão tinha três filhos. Como já estavam crescidos, ele os chamou e perguntou que profissão ou ofício queriam seguir, pois desejava vê-los ganhando a vida honestamente. Os filhos se consultaram mutuamente e responderam:

— A maçã não pode cair longe de onde está a macieira. Vamos seguir a mesma profissão que sempre foi a tua: seremos ladrões. Preferimos isso a ter de trabalhar de manhã à noite, contentando-nos com uma vida de carências e privações, coisa que não nos agrada em absoluto.

— Ai de mim, meus filhos! — exclamou o ladrão, consternado com aquela inesperada resposta. — Por que não haverão de querer viver em paz, ainda que levando uma vida modesta? O que se ganha honestamente tem longa duração. Roubar é coisa ilegal e má, que leva a um mau fim das riquezas que acaso foram adquiridas. Portanto, não tereis paz — sei-o por experiência própria. Digo-vos de novo que tereis um mau fim se persistirdes nessa idéia. Vaso que vai muito ao poço, acaba quebrado. Acabareis sendo apanhados e levados à forca!

Seus filhos, entretanto, não levaram em conta seus conselhos e receios, mantendo-se obstinadamente em sua opinião. Assim, resolveram fazer uma experiência. Sabedores de que a Rainha possuía em seus estábulos um belo corcel de grande valor, resolveram roubá-lo. Foram informados de que o animal somente comia determinado tipo de capim tenro, que só crescia numa certa campina úmida dos arredores do palácio. Então, foram até lá e colheram daquele capim, juntando-o de maneira a formar um grosso fardo. Em seguida, os dois irmãos mais velhos esconderam dentro dele o mais novo, tão bem escondido que ninguém o conseguia ver. Depois, levaram o fardo para o mercado, pondo-o à venda por preço convidativo. Vendo que se tratava do alimento predileto do cavalo da Rainha, o cavalariço do palácio o adquiriu, mandando que o entregassem no estábulo real, onde o fardo foi deixado para ser servido mais tarde ao puro-sangue da Rainha.

Chegando a meia-noite, quando todos estavam dormindo, o irmão mais novo saiu de dentro do fardo, soltou o cavalo e o deixou pronto para cavalgar, pondo-lhe seus arreios chapeados de prata e sua sela cravejada de ouro, tendo o cuidado de cobrir com cera os guizos que dela pendiam, a fim de impedir que fizessem barulho e chamassem a atenção dos guardas. Isso feito, abriu a porteira do estábulo e se foi embora com muita pressa, seguindo atrás dos irmãos que já o esperavam do lado de fora. O vigia da torre, porém, viu o que estava acontecendo e saiu em sua perseguição, conseguindo prender os três irmãos e os encerrando no cárcere.

Na manhã seguinte, foram eles levados diante da Rainha, que, ao ver como eram jovens, indagou quem eram seus pais, ficando sabendo que todos eram filhos do famoso ladrão da floresta, aquele que ultimamente se tinha arrependido de seus atos, passando a levar uma vida honesta. Ordenou então que os três fossem levados de volta à prisão, mandando perguntar ao pai quanto estaria disposto a pagar para que seus filhos fossem soltos. Diante dela, o velho ladrão respondeu:

— Não estou disposto a gastar um vintém para mandar soltar meus filhos, pois não creio que estejam arrependidos do que fizeram.

— Conheço bem tua fama de aventureiro e ladrão — replicou a Rainha, — e tenho curiosidade de saber qual teria sido a aventura mais notável por que passaste no exercício de tua profissão. Se teu relato me mantiver curiosa e interessada, prometo que mandarei soltar teus filhos.

O velho ladrão respondeu:

— Já que assim o quereis, Alteza, prestai atenção à história que vos contarei, pois creio que ela será digna de vosso apreço e admiração.

"Certa vez, numa de minhas viagens, fiquei sabendo que, numa certa ravina revestida de vegetação arbórea, situada entre dois morros escarpados, a vinte milhas de distância de qualquer habitação humana, vivia um gigante, dono de rico tesouro, composto de milhares de moedas de ouro e de prata. Escolhi cem companheiros valorosos, e me dirigi com eles àquele lugar. Seguimos ao longo de uma escabrosa e fatigante trilha, ora ladeada por altos rochedos, ora bordejada por terríveis despenhadeiros, até que por fim chegamos ao nosso destino.

"Para nossa alegria não encontramos o gigante em casa, de maneira que pudemos apanhar tudo que quisemos e podíamos carregar. Justo quando estávamos regressando com o tesouro, já nos imaginando a salvo, o gigante, acompanhado de nove companheiros, nos pilhou de surpresa e nos aprisionou. Fomos divididos entre eles, ficando cada gigante com dez de nós. Na partilha, coube-me ficar, juntamente com nove companheiros, em posse do dono do tesouro, que nos amarrou as mãos nas costas e levou-nos como carneiros para uma caverna. Quando lhe propusemos soltar-nos em troca de dinheiro ou bens, ele replicou:

— Não quero vossos tesouros. Prefiro guardar-vos e devorar-vos um a um, pois considero carne humana um verdadeiro pitéu!

Dito isso, pôs-se a apalpar-nos, e, separando um, falou:

— Este é o mais gordinho. Vou começar por ele.

Logo em seguida golpeou-o mortalmente, dividindo-o em pedaços que jogou num panela cheia de água fervente que estava sobre o fogão. Aí, depois de mexer durante algum tempo, despejou a sopa numa tigela, sorvendo-a com cara de satisfação.

Assim, a cada dia que passava, ele ia devorando um dos nossos. Por ser o mais magro, fui deixado por último. Quando meu nono companheiro foi devorado, tratei de inventar um estratagema para escapar. Assim, ao chegar o meu dia de ser devorado, dirigi-me ao gigante e lhe disse:

— Vejo que enxergas mal e sofres de nevralgia. Sou médico e experiente em minha profissão. Assim, se me poupares a vida, prometo curar-te de teu mal das vistas.

A proposta deixou-o interessado, e ele prometeu poupar-me a vida, caso eu de fato cumprisse o prometido. Comprometeu-se também a me fornecer tudo o que fosse necessário para o tratamento, tendo eu lhe pedido azeite, enxofre, breu, sal, arsênico, e mais isso e mais aquilo, além de um bom panelão.

"Para início de conversa, pus o panelão sobre o fogo e deitei nele o azeite, misturando depois os demais ingredientes, deixando a impressão de estar preparando um emplastro para lhe aplicar sobre os olhos. Quando o azeite começou a ferver, mandei que ele se deitasse, e, de uma só vez, derramei todo o conteúdo do panelão sobre sua cara, deixando-o cego e com a pele queimada e empolada.

"Soltando um urro assustador, ele pulou da cama e se espojou no chão com a cara entre as mãos, rolando de um lado para o outro, enquanto soltava gritos aterradores, antes lembrando rugidos de uma fera ferida.

"Súbito, pondo-se de pé, agarrou uma clava que estava no chão e saiu às tontas pela caverna, golpeando aqui e ali, ora o chão, ora as paredes, na tentativa de acertar-me.

"Eu não teria como escapar, pois a caverna era toda fechada, tendo trancas de ferro nas portas. Assim, fiquei pulando de um canto para outro, até que, temendo ser acertado pela clava, subi por uma escada até o teto, e ali fiquei pendurado num ressalto da rochas.

"Nessa posição desconfortável permaneci durante um dia e uma noite, até que, não agüentando mais, pulei para o chão e me misturei com o bando de ovelhas que ali estava.

"Para não ser descoberto, tive de me manter ativo, passando de vez em quando por entre as pernas do gigante, como o faziam as ovelhas.

"Num dado momento, descobri num canto da caverna uma pele de carneiro, e ela me coube tão bem, que os chifres até se encaixavam perfeitamente sobre minha cabeça. Ora, era costume do gigante, quando levava seus carneiros para o pasto, deixar que ficassem passando entre suas pernas, pois só assim podia contá-los, ao mesmo tempo em que os apalpava, para saber qual deles estava mais gordo e apetitoso. Era este que ele cozinhava para o almoço. Assim, imaginei que poderia facilmente escapar passando por baixo de suas pernas, qual um carneiro, mas quando ele me apalpou, achou-me um tanto rechonchudo, e comentou de si para si:

— Estás bem gordinho, meu bicho; por isso, vais forrar meu estômago hoje!

Dei um pulo e escapei de suas mãos, mas ele conseguiu me agarrar de novo. Escapei pela segunda vez, sendo de novo apanhado, e assim sucessivamente durante sete vezes, sempre escapando, mas sempre voltava para suas garras.

Minha obstinação em fugir o foi deixando furioso, até que, num dado momento, ele exclamou:

— Não agüento mais esse vai e vem! Já que queres fugir, foge logo, e tomara que um lobo te pegue e te coma!

Dizendo isso, abriu a porta da caverna e me deixou sair. Ao me ver finalmente livre, tirei a pele que me cobria, e da qual já estava cansado, e, dirigindo-me a ele, disse-lhe em tom de zombaria que, por maior e mais forte que ele fosse, não tinha conseguido me devorar.

"Foi então que ele tirou do dedo um anel e o atirou em minha direção, dizendo:

— Toma esse anel como um presente, pois bem o mereceste. Assim, ninguém poderá dizer que eu não tenha recompensado o homem que, por sua argúcia e coragem, conseguiu escapar das minhas garras.

Ao cair perto de mim, o anel se reduziu de tamanho, parecendo caber em meu dedo. Apesar disso, não desconfiei de coisa alguma, e, vendo que se tratava de um anel de ouro, enfiei-o no dedo. Ah, por que fui fazer aquilo? Só então pude notar que o maldito anel era encantado, pois, enquanto o trazia comigo, me sentia compelido a ficar repetindo, em voz alta e sem parar, ainda que contra a vontade, 'Estou aqui! Estou aqui!', deixando o gigante sempre a par do meu paradeiro, e podendo me perseguir através da floresta!

"Pelo fato de estar cego, porém, apesar de seguir em minha direção, ele tropeçava o tempo todo nas raízes, ou se chocava contra os troncos das árvores, levando tremendas quedas, cujo ruído antes lembrava rochedos a se desabarem.

"Mesmo assim, ele não desanimava, erguendo-se de novo, e, com suas pernas enormes, voltando a me perseguir, enquanto eu não parava de gritar: 'Estou aqui! Estou aqui!'

"Bem que tentei tirar o anel, mas inutilmente. Por fim, como último recurso, dei uma forte dentada no dedo, arranquei-o e o joguei fora, só assim cessando de repetir aquelas palavras.

"Foi um gesto extremo, mas valeu a pena, pois pude escapar do gigante, que, do contrário, acabaria voltando a me agarrar. A vida vale bem mais que um só dedo!..."

Nesse ponto o ex-ladrão interrompeu sua narrativa e disse:

— Creio que este relato terá valido a libertação de um dos meus filhos. Se Sua Alteza estiver gostando, posso prosseguir, com a condição de que libertes meu segundo filho.

A um aceno positivo da Rainha, ele prosseguiu:

— Tão logo me vi livre do gigante, fiquei andando a esmo, sem saber que direção seguir naquelas vastidões despovoadas. Pus-me a subir no alto dos pinheiros e no cume dos morros, para tentar avistar algum indício de existência de gente, mas sem sucesso algum. Escalei os píncaros mais elevados, desci aos despenhadeiros mais profundos; topei com leões, com ursos, com búfalos, zebras, serpentes venenosas, répteis medonhos; vi dois homens esquisitíssimos, dotados de chifres e de bicos, tão medonhos que estremeço só de me lembrar de seu aspecto. Prossegui sempre em frente, impelido pela fome e pela sede, embora receando a cada minuto cair morto de exaustão.

"Por fim, num momento em que o Sol descambava no horizonte, alcancei o cume de uma alta montanha, donde avistei, no meio de um vale deserto, uma coluna de fumaça, como se saída de um forno de padaria. Desci a encosta o mais rápido que pude e segui em sua direção. Chegando em baixo, avistei três homens enforcados num galho de árvore. Diante daquela terrível visão, cheguei a pensar que havia caído de novo em poder de algum outro gigante, receando por minha vida. Não obstante, tomei coragem e segui em frente, alcançando pouco depois uma cabana cuja porta estava completamente aberta, deixando ver junto ao fogão uma mulher com seu filhinho. Entrei, saudei-a e perguntei o que fazia ali sozinha, onde estaria seu marido, e se haveria ali por perto alguma outra habitação humana. Ela me respondeu que fora levada para ali na noite anterior, trazida de sua casa, a muitas milhas de distância, e deixada naquela morada, longe de toda e qualquer civilização. A seguir, com lágrimas nos olhos, relatou como fora que, na noite anterior, os selvagens da floresta tinham invadido sua residência e a raptado, juntamente com a criança, tirando-a do lado do marido, e a levado para aquele lugar distante. Disse ainda que, naquela manhã, os monstros, antes de saírem, tinham-na obrigado a prometer que iria matar e cozinhar seu próprio filho, para que o devorassem quando estivessem de volta.

"Ouvindo isso, senti grande dó da pobre coitada e de seu filho, e resolvi livrá-los daquela enrascada. Assim, corri até a árvore, retirei de lá um dos três enforcados, ou seja, o do meio, que era o mais corpulento, carregando-o até a casa. Ali, cortei-o em pedaços e disse à mulher para entregá-lo aos canibais. Quanto à criança, escondi-a no oco de uma árvore, postando-me depois atrás da casa, num lugar de onde poderia vê-los sem ser visto, e, se necessário fosse, acorrer em ajuda da pobre mulher.

"Quando o Sol se pôs, os três selvagens desceram da montanha. Eram horrendos, parecendo macacos, tanto no porte quanto no aspecto geral. Traziam arrastado atrás de si um animal morto, mas não consegui distinguir o que seria. Logo que entraram na casa, acenderam o fogo, despedaçaram o animal com os dentes e o devoraram cru.

349

Depois que tiraram do fogo o panelão no qual tinha sido cozida a carne do enforcado, dividiram os pedaços entre si, e se prepararam para jantar. Feito isso, um deles, que parecia ser o chefe, perguntou à mulher se aquela carne era a do seu filho, e ela disse que sim, ao que o monstro replicou:

— Creio que escondeste teu filho, e que nos serviste a carne de um daqueles ladrões que foram enforcados na árvore.

"Depois de dizer isso, ordenou que seus companheiros fossem até a árvore dos enforcados e trouxessem de lá um pedacinho arrancado de cada um dos três corpos que lá estavam, para que ele se assegurasse de que os três se encontravam lá. Ouvindo isso, corri e me pendurei pelas mãos entre os dois enforcados, segurando-me na corda que fora usada no pescoço do ladrão do meio. Quando os monstros chegaram e arrancaram um pedaço da carne de cada um, segurei a dor sem gritar. Ainda trago no corpo a cicatriz que atesta a verdade desta história."

Aqui ele de novo interrompeu a narrativa e perguntou à Rainha se já havia feito jus à libertação do segundo filho, pois o restante da história somente seria contado se resultasse na libertação do terceiro. Dada a autorização, ele prosseguiu:

— Tão logo os selvagens voltaram, levando consigo três pedaços de carne tirados de mim e dos dois enforcados, desci dali e tratei da ferida envolvendo-a em tiras arrancada da camisa, mas não consegui estancar o sangue, que continuou a escorrer. Preferi não prestar atenção a isso, voltando a preocupar-me em como salvar aquela mulher e seu filho. Regressei ao meu esconderijo e fiquei escutando o que se passava dentro da casa.

"Era difícil ficar atento, devido à dor do ferimento. Além disso, eu estava quase esgotado de fome e sede. Mas deu para observar o selvagem provando os três pedaços de carne que seus companheiros lhe entregaram. Quando levou à boca a terceira amostra, que era a arrancada do meu corpo, ele exclamou:

— Voltai lá e trazei-me outro pedaço da carne desse ladrão, que me pareceu deliciosa!

"Quando ouvi isso, voltei correndo e tornei a ficar suspenso na corda do meio. Aí, os monstros chegaram, me arrancaram dali e me arrastaram sobre os espinhos e as pedras até a casa, onde me atiraram no chão. Então, afiando suas facas, prepararam-se para me fatiar e devorar, quando, no exato momento em que já iam começar a fazer isso, subitamente desabou uma fortíssima tempestade, acompanhada de raios e trovões, fazendo com que os próprios monstros tremessem de medo, interrompendo seu trabalho. Os relâmpagos e trovões prosseguiram ininterruptamente, e a chuva caiu em borbotões, enquanto a ventania silvava furiosamente, parecendo querer arrancar a casa de seus alicerces.

"Em meio a tanto ruído e confusão, os monstros abandonaram a casa pela janela e pelo teto, deixando-me ali no chão. A tempestade durou três horas; depois, a luminosidade foi reaparecendo, e logo o sol brilhou.

"Levantei-me, procurei a mulher e seu filho, encontrei-os, e saímos da casa arruinada, vagueando durante quatorze dias por aqueles ermos, sobrevivendo à custa das raízes, ervas e frutas do mato que encontrávamos pelo caminho.

"Finalmente, chegamos à civilização, e pude então encontrar o marido daquela mulher, cuja alegria podeis facilmente imaginar qual tenha sido."

Nesse ponto o ex-ladrão deu por completada a sua história, e então a Rainha lhe disse:

— Muitos males expiaste pelo tanto que fizeste em prol dessa pobre mulher, de seu filho e seu marido. Por isso, concedo-te agora a libertação de teus três filhos, pois fizeste por merecê-la.

93. HANS, O BOM MENINO

Quão feliz é o homem, e como transcorrem bem os seus negócios, quando ele pode contar com a ajuda de um garoto sensato, que sabe escutar todas as suas palavras e agir sempre em conformidade com os ditames de sua sábia consciência! Era o caso, por exemplo, do patrão de Hans, o bom menino, ajuizado e sensato, o qual de certa feita o mandou procurar uma vaca que se tinha perdido no campo. Hans saiu atrás dela e não deu notícia durante um longo tempo, após o qual o patrão pensou: "Hans é um menino ajuizado e confiável. Não desperdiça o tempo, nem age às tontas".

Porém, transcorridas mais algumas horas sem que Hans desse notícia de onde estava, o patrão começou a recear que algo ruim lhe tivesse acontecido, de modo que se aprontou ele próprio para ir atrás do garoto.

O patrão olhou para todo lado durante alguns minutos, até que por fim o avistou ao longe, subindo e descendo a encosta de uma colina. Ele então seguiu até lá e, chegando perto de onde Hans se encontrava, gritou:

— E então, menino Hans, conseguiste encontrar a vaca que estavas procurando?

— Não, patrão — respondeu ele. — Não encontrei! Por outro lado, não a procurei...

— Como assim, Hans? Afinal de contas, o que foi que fizeste?

— Encontrei algo bem melhor, patrão!

— Ah, é? E que coisa melhor é essa, Hans?

— Três melros, patrão!

— Onde estão esses melros?

— Um piou, e eu o escutei; o segundo voou, e eu o vi; o terceiro está aqui por perto, e estou atrás dele — respondeu Hans.

Toma isso como exemplo: não te apoquentes com os negócios de teu patrão ou com suas ordens, mas faze aquilo que te apraz no momento, e então serás reconhecido como um sujeito tão ajuizado quanto o foi Hans, o bom menino.

94. O CAMPONÊS E O DIABO

Era uma vez um camponês esperto, inteligente e cheio de truques e histórias, as quais, por falta de tempo e espaço, não vou relatar aqui, exceção feita a uma, sobre a vez em que ele conseguiu enganar o diabo e fazê-lo de trouxa.

Num certo dia, ou melhor, numa certa tarde, quando já ia começar a escurecer, esse camponês, depois que tinha arado seus campos e se preparava para ir para casa, percebeu que, no meio do campo, havia uma pilha de carvões em brasa. Intrigado com aquela visão, aproximou-se do lugar e viu, sentado no alto da pilha de carvões incandescentes, um diabinho preto.

— Pelo que vejo, deves estar sentado sobre algum tesouro — comentou o camponês.

— Com certeza! — confirmou o diabinho. — Guardo aqui embaixo um tesouro que contém mais ouro e prata do que jamais viste em toda a tua vida!

— Então ele me pertence — retrucou o camponês, — já que está em terreno que pertence a mim...

— Talvez venha a pertencer, mas ainda não é teu — replicou o diabo. — Na realidade, poderá vir a ser teu, caso, nos próximos dois anos, me deres a metade de tudo que teu campo produzir. Tenho ouro de sobra, mas meu maior desejo é possuir os frutos da terra.

O camponês concordou com a proposta, mas primeiro estipulou que, para evitar disputas quanto à partilha dos produtos, o que se produzisse acima da superfície pertenceria ao diabo, e o que fosse produzido abaixo, enterrado no solo, pertenceria a ele, camponês.

Essa proposta satisfez o diabo.

Foi então que o esperto camponês plantou apenas nabos em seu terreno.

Então, quando chegou a época da colheita, o diabo apareceu por ali para reclamando sua cota, mas nada recebeu, a não ser os talos amarelados e secos que ficaram sobre o chão, enquanto que o esperto camponês colheu os nabos que cresceram embaixo da terra, levando-os consigo.

— Desta vez levaste vantagem sobre mim — comentou o diabo, — mas isso não vai acontecer de novo! Vamos alterar a combinação. Desta próxima vez, o que crescer acima da terra será teu, e o que estiver embaixo será meu.

353

— De acordo — disse o camponês, que não mais semeou nabos, mas sim trigo.

Chegado o tempo da colheita, lá veio de novo o diabo em busca de sua parte. Pouco antes de sua chegada, o camponês tinha colhido e vendido toda a produção, deixando para seu parceiro apenas o restolho do cultivo, o que o deixou possesso de raiva. Assim, bufando de raiva, ele se foi embora para todo o sempre.

— Quem lida com raposa, tem de ser mais astuto que ela — gritou-lhe o camponês, ao vê-lo afastar-se.

E, sem perda de tempo, tratou de recolher o tesouro e levá-lo para casa.

95. AS ESPIGAS DE TRIGO

Há muito e muito tempo, quando os anjos costumavam vaguear pela Terra, cuja fertilidade então era muito maior que hoje, as espigas de trigo não davam apenas cinqüenta ou sessenta grãos, mas quinhentos, mil, ou mesmo dois mil, e, além disso, costumavam ser do mesmo tamanho dos talos. Assim, quanto maior o talo de trigo, maior a sua espiga.

Mas como costuma ocorrer com o ser humano em tempos de abundância, aos poucos ele vai deixando de agradecer a Deus pelas bênçãos que Ele lhe concede, passando a proceder de maneira indolente e egocêntrica.

Pois muito bem: certo dia, uma mulher estava atravessando um trigal, levando seu filhinho pela mão, quando o menino caiu numa poça e sujou a roupa. A mãe então arrancou um punhado de espigas de trigo, e com elas limpou a roupa do menino.

Nesse momento, passava por ali um anjo do Senhor, e a viu fazendo aquilo. Ele ficou zangado e, dirigindo-se a ela, lhe disse:

— Doravante, os pés de trigo não mais produzirão espigas. Vós, mortais, não sois dignos deste presente do Céu.

Os que por ali passavam e escutaram isso prostraram-se de joelhos, chorando e suplicando em altas vozes que ele ao menos deixasse que as espigas tivessem um tamanho menor, servindo tão-somente para alimentar as aves do céu e da terra, que do contrário morreriam por não terem o que comer. O anjo se compadeceu deles e, para impedir que sobreviesse um tempo de fome e miserável escassez, atendeu-os em parte. Desse modo, as espigas de milho continuaram a brotar, mas apenas na parte de cima do talo, e do tamanho que hoje possuem.

96. O VELHO RINK-RANK

Era uma vez um Rei que tinha uma filha, e que prometeu casá-la com aquele que conseguisse escalar e transpor, sem escorregar e cair, uma montanha que ele mandara revestir de vidro para torná-la escorregadia.

Um rapaz que era apaixonado pela Princesa, mas não se considerava digno de pedir sua mão em casamento, perguntou ao Rei se aquela condição se aplicava a qualquer um que pretendesse desposá-la, ao que ele respondeu:

— Sim, Quem quer que consiga transpor essa montanha de vidro sem escorregar e cair estará em condição de se casar com minha filha.

Como a Princesa também gostava dele, prometeu acompanhá-lo na tentativa, e segurá-lo caso notasse que ele estava a ponto de cair.

Assim, seguiram os dois para a montanha de vidro, mas quando estavam no meio da subida, foi a filha do Rei quem escorregou e levou um tombo; então, a montanha revestida de vidro se abriu, deixando-a cair em seu interior.

Seu namorado não pôde ver onde foi que ela desapareceu, pois a abertura da montanha logo em seguida se fechou, sem deixar indício de sua fugaz existência.

Nada podendo fazer, ele se pôs a chorar e se lamentar. Também o Rei ficou tão desgostoso que mandou reduzir a cacos todo o revestimento de vidro da montanha, pensando que talvez com isso conseguisse resgatar a filha, mas não houve como encontrar o lugar onde ela tinha afundado e desaparecido.

Enquanto isso, depois que afundou, a filha do Rei tinha ido parar numa enorme caverna, e lá no fundo deparou com um velho dotado de longas barbas grisalhas.

Depois que ela se recobrou, o velho lhe disse que, se a Princesa quisesse viver, deveria tornar-se sua empregada e fazer tudo o que ele lhe ordenasse. Ela se curvou ante essa exigência e passou a realizar todos os serviços domésticos naquela caverna.

Toda manhã, o velho encostava uma escada na parede da caverna e subia até a superfície da montanha, voltando ao anoitecer com uma sacola carregada de ouro e prata. Enquanto isso, a Princesa preparava seu jantar, arrumava sua cama, mantinha tudo limpo e arrumado.

Depois de viver nessas circunstâncias durante muitos anos, ela atingiu a idade madura, e era chamada pelo velho de "Mãe Mansrot", enquanto ele dizia chamar-se "Velho Rink-Rank".

Um belo dia, enquanto ele tinha saído, a Princesa, depois de arrumar a cama e lavar os pratos, fechou a porta e a janela de seu quarto, deixando aberta apenas uma pequena clarabóia, para deixar entrar um pouco de luz. Quando Rink-Rank voltou para casa, bateu em sua porta e gritou:

— Por que fechaste a porta, Mãe Mansrot? Abre-a para mim.

— Não, velho Rink-Rank — respondeu ela. — Não abrirei a porta para ti. Ele então disse:

Rink-Rank está aqui fora,
Pedindo para a senhora
Que lave seu prato agora.

— Teu prato já foi lavado, velho Rink-Rank — respondeu a Princesa. Ele voltou a dizer:

Rink-Rank está aqui fora,
Pedindo para a senhora
Que me arrume a cama agora.

— Tua cama já está arrumada, velho Rink-Rank. Ele então voltou a dizer:

Rink-Rank está aqui fora,
Pedindo para a senhora
Abrir esta porta agora.

Ele então rodeou todo o cômodo, e, vendo a clarabóia aberta, pensou: "Vou espiar aí dentro para ver o que ela está fazendo e por que não quer abrir a porta para mim." Para espiar pela clarabóia, ele teria de enfiar sua cabeça dentro da abertura, mas encontrou dificuldade, por causa de sua barba comprida. Assim, resolveu passar primeiro a barba pela abertura, para depois enfiar o rosto. Estava fazendo isso, quando a Princesa o viu e, puxando para baixo o basculante da janela, prendeu a barba do velho Rink-Rank, que começou a gritar desesperadamente, sem saber como fazer para se soltar. Ela então disse que somente o soltaria se ele lhe desse a escada na qual subia todo dia para alcançar a superfície. Vendo que não teria outro modo de se soltar, ele lhe contou onde estava a escada, imaginando poder impedi-la de subir tão logo ela o livrasse. Mas ela espertamente amarrou uma corda ao trinco do basculante, subiu na escada, e só quando estava no alto puxou a corda, abrindo a clarabóia e livrando Rink-Rank da arapuca.

Saindo à superfície, ela tratou de seguir para o palácio do pai, contando-lhe todo o sofrimento que tivera de enfrentar durante todo aquele tempo.

Qual não foi a alegria do Rei ao reencontrar a filha! Quanto a ela, sua alegria foi dupla, porque, além de reencontrar o pai, ficou sabendo que seu antigo namorado ainda vivia, que nunca se tinha casado, e que mantivera intato o amor que sentia por ela.

O Rei mandou que escavassem a montanha e trouxessem o velho Rink-Rank a sua presença. Os soldados o encontraram e o trouxeram ao palácio, juntamente com suas riquezas, que o soberano mandou confiscar.

Em seguida, o velho Rink-Rank foi condenado à morte, e a Princesa se casou com seu antigo amor, vivendo com ele feliz e contente por todos os dias que lhes restaram, e que não foram poucos.

97. AS BOTAS DE COURO DE BÚFALO

Um soldado que nada teme não se incomoda com coisa alguma. Um deste tipo, logo que recebeu sua dispensa, como não tinha aprendido ofício algum, querendo ganhar dinheiro resolveu viajar pelo mundo, ora fazendo biscates, ora recorrendo às pessoas de bom coração para conseguir esmolas. Levava sobre os ombros uma velha capa de chuva, e calçava um par de botas feitas de couro de búfalo. Assim equipado, lá ia ele certo dia atravessando um campo, sem prestar atenção às placas das estradas, até que, quando deu por si, tinha entrado numa densa floresta. Não sabendo onde se encontrava, viu um homem bem vestido, trajando um casaco verde de caçador, sentado num tronco caído. O soldado fez-lhe um sinal com as mãos, sentou-se na relva próximo dele, esticou as pernas para a frente e começou a conversar com o sujeito, dizendo:

— Vejo que estás usando um belo par de botas, e bem engraxadas. Todavia, se tivesses de andar tanto quanto eu ando, elas não iriam durar muito tempo. Olha as minhas botas: são de couro de búfalo, e, embora já tenham muitos anos de uso, ainda estão longe de perder sua serventia.

O caçador sorriu sem fazer qualquer comentário.

Passado algum tempo, o soldado se levantou e disse:

— Não posso permanecer aqui por mais tempo, pois a fome me impele para a frente. Por favor, camarada Bota-Engraxada, dize-me uma coisa: se eu seguir por este caminho, aonde irei chegar?

— Isso eu não sei responder — disse o outro, — pois estou perdido nesta floresta.

— Quer dizer então que nos encontramos na mesma enrascada? — retrucou o soldado. — Já que é assim, por que não seguimos juntos e tentamos encontrar um meio de sair daqui?

O caçador novamente sorriu, sem dizer palavra, mas concordou com a cabeça, e desse modo os dois passaram a caminhar juntos, e juntos se encontravam quando a noite caiu.

— É, Bota-Engraxada — comentou o soldado, — não vamos conseguir sair desta floresta tão cedo! Por sorte, estou vendo ao longe uma luz a tremeluzir. Vamos até lá, pois talvez nos ofereçam algo de comer.

Seguindo naquela direção, chegaram a uma casa de pedra. Bateram na porta, e uma mulher velha veio atender.

— Estamos procurando um lugar onde possamos passar a noite — disse o soldado, — e onde nos arranjem alguma coisa para forrar o estômago, pois o meu está tão vazio quanto a minha bolsa.

— Ide embora daqui o mais rápido que for possível! — disse-lhes a velha. — Aqui é um esconderijo de ladrões, e o melhor que podeis fazer é sairdes daqui antes que eles voltem, ou estareis perdidos!

— Pois para mim — replicou o soldado, — tanto faz morrer aqui, assassinado, como morrer de fome na floresta, pois há dois dias nada como. Prefiro correr o risco.

O caçador estava indeciso quanto ao que deveria fazer, mas o soldado segurou-o pelo braço e lhe disse:

— Entra, camarada. Se tivermos de morrer, que morramos juntos!

Sentindo pena deles, a velha lhes disse para se esconderem atrás do fogão, acrescentando:

— Depois que eles jantarem e ficarem satisfeitos, irão dormir, e aí eu lhes darei algo de comer.

Mal tinham os dois se arrastado para trás do fogão, quando ali entraram doze salteadores, que logo se foram sentando à mesa e exigindo em altos brados que a velha lhes servisse o jantar. Ela lhes serviu uma enorme travessa de carne assada, cujo cheiro lhes encheu a boca de água. Mas o aroma também chegou às narinas do soldado, que então segredou ao caçador:

— Não agüento mais! Vou sentar-me junto com eles e participar da janta.

— Vais é perder a vida! — sussurrou o caçador, segurando-o pelo braço.

Nisso, o soldado começou a tossir. Ouvindo-o, os ladrões tomaram suas facas e garfos, erguendo-se da mesa e indo para trás do fogão, onde descobriram os dois ali escondidos.

— Ahá, seus velhacos! — exclamaram os salteadores. — Que estais fazendo aí atrás do fogão? Fostes mandados aqui para nos espionar? Esperai um pouco, e ireis aprender um bom remédio para tosse!

— Ora, amigo, que modos são esses? — retrucou o soldado. — Não vos deram educação em casa? Em primeiro lugar, dai-nos de comer, pois estamos com fome; depois, podeis fazer conosco o que bem quiserdes.

Os salteadores ficaram espantados ante tamanha impavidez e insolência, e então o chefe do bando falou:

— Vejo que não tendes medo — gosto disso! Fizestes por merecer um prato de comida. Depois que comerdes, porém, ireis morrer!

— Isso é o que veremos — sussurrou o soldado, enquanto saía de seu esconderijo e se sentava à mesa.

— Ei, camarada Bota-Engraxada! — disse, dirigindo-se ao companheiro, que continuava agachado atrás do fogão. — Sai daí e vem comer também! Afinal, eu e tu estamos morrendo de fome, e verás que esta carne aqui está mais gostosa do que aquela que costumas comer em casa...

360

O caçador recusou o convite, permanecendo onde estava. Enquanto isso, os ladrões ficaram olhando para o soldado e comentando entre si:

— Esse patife não faz qualquer cerimônia!

Depois que terminou de comer, o soldado exclamou:

— Eta comida boa! Para completar, só falta uma coisa: um bom gole de vinho!

Demonstrando estar de bom humor, o chefe do bando chamou a velha e lhe disse:

— Vai até a adega e traze uma garrafa do melhor vinho que ali houver.

Depois que ela trouxe a garrafa, o soldado tirou a rolha, fazendo-a espocar, e então, indo até onde estava o caçador, segredou:

— Presta atenção, camarada, e irás assistir a uma cena incrível. Vou beber à saúde de todo o bando!

Então, agitando a garrafa acima das cabeças dos ladrões, disse em voz bem alta:

— Todos ireis viver, mas com as bocas abertas e as mãos direitas erguidas! — e tomou um gole

Mal pronunciou essas palavras, e os ladrões ficaram imóveis, como se transformados em pedra, de bocas abertas e com os braços direitos estendidos para cima.

— Vejo — disse o caçador ao soldado — que és uma pessoa cheia de truques, mas sugiro que saiamos daqui agora mesmo e tratemos de ir embora!

— Ah, isso não, camarada Bota-Engraxada! — protestou o soldado. — É cedo para bater em retirada. O inimigo está sem ação, e agora é hora de recolher os despojos. Trata de comer e beber o quanto quiseres, pois esses amiguinhos não conseguirão abrir a boca ou se mover enquanto eu não der permissão para tal.

Ali permaneceram durante três dias, comendo e bebendo à tripa forra. Todo dia a velha tinha de ir à adega buscar uma nova garrafa de vinho.

No quarto dia, o soldado disse ao seu companheiro:

— Está se aproximando a hora em que o encanto será desfeito. Antes que isso aconteça, tratemos de ficar bem distantes desses ladrões. Para tanto, essa boa velha terá de nos indicar a melhor rota de fuga.

A velha indicou-lhes a direção a seguir, e pouco tempo depois eles conseguiam sair da floresta, alcançando um forte militar no qual, algum tempo atrás, o soldado havia servido. Depois de festejar o encontro com seus antigos companheiros de armas, ele lhes contou que tinha encontrado na floresta um valhacouto de ladrões, propondo-lhes irem todos até lá, a fim de dar-lhes voz de prisão. Eles aceitaram a proposta, e o soldado convenceu o caçador a acompanhá-los até lá, para ver como uma tropa bem organizada lidava com um bando de gente fora-da-lei.

A pequena tropa chegou à casa da velha antes que se tivesse desfeito o encanto que paralisava os ladrões. Assim sendo, encontraram-nos como estátuas, e então, formando um círculo, os rodearam. Depois disso, o soldado, erguendo a garrafa acima de suas cabeças, tomou um gole de vinho e disse:

— Todos ireis viver como sempre vivestes!

No mesmo instante, eles recuperaram seus movimentos, mas foram subjugados sem resistência pelos soldados, que lhes amarraram os pés e as mãos, e depois os atiraram como sacos sobre uma carroça, preparando-se para levá-los ao cárcere existente na capital do reino, que não ficava distante dali. O soldado pediu a seus companheiros que o deixassem acompanhá-los, pois desejava presenciar o final daquele episódio.

Nesse instante, o caçador, chamando à parte um dos militares, segredou-lhe alguma coisa e lhe mostrou certos papéis, tendo o soldado imediatamente montado a cavalo e saído dali a galope, como se houvesse recebido urgentes ordens superiores.

Enquanto isso, o soldado e seus companheiros de armas seguiam pela estrada com os prisioneiros, sendo acompanhados pelo caçador. Ao se aproximarem da capital, todos perceberam que uma enorme multidão tinha saído de lá, parecendo estar vindo a seu encontro, gritando vivas e agitando ramos verdes no ar. Entre eles, segundo notou o soldado, vinha, com seus trajes de gala, toda a guarda pessoal do Rei. Sem entender o porquê de tudo aquilo, ele se voltou para o caçador e perguntou:

— Sabes acaso o que significa isso?

— O que sei — respondeu o outro — é que Sua Majestade há tempos se encontra ausente do reino. Ao que parece, estaria regressando hoje, e a cidade em peso teria vindo recepcioná-lo.

— Ué! — exclamou o soldado. — E onde estará o Rei? Não o estou vendo!

— Pois ei-lo aqui bem diante de ti, companheiro. Sou eu o Rei. Mandei um soldado à frente alertar a todos quanto ao meu regresso.

Dizendo isso, abriu seu casaco de caçador e mostrou o traje real que trazia por baixo.

Tomado de espanto, o soldado caiu de joelhos, pedindo perdão ao Rei por tê-lo tratado de maneira tão sem cerimônia, chegando a chamá-lo pelo apelido desrespeitoso de Bota-Engraxada. Mas o soberano, fazendo-o erguer-se, disse-lhe:

— Nada de desculpas. És um bravo soldado e um bom companheiro, e além disso me salvaste a vida. Não deixarei que continues enfrentando agruras e privações. Doravante, cuidarei de ti, e se alguma vez quiseres comer tão bem quanto comemos na casa da floresta, vem almoçar comigo no palácio real. Mas tem uma condição, da qual não abro mão: poderás beber à vontade; porém, quanto a erguer brindes, isso aí, nem pensar!...

98. A CHAVE DOURADA

Durante o inverno, quando uma camada espessa de neve recobria o chão, um menino pobre teve de sair num trenó para buscar lenha. Depois de ajuntar uma quantidade suficiente, ele achou que, antes de regressar para casa, poderia acender um fogo para se aquecer, porque estava sentindo seus membros congelarem. Assim, afastando a neve para deixar um espaço livre que lhe permitisse acender o fogo, encontrou uma chave dourada sob a neve. Tão logo a apanhou, achou que, onde havia uma chave, deveria também haver uma fechadura, e assim, continuando a retirar a neve, acabou encontrando uma pequena arca de ferro. "Espero que a chave sirva", pensou, "e que haja aí dentro um belo tesouro!"

Examinou a arca por todos os lados, sem encontrar nela algum buraco de fechadura, por pequeno que fosse, até que finalmente descobriu um, mas tão pequenininho que mal se podia enxergar.

Experimentou enfiar a chave ali, e conseguiu! A chave girou, e agora teremos de esperar até que ele abra o fecho e levante a tampa, pois só assim iremos saber o que ela contém!

99. O DIABO E SEU IRMÃO COR DE FULIGEM

Depois que recebeu dispensa, um soldado se viu de repente desempregado e sem dinheiro, não sabendo como fazer para ganhar a vida. Assim, embrenhou-se numa floresta e, depois de caminhar durante algum tempo, encontrou um homenzinho que era nada mais nada menos que o diabo em pessoa, o qual, dirigindo-se a ele, lhe disse:

— Que te aflige, meu amigo? Que sofrimento é esse?

O soldado então respondeu:

— É que estou com fome, mas sem dinheiro...

Ao que o diabo retrucou:

— Se aceitares trabalhar como meu empregado, terás dinheiro bastante para gastar durante toda a tua vida. Servir-me-ás por sete anos; depois disso, estarás livre de novo. Mas devo advertir-te de uma coisa: durante todo esse tempo, não poderás lavar o rosto, cortar, pentear ou lavar o cabelo, nem aparar ou limpar as unhas.

— Já que não encontro outra saída, tudo bem — respondeu o soldado, apertando a mão do homenzinho e selando o acordo.

Logo em seguida, o diabo levou-o até o inferno, e ali lhe disse o que teria de fazer: atiçar o fogo sob os panelões nos quais se cozinhava o sopão do inferno, manter o lugar limpo, varrer o cisco para debaixo dos tapetes, verificar se tudo estaria ou não em ordem, coisas desse tipo. Mas se alguma vez, por curiosidade, ele resolvesse dar uma espiadela dentro do que havia nos panelões, seria severamente castigado.

— De acordo — respondeu o soldado.

Dito isso, o diabo voltou à superfície da Terra para prosseguir com suas andanças, enquanto o soldado passava a desincumbir-se de suas novas obrigações, procurando cumpri-las fielmente.

Quando o diabo voltou, quis verificar se tudo teria sido feito conforme o combinado. O que viu pareceu satisfazer-lhe, e ele novamente saiu.

O ex-soldado então examinou embaixo dos panelões, verificando se o fogo estava aceso, enquanto seu conteúdo fervia e espumava. Ele bem que gostaria de ter dado uma espiadela dentro deles, mas lembrou-se da terminante proibição, e desviou o olhar.

Alguns dias depois, porém, a curiosidade voltou a espicaçá-lo, e ele então, levantando ligeiramente a tampa de um panelão, deu uma olhada, vendo que ali dentro se encontrava um seu antigo superior hierárquico, um Cabo, do qual não guardava boas recordações. Ao vê-lo, exclamou:

— Ahá! Olha o passarinho na gaiola! Que fazes por aqui, meu Cabo? Outro dia era eu que estava sob teu poder; hoje, estás sob o meu!

No mesmo instante, fechou a tampa, atiçou o fogo e ainda acrescentou mais uma acha de lenha à fogueira.

Resolveu então examinar o segundo panelão. Ergueu a tampa só um pouquinho e espiou seu interior, vendo ali dentro seu antigo Tenente. Com uma risadinha, comentou:

— Ahá! Olha outro passarinho na gaiola! Que fazes por aqui, meu Tenente? Outro dia era eu que estava sob teu poder; hoje, estás sob o meu!

Fechou a tampa do panelão, acrescentou mais uma acha de lenha à fogueira para aumentar a fervura, e partiu para o terceiro panelão, vendo que quem estava ali era um General. Ao vê-lo, disse:

— Ahá! Olha mais um belo passarinho na gaiola! Que fazes por aqui, meu General? Outro dia era eu que estava sob teu poder; hoje, estás sob o meu!

Tratou de buscar um fole e atiçou bem o fogo, fazendo as chamas se erguerem sob o panelão do General.

Assim, durante sete anos, ele ali trabalhou, sem lavar, pentear ou cortar o cabelo, sem limpar ou cortar as unhas, sem lavar a cara nem limpar os olhos. O tempo passou tão depressa que, para ele, aqueles sete anos não tinham durado senão a metade de um ano só. Aí, quando concluiu seu tempo, o diabo veio até ele e lhe perguntou:

— E então, Hans, que fizeste durante todo este tempo?

— Mantive o fogo aceso sob os panelões, varri a sujeira e a escondi embaixo do tapete.

— Esqueceste de dizer que deste uma espiadela dentro dos panelões. Mas tudo bem, já que, para tua sorte, acrescentaste lenha à fogueira, pois do contrário terias pago com a vida tua curiosidade. Agora que concluíste teu tempo, queres voltar para casa?

— Ah, sim, quero, e muito! Gostaria de saber que é que meu pai anda fazendo em casa!

— Para que recebas o salário ao qual fizeste jus, vai e enche tua mochila de cisco, e leva-a para casa contigo. Deves também ir sem tomar banho e sem pentear essa cabeleira comprida que agora tens, mantendo essa barba desgrenhada, essas unhas enormes e sujas, e esses olhos remelentos. E quando te perguntarem de onde estás vindo, responde: "Do inferno", e se te perguntarem quem és, dize: "Sou o irmão cor de fuligem do diabo, e súdito dele também".

O soldado nada replicou, fazendo tudo exatamente como o diabo lhe ordenara, mas não tinha ficado nada satisfeito com sua forma de pagamento. Assim, quando se viu na floresta de novo, tirou a mochila das costas e já se preparava para jogar fora o cisco que guardara ali dentro, quando viu que ele se tinha transformado em ouro em pó! "Por essa eu não esperava!", murmurou, seguindo em frente alegremente, e entrando pouco depois na cidade.

Ao se aproximar da hospedaria, viu, parado à porta, o proprietário, que também o avistou, ficando aterrorizado ante a visão daquele sujeito imundo e medonho, mais feio que um espantalho, dando impressão de querer hospedar-se ali. Dirigindo-se a ele, o hospedeiro perguntou:

— Ei, amigo, de onde estás vindo?

— Do inferno.

— E quem és?

— Sou o irmão cor de fuligem do diabo, e seu súdito também.

Ouvindo isso, o hospedeiro quis barrar-lhe a entrada, mas quando ele lhe mostrou o conteúdo de sua mochila, fez questão de abrir-lhe a porta. Hans então pediu o melhor quarto da casa, exigindo um tratamento de primeira. Comeu e bebeu à farta, mas continuou sem se lavar, sem cortar cabelo ou unhas, sem se pentear; enfim: mantendo-se como o diabo lhe tinha ordenado, e por fim deitou-se para dormir.

Mas a mochila cheia de ouro em pó permaneceu na mente do hospedeiro, sem lhe dar paz. Assim, durante a noite, ele se esgueirou pelo quarto e a surripiou.

Na manhã seguinte, quando Hans se levantou e quis pagar pela estada, não encontrou a mochila. Mas logo se recompôs e raciocinou: "Quem a tirou de mim, terá de se haver com o diabo, e não sei se ficará feliz ao saber disso...".

Dali, voltou diretamente para o inferno e se queixou ao diabo de sua falta de sorte, pedindo-lhe que o ajudasse. O diabo então lhe disse:

— Senta-te aqui, que te vou cortar o cabelo, lavá-lo e penteá-lo, depois cortar e limpar tuas unhas, lavar teu rosto e limpar teus olhos.

E de fato fez o que prometera. Ao terminar, deu-lhe outra mochila cheia de cisco, recomendando:

— Vai e dize ao hospedeiro que te devolva o dinheiro que ele te roubou, se não quiser que eu o busque e o traga para cá, a fim de te substituir na tarefa de manter o fogo aceso embaixo dos panelões.

Hans voltou à hospedaria e disse ao hospedeiro:

— Sei quem roubou meu dinheiro: foste tu. Se não o devolveres agora mesmo, terás de descer para o inferno a fim de me substituir na função de atiçador de fogo, ganhando pouco a pouco uma aparência tão horrenda quanto aquela que eu tinha ao chegar aqui.

Assustado com essa ameaça, o hospedeiro devolveu-lhe o dinheiro, e até mais um pouco, pedindo-lhe que guardasse segredo, e com isso o ex-soldado Hans readquiriu sua condição de homem rico.

Dali, Hans voltou a seguir em busca de seu pai. Comprou para si um casaco de segunda mão, e pôs-se a caminho assobiando uma música, pois aprendera no inferno que o tempo passa mais depressa quando se canta ou se assobia.

Depois de anos de treinamento, seu assobio se havia tornado tão melodioso que chamava a atenção de todos, e ele acabou sendo chamado para se exibir diante do

Rei. Sua atuação agradou tanto o soberano, que ele lhe concedeu a mão de sua filha mais velha. Porém, quando essa princesa ouviu que iria casar-se com um plebeu que usava um casaco usado, disse:

— Prefiro me afogar no mar mais profundo do que me casar com esse pobretão!

Então o Rei lhe concedeu a mão da filha mais nova, que concordou com a idéia, para não desagradar o pai.

E foi assim que o irmão cor de fuligem do diabo acabou se casando com a filha do Rei, herdando o trono quando o soberano veio a morrer de velhice.

100. A CRIANÇA TEIMOSA

Era uma vez uma criança teimosa que nunca fazia o que sua mãe lhe mandava fazer. Por essa razão, Deus não olhava para ela com olhos benevolentes, e, pouco tempo depois, jazia ela em seu leito de morte.

Quando foi posta no túmulo e lhe espalharam terra por cima, eis que de repente seu braço reapareceu e se estendeu para cima, obrigando o coveiro a repô-lo no lugar e a espalhar terra fresca de novo sobre o corpo. Mas foi em vão, pois o braço voltou a emergir da terra, e mais de uma vez, com a mesma teimosia que aquela criança tinha quando viva.

Então sua própria mãe foi obrigada a descer no fundo da cova e dar uma boa varada no braço da criança morta, que só assim sossegou, deixando que ela por fim pudesse descansar em paz em seu pequeno túmulo.

101. O VELHO QUE VOLTOU A SER JOVEM

Nos tempos em que Nosso Senhor costumava andar sobre a Terra, geralmente acompanhado por São Pedro, os dois certa noite pararam na casa de um ferreiro, onde este lhes cedeu um quarto para dormirem. Passou por ali logo em seguida um pobre mendigo que caminhava tropegamente, em razão da idade avançada e de doenças diversas, e pediu esmola ao dono da casa. Ao vê-lo, São Pedro compadeceu-se dele, e pediu ao Senhor:

— Mestre, por que não curas este homem, permitindo com isso que ele possa ganhar com seu trabalho o pão de cada dia?

O Senhor voltou-se para o ferreiro e pediu com gentileza:

— Empresta-me tua forja, ferreiro, e deita-lhe alguns carvões, pois pretendo fazer com que este velho enfermo recobre sua saúde e juventude.

O ferreiro fez o que Ele pediu, e São Pedro acionou os foles. Então, quando o carvão se inflamou e suas chamas se tornaram altas, o Senhor empurrou o velho para o meio daquelas labaredas rubras, de maneira que ele ali ardeu como se fosse uma roseira seca, enquanto louvava a Deus em voz alta.

Depois disso, o Senhor foi até o tanque de resfriamento, mergulhou nele o homenzinho incandescente até cobri-lo inteiramente pela água, abençoou-o, e ordenou que ele saísse dali pelas próprias pernas. Então o homenzinho saiu da forja demonstrando agilidade e exibindo uma aparência airosa, altiva e saudável, como se sua idade não passasse de uns vinte anos!

Depois disso, o ferreiro, que tinha assistido a tudo aquilo com muita atenção, convidou-os para jantar.

Morava com o ferreiro sua sogra, uma mulher velha, encurvada e meio cega. Pensando nela, o ferreiro se dirigiu ao homem que havia rejuvenescido, e, com grande interesse, perguntou-lhe se o ardor do fogo o fizera sofrer muito. Ele respondeu que não, que na verdade nunca se sentira tão confortável, e que aquelas chamas, ao invés de provocarem ardência, antes o refrescaram, como se fossem gotas de orvalho!

Essas palavras ficaram ecoando nos ouvidos do ferreiro durante toda a noite. Na manhã seguinte, bem cedo, depois que o Senhor se despediu dele e retomou sua caminhada, ele imaginou que também poderia rejuvenescer sua velha sogra, usando o mesmo expediente, pois tinha prestado atenção a todos os gestos e palavras do Mestre. Além do mais, aquilo tudo tinha a ver com seu ofício. Assim, chamando a velha, perguntou-lhe se ela queria voltar a ter a aparência de uma mocinha, retornando aos seus dezoito anos, ao que ela respondeu:

— Se quero? Claro que sim, e de todo o meu coração! Vi como foi que aquele velho saiu daqui rejuvenescido.

Com essa permissão, o ferreiro acendeu o fogo e empurrou a velha dentro dele. Ela se contorceu toda, dando gritos horríveis e dizendo que estava sendo assassinada.

— Fica quieta, minha sogra, e pára de ficar aí pulando e gritando feito louca!

Enquanto a recriminava, soprava o fole, acabando de incendiar a roupa da velha, que continuava gritando sem parar, enquanto o ferreiro pensava: "Ainda não completei o ritual. Falta tirá-la daí e jogá-la no tanque de resfriamento."

Nisso, a velha já estava gritando tão alto, que a mulher do ferreiro e sua nora, que estavam na parte de cima da casa, assustadas com o berreiro que a velha estava aprontando, desceram as escadas a tempo de vê-la toda encolhida no tanque de resfriamento, uivando e guinchando, com o rosto todo enrugado e murcho, e toda encolhida e deformada. Vendo essa cena, as duas (cabe mencionar que estavam ambas esperando criança) ficaram tão apavoradas, que naquela mesma noite deram à luz, não a filhos humanos, mas sim a dois macacos, que saíram correndo para o mato à procura de seus iguais.

102. OS ANIMAIS DE DEUS E OS DO DIABO

O Senhor Deus tinha criado todos os animais, separando o Lobo para ser seu cão, mas não chegou a criar a Cabra. Veio então o diabo e começou a criar seus próprios animais. O primeiro que criou foi justamente a Cabra, dotando-a de uma cauda felpuda e comprida. Ora, quando as cabrinhas iam pastar, acontecia de ficarem presas nas cercas e sebes pelas caudas, obrigando o diabo a ir até lá soltá-las, o que lhe dava muito trabalho, deixando-o furioso. Por causa disso, ele acabou cortando a cauda das cabras, deixando-as como hoje elas são, apenas com um toco de rabo.

Assim, o diabo pôde deixar que elas fossem pastar desacompanhadas, mas aí aconteceu que o Senhor Deus percebeu que aqueles animais gostavam de roer as árvores frutíferas, especialmente as mais tenras, não hesitando em danificar até mesmo as nobres videiras. Isso tanto O aborreceu, que, apesar de Sua bondade e misericórdia, Ele as deixou à mercê de seus lobos, que logo fizeram as cabras do demônio em pedaços.

Ao tomar conhecimento disso, o diabo se apresentou diante do Senhor e Lhe falou:

— Por que deixastes que as criaturas que fizestes destruíssem as que eu fiz?

O Senhor respondeu:

— Por que fizeste criaturas que só sabem destruir?

Respondeu o diabo:

— Oh, Senhor, sabeis muito bem que isso era inevitável! Meu pensamento é voltado para o mal, e, sendo assim, tudo o que eu criar não poderá ter outra natureza. Creio que devo ser ressarcido pelos enormes prejuízos que me causastes.

— Tens razão. Pagar-te-ei tão logo caiam todas as folhas de carvalho. Podes vir nessa ocasião, que teu dinheiro estará separado, a tua disposição.

Quando as folhas de carvalho caíram, o diabo veio e reclamou o que lhe era devido, mas o Senhor lhe disse:

— No pátio da igreja de Constantinopla existe um alto carvalho que ainda conserva todas as suas folhas.

Resmungando pragas e blasfêmias, o diabo saiu dali e foi à procura da tal árvore. Caminhou pelo deserto durante seis meses até encontrá-la, mas, quando voltou à presença de Deus, todos os carvalhos, nesse meio tempo, se tinham revestido de folhas verdes. Ele então perdeu seu direito à indenização, e, tomado de ódio, fez saltar para fora os olhos de todas as cabras remanescentes, ao mesmo tempo em que enfiava os seus próprios olhos pelas órbitas adentro.

É por isso que todas as cabras têm olhos de aspecto diabólico e caudas decepadas, sendo por essa mesma razão que o demônio gosta de assumir a figura desse animal.

103. O CAMPONÊS NO CÉU

Certa vez morreu um camponês que, em vida, tinha sido pobre e piedoso, e que logo em seguida se apresentou diante do portão do Céu, juntamente com um homem riquíssimo, que também havia morrido naquele mesmo dia.

Logo apareceu São Pedro trazendo as chaves do Céu, e abriu o portão, recebendo o ricaço com um sorriso e mandando que ele entrasse. O santo, aparentemente, nem viu o camponês, pois fechou o portão antes que ele entrasse.

Do lado de fora, o camponês viu através das grades o ricaço sendo recebido no Céu com festas, música e cantoria.

Depois que o recém-chegado se afastou dali, tudo voltou à calma anterior. Então, São Pedro voltou ao portão, abriu-o e chamou para dentro o camponês.

Este, ao entrar, imaginou que também seria recebido com música e cânticos, mas nada disso aconteceu, e tudo permaneceu no maior silêncio e quietude. É verdade que uma legião de anjos veio recebê-lo, tendo todos demonstrado grande alegria ao vê-lo, tratando-o com carinho e afeto, mas nenhum deles cantou ou tocou algum instrumento.

Estranhando a diferença de tratamentos, o camponês perguntou a São Pedro por que não tinham cantado para ele e demonstrado o mesmo júbilo que ele tinha presenciado quando da recepção do ricaço. "Ao que me parece", disse ele, "as coisas aqui no Céu não são muito diferentes das que eu presenciava lá na Terra, quanto ao modo de tratar ricos e pobres".

São Pedro então lhe respondeu:

— Não digas isso! És para nós tão importante e tão querido quanto qualquer outro que tenha merecido aqui entrar. Aqui dentro poderás desfrutas de todas as comodidades e delícias celestiais, do mesmo modo que aquele ricaço. Acontece que pessoas pobres como tu entram diariamente no Céu; já um ricaço é coisa rara! De fato, um desses aí só entra aqui de cem em cem anos!

104. OS DIFERENTES FILHOS DE EVA

Depois que Adão e Eva foram expulsos do Paraíso, tiveram de construir uma casa para si em terreno estéril, sendo obrigados a ganhar o pão com o suor de seus rostos. Pôs-se Adão a lavrar a terra, e Eva a fiar. A cada novo ano, ela dava à luz uma criança, mas os filhos que teve não eram iguais: havia os bonitos e os feios.

Depois de transcorrido um longo tempo, o Senhor enviou-lhes um anjo para anunciar que Ele estava vindo inspecionar como Adão e Eva se estavam saindo. Eva ficou feliz com a notícia, e tratou de limpar a casa com todo o capricho, decorando-a com flores e espalhando juncos pelo chão. Também planejou apresentar-Lhe seus filhos, mas apenas os bonitos, banhando-os cuidadosamente, penteando seus cabelos, vestindo-lhes roupas limpas, e orientando-os para que, na presença do Senhor, se portassem com educação e modéstia. Deviam cumprimentá-Lo educadamente, curvando a cabeça e beijando-Lhe as mãos, bem como responder as perguntas que Ele acaso lhes dirigisse, sempre de maneira gentil e educada.

Já os filhos feios não deviam apresentar-se diante Dele. Assim, tratou de escondê-los, enfiando uma embaixo do feno, outra no sótão da casa, um terceiro sob a palha, o quarto dentro do fogão, o quinto na adega, o sexto debaixo da tina, o sétimo atrás de um barril, o oitavo sob um velho casaco de peles, o nono e o décimo debaixo de uma peça de pano da qual fazia suas roupas; o décimo primeiro e o décimo segundo sob o couro do qual fazia seus sapatos.

Mal tinha terminado de escondê-los, quando escutou batidas na porta. Adão espiou através de uma fresta e viu que era o Senhor, e então abriu a porta respeitosamente, deixando entrar o Pai Celeste. Esperavam-No enfileiradas as crianças, apenas os filhos bonitos, que se curvaram diante Dele, tomando-lhe a mão para beijar e se prostrando de joelhos. O Senhor começou a abençoá-los um por um, e, impondo as mãos sobre o primeiro, disse:

— Tu serás um poderoso rei.

Depois abençoou o segundo, dizendo:

— Tu serás príncipe.

Disse ao terceiro:

— Serás conde.

Ao quarto:

— Serás um cavaleiro.

Ao quinto:

— Serás um fidalgo.

Ao sexto:

— Serás um rico burguês.

Ao sétimo:

— Serás um próspero mercador.

Ao oitavo:

— Serás um erudito.

Assim, concedeu-lhes suas mais ricas bênçãos.

Ao ver o Senhor tão meigo e benevolente, Eva pensou: "Vou apresentar-Lhe também meus filhos menos bem dotados, pois talvez Ele lhes conceda bênçãos igualmente benignas."

Assim, correu e foi tirando um por um de onde os tinha escondido: debaixo do feno e da palha, detrás do fogão e onde quer que estivessem. Vieram então todos os outros, um bando de meninos desarrumados, sujos, despenteados e rasgados. Ao vê-los, o Senhor sorriu e disse:

— Deitarei minha bênção também sobre esses outros.

Assim, impondo a mão sobre a cabeça de um por um, foi dizendo:

— Tu serás um camponês.

Ao segundo, disse:

— Serás um pescador.

Ao terceiro:

— Serás um ferreiro.

Ao quarto:

— Serás um curtidor de couros;

Ao quinto:

— Serás tecelão.

Ao sexto:

— Serás sapateiro.

Ao sétimo:

— Serás um alfaiate.

Ao oitavo:

— Serás um oleiro.

Ao nono:

— Serás carroceiro.

Ao décimo:

— Serás um marinheiro.

Ao décimo primeiro:

— Serás mensageiro.

Ao décimo segundo:

— Quanto a ti, por toda a tua vida serás um lavador de pratos.

Depois de ouvir isso, Eva disse:

— Oh, Senhor, como repartis desigualmente as vossas bênçãos! Afinal de contas, todos eles são meus filhos, que eu mesma pus no mundo, e deviam todos receber idêntico grau de favorecimento.

Mas o Senhor respondeu:

— Nunca te passou pela cabeça, ó Eva, quão necessários haverão de ser para o mundo todos esses ofícios? Se todos os filhos de Eva fossem príncipes e grãos-senhores, quem iria plantar e debulhar o trigo, moer a farinha e assar o pão? Onde encontrar ferreiros, tecelões, carpinteiros, pedreiros, operários, alfaiates e costureiras? Cada qual tem seu lugar, de modo que um complemente o outro, e todos serão alimentados, já que são membros de um mesmo corpo.

Então Eva respondeu:

— Oh, Senhor, perdoai-me, pois fui muito desabrida ao falar. Que meus filhos procedam e vivam conforme o vosso divino desejo.

105. AS MIGALHAS SOBRE A MESA

Numa fazenda, o empregado viu os cachorrinhos que brincavam no terreiro e lhes disse:

— Por que vocês não entram dentro de casa, vão até a sala de refeições e desfrutam de tudo aquilo que ali se encontra? Pensem bem naquela mesa toda cheia de migalhas de pão! Aproveitem, porque a patroa acabou de sair para fazer visitas!

Mas os cachorrinhos replicaram:

— Não, não, não, não! Não vamos fazer isso. Se a patroa ficar sabendo, ela vai nos bater.

O empregado retrucou:

— E quem disse que ela vai saber? Tratem de aproveitar, pois, quando ela se encontra aqui, nada de bom sobra para vocês.

Mas os cachorrinhos continuaram a recusar a proposta:

— Nada, nada, nada disso! O melhor que faremos será ficar aqui fora bem quietinhos.

Mas o empregado continuou insistindo, sem lhes dar paz. Por fim, eles se deixaram convencer e entraram na casa. Chegando à sala de refeições, subiram na mesa e começaram a comer todas as migalhas de pão que ali havia.

Nesse momento, a patroa chegou e os apanhou com a boca na botija. Revoltada com a cena, pegou uma vara e lhes aplicou uma boa surra.

Já de volta ao terreiro, os cachorrinhos foram atrás do empregado e lhe disseram:

— Viu? Viu? Viu no que deu a sua idéia?

Ele riu e replicou:

— Vi. Vi. Vi. Vocês não sabiam que isso poderia acontecer?

Sem terem o que retrucar, aos pobres cachorrinhos nada mais restou senão engolir em seco e se irem dali de rabo entre as pernas.

377

106 . A LUA

Nos tempos idos havia uma terra na qual as noites eram sempre escuras, e o céu se estendia sobre ela como se fosse uma mortalha negra, pois ali a Lua nunca aparecia, e nenhuma estrela brilhava em meio àquela escuridão. Desde a criação do mundo que seus moradores se contentavam com a tênue luminosidade da própria noite.

Certa vez, três rapazes dessa terra resolveram sair dali para conhecer o mundo, e chegaram a um reino onde, à noite, depois que o Sol se punha atrás das montanhas, uma bola brilhante era pendurada no topo de um carvalho, espalhando para todos os lados uma luz leitosa e suave. Isso permitia que se enxergasse tudo com nitidez, ainda que essa luz não fosse tão brilhante como a do Sol.

Os rapazes pararam e perguntaram a um camponês que por ali passava com sua carroça que bola luminosa era aquela que espalhava tal luz.

— Aquilo ali é a Lua — respondeu ele. — Nosso Burgomestre comprou-a por três táleres, e mandou pendurá-la nos galhos daquele carvalho. Ele também manda despejar azeite dentro dela diariamente, e recomenda que a mantenham sempre limpa, de modo que, toda noite, possa ela produzir essa luz claríssima. Em paga desse trabalho, ele recebe de cada um de nós um táler por semana.

Depois que o camponês se foi, um deles disse:

— Nós poderíamos utilizar em nossa terra esse tipo de lâmpada. Temos lá um belo carvalho tão frondoso quanto este, no qual poderíamos pendurá-la. Como seria bom não termos mais que enfrentar toda aquela escuridão quando chega a noite!

— Pois então escutai o que poderíamos fazer — disse o segundo rapaz. — Vamos arranjar uma carroça puxada por cavalos bem resistentes, e levar para nossa terra essa tal Lua! O pessoal daqui pode muito bem adquirir outra.

— Sou um bom escalador de árvores — disse o terceiro. — Posso tirá-la do carvalho e trazê-la aqui para baixo.

Enquanto o quarto providenciava uma carroça e dois cavalos, o terceiro trepou na árvore, fez um furo na Lua, passou uma corda através dele e puxou-a para baixo. Depois que ajeitaram na carroça a esfera brilhante, cobriram-na com um pano, para que ninguém pudesse vê-la e descobrir que sua Lua estaria sendo roubada.

Assim, levaram-na escondido para sua terra e a penduraram no topo de um alto carvalho.

Velhos e jovens regozijaram ao ver aquela nova luminária a derramar sua luz clara e suave sobre toda a terra, entrando pelas janelas e clareando todos os quartos e todas as salas de todas as casas. Os anões saíram de suas cavernas nas rochas, e os minúsculos duendes, com seus casacos vermelhos dançaram em roda nas campinas iluminadas.

Os quatro cuidaram para que a Lua estivesse sempre abastecida de azeite e com o pavio limpo, passando por isso a receber semanalmente um táler por morador.

Com o tempo, porém, os quatro aventureiros foram ficando velhos, e quando um deles adoeceu e viu que a morte se aproximava, pediu que sua parte naquele empreendimento, ou seja, uma quarta parte da Lua, fosse levada com ele para o túmulo.

Assim, quando ele morreu, o Burgomestre trepou no carvalho e, com seu podão, cortou um quarto da Lua depositando aquele pedaço no caixão.

Por esse motivo, a luminosidade da Lua diminuiu, mas sem que isso fosse muito notado pelas pessoas.

Quando o segundo morreu, outro quarto da Lua foi enterrado com ele, e dessa vez deu para notar a redução da claridade da Lua.

Aí morreu o terceiro, e a luz diminuiu sensivelmente.

Por fim, quando o quarto foi para a sepultura, levando consigo o que restava da Lua, a antiga escuridão voltou a reinar durante as noites, obrigando quem saía a levar lanternas e lamparinas, pois do contrário correria o risco de tropeçar e bater cabeça uns contra os outros.

Quando, entretanto, os pedaços da Lua se juntaram outra vez no mundo subterrâneo, onde sempre reinou a escuridão, isso fez com que os mortos acordassem de seu sono e deixassem seu estado de perene repouso. O fato de tornarem a ver as coisas deixou-os espantados, uma vez que, com suas vistas fracas, eles não poderiam suportar o brilho do Sol, enquanto que a luz do luar era ideal para permitir-lhes a visão.

Assim, eles se ergueram dos túmulos e retomaram sua antiga maneira de viver. Alguns resolveram jogar e dançar, outros foram para os bares, pediram bebida e saíram de lá embriagados, vociferando, discutindo, brandindo clavas e porretes, e se esbordoando uns aos outros.

A algazarra foi aumentando tanto, que acabou chegando até o Céu. São Pedro, que é o guardião da porta do Céu, imaginou que tivesse explodido uma revolta no mundo inferior, e convocou as legiões celestes, até então encarregadas apenas de repelir as investidas do Maligno e seus asseclas contra a mansão dos bem-aventurados. Como estas, entretanto, não puderam atender a seu chamado, ele montou em seu cavalo, cruzou a porta do Céu e desceu à Terra.

Aqui chegando, subjugou os mortos e mandou que eles retornassem a suas sepulturas. Em seguida, apanhou a Lua e, em vez de engastá-la sobre um carvalho, levou-a consigo e deixou-a pendente do céu.

107. UMA PORÇÃO DE MENTIRAS JUNTAS

Vou contar-lhes algumas coisas que vi. Sabem o que foi? Vi duas galinhas assadas voando. Elas voavam depressa e para o alto, com as cabeças voltadas para o céu e os traseiros para o chão!

Vi também uma bigorna e uma pedra de moinho flutuando no Reno, que as carregava lenta e suavemente.

Na festa de Pentecostes, vi uma rã comendo uma relha de arado, sentada sobre uma pedra de gelo.

Vi três sujeitos, dois deles usando muletas, e o terceiro uma perna de pau, todos três perseguindo uma lebre. Dos dois de muletas, um era surdo, e o outro era mudo, e o da perna de pau era cego. Havia ainda um quarto sujeito, mas este não conseguia sequer mover os pés!

Quer saber o que foi que aconteceu com eles? O cego avistou a lebre quando ela atravessava o campo em disparada. Aí, o mudo gritou para o manco, que conseguiu agarrá-la pelo gasganete.

Vi ainda uns camaradas que queriam navegar em terra firme. Para tanto, desfraldaram uma vela e se deixaram levar pelo vento campina afora, até que chegaram ao sopé de uma alta montanha. Quando tentaram transpô-la, não o conseguiram, e acabaram naufragando, morrendo afogados.

Depois, vi na praia um caranguejo que corria atrás de uma lebre, e no alto do telhado de uma casa uma vaca, que não sei como tinha conseguido subir até lá.

Nessa terra onde estive, existem moscas do tamanho de cabras.

Ei, leitor, mantenha a janela bem fechada, senão estas mentiras podem escapar!

A presente edição de NOVOS CONTOS de Jacob e Wilhelm Grimm é o Volume de número 13 da Coleção Grandes Obras da Cultura Universal. Impresso na Líthera Maciel Editora e Gráfica Ltda., à rua Simão Antônio 1.070 - Contagem, para a Editora Itatiaia, à Rua São Geraldo, 67 - Belo Horizonte - MG. No catálogo geral leva o número 01130/0B. ISBN. 85-319-0757-8.